汉译世界文学名著丛书

# 安徒生
# 童话与故事全集

上 册

〔丹麦〕安徒生 著

石琴娥 译

H. C. Andersen
**SAMLEDE EVENTYR OG HISTORIER**
© Jubilæumsudgave，Hans Reitzels Forlag
根据丹麦汉斯·雷兹尔斯出版社 1992 年纪念版译出

# 汉译世界文学名著丛书
# 出 版 说 明

1902年，我馆筹组编译所之初，即广邀名家，如梁启超、林纾等，翻译出版外国文学名著，风靡一时；其后策划多种文学翻译系列丛书，如"说部丛书""林译小说丛书""世界文学名著""英汉对照名家小说选"等，接踵刊行，影响甚巨。从此，文学翻译成为我馆不可或缺的出版方向，百余年来，未尝间断。2021年，正值"汉译世界学术名著丛书"出版40周年之际，我馆规划出版"汉译世界文学名著丛书"，赓续传统，立足当下，面向未来，为读者系统提供世界文学佳作。

本丛书的出版主旨，大凡有三：一是不论作品所出的民族、区域、国家、语言，不论体裁所属之诗歌、小说、戏剧、散文、传记，只要是历史上确有定评的经典，皆在本丛书收录之列，力求名作无遗，诸体皆备；二是不论译者的背景、资历、出身、年龄，只要其翻译质量合乎我馆要求，皆在本丛书收录之列，力求译笔精当，抉发文心；三是不论需要何种付出，我馆必以一贯之定力与努力，长期经营，积以时日，力求成就一套完整呈现世界文学经典全貌的汉译精品丛书。我们衷心期待各界朋友推荐佳作，携稿来归，批评指教，共襄盛举。

商务印书馆编辑部
2021年8月

# 不朽的童话，一个划时代的高度

汉斯·克里斯蒂安·安徒生（Hans Christian Andersen，1805—1875）出生在丹麦当时第二大城市奥登塞，父亲是穷苦的鞋匠，母亲是洗衣妇。这样一个贫困至极的家庭居然哺育出日后丹麦全国为之骄傲至今的文学巨擘，他的名声和作品流传到全世界，这比我们常说的"鸡窝里飞出金凤凰"还要匪夷所思，用安徒生自己的话来说，是"丑小鸭变成了白天鹅"。

安徒生生活的19世纪，曾经疆域辽阔的丹麦帝国已经分崩离析、凋敝衰落，昔日北欧霸主的辉煌早已不复存在，几场战争中先后败给了瑞典、英国和普鲁士，以致将荷尔斯泰因和石勒苏益格两个富饶的公国割让给了普鲁士；与此同时国内经济衰退、百业萧条，贵族豪门与新兴资产阶级间的矛盾日益深化，冲突不断，直到1848年国王签署新宪法确立君主立宪体制，政局才逐渐摆脱动荡。

安徒生童年时当过学徒，学过裁缝，在济贫学校求学，可以说并未接受过正规教育。后来到哥本哈根学戏剧，而且经过不懈的努力，当上一名小演员。之后又在皇家剧院副院长科林的帮助下，获得了一笔国王奖学金，转而专注于写作。他写诗歌、散文和戏剧；创作了自传体长篇小说《即兴诗人》（1835）、《奥·梯》

（1836）和《仅是一个乐师》（1837），这三部小说使他蜚声丹麦文坛；剧本《黑白混血儿》（1840）也终于在哥本哈根皇家剧院上演并取得了成功。但平心而论，安徒生在小说、诗歌和戏剧等传统"严肃"文学方面的成就并未有突破性的进展，他的挚友、丹麦物理学家奥斯特看出了他的才华所在，对安徒生说：如果长篇小说能使他出名，那么他的童话将使他不朽。

1835年安徒生发表了他第一本童话故事集《讲给孩子们听的故事》，这之后的三十七年，安徒生共发表了一百七十余篇童话故事。正是童话故事这种文学形式，奠定了他在丹麦和世界文坛上的突出地位，使他从一只丑小鸭变成了白天鹅。然而丑小鸭变成白天鹅以后，安徒生本人的故事并未完结，生活也不曾停顿。安徒生在《我一生的童话》里说："我的一生是一篇美丽的童话，既那么丰富多彩，又那么幸福快乐。"但是就像光灿灿的勋章必然有黑沉沉的背面，安徒生的内心世界是充满矛盾的，是双重性的，不仅有快乐的陶醉，也有忧郁的沉闷，甚至是痛苦的彷徨，这种灰色情调在他已出版的卷帙浩繁的日记和书信里都明显地反映出来，这位世界童话大师是在荣耀欢乐和沉郁孤寂之中走完了自己的人生道路。他把自己生活中阿拉丁神灯般的遭遇看成是上帝的仁慈怜爱和慷慨恩赐，因而他直言不讳地宣扬他所得到的一切荣耀都应该完全归于上帝，并且在他的作品中不遗余力地颂扬上帝的伟大和仁慈，要世人虔诚地信仰敬畏上帝。因此他的童话中充斥了浓郁的宗教色彩和说教，尤其是晚年的作品，更是有如在唱赞美诗一般。于是人们不禁惋惜：安徒生若不这样笃信、虔诚，他的童话必将更其出色。

安徒生一生未婚，恋爱失败对他的摧残甚至超过了贫困。起初是与名门闺秀里堡·伏格特，之后是和"瑞典的夜莺"燕妮·琳德，再后来是他庇护人的女儿路易丝·科林，三段恋情均无果而终，原因就是在森严壁垒的门第观念和根深蒂固的世俗偏见中，鞋匠的儿子安徒生不得不临渊止步。在其作品《单身汉的睡帽》、以"瑞典的夜莺"燕妮·琳德为蓝本创作的《夜莺》和歌颂至死不渝爱情的《小美人鱼》里，我们都能看到安徒生的影子，听到从他流淌着鲜血的心灵里发出的无助哀鸣。安徒生成名之后，王公贵族竞相同他来往，这些人附庸风雅，只是为装饰点缀、抬高身价，他们表面上礼贤下士，骨子里却轻蔑侮慢，视安徒生为帮闲门客，并不以"圈里人"平等相待。而安徒生本人的平民意识、民主主义精神又同庇护、接纳他的贵族上层格格不入。他并没有像比他年轻的丹麦文学评论家勃兰兑斯（G. Brandes, 1842—1927）那样鼓吹激进民主主义思潮，为资产阶级民主革命摇旗呐喊，但他倾向支持变革，写出了《她真是一个窝囊废》《在柳树下》《伊勃和小克丽丝汀》等描写底层人清苦生活的作品，他用自己童年的不幸表现了丹麦的社会矛盾。尽管不如挪威的易卜生那样深刻，也不及瑞典的斯特林堡那样尖锐，安徒生也在自己的童话故事里辛辣地讥讽贵族阶层、抨击门第观念，还对世人的贪婪、愚蠢给予无情的嘲弄，这也就不能不使得上流社会对他侧目而视，抱有戒心，所以尽管安徒生享有了名声、地位和头衔，但是在开门接纳他的老爷太太们的眼里，他依然是个非我族类的鞋匠的儿子。安徒生不如易卜生和斯特林堡那样骨气刚烈、清高狷傲，他忍气吞声地承受了上流社会对他的猎奇审视和刻薄挖苦。不过这也使得他终于明白一个浅近的道理：丑小鸭变成了白天鹅后，照样要靠孩子们抛面包和麦粒来养活的。他失望、惆怅，甚至颓废到想以死亡来寻求解脱，在《坟墓里的孩子》里我们可以看到安徒生这种忧伤、绝望的心情。安徒生十分喜欢旅行，一生之中除跑遍丹麦全国各地之外，还做了二十九次国外长途旅行。他在这些旅行中为自己的写作收集材料、拓宽思路，并且结交了狄更斯、雨果、海涅、格林兄弟和易卜生等大文学家，然而从另一方面来说，他又何尝不是在逃避和闪躲呢？

还有令安徒生黯然神伤、失望不已的，那就是他的童话从问世起除了受到欢迎之外，也一直处在猛烈的抨击之下。上流社会的文人学者对这些作品嗤之以鼻，把它们说成是"保育室里的胡言""哄孩子的小玩意儿"，还有人甚至说安徒生根据外国和民间故事改写的那十几篇有出处可查的作品可算是真正的故事，而他后来自己创作的都只不过是剽窃之作或是模仿的赝伪之作，也有人指责他母语都没有掌握好就胡乱写作，等等。另一方面，激进民主主义的文人，如哲学家克尔凯郭尔（Kierkegaard，1813—1855）、文学评论家勃兰兑斯等人也一直不曾停止过对他的幻想浪漫主义的中肯批评。安徒生因这些抨击和批评而心力交瘁，他的大量书信中有不少是为自己的作品做解释或自我辩白的，但是却没有得到上流社会的宽容怜悯，也没有得到激进民主主义派的朋友们的谅解。

正因为在得意于人生坦途的同时，还必须忍受难言之隐以及无法宣泄的苦闷愤懑，安徒生的作品中，尤其是在中后期的作品中，往往流露出一股肃杀深沉的忧戚和哀伤，读来令人感同身受，甚至掩卷遐思，扼腕叹息，仿佛咀嚼了一枚青橄榄，在舌尖留下一股虽甘洌却又苦涩的、久久不会散去的余味。这股耐人寻味的苦涩余韵恰恰是安徒生童话的独到之处。著名儿童文学家任溶溶先生曾说过安徒生的童话真可以从小读到老，其奥妙恐怕也在于此吧。

## 一　不是童话的童话

童话，顾名思义是适合儿童欣赏的故事，大多具备丰富的想象、神奇的幻想、有趣的夸张等特点。"童话"这个字眼恐怕只是汉语中才有，即便安徒生本人也只是用Eventyr（冒险或志怪故事）和Historier（历史传说）来形容自己的作品。童话大概在16世纪末已在欧洲流传开来，法国诗人夏尔·佩罗的《鹅妈妈的故事》（1697）和德国格林兄弟的《儿童和家庭童话集》（1812—1815）都产生了深远的影响，并且至今还在广泛流传。《灰姑娘》《小红帽》《小拇指》《蓝胡子》《勇敢的小裁缝》《不来梅的乐师》已成为全世界童话的经典之作，后来许多国家的童话，包括安徒生的一些作品都由此脱胎而来。

童话并非始于安徒生，然而童话却由安徒生而发扬光大，走向峰巅。19世纪三四十年代，欧洲文坛上浪漫主义盛行，促使不少作家对民间文学产生了兴趣，他们要从民间文学里挖掘创作的题材，并由此从事起童话创作，安徒生便是其中最杰出的一位，后来还有英国卡罗尔的《爱丽丝漫游奇境记》和意大利科洛迪的

《木偶奇遇记》等成功作品。1835年，安徒生《讲给孩子们听的故事》出版，收录了《小克劳斯和大克劳斯》《火绒盒》《豌豆上的公主》和《小伊达的花》等名篇。安徒生起初并不曾意识到这项工作的重要意义，因为他自己也把童话看成是"小玩意儿"，不料竟大受欢迎，于是安徒生便把主要精力投入童话创作，而这正是他的才华所在。他把自己的生活经历，对穷苦贫民的热爱，对真、善、美的追求，全都用来浇灌童话这朵小花，创作出崭新形式——童话故事来。正如安徒生自己所说："多年来我已试着走过童话圆周里的每一条半径，因此如果遇到一个会把我带回到已经尝试过的形式的题材时，我常常不是放弃，而是试图赋予它另一种形式。"如此，安徒生的童话不仅继承、发扬了以往民间故事和神仙故事的格调，并且形成了自己朴素清新而又浪漫变幻的风格，于是开创了儿童文学的先河。

国际上研究安徒生的学者们通常把他的童话分成七个系列，即：有魔幻成分的故事，如《影子》《钟声》等；以动物为主角的故事，如《丑小鸭》《跳高能手》等；以树木花草为主角的故事，如《小伊达的花》等；以无生命物体拟人化做主角的故事，如《坚定的锡兵》《织补针》等；在奇异世界里的现实故事，如《夜莺》等；在可辨认的世界里的现实故事，如《园丁和主人》；以作者为主角的故事，如《看门人的儿子》《在柳树下》等。

安徒生的童话取材虽相当广泛，但主题却集中单纯，那就是表现真、善、美，抱着浪漫主义的幻想去追求人类的理想境界，如仁慈、同情、宽容、博爱等，宣扬"真、善、美终将取得胜利"的乐观主义信念。他无情地揭露和鞭挞当时社会的假、恶、丑，嘲笑讽刺上流社会的昏庸愚蠢和残暴贪婪，却无法改变现实，于是只好以伤感的眼光看待周围这一切，流露出无可奈何的消极情绪。因而他的童话里往往既充满了浪漫主义的幻想，又有像唱赞美诗那样虔诚的道德说教。对于这些瑕不掩瑜的疵点，我们只能惋惜地说，那是时代在他的作品中留下的烙印和痕迹吧。

安徒生的童话立意新颖，表现手法奇特，富有独到的创造性和求新意识。在他之前的童话，从人物形象到故事情节、表现手法都存在不少雷同之处；而且不注重性格描写，故事里的人物有时连名字都没有；故事的主人公都是善良人物，而他们的对手几乎清一色是邪恶的化身。童话的主人公往往要通过艰难的历程，经受巨大的考验，才能得到圆满的结局，而在身临险境时注定会得到仙女、精灵或小动物的搭救相助；童话的结局几乎千篇一律，都是善有善报，邪恶受惩。安徒生打破了这种程式化的模式，把民间故事、神仙故事、神话、寓言、萨迦传说、诗歌甚至短篇小说都融合到童话中来，从而把童话提高到了一个划时代的高度，赋予童话以全新的面貌、更宽泛的取材范围和前所未有的深刻内涵。

在写作手法上，安徒生童话也有许多可圈可点的独到之处。他并不一味刻意去写要让孩子看得懂的儿童故事。他的童话有不少含义深奥，只有大人才能够理解，但是他相信：孩子们光是看故事也会喜欢的，故事情节本身就足以把孩子们吸引住。而童话里的深刻含义尽管他们当时未必能够领会，但是等到他们长大之后，自会回味无穷的。因而，在他的童话里，有《幸运的套鞋》这样暴露人们内心秘密的魔幻故事，也有《影子》这样描写影子最后成了自己主人的主人的荒诞故事。这些作品实际上是现代派的先声，同现代派文学的鼻祖卡夫卡息息相通；他的一些写作手法同意识流小说有明显的一脉相承之处。

在语言风格上，安徒生童话大量运用了丹麦底层人民的日常口语和民间故事的结构形式，因而语言生动流畅，朴实自然，充满了浓郁的乡土气息。正是由于安徒生独特的写作手法和语言风格，才创造出了丑小鸭、没有穿衣服的皇帝、小美人鱼、坚定的锡兵、拇指姑娘、红鞋子等一批脍炙人口的艺术形象。这些形象已成为欧洲语言中的典故并且编入了欧洲国家的词典和学校教材之中。

## 二　与中国的结缘

安徒生生来细眉、长目、单眼皮，小时候常被人说成有中国人的长相，不过他同中国结缘却很晚，直到他去世四十多年后，他的作品才被介绍到中国来。在我国，安徒生是最早被介绍到中国来的外国名作家之一，也是除了易卜生之外被介绍得最多的北欧作家。

1918年初，上海中华书局在《小说月刊》上登载了《火绒匣》等六篇作品，并且还出版了《十之九》单行本。1919年1月，《新青年》刊登了周作人译的《卖火柴的小女孩》，引起很大的反响，并在五四运动和新文化运动中产生过积极作用。此后安徒生童话的译本、安徒生的传记和对其作品的评论或研究专著陆续出版至今。在我国，安徒生主要的译者有郑振铎、茅盾、胡适、赵景琛、顾均正、叶君健、任溶溶等知名学者和作家。我国的报纸杂志上时常刊登有关安徒生的文章或他的作品，尤其在1955年纪念安徒生诞辰150周年之际，杨宪益、冯至、陈伯吹等著名文人纷纷撰文抒发对他的敬意。1979年，安徒生生平及作品展览在郑州举行，在经历了十年沉寂之后，安徒生和他的童话再次在神州大地上公开亮相了。在1980年代，《卖火柴的小女孩》《野天鹅》等不少作品被改编成戏剧、电影、芭蕾、戏曲、木偶戏等等。自2000年以来，发表在报纸杂志有关安徒生的论文有百余篇，其中各地高校硕士生和博士生的论文就接近一半。

我们已经进入了21世纪，离安徒生发表第一本童话故事集《讲给孩子们听的故事》已过去将近二百年了。在新世纪里我们还需要安徒生这位世界童话大师吗？我们还会阅读他留给我们的那么多讲王子公主、鲜花小鸟、小美人鱼的故事吗？笔者的回答是肯定的。不管社会有多大变革、取得了多大进步、科学有多么发达、经济有多么繁荣，人类更需要完善其身，提高素质，加强修养，陶冶情趣。这并不是能毕其功于朝夕之间的事情，而是需要漫长的时间，从各方面培养提高，这是一个从小开始潜移默化的过程。而在这个过程中，包括安徒生的作品在内的童话，在保持纯真的赤子童心和增强幻想、想象力方面就起着不容忽视的作用。安徒生只是孩子们的朋友，安徒生之为安徒生就是因为他讲童话故事照亮了孩子们的心灵，赢得了未来的一代，他的作品也将在一代又一代中流传，他的不朽也正在于此。当然，任何作品不朽只能是相对的，安徒生讲的童话毕竟是二百年前甚至更早的故事，它们能够引起我们思想和感情上共鸣的人文内涵将会愈来愈减少，愈来愈淡漠。这是时代使然，也是造化的新陈代谢。时代在不断前进，并且以它自身的规律来推陈出新。这是不以人的意志为转移的，我们大抵只能顺应时代的洪流来继承发扬优秀的文化传统。安徒生的名字将会和其他古典作家一起永存在世界文学史上。他的童话仍将代代相传下去。安徒生童话就像一颗挂在夜空中的星星，仍会发出明亮而美丽的光芒，在天际闪烁着，照耀着我们。

石琴娥

# 目 录

## 上 册

火绒盒 ………………………………………… 1
小克劳斯和大克劳斯 ………………………… 11
豌豆上的公主 ………………………………… 27
小伊达的花 …………………………………… 29
拇指姑娘 ……………………………………… 39
淘气的小男孩 ………………………………… 53
旅伴 …………………………………………… 57
小美人鱼 ……………………………………… 82
皇帝的新装 …………………………………… 110
幸运的套鞋 …………………………………… 117
春黄菊 ………………………………………… 161
坚定的锡兵 …………………………………… 167
野天鹅 ………………………………………… 173
天堂乐园 ……………………………………… 195
会飞的衣箱 …………………………………… 215
鹳鸟 …………………………………………… 224

| | |
|---|---|
| 铜猪 | 232 |
| 结拜之交 | 249 |
| 荷马墓上的一朵玫瑰花 | 264 |
| 奥勒·洛克奥依 | 267 |
| 玫瑰花小精灵 | 284 |
| 小猪倌儿 | 291 |
| 荞麦 | 298 |
| 天使 | 301 |
| 夜莺 | 305 |
| 情人 | 318 |
| 丑小鸭 | 322 |
| 枞树 | 335 |
| 雪女王 | 348 |
| 接骨木妈妈 | 390 |
| 织补针 | 401 |
| 钟声 | 406 |
| 祖母 | 414 |
| 精灵的山丘 | 417 |
| 红鞋子 | 427 |
| 跳高能手 | 435 |
| 牧羊女和烟囱清扫夫 | 438 |
| 丹麦人霍尔格 | 445 |
| 卖火柴的小女孩 | 452 |
| 城堡围墙上见到的画面 | 456 |

在瓦托弗养老院窗前 ·················· 458

老街灯 ························· 461

邻居们 ························· 470

小图克 ························· 485

影子 ·························· 492

老房子 ························· 508

# 火绒盒

一个士兵迈着行军般的步伐沿着大路走来。"一、二！一、二……"他肩上背着背包，腰上挂着马刀，刚刚打完仗归来，此刻正在回家去的路上。

在半路上，他遇见了一个老巫婆。那个巫婆模样像个丑八怪，下嘴唇几乎耷拉到胸口上。她叫住了他说道：

"晚上好，当兵的。你的马刀多么锋利，你的背包多么巨大，你是个真正的士兵。所以，你想要有多少钱就可以得到多少钱。"

"那就多谢你啦，你这个老巫婆！"士兵说道。

"你看见那棵大树了吗？"老巫婆问道，用手指指他们两人身边的一棵树，"那棵大树的树身快要全都空掉啦。你爬到树顶上去就可以看得见一个空洞，你可以从空洞里钻进去，一直钻到大树的地底下。我在你的腰上绑一根绳子，你喊我一声我就把你拉上来。"

"我钻进大树里去干什么呀？"士兵问道。

"去拿钱呀！"巫婆说道，"你要知道，你下去到了大树底部的时候，你会走进一个大厅，大厅里灯火通明，点着上百盏灯！你将会看见三扇门，门锁都能够打开，因为钥匙全挂在门上。你走进第一间房间，就会看到当中的地面上摆着一只大箱子，箱子上蹲着一条狗，那双狗眼足有茶杯口那么大，不过你用不着怕它，我把我的蓝格子围裙给你,你把它往地上一铺,赶紧过去把那条狗抱起来放到我的围裙上,然后打开箱子,你想要多少钱就拿多少。不过这里全都是铜币,如果你想要拿银币的话,就要走进第二个房间里,那里也蹲着一条狗,狗的眼睛足有磨坊的磨盘那么大,不过你也用不着怕它,你把它抱起来放在我的蓝格子围裙上,然后就可以拿到银币了。如果你想要拿金币的话,你也可以想要多少就拿多少,你只要走进第三个房间里去。不过那里蹲在钱箱上的一条狗更加吓人,它的两只眼睛就像两座圆塔那么大。那是一条真的狗,你用不着不相信,可是你也用不着怕它,只要把它抱到我的蓝格子围裙上,它就不能伤害你了,你想要多少金币,只管拿就是了。"

"这倒挺不错,"士兵说道,"不过我能给你点什么呢,你这个老巫婆!因为我猜想你也想得到一些钱财。"

"不,"巫婆回答说,"我一个子儿也不要!只要你替我把一个旧的火绒盒①拿上来就行啦,那是我的奶奶上回下去的时候忘记在那里的。"

"好吧,那就把绳子绑在我的腰上吧!"

"绳子绑好啦!"巫婆说道,"还有这条蓝格子围裙也交给你。"

在这之后,士兵就爬上树,钻进了那个空洞里,沿着树身往下滑到底,果然像巫婆说的那样,他来到了一个大厅里,上百盏

---

① 火绒是用艾蒿等草茎蘸硝做的引火物,用火镰或精铁敲击火石发出的火花点燃火绒。火绒盒是放火绒、火镰或精铁和火石的金属小盒。在1805年火柴发明前是家居和外出时必备的点火用具盒。

灯火把大厅照映得通亮。

他打开了第一扇门上的锁。啊，房间里果然蹲着那条方才讲起过的狗，一双狗眼有茶杯口那么大，死死盯住他。

"你真是一个小乖乖。"士兵一边说着，一边把那条狗抱到巫婆的围裙上。他大把大把地抓起铜币往自己的衣袋里塞，把几个衣袋都装得鼓鼓囊囊的。然后他盖上箱子盖，又把那条狗抱回到箱子盖上，再走进第二个房间。哦，天哪！蹲在里面的那条狗的眼睛真是大得像磨坊的磨盘。

"你不要那样瞪眼看着我，"士兵说道，"要不然你眼睛会疼的！"他把那条狗抱到围裙上。他打开箱子，看见里面有那么多银币，他就把衣袋里的铜币统统倒了出来，又把衣袋和背包全都装满银币。

然后他走进第三个房间。天哪，真是吓死人啦！里面蹲着的那条狗的一双眼睛真的像两座圆塔那么大，骨碌碌地在那张狗脸上转个不停。

"你好！"士兵说道，把手举到帽檐上行了个礼，因为他从来没有见到过这样的狗。他才瞅了它一眼就觉得已经看够了！他把它抱到围裙上，打开了箱子盖。哇，上帝保佑，里面有多少金币啊！他可以把哥本哈根①全城都买下来，把做糕点女人的所有糖猪都买下来，把世界上所有的小锡兵、小马鞭和小木马统统都买下来。全是真的，都是真正的金币啊！这一回他把衣袋和背包里的银币全倒了出来，又把金币装了进去。不但所有的衣袋和背包，

---

① 丹麦首都。

而且把软檐帽和靴子里也装满了金币。这一来他几乎连路也走不动了。现在他真的有钱啦。他把那条狗又给抱回到箱子上去。他关上了门，朝着树顶上叫喊道：

"把我拉上去吧，你这个老巫婆！"

"你找到火绒盒了吗？"巫婆问道。

"真是该死，"士兵说道，"我把这桩事情忘掉啦！"

他转身回去找到了那只火绒盒，巫婆把他拉了上去，他又站到了大路上，衣袋里、靴子里和军帽里全都塞满了金币。

"你要这只火绒盒有什么用呢？"士兵问道。

"不关你的事，"巫婆说道，"反正你现在有钱了！快把火绒盒给我！"

"休想！"士兵说道，"你如果不肯马上告诉我拿它来做什么用的话，我就拔出刀来砍掉你的脑袋。"

"不告诉你！"巫婆说道。

士兵把她的脑袋砍了下来，她就倒在地上了。士兵用她的围裙把金币全都包起来，打成一个包袱背到肩上，又把火绒盒放进衣袋里，马上就进城去了。

那是一个漂亮的城市，他住进了最好的旅馆，订下了最上等的房间，点了他最爱吃的饭菜，因为他现在发了财，手头上有那么多钱。那个替他擦靴子的仆人觉得十分奇怪，因为这位有钱的富翁穿了这样一双可笑的旧靴子，当时士兵还来不及去买一双新的。第二天他买了一双新靴子，连身上也全换上了漂亮的新衣服。这下子那个士兵就变成了一位出色的绅士。大家把城里各色各样的事情全都告诉他，也讲到了他们的国王，还讲到了国王的女儿是位非常美丽的公主。

"在哪里才能见得到她呢?"士兵问道。

"她压根儿不让别人看到一眼,"他们大家都这么说道,"她住在一座黄铜的大宫殿里,四周都砌着高墙和岗楼。除了国王之外,任何人都不许走进去,靠近她的身边,因为有预言说,她将会嫁给一个普通的士兵,而国王十分忌讳这个预言。"

"我非要见到她不可。"士兵想道,可是他不会得到许可去见她的。

他天天生活在欢乐之中,上戏院去看喜剧,乘坐马车在皇家园林里漫游,还非常好心地施舍了许多钱给穷人。他从往日的亲身经历中知道要是身上一个子儿都没有的话,这日子就会困苦得过不下去。现在他有钱了,身上穿着漂亮的新衣服,结交了许多朋友,他们人人都说他是个出色的人物,是个真正的骑士,这些话士兵听得很开心。他天天只花钱却不挣钱,终于有一天他只剩下两个先令①了。他不得不从他住的那间上等房间搬了出去,住到屋顶底下的一间小阁楼里。他只能自己动手擦靴子,还用一枚大粗针来缝补靴子。他的朋友当中再没有人来看他,因为他们嫌要爬的楼梯级数太多。

晚上漆黑一片,他却连一支蜡烛都买不起。他忽然想起,巫婆把他放到空心大树里时他找到的那个火绒盒,里面有小半截蜡烛头。他从火绒盒里取出那半截蜡烛头,还拿出打火石来打火,在打火石喷出火星的时候,房门一下子打开了,那条眼睛大如茶

---

① 丹麦古老的货币名称,也可说是一个铜钱。

杯口的狗，也就是他在空心大树树洞底下见到过的那条狗站到了他的面前，说道：

"我的主人有什么吩咐吗？"

"这是怎么回事？"士兵说道，"我想要什么它就能拿来给我，那就是一条讨人喜欢的好狗啦！"

"快去拿点钱来给我。"他吩咐那条狗说。那条狗一闪身就不见了踪影。转眼工夫，它又闪现在他面前，嘴里叼了一大口袋钱。

现在士兵明白过来了，这真是一只好得不得了的火绒盒！他只要打一下火，那条蹲在放铜币的钱箱上的狗就会出现。打两下火，那条看守银币的狗就会出现。他要是打三下火，那条看守金币的狗就来了。如今士兵又搬回到那间上等的房间里去住，身上又穿起了漂亮的衣服，他的那些朋友马上都来同他结交，还使劲地巴结他。

有一天夜里，他独自思量地想道："那个公主不让别人看到一眼，真是太可笑了。人人都说她长得非常美丽，可是那又有什么用，因为她总是关在那座四周有许多岗楼的黄铜大宫殿里不出来。难道我真的就见不到她了吗？我的火绒盒在哪里？"他打了一下火，那条眼睛大如茶杯口的狗立刻闪现在眼前。

"快到半夜了，"士兵说道，"可是我非常想见那位公主，想得要命，只要见一会儿就行。"

那条狗一闪身就消失在门外，士兵的念头还没有转过来，那条狗已经驮着公主回来了。她趴在狗背上睡得很香，模样真是美极了。人人都可以看得出来她是一位真正的公主。士兵忍不住亲吻了公主，因为他是一个真正的士兵。

那条狗又驮着公主跑了回去。到了第二天清晨，国王和王后在喝早茶的时候，公主讲到了头天晚上做了一个稀奇古怪的梦，梦里有个士兵，还有一条狗。那条狗把她驮在背上，而士兵则亲吻了她。

"这真是一个很动人的故事！"王后说道。

当天夜里，有一个年老的宫廷女侍从被派来整夜陪坐在公主的床边，要弄明白究竟那真的只是一场梦呢，还是别的什么情况。

士兵又想见到那位美丽的公主，想得要命，到了晚上那条狗又来了，把公主驮在背上就尽力飞奔起来。年老的宫廷女侍从赶紧套上雨靴追赶，奔跑得同那条狗一样快。她看见那条狗驮着公主跑进了一栋大房子里。她想这下子我知道是什么地方啦！她用粉笔在门上画了一个很大的十字记号。然后她就回去躺下睡大觉了。过了一会儿，那条狗把公主送回来，它一眼看到士兵住的那幢房子大门上画着一个十字，那条狗也用粉笔在全城家家户户的大门上都画了十字。它这样做真是太聪明啦，因为家家户户的大门上都画了十字，连那个宫廷女侍从都认不出来哪一扇门才是要找的。

第二天大清早，国王和王后带着那个年老的宫廷女侍从和所有的官员前来辨认公主究竟到过什么地方。

"就是那里。"国王看到第一扇画着十字的大门就说道。

"不，是那里，我亲爱的丈夫。"王后说道，她看见另外一扇门上也画着十字。

"可是那扇门上也有，那扇门上也有。"他们大家都说道，因为家家户户的门上都画着十字记号。他们明白过来这样寻找下去是白费力气的。

不过王后是个非常聪明的女人，她会的可不只是乘坐马车出去游玩。她拿起她的黄金大剪刀，把一大段丝绸剪成许多小块，然后缝成一个精致的小口袋，她在小口袋里装满了很细的荞麦粉，再把这个袋子绑在公主的背上，绑好之后她在口袋上剪出一个很小的洞孔。这一来不管公主到哪里去，荞麦粉就会一路撒过去。

到了晚上，那条狗又来了，驮了公主就飞跑到士兵那里。士兵是那样爱上了公主，所以他很想当上王子，这样就可以娶她做妻子。

那条狗一点也没有留意到，从公主住的宫殿直到它驮着公主爬进士兵房间的窗沿上荞麦粉撒了一路。到了第二天早晨，国王和王后弄明白了他们的女儿到过什么地方，这样他们就抓住了士兵，把他关进了监牢。

他被关在监牢里面。哦，那里多么黑暗，多么阴冷呀！人家告诉他说："明天就把你绞死！"这真是叫人听了心里不好受，他又偏偏把那只火绒盒忘在旅馆里了。到了第二天早晨，他从小窗户的铁栅栏看出去，只见人们蜂拥着走出城去看他受绞刑。他听见鼓声咚咚响，看见卫兵列队行进。全城的人都跑出来看热闹，人群中有一个穿着皮围裙、趿拉着拖鞋的小鞋匠。他迈开脚步飞快地奔跑，因为跑得太快，脚上的一只拖鞋飞了出去，掉落在士兵从铁栅栏往外看的那扇窗户的墙壁下。

"喂，你这个小鞋匠！你用不着跑得那么性急慌忙的，"士兵对他说道，"我到刑场上之前，那里没有什么好看的。不过，你如果愿意跑一趟，到我住的房间里替我把我的火绒盒拿来，你就可以得到四个先令，不过你要大步飞奔才行。"

小鞋匠一心想得到四个先令，就迈开大步飞奔着去把那只火绒盒拿来交给了士兵。这一下可热闹了，我们来听听后来发生的事情吧。

城外竖起了一个绞刑架，四周站满了卫兵和成千上万看热闹的人。国王和王后坐在法官和全体陪审员对面的华丽宝座上。

士兵站到绞刑架下的阶梯上。就在他们要把绞索套到他的脖子上的时候，他说犯人在受刑之前总可以有一个无伤大雅的要求，人们应该让他得到满足：他非常想抽一袋烟，这是他在人世间抽的最后一袋烟了。

国王无法对这个请求说"不"字。士兵就掏出他的火绒盒，用火石打起火，一下，两下，三下！那三条狗全都站到了他的面前，就是那双眼睛大如茶杯口的狗，眼睛大得像磨坊的磨盘的狗，还有眼睛大得像两座圆塔的狗。

"快来救救我，别让我被人绞死！"士兵说道。他刚说完，那三条狗就一齐朝着法官和陪审员们扑了过去，咬住了一个人的腿，咬住了另一个人的鼻子，就这样把他们扔到半空中，他们摔下来的时候都跌得粉身碎骨。

"别碰我！"国王喊道。可是那条最大的狗已经把他和王后一口咬住，把他们两人也抛到半空中。卫兵们都吓坏了，所有的人都一齐呼喊道：

"小当兵的，你才是我们的国王，你娶了那位美丽的公主吧！"

他们把士兵推到国王的马车上。那三条狗在马车前奔跑跳跃，还高呼:"好哇!"男孩子们用手指夹紧嘴唇吹起了口哨,卫兵们持枪敬礼。公主终于从黄铜宫殿里走了出来成了王后,那是她心里十分情愿的。婚礼欢庆酒宴一直进行了七个昼夜。那三条狗都坐到了酒宴筵席上,一齐把眼睛睁得大大的。

# 小克劳斯和大克劳斯

从前,在一个村子里住着两个同名同姓的人,他们两个人都叫克劳斯。可是有一个人有四匹马,另一个只有一匹马。为了把他们分别开来,大家就把那个有四匹马的叫"大克劳斯",把那个只有一匹马的叫"小克劳斯"。现在我们就来听听他们的日子过得怎么样,因为这完全是真人真事。

整个星期小克劳斯都要为大克劳斯犁地,还要把自己唯一的那匹马牵来借给大克劳斯用。大克劳斯也把他的四匹马全牵来帮小克劳斯干活,可是每星期只能干一天,而且都是排在星期天。嗨哟,到了这一天小克劳斯有多么神气,把鞭子在五匹马头上挥舞得噼啪直响,就好像这五匹马全都是他自己的,但也就是那一天而已。

在这一天,灿烂的阳光照得人心旷神怡。教堂钟楼上所有的大钟都叮叮当当地敲响起来,召唤着大家去教堂。人们都穿上假日盛装,腋下夹着赞美诗集,去听牧师布道。在路上,他们会看到小克劳斯正在赶着五匹马犁地,他干得又使劲又欢腾,把鞭子抽得噼啪直响,嘴里还不停地吆喝着:

"快点儿吧,我的五匹马儿。"

"你不能这样说,"大克劳斯说道,"因为只有一匹马是你的。"

可是当有人走过他的身边时，小克劳斯就忘记他不应该这么叫唤，仍旧吆喝道：

"快点儿吧，我的五匹马儿。"

"现在我要你不要再这么喊叫，"大克劳斯说道，"你如果再这样叫喊一回，我就朝你的那匹马当头一击，把它当场打死，你连它都没有了。"

"我决不会再这么喊叫了。"小克劳斯说道。可是当有人走过，向他点头打招呼的时候，小克劳斯又高兴得忘乎所以，觉得自己有五匹马犁地是件了不起的事，于是他又情不自禁地吆喝起来：

"全给我用力呀，我的五匹马儿。"

"现在我可要对你的马儿使劲啦！"大克劳斯说道，他操起一柄铁锤，朝着小克劳斯那匹马的头上砸了下去，那匹马当即翻倒在地，马上就送了命。

"哦，天哪，我连一匹马都没有了。"小克劳斯说道，他放声大哭起来。后来他把死马的皮剥了下来，挂在风口里吹干，待到马皮吹干之后，又把皮子装进一个口袋里。他把马皮背在肩上，拿到城里去卖。

他有一段很长的路要走，要穿过黑黢黢的大森林，再加上天气又坏得吓人。他走着走着就迷了路，等到他回过头来重新走上正道的时候，天已经擦黑了。不管是进城也好，还是回家也好，都有不少路，半夜之前都走不到。

在大路旁边有一座很大的农舍院落，房子窗户上的百叶窗都紧闭着，可是百叶窗顶上的缝隙里却露出了一线亮光。"我不妨在这里借宿一夜吧。"小克劳斯想道，于是他走上前去乒乒乓乓地敲起门来。

有个农妇来把门打开，可是她一听小克劳斯想要借宿过夜时，她就叫他快点走开，她的丈夫不在家，她不便接待陌生人。

"这么说来，我只好睡在屋外，露宿一夜啦。"小克劳斯说道。那个农妇没有理睬他，自顾自锁住房门，把他关在外面。

紧挨着农舍有一个很大的干草堆，在农舍和干草堆之间还有一个平顶小矮棚，棚顶上铺着干草。

"我可以睡到那上面去。"小克劳斯看着小矮棚的平顶说道，"那倒是一张很惬意的床哪。但愿鹳鸟不会飞下来啄我的腿。"那是因为棚顶上有个鹳鸟窝，一只活生生的鹳鸟就站在鸟窝旁边。

小克劳斯爬到了棚顶上，他躺了下来，又翻了个身，这样可以躺得更舒服一些。窗户上的百叶窗关得并不严实，顶端留出了一截缝隙，他可以一眼望到农舍里面。

农舍房间里，一张大桌子上摆着美酒佳肴，有香喷喷的烤肉，还有油光光的鲜鱼。桌子旁边端坐着那个农妇和教区的本堂牧师，再也没有别的人。农妇忙着为牧师斟酒，牧师伸出叉子叉起了鲜鱼，看起来这道菜挺对他的胃口。

"要是能去吃上一点，那该有多好哇。"小克劳斯想道，他伸长了脖子往窗户里面看，上帝啊！桌上摆的糕点是多么馋人，真是一桌子好吃的啊！

就在这时候，他听见大路上有了动静，有人骑着马朝这栋农舍走来了，那是农妇的丈夫回家来了。

那个农夫是个好人，不过有个古怪的毛病，那就是容忍不了任何牧师，只要一见到牧师在他的眼前，他就会勃然大怒，火冒三丈。也正是因为这个缘故,所以这位牧师只好趁他不在家的时候才来向农妇问个好。好心的农妇见到他来,就把家里各式各样最好吃的饭菜都端出来招待他。这会儿他们听见农夫回家来了,都害怕得不得了。农妇连忙央求牧师钻进放在屋角落里的一只空的大木箱里去躲藏起来。牧师只得照着吩咐去做,因为他知道她丈夫最不愿意见到牧师。那个农妇赶紧把美酒和佳肴一股脑儿都收拾起来,放进烤炉里面,因为若是让农夫看到这些东西,他一定会追问个究竟,弄明白是为了款待什么人。

"唉,老天爷呀!"小克劳斯在棚顶上眼睁睁地看着这些好吃的东西一下子收得精光,不禁叹了口气叫出声来。

"哦,棚顶上有人吗?"农夫问道,他一抬头就看见了小克劳斯,"你为什么要躺在那上面呢?快下来,跟我进屋去吧。"

于是小克劳斯便把他走迷了路的事告诉了那个农夫,并且还央求借宿一个晚上。

"行呀,那不用说,"农夫说道,"不过让我先喂饱了肚子再说。"

那个农妇非常殷勤地伺候他们两人,她在大长桌上铺了台布,又把一大盆粥端到他们面前。农夫早已饥肠辘辘,便大口大口地喝起粥来,吃得很香。可是小克劳斯却不禁想起那些好吃的烤肉、鲜鱼和糕点来,他知道这些东西全都被收起来,放在烤炉里面。

在桌子底下他的脚边上放着他的口袋,口袋里装着他从家里带出来要到城里去卖掉的那张马皮。小克劳斯对粥一点胃口也没有,于是他用脚踩了踩他的口袋,口袋里的马皮发出很响的吱吱嘎嘎的声音。

"喂,那是什么响声?"农夫问道,朝着桌子底下瞅过去。

"嘘。"小克劳斯对着自己的口袋嘘了一声,同时却更用力地踩了一下口袋,袋里装的干皮子发出更响的吱嘎声。

"喂,你那口袋里装的是什么东西?"农夫又问道。

"哦,是个魔法师,"小克劳斯说道,"他在说,我们用不着喝粥,他已经给我们变出来满满一烤炉的烤肉、鲜鱼,还有糕点。"

"那真太妙啦!"农夫说着急忙走过去打开烤炉的炉门,炉子里果然摆满了好吃的东西,那都是他的妻子藏进去的,不过农夫却信以为真,觉得那必定是装在口袋里的那个魔法师变出来的。农妇一句话也不敢说,只好把这些菜肴、点心全都端上桌来。于是他们两人就狼吞虎咽,又是吃鱼,又是吃肉,又是吃糕点。小克劳斯又踩了踩他的口袋,干皮子又发出吱嘎响声。

"这一回魔法师又在说什么?"农夫问道。

"他在说,"小克劳斯说道,"他还给我们变出了三瓶酒,也放在烤炉里。"

于是那个农妇只得把她藏起来的美酒又端了上来。

农夫喝着酒,心里乐滋滋的。他相信小克劳斯的口袋里果真装着一个魔法师,而这样的魔法师他很想弄到手。

"那个魔法师也能变个魔鬼出来吗?"农夫问道,"趁我这会儿高兴,我倒想见见魔鬼。"

"噢,行呀,"小克劳斯回答说,"我想要我的魔法师变出什么来,他就一定会做到……喂,你变得出来吗?"他一边问,一边又用力踩了一下那个口袋,口袋里的干马皮又发出了吱嘎响声。"你听见了吗?他在回答说他能变得出来,可是魔鬼的模样实在太吓人,不值得看。"

"哦,我一点也不害怕,那么魔鬼会是什么模样呢?"

"哼,他的模样长得挺像一个牧师。"

"啊,"农夫说道,"那真是太丑了。你要晓得,我最不能容忍的就是见到牧师。不过现在反正是一码事啦,我明白了那就是魔鬼,这样我心里会更好受一些。现在我更有勇气了,可是不要让他靠我太近。"

"我还要问问我的魔法师才行。"小克劳斯说着又踩响了那袋干马皮,还趴下去侧耳细听了一番。

"他在说什么?"

"他叫你去打开摆在墙角里的那只大木箱,你就能亲眼看见魔鬼了,那个魔鬼愁眉苦脸地钻在里面。不过你要把箱盖紧紧抓牢,不要让它溜走。"

"你来帮我把箱盖抓牢,好吗?"农夫说道,他走到他妻子把那个牧师藏在里面的那只大木箱前,牧师躲在箱子里面,怕得浑身瑟瑟发抖。

农夫把箱盖掀开了一道缝,往箱子里看去。

"啊,"他发出一声惊叫,身子往后一蹿,又蹦回来,"一点不假,我亲眼看见了魔鬼,它长得同我们这里的牧师一模一样,多么可怕呀!"

然后他们又对酌起来,一直喝到深夜。

"说什么你也要把你的那个魔法师卖给我不可,"农夫说,"要多少钱你就开口说吧,我可以马上就给你整整一斗钱。"

"不行,我不能卖,"小克劳斯说,"你想想看吧,我能从魔法师那里得到多大的好处啊。"

"但是我实在太想得到它了。"农夫说,他一个劲儿地央求。

"好吧,"小克劳斯说,"看在你今晚让我留宿、待我这么好的分上,我就卖给你算啦。一斗钱也就行了,不过要满满的一斗钱。"

"你可以得到满满的一斗钱,"农夫说道,"可是墙角里的那只箱子你也要把它带走,我一刻也不愿意把它放在屋里。真不知道那个魔鬼还在不在里面。"

小克劳斯把装着干马皮的口袋给了农夫,换回来整整一斗钱,钱一直装到了斗口。农夫还送给他一辆手推车,好把钱袋和那只大木箱装了推走。

"再见。"小克劳斯说了一声,就推着那一斗钱和大木箱走了,可是那个牧师却还在大木箱里面。

树林的另一侧有一条大河,水很深,又流得很急,河面也很宽,谁也别想游过去。河上刚造好了一座新的大桥。小克劳斯走到桥中央,就停下脚步自言自语起来,说得声音很响,为的是好让大木箱里的那个牧师听见。他说道:

"不行,我拿这么一个笨重的大木箱怎么办?它重得像是里面装满了石头。我实在推不动了,要是再推下去非要把我累死不可,所以我还是把木箱扔到河里去算啦。如果木箱能漂流到我家,那敢情好。如果漂不回来,那么也就一了百了啦。"

说着他伸出一只手去拽起箱子,把它抬高一点,就好像要把它掀到河里去似的。

"不要扔,不要扔,千万不要扔!"牧师在箱子里急得直叫,"快把我放出来。"

"哼,"小克劳斯假装非常吃惊的样子说,"那个魔鬼还在箱子里面待着呢。我非要把木箱扔进河里去不可,这样也许能把魔鬼活活淹死。"

"千万不要,赶快住手,"牧师又在箱子里叫起来,"要是你放我出来,我就送给你整整一斗钱。"

"好吧,那就又当别论啦。"小克劳斯说着打开了箱子。牧师马上爬了出来,把空箱子推到了河里就一口气跑回家去。小克劳斯从牧师那里又得到了整整一斗钱。他早先已经从农夫那里得到过一斗钱。这下子他的手推车里装满了钱。

"唉,那匹马我真卖出了好价钱。"小克劳斯自言自语说道。他回到自己的小屋里,把所有的钱都倒在地上,堆成了一堆。

"大克劳斯要是知道我把那匹马卖出去弄到这么多钱,他一定会火冒三丈的。不过我现在还不能把事情的经过如实告诉他。"

他派了一个小男孩到大克劳斯那里去借一只斗来。

"他借斗要派什么用场呢?"大克劳斯疑惑不解。于是他在斗的底上抹了点焦油,这样一来,只要用它来称东西,总会粘住一星半点的。果真灵验得很,因为斗送回来的时候,底下竟粘着三枚崭新的半先令银币。

"这是怎么回事?"大克劳斯惊诧不止,他马上跑到小克劳斯那里去问他:"你是从哪里弄到这么多钱的?"

"噢,那是用我的马皮换回来的,昨天我把那张马皮卖掉啦。"

"这么说来,真是卖得出好价钱。"大克劳斯说道。他跑回家去,拿起一把斧头,给他那四匹马都当头劈了一斧头,然后剥下皮来,用小车装着推进城去叫卖。

"卖皮子呀,卖皮子呀,谁要赶快来买。"他走街串巷叫卖。

所有的鞋匠和制革匠人都跑来问他要卖多少钱。

"一斗钱一张。"大克劳斯回答道。

"你莫非发疯了不成?"他们全都惊呆了,一个个叫喊起来,"你以为我们手上有整斗整斗的钱吗?"

"卖皮子呀,卖皮子呀,谁要赶快来买。"大克劳斯又吆喝起来。可是他们所有人问他价钱的时候,他又回答说:"一斗钱一张。"

"他一定是在戏弄我们。"他们全都这样说。于是鞋匠们抄起了他们的皮膝垫,制革匠们拎起了他们的皮围裙,都动手抽打起大克劳斯来。

"哼,卖皮子呀,卖皮子呀。"他们朝他发泄着怒火,"我们会给你换一张皮,把你身上的皮换成一张血淋淋的猪皮。"

"快把他赶出城去。"他们都愤怒地呼叫。大克劳斯只得拔脚就逃,能跑多快就跑多快。他还从来不曾被人这样痛打过。

"哼,"他回到家里以后这么说道,"我非要叫小克劳斯偿还这笔债不可,我要打得他一命呜呼。"

就在这时候,在小克劳斯家里,却有人一命呜呼了,他的老祖母年迈去世。老祖母生前脾气很坏,对待小克劳斯也很蛮横,不过小克劳斯心里仍然十分难过,他把已经死去的老祖母抱起来,放到自己那张暖和的床上,就好像要等着她复活过来重返人间似的。他让老祖母在那里躺一个通宵,而自己却坐在墙角的一张椅子上打盹,以前他也曾这么睡来着。

深更半夜,正当小克劳斯坐在椅子上打盹的时候,大门忽然开了。大克劳斯手拿一把斧头闯了进来,他很清楚地知道小克劳斯的床在什么地方,便径直走到床铺跟前。他以为床上躺着的那个人就是小克劳斯，就举起斧头朝已经死去的老祖母头上劈了下去。

"哼，给你点厉害看看。"大克劳斯说道，"你再也休想欺骗作弄我了。"

说完之后，大克劳斯就走回家去了。

"那家伙真是心狠手辣，"小克劳斯说道，"他想要害我的性命，幸亏我的老祖母已经死了，要不然岂不是被他活活砍死了吗？"

他给老祖母穿上最好的衣服，又向邻居借来了一匹马，把马套在大车上。然后他把老祖母抱到大车后面的座位上扶正坐好，安置得妥帖稳当，免得老祖母在马车奔驰颠簸的时候摔出来。他驾车穿过森林，在日出时分来到一家大客栈。小克劳斯在客栈门前停下车，走进店堂去买点吃的。

客栈老板是个富翁，手头上钱多得数不清。他是个好人，可惜脾气急躁，就好像他肚子里都塞满胡椒和鼻烟一样。

"早上好，"客栈老板招呼小克劳斯说道，"你今天穿戴得那么整齐，又来得那么早，莫非你是要进城去？"

"一点不错。"小克劳斯说道，"我陪我的老祖母进城去。她在外面的大车上坐着，腿脚不大利索，所以我就没有让她下车进到店里来。请你送给她一杯蜜酒好吗？你送去的时候说话要大点声，她耳朵背得厉害。"

"好的，我会的。"客栈老板说道。他斟了一大杯蜜酒，端出去送给那个已经死去的老祖母，不过老祖母看起来还是身子坐得笔直。

"这是你孙子给你老人家买的蜜酒。"客栈老板大声说道，可是那个老祖母却一声不吭，动也不动，因为她早已死掉了。

"你没有听见吗？"客栈老板放开喉咙大声嚷嚷，能叫得多响就叫得多响，"你孙子买的蜜酒来啦。"

他把这句话喊了一遍又一遍，只见老祖母依然端坐不动，毫无声息。他的火气蹿上来了，他一发火就把杯子扔到了老祖母的脸上。蜜酒顺着老祖母的鼻子淌了下来，她身子朝后一仰就摔倒在车上，因为她只是被安放在座位上，并没有用绳子绑住。

"哎呀，"小克劳斯狂喊一声，冲出客栈店堂，一把揪住客栈老板的胸口，"你打死了我的老祖母！你看，她脑门上有多大的一个窟窿。"

"啊，我失手杀人啦。"客栈老板吓得惊叫起来，"那都怪我火气太大。亲爱的小克劳斯，我给你一斗钱，还要像安葬我自己的亲祖母一样把你的老祖母收殓下葬。但求你千万不要把这桩事情张扬出去，否则我就没命了，他们会砍掉我的脑袋的。"

于是小克劳斯又得到满满一斗钱。客栈老板并没有食言，他像安葬自己的亲祖母一样把小克劳斯的老祖母厚殓重葬。

小克劳斯回到家里，就立即打发他的小男孩到大克劳斯那里去借个斗来用用。

"什么？"大克劳斯惊愕不已，"难道我竟然没有把他砍死吗？我非亲自过去瞧瞧不可。"

于是他带着那只斗来到小克劳斯家里。

"天哪，你从哪里弄到这么多的钱？"大克劳斯问道，他的眼睛睁得滚圆，死死盯住了那一堆钱。

"你砍死的是我的老祖母，而不是我，"小克劳斯说道，"她已经被我卖掉了，到手一斗钱。"

"那真是大价钱啦。"大克劳斯说道。他匆忙回到家里，拿起那把斧头，马上把自己的老祖母砍死，然后把她放到马车上，驾着车就进城去。他把车赶到药店老板住的地方，问他是不是想买个死人。

"那死者是什么人，你从哪里弄来的？"药店老板问道。

"她是我的祖母，"大克劳斯说道，"我把她砍死了，要卖一斗钱。"

"上帝保佑，"药店老板说道，"你怎么满嘴胡说八道，莫不是发了疯不成？这些话可不能随便乱说，否则你要掉脑袋。"接着，药店老板又苦口婆心地劝他，说他干了一桩多么可怕的坏事，而干这种伤天害理的坏事的人必定逃不过严厉的惩罚。大克劳斯愈听愈怕，他吓得赶忙从药店里逃了出来，跳上马车，挥动鞭子抽打着马，一溜烟跑回家去。药店老板和所有的人都任凭他赶着车到他想去的地方去了。

"我非要向小克劳斯讨回这笔血债不可。"大克劳斯把车赶上大路之后就这样说道。他一回到家里就找出了一个最大的口袋，然后直奔小克劳斯的家。

"你又捉弄了我一回。"大克劳斯说道，"第一回害得我把我所有的马匹都宰杀了，这一回又害得我杀了自己的老祖母。这全是你设下毒计害我的。不过你休想再捉弄哄骗我啦。"他抱住小克劳斯的腰，把他塞进袋子里去，又把袋子扛到肩上，再对着塞在袋子里的小克劳斯喊道：

"这一回我把你扔进河里去淹死！"

到河边去有很长一段路要走，小克劳斯这么个大活人身体分量可不轻，大路旁边不远处有一座教堂，教堂里正呜呜咽咽地奏着管风琴，十分动听，人们都起劲地高唱着赞美诗。大克劳斯把装着小克劳斯的口袋放在紧靠教堂大门的地方，想先进去坐着歇歇脚，听听赞美诗再继续往前走。因为袋口是扎紧的，小克劳斯逃不出来，而所有的人又都在教堂里面，所以他就放心走进教堂去。

"唉，完啦。"小克劳斯在袋子里长吁短叹，他把身子左拧右扭，可是怎么也没有办法把扎住袋口的绳子弄得松开。正在这个时候，走来了一个赶牛的老头，他满头白发白得像雪一样，手里拿了一根很长的拐杖，赶着一大群牛走过来——公牛、母牛都有。这些牲畜走过来的时候被那个装了小克劳斯的口袋绊住了腿，于是它们便抬腿把口袋踢翻过来。

"唉，可怜可怜我吧，"小克劳斯悲叹道，"我这么年轻就快要进天国去了。"

"唉，我这个可怜的人哪，"赶牛的老头说道，"这把年纪却还去不了天国。"

"快把袋口解开，"小克劳斯喊道，"钻到袋子里来换我出去，你马上就可以去天国。"

"我真是求之不得，太愿意啦。"赶牛老头说道。他为小克劳斯解开了袋口，小克劳斯一下子就跳了出来。

"麻烦你替我照料牲口好不好？"赶牛老头说道。他钻进了袋子里，小克劳斯把袋口扎紧，自己赶着那一大群公牛母牛走开去了。过了半晌，大克劳斯从教堂里走了出来，他又把袋子背到自己的肩上。他觉得袋子变得轻多了，因为赶牛老头只有小克劳斯一半的分量。

"哦，小克劳斯变得轻多了，"大克劳斯说道，"一定是我进教堂去听了福音更有力气的缘故。"

大克劳斯一口气走到那条又深又宽的大河旁边，把装着赶牛老头的袋子扔进了河水里，然后他朝着沉到河水里去的那个袋子叫喊，因为他仍然以为袋子里装的是小克劳斯。

"哼，你就躺在水里吧，再也休想来捉弄我啦。"

他朝着回家的路走去，刚刚走到十字路口，但见小克劳斯赶着牛群走来。

"这是怎么回事？"大克劳斯吃惊地说道，"难道我没有把你淹死？"

"一点不错，"小克劳斯说道，"大约半个钟头之前，你把我扔进了河里。"

"那么你从哪里弄到这么多膘肥体壮的牲畜呢？"大克劳斯问道。

"那可不是普通的牛群，那是海牛。"小克劳斯说道，"我把事情经过原原本本地告诉你吧，我真对你感激不尽，多亏你把我扔进了大河里，我才发了这笔横财，你看，我是真正富起来了……想想你把我塞进袋子里去的时候，我可真是害怕。你把我从桥上扔进冰凉的水里，寒风在我耳边呼呼吹过，我自以为必死无疑。我一下子沉到了河底，幸好没有什么东西砸在我身上。河底长着最嫩最软的青草，我掉在软绵绵的草丛中，那袋子的袋口自己就解开了。有一个美丽得不得了的姑娘，身穿雪白的裙袍，湿漉漉的头上佩戴着一顶绿色的花冠。她拉我的手说：你终于来了，小克劳斯，你先收下这几头牛。前面大路上再过去一英里路的地方还有一大群牛，那就是我要赠送给你的礼物。这时候我才知道，这条河对于水底的居民来说就是一条宽阔的大路。不管是出海还是去向这条河的尽头处的陆地，他们都在这条大路上或是步行，或是驾车行驶。河底里长满了最美丽的鲜花和碧油油的青草。各式各样的鱼儿在我身边游过，速度快得像小鸟在天空中飞一样。水底居民全都长得非常漂亮，还有那些牛群都壮得不得了，慢悠悠地在河底的山岗上和山谷里吃草。"

"既然河底下那么惬意，"大克劳斯说，"那么你为什么又回到我们中间来了呢？换了是我的话，我就不上来啦。"

"一点不错，我真的有点儿失策了。"小克劳斯说道，"不过那时我没有想到这么做。那位水底姑娘对我说，我只要在大路上再走一英里路就可以找到一大群牛。她所说的大路，其实指的是那条大河，因为她只能顺着河流行走，别的地方她是去不了的。我知道这条大河曲曲弯弯，拐来拐去，没有什么笔直的地方。于是我挑了一条捷径，就是先爬到陆地上来，穿过田野，然后再回到河底里去，这样可以少走一半路，我可以更快地把一大群牛弄到手。我照这样做了，喏，那一大群海牛都成了我的啦。"

"你这家伙真走运，"大克劳斯说道，"要是我也沉到河底去，你说我能再得到一大群海牛吗？"

"我相信你是可以得到的，"小克劳斯说，"不过丑话说在前头，我没有力气把你塞进袋子里去，但如果你自己钻进去的话，我倒还愿意出力把你推进河里去。"

"那就很感谢你啦。"大克劳斯说道，"不过你要记住，如果我到河底去跑一趟却得不到海牛的话，那么我上来非把你揍扁了不可。"

"哦,别这样,对人不要太凶嘛。"小克劳斯说道。

他们两人一起朝河边走过去。那一大群牛早已口渴极了,一看到河水就没命地往前奔跑,想要尽快喝上水。

"你看那些海牛有多性急,"小克劳斯说道,"它们都急着想重新返回水底下去。"

"来,快来帮我一把,"大克劳斯说道,"要不然小心我揍你。"大克劳斯钻进一个大口袋里,那个口袋一直搭在一头公牛的背上。

"再放块石头进来,"大克劳斯说道,"我怕我沉不到底。"

"噢,那倒用不着你担心。"小克劳斯回答说,不过他还是在口袋里塞了一块大石头,然后把袋口扎紧,朝着河里一推。

扑通一声响,大克劳斯落到河里,马上就沉到河底。

"我怕他找不到什么牛群了。"小克劳斯说道,接着就赶着自己的牛群回家去了。

## 豌豆上的公主

从前,有一位王子,他想要娶一位公主,而且必须是一位真正的公主。他走遍了全世界,到处去寻找这样的公主,可是不管走到哪里,却总是寻觅不到他所要找的,一路上还遇到了不少麻烦。公主固然多的是,只是真假难辨,他不能判断她们是不是真的,他总觉得她们有些地方不那么像是真的,于是他只好又回到了家里,因为他一门心思想娶一位真正的公主。

有一天晚上,忽然之间来了一场可怕的暴风雨,一时间电光闪烁,雷声轰隆,大雨倾盆而下。就在这样坏的天气里,城门上传来了敲门声,老国王便亲自走过去开门。

门外面站着一位公主。

可是天哪,暴风雨把她弄成了一副什么模样!雨水顺着她的头发和衣裳哗哗地往下淌,从她的鞋帮里流进去,又从鞋跟里淌出来。她说自己是一位真正的公主。

"好吧,我们很快就会弄明白的。"年老的王后这么想道,但是她嘴上却一声不吭。她走进卧室,把床上的床单、床垫和所有的卧具统统拿走,在床板上放了一颗豌豆。然后她拿来了二十张厚厚的床垫铺在这颗豌豆上,又在这二十张厚床垫上再铺上了二十张羽绒床垫。

那位公主便躺在这张床上过了一夜。

第二天早晨,大家问她睡得好吗。

"哎哟,睡得糟糕透啦。"她回答说,"我几乎一整夜都不曾合过眼。真是天晓得那张床上到底有点什么东西,我明明觉得自己躺在一样硬绷绷的东西上面,害得我浑身青一块紫一块的,真是可怕极了。"

这样一来,大家都明白她才是一位真正的公主,因为隔了二十张厚床垫还有二十张羽绒垫子她依然可以感觉得到那颗豌豆。

只有一位真正的公主才有这样娇嫩的皮肤。于是王子娶她为妻子。现在他知道了,他得到了一位真正的公主。

那颗豌豆被陈列在艺术博物馆里,如果没有人把它偷走的话,直到现在还可以在那儿看到它呢。

瞧,这是一个真实的故事。

# 小伊达的花

"我的那些可怜的花都死掉啦。"小伊达说道,"昨天晚上它们还开得那么好看,现在叶子全都发蔫,花瓣全都耷拉下来了。它们为什么一下子就全都凋谢了呢?"

她是向坐在沙发里的那个大学生发问的。她很喜欢这个大学生,因为他会给她讲最好听的故事,他会剪出最美丽的剪纸画,鸡心形的剪纸图案中间有舞娘在跳着舞,还有各色各样的花卉和王宫,那些王宫的门都能打得开的。他真是一个讨人喜欢的大学生。

"今天这些花为什么看起来那样垂头丧气呢?"她指着一大束枯萎的花给他看。

"你知道它们为什么会凋谢吗?"大学生说道,"昨天夜里这些花都参加了舞会,所以累得耷拉下了脑袋,这毫不令人奇怪。"

"可是花不会跳舞呀。"小伊达叫了起来。

"谁说的,"大学生说,"它们会跳的。等到天黑了,我们大家都上床睡觉了,它们就会兴高采烈地围成圈跳个不停,差不多每天晚上它们都开舞会。"

"难道就没有小孩子去参加它们的舞会吗?"

"有的,"大学生说道,"小雏菊和铃兰也去参加的。"

"那些最美丽的花在什么地方举行舞会呢?"小伊达问道。

"你不是看到城外那座王宫的大门吗?那座王宫好大好大,国王常常在那里消夏避暑。那里的花园里开满了美丽的鲜花。你不是见到过那些天鹅吗?你扔面包喂它们的时候,它们就朝着你游过来。告诉你吧,那里举行真正的舞会。"

"昨天我和我妈妈刚刚到那个花园去过,"伊达说,"可是树上的叶子全都掉光了。那里连一朵花都见不到了。那些花都到哪里去了呢?夏天的时候我看到过那里有好多好多!"

"它们都搬进王宫里去住了,"大学生说,"你要知道,每当国王和王宫里的侍从们回到城里来的时候,那些花就从花园里搬进王宫里去了。它们那份快活的神气你真该看看才是。那两朵最娇艳的玫瑰花坐到了王位上,一朵成了国王,一朵成了王后。所有的红鸡冠花都排列在两旁,朝着国王和王后俯首鞠躬,它们是宫廷中的侍从。然后所有美丽的鲜花都来了。于是盛大的舞会便开始了。蓝色的紫罗兰化装成海军士官生,他们把风信子和藏红花称为小姐,并且同她们翩跹起舞。郁金香和大朵黄百合花就是年长的贵夫人,它们负责照料,让舞会顺利进行,一切都合乎礼仪。"

"不过,"小伊达问,"难道就没有人出来管住这些花,不许它们跑到王宫里去跳舞吗?"

"没有什么人真正能够知道这样的事情,"大学生说,"在夜里,有时候负责看守王宫的老卫士确实也要来巡逻查夜,他身上挂着一大串钥匙,那些花一听见哐啷哐啷的声响,就一声不吱,统统跑到落地窗帘背后躲藏起来,只伸出头来偷看。'我闻得出来那股香气,里面一定有花。'他说道,可是他却看不到它们。"

"真有意思,"小伊达拍着两只小手说,"难道连我也见不到那些花吗？"

"见得到的，"大学生说道，"下次再去的时候你要务必记住，要偷偷地朝长窗里面张望，这样你一定会见到它们的。我今天就看见有一朵长长的复活节黄百合花伸直了身子四叉八仰地躺在沙发上，它是一位宫廷贵妇。"

"植物园里的花也到那里去参加舞会吗？它们走得动那么长的路吗？"

"可以的，你放心好了。"大学生说道，"它们想什么时候去就什么时候去，因为它们会飞。你难道不曾看见过那些在夏天的晴空里翩翩飞舞的蝴蝶吗？有红的、黄的和白的，色彩缤纷，美丽极了，它们看起来同鲜花几乎一样。它们都曾经是花，后来它们离开了花梗蹦了出来，扇动起花瓣，就像小小的翅膀一样。如果它们循规蹈矩、举止端正的话，那么它们就用不着再回家去待在花梗上一动不动了，它们可以天天从清早到晚上都在空中飞，这时候它们的花瓣就变成了真正的翅膀。你不是自己看见过了吗？说不定植物园里的那些花从来不曾到王宫里去过，也许它们不知道那里到了晚上会有这么热闹快活。所以我来告诉你。这么一来，住在你家旁边的那位植物学教授准会大吃一惊的。你同他很熟悉，对不对？下次你到他的花园里去的时候，你务必告诉花园里的任意一朵花，说王宫里有盛大的舞会，它就会告诉所有的花。于是它们就会赶紧飞到那里去。等到那个教授走进花园的时候，那里早已连一朵花也没有了。教授会莫名其妙，弄不明白那些花都跑到哪里去了。"

"可是花怎么能相互转告呢？花是不会讲话的。"

"不会的，当然不会喽，"大学生回答说，"可是它们会做出种种姿势来表示意思。你不是见到过吗，微风轻拂时，它们会点头哈腰，轻轻地摇动它们的绿叶，这样就跟讲话一样把意思表达出来了。"

"那么教授看得懂它们摆弄姿势吗？"

"可以，你放心好啦，他一定能看得懂的。有一天早晨，他走进他的花园，看见一棵浑身带刺的荨麻摆动着它的叶子，正在朝着一棵红色的康乃馨做出姿势，它在说：你是多么美丽，我是多么喜欢你。教授很讨厌这种求爱的姿势，就朝着荨麻的手指上，也就是荨麻叶子上拍打了一下，可是他自己的手指却被荨麻狠狠地刺了一下，痛得他从此以后再也不敢去碰荨麻一下了。"

"真有意思。"伊达说着大笑起来。

"怎么可以把这些无聊的东西灌输到孩子的头脑里去呢？"有一位前来串门做客的市政参事坐在沙发里不以为然地说。他一点也不喜欢这个大学生，他一看见那个大学生剪出来的剪纸画心里就犯了嘀咕。那些剪纸画十分滑稽，有的是绞刑架上吊着一个手里捧着一颗心的人，因为那人是个偷心的贼；也有的是一个骑着扫帚在天上飞的老巫婆，而她的丈夫却坐在老巫婆的鼻尖上。市政参事无法容忍这些开玩笑的剪纸画，他指责说：

"怎么可以把这些荒诞不经的东西灌输给孩子呢，尽是些愚蠢的胡思乱想！"

可是小伊达却觉得大学生给她讲的花的故事十分有趣，她回过头来又想了很久。那些花耷拉着脑袋，因为它们跳了一整夜的舞，一定太累了，大概是生病了。于是她把花拿进来，同别的玩具放在一起。那些玩具全都放在一张漂亮的小桌子上，连整个抽屉都装得满满的。她的玩具娃娃索菲娅本来在玩具小床上睡得安安稳稳的，可是小伊达偏偏对她说：

"你真的不得不起来了，索菲娅，今天晚上只好委屈你到抽屉里去过一夜了。那些可怜的花病啦，所以它们必须躺在你的床上。说不定它们很快就会好起来的。"

然后她就把玩具抱了起来。那玩具娃娃满脸不高兴，一声不吭，因为不让她睡在自己的床上，她很生气。

小伊达把那些花放到玩具娃娃的小床上，用毛毯把它们盖好，又关照它们说，要乖乖地躺着，不要动。她要给它们沏点热茶，让它们快点好起来，这样明天早上它们就可以起身下床了。她把床幔拉拢，严严实实地挡住阳光，不让阳光透过来，晒到它们的眼睛上。

整个晚上，她都一刻不停地在回想大学生给她讲的那些东西。到了她自己该上床睡觉的时候，她就从拉上了的窗帘背后窥视窗户外的花园，那里有她妈妈种的许多好看的花，有风信子、郁金香，还有许多别的花。在窥看的时候，她还轻声地说道：

"我知道，今天晚上你们要去参加舞会。"

那些花都佯装一点听不懂的样子，连叶子都没有摆一下，可是小伊达却心中有数。

她上床后躺了很长时间却没有能够睡着，她想着要是能去看看那些美丽的花在王宫里跳舞，岂不是非常有趣的事情。

"也不晓得我的那些花是不是真的去参加舞会了。"后来她渐渐进入了睡乡。到了半夜，她又惊醒过来，她梦见了那些花，还有那个大学生在受市政参事的责备,说他不应该把胡思乱想灌输给孩子。伊达睡觉的卧室寂静无声,只有一盏油灯在桌子上亮着,她的爸爸妈妈都已经熟睡了。

"不知道我的花是不是还躺在索菲娅的床上?"小伊达自言自语说,"哦,上帝呵,我多么想知道。"

她爬起身来,朝着打开一条小缝的房门里面望过去,那些花和她所有的玩具都在那里边。她侧耳聆听,好像那间房间里面有人在弹奏钢琴,弹得很轻,声音十分柔和,可是却好听极了,她从来不曾听到过这么美妙的琴声。

"这会儿所有的花大概都在跳舞了吧,"她想道,"哦,上帝呵,我是多么想看看它们。"可是她不敢起身下床,那样会吵醒她的爸爸妈妈。

"要是它们能到这里来就好啦。"她说道。可是那些花没有过来,那音乐声仍旧在悠扬回荡着,她实在忍不住了,那音乐实在太好听了。于是她从自己的小床上爬下来,蹑手蹑脚地走到房门口,朝那间房里望过去。她眼前出现的是怎样热闹快活的景象啊。

那间房里没有点灯,不过却明亮得如同白昼一样,月光透过窗口照进来,映亮了整个房间。所有的风信子、郁金香都在房间里的地板上站立着,各自排成一行长队。窗口上连一朵花都看不到了,所有的花盆里也都是空空如也。那些花全都站到了地板上,围在一起欢快地跳着舞。它们伸出长长的绿叶互相牵挽着,排成一个整齐的圆圈,旋转着身子翩翩跳舞。在钢琴前面端坐着一朵很大的黄色百合花。小伊达一眼就认出来,她曾经见过这朵花,因为她记得很清楚,大学生曾脱口惊叫:

"哦，天哪，它多么像琳尼小姐呀。"当时大家哄笑起来，把他闹得很难为情。可是现在小伊达也觉得这朵长长的黄花当真同那位小姐十分相像。它弹琴的姿势也同那位小姐一模一样。它一会儿把长长的黄脸歪过来朝向这一边，一会儿又把脸歪过去朝向那一边，那颗脑袋随着音乐的节拍而不断地颠动摇晃着，好像是在打拍子。她看到一朵很大的紫色藏红花跳到放着玩具的桌子上，又一直走到玩具娃娃的床前，把床幔拉开。那些生了病的花本来都歪歪斜斜地躺在床上，这会儿却全都康复了，它们跳起身来做姿势，对别的花点点头，表示它们也想要参加跳舞。那个下巴上磕了个缺口的玩具扫烟囱老头站在那里笑眯眯地朝着那些美丽的花朵弯身鞠躬。那些花现在看起来一点病容都没有了，它们兴高采烈地同其他花朵在一起跳舞，都十分快乐，可是它们谁也没有正眼瞧小伊达一眼，也没有人理睬她。

这时候好像有什么东西从桌上咕咚一声掉到了地板上。小伊达朝那边望过去，只见一根狂欢节上支撑假面具用的彩色细木棍从桌子上跳了下来，它大概自认为是花儿一类的东西，所以跳下来加入它们的行列。彩色木棍细长光滑，顶上有个小蜡人，戴着宽边帽，同市政参事戴的一模一样。支撑假面具的彩色木棍踩着那三只红色的木脚在花朵中间跳起舞来，他重重地踩着脚，因为他跳的是玛祖卡舞，而那些花朵是没有办法跳这个舞蹈的，因为它们分量太轻，跺脚蹬腿都发不出声响。

忽然间，彩色木棍顶上的那个小蜡人似乎一下子变得高大起来，他越来越高，站在彩色木棍顶上的纸花上打转转，高声叫道：

"你们怎么可以把这些东西灌输给孩子们！要知道它们全是愚

蠢的胡思乱想。"

他说话的腔调简直同市政参事一模一样，也是那样拉长了脸、气鼓鼓的，那张脸的脸色蜡黄，又戴着宽边帽，真是惹人讨厌。可是纸花敲打了他那瘦小的细腿，他吓得又缩回去了，重新变成了一个小蜡人，这真是太有趣了。小伊达看得忍不住哈哈大笑起来。

那根彩色木棍一股劲儿地跳舞，不停地旋转，那个"市政参事"也只得跟着不停地旋转。尽管他能够变得高大起来，或者能缩小回去重新变成一个戴着大黑帽子的小蜡人，可是那都不管用，他还是照样要跟着旋转个不停。后来别的花朵，特别是在玩具娃娃床上躺过的那些花，都为他求情说好话，彩色木棍这才停下来不再旋转了。

就在这时候，抽屉里发出了很大的响声，伊达的玩具娃娃索菲娅和别的许多玩具都在抽屉里闹腾起来了。扫烟囱的老头走到桌子边沿上，俯卧着身子，伸出手去把抽屉拉开了一道缝。索菲娅坐起身来，十分惊诧地望望四周。

"这里一定在举行舞会。"她说道，"为什么没有人告诉我？"

"你愿意和我跳个舞吗？"扫烟囱的老头问道。

"愿意，再愿意不过了，你是一位最漂亮的舞伴。"她说着却把身子转过去用背朝着他。她坐在抽屉里想道，一定会有哪朵花来邀请她跳舞的。可是等来等去却没有一朵花过来。于是她咳嗽了几声："咳、咳、咳……"但是依然没有一朵花过来邀请她。那个扫烟囱老头独自跳起舞来，跳得还真不赖。

索菲娅眼睁睁地看着没有一朵花搭理自己，她便从抽屉上跳了出来，摔倒在地板上，发出了很大的响声，这引起了一阵惊慌，所有的花都跑过来围住了她问长问短，看看她是不是跌伤了，尤其是在她床上躺过的那些花更是关怀备至。好在她一点都没有跌伤，小伊达的所有花都说了不少好话，感谢她把那张舒适的床铺让出来借给它们躺着，还说它们都非常喜欢她，把她拉到月光照亮的那块地方的中央，和她一起跳舞，其他的花在她周围围成一圈。这一下索菲娅高兴起来了。她说它们可以继续用她的床，她一点也不在乎待在抽屉里。可是那些花却说道：

"真太谢谢你了，不过我们活不了多久了，明天我们都会死去。请告诉小伊达，要她把我们埋葬在花园里靠近金丝雀长眠的地方，这样到了夏天我们就又会长起来，而且长得更加美丽。"

"不，你们不能死。"索菲娅边说边吻着那些花。

这时候客厅的门忽然打开了，一大群美丽的鲜花跳着舞涌了进来。小伊达不知道这些花究竟是从哪里来的，除非它们是从国王的王宫里来的。走在最前面的是两朵玫瑰花，头上都戴着小小的金王冠，原来它们就是国王和王后。它们身背后紧跟着最美丽的紫罗兰和康乃馨，一齐频频向四周点头致意。它们也带来了乐队，大罂粟花和牡丹花用豌豆荚做乐器用力地吹奏着，憋得满脸通红。一串串的蓝色风信子和白色小雪花莲叮叮当当敲击着自己身上铃铛形状的花朵，发出的响声同真的铃铛一样清脆悦耳。那音乐真是好听极了，随着音乐声又来了许许多多的花，蓝色的紫罗兰，紫色的三色堇，小雏菊，还有铃兰，它们全都挤在一起跳舞，互相亲吻着，看看它们真是叫人开心。

最后，所有的花相互道了晚安。于是小伊达又重新返回自己的卧室，轻轻爬上了床。她进入了梦乡，在梦境中又看到了所有这一切。

　　第二天早晨,她一起来就走到小桌子前面,想去看看那些花是不是还在那里。她把玩具娃娃的小床的床幔朝两边拉开,只见那些花都还躺在那里,可是它们已经死去了,比前一天更枯萎凋谢。索菲娅仍然躺在小桌子的抽屉里,看样子非常倦怠。

　　"这些花要你告诉我的话你还记得吗?"小伊达问道,可是索菲娅怔呆呆地望着她,什么也没有说。

　　"你一点也不好,"小伊达说道,"它们全都同你跳过舞啊。"

　　她拿起一个盖子上画着可爱的小鸟的小纸盒来,把纸盒打开,将死掉的花都放到盒子里。

　　"这就是你们漂亮舒服的棺材。"小伊达说道,"待一会儿挪威表哥们来到这里后,他们会陪我到花园里把你们好好埋葬的。到了夏天,你们又会长出来,而且长得更美丽。"

　　挪威表哥们是两个健壮的小男孩。他们把他们父亲刚送给他们的两副新弓箭拿给伊达看。小伊达把那些可怜的花的事情告诉了他们俩,并告诉他们这些花已经枯死了,叫他们帮着把这些花埋掉。于是两个小男孩肩上扛着弓走在前面,小伊达走在后面,双手捧着装在漂亮纸盒里的那些枯死了的花。他们在花园里刨了一个坑,小伊达吻吻那些花,然后把它们连同纸盒一起放进了土坑里。埋好之后,那两个小男孩阿尔道夫和约纳斯拉起弓,朝着坟墓上空射了箭,因为他们没有枪可以鸣,也没有炮可以放。

# 拇指姑娘

从前有一个女人,她非常想有一个个子很小的小孩,可是她不知道从哪里才能找到,于是她便去向老巫婆求教。她问老巫婆:

"我太想要一个小孩子了,请你告诉我,在哪里我能够找得到?"

"行呀,那是可以做到的。"老巫婆说,"我给你这颗燕麦粒,它不是农夫在田里种出来的那种燕麦,也不是喂鸡吃的那种燕麦。你把它埋在一个花盆里,就会看到你想要的东西啦。"

"谢谢你。"女人说道,她送给老巫婆十二先令银币作为酬劳。回到家里,那女人马上就把那颗燕麦粒种在花盆里。刚种下去不久,就长出了一朵美丽的大花,样子像是郁金香,可是花瓣裹得紧紧的,好像还只是一个花蕾。

"多么好看的花呀!"女人说道。她亲吻了金红色的花瓣。她这么一吻,那朵花发出了啪的一声响,竟然绽开了。那是一朵真正的郁金香,在花蕊中央绿色的花萼上坐着一个娇小玲珑的小女孩,她几乎还没有一个大拇指长,所以大家都叫她"拇指姑娘"。

那个姑娘的摇篮是用半个漆得很亮的核桃壳做的,床褥子是一片紫罗兰花瓣,被子是一片玫瑰花瓣。到了晚上,她就睡在这个摇篮里,不过白天她可以在桌子上玩耍。那个女人在桌子上放了一只盆子,盆子里灌满了清水,一个鲜花做成的花环围在盆子四周，鲜花的茎梗都浸在水里。盆子里的水面上漂着一大片郁金香花瓣。拇指姑娘就像坐船一样坐在花瓣上，在盆子里荡漾，用两根白马鬃做桨，从盆子的这一边划到那一边，真是惬意极了。她还会唱歌，歌喉是那么甜美圆润，人们从来没有听到过这么美妙的歌声。

有一天晚上，拇指姑娘正躺在那张漂亮的摇篮里睡得很香，一只癞蛤蟆从窗外蹦了进来，原来窗户上有一块玻璃碎了，露出了一个缺口。那只癞蛤蟆个子很大，相貌丑陋，浑身湿漉漉、黏糊糊的。它一下子蹦到了桌子上，蹦到盖着红玫瑰花瓣熟睡的拇指姑娘身边。

"这个漂亮的姑娘可以给我的儿子做媳妇。"癞蛤蟆说道。她捧起了拇指姑娘睡在里面的核桃壳，钻出窗外，蹦到花园里去了。

窗户外面不远的地方有一条宽阔的小河流过，河边是一片沼泽地和烂泥塘。癞蛤蟆和她的儿子就住在那里。那个儿子又丑又脏，甚至比他的母亲还要丑还要脏。他一看见睡在核桃壳里的小姑娘，就"呱呱、呱呱"地叫了几声，这就是他会讲的话了。

"不要这么大声说话，要不然会吵醒她的。"老癞蛤蟆说道，"她就会从我们这里逃出去的，因为她轻得像天鹅羽绒一样。我们要把她放到河面上宽大的睡莲叶子上去。她是这么娇小轻盈，那片睡莲叶子就像个小岛。她在那上面就跑不掉了。我们赶紧去把烂泥塘底下的新房打扫布置好，你们就在那里安家吧。"

小河河面上星罗棋布地长着许多睡莲，宽大的绿叶子远远看起来就像漂浮在水面上的一只只圆盘一样。这些叶子当中最宽大的那一片在最远处。老癞蛤蟆泅水过去，把核桃壳连同拇指姑娘一起放在那片最宽大的叶子上。

　　第二天大清早，拇指姑娘睡醒过来了。这个小不点儿一看见自己在这个地方就伤心地痛哭起来，因为那片绿色的大叶子四周全是水，她不能回到陆地上去了。

　　这时候，老癞蛤蟆蹲在烂泥塘里，用灯芯草和淡黄的睡莲花蕾在装饰新房，要把新房布置得漂漂亮亮的，让她的儿媳妇住得舒舒服服的。打扫完之后，她就带着她的丑八怪儿子泅水到拇指姑娘的那片睡莲叶子上去，她要把那张漂亮的床抬回去，在新娘还没有进入洞房之前先安置停当。老癞蛤蟆在水里对她行了一个深深的屈膝礼，说道：

　　"这个就是我的儿子，他将要成为你的丈夫，你们的新居就在烂泥塘底下，可舒服啦。"

　　"呱呱、呱呱、呱呱。"那个儿子就只会说这么几句话。

　　癞蛤蟆抬起那张精美的小床，泅水游走了。拇指姑娘独自一人坐在绿色的睡莲叶子上嘤嘤悲泣。她不情愿跟那只丑得出奇的老癞蛤蟆住在一起，一想到老癞蛤蟆的那个丑八怪儿子要做自己的丈夫，更是心里难过。在水里游来游去的那些小鱼听到了她的哭声，都把头抬出水面来，想看看这个小姑娘，它们一看见她就觉得她长得太美丽了。它们想到她要嫁给那个癞蛤蟆做媳妇真是太委屈了，因为它们在水中见到过那两只癞蛤蟆，也听见了刚才老癞蛤蟆说的那番话。

　　"不行，绝不允许这样的事情发生。"它们这样说道。于是它们在水里聚集起来，把托着小姑娘的那片睡莲叶子团团围住，用它们细尖的牙齿去啃睡莲的茎，终于把那根茎咬断了。那片叶子托着拇指姑娘顺流而下，漂呀，漂呀，越漂越远。漂到那么远的地方去，那两只癞蛤蟆是再也来不了啦。

拇指姑娘漂呀漂呀，漂过了许多城镇，栖息在灌木丛中的小鸟看见她都唱道："多么美丽的小姑娘。"那片叶子载着她越漂越远，这样拇指姑娘就漂流到了国外。

一只美丽的小白蝴蝶总是围绕着她盘旋，后来就干脆落到了叶子上，因为它太喜欢拇指姑娘了。而她呢，她现在心情开朗起来，因为癞蛤蟆再也到不了这里了。她漂过的地方景致十分秀丽，阳光照映在水面上，熠熠生辉，波光粼粼。她解下了自己的腰带，一头拴住了白蝴蝶，另一头紧紧地系在睡莲叶子上。这下子叶子漂流得快得多，而她站在叶子上面也漂流向前。

忽然间，天上飞来一只很大的金龟子，它看到她就伸出脚爪抓住了她纤细的腰，带着她飞到一棵树上。那片睡莲的绿叶子在小河上漂走了，白蝴蝶也跟着叶子一起飞走了，因为它是被拴在叶子上的，脱不了身。

上帝啊，当金龟子抓住了她把她带到树上去的时候，拇指姑娘的心里有多么害怕呀。不过，她心里更担忧的是被拴在睡莲叶子上的那只美丽的白蝴蝶。要是那只白蝴蝶挣脱不开身子，就会活活地饿死。可是，那只金龟子却对这件事情毫不知情，它陪她坐在那棵树上最大最绿的树叶上，把花里最甜的花蜜拿给她吃，还对她说她长得美丽极了，虽说她的长相一点也不像金龟子。过了半晌，居住在这棵树上的所有金龟子都前来拜访她。它们细细打量拇指姑娘，越看越不顺眼。金龟子小姐们用她们的触须碰碰她，说道：

"哎哟,她只有两条脚爪,样子那么可怜巴巴的。"

"哎哟,她连触须都没有,"另外一只说道,"她的腰那么细,她看起来倒像是个人的样子,真是太难看啦。"

所有的金龟子全都异口同声地这么说。虽然她长得那么俊俏美丽,可是在金龟子的眼里却成了丑八怪。那只把她抓来的金龟子起初也觉得她长得很美丽,经不住大家众口一词地说她奇丑无比,它也就信以为真了。它再也不愿意和拇指姑娘多说一句话,再也不想要她了,只是告诉她想上哪里就可以上哪里去。它们带着她飞到树底下,把她放在一朵雏菊上,她一想到自己难看得连金龟子都不愿收留她,就又伤心地痛哭起来。其实,她的确是人们所能够想象得出来的最美丽的人,娇嫩得像一朵最美丽的玫瑰花。

整个夏天,拇指姑娘孤苦伶仃地在那个荒凉的大森林里过日子,她用青草的茎为自己编织了一张床,又把床吊在一片大牛蒡叶子底下,这样可以挡雨,不至于淋湿。她吮吸花蜜充饥,每天清晨喝叶子上的露水解渴。就这样,夏天和秋天总算过去了。接着冬天来了,漫长而寒冷的冬天来到了。所有曾经为她婉转歌唱的鸟儿全都飞走了。树木和花草全都枯萎了。她用来遮风挡雨的那片大牛蒡叶如今也蔫成了一卷,只剩下了一根黄黄的枯秆。她冻得浑身瑟瑟发抖,她身上的衣服既破旧又单薄,不足以御寒挡风,何况她又是那么娇嫩,那么纤小。可怜的拇指姑娘,她几乎快要冻死了。天上开始下雪了,每落到她身上一小片雪花,就像有人把整箩筐的雪朝着我们劈头盖脸地浇泼下来一样,因为我们个头大,而她却只有大拇指大小。她钻进枯叶堆里,缩紧身子,可是这也没有暖和多少,她仍然在瑟瑟发抖。

紧靠在森林旁边有一块麦田，麦子早已收割晾晒完了，冻得硬邦邦的土地上只留下了光秃秃的枯麦茬。那些麦茬又枯又短，可是拇指姑娘穿行在这些枯麦茬之间，就像是行走在一片大森林里那样艰难。她冷得浑身都快要冻僵了。不过后来她终于走到了一只田鼠的家门口。这只田鼠在一簇麦茬底下刨了一个洞，住在里面既暖和又舒服。她囤着满满一房间的麦子，还有漂亮的厨房和餐厅。可怜的拇指姑娘站在门口，就像一个贫苦的乞丐一样，央求施舍一点燕麦给她果腹，因为她已经整整两天没吃到东西了。

"唉，你这个可怜的小东西。"田鼠说道。那是一只心地很善良的老田鼠。"快到我暖和的屋子里来同我一起吃饭吧。"

她一见到拇指姑娘就十分喜欢，所以说道：

"你可以住在我这里过冬，可是你要帮我把屋子收拾干净，还要讲故事给我听，因为我非常喜欢听故事。"拇指姑娘遵照老田鼠的吩咐去做，日子倒还过得安生。

"很快就有人登门拜访我们了。"有一天田鼠说道，"我们的邻居每星期日总要过来看望我。他很富裕，日子比我好过得多，住的是有墙壁的厅堂，穿的是漂亮的黑色天鹅绒般的裘皮大衣。如果你能嫁给这么一个丈夫，那么那些好东西你一辈子都享用不尽了。他的眼睛看不见东西，所以你必须给他讲最好听的故事，你懂了吗？"

那是一只鼹鼠，拇指姑娘一点也不喜欢这个邻居，而且压根儿没有想过要嫁给他。不过他来拜访她们的时候，身上的确穿着油光发亮的天鹅绒般的黑色裘皮大衣。

田鼠不断地唠叨说他非常富有，而且又有学问，他的家要比田鼠的大二十倍。他虽然有学问，可是他却一点儿也不喜欢太阳和美丽的花草，因为他从来没有看见过太阳和花草，所以他闭口不提，即使偶尔谈到，也讲不出什么来。拇指姑娘唱歌给他听。她唱《金龟子，飞呀飞》，还唱《修士走过草地》等好听的歌曲。她那甜润优美的歌喉使得鼹鼠喜欢上了她，不过他嘴上却只字不提，他是十分小心谨慎的。

不久，鼹鼠在地底下刨出了一条很长的地道，从自己家里一直通到田鼠的家，老田鼠和拇指姑娘可以在地道里散步，如果她们愿意的话。不过鼹鼠也告诉她们说地道里躺着一只身体完整的死鸟，叫她们看见了用不着害怕。那只鸟大概是刚死不久，看样子是这个冬天来临时才死的，嘴和浑身的羽翎都还好好的。

鼹鼠嘴里叼着一根腐烂的木棍在她们前面带路，那朽木磷磷发光，在黑暗里犹如松明火把一样。他们在又长又黑的地道里走呀，走呀，走到那只死鸟躺着的地方。鼹鼠把他的宽鼻子往地道顶上用力地拱，泥土纷纷掉落下来，拱出了一个大窟窿。亮光从洞口里照射进来，在地道当中躺着的是一只死去了的燕子。它那双修长的翅膀紧贴在躯体两侧，双脚和头颅蜷缩在羽毛底下，看样子是冻死的。拇指姑娘看到眼前的情景，心里一阵阵难过。她非常喜爱小鸟，整个夏天各种各样的小鸟施展它们的歌喉，竞相为她唱出最美妙动听的歌儿。可是这会儿鼹鼠却用他短粗的腿踢踢死燕子，无动于衷地说道：

"现在它再也不会叽叽喳喳地乱叫乱嚷了。生来就是一只小鸟真是不幸的事儿，它们除了叽喳乱叫之外什么事情都不会做，到了冬天就只好活活饿死。老天爷保佑，但愿我的子女不会是这个样子。"

"说得一点不错,你真是个明白事理的聪明人,"老田鼠说道,"叽叽喳喳乱叫有什么用处来着,冬天一来还不照样饿死冻死,尽管人家都说它们清高得很。"

拇指姑娘什么话都没有说,当他们两个转过身去的时候,她就弯下腰来把覆盖在鸟头上的羽毛拨开,亲吻那紧闭的眼睑。

"说不定他就是夏天给我唱好听的歌的那只燕子呢,"她想,"那给了我多少快乐啊,亲爱的美丽的小鸟。"

鼹鼠又把地道顶上的窟窿堵住,光线再也照不进来了。然后他送两位女士回家去。到了晚上,拇指姑娘却难以入眠,她一点睡意都没有。她从床上爬起来,用干草编结了一大块漂亮的毯子,带到死鸟那里去,把毯子盖在他的身上。她又把在田鼠的房间里找出来的一些花蕊也盖在他的身上。那些花蕊已经晾干,和羊毛一样松软。她把干花蕊铺在鸟的两侧,好让他在寒冷的泥地上躺得暖和一些。

"永别啦,美丽的小鸟,"她说道,"永别啦,我要感谢你在夏天的时候曾经为我快活地歌唱,那时候所有的树木都绿油油的,太阳把我们照得暖融融的。"

她说着说着就把脑袋紧靠在鸟的胸脯上,但是她马上就大吃一惊,因为鸟的身体里好像有什么东西在跳动,是鸟的心脏在跳动。其实那只鸟并没有死掉,只是冻僵了,温暖使它徐徐复苏过来了。

秋天,所有燕子都飞往暖和的地方去过冬。倘若有一只燕子掉了队,从空中跌落下来的话,它就会冻僵,留在跌落下来的地方,像死去一样,后来就被冰冷的霜雪所埋没。

拇指姑娘害怕得浑身发抖,因为她自己只有大拇指那样高,而那只鸟对她来说却是个庞然大物了。可是她依然鼓起勇气把干花蕊铺到燕子的身体底下去。她又去拿来一片她当被子盖的薄荷叶子,盖在那只可怜的鸟的头上。

第二天夜里,她又偷偷地溜到那只鸟躺着的地方去。这时候那只鸟已经活过来了,不过身子还十分虚弱,只能微微睁开眼睛看看拇指姑娘。拇指姑娘去找来了一块腐烂的木棍,因为地底下没有可以照明的东西,而朽木还能发出一点微弱的磷光。

"谢谢你,可爱的小姑娘。"病恹恹的燕子有气无力地说道,"我周身开始暖和起来,我会好起来的,很快就会恢复体力的,这样我又可以在温暖的阳光下飞来飞去啦。"

"哦,"拇指姑娘说道,"外面可是天寒地冻,冷得要命啊,又下着雪,又结着冰。你还是老老实实地在你的暖和的床上躺着吧。我会很好地照料你的。"

她用花瓣给燕子盛来了一些水。他喝光以后告诉她说,他是在掠过荆棘丛的时候擦伤了翅膀,不能像其他飞往远处暖和地方的燕子那样在空中飞了,后来就跌落到地面上,再以后的事情它就记不起来了,也不知道怎么会到这里来的。

整个冬天,这只燕子就一直待在地底下,拇指姑娘精心地照料他,并且也很喜欢他。那只田鼠和鼹鼠一点都不知道这些事,因为他们一点也不喜欢这个身无分文的穷光蛋。

春天终于又来到了,阳光把大地照得暖融融的。拇指姑娘把地道顶上那个鼹鼠拱开过的窟窿重新刨开来。阳光照射进来,把他们两个都照得十分明亮。燕子问她是不是愿意跟随他去,她可以骑在他的背上，他将驮着她飞到绿油油的森林里去，可是拇指姑娘知道这样离开是会使老田鼠非常伤心的。

"不，我不能够这么做。"拇指姑娘说道。

"那么再见了，再见，你这个善良而美丽的小姑娘。"燕子说道，他一纵身就飞到外面的阳光里去了。

拇指姑娘目送燕子远去，不由得热泪盈眶，因为她非常喜欢这只可怜的燕子。

"吱吱，吱吱……"那只燕子歌唱着，展开双翅掠过长空，飞进绿油油的森林里去了。

拇指姑娘黯然神伤，心里非常难过，可是她不能到外面去享受暖融融的阳光。田鼠家旁边的那块麦田里的麦子已经长得很高。对拇指姑娘来说，这也是一片绿油油的森林，因为她只有一个大拇指那么高。

"今年夏天你该为自己缝嫁衣了。"田鼠对她说。因为她的邻居——那只令人讨厌的、披着黑色裘皮大衣的鼹鼠——已经向她求婚了。"毛料的、亚麻料的衣裳你都要有，你成了鼹鼠的妻子，应该样样衣服都有，什么都不能缺少。"

拇指姑娘只得整天用手摇着纺车纺起线来。田鼠还雇了四只蜘蛛来，让它们日以继夜地纺织。鼹鼠每天晚上都来看望她，讲来讲去无非只是讲等到夏天过去了之后，就同拇指姑娘举行婚礼，因为现在的太阳实在太厉害，把大地烤得像石头一样硬邦邦的。拇指姑娘一点也开心不起来，因为她丝毫不喜欢那只令人讨厌的鼹鼠。每天清晨太阳升起来和晚上太阳下山的时候，她都要偷偷地溜到门外去。当微风把麦穗吹得摇曳起伏，朝向两边分开的时候，她可以望得见蔚蓝色的天空。她心里不禁想道：太阳底下是多么明亮，多么美丽呀。她多么希望能重新见到那只可爱的燕子，可是燕子没有飞回来过，他大概已经飞到远方的大森林里去了。

到了秋天，拇指姑娘的嫁妆都准备齐全了。

"再过一个月你就要举行婚礼了。"田鼠对她说道。拇指姑娘一听就哭了起来，说道她不情愿嫁给那只令人讨厌的鼹鼠。

"胡说，"田鼠说道，"要是你不听话，我就用我的白牙齿咬你！你嫁的是一个富得流油的丈夫，他身上的那件黑色裘皮大衣连王后都穿不上呢！他家的厨房和储藏室里贮满了粮食。你能走运嫁给这样一个丈夫真是应该感谢上帝才是。"

婚礼眼看就要举行了，鼹鼠马上就要前来迎亲，把她娶过去。她将要跟着他住在地底下很深的地方，再也见不到外面温暖的太阳了，因为鼹鼠一点也忍受不了阳光。可怜的姑娘伤透了心，然而她又不得不向温暖的太阳告别。当田鼠答应她到门外面去站一会儿的时候，她就赶紧出去看太阳最后一眼。

"再见吧，明亮的太阳。"她呼唤道，朝着太阳伸开了双手。这时候她信步朝前走去，离开田鼠的房子有一小段路。麦田里的麦子都已经收割干净，只剩下一根根枯黄的麦茬。"再见啦，再见啦。"她不断呼喊着，伸出她的纤细的手臂抱住了身旁的一株孤零零的小红花，对它大声喊道：

"如果你能够见到小燕子的话，请代我向他问个好。"

"吱吱，吱吱……"忽然她的头上响起了燕子的叫声。她抬起头来朝天上看，正是那只燕子从天空飞过。他一见到拇指姑娘就欢呼雀跃起来。拇指姑娘向他倾诉，她是多么不情愿嫁给那只难看的鼹鼠,并且还要这辈子永远住在地底下很深很深的地方,再也见不到明亮的太阳啦。她说着说着就痛哭起来。

"寒冷的冬天马上就要到来了,"燕子说道,"我要飞到很远很远的地方去过冬,你愿意跟我一起去吗?你可以骑在我的背上,用腰带把你自己绑牢。这样我们就可以离开那只难看的鼹鼠和他的那些漆黑一团的房屋了。我们要飞得很远很远,飞过崇山峻岭,飞到暖和的地方去,那里阳光普照,四季如春,鲜花常开。现在就骑上来跟着我飞吧,亲爱的拇指姑娘。想当初我冻僵在地底下的时候,是你救了我一命,我要报答你的救命之恩。"

"好吧,我愿意跟着你去。"拇指姑娘说道。她爬到了燕子的背上,把两只脚搁在展开的翅膀上,用腰带把自己牢牢地绑在一根粗壮的羽毛上。

燕子嗖的一下蹿到空中,飞过森林,飞过大海,飞过终年积雪的高山。天出奇地寒冷,拇指姑娘把身体钻在暖和的羽毛里,只露出了一个小脑袋,来观赏身下掠过的奇妙美丽的景色。

他们终于来到了温暖的地方,那里的阳光要比我们这里更明媚灿烂得多,天空似乎比这里高得多。山沟里和篱笆上到处长满了绿色的和紫色的葡萄,树上挂满了柠檬和柑橘,空气中充满薄荷和橙花的香味。可爱的孩子们在大路上奔跑,追逐着五彩缤纷的大蝴蝶。燕子往前飞去,底下的景色越来越秀美,一处比一处好看。

后来,他们来到了一个碧波粼粼的大湖上,在枝繁叶茂的参天大树的浓荫之中,掩映着一座用锃光发亮的大理石砌成的古色古香的王宫,高大的圆柱上环绕着葡萄藤。柱子顶上有许多燕子的窝,其中有一个窝就是那只把拇指姑娘带到这里来的燕子的。

"这就是我的家。"燕子说道,"不过它不适合你住。你可以在底下那些美丽的花朵之中挑选一朵最美丽的。我把你衔下去放在那朵花上,那样你可以住得舒服些。"

"那真太好啦。"拇指姑娘快活地拍着小手说。

有一根大理石圆柱倾倒在地上,已经折断成了三截。在这三段圆柱之间长着一朵最美丽的大白花。燕子背着拇指姑娘飞下来,把她放在那朵花的宽大的花瓣上。可是她大吃一惊,因为她看到在花心当中坐着一个很小的男孩儿,他长得非常白,透明得像是用水晶做成的。这个小男孩头上戴着金冠,肩上长着薄如蝉翼的美丽的翅膀。他的个头同拇指姑娘差不多大。他是花的天使。在每朵花里都住着一个天使,有男的有女的,而这个天使是他们的国王。

"哦,他长得多么英俊!"拇指姑娘悄悄地对燕子说道。

那个小国王看到燕子,起先非常害怕,因为对这样一个小人儿来说,燕子就是庞然大物了。可是等他看到拇指姑娘的时候,他心里高兴极了,因为她是他见到过的最漂亮的小姑娘了。于是他把自己头上的金冠摘下来,把它戴到她的头上。他问拇指姑娘叫什么名字,是不是愿意做他的妻子,也就是当所有鲜花的王后。

哦,他可是一个真正的人,既不是癞蛤蟆的儿子,也不是披着油光发亮的黑色裘皮的鼹鼠,因此她对这位英俊的国王说她愿意。于是,从每一朵花里都走出来一位男士或者一位女士,个个都长得漂亮美丽,就是看他们一眼也叫人快活。他们每人给拇指姑娘带来一份礼物,其中最好的就是一对美丽的翅膀,这对翅膀本来是大白蝇的。他们把翅膀安在拇指姑娘的双肩上,这样她就能够从一朵花飞到另一朵花上去了。那真是一场欢天喜地的婚礼,人人都喜气洋洋,小燕子坐在自己的窝里放开喉咙尽力地歌唱,为他们俩祝福,可是他的心里却苦涩忧伤,因为他非常喜欢拇指姑娘,真想和她永远在一起。

"你不应该再叫拇指姑娘啦,"花的天使们对她说道,"这个名字不好听,我们要叫你玛娅[①]。"

"再见,再见。"小燕子说道,他从远方返回了丹麦,在一栋房子的窗框外面筑了一个窝。这房子里正好住着一个童话作家。燕子"吱吱,吱吱"地歌唱着,于是从歌声中我们听到了这个故事。

---

[①] 在希腊神话里,玛娅是巨神阿特拉斯和仙女普勒俄涅所生的七个女儿中最年长的一位,也是最美的一位。

## 淘气的小男孩

从前有一位诗人,一位真正心地善良的诗人。

有一天晚上,屋外天气可怕极了,暴风雨到来了,大风猛刮,豪雨如注。老诗人安详地待在家里,他舒适自在地坐在壁炉旁边,炉火烧得暖融融的,烤在火边的苹果发出了吱吱的声音。

"这样的天气,在外面奔波的可怜人一定全身都湿透了。"他自言自语地说道。

"喂,快给我开开门,我浑身湿淋淋的,快要冻死啦。"一个小男孩的声音从门外传来。那孩子拼命敲门,暴雨哗哗地下,狂风把窗玻璃吹得哐哐响。

"可怜的小孩。"老诗人说,他走过去把门打开。门口站着一个小男孩,他身上赤条条的,一件衣服都没有穿,雨水顺着他长长的金发沿着他的光身子往下淌。他冻得瑟瑟发抖,要是不把他让进屋来,他在这样坏的天气里非冻死不可。

"可怜的孩子,"老诗人说着伸手把小男孩拉进屋里来,"进来吧,在我这里会让你很快就把身子暖和过来的。我给你喝点葡萄酒,再给你吃点烤苹果,好不好?你真是个好看的小男孩。"

他长得的确十分好看。一双眼睛炯炯有神,就像天上的两颗亮晶晶的星星。一头黄灿灿的金发虽然不停地在滴着水,可是依然卷曲着,十分好看。他冻得脸色泛白发青,打着哆嗦,可是看起来还是像一个小天使,他手里举着一张很漂亮的弓,可是却完全被雨水淋坏了,箭杆上本来很好看的颜色也被雨水淋得糊成了一片。

老诗人坐在炉火旁边,把小男孩抱在膝盖上,拧干他头发上的雨水,还用自己的双手拢住小男孩的两只手,让他快点暖和过来。他又煮了一点葡萄酒给小男孩喝。小男孩很快就暖和过来了,双颊红润起来,他蹦到地板上,围着老诗人跳起舞来。

"你是个活泼可爱的孩子,"老诗人说,"你叫什么名字?"

"我叫阿摩尔①,"小男孩回答道,"难道你不认识我吗?我的弓就在身边,我可以用它来射箭,你相信不相信?现在外面雨过天晴,月光明亮,正好可以射箭。"

"可是你的这张弓已经淋坏啦。"老诗人说。

"那真糟糕,"小男孩说,他把弓拿起来细细查看,"哦,它已经干了,一点也没有淋坏。弓弦还是紧绷绷的,我先来试试。"于是他在弓上装上一支箭,拉开了弓,朝着那个心地善良的老诗人瞄准,一箭射过去,正中老诗人的心房。

"你现在看清楚了吧,我的弓一点也没有坏吧。"小男孩哈哈大笑起来,说完之后就转过身来跑掉了。

那个小男孩有多么顽皮淘气啊!那个老诗人把他带进了暖

---

① 拉丁文 Amor 为爱情或爱神。此处的裸体小男孩手携弓箭,射中人心房之后就会产生爱情,系指爱神的形象。阿摩尔相当于罗马神话中的爱神丘比特,或者希腊神话中的爱神厄洛斯。

融融的家里，又那样亲切和善地对待他，给他喝最甜的葡萄酒，给他吃最可口的烤苹果，可是到头来他却一箭射中了老人的心房！

慈祥的老诗人躺在地上，老泪纵横地哭了起来，因为他的心真的被射中了。

"哦哦哦……"他哭着说道，"阿摩尔是一个多么淘气的小男孩啊！我一定要让所有的孩子都知道，告诉他们留神小心，永远不要和他一起玩，要不然他就会使他们伤心的。"

所有听他讲过这件事情的孩子——不管是男孩还是女孩——都非常留神提防这个淘气的小男孩阿摩尔，可是他们却防不胜防，还是让小男孩钻了空子，上了他的当，因为他看上去是那么乖巧伶俐，而且机警过人，往往让人猜测不到。大学生们下课出来，他就会走在他们身边，身上穿着黑色学生校服，腋下夹着书本。这样一来，大学生们就认不出他来，以为他也是个学生，于是他就觑个空把手上的箭射了出去，射进他们的心口。当姑娘们从牧师那里出来，站在教堂的地板上时，他也会混杂在她们中间。一点不错，他总是跟在人背后的。在剧院里，他悄悄地藏身在枝形大吊灯上，那辉煌通明的灯火亮得使人毫不会留心那里还藏着别的什么东西，人们以为他也只是枝形吊灯上的装饰品，可是后来他们才会发觉，原来是看错了。他在皇家花园里溜达，在护城河堤上漫步。他甚至用箭射中过你亲生父亲和母亲的心房。要是不信的话，那么你不妨去问问你的父母亲，他们会讲给你听，一点不错，那个阿摩尔真是个淘气的小精灵，你最好永远也不要去招惹他。想想看，他居然曾经一箭射中过老祖母，当然那是很久以前的事情啦。事过境迁,如今伤口早已愈合,可是老祖母自己却永远不会忘记的。

好啦,你现在认识他了。知道阿摩尔是一个怎样淘气的小男孩啦。

# 旅　伴

可怜的约翰纳斯非常伤心,因为他的父亲病入膏肓,眼看着已活不成了。约翰纳斯独自一人在小屋里陪伴着病人。夜已很深,那盏灯快要点得油干灯灭了。

"你是一个好儿子,约翰纳斯,"病重的父亲说道,"上帝会保佑你在这个人世间好好活着。"他用慈祥热切的眼光看着约翰纳斯,然后长叹一声就咽了气,不过他的样子就像安睡一样。

约翰纳斯放声大哭起来,现在他在人世间已经没有什么亲人了。他失去了父亲,失去了母亲,也没有兄弟姐妹,可怜的约翰纳斯。他在床沿前双膝跪下,亲吻着亡父的手,滴滴答答地落下了许多眼泪。后来他的眼皮子沉甸甸地耷拉下来,头靠在硬邦邦的床沿上睡着了。

他睡熟了以后做了一个梦,一个稀奇古怪的梦,他在梦中似乎见到了太阳和月亮一齐映照在他的头顶上,他看到父亲病体痊愈,回到他的身边,他又听到了父亲往常心情舒畅时那种爽朗的大笑声。有一位长长的秀发上戴着黄金王冠的美丽姑娘把手伸给了约翰纳斯。他的父亲说道:

"瞧见没有,你得到的是一个怎样的新娘啊!她是世间最美丽的姑娘。"

他脑袋一磕,猛地一下惊醒过来,方才眼前见到的所有美好的景物骤然消失得一干二净。四周什么都没有,只有他的已经去世的父亲冷冰冰地躺在床上。可怜的约翰纳斯。

一个星期以后,他的亡父终于下葬了。下葬的路上,约翰纳斯紧跟在父亲的棺材背后。他再也见不到他的好爸爸啦,他的父亲生前是那么疼爱他。他瞅着一铲铲的泥土挖起来盖到棺材上,听着那沉闷的响声。随着最后一铲泥土覆盖上去,棺材全都埋在土里,一点都见不到了,这时候他的心都要碎了,他悲痛伤心极了。他身边的人唱起了挽歌,悲怆动人的曲调在哀婉地回荡着。泪水涌上了约翰纳斯的眼眶,他哭出声来。他号啕痛哭之后,心里反倒觉得宽慰了一些。太阳暖融融地照在绿油油的大树上,似乎在说:

"你不必如此悲伤,还是节哀吧,约翰纳斯,你难道没有看见,天空是多么蓝,你的父亲已经飞升上天,快祈祷仁慈的上帝保佑你诸事顺利、一切如愿吧。"

"我将会永远做个好人,"约翰纳斯说,"那么我也可以进入天堂,到我父亲身边去。当我们父子在天堂里重逢的时候,那是何等的快活呀。我会有多少心里话要对父亲讲,他会领着我去看多少天堂里的美景,他还会像生前一样对我谆谆教诲。啊,那是多大的欢乐啊。"

约翰纳斯愈想就似乎愈清晰地看到了那时候的情景,他不由得嘴角上挂起了微笑,然而泪水却顺着双颊止不住地往下淌。栖在栗子树梢上的小鸟叽喳叽喳地叫个不停。它们虽然是前来参加葬礼的,可是却依然那样活泼高兴,大概它们已经知道那去世者的亡灵是升入天堂的。他会在天堂里长出一双翅膀,比小鸟的要大得多,也更美丽得多。那位去世的人现在倒很幸福,因为他在人世间一直是个好人。鸟儿们活泼高兴大概也是因为这个缘故。约翰纳斯目送着小鸟们从绿树之间飞出去,飞向更广阔的天地。他也巴不得跟着它们一起飞走,不过他先要为爸爸做一个木十字架,把它竖立在亡父的坟前。傍晚,当他把十字架做好运到坟前的时候,那座坟茔已经铺上了细沙石,并且用鲜花覆盖起来。那是许多他素不相识的人所帮忙做的,因为他们非常敬重这位刚去世的令人爱戴的长者。

第二天清早,约翰纳斯打好了一个小包袱,把他得到的全部遗产都放在包袱里,总共是五十枚银币和几个小银毫子。他决定去闯荡世界,浪迹天涯。在动身之前,他先来到教堂墓地,去向他父亲告个别。他在父亲的坟前先诵念了《吾主在天父》的祷告,然后说道:

"永别了,亲爱的父亲,我会永远做一个好人,但愿您能祈求仁慈的上帝时时保佑我。"

约翰纳斯走过田野,田野上已经鲜花盛开,绿草如茵。所有的花朵都沐浴在和煦的阳光之中,显得分外娇艳,它们在微风中不停地点头,像是在说:

"欢迎你来到绿色的田野上来,大地上一片锦绣,是那么美丽!"

约翰纳斯驻足伫立,回过头去凝神再看一眼那座古老的教堂。他小时候在那里受过洗礼,每个星期天他的年迈的父亲都带着他到那里去做礼拜,唱赞美诗。他再举目高眺,只见在教堂钟楼的一个狭窄的气孔里,一个头戴一顶尖顶小红帽的敲钟人站在那里,他弯起胳膊挡在眼前，免得阳光直照他的眼睛。约翰纳斯向他点头告别，敲钟人也挥舞小红帽，又把手捂在胸前，一次又一次地向他飞吻，表示他祝愿约翰纳斯出门远行，一路顺利。

约翰纳斯不禁想着，在他这一路的旅程上，他将见到多少风光旖旎、钟灵毓秀的山水河川啊，在这个广袤而美丽的人世间，他要浪迹天涯，走得很远很远。这趟出门要走从来不曾走过的那么远的路程，要到从来不曾去过的城市，去同那些他素昧平生的各种人打交道，他将要漂泊异乡与陌生人为伍了。

第一天晚上，他不得不躺在田野里的一堆干草堆上过夜，因为他再也找不到别的床铺了。可是他觉得睡得很惬意，连国王也享受不到这份惬意和舒适。他头上顶着暗蓝色的天空，身底下是芳草如茵的大地，还有淙淙流淌的溪水，真是一个再好不过的卧室了；还有那个干草垛是绝妙的床铺；绿色草地上遍地盛开的小红花、小白花构成了漂亮的地毯；接骨木树和野玫瑰树丛是插在卧室里的花束；那条清澈凛冽的小溪就是他的盥洗水盆；水里的灯芯草轻盈地摇曳，祝他晚安和早安；光闪闪的月亮就像一盏夜明灯高高地挂在暗蓝色的天棚上，也用不着担心灯火会把云雾织成的床幔点燃。约翰纳斯可以在这样的卧室里安安稳稳地睡个好觉，而他的确也睡得十分香甜安稳。他一直睡到日上三竿，四周的小鸟都高声歌唱："早安，早安，你还不起来吗？"他这才醒过来。

教堂的钟声敲响了。这是个星期日，人们从四面八方来到教堂里聆听牧师布道。约翰纳斯也跟着进去，唱了一首赞美诗，聆听了上帝的福音，就像在那座自己曾受过洗礼并且同父亲一起唱赞美诗的本乡本土的教堂里一样。

在这个教堂的墓地里有许多坟茔，有些坟茔上荒草已长得很高。可怜的约翰纳斯想起了自己父亲的坟茔，如今自己不能去清扫料理它，说不定以后也会变成这副模样。于是他动手把这些坟茔上的乱草拔干净，把倒塌的十字架扶正，又把被风刮得四散的花圈放到坟前原来的位置上。他想：现在我不在家，也许有哪个好心人肯在我父亲的坟茔上做同样的事情呢！

教堂墓地外面有一个老乞丐拄着拐杖站在那里乞讨，约翰纳斯把身上的几枚银毫子全部都给了他，然后心情非常轻松高兴地朝前走去，走向广阔的人世间。

黄昏时分，天气变得十分恶劣，露宿是不行的了。约翰纳斯赶紧要找个能遮身过夜的地方。天色徐徐地黑下来，可是一时之间却找不到栖身之处。后来他终于来到了一座孤零零地坐落在山岗上的小教堂前。还算走运，那座教堂的大门半开着，他悄悄地溜了进去，打算在这样的坏天气里就在这里过夜了。

"我只要找个墙角落坐下来就行啦，"他说，"我实在太累了，需要歇一会儿。"他在墙角落里坐下身来，双手合拢在一起，念了晚祷告的祷文，竟不知不觉地睡熟过去了。这时候教堂外面已经风雨交加，雷电大作了。

他还做了梦，待到他一觉醒来，已经是下半夜了，暴风雨已经停息，月光穿过窗户映亮了他的四周。教堂地面的正中央放着一口盖子打开的棺材，棺材里赫然躺着一具尸体，大概在等待着下葬。约翰纳斯一点也不害怕，因为他没有干坏事，再说他知道尸体是不会害人的。做出伤天害理的坏事的正是那些活着的人，而在尸首旁边正站着这样两个活生生的坏人。他们要趁尸体还陈放在教堂里尚未下葬之前来伤害死者,他们要把他从棺材里拖出来抛到教堂门外去。

"你们为什么要这样做呢?"约翰纳斯问道,"这样做是天大的罪过。以耶稣的名义,让这位可怜的人好好安息吧。"

"哼,满口胡言,"那两个凶恶的人说道,"他叫我们上了当,他欠了我们钱却又还不出来。如今他死了,我们连一个子儿都拿不到了,所以我们要好好报复一下,把他像条死狗一样扔到教堂外面去。"

"我身边只有五十块钱,"约翰纳斯说,"这是我的全部家当了。我肯把这笔钱拿出来全都给你们,只要你们答应我让这位死者好好地安息。我没有钱也还能活得下去,我有着健康结实的身体和强壮有力的手脚,上帝会永远保佑我的。"

"好呀,那当然可以,"那两个凶恶的人说道,"既然你肯替他还债,我们又何必同他过不去呢,这你可以放心!"于是他们拿起约翰纳斯给他们的钱,满脸笑容甚至哈哈大笑起来,又把死者的双手合拢在一起,向死者告了别,然后心满意足地穿过大森林。

月光从枝叶的缝隙间洒落下来,映亮了森林里黝黑的深处。他看见许多可爱的小精灵在月光下欢乐地跳着舞。他们并没有因为他的身影而受到打扰,因为他们知道他是个好人,是个清清白白的老实人,只有那些坏人才看不见小精灵。那些小精灵个头都不大,有的只有指头般大小,满头黄色的长发用金梳子朝上绾成一团,他们成双成对地爬到树叶子和高高的草茎上,把积贮在树叶和青草上的露珠摇来晃去。有时候露珠滴溜溜地滚动起来,他们便从高高的青草茎叶的缝隙里跌落下去,引起别的小精灵发出一阵欢笑和叫嚷，真是十分有趣。他们唱着歌，这些都是约翰纳斯小时候唱的儿歌，约翰纳斯直到长得这么大还牢牢记得这些美妙的儿歌，每首歌都记得一清二楚。头戴银冠的花里胡哨的大蜘蛛来回忙碌个不停，它们在灌木丛之间编织起狭长的吊桥和宫殿。当亮晶晶的露珠滚落到这些吊桥和宫殿上面的时候，月光把它们辉映得像是玻璃一样闪闪发亮。这种情景一直延续到太阳升起的时候，小精灵们都钻进花苞里去了，清晨的风把那些吊桥和宫殿吹得在空中飘来荡去，成了一张张很大的蜘蛛网。

约翰纳斯走出了大森林，背后有个男人的粗嗓门在叫喊：

"喂，朋友，到哪里去呀？"

"到广阔的人世间去闯闯，"约翰纳斯说，"我既没有父亲，也没有母亲，是个身无分文的穷小子，但愿上帝保佑我。"

"我也是个浪荡天涯的人，"那个陌生人说，"我们不妨结伴同行，好吗？"

"好呀。"约翰纳斯说道。于是他们两人走到一起成了旅伴。过不了多久，他们两人就十分投缘，因为他们两个都是好人。可是约翰纳斯觉察到那个陌生人要比他自己精明干练得多，因为他已经几乎走遍了整个世界，对什么事情都能说出个所以然来。

他们坐在一棵大树底下吃早饭的时候，太阳早已高高挂在天空中了，就在这时候，有个老太婆朝着他们这边走过来。她是那样老态龙钟，走起路来也弯腰驼背，脚步踉跄。她拄着一根拐杖，背上背着一捆柴火，用她的围裙兜着。那些柴火是她在树林里捡来的。约翰纳斯看到有三根蕨类枝条和柳树枝条从里面凸出来。当她快走近他们的时候，脚底下一滑，她尖叫了一声就摔倒在地上。她的一条腿摔断了，可怜的老太婆。

约翰纳斯想要去抱老太婆起来，把她送回家去。可是那个陌生人却打开他的包袱，掏出一个瓶子来，说是他有一种药膏，只消在她的腿上抹一下就能把她的断腿治好，她可以自己走回家去，就好像她方才不曾摔折过腿一样。不过老太婆必须把裹在围裙里的三根枝条送给他才行。

"你索要的酬劳未免太高啦。"老太婆说道，十分诡谲地点着头。她看起来很心疼那三根枝条，舍不得把它们送给他。可是腿摔断了躺在地上毕竟不好受，老太婆只得答应把枝条给他。他刚把药膏敷在老太婆的腿上，她就马上能够站立起来，而且走起路来比早先更加稳当利索。不过这种效力灵验的药膏在任何一家药店里都是买不到的。

"你要那三根树枝来干什么用？"约翰纳斯问他的旅伴。

"噢，它们是三把蛮不错的扫帚，"他说，"我就喜欢它们，我是个奇怪可笑的人。"

他们两人又走了一程。

"糟糕，天空变得多么黑呀，"约翰纳斯手指前方说道，"瞧那天边又黑又密的层层乌云。"

"那不是乌云，"旅伴回答道，"那是大山，是崇山峻岭。我们爬到高山之巅就到了云端之上，那里的空气清新纯净，吸上几口浑身都舒畅。相信我的话吧，攀缘登高乃是人生一大乐趣。明天我们就会攀登上那里的。"

那些高山乍一看近在眼前，可是走起来却没有那么近。他们走了整整一天才走到山脚下。那里古树参天，重峦叠嶂，怪石嶙峋，有些岩石有整整一座城那么大。看起来要翻越过这样的高山真是一趟了不得的艰苦跋涉。为了养精蓄锐以便明天有足够的体力爬山，约翰纳斯和他的旅伴住进了一家客栈。

客栈的店堂里围聚着许多人在看木偶戏。那个演木偶戏的艺人刚刚把小戏台搭起来，看客便纷纷在戏台旁边落座，他们要好好欣赏一下这出喜剧。在前排最好的座位上入座的是一个已经上了年纪的胖屠夫，他身边蹲着一条大哈巴狗，模样凶恶吓人，它瞪大了眼睛朝着戏台上看，似乎同别的观众没有什么两样。

木偶戏开场了。这是一出十分精彩的喜剧。戏里有国王和王后，他们端坐在最显赫的宝座上，头上戴着金冠，服饰华丽夺目，衣裾拖得非常长，因为他们花得起钱。其余的小木偶也都很讨人喜欢，他们镶着玻璃眼珠子，蓄着八字须，站立在各扇侧门旁边，忙着开门关门，好让新鲜空气吹进屋里来。这出戏的剧情一点也不悲伤，是十分逗趣的喜剧，让观众们看得十分开心，他们个个捧腹大笑。可是正当那位王后站起身来走过舞台的时候，那只大哈巴狗猛地往前一蹿，扑到王后身上，一口咬住了王后的纤纤细腰，发出了"咯吧，咯吧"的声音，真是可怕。天知道这条大哈巴狗的脑袋里是怎么想的，不过也全怪那个年老的胖屠夫没有把它拽住。

那个木偶戏艺人眼睁睁地看王后被咬断成了两截，不免又是生气又是伤心，因为王后是所有的木偶之中最俊俏的。而那条丑哈巴狗却凶狠地把她拦腰咬断，连头都掉了下来。等到所有的看客都离去之后，那个和约翰纳斯一同来的陌生人自告奋勇地说他可以很快就把王后修好。他从包袱里取出了他的瓶子，把曾经为老妇人治愈断腿的那种药膏敷在这个木偶的头上和腰上。刚涂上一点点，那个木偶就完好如初。非但头和腰都粘上了，而且用不着牵线就可以自己转动胳膊和腿脚了，这个木偶像真人一样可以自由活动，只不过不会说话而已。那个演木偶戏的艺人高兴极了，因为他现在用不着为那个木偶牵线它就会自己跳舞了，而其他的木偶却做不到。

夜深人静，客栈里所有的人都已熟睡，却有个人在那里忧伤地叹息，长长的叹息把大家都惊醒了，于是大家都起身要看看那个人究竟是谁，究竟发生了什么事情要这样长吁短叹。那个演木偶戏的艺人走到小戏台那里，因为叹息声就是从那里发出来的。所有的木偶都并排躺在那里，一个挨着一个，国王和那些留着八字胡的侍从都躺在那里仰面朝天叹息不止。他们全都瞪大了玻璃珠子眼睛，眼巴巴地渴望着能抹一点那种神奇的药膏，好让自己也能够像王后那样活动自如。王后弯曲双膝跪在地上，摘下头上金光闪闪的王冠，捧在手里，苦苦哀求说：

"把这个拿去好了，只是给我的丈夫和所有的侍从都涂上那种药膏。"

那个演出过那出喜剧的可怜艺人忍不住跟着所有的木偶哭起来了，因为他无能为力，帮不了这些木偶。他马上央求约翰纳斯的旅伴，答应说他情愿把他两天演出木偶戏的全部收入都奉送出来，只要他肯给他的四五个最漂亮的木偶涂抹点药膏，那位旅伴却说他不想收取任何钱财酬报，不过他倒想得到木偶戏艺人身上挂着的那柄大军刀。他一得到那把大军刀，就给六个木偶都涂抹了药膏。这六个木偶立即就跳起舞来。他们跳得那样心情欢快，舞姿优美，连那些本来站在旁边看热闹的姑娘们也情不自禁地参加进来同他们一起跳，马车夫和厨娘也来跳了，跑堂的侍者和打扫客房的女用人也来跳了，所有住在客栈里的客人都跳起来了，连火铲和火钳都蹦了起来，可惜火铲和火钳才刚蹦了一下就摔倒了。啊，这真是一个令人陶醉的狂欢之夜。

第二天清晨，约翰纳斯和他的旅伴告别大家离开了客栈，继续他们的行程。他们穿过大松树林，攀登上那座高山。他们爬得很高很高，他们脚底下的那座教堂钟楼最后看起来竟像是万绿丛中的一个小红浆果。他们极目远眺，可以望得到许多里路之外他们未曾到过的地方。约翰纳斯生平从没看到过这么美丽的景色。太阳在湛蓝的天空里把大地照得暖融融的，清新的空气中传来了猎人们在山间吹响的号角。这一切是如此美好，他心里非常快乐，热泪涌上了他的眼眶，他忍不住说道：

"仁慈的上帝啊，请允许我吻你，你对我们所有的人都那么仁慈，把这些美好的东西都放在人世间给我们享用。"

他的旅伴合拢着双手站在他的身边，凝视着沐浴在温暖阳光下的黑黝黝的森林和城镇。这时他们的头顶上忽然响起了悦耳动听的鸟啼声，他们抬头一看，只见一只很大的白色天鹅在空中飞翔，唱出了他们从来不曾听到别的鸟儿鸣唱的那种奇妙歌声。可是天鹅的啼鸣越来越低沉，越来越有气无力，它那美丽的头低垂下来，盘旋了几个来回就跌落在他们的脚跟前。它死去了，美丽的鸟儿。

"两只多么可爱的翅膀啊，"那个旅伴说道，"这么洁白，这么大，这种名贵鸟儿的翅膀一定十分值钱，我要把它们带走。你现在明白了吧,有一把锋利的长刀是多么管用。"他操起大军刀把那只死去的天鹅的双翅砍了下来带在身边。

他们翻过大山,又走了很长的路,最后来到一座大城市。那座城市里有上百座钟楼,尖顶在阳光中像银子一般闪耀发亮。在城市中央有一座壮观的大理石宫殿,宫殿的屋顶都铺着光灿灿的赤金。这是一座王宫,国王就住在里面。

约翰纳斯和他的旅伴不打算马上就进城去。他们先待在城外的客栈里梳洗打扮一番,因为他们想进城之后很体面地走在街上。客栈的老板告诉他们说,这里的国王是个大好人,从来不肯做伤害任何人的事情。可是一提起他的女儿来,他却只说了一句:但愿上帝保佑我们!因为她是一个坏透了的公主。

公主并不缺少美貌,她是那么美丽可爱,没有哪个姑娘能够比得上她。可实际上她是个心地狠毒、性情残暴的蛇蝎女巫。正是她的随心所欲,才害得许多年青英俊的王子把性命断送在她的手上。她允许任何人前来向她求婚,不论是王子还是乞儿全都可以来碰运气。求婚者只消按照她的吩咐去做三件事情,她便会嫁给他,那么他在老国王驾崩之后就可以成为国王了。可是他若是做不到那三件事情,那么她就会下令将他吊死或者是砍头。这个公主就是这么心狠手辣。她的父亲——就是那个老国王——对她这样任意作恶、滥杀无辜非常痛心,可是却无计可施,因为他有一次曾经答应过,说他决计不会干预她的婚姻大事,她想怎样就怎样。每次有王子前来求婚的时候,他必须先猜三个谜,而结果却总是猜不出来,于是不是被吊死便是被砍掉了脑袋。当然他们也都在事先得到过警告,如果他们想要活命的话,可以放弃求婚,立即离去。老国王对这样惨无人道的事伤心难过得肝肠欲断，却又无可奈何。每年都有一天他总要带着所有的士兵跪上整整一天，祈求公主能够改恶从善，可是公主却依然故我，一点也没有变好。连那些爱喝白酒的老太婆，都先把白酒染成黑色，再喝下去，用以表明她们对这样的罪过是多么深恶痛绝。除了这样做，她们再也无计可施了。

"可恶的公主，"约翰纳斯说道，"真应该狠狠地让她挨上几顿鞭子。如果我是那个老国王，我非要用鞭子把她抽得皮开肉绽、浑身流血不可。"

就在这个时候，他们听见外面街上人声鼎沸，一阵阵高呼"万岁"的叫声传了过来。他们探头出去张望，正好看到公主从这里经过。她真是貌若天仙，美丽得会让天下所有的男人都神魂颠倒，使他们忘掉她的狠毒残忍，而伏在她的脚下，甘心情愿地为她高呼。

十二个年青美貌的少女骑着浑身皮毛漆黑、油光乌亮的高大骏马走在她的身边，她们人人穿着雪白的丝绸长裙，手里捧着金黄色的郁金香。公主自己骑着一匹周身雪白的骏马，马身上点缀装饰着金刚钻和红宝石。她的裙袍是用金线织成的，手里持着的马鞭金光灿灿，头上戴的黄金王冠亮得像闪烁的星星，身上的披风是用几千只蝴蝶的翅翼缝制在一起的。然而比起她的美貌来，华丽的服饰便黯然失色了。

约翰纳斯一见到公主，热血就在周身沸腾起来，脸涨得通红，连话都讲不出来了。公主竟和他在父亲去世的当晚梦中见到的那个头戴金冠的姑娘一模一样。他发现她长得那么美丽，自己不禁爱上了她。他对自己说：她绝不会是个蛇蝎般恶毒的女巫，绝不会把回答不出她问题的人随意吊死或者砍头，这绝不会是真的。

"既然谁都可以去向她求婚，哪怕乞丐也可以，那么我也进宫去向她求婚，因为我已经忍耐不住了。"

这时候大家都劝他不要去做这桩蠢事，因为他一定只会落得和其他人同样的悲惨下场。他的旅伴也劝他不要冒这个天大的风险。可是约翰纳斯却置若罔闻，他相信他一定会成功。于是他擦亮了皮鞋，刷干净上衣，把脸和手洗得干干净净的，又梳平了他的柔软的黄头发，就独自进城去，径直来到王宫里。

"请进。"老国王听见约翰纳斯敲门，就这样说道。约翰纳斯打开了门，老国王披着晨袍，趿着绣花拖鞋向他走过来。老国王头戴着王冠，一只手拿着权杖，另一只手拿着金苹果。

"请稍待。"他一边说，一边把金苹果夹在腋下。好腾出手来伸给约翰纳斯。可是当他一听说来的是一个求婚者的时候，他忍不住哇的一声哭出来了。权杖和金苹果都落到了地下。可怜的老国王用长袍擦干了眼泪。

"唉，快别去惹事啦，"老国王说道，"你将会落得跟其他人一样的下场。你若是不信，自己过来睁眼瞧瞧吧。"他领着约翰纳斯走到公主平日散步的那个花园里去。那里的情景真是惨不忍睹。每棵树上都吊着三四个前来向公主求婚却又猜不出她的谜的王子。每当有风吹过的时候，那些尸骨就会被吹得嘎嘎作响，连小鸟也被吓得要死，不敢贸然飞进这个花园里来。这里所有的花卉都不是用木棍而是用死者的枯骨来支撑。在花盆里，一个个骷髅头龇牙咧嘴地在狞笑。一个公主的花园竟然这样阴森骇人，真是世间罕见!

"你亲眼看见了吧?"老国王说道,"你将会落得和这些人同样的悲惨下场,所以我劝你还是算了吧。你来到这里只会使我更加伤心,因为我对这件事是深恶痛绝的。"

约翰纳斯亲吻着老国王的手说,他会很顺利的,因为他已经喜欢上了这位美丽的公主。

就在这时候,公主回来了。她由那些侍女陪伴着骑马进入王宫。他们朝她走过去,约翰纳斯向她打招呼,问了一声"早安"。她把手伸给约翰纳斯,那姿态真是娇媚温柔,这使得他更爱她了,她怎么会是众人传说的那个害人性命的蛇蝎女巫呢?不会的!绝对不会的!他们走进了大厅,小侍从给他们端来了蜜饯和姜汁果仁,不过老国王心里难过得很,所以他什么东西都吃不下,再说姜汁果仁对他来说也未免太硬了点。

终于说定下来,约翰纳斯在第二天早晨再到王宫里来,届时所有的法官和大臣们都会聚集到场,来听取他猜谜的结果,如果他第一次猜中了,那么他可以再猜两次,不过直到目前还没有哪个人有这样的福分,因为他们在猜完第一次之后就丢掉了性命。

约翰纳斯对自己的性命一点也不担心,他非常快活地走回客栈去,一心只想着那个美丽的公主。他坚定地相信,仁慈的上帝必定会保佑他的,究竟怎样保佑呢,他却一点都想不出来,再说他的心思也没有放在这上面。在回客栈的路上,他一边走,一边手舞足蹈起来,而他的旅伴正焦急地在客栈里等着他。

约翰纳斯迫不及待地告诉他的旅伴,那位公主有多么美丽,她对待他是多么亲热和气,他只是有点性急,巴望着第二天早点来到,他可以进宫去猜谜,以求得自己的幸福。

他的旅伴却摇摇头,心情十分忧伤。

"我非常喜欢你,"他说道,"我们本来可以在一起待上更长的时间,可是现在我却要失去你啦。你这个可怜的人儿,亲爱的约翰纳斯!我真想大哭一场,可是今晚是我们相聚的最后一个夜晚,我不想让你的快活心情被扰乱。我们还是高高兴兴、开开心心地度过这个夜晚,等到明天你一走我就痛痛快快地大哭一场。"

全城的居民很快就都知道又来了一个向公主求婚的倒霉鬼,于是人人惶恐不安,个个黯然神伤。喜剧院关上了大门,糕饼店的女店主在她们做的糖猪身上系上黑纱。国王和牧师们都跪在教堂里哀哀祈祷。悲哀的气氛笼罩了全城,没有人指望约翰纳斯的下场会比以前的求婚者更好一点。

当天晚上,那位旅伴为约翰纳斯调制了一大碗潘趣酒,他对约翰纳斯说,让他们开开心心地度过这个晚上,并且为了那个公主干杯。他们开怀畅饮,可是约翰纳斯喝了两杯之后就不胜酒力,倦怠得连眼皮子都睁不开了,他一下子就熟睡过去。他的旅伴轻手轻脚把他从椅子上扶起来,搀到床上去躺下。等到天色完全黑下来时,他取出了从死天鹅身上割下来的那两只大翅膀,把它们牢牢地绑在自己的双肩上。他又把从跌断腿的老太婆那里要来的三根长枝条插在自己衣裳的口袋里,然后他打开窗子飞了出去,越过城市的上空,飞进王宫,降落在公主卧室外的一扇窗户下的角落里。

钟声敲响报时,这是十一点三刻。夜深人静,全城早已寂静无声。这时有扇窗户却轻轻地打开了。那个公主身披白色裙袍,背上插着一对黑色的长翅膀从窗户里飞了出来。她飞过城市的上空，飞向一座高山。那位旅伴也飞了起来，紧紧地跟在她的身后，他施展了隐身法，所以那个公主一点也看不见他。他跟在公主身背后飞着，取出一根枝条来抽打公主。他抽得很重，凡是被枝条抽打到的地方都渗出殷红的鲜血来。他俩在天空中飞得快速无比，耳边只听见嗖嗖的风声，疾风把公主身上的裙袍吹得像海船上的风帆一样朝四周膨胀得鼓鼓的，而月光又把裙袍照映得像透明了似的。

"这冰雹真厉害，打得我身上火辣辣地疼。"公主每挨一下抽打就这样叫喊一声。她真是活该挨这样的痛打。

她终于飞到了高山上，伸出手去敲击了一下高山的峭壁，峭壁发出雷鸣般的轰隆声。山壁徐徐向两侧移开，公主便走到山里面去了，那个旅伴也紧随在后面跟了进去，因为他是隐身人，没有人能看得见他。他们走过了一条又宽又长的通道，两面的墙上发出光怪陆离的光芒，因为有成千上万只发光的蜘蛛在墙壁上爬上爬下，它们身上发出的亮光像是熊熊的火焰。然后他们走进一个全都用黄金和白银建造起来的大厅，四周墙壁上都是向日葵一般大小的红花和蓝花，这些花朵光彩熠熠、灿烂夺目，可是没有人敢去摘一下，因为它们的花茎都是很毒很毒的毒蛇，而花朵是蛇嘴里喷吐出来的火焰。天棚顶上栖满了闪闪发光的萤火虫和扇动着单薄瘦小翅膀的天蓝色的蝙蝠，样子十分诡谲，叫人看了不寒而栗。

在大厅的正中央有一个宝座，宝座由四匹马的骨骸支托起来，马匹的挽具全是火红色的毒蜘蛛串连而成的。宝座本身是用乳白色的水晶做成的，宝座上的坐垫是一群小黑老鼠，它们一只咬住另一只的尾巴，拥挤成了一团。宝座顶上有一个华盖，那是在玫瑰红色的蜘蛛网上爬满了像宝石那样闪烁发亮的小绿苍蝇。在宝座上端坐着一个长相丑陋、举止猥琐的老魔法师。这个人头上也戴着王冠，手里拿着权杖。他吻了吻公主的前额，让她到华丽的宝座上坐在自己的身边。这时候音乐声响起来了，许多黑色的大蝈蝈儿吹起了口琴，猫头鹰敲着自己的肚皮，因为它没有带鼓来。这真是一个声音聒噪刺耳的音乐会。那些头上戴着鬼火般的尖顶帽的黑色小妖精在大厅里翩翩起舞。可是谁也看不见那个旅伴，他就躲藏在宝座背后，在那里他可以把一切都看得真切，听得分明。宫廷里的侍从大臣们也趋步向前，鱼贯而入，他们一个个雍容华贵、气宇非凡，可是有心人只消细细一看就会看出破绽，原来他们只是在扫帚把上插的卷心菜头，老魔法师施展法术使他们有了生命，再给他们披上锦袍绣服，用他们来摆摆排场。

　　黑色小妖精们跳了一阵子舞以后，公主告诉老魔法师说，第二天那个求婚者来到宫廷的时候，她应该问他什么问题才好。

　　"听着，"老魔法师说，"让我来告诉你：你应该想个最简单不过的问题，这样他怎么也猜不出谜底来。你就让他猜你的一只鞋子吧。他一定猜不到的，这样你就可以把他的脑袋砍掉。可是别忘了，你明天到我这里来的时候，要把他的两只眼睛带到这里来，因为我想吃他的眼睛。"

　　公主行了个深深的屈膝礼，说她不会忘记把那双眼睛送来孝敬他的。

　　老魔法师把大山打开，公主向王宫飞去。那个旅伴仍旧紧跟在她身后，一路上用枝条狠狠抽打她。公主不断地叹息说：这冰雹实在太厉害啦。她加快速度飞回去，总算飞进窗户，回到自己的卧室。那个旅伴飞回客栈的时候，约翰纳斯还在呼呼熟睡，于是他解下了那对翅膀，也躺到床上睡着了，因为他也的确够辛苦的。

第二天清晨，约翰纳斯老早就醒过来了，那个旅伴也起床，过来对他说：他昨夜做了一个梦，梦见公主和她的一只鞋子，所以想请求约翰纳斯问问公主是不是在想那只鞋子。这正是他在高山上偷听到的老魔法师所吩咐的谜底，不过他不想明说。

"我当然可以问问她这件事，"约翰纳斯说，"说不定你还真说中了，因为我始终坚信上帝会保佑我的。不过我还是要向你说一声永别，因为我若是猜错了，那么我就再也见不到你了。"

他们两人相互拥抱吻别。约翰纳斯进城直奔王宫而来。王宫的大厅里挤满了人，法官们端坐在高背椅上，脑袋背后衬着个羽绒枕头，因为有那么多的事情叫他们伤透脑筋。老国王站起身来，用白毛巾擦干了泪水。这时候公主仪态万千地走了进来。她显得比昨天更加美丽，她对在场的每个人都礼节周到地行礼致意，可是只有对约翰纳斯才伸出手来说了一声"早上好"。

现在轮到约翰纳斯来猜她的心里在想什么了。上帝啊，她是那样亲热温柔地凝视着他，可是当她听到他清清楚楚地说出来她在想着一只鞋子的时候，她的脸庞顿时变得毫无人色，浑身瑟瑟地哆嗦起来，不过这对她没有什么帮助，她真没想到他居然猜中了。

真是不得了，老国王欣喜若狂，居然情不自禁地翻了一个跟斗，而且这个跟斗翻得那么轻盈矫健，在场的所有人都为老国王和约翰纳斯鼓起掌来。毕竟这是第一次被人猜中啊！

那个旅伴得知一切都顺当的时候也非常高兴,约翰纳斯却合拢双手感谢仁慈的上帝赐予他智慧,并且祈求上帝今后两次也能像这一次那样保佑他顺利过关,因为第二天还要去猜谜的。

这天晚上的情景也和头一天晚上一样。当约翰纳斯睡熟之后,那个旅伴尾随着公主飞进大山里。这一次他抽打得比上一次更加猛烈,因为他用了两根枝条。在大山里也和上一回一样,没有人能够看得见他,可是他却偷听到了一切。这次的谜底是公主心里在想她的手套。他把谜底告诉了约翰纳斯,不过仍旧说是做梦所梦见的。约翰纳斯果然又猜中了。王宫里顿时一片欢腾,所有的侍从大臣们都翻起跟斗来,就像他们看到老国王在前一天所做的那样。可是公主却僵卧在沙发上,一点声音都发不出来。现在要看这第三回了,如果约翰纳斯也能猜中,那么他就可以把公主娶到手,在老国王驾崩之后继承王位。可是他若不幸猜错,那么他照样要断送性命,他的那双蓝眼睛仍然会被老魔法师吃掉。

这天晚上,约翰纳斯做完晚祷后就早早地上床睡觉了。这一觉睡得很安稳。可是那个旅伴却忙碌开了,他把那对大翅膀牢牢地绑在双肩上,把大军刀挎在腰间,又把三根枝条全都带上,一切收拾定当之后,就飞到了王宫。

那天晚上,夜空如漆,真是黑极了。狂风呼号咆哮,花园里那些吊着骷髅骨架的树木全部给劲风刮得东歪西倒,像芦苇一样摇曳不定。电光闪闪,雷声隆隆,暴风雨持续了一整夜。可是王宫的那扇窗户到时候依然打开了,公主急速飞了出来,她的脸色惨白得像死人一样,可是嘴角挂着冷笑,似乎在说哪怕暴风雨更加猛烈,她还是要照去不误的。她身上的白色裙袍像大海船上的风帆一样在空中旋转飞舞,那个旅伴抽打着她,这一回把三根枝条都用上了,她的身上鲜血淋淋,滴滴答答地滴到地上。到了后来公主已经没有力气再往前飞了,勉强挣扎着才总算飞进了大山。

"外面下着冰雹,刮着大风,"她说道,"我从没在这样坏的天气里出来过。"

"做人应该要能吃点苦,不能过于贪图享受嘛。"老魔法师说道。

公主告诉他说,约翰纳斯第二回也猜对了,如果明天他再猜中的话,那么他就大获全胜,而她自己却再也不能到山里来,再也不能像以往那样遵照着老魔法师的吩咐去办事了。说着说着她伤心得哭了起来。

"千万不能让他猜中!"老魔法师说,"我一定会想出一样他决计猜不到的东西来,除非他是个比我更高明的魔法师。不过现在我们先来快活一番。"

于是他拉起公主的双手,同大厅里所有戴着鬼火帽子的小妖精们一起翩跹起舞,红色的大蜘蛛快活地在墙壁上跳来蹦去,它们看起来真像一朵朵火焰之花在迸发绽开,猫头鹰敲着肚皮,蟋蟀瞿瞿地吹着口哨,黑色的大蝈蝈儿使劲地吹着口琴。这个舞会真是热闹又聒噪。

他们跳了很久,等到他们跳够的时候,公主也该回去了,因为她本该在宫里熟睡的。老魔法师说要送她回去,这样他们还可在一起再待得久一点。

他们在暴风雨中飞了起来,那个旅伴也飞在他们身边,用三根枝条没命地抽打他们的脊背。老魔法师从不曾在这样风雨大作的坏天气里出过门，所以也就觉察不出什么破绽来。在王宫门外，他向公主道别，并且同时压低了声音吩咐公主说：

"明天你就想着我的脑袋！"

可是这句话还是让那个旅伴听在耳朵里了。公主从窗户溜进了她的卧室，老魔法师刚要转身返回。就在这一刹那，那个旅伴一把揪住他那黑色的长胡须，举起大军刀，把他那颗长相丑陋的脑袋齐肩一刀砍了下来，动作是那么敏捷，连老魔法师自己也没有瞅见究竟是什么人干的。旅伴把老魔法师的尸体扔到海里去喂鱼，把那颗脑袋在水里浸洗干净，用一块丝巾包裹起来，带回了客栈，他回去之后也躺下安睡了。

第二天早晨，那个旅伴把丝巾包着的那个包袱交给了约翰纳斯，可是他关照他说：除非公主问她自己此刻正在想什么东西，否则他绝对不能打开这个丝巾包袱。

王宫大厅里人头攒动，拥挤成一片，人们一个个紧挨着，站得水泄不通，好像都成了成堆成把的小红萝卜。宫廷大臣们都端坐在有松软靠垫的高背扶手椅上。老国王穿上了新的长袍，黄金的王冠和权杖都擦得闪闪发光，因此看上去分外精神。可是公主却容颜苍白，浑身只穿着一件素净的黑色裙袍，活像前来出席葬礼似的。

"我正在想什么东西呀？"公主询问约翰纳斯道。

约翰纳斯听到她讲这句话，马上就解开那个丝巾包袱，他定神一看，裹在里面的竟是老魔法师的首级，禁不住自己也吓了一大跳。在场的所有人都惊骇得要命，因为那颗脑袋的模样实在太可怕了。但是公主却像一尊泥雕那样瘫在那里，连一句话也说不出来。后来她终于勉强挣扎着站了起来，把手伸给了约翰纳斯，因为他毕竟猜中了。她对谁都不正眼瞧一下，只是深深地叹息着说：

"你现在是我的丈夫了，我们今天晚上就举行婚礼。"

"我听到这句话真是太高兴啦，"老国王说，"这正是我梦寐以求的。"

在场的所有人都欢呼起来，仪仗队吹吹打打，奏着乐在街上游行。大小教堂的钟声一齐长鸣，连糕饼铺的女老板也把系在糖猪身上的黑纱拿走了，因为如今是普天同庆的欢乐日子。

在广场的中央，摆放着烤得香喷喷的三头全牛，牛肚子里填满了鸭子和鸡，人人都可以去割下一块来享用。喷泉里喷出来的是最甘醇的葡萄酒。只消花一个银毫到面包店去买一个面包圈，他就可以得到赠送的六个大面包，面包里还有许多葡萄干呢。

到了晚上，全城灯火辉煌。士兵们鸣放礼炮，男孩子们都燃放鞭炮。王宫里举行盛大的宴会，人人开怀畅饮，相互把酒杯碰得叮当响。最高贵的绅士们和最美丽的淑女们都成双成对翩翩起舞，在老远的地方就可以听到他们的歌声。他们这样唱道：

> "这里美丽的姑娘多得很，
> 她们个个都想跳舞。
> 随着鼓乐的敲击声，
> 她们跳起舞来旋转如飞。
> 跳呀，双脚用力踢踏，
> 要小心别踩掉鞋跟。"

不过这时候公主仍然是个女巫,她一点也不喜欢约翰纳斯。那个旅伴心里十分明白,因此他给约翰纳斯三根天鹅翅膀上的羽毛,还有一个装了几滴药水的小瓶子。他对约翰纳斯说:在他们同房的大床前要放一个大木盆,盆里装满清水。当公主上床睡觉的时候,他必须轻轻一推,让公主跌到那盆水里。然后立即把天鹅羽毛扔进水里,再把小瓶子里的药水倒在盆里。他应该把公主在那盆水里浸泡三次,这样公主所受的魔法才能从她身上完全祛除干净,她才会真心地爱上他。

约翰纳斯按着那个旅伴的吩咐一一照办。当他把公主搡进那盆水里去的时候,她尖叫起来,而且还在他的手里拼命地扭动挣扎,可是经过第一次浸泡之后,她渐渐变了,变成了一只浑身墨黑色大天鹅,只有两只大眼睛闪闪发亮。当她在水里浸泡了第二次之后,从那水盆里站起来的是一只浑身羽毛洁白的天鹅,只不过颈脖上还有一圈黑颜色。约翰纳斯向上帝虔诚地做了祷告,然后再浸泡第三次。浸泡后,他把那盆水全都泼在那只天鹅的身上。突然,那只天鹅又变回去,成了美丽的公主,她比以前更温柔可爱了,美丽的大眼睛里充满了泪水,她感谢约翰纳斯,因为他破除了蛊惑她的全部法力,把她从老魔法师施行的妖法中拯救出来。

第二天早晨,老国王和所有的大臣都来了,前来贺喜的人络绎不绝,一直热闹到晚上。后来那个旅伴终于露面了。他手里持着手杖,背上背着行囊。约翰纳斯一再拥抱亲吻他,劝他不要再远行,同他住在一起,因为他的所有幸福都是旅伴带给他的。但是那个旅伴却婉言拒绝,并且亲切友善地说:

"不行,现在我的限期已经快到了。我只是前来还清我欠的债。你还记得那两个坏人要羞辱一番的那个死人吗？你掏出了身边所有的一切，才使得那个人得以在他的棺材里安然长眠。那个死人就是我。"

说罢，他倏地不见了踪影。

那场婚礼持续了一个来月。约翰纳斯同公主十分恩爱。老国王快活舒心地活了很多时日，他让他们俩生的小孩子们——也就是他的外孙们——在他的双膝上骑着，还让他们玩他的权杖，后来约翰纳斯也当上了那个国家的国王。

# 小美人鱼

在遥远的大海上,海水是那样蔚蓝,像最美丽的矢车菊,又是那样清澈,像最纯洁的水晶。海水非常深,深得长长的锚链都够不着海底。只有用许多座教堂的尖塔叠起来才能从海底叠到水面。那里居住着大海一族的君主和臣民。

千万不要以为大海的海底只是空荡荡的一片黄沙。不,才不是呢!海底下生长着各色各样的最奇异的花草树木,它们的茎干和叶子是那么纤细和柔软,哪怕海水稍微有点动静,它们就会晃动摇曳,好像是活的一样。各色各样的鱼儿不管是大的还是小的,都在枝叶茎干之间游来游去,就像鸟儿在天空中飞翔一样。在海底最深的地方耸立着大海之王的宫殿。那座王宫的墙是用珊瑚砌成的。窄长而尖顶的哥特式窗户上嵌着最明净的琥珀。屋顶上铺满了一只只带壳的扇贝,它们随着海水的流动而一开一合,那真是美不胜收的奇观异景,因为每只扇贝的贝壳里都含着一颗光华四射的珍珠。王后的王冠上只要点缀上哪怕是一颗这样的珍珠,就会价值连城了。

大海之王是个鳏夫,丧妻已经好多年了,他年迈的母亲为他操持家务。她是个非常聪明能干的老妇人,很为自己高贵的出身而骄傲,所以她在尾巴上嵌了十二只牡蛎,而别的贵妇人只可以嵌六只。不过，她的确值得受到尊重赞美，尤其是因为她对大海的小公主们无微不至的疼爱。那些小公主们也就是她的孙女们，一共有六个，一个个都长得非常美丽。而最小的那一个又是六个公主当中最美丽的。她的肌肤娇嫩得像是玫瑰花瓣，她的眼睛蓝得像最深的海水。可是她和别的公主一样没有双腿，她的下半截身子是一条鱼尾巴。

这六位小公主整天都在王宫里玩耍，在墙上长有鲜花的宽敞的厅堂里做游戏。高大的琥珀窗户都开得大大的，鱼儿可以随意游进游出，就像我们打开了窗户燕子可以飞进来一样。鱼儿常常会游到公主们的身边吃她们手里的东西。还让她们拍拍自己。

王宫外面是一座大花园，里面长满了火红色和湛蓝色的树木，树上的果实像黄金那样灿灿发光，而花朵在枝头上的树叶之间摇曳不定，像是熊熊的火焰在燃烧。地上是最细的沙子，不过是蓝色的，就像闪烁的磷火一样。原来海底竟是那样一个流光溢彩的世界，所有一切都蒙上了一层炫目的蓝色，使人误以为自己不是站在海底而是站在高空，可以朝上仰望也可以朝下俯视蔚蓝的天空。在风和日丽的日子里，在海底也可以见得到太阳，它像是一朵紫色的鲜花，花萼里发出来的光芒照射到四面八方。

每一个公主在花园里都有自己的一小块地，可以在上面耕耘种植自己想要种的东西。有一个公主把她的花坛布置成了鲸鱼形状，另一个把自己的花坛布置成一个小美人鱼。可是最年轻的那个却把她的花坛布置成了圆形，就像个太阳，圆圈里种的全是像太阳一样火红的鲜花。她是一个很古怪的孩子，很文静又很爱沉思。她的姐姐们纷纷从遇难沉没的船上拿来许多花里胡哨的珍奇玩物，并把这些美丽的东西到处向人炫耀。而她却只关心自己的太阳花坛里的那些红得像玫瑰的鲜花。她只拿了一个美丽的大理石雕像，那是用洁白的大理石雕刻出来的一个漂亮的男孩。这也是从遇难的沉船里失落到海底的。她在雕像旁边种了一株玫瑰红的垂柳。垂柳长得很茂盛，不久之后鲜嫩的枝叶盖过了雕像，又垂落在湛蓝色的沙底上，紫色的柳影婆娑，同摇曳的柳枝相映成趣，看起来就像柳树的树冠和树根在互相追逐嬉戏，在相互亲吻。

这个小公主的最大乐趣是听老祖母讲大海上面的那个人类世界的事情。老祖母把自己知道的一切全都讲给她听，什么船只啦，城市啦，人啦，牲畜啦，等等。她听得特别津津有味的是陆地上的花朵会散发出芳香，而海底的花却什么香味也没有；陆地上的树林里树木是绿颜色的，树林里还有会叽叽喳喳唱歌的"鱼儿"，而且它们唱得非常动听。老祖母说的那些在林间穿来穿去的"鱼儿"其实就是小鸟，不过不这样说小公主就会听不懂，因为她们从来没有看见过小鸟。

"等你到了十五岁，"老祖母说道，"你就可以游上海面，在月光底下坐在礁石上，看看那些从你身边驶过的大船。你还可以看到森林和城市。"

到了第二年又会有一个公主满十五岁。可是其余的还要等待，是呀，她们一个比一个小一岁，她们当中最小的那个还要等整整五年才能够从海底下游到水面上来，看看我们在陆地上是怎样生活的。不过，她们每一个都答应，要把第一次上去所见到的，还有她们觉得是最美的景致讲给姐妹们听，因为她们想知道的东西实在太多了，她们的祖母讲得再多也没法让她们听得够。

在这几个姐妹中，谁也不像那个最小的妹妹那样充满了渴望，因为正是她需要等待的时间最长，而且她又是那样文静，那样喜欢沉思。有多少个夜晚她站在敞开的窗口前，透过蓝色的海水仰望着海面，她看到了鱼儿在海面上拍打着鱼鳍和鱼尾在游弋。她可以看见月亮和星星，它们发出光芒，可是隔着海水光芒显得那么苍白无力。也是因为隔着海水，月亮和星星看起来要比我们的眼睛所见到的大得多。有时候，一团乌云从月亮和星星底下飘过，遮住了整个天空，她知道那准是有条鲸鱼或一艘载了人的大船从她头顶上经过。船上的乘客绝不会想到在他们船底下的深海里，有一条小美人鱼正朝着他们的船底伸出雪白的双手。

最大的姐姐终于满十五岁了，可以游到水面上去啦！

她回来之后，有成百上千件新鲜事儿要讲，可是她说那最美的景致是在月光底下，躺在平静的海面的浅滩上，极目远眺，可以依稀瞅见附近一座大城市，在那座城市里，明亮的灯火就像天空中闪烁的繁星。她听到了音乐声，还有车辚辚、马萧萧，熙攘喧闹的嘈杂声音。她看见许多教堂钟楼的塔尖，也听到教堂钟楼里传出来的悠扬的钟声。正因为她不能再靠近些了，所以她就更向往那里了。

哦，那个最小的妹妹听得那么起劲，生怕漏掉一星半点。到了晚上，她站在敞开的窗口前，透过暗蓝的海水抬头朝上看，她向往着那座大城市，想听到那里的喧闹嘈杂声。她好像听见教堂的钟声在她的耳边响起。

第二年二姐可以游到海面上去了，她想游到哪儿就游到哪儿。她冒出海面的时候，正好赶上太阳即将沉没的那一刻，她觉得落日的景象真是最美丽不过了。整个天空云蒸霞蔚，夕阳的余晖发出金灿灿的光芒，那满天的晚霞玫瑰色和紫色交相辉映，美得叫她无法形容。那些美丽的云朵从她头上飘浮而去，大群的野天鹅比云朵飞得还要快，恍若雪白的轻纱飘拂过落日映照的大海。她也朝向落日游过去，可是太阳却一下子沉没在海涛之中，云朵和大海的美丽的玫瑰色也突然消失了。

又过了一年该轮到第三个姐姐了。她是她们当中胆子最大的一个。她一直游进了一条和大海相通的大河。她在河岸上看到青翠碧绿的山坡上，满山遍野长满葡萄。宫殿和庄园掩映在枝繁叶茂的绿树丛中。她听见小鸟在婉转啼鸣，太阳光是那样强烈，她不得不过一会儿就潜到海水底下，让自己灼热的脸蛋凉快凉快。在一个小小的河湾里，她遇见了一大群小孩子，他们都光着身子在水里玩耍。她也想凑过去同他们一起玩，可是他们却吓得高声尖叫拼命奔跑，全都逃走了。后来，有一只黑颜色的畜生跑了过来，那是一条她从来也没有见过的小黑狗。那条狗朝着她咆哮狂吠，一副凶相，吓得她赶紧一扭身逃到了大海里。但她再也忘不了那些枝叶茂盛的绿树，那些青翠碧绿的山坡，那些在水里玩耍的可爱的孩子们，只可惜他们都没有长上鱼尾巴。

第四个姐姐胆子很小，她一直停留在大海的中央，但是她说那里的景致和靠近岸边的同样美丽。她只消抬起头来朝四周眺望，头顶上的苍穹像是一口玻璃大钟。她看见了船，不过离得太远，看上去它们倒很像海鸥。有趣的海豚从水里蹿起来翻着跟斗，巨大的鲸鱼从鼻孔里把海水喷向空中，看上去就像四周有上百孔喷泉在她周围喷水一样。

现在轮到第五个姐姐到海面上去了,她的生日正好是冬天,所以她上去看到了前面几个姐姐第一次浮出海面时没有见到过的景色。大海看起来一片澄碧,到处漂浮着高大的冰山。她说每一座冰山都璀璨晶莹得像一颗珍珠,比人类建造的教堂要大得多。冰山形状奇特,像钻石一样闪闪发光。她坐到最大的一座冰山上,听凭海风吹拂她的一头长发。过往的船只却东弯西拐,不断抢风切换航向,尽量躲开冰山,离它越远越好,好像见了冰山十分害怕似的。黄昏时分,天空布满乌云,电闪雷鸣。黑魆魆的大海翻腾起来,汹涌的波涛把一座座大冰山高高地堆挤在一起,使它们在红色的电光里显得分外狰狞。船上的所有人都惊恐万状,赶紧收篷落帆,而她却平静地坐在漂浮着的冰山上,望着蓝莹莹的电光在海面上划出一道道光影来。

当五个姐姐第一次游到海面上去的时候,每一个都对自己第一次见到的美丽景色和新鲜事物兴高采烈,激动不已。如今她们都已长大了,长成了少女,可以想上哪里就上哪里了,可以随时游到海面上去,所以她们也就不再觉得新奇兴奋了。她们一游到海面上,就想念起海底下的家来。又过了一个月,她们说海底下其实要比上面美丽得多,出门在外哪有在家里快活!

不过,黄昏时分,五个姐妹还是手挽着手结伴游到海面上来。她们个个都有非常甜美的嗓音,要比人类中哪一个都强得多。在暴风雨即将来临的时候,她们认定哪艘船大概会出事下沉,她们就游到这艘船的面前,舒展甜美的歌喉,唱着海底的美景,请船上的人不必害怕落水沉到海底。可是船上的人都听不懂她们在唱什么,把她们美丽的歌声也误认为是暴风雨中的飒飒风声。再说人类要真是沉到了海底哪会见到什么美景呀？船一翻掉，人都淹死了，漂到大海之王的宫殿里去的只有尸体。

当五个姐姐手挽着手结伴游到海面上去的时候，她们那个最年幼的妹妹就孤零零地站在海底下瞅着她们，难过得好像快要哭出来了。不过美人鱼是没有眼泪的，所以她的难过只能埋在心里。

"唉，我要是到了十五岁该有多好呀，"她说道，"我知道我会一下子就喜欢上那个世界和建造那个世界并在那里生活的人！"

她终于熬到了十五岁！

"行啦，我们现在可以放你出去了，"她的老祖母，也就是大海王宫中的皇太后说道，"来吧，我要给你打扮打扮，就像你的姐姐们一样。"她在小美人鱼的头发上戴了一个白色百合花环，每片花瓣都是用半颗珍珠做成的。老祖母又把八只大牡蛎嵌到她的尾巴上，用来显示她尊贵的身份。

"哎哟，疼死我啦！"小美人鱼说道。

"是挺疼的，但为了尊贵的身份，你只能忍一忍了。"老祖母说道。

唉，她真想把这些华贵的装饰统统取下来，把那个沉重的花环扔得远远的。其实插上一朵花园里的红花就是她最好的打扮了，可是此时此刻她哪敢把它们取下来换掉？

"再见。"她说，旋即像个小泡泡那样轻盈地朝海面升去。

她把头露出水面的时候，夕阳沉没，玫瑰红和金黄色的霞光交相辉映。在暗红色的天际，星星已经亮晶晶地闪烁着。空气清新，海面平静。有一艘很大的帆船停泊在海上，三根桅杆上只有一根挂着风帆。因为连一点点风信都没有，船上的水手们都闲坐在桁架和缆绳上。船上在演奏乐曲，还有人唱着歌。随着天色黑下来，上百盏五颜六色的灯笼点亮了，看上去就像各国的国旗飘在空中似的。小美人鱼游近船舷，海水不时把她托高，她透过明亮的舷窗望进去，看见里面有一些衣着华丽的人，其中有一个是年轻的王子，长着一双黑眼睛，他是所有人中最英俊的一个。他大概十六岁，这一天是他的生日，所以正在尽兴庆祝。水手们在甲板上跳着舞，当王子走上甲板时，他燃放了上百发焰火，天空被照得如同白昼一样。小美人鱼一下子吓慌了神，赶紧把头钻进了水里。等她再次把头伸出水面来时，她觉得满天的星星似乎都一齐朝着她落下来。小美人鱼从来没有见过焰火。大大的火球在空中转个不停，绚丽多彩的火焰像鱼一样在暗蓝色的天空里游去游来。这一切又倒映在清澈平静的海面上。那艘船也被照得通明，船上的每一个人，甚至每一条最细的缆绳都被焰火映照得清清楚楚。哦，那个年轻的王子有多么英俊！他同船上所有的人一一握手，向他们微笑。优美动听的乐曲为这个良辰美景增添了欢乐，久久萦绕在夜空中。

夜已深了，可是小美人鱼却没法把自己的眼睛从那条船上，从那位英俊的王子身上挪开去。彩色灯笼早已熄灭了，再也没有焰火蹿到空中去了，船上的大炮也不再轰隆轰隆鸣放礼炮了。可是大海却不安生不平静起来了，在海的深处可以听得见嗡嗡的呜咽声，后来又变成了隆隆的轰鸣声。小美人鱼仍旧徘徊在舷窗旁边，随着波涛的起伏一会儿被托起来一会又被抛下去，就这样她仍然能够看得见船舱里面。过了半响，几张风帆全都升起来了，这艘船加快了速度往前驶，可是却已经来不及了。海面上风急浪高,波涛愈来愈汹涌。天空中云层密布,远处已经闪起了电光。吓人的暴风雨来了,水手们只得又把风帆收拢。那条大船任凭大风的摆布,在翻腾的怒海上摇摇晃晃地向前疾驰如飞。浊浪排空,像一座座黑色的大山朝船上压来,想要掀倒它的桅杆。可是那条船却像只天鹅那样潜到波谷的深底,然后又从浪峰之巅钻了出来。在小美人鱼看来,这真是一场最好玩的游戏,可是对于船上的人来说,却是性命攸关的拼搏。到了后来,那条船发出了吱吱嘎嘎的折裂声响,厚实的船板被狂风恶浪冲击得裂开了,桅杆像一根纤细的芦苇被折断成了两截。船身朝向一边倾侧过去,海水立即涌进了船身。直到这时候,小美人鱼才恍然大悟,明白船出事了,船上的人都遇上危险了。连她自己也不得不小心翼翼地躲闪,绕开海面上到处漂浮着的失事船只的船梁和船板,还有船上的各色杂物。有一会儿工夫,天空突然变得漆黑一团,她什么也看不见了。可是闪电又把一切都照得雪亮。她看见了船上所有的人,他们个个都在惊涛骇浪里奋力挣扎,唯独没有见到王子的身影,当那条船断裂开来的时候,她终于看见王子沉没在波涛里。开始她心头不禁一阵高兴,以为现在他可以同她在一起了,可是她又立即记起来:人类是不能在海底活下来的,只有尸首才能漂到她父亲的宫殿里来。不行,不能让他死,说什么他也不能死!于是她从船的残骸和船上散落下来的杂物中间游了过去,不再顾及这些东西也许会把她撞得粉身碎骨。她扎了个猛子深深潜入波谷,却又被汹涌的波浪掀到了高高的浪峰。她使出浑身本领在惊涛骇浪中奋勇前进,最后终于来到年轻的王子身边。王子在这样的狂风恶浪之中苦苦挣扎了许久,这时他已经用尽了全身力气,再也游不动了,那双美丽的眼睛也紧紧闭了起来。倘若不是小美人鱼及时赶到的话,他已生还无望,必死无疑。小美人鱼把他的脑袋托起来露出在水面上,然后听凭海浪把她冲到不晓得什么地方去,只是她牢牢托住王子不松手。

第二天清早,风暴停歇了,海面上又是那么宁静。那艘船早已不见了踪影,连一点点残骸碎片都见不到了。光芒四射的红日从海面上冉冉升起,阳光把海面照耀得一片通红,波光粼粼。王子的双颊似乎也被阳光照得恢复了红润,可是他的双眼始终紧闭着。小美人鱼吻了吻他那饱满的额头,把他湿淋淋的头发朝后梳抹,她看着他,愈看愈觉得他挺像自己的小花园里的那尊大理石雕像,就又吻了吻他,希望他能快点苏醒过来。

这时她看到陆地就在面前,黛青色的远山巍峨高耸,逶迤连绵。山巅顶峰被冰雪覆盖,白皑皑、亮晶晶的,好像是一群天鹅栖息在那里。靠近海岸是一片片近绿远黛的森林,树木掩映着一座高大的房屋,究竟是教堂还是修道院,她弄不清楚。花园里长着柠檬树和橙子树。大门前有几棵高大挺拔的棕榈树。海水在这里汇聚成一个小小的海湾,海湾里水面平静如镜,水底却深不可测。在海滩上,礁石面前平铺着白色的细沙子。于是,她带着英俊的王子游到了这里,让他躺在沙滩上,还留着神把他的头垫得高一些,让他沐浴在暖融融的阳光之中。

那栋白色的高大房屋里响起了钟声,许多年轻姑娘穿过花园向这边走来。小美人鱼赶紧游得离岸远些,躲藏在露出水面的高大礁石背后,她让海水的浮沫浸没自己的头发和前胸,这样就没有人能够看得清她的那张小脸蛋了。她等在那里,看看究竟有谁会走到那个可怜的王子身边来。

不一会儿,有一个年轻姑娘朝这边走了过来。她起先吓了一大跳,不过这只是一瞬间的惊恐,旋即她叫来了几个人。小美人鱼看到王子苏醒了,他活过来之后就向他四周的人微笑,可是他却没有对她笑,再说他压根儿也不知道是她救了他的命。她不禁心里一阵难过。当他被抬进那幢大房子里去的时候,她黯然神伤,扭身游回到她父亲的王宫里去了。

她向来文文静静,少言寡语又爱陷入沉思,这下子就更沉静和心有所思了。她的姐姐们都来问她,她头一回到海面上看到了什么,她什么也没有对她们说。

许多个朝朝暮暮,她都浮到海面上,游到她同王子分手的小海湾。她看到花园里的果子成熟了,接着又被采摘掉了。她看到高山之巅的积雪逐渐融化掉了。可是她再也没有见到过王子。因此她回家来总是闷闷不乐,一次比一次显得难过。她唯一的安慰就是独自坐在她自己那小花坛里,张开双臂拥抱着那座长得挺像王子的大理石雕像。她再也没有心思照料她的那些花朵了,任凭花朵在小茎上疯长;枝蔓和茎叶则缠绕到了树木的枝丫上,弄得这块地方又杂乱又阴暗。到了后来她再也忍不住了,就把这件事情原原本本全都告诉了她的一个姐姐。于是别的几个姐姐也都知道了。可是除了她们以及另外还有一两条小美人鱼知道之外,别人都不晓得这个秘密。后来她们又把这个秘密悄悄地告诉了自己的亲密的朋友,其中有一个朋友恰好知道那个王子是谁;她也亲眼看到过船上的欢庆场面,她知道王子从哪里来的,他的王国在什么地方。

"来吧,小妹妹。"别的几个公主说道。她们一个个把手臂搭在另一个人的肩头上,排成一长串浮上水面,游到了她们打听到的王子住的那座王宫前。

那座王宫是用有光泽的浅黄色巨石砌成的,有好几座高大的大理石台阶,其中有一座通到海边。王宫的顶端矗立着光辉夺目的镏金穹隆圆顶,四周全是大圆柱子,在圆柱与圆柱之间耸立着与真人同样大小的大理石雕像。王宫的窗户高大明亮,透过洁净的窗玻璃可以看到里面富丽堂皇的大厅。大厅里挂着华贵的丝绸帷幔和壁毯,四周墙壁上都画着精美的大幅壁画。光是瞧瞧这些妙不可言的壁画就是一桩赏心乐事。在最大的厅堂中央,有一个喷泉把闪光的水柱高高喷起,一直喷到穹隆形的玻璃屋顶。太阳光又透过玻璃穹顶把水柱和喷水池周围的花草映照得光影斑驳。

如今她已经知道了他住在什么地方,有多少个黄昏和夜晚她都来到这里的水面上。她比任何一个姐姐的胆子都大,敢于游得离那儿非常近。有一回她甚至游到了大理石阳台底下的沟渠里。大理石阳台在这里的水面上投下了一片很大的倒影,她就趴在那里,两眼一眨也不眨地盯住了年轻的王子,而王子却以为在明亮的月光下只有他孤身一人呢。

有许多个傍晚,她看见他乘坐着他的那艘华丽的快艇到水面上来游玩。船上挂满了旗帜,音乐声悠扬。她从绿色的灯芯草丛中向外窥视,听凭晚风吹得她的白色长纱巾在空中飘拂。要是有人看见了这条纱巾,还以为是一只展翅翱翔的天鹅呢。

有好几个晚上,她听见举着火把出海打鱼的渔夫们在交口称赞王子所做的种种好事。她觉得美滋滋的，心里很受用，因为就在他半死不活随波漂流的时候，是她救了他的命。她回想起他的脑袋曾经依偎在她的胸前，同时回想着自己当初是怎样一往情深地吻着他。可是所有这些他一点儿都不知道，甚至连做梦也不会梦见她。

她越来越喜欢人类了，越来越盼望着自己能够跻身于他们之中，他们的世界较之于她的天地，那是大得没法比了。他们可以乘船横渡大海，他们可以攀登高入云霄的山峰，他们拥有森林和农田，土地广袤无边。她想知道的东西太多了，姐姐们全都回答不了她的问题。于是她只好去问她的老祖母，因为老祖母对上面的世界知道得最多，她把那里称作"海面上的土地"，这种叫法倒也很对。

"要是人类不是溺水淹死的话，"小美人鱼问道，"他们就会永远地活下去吧？他们会像我们那样到时候就死掉吗？"

"他们也会死的，"老祖母回答道，"他们的生命甚至比我们的短得多。我们有的可以活上三百来年，不过我们生命结束时变成了漂浮在海面上的泡沫。在海底下，我们的亲人中间没有一个身后留下坟墓的。我们没有永生不灭的灵魂，我们死了就不会再获新生，就像绿色的灯芯草一样，一旦被掐断了根就不会再绿起来。可是人类却不同，他们的灵魂不灭，在躯体化为尘土之后灵魂却仍旧活着。他们会穿过清澈的天空一直飞上去，飞到闪闪发光的星星上去；就像我们浮到水面上去看看人类居住的陆地一样，他们会飞到一个我们永远无法见到的不可知的美丽的天国中去。"

"那么为什么我们就没有永生不灭的灵魂呢？"小美人鱼伤心

地问道,"只要能够哪怕做上一天的人,能够飞到星星上面的那个美妙的天国里去,我宁可少活三百年!"

"不许你这样胡思乱想!"老祖母说道,"比起住在上面的人类来说,我们可是幸运得多,我们的日子要比他们好过得多。"

"这么说,我只能死掉之后变成漂在海面上的泡沫,"小美人鱼说道,"再也听不见波涛的音乐声,再也看不到美丽的花朵或者鲜红的太阳了?我真的一点法子都没有,不能得到一个永生不灭的灵魂?"

"没有法子,"老祖母说道,"除非有一个人爱上了你,爱得是那么深,对于他来说你比父母更为重要;除非他把全部身心和情爱都倾注到你的身上。牧师把这个人的右手放到你的手上,这个人立下誓言对你永生永世忠贞不渝,那么他的灵魂就会飞进你的躯体,你才能够分享到人类的幸福;他虽然给了你灵魂,可是他自己的生命还可以留在他的躯体里。可惜这类事情永远也不会发生。你的那条鱼尾巴在我们眼里看来美得不得了,而在陆地上却被看成是丑得不像样子。他们哪里懂得什么才是美,他们下身长着两根棍子,是靠这两根棍子来支撑身子的,他们认定了只有这样才算美,他们把这两根棍子叫作'两条腿'。"小美人鱼听罢不禁长叹了一声,伤心地看着自己的鱼尾巴。

"让我们高兴高兴吧,"老祖母说道,"我们有三百年好活,时间是漫长的,足够我们跳呀蹦呀玩个痛快。等到三百年以后我们就可以永远休息了。今天晚上我们要举行王宫舞会。"

舞会的气派和富丽堂皇的排场是陆地上所见不到的。跳舞大厅的墙壁和屋顶是用厚厚的却又清澈透明的水晶镶嵌而成的。每一边都排列着成百上千只硕大无比的扇贝贝壳。有的是玫瑰红的，有的是翠绿色的。贝壳里燃烧着蓝莹莹的火焰，把整个大厅照耀得通明。火光透过水晶墙壁把墙外的大海也映得雪亮。数不清的鱼儿，大的小的，全都朝着水晶墙壁游过来。有的鱼身上的鱼鳞闪现出紫红色的光泽，有的鱼鳞闪着银光或者金光。有一条水面宽阔、流水淙淙的溪涧淌过大厅的中央。大海之国的男女子民们都在这条溪流上载歌载舞，边唱边跳。像这样动人的舞蹈、这样好听的歌声是陆地上见不着也听不到的。小美人鱼是他们当中唱歌唱得最动听的，大家都为她的歌声而鼓掌。有那么片刻工夫，她的心里充满了喜悦，因为她知道她的歌喉是世间和大海里最甜美的，可是她立即又想到了上面的那个世界。她忘不了那个英俊的王子，也忘不了自己没有他的那种永生不灭的灵魂。尽管整个水下世界轻歌曼舞，欢笑热闹，她却心情忧伤地溜出了父亲的王宫，独自枯坐在自己那小花坛上。这时，她又听见一阵阵号角声透过海水传了下来。她想道："一定是他又出海游玩了。正是他，我爱他胜过我的父亲和母亲。正是他，令我牵肠挂肚，时刻思念。我情愿把我一生的幸福交到他的手上。我甘冒千难万险去赢得他和一个永生不灭的灵魂。趁我的姐姐们都在父亲的王宫里跳舞的这段时间，我要到大海的女巫那里去。我平日虽然见了她就害怕，不过说不定她能够帮我出点儿主意。"

于是，小美人鱼离开了花园，朝那个水流湍急的漩涡游了过去，大海的女巫就住在漩涡的背后。这条路她过去从未游过，这里不长什么花也没有水草，只有一大片光秃秃的灰色沙子，一直延伸到漩涡那里。漩涡就像飞速旋转的磨盘一样，不停地飞快旋转着，把所有卷进去的东西都卷到无底洞里。小美人鱼必须游到漩涡的中心才能进入女巫居住的地方。过了漩涡之后，还要经过一条热雾腾腾、冒着气泡的烂泥塘，女巫把它称为她的泥炭沼泽。在烂泥塘的背后是一片奇异的树林，女巫的房屋就在这片树林之中。树林里所有的乔木和灌木丛全是半动物半植物的章鱼。它们的样子就像是从地里长出来的有上百个脑袋的蟒蛇。所有的树枝都是滑腻腻、黏糊糊的长臂膀，那上面又长着滑溜溜的手指头，那些手指从指根到指尖，一节节地都可以朝向随便什么地方任意摆动弯曲。它们一旦抓住了海里任何东西就会攥得紧紧的，再不肯松开。小美人鱼看到这样的情景，不免胆战心惊，久久地待在树林外面，差一点儿就要扭转身回去了。可是她又想到了王子，想起了她渴望得到的人的灵魂，她又鼓起了勇气。她把她漂动的长发绾到头顶盘成一个发髻，免得被章鱼的爪子抓住不放；她把双手紧贴在胸前，然后扎个猛子如飞一般直蹿过去，就像有些鱼儿会一个劲儿穿过水面跃入空中一样。她从张牙舞爪的章鱼之间穿行过去，那些章鱼伸出滑腻而灵活的手臂和手指来抓她。她看见每一只章鱼都紧紧缠住了一些东西，章鱼的上百条像铁箍一样的手臂紧紧地箍住了那些东西毫不放松。那些罹难溺毙沉入海底的人在章鱼的手臂里只剩下了几根白骨。沉船的舵和箱笼也被它们紧抓不放。被章鱼抓住的还有陆上的牲畜骨骸，甚至还有一条小的美人鱼。这条美人鱼是被缠住身体无法逃脱而窒息死去的。她眼前的这番情景真是触目惊心！

她来到了树林之中一片泥泞不堪的沼泽地，又粗又长的水蛇在泥浆里翻滚蠕动搅成一团，露出了它们的褐黄色肚皮。在这片沼泽地的中央有一幢房屋，那是用遇难溺毙的人的骨头盖成的。大海的女巫正坐在那里，用自己的嘴巴喂食癞蛤蟆，那劲头就像是人用白糖喂金丝雀一样。她把那些丑陋且全身黏腻的水蛇叫作她的小鸡儿，听凭它们在自己肥硕而鼓囊囊的胸脯上爬来爬去。

"我晓得你想要什么，"大海的女巫说道，"你真是太痴了！你所有的愿望都可以得到满足，不过这只会给你带来不幸和痛苦，我可爱的公主。你一心想去掉你的鱼尾巴，换上两根像棍子那样的腿，以便可以像陆地上的人那样在地上走动，好让那个年轻的王子爱上你，好让你得到他和一个永生不灭的灵魂，是吗？"

大海的女巫哈哈大笑起来，笑声那么刺耳难听，以至于癞蛤蟆和水蛇全都吓得摔倒在地上，在那里翻来扭去。

"你来得倒正是时候，"大海的女巫说道，"等到明天早晨太阳一出来我就帮不上你了。那就要再等到一年之后才行。现在我给你调配一剂药。你带着它在太阳升起之前游到陆地边上去，坐在海岸上把药喝下去，你的尾巴就会一分为二变成人类所说的两条美丽的腿。不过这会很疼痛的，就像用一把利剑刺穿你的身体一样。所有见到你的人都会说你是他们看见过的最美丽的人儿！你依然保持着你的轻盈优美的体态，没有哪个舞蹈家能够跳得出像你那样飘飘欲仙的舞步。可是你每迈出一步，你都会觉得自己像踩在刀尖上一样疼痛，而且还要血流不止。要是你能忍受得住这样的苦痛，那么我就帮助你。"

"好吧，我能够的。"小美人鱼用颤抖的声音说道，她想到了王子和永生不灭的灵魂。

"可是要记住，"女巫说道，"一旦你的身形变成了人，你就再也不能变回美人鱼了,你就再也不能够下到海底来同你的姐姐们相聚,你就再也不能回到王宫里去。要是你不能赢得王子的爱情,不能让他甘愿为了你而忘记他的父母,用他的整个身心来爱你,并且答应牧师把你们俩的手捏在一起结成夫妻的话,那么你就得不到永生不灭的灵魂。在他和别人结婚的第二天清晨,你的心将破碎,你就会化为海浪的泡沫。"

"我心甘情愿。"小美人鱼说道,脸色惨白得像死人一样。

"不过我要索取报酬!"女巫说道,"而且我要的不是什么微不足道的东西。你有海底下最美妙的嗓音,你相信凭了这嗓音可以蛊惑王子的心,可是你必须把嗓音交给我,因为这是你所拥有的最美妙的东西,我要得到它,作为我那剂贵重的药的代价:我必须把自己的血掺到药里去,那药才能够像双刃剑一样锋利。"

"可是你若是把我的嗓音拿走了,"小美人鱼问道,"我还剩下什么呢?"

"你优美的体态,"女巫说道,"你轻盈的舞步,你那双会说话的眼睛:你凭了这些就可以打动男人的心。怎么啦,你失去勇气了吗?把你的小舌头伸出来,让我把它割下来作为我的酬劳。然后你就可以得到那剂烈性的药啦!"

"就这样说定啦。"小美人鱼说道。

于是女巫把一口大锅子放到火上,开始熬制那剂具有魔力的药。

"讲究干净是好习惯。"女巫说道。她把几条蛇捆成一团,用来把大锅洗刷干净。然后她把自己的前胸刮破,把黑色的血滴到锅里去。从锅里冒起一股奇形怪状的蒸气,看了叫人胆战心惊。女巫不断地往锅里投下去不同的药末。等到药剂沸腾开锅的时候,那响声就像鳄鱼的哭声。那剂有魔力的药熬好之后，看上去倒像是最清澈的水。

"给你熬好啦！"女巫说道。她割去了小美人鱼的舌头，于是小美人鱼变成了哑巴，既不能唱歌也不能说话了。

"在你穿过那片树林回家去的路上，若是有章鱼缠住你，"女巫说道，"你只要把药汁朝它们身上洒上几滴，它们的手臂和手指就会马上化成齑粉。"

但是小美人鱼用不着那样做，那些章鱼一看见她手里捧着的药汁像星星那样闪烁着光芒，早就吓得缩了回去。

她很快穿过那片树林和那片泥泞的沼泽，再从那个湍急旋转着的漩涡里游了出来。她回到了家。

在她父亲的王宫里，舞会早已曲终人散，宽大的跳舞厅里灯火全已熄灭。她不敢进去看望任何人，因为她已经变成了哑巴，并且要永远地离开他们。她觉得自己的心都快要碎了。她悄悄地溜进了花园，在每个姐姐的花坛上摘了一朵花，她对着王宫朝着全家人用手指送过去一个又一个的飞吻，然后转身从深蓝色的海水中浮了上去。

她游呀游呀，终于看见了王子的宫殿。当她游近大理石台阶的时候，太阳还没有升起来，月亮仍然照耀得很明亮。小美人鱼把有魔力的药汁喝了下去，顿时她觉得似乎有一把双刃利剑刺进了她的身躯，她昏死了过去。当旭日从海面上冉冉升起，金光把大海照亮的时候，她苏醒了过来，感到身上一阵阵钻心的疼痛。但是在她的面前站立着那位英俊的王子。他用漆黑的眼睛紧紧地盯住了她，她不禁垂下了眼皮，这时她才看到自己的尾巴已经不见了，却有着一双只有很少几个少女才有福气拥有的雪白纤细而修长美丽的腿。可是她身上连一件衣服也没有，于是她只得用她浓密的长发把自己的身体裹了起来。王子问她是谁，从哪里来。她用深蓝色的眼睛温柔而悲哀地看着他，因为她已不能够说话了。正如女巫说过的那样，她每走一步都觉得像是踩在针尖或者锋利的刀刃上，不过她心甘情愿忍受着痛苦，在王子身边走得犹如肥皂泡那样轻盈。王子挽着她的手把她带进王宫里。她那娉娉婷婷的迈步姿态令王子和所有看见她走路的人都惊讶不已。

她穿上了价值昂贵的用丝绸和轻纱做的衣服。在王宫里她是最美丽的，只可惜是个哑巴，既不能唱歌也不能说话。那些身穿丝绸衣服、戴着黄金首饰的漂亮女奴在王子和他的父母面前引吭高歌，有一个唱得比别的女奴更为出色，王子为她鼓掌并且对她微笑。可是小美人鱼忍不住悲从中来，她很清楚自己婉转的歌喉要远远比这个女奴动听得多。她不禁想道："唉，我为了和他在一起而把我的嗓音永远地交出去了，要是他能知道那就好啦！"

接下来女奴们随着优美无比的音乐旋转俯仰，翩翩起舞。这时小美人鱼把她的秀美洁白的手臂高高举起，踮着脚尖站立起来，旋转着身子在大厅中央轻盈地舞动起来。直到那时候，还没有人踮着脚尖跳舞的，她的舞姿婆娑，每一步就更显出她的美丽，她那双秋波横溢的眼睛要比女奴们的歌声更能打动人心。

人人都看得入了迷，尤其是王子，他把她称作他抱回来的"小弃婴"。她尽兴地跳呀、跳呀，跳个不停，尽管她脚一沾地就像踩在锋利的刀刃上。王子说她应该随时随地和他待在一起，晚上就睡在他门外的丝绒垫子上。

王子给她做了一套男式小听差的衣服，这样她就可以随时伺候在他左右，可以陪着他骑马。他们俩一起骑马穿过清香扑鼻的森林，树枝轻拂着她的肩头，小鸟在青枝绿叶间啁啾啼鸣。她陪着王子去攀登高山的顶峰。尽管她娇嫩的双脚磨得鲜血淋漓，别人见了都心疼，可是她却毫不在乎，甚至一步一个血印她也顾不得了，只是笑笑，仍旧跟着他走。他们一直来到山顶，看到朵朵云彩像一群群候鸟飞向远方。

在王子的王宫里，到了晚上当大家都睡熟之后，她独自悄悄地溜出来，坐在宽阔的大理石台阶上，把那两条像是在被烈焰灼烧那样疼痛的腿和双脚浸泡在冰凉的海水里，这样可以减轻一些痛楚。这时候，她牵挂起了海底下家里所有的亲人。

一天深夜，她的姐姐们手臂挽着手臂游到她这里来了。她们一面在水里游着，一面悲伤地唱着歌。她向她们招手，她们也认出她来。她们告诉她说，她的所作所为使得全家人都为她伤心难受。后来她们每天晚上都到这个地方。有一天晚上她还远远地瞅见了她那已经不知多少个年头不曾浮上过海面的老祖母，还有她那头戴着王冠的大海之王父亲。他们都向她伸出了双手，可是他们不敢像她的姐姐们那样游到靠近岸边。

随着日子一天天过去，她对王子爱得愈来愈深，王子也很喜欢她，就像喜欢一个挺可爱的好孩子一样，可是要娶她作为自己的王妃和日后的王后，这个念头他却从来就不曾有过。然而除非他要她做妻子，否则，她就得不到永生不灭的灵魂，而且在他和别人举行婚礼的那个早晨，她将化为大海上的泡沫。

"在所有人当中难道你最喜欢的不就是我吗？"当他把她抱在

怀里、吻着她那可爱的前额的时候，小美人鱼双眼脉脉含情地在这样问道。

"是的，你是我最中意的人，"王子说道，"因为你有一颗最善良的心，你对我是那样全心全意，你非常像我见到过的一个年轻姑娘，大概我再也无缘同她相见啦！那一回我乘船出海，在海上遇险失事，船沉没了，可是我却死里逃生，被海浪卷到了一座神圣的寺院附近的海岸边。有不少年轻姑娘正在那座神圣的寺院里做祈祷，其中那个最年轻的在海滩边发现了我，救了我的命。我只看见过她两次，她是我在这个世界上唯一可以去爱的人。你非常像她，你在我的心目中几乎快要代替她的形象了。她大概是那座寺院里的人，所以幸运之神就把你送到我的身边作为替代。我们将永远不会分离。"

"哦，天哪！他不知道是我救了他的命，"小美人鱼想道，"是我托着他游过了海面，送到那座神圣寺院的树林旁边。我待在海浪的泡沫底下守候着，直到有人来救他。我看见过那个他爱她胜过爱我的漂亮小姑娘。"

小美人鱼长长地唉声叹气，她不会哭，只能叹息：

"王子说了，那个姑娘是神圣寺院里的人，她不会再回到这个世俗之地里来，所以他们无缘再相见。而我就在他的身边，天天都同他相见，我会照料他，爱着他，把我的生命奉献给他。"

不久之后，人们都在奔走相告，说王子要迎娶邻国国王的美丽的女儿。为了这个缘故，他打造装修了一艘富丽豪华的大海船。王子说是要去游览一下那个邻国，其实却是想看看邻国国王的女儿。他将带领一大批随从浩浩荡荡前去。听说王子要结婚，小美人鱼只是摇头微笑,她比任何人都更清楚王子的心思。

"我得去跑一趟!"他对小美人鱼曾经这样说道,"我不得不去看看那位美丽的公主。我的父母非要我这样做不可,不过他们倒没有逼着我非要把她娶回来作为我的妻子,他们不情愿那样做。我没法爱上她!她不会像神圣的寺院里的那个漂亮姑娘,而你却像她,倘若有朝一日,我必须挑选一个新娘的话,我宁可选中你,我的哑巴小弃婴。你虽然发不出声音,却能用眼睛说话。"

他亲吻了她的红嘴唇,抚摩着她的长发,并把脑袋依偎在她的心口上。这时候她又梦想起人间的幸福和永生不灭的灵魂来。

"你倒一点儿不害怕大海,我的哑巴小弃婴。"他们俩站在那艘华丽的大海船上朝向邻国驶去的时候,他这么说道。他对她讲述大海上的风暴和宁静,讲述大海深处游着各色各样奇形怪状的鱼儿,讲述潜水下去的人在海底见到的种种奇异东西。她微笑着听他的讲述,其实她比船上任何人都更心里有数,海底究竟是什么模样。

在月华如水的夜晚,船上所有的人都已进入了梦乡,只有舵手还站在船尾掌着舵。她独自靠在船舷边坐着,探身出去朝下俯视,眼望着澄碧清澈的海水,好像看见了海底深处她父亲的王宫。在王宫的最高处站着她的老祖母,老祖母头上戴着银王冠,正透过汹涌的潮汐仰望着这艘船。这时,她的姐姐们浮上了海面,她们悲哀地看着她,一个个举起了雪白的双手绞个不停。她朝她们招手,她朝她们微笑,她朝她们张大嘴巴,想要告诉她们,自己的日子过得很好,一切都顺利如意。就在这当儿,那个舵手朝她走了过来,几位姐姐就一扭身全都潜到水底下去了。他以为自己看花了眼，那些白花花的东西只是浮在海面上的泡沫。

第二天清晨，那艘大海船驶进了邻国宏伟壮丽的都城的港口，所有的教堂钟声齐鸣，高高的尖塔上号角声嘹亮。士兵们仪容整齐，列队相迎。旌旗猎猎飘扬，军刀闪闪发亮。邻国每天都举行盛大的宴会、舞会，社交活动更是一个连一个，令人应接不暇。

可是那位邻国公主却一直不曾露过面。人们都说她在一个神圣的寺院里学习王室应有的种种美德操行。

最后，她终于来了，出现在众人的面前。小美人鱼早就焦急地想要一睹芳容，看看她究竟是不是美丽。这时她也不得不承认，她从来还没有看见过这样的天生丽质。她的肌肤是那样细洁娇嫩，她的一双蔚蓝色的星眸，在黑色的长睫毛下忽悠忽悠地闪动，射出了虔诚的圣洁目光。"原来就是你！"王子失声惊呼道，"当我像一具死尸那样躺在海滩上的时候，救活我的就是你！"

说着，他把满脸涨得通红的新娘拥抱在自己的怀里。

"啊，我真是太幸福了，"他对小美人鱼说道，"我从来不敢相信的最美好的梦想竟然会变成了现实。你会为我的幸福而感到高兴，因为你是所有人当中对我最忠贞不渝的。"

小美人鱼吻着他的手，她觉得自己的心都要碎了，他的婚礼之后的第一个早晨就是她死亡之时，她要变成大海上的泡沫了呀！

所有的教堂钟声都响了起来，王室的传令官飞骑跑遍全城，在大街小巷宣布王子和公主已经订婚的喜讯。在每个祭坛贵重的银缸里都点燃了芳香的圣油，教士们摇晃起云烟氤氲的香炉。新郎和新娘手挽着手接受主教的祝福。小美人鱼身穿金线刺绣的丝绸衣服，替新娘拖曳垂地的婚纱。她的耳朵里听不见那喜庆的音乐，眼睛里看不到那神圣的仪式。她心里只想着这是自己临死的前夜，只想着自己在这个世界上失去的一切。

当天傍晚，新郎和新娘登上了大海船。船上礼炮隆隆、彩旗招展。在大海船的船身中央已经搭起了一个金色和紫色相间的帐篷，里面铺着最讲究的垫子，那对新婚伉俪将在船上共度吉日良宵。

顺风把大海船的船帆吹得鼓胀起来，船便轻快地在大海上疾行如飞。

天色黑了下来，大海船上点亮了各色各样的彩灯，把整艘船装点得灯火通明。水手们在甲板上跳起了欢快的舞蹈。小美人鱼不由得回想起她第一回浮到海面上来的情景，那时她就已经见识过这样的豪华气派和欢乐喜庆的场面了。

她也随着大家翩翩起舞，她的舞姿轻盈得如同飞燕凌空掠过一般，不过那是在受到追逐时的无奈。人人都为她的精彩舞蹈而欢呼喝彩。她从来不曾跳得这样酣畅痛快。她的双脚痛得像刀割一样，但是她丝毫也不在乎。她心里正忍受着比刀割还要疼的痛苦。

她知道这是她能见到王子的最后一个晚上了。为了他，她背离了自己的亲人和家庭，舍弃了自己美妙的嗓音，天天忍受着无休无止的痛楚折磨，但他却毫不知情。她知道这是她能和王子一起呼吸同样空气、看到深深的大海和星光灿烂的夜空的最后一个晚上。一个没有尽头的、既没有好梦也没有噩梦的永恒的黑夜正等待着她。她没有灵魂，也没有能够赢得一个灵魂。船上笙歌笑语热闹非凡，直到半夜之后依然一片欢腾。她也同别人一样面带笑容纵情跳舞，然而心里却一直在转着死的念头。

王子亲吻着他的美丽的新娘，新娘抚摸着王子乌亮的黑头发。

他们手挽手地走进了华丽的帐篷。

船上的欢笑喧哗顿时平静下来。只有舵手仍然站在船舵旁边。小美人鱼用她雪白的双臂倚在船舷上，双眼凝视着东方，等候天亮时的第一道曙光。她知道天光破晓之时也就是她死亡的来临之际。突然之间，她看见她的姐姐们全都从波涛中浮了出来，她们的脸色和她自己的一样苍白。她们美丽的长发不再在风中飘舞，原来她们的一头秀发全被剪掉了。

"我们把我们的头发给了女巫，"姐姐们说道，"求她发发慈善不要让你今夜就死掉。她给了我们一把刀。我们把刀子交给你，你要收好。你看这把刀子有多么锋利。在太阳出来之前，你一定要把刀子刺进王子的心脏，当他的鲜血滴到你的那双脚上的时候，它们将重新黏合到一起，又变成一条鱼尾巴，这样你就又变成了一条美人鱼，可以重返大海回到我们身边来，你还可以活上三百年。过了三百年，你才会死掉，变成咸涩的海水泡沫。赶紧行动吧！在太阳出来之前，不是他死便是你死，反正你们两个当中有一个要死。我们的老祖母心里难过得不得了，她为你伤心得满头白发都掉光了，就像我们的头发全部都给了女巫一样。快点吧，你难道没有看见天边已逐渐露出了几道红色的朝霞。再过一会儿，太阳就要出来了。到了那时候你是非死不可了。"

她们忧伤地长吁短叹着游回海底去了。

小美人鱼掀开帐篷的深红色帘子。她看到美丽的新娘把她的头依偎在王子的胸口上。小美人鱼弯下腰去，吻了一下王子又高又挺的前额，再抬头看看天空。红色的晨曦越来越亮了。她看了看握在手里的明晃晃的尖刀，又把双眼盯住了王子。王子在梦中呢喃着新娘的名字，他在梦中想到的也只有她！尖刀在小美人鱼的手里颤抖起来，接着她把刀子扔了出去。刀子远远地落到波浪之中；在它落下去的地方，海水变得通红，飞溅起来的水滴看起来像鲜血一样。

小美人鱼恋恋不舍地向王子投去最后一瞥，哀怨的眼光似醉非醉，似痴非痴，充满了迷惘。她纵身跃进了大海，她觉得自己的身躯正在一点一点地化成泡沫。太阳从大海中冉冉升起，柔和而温暖的阳光照射在冰凉的泡沫上。

小美人鱼并没有觉得自己正在死去。她看见了明亮的太阳，看见了在她的头顶上飘浮着千百个透明的、虚无缥缈的太空形体。透过它们，她可以看见那艘船的白帆和天空中的红霞。它们说起话来像音乐般悦耳动听，不过那是心灵之声，是世上任何人的耳朵都听不见的，就像人的眼睛看不见它们的形体一样。它们不长翅膀，可是它们轻盈的形体却在空中飘荡。小美人鱼发觉她自己也有一个像它们那样的形体，这个形体逐渐从泡沫中升华出来，飞向天空。

"我将要到哪里去呢？"她问道。此刻她的声音也像形体一样虚无缥缈，人间的任何音乐都发不出那样悦耳动听的心灵之声。

"到太空的女儿那里去，"那些同样虚无缥缈的形体说道，"美人鱼没有永生不灭的灵魂，除非赢得了人的爱情，否则，她是得不到永生不灭的灵魂的。她的永恒存在只能依赖于别人的开恩施舍。可是太空的女儿也没有永生不灭的灵魂，她是以自己行善做好事来为自己创造一个这样的灵魂。我们飞到炎热的地方去，送去凉爽的空气，制止传染瘟疫的闷热天气对人类肆虐。我们把鲜花的芳香散播到四方,我们为人类增进健康和治疗疾病。当我们尽心尽力地这样行善做好事,做上三百年后,我们就能够得到一个永生不灭的灵魂,分享到人类的永恒的幸福。你这条可怜的小美人鱼,你也在全心全意为我们所追求的同样的目标而奋斗。你经历了艰辛,忍受了苦难,你已经升华到了太空的世界。现在你也可以行善三百年为自己创造个永生不灭的灵魂。"

小美人鱼举起自己明亮的双手伸向上帝的太阳,她有生以来第一次觉得眼眶里盈满了泪水。在那艘大海船上,这时候又人声鼎沸起来,人们在来回奔走。她看见王子带着他的美丽新娘在四处寻找她。他们悲伤地凝视着海面上扑扑冒泡的浮沫,似乎他们觉察到她已纵身投入大海的波涛中去了。

她既无形又无影,但她依然亲吻了新娘的前额,又朝着王子绽露出笑容,然后她腾身而起,跟随着别的太空的孩子,袅袅地飞升到飘浮在天空中的姹紫嫣红的朝霞之中。

"再过三百年,我们就可以升入上帝的天国!"她说道。

"我们也可以更早一点进入天国的,"有一个太空的孩子说道,"我们悄悄地飞进有孩子的人家中去,如果我们每天找到一个给自己的父母带来欢乐,也值得父母疼爱的好孩子时,上帝就会缩短考查我们的时间。我们在屋里飞来飞去,高高兴兴地对着孩子们微笑,虽然孩子们是看不见我们的,可是三百年的考查时间就会减去一年。不过我们要是看到一个不讲礼貌、顽皮淘气的孩子,那么我们只好自认晦气,流下伤心的眼泪,而每一滴眼泪都会使考查的时间拖长一天!"

# 皇帝的新装

许多许多年以前,有一个皇帝,他对漂亮的新衣裳痴迷到不可自拔的境地,以至于他把所有的钱都用来打扮自己。他一点也不爱惜自己的士兵,也不爱好看喜剧。他只愿意坐着马车到森林里去兜风,不,那也仅仅是为了让大家看到他的新衣裳。一天里,他每个钟头都要换一套新衣服。别人问起某个国王的时候,总会听到说:"他正在开会忙于国家大事呢!"就跟这差不多,别人要是问起他,总会听到这样的奉告:"皇帝正在他的更衣室里!"

他住的那座大城市里,热闹非凡。每天都有许多异乡来的陌生人。有一天来了两个骗子。他们自称是出来当织布工的,说他们有本事能织出一种别人连想都想不出来的最美丽的布。这种布料不但颜色和花色出奇地漂亮,而且用这种布料制成的衣服还有一个最神奇的特征,那就是任何不称职或是愚蠢得无可救药的人是看不见的。

"那一定是美得不得了的衣服,"皇帝暗自思忖道,"我要是穿上那样衣服的话,就可以识别出在我的帝国里哪些人是不称职的,也能够辨别出哪些人聪明,哪些人愚蠢了。是的,我必须叫他们马上给我先把这种布料织出来。"于是他预付给那两个骗子一大笔钱,要他们毫不耽搁地把这种布赶快织出来。

那两个骗子假戏真做地架起了两台织布机,煞有其事地摆出一副织布的架势,装作干活十分卖力的样子,其实织布机上什么东西也没有。他们立即索要最精细的丝线和最贵重的黄金,却把这些东西全装进了自己的腰包里,他们趴在空空如也的织布机上忙个不停,干活一直到深夜。

"我倒想去看看他们织布织得怎样了。"皇帝想道,可是转念一想凡是愚蠢的人或不称职的人都看不见这种奇特的布料,他的心里又有点七上八下起来。他相信,他不需要为自己而担惊受怕,不过为稳妥起见还是觉得派一个人去探探虚实,看看那布究竟织得怎样了。在这个大城市里如今已尽人皆知这种布料有着非凡的魔力,于是人人都想先睹为快,又要看看自己的邻居究竟有多愚蠢,多无能。

"我要派年高德劭的大臣去查看一下织工们干的活计,"皇帝想道,"他必定能看得出衣料织得怎样了,因为他最诚实,最富有智慧,没有人比他更称职了。"

那位年高德劭、睿智诚实的大臣走进了那个厅堂,只见那两个骗子正趴在空空如也的织布机上忙碌着。

"上帝垂怜!"老大臣心里咯噔一下子,两只眼睛睁得大大的,"可是我什么也没有看见哇!"不过,他嘴巴里却没有说出来。

那两个骗子殷勤地请他靠近织布机一点,并且手指着空空如也的织布机问他,是不是觉得花式很精美别致,颜色很鲜艳夺目。那个可怜的老大臣把眼睛睁得更大,可是仍旧什么也看不见,因为织布机上本来就是空荡荡的。

"上帝啊!"他心里想道,"难道是我愚蠢透顶?这是我绝对不会相信的,这是不能让任何人知道的。难道是我不称职?不行,我绝不能说出我看不见这种衣料!"

"噢,您还没有说出您的高见呢。"一个骗子说道,他装出双手不停地忙着织布的样子。

"唔,真是漂亮之至,真是美不胜收,"老大臣说道,他戴起老花镜凑近织布机细细查看,"这么漂亮的花式,这么鲜艳的颜色……啧,啧,啧!我要向皇帝禀告,我非常喜欢这布料。"

"哎呀,我们听了真高兴!"两个骗子装模作样地说道,他们细细地讲述了那种花式和颜色的名字,老大臣专心倾听并记住了这一切,这样他回去后才能够依样画葫芦地向皇帝禀告,他也果真这样做了。

于是这两个骗子又索要了更多的钱,更多的丝线和黄金。他们假装说是织布要用的,可是却把所有到手的东西一股脑儿都装进了自己的腰包里。织布机上连一根线头都没有,他们两个却仍旧趴在空的织布机上忙碌地干活。

过了不久,皇帝又派了一个诚实可靠、精明能干的官员前去查看织布的活计究竟干得怎样了,那布料是不是很快就可以织成。那个官员的遭遇和那个大臣如出一辙。他看了又看,看来看去织布机上还是空荡荡的,他什么也没有看见。

"您瞧,难道这匹布料不好看吗?"两个骗子问道,并且向他一一道明这匹本来不存在的布料的花式是如何出色。

"我一点也不笨哪!"这个官员暗自思忖道,"那么说来我是不称职啦?这简直可笑之至!不过可不能让别人注意到!"于是他满口夸奖那匹他压根儿没有见到的衣料。他向他们两人表明自己是多么喜欢这布料鲜艳的色彩和美丽的花纹。

"是呀,那匹布真是出色之至。"他向皇帝禀告道。

全城里的人都在谈论着这匹出色的布料。

皇帝如今要亲自去看那块还在织布机上的布料。他身后跟随着一大批精心挑选出来的官员和侍从,其中有两个以前早已来过了,他们就是那两个年高德劭、聪明能干的官员。皇帝来到那两个狡猾的骗子面前,只见他们全力以赴地在织布,可是他们两人虽然忙个不停,织布机上却见不到经线和纬线。

"瞧,难道这布料不华丽吗?"那两位诚实可靠又聪明能干的官员说。

"陛下亲自过目一下,看看这花式是何等别致,这颜色是何等鲜艳!"

他们用手指着那空空如也的织布机,因为他们心里想着,别的人一定都看见了布料。

"这是怎么回事,"皇帝暗自思忖起来,"我什么也没有看见!这真是太可怕了。难道我愚蠢透顶,要不然是我不配当皇帝?这真是我所遇到的最可怕的事情啦!"

"哦,非常漂亮!"皇帝满口夸奖地说道,"它太讨我喜欢啦!"

他满意地点了点头,又装腔作势地对那空荡荡的织布机观看良久,他不情愿说出他什么也没有瞧见。跟随皇帝来的那一大群官员没有一个看见了什么东西,可是他们照样装腔作势地左看右看观赏个不停,用与皇帝一样的腔调说道:"哦,非常漂亮。"

他们向皇帝进谏,劝他用这样的衣料缝制一套衣服,在即将举行的盛大游行庆典上首次穿出来亮相。

"真是太华丽啦！真是太美好啦！真是妙不可言！"他们奔走相告，到处引起一片欢腾，人人赞不绝口。皇帝赏赐给两个骗子每人一枚骑士勋章，把勋章挂在他们衣服的纽扣眼上，还册封他们"皇室宫廷织布大师"的头衔。

在游行庆典即将举行的前一个晚上，两个骗子为了赶工而彻夜不眠，还点起了十六支蜡烛。大家都看到他们使劲地抢时间赶任务，终于把完工的布料从织布机上取了下来，然后他们拿起了大剪刀，装出在空中裁剪的样子，又拿起不穿线的缝衣针装模作样地一针一针缝了起来。最后，他们说道：

"瞧，皇帝的新衣做好啦！"

皇帝亲自率领他的最显赫的骑士贵族来到做新衣服的大厅里。两个骗子各人高举着一只手，似乎手里擎着什么东西，说道："请看，这是裤子！这是上衣！这是长袍！"等等，不一而足。

他们又说道："新衣裳薄极了，轻极了，就像用蜘蛛丝织出来的一样，穿在身上还觉得什么都没有穿呢！其实这正是它的奇妙之处。"

"是呀！"所有的骑士贵族全都随声附和，其实他们什么也没有看见，因为根本就没有。

"请皇帝陛下开恩，把身上的衣服脱下来，"两个骗子说道，"这样我们才好为您对着大镜子把新衣服穿上。"

皇帝脱掉了他身上所有的衣服。两个骗子装作把一件件刚缝制好的新衣裳给他穿到身上的样子。他们两人在他的腰上比比画画，好像替他束上了腰带，还抽紧打了个结。皇帝在大穿衣镜前面左右旋转着身子仔细观察。

"上帝呀,这新衣裳有多合身,它穿在身上真是非常漂亮。"周围所有的人全都啧啧称赞,"多么好看的花式呀!多么鲜艳的颜色呀!真是贵重华丽至极的衣服。"

"为皇帝陛下遮阳的华盖已经在门外等着。"典礼官前来禀告道。

"好吧,我也准备就绪啦,"皇帝说道,"这一套新衣裳穿在我身上难道不合身吗?"他照着大穿衣镜又转了一次身,他要装出十分欣赏他的这套新衣裳的样子,让大家都能看清楚。

跟在皇帝身后的贴身侍从赶紧把他们的双手伸到地上,装出一副把长袍的后裾拖曳起来的样子,走路的时候双手一直小心翼翼伸在身前,好像在拖曳什么东西似的,他们不敢让别人看出他们什么都没有看见。

于是皇帝头上撑着美丽的华盖,走在游行队伍的最前头。大街小巷人头攒动,连窗户里也挤满了人。所有的人都交口称赞说:"上帝啊,皇帝的新衣裳真是举世无双!他那长袍的后裾有多漂亮呀,穿在身上是多么合身呀。"

没有一个人愿意让别人看出其实他什么也没有看见。因为那样一来,他就成了不称职的人,或者是个愚蠢无比的人。皇帝过去穿过的任何一套衣服都从来不曾引起这么大的轰动。

"可是他身上什么衣服也没有穿呀!"有个小孩子这样说道。

"上帝啊,听听这天真无邪的声音!"孩子的父亲说道。于是人们一个个地交头接耳,把那个孩子的话传开了。

"他身上其实什么衣服也没有穿,有个小孩子这样说的。"他们说,"他身上什么衣服也没有穿!"

最后所有的人都叫喊起来："他身上什么衣服也没有穿！"

皇帝惊骇极了，这句话恰恰触到了他的痛处，可是他心里却不得不承认他们的话是对的。"我务必要坚持到游行庆典结束。"他心里这样想道。于是他装出更加高傲的样子往前走去，他的贴身侍从们亦步亦趋地跟在他身后，拖曳着那其实并不存在的长袍后裾。

# 幸运的套鞋

## 一 楔子

在哥本哈根城里离皇家新市场不远的东大街上的一栋房子里,正在举行盛大的社交聚会。这样的活动过一段时间总要举行一次。而且是有来有往的,只有举行了才会得到别人的邀请。有一半宾客已经在牌桌旁坐了下来,另一半人似乎在等待着女主人发话。

"好吧,让我们想想,找出点什么来消遣吧。"

既然没有什么别的事情可干,他们便凑在一起聊起天来,海阔天空,无所不谈。后来话题转到了中世纪,有人振振有词地断定,中世纪要比我们当今时代更好,政务参事克纳普就慷慨陈词维护这种观点,女主人也马上应声赞同他。他们两人都强烈反对奥斯特①发表在《年鉴》上的那篇关于旧时代和新时代的文章,因为那篇文章居然厚今而薄古,这真是太要不得了,政务参事认定只有汉斯国王②的时代才是最幸福的岁月。

---

① 汉斯·奥斯特(1777—1851),丹麦著名物理学家。他于1820年发现电流通过线圈时会产生磁场,他曾发表《旧时代与新时代》论文,刊登在《1835年年鉴》上。

② 汉斯(1455—1513),丹麦国王,1481—1513年在位。

当天的晚报送来了，却一点也没有干扰那一片不是反对就是赞成的争论，因为晚报上委实没有什么东西值得一读。我们不妨趁此机会到前厅里去走一趟，那里摆满了外套、手杖、雨伞和套鞋。

在前厅里坐着两个女佣，一个年轻些，一个年老些，她们好像是来等着接她们的女主人——一位老小姐或者一位寡妇——回家去的，可是你若仔细地打量她们一眼，你就可以看得出来她们两个绝非等闲之辈。她们体态轻盈匀称，衣着合体大方，普通的女佣是不会有这样的气质的。她们原来是两个仙女。年轻的那一个还不是幸运女神本人，只是她手下侍女的使女，听从呼来喝去的差遣，递送一些幸运女神送人的不大要紧的礼物。年老的那一位却是一副愁眉苦脸，那是忧伤女神本人，她有事情总是亲自出马去干的，这样才能知道该办的事情是不是都办好了。

她们两人正在相互交谈，告诉彼此这一天是怎么度过的。幸运女神的使女只做了手头上几桩无足轻重的琐细杂事，比方说在一阵倾盆大雨中把一顶女帽抢救了出来，又略施小计让一个位高权重的低能儿向一个诚实可敬的先生低头鞠躬，等等。不过她尚未着手去办的那几件事倒都是非同寻常的事。

"我可以告诉你，"她说，"今天是我的生日，为了庆贺这一天，我荣幸地要把一双套鞋送到人世间去。这双套鞋有特异的功能，那就是随便什么人只要穿上这双套鞋，那么他就马上可以到他最想去的那个地方，或者最想去的那个时代。他对时间地点的任何愿望都能够立刻得到满足。这样一来，凡夫俗子终于也可以得到一点点幸福了。"

"不见得，并非尽然如此。"忧伤女神说，"那个人会变得十分不幸，有朝一日他能够摆脱这双要命的套鞋的话，他会感到庆幸的。"

"你怎么可以这么说呢？"另一个仙女说，"现在我就把这双套鞋放在这里大门旁边。有人把它们当作自己的套鞋穿错在脚上，他就会成为一个幸运的人。"

她们两人的交谈就到此为止。

## 二 政务参事出了什么事

天色已晚，一门心思想着汉斯国王时代的政务参事克纳普要回家了。可是鬼差神使一般，他没有把自己的套鞋穿上，却偏偏把那双幸运套鞋穿上了。他走出门来，沿着东大街往前走，这双神奇的套鞋真是法力无穷，他一下子回到了他脑子里想着的那个汉斯时代。因为这个缘故，他走起路来总是一脚深一脚浅地踩在烂泥和水坑里，要知道在那个时代街道上还没有铺上街石呢。

"怎么这样一塌糊涂，"政务参事嘟囔道，"满街平直的人行道全不见了，连所有的路灯也没有一盏亮的。"

月亮还没有升起来，四周一片混混沌沌，漆黑一团。他只得摸黑往前走，幸好街角上的一幅圣母玛利亚的画像前点着一盏长明灯，不过那盏灯也不太明亮。他一直走到那盏灯跟前才停住了脚步。他的目光落到了那幅圣母怀抱圣婴的图画上。

"这倒是一幅该放在艺术馆里的画，"政务参事想道，"他们怎么会撂在大街上忘记拿进去呢？"

有两个穿得古色古香的行人从他身边走过。

"他们怎么会打扮成这副模样？谅必是刚从化装舞会里出来的。"他这样想道。

忽然之间，耳边传来了一阵嘹亮的军乐声，铜鼓敲得震天响，横笛声音尖得刺耳，熊熊燃烧的火把映亮了四周。政务参事惊讶得瞪大了眼睛。一支稀奇古怪的游行队伍出现在他的眼前。走在最前面的是一整列鼓乐手，他们双手灵巧地敲着鼓。后面是一队队全副武装的士兵，手持长弓大弩，戒备森严地行进。这支队伍中最显赫的是一位身披教士服饰的大人物。政务参事惊愕地打听这究竟是怎么回事，他们究竟是何许人。

"那一位是西兰岛的大主教。"

"老天爷啊，大主教干吗要出来游行？"政务参事不以为然地摇摇头长叹一声。"这肯定不会是大主教本人。"

他心里琢磨着这件事，既不朝左看也不朝右看，埋头只顾顺着东大街往前走，一口气走到了赫伊布罗广场，那里有座桥通往王宫广场。可是那座桥却怎么也找不到了，在他眼前的是一条狭长的小河，河岸边停泊着一艘渡船，有两个船夫躺在船上。

"喂，这位先生莫非要摆渡到霍尔姆岛上去？"他们招揽生意说道。

"什么？去霍尔姆岛？"政务参事莫名其妙，他根本不明白自己置身在哪个时代了。

"我想到里莱广场街的克里斯蒂安港去。"

那两个船夫也一样莫名其妙地瞪着他。

"劳驾你们告诉我那座桥在什么地方？"他说道，"这里黑灯瞎火的，连路灯都不点一盏，真太不像话了，况且满街泥泞，像是走在沼泽地里一样。"

他同那两个船夫越讲越不明白，彼此都越来越摸不着头脑。

"我一点也听不懂你们满嘴的布恩霍尔姆岛的土话。"他最后气呼呼地说道，一转身就不再搭理他们，可是他怎么找也没有能够找到那座桥，甭说桥啦，连一根桥栏杆也没有见到。

"这里弄得如此糟糕，真是太不像话了，叫人笑话！"他愤然说。他从来不曾想到，在自己这个时代里竟会遇到今晚这样凄惨的情景。

"我想我只好雇一辆马车送我回家了，"他思忖道，"可是这里哪来的马车呢？"

他放眼四顾，周围确实空荡荡的，连车影子都见不到。"我只好再折回皇家新市场去，那里倒停着几辆马车，要不然我怎么也到不了克里斯蒂安港。"

于是他回过头来，又沿着原路折回东大街，快要走完那条街的时候，月亮从乌云背后钻了出来。

"老天哪，街中央耸立着一个什么东西？不晓得他们搭起来派什么用场。"要知道在那时候东大街尽头处就是东城门了。

后来他终于找到了一扇城门，他穿过城门来到了新市场的地方，可是那里却只有一大片草地，草地上灌木丛生，一条宽阔的运河或者是一条溪流蜿蜒流过。河岸对面是零零落落的简陋木棚屋，那是给荷兰水手们住的。正因为这个缘故，河对岸那一带地方当时叫作荷兰人沟。

"莫非我见到了海市蜃楼的幻景，再不然就是我喝醉了。"政务参事嘀咕道，"真是天晓得是怎么回事。"

他转过身来，相信自己有点不大对劲，不过一心想着自己大概是喝酒喝得太多了。往回走的时候,他仔细地瞅了一眼两旁的房屋,这才发现大街两旁的房屋竟多半是木框子里面填了砖瓦泥土的简陋矮房,有不少还用干草铺着屋顶。

"真是活见鬼,我大概是眼花得不行了。"他长叹一声,"不过我才喝了一杯潘趣酒,我怎么竟连一杯潘趣酒都受不了啦?莫不是潘趣酒和热的鲑鱼不可以一起吃的,而女主人却偏偏就这样给我们吃了。那可不行,我非要好好说说那位代理商夫人不可。我该不该马上就去向他们说个明白,让他们知道我身上不大好受呢?不过这也未免会惹人笑话,再说已经太晚,恐怕他们都睡下了。"

他还是寻找了一下那栋房子,可是竟然找不见了。

"这简直太可怕了,我怎么连东大街都认不出来了。一家商店也不见了,沿街全是东歪西倒的破房子,就好像我是在罗斯基勒或者是林斯台德这两座古城里一样。哦,我准是病了,再想遮掩也无济于事啦。可是天晓得代理商的住宅究竟在哪里?整条街全都变了样,不过这边有栋房子里还有人走动。哦,天哪,我真的病啦。"

他站在一扇半开半闭的门前,灯光从门缝里射出来。那是一家当年司空见惯的小客栈,也是啤酒店。店堂里的摆设清一色全都是荷尔斯泰因郡①的款式。店堂里面坐着一些穿着很体面的顾客在喝啤酒,他们有船上人,也有哥本哈根市民和两三个读书人,他们举着啤酒杯一边喝,一边在热烈地在争论着什么,并没有留神他走进来。

"对不起,"政务参事对朝着他迎上来的老板娘说道,"我觉得

---

① 原为丹麦最南端的一个公国,毗邻德国。1864年普丹战争丹麦战败,该公国遂归属于德国。

身上很难受，可不可以请你帮我雇辆马车去克里斯蒂安港？"

老板娘打量了他一眼之后，就摇摇头用德语同他说话。政务参事以为她大概听不懂丹麦语，便改口用德语把自己的请求再讲一遍。他这么一说，再加上他身上的稀奇古怪的装束，使得老板娘认定他是个外国人。不过她总算听明白了，他不舒服，于是便端来了一啤酒杯的清水。那清水的滋味可是又咸又涩，同海水差不多，但她是从门前那口水井里打上来的。

政务参事用双手支撑着脑袋，深深地吸了一口气。他对今天晚上发生在他身上的咄咄怪事百思而不得其解。

"这是今天的《天天晚报》吗？"他看到老板娘顺手拿起一大张纸的时候，就这样问道。

老板娘一点也听不懂他在问什么，不过她还是随手把那一大张纸递给了政务参事。那是一幅木刻画，画面上画的是曾经在科隆城上空出现过的天空景象。

"啊哟，这可是一件古董。"政务参事说。他由于意外地发现了一件古董而心情非常激动。"你是从哪里弄到这样难得一见的古董的？这幅古画非常有意思，虽然它曾经一直被说成一则美丽动人的神话，然而时至今日已经有人对此做出了解释：常见的天空幻景只不过是北极光而已，这大概是由雷电引起的。"

坐在他身边的几个顾客听到了他这番议论，便惊讶地盯着他看，其中一个站起来恭恭敬敬地脱下了帽子，以最正经的神情对他说：

"您显然是一位学识渊博的智者，先生。"

"哪里，哪里，"政务参事回答说，"我只能讲一些人人皆知的事情。"

"谦虚乃是美德。"那人用拉丁语说道,"不过我对您的高论并不同意,对此我一时不想做出判断。"他讲的话当中夹杂了不少拉丁语。

"我可以问一声吗?我有幸与之交谈的先生是哪一位?"政务参事问道。

"我是神学学士。"那人用拉丁语回答道。政务参事的好奇心得到了满足,因为那人身上的服饰同他的头衔十分相称。

"他大概是哪个乡村学校里的塾师,时至今日,在日德兰半岛上有些地方还可以碰巧遇到这类打扮的冬烘先生。"

"这里并非坐而论道的学堂,"那位老学究说道,话里仍夹杂了不少拉丁语,"不过我仍旧望您不吝赐教,想必您念过不少古书。"

"哦,那倒是的,"政务参事回答道,"我非常喜欢那些很有用处的古书,也很喜欢时下的新书,不过我不爱念那些'日常故事',因为那些东西在我们现实生活中比比皆是。"

"'日常故事'是什么东西?"那个老学究追问道。

"我指的是时尚的新小说。"

"哦,"那个老学究说道,"这类书往往写得引人入胜,连宫廷里都在看。国王本人特别喜欢伊凡赫和奎迪安这两位骑士,书里讲到了亚瑟王和他手下的圆桌骑士们,国王还以此书中的轶事来开开玩笑呢。[①]"

---

[①] 霍尔贝格在《丹麦王国史》中提到:有一天汉斯国王看完亚瑟王的浪漫故事之后,对深受他宠信的朝臣奥托·鲁德打趣说道:"我看这本书里的伊凡赫和奎迪安真是两个了不起的骑士,这样的骑士如今已不大能见到了。"奥托·鲁德听罢立即回答道:"只要有了亚瑟王这样的英明君主,便不愁没有伊凡赫和奎迪安这样的骑士。"——原注

"哦,这本书我倒未读过,"政务参事说,"想必这是海贝格①最近出版的新著吧!"

"不对,"那人说道,"作者不是海贝格,而是高德弗雷德·冯·格曼。"

"哦,作者原来是他呀,那可是一个老掉牙的名字啦!"政务参事说,"不就是那个丹麦第一位印刷出版商吗?"

"一点不错,他正是我们的第一位印刷出版商。"那人说道。

这样有问有答、你一言我一语的交谈似乎进行得颇为顺利。有一位体面的市民谈起了两年前流行的一场瘟疫,他讲的是发生在1484年的事情,而政务参事以为他在讲曾在不久之前流行过的霍乱时疫,所以他们还能勉强交谈下去。由于1490年同英国打的那场战争是紧跟在瘟疫之后发生的,所以谈话就自然而然地提到了那场战争。他们说,英国鬼子从里顿船坞里把所有的丹麦战船掠劫一空,真是欺人太甚。而政务参事对1801年②战事失利十分熟悉,因而也破口大骂英国人的强盗行径,所以倒还一拍即合。可是愈谈愈谈不到一块儿去,双方讲的牛头不对马嘴,难免相互抬起杠来。那位老学究实在太愚昧无知了,政务参事的最简单明了的说法在他听起来都是离经叛道,异想天开。他们彼此瞪大眼睛互不让步,到了后来吵得不可收拾的时候,老学究便说出了一连串的拉丁语,希望这样一来他的话可以更容易懂一些,可惜却事与愿违。

---

① 路德维格·海贝格(1791—1860),丹麦著名的诗人、剧作家和文学评论家。
② 1801年4月2日,纳尔逊率领的英国海军炮轰并烧毁了停泊在里顿船坞的丹麦海军战船,丹麦海军几乎全军覆没。

"您怎么啦？"老板娘问道，她拉拉政务参事的袖子。于是他一下子恢复了理智，因为方才他讲得慷慨激昂，竟然把原先发生在自己身上的事情放在脑后了。

"我的上帝啊，我到底是在什么地方呢？"他说道，这个问题已经在他头脑里翻来覆去想了不知多少遍，把他折腾得头昏脑涨。

"我们要喝克拉莱特葡萄酒、蜜酒还有不来梅啤酒。"有的顾客叫嚷起来，"你也来一起喝点吧。"

两个姑娘端酒进来，其中一个头戴那个时代女佣戴的双色便帽，她们把酒端到客人面前，行过屈膝礼后就悄然退下，政务参事看在眼里只觉得脊背上阵阵发凉。

"这究竟是怎么回事？这到底是怎么回事？"政务参事百思而不得其解。可是他必须同他们一起对饮，因为他们的好客使得这位好好先生觉得无法推辞。可是他又心存疑虑，所以有个人指着他说他喝醉了的时候，他立即信以为真，毫不怀疑这个人说的话。他央求他们替他雇一辆马车来。他的话弄得他们面面相觑，都认定他讲的是莫斯科那边的土话。

政务参事从来不曾和这样粗俗的人有过交往。

"真叫人无法相信，这个国家竟倒退到了野蛮时代，"他想道，"这是我有生以来最可怕的时刻了。"

就在这一刹那，他头脑里忽然闪过一个念头：何不从桌子底下钻出去，爬到门边上，再伺机脱身溜走呢。他就这样做了，可惜刚刚爬到门口就被人发现了，他们一下子抓住了他的两条小腿。

这真是幸运之至，因为他脚上的那双套鞋被拉掉了。于是法力突然消失，眼前一切幻景也全都不见了。

政务参事又清清楚楚地看到他面前有一盏明晃晃的路灯，路灯背后是一栋高大气派的楼房，沿街的房舍看上去既熟悉又悦目，这就是那条我们人人熟悉的东大街。原来他双脚朝着一扇大门躺着，而门口坐着的看夜人也已呼呼入睡。

"真是要命，我就这样躺在大街上做起梦来！"他说，"对呀，这不就是东大街吗？灯火多么辉煌，多么富丽堂皇。想想真是吓人，就那么一杯潘趣酒竟会这么把我害苦了。"

两分钟之后，他乘上了一辆驶往克里斯蒂安港的出租马车。他想起了方才饱受恐惧和烦恼，越发由衷地赞美眼前的这个时代，现实生活中尽管有这样那样的不如人意之处，可是同他刚刚亲身经历的以往时代相比，毕竟要好得多。

瞧，这位政务参事已经明白了事理。

## 三 守夜人的奇遇

"那里摆着一双套鞋，"守夜人说，"一定是住在楼上的那个中尉的，就放在门口旁边。"

这位老实巴交的守夜人打算拉拉门铃，把套鞋交还给它们的主人，因为楼上那间房里还亮着灯火。可是他怕吵醒了屋里旁的人，于是他就听凭它们躺在那里。

"这么一双套鞋穿在脚上想必是十分暖和的。"他的念头还没有来得及转完，那双套鞋却已经套在他的脚上了。"唔，套鞋的皮子真是柔软舒服。"

"唉，天下之事说来也真离奇可笑。那个中尉本来可以躺到他那张软和的床上去了，可是他偏偏不躺下去，而在房间里踱来踱去。那个人真是个幸运儿！他既没有妻子又没有儿女，所以天天晚上出去参加社交活动。我要是像他那样就好喽，我就成了幸运儿啦。"

他刚刚转了这么一个念头，他脚上的那双套鞋就施展出法力。守夜人摇身一变，变成了那个中尉，非但音容笑貌，而且连思想全都变了。他站在房间的中央，手指缝里夹着一张玫瑰红的纸片，纸片上面写着一首诗，是中尉先生自己写的。试问有哪个人没有在一生之中有过心血来潮、灵感喷涌的一瞬间？若是把这些想法笔录下来，便成了一首绝妙的诗作：

但愿我能发财！

"但愿我能发财！"多少回我梦寐以求。
从我身材矮小的童年时代就向往：
"但愿我能发财！"
可是我却入伍从戎当了军官，
身上穿起了制服，
挂着军刀，军帽上缀着羽毛。
当军官的日子真不算短，
可是我熬来熬去却发不了财，
上帝啊，祈求你帮帮我忙吧！

想当初我曾是快活的一少年，

黄昏时分到处去寻找乐趣,
有个七岁小姑娘亲吻我的嘴巴。
我满肚子的童话故事讲不完,
可是两手空空却是个穷光蛋。
小姑娘听得心满意足乐陶陶,
我觉得自己很富有像发了财,
虽说这并不是金银堆成的山,
上帝啊,你明白我说的是什么。

"但愿我能发财!"
这是我对上帝的唯一祈求。
如今那个七岁小姑娘已经长大,
她还是那么聪明可爱、心地善良。
她若是心有灵犀,
就能够明白我心里的那个童话,
她若如同往昔,
仍旧对我旧情难忘。
可我只不过是个穷光蛋,
所以不敢把心事讲出来,
哦,上帝啊!你难道不肯开开恩。

但愿我能够真正地发财,
那就是拥有安慰和欢乐,
我就无须向人倾诉衷肠,

用不着把伤心事写在纸上。
我亲爱的人啊，
你一定能够明白我的心事。
念念这首诗吧，
它记载着我们两小无猜的童年。
不过最好你千万不要明白过来，
因为我至今还是个穷光蛋，
两手空空前景将会更加暗淡，
但愿上帝将会赐福于你！

一点不错，热恋中的人就会哼哼唧唧地写下宣泄爱情的诗句，可是有头脑的人却从来不肯把这类肉麻的情诗拿出去公之于世的。中尉、热恋再加贫困形成了一个三角形，或者说得更确切一点，是幸福的骰子破碎后的半片残骸。对此中尉深有体会，所以他把头靠在窗棂上，禁不住长吁短叹起来。

"街上那个贫苦的守夜人要远远比我幸福得多！他有一个家，有妻子儿女，他的家人为他的悲伤而哭泣，为他的快乐而欢笑。唉，我如果能够一下子变成了他，我必定比我现在更幸福，因为他确实要比我幸福得多。"

脑筋还没有动完，守夜人又立即变回了守夜人，因为他是穿上了幸运女神的那双套鞋才变成中尉的，可是我们已经看到，他变成中尉之后觉得并不称心如意，宁可还是原先的自己。于是守夜人又变回了守夜人。

"真是一场可咒诅的梦，"他说道，"不过这场梦也挺滑稽可笑的。我觉得自己变成了楼上的那个中尉后，那就连一点点天伦之乐都享受不到啦。我还惦记着我的妻子和那几个小把戏呢，他们都等着亲吻我，恨不得把我的眼珠子都吻出眼眶。"

他坐下身来，昏昏沉沉地点着头，因为那场梦还没有从他的脑海中消失，毕竟他的双脚上还穿着那双套鞋。这时候恰好天上落下来一颗流星。

"又落下来一颗，"他说，"不过天上照样还有那么多星星。我倒真有兴趣去凑近点看看那些星辰，尤其是那个月亮，因为它是从来不会落下来的。我妻子为他洗衣服的那个大学生说，我们死后飞升上天，便可以从一颗星星飞到另一颗星星上去，那真是满嘴胡说八道。不过若是果真如此的话，那倒也蛮有趣的，我的灵魂在天上从一颗星星飞到另一颗星星上，而我的躯体却躺在这里台阶上一动不动。"

唉，人活在世上说话要多加小心，因为话说出了口便无法收回去，尤其穿上那双幸运女神的套鞋，就更要谨慎才行。不妨听听守夜人后来的遭遇。

在这个世界上，蒸汽的威力几乎是人人皆知了，蒸汽能使一些东西以飞快的速度行进，因为我们都亲自乘坐过火车飞速行驶，或者乘坐轮船在海上破浪航行。可是这一速度要是同光的速度相比，那就是小巫见大巫了，就像树懒的动作或者是蜗牛爬行一样。要知道光速比最快的奔马要快出一千九百万倍。电的速度比光还要快得多，死亡其实是我们的心脏遭到了电的打击而猝然停止跳动，而从躯体里解脱出来的灵魂可以凭借着电的翅膀遨游太空。太阳的光线从太阳照射到地球，用了八分零几秒钟的时间走完了九千多万英里，可是灵魂借助了电的速度，大概只消短短的几秒钟就可以走完这段路程。也就是说在太空中遨游，从一个星球飞到另一个星球的距离，感觉不会比我们在城里从一个朋友家里走到另一个朋友家里更为远一些。可话又说回来，我们并没有穿上那双法力无穷的套鞋，所以只消电对我们心脏稍一敲击，我们的性命就没有了。

方才那几秒钟里，守夜人已经飞了二十五万英里的路程，来到了月球上。大家都知道月球是由一种比我们的地球轻得多的物质构成的，那是一种轻盈柔软得像新雪一样，我们不妨称之为松软物质的东西。他降落在一个我们在梅德勒博士所绘制的月球大地图上所见到过的那种环形山脉中的一座上。你想必还记得吧，环形山脉的内侧全是陡峭的悬岩，谷底是一个大坑，形状像一口大锅。从山巅到谷底足有三四英里深。谷底有一座城市，它的形状看上去就像鸡蛋清倒在一玻璃杯清水里，那么轻柔，那么飘逸。城里的建筑物都是用这种松软的物质建造的，塔楼、圆顶和风帆形状的阳台都透明得清澈鉴人，在稀薄的空气中飘来荡去。我们的地球像一只大红气球，高悬在他的头顶之上。

四周有许许多多的生物，他们的模样全都与我们称之为人类的生物大不相同。他们也有自己的语言，但是不能指望守夜人的灵魂能够有本事听懂它，可是他居然听懂了。

守夜人的灵魂还真听懂了我们的邻居月球人的语言。他们还对地球上能不能够住人这个问题展开了争论。月球人说，地球上的空气过于浓稠浑浊，任何有知觉的月球人都无法在地球上活下去。换句话说，也就是只有月球才有活生生的人类居住，月球才是有生物的最古老的星球。

不过我们还是回过头来,看看在东大街究竟发生了什么事情,守夜人留下的躯壳究竟怎么样了。

他的躯体失去了生命,毫无生息地坐在台阶上,棍棒已经从他的手中滑落了,启明星正在冉冉升起。他双眼直瞪瞪地盯住月亮,似乎在追逐着他的灵魂——也就是脱离凡胎而去遨游太空的那个真正的生命。

"喂,几点钟啦,守夜人?"一个过路人向他打听道。可是守夜人根本没有理睬他。

过路人轻轻拍了一下他的鼻子,却不料守夜人的躯体一下子失去了平衡,直挺挺地倒在地上。那个拍他鼻子的人吓了一跳,这才发现守夜人已经气绝身亡。于是他不敢怠慢,赶紧去报告说有人死了。这一带聚起不少人议论纷纷,不知道那个守夜人是怎么死的。天亮时分守夜人的躯体被抬进了医院。

如果他的灵魂恰恰在这时候回来,而且回到东大街去寻找那个躯体的话,真不晓得要闹出怎样的笑话来。按照常理,它会先到警察局,然后到户籍办公室去查找最近一段时间有待认领的失物,最后才会想起来往医院跑。值得我们庆幸的是,灵魂在自己能够做主的时候是最能随机应变的,只是那躯壳害得它变得又笨又傻了。

正如前面所说,那个守夜人的躯体被抬进了医院,送到太平间,那里要做的第一桩事情就是把尸体洗得干干净净,而动手清洗的时候首先要把那双套鞋脱掉。赶巧这时候那个灵魂及时赶回来了,它马上就钻进躯壳里,于是守夜人马上就活了过来。他赌咒发誓说，这个晚上是他有生以来所经历过的最可怕的夜晚，即使给他两个马克赏钱，他也决计不想再尝到这种滋味，吃这番苦头了，幸亏这一切如今都已经过去了。

他在当天就出院了，可是那双套鞋却留在医院里了。

## 四 重大的时刻，一次非同寻常的旅行

每一个哥本哈根居民都晓得哥本哈根弗雷德里克医院大门入口处是个什么模样，可是这个故事的读者之中想必也会有一些不是哥本哈根本地人，所以我们不妨还是多说几句为好。

医院与大街之间有一道相当高的铁栅栏，铁栅栏的每一根栏杆之间的空隙都很大，据说身躯瘦小的医院实习生可以从栅栏之间钻出去，到外边去游逛。身体上最难钻出去的是头部，就像世界各地所常见的那样，脑袋小的当然就占到了便宜。就说这么几句作为故事的引子吧。

话说有个实习生正在医院里值夜班，这个人从身体的比例上来看，脑袋未免大了一点。他正好想要在当晚值班的时候偷着溜出去寻欢作乐一番，可是天上却下起了瓢泼大雨。尽管这样，他仍旧想要出去，哪怕只出去刻把钟也行。他觉得这算不了一回事，用不着惊动门房，只消从铁栅栏里钻出去就可以了。守夜人留下来的那双套鞋就摆在那里，他忘记在出院的时候将它们带走。在这个风雨交加的夜晚，有这样一双套鞋穿，那真是再好不过了，他哪里想得到，这双是幸运女神的套鞋。他不假思索地把套鞋穿

上,不一会儿,他来到铁栅栏前,站在那里发起愣来,因为他过去从不曾钻过铁栅栏,不晓得自己这颗大脑袋究竟能不能钻得过去。这真是个棘手的问题。

"但愿我的脑袋能过得去。"他想道。这个念头一转,那双套鞋已经明白了他的心思,于是他的脑袋轻而易举地钻了过去。可是他要把身体一起钻过去却不行了,身体卡在栏杆的缝隙里。

"真是糟糕,"他想,"我原先只担心脑袋钻不出去,可是惹麻烦的却是身体。"

他想把脑袋缩回来,那可不行了,不过他的颈脖可以运转自如,也就仅此而已了。他起初想要发一通脾气,可是随后又什么情绪都没有了,幸运的套鞋使他陷入了进退两难的倒霉境地,而且那副姿势是最令人尴尬的。他拼命挣扎,想要从栅栏的空当里脱出身来,可是脑袋里却一点也没有闪过要让身体钻过去的念头,所以任凭他用尽力气,也没能动弹半分。天上大雨哗哗地下着,街上看不见一个人影,而他又伸手够不着门铃,这真难煞人啦。他想大概要这样站到第二天清早,有人看到了就会去把铁匠找来锯断铁栅栏,自己才可以得救。可是那样做要耗费很长时间,会叫人难堪得无法忍受。小学校的男孩子们会一窝蜂地跑过来看这桩新鲜事儿,住在附近这一带新区的居民们也会蜂拥而来看热闹。这和去年观看那株巨大的龙舌兰不一样,这一回观看的是他这个大活人戴着古代的那种枷锁站在这里示众。

"唉,血都涌上了我的脑袋,我快要发疯啦。唉,但愿我能够从这里脱身出去,那就太平无事啦。"

唉,其实他早该这么想,那岂不是一切太平无事了嘛!这个念头刚一闪过,他的头马上就从栏杆空当里脱开出来了。他连忙跑了回去,心里暗自庆幸。而这一切全都是幸运的套鞋捣的鬼。

我们切莫以为所有的一切到此了结了,以后的情形还越来越糟糕。

那个夜晚过去了,第二天也过去了,没有人来认领这双套鞋。

到了晚上,坐落在卡尼克大街上的那个小剧院里有场演出。整个剧院座无虚席。在两个正式的朗诵节目之间,有人念了一首新诗,我们不妨听一下。诗的题目是:

祖母的眼镜

我的老祖母聪明绝顶是人所皆知的,
要是出生在"古代"她早就被活活烧死了。
她非但对当前世上的事情了如指掌,
连明年将要发生的事情也能推算得出来。
一眼能看透未来"四十年",真是不得了。
可是逢到有人打听,她却从不泄露天机。

明年会出什么咄咄怪事?
我真想老祖母能指点迷津。
我的命运前途,还有艺术,国家和王室又会如何?
可是我的老祖母却一个字都没有透露。
她起先默不作声,一言不发,
后来就恶言相加,将我痛斥一番。
对她的责备我一点也没有往心里去,

谁叫我是她最心疼的小孙孙。

"算啦,我就让你高兴这一回吧。"
她终于让了步,把她的眼镜递给我。
"现在你想到哪里就到哪里去,
要去一个有很多人的地方,
要站在高处,能够往下看得见所有人。
这时候你戴上我的眼镜来看他们,
他们全都会变了样,不管你信不信,
个个看起来都像是摊在桌上的纸牌,
你从这些纸牌上就可以推算出未来。"

我向她说了句谢谢扭身就走,
急着跑出去要看看是不是果真灵光。
可是哪里人最多?我不免犯了踌躇,
长堤公园吗?那儿容易被海风吹得感冒。
东大街吗?嘿,那里真是太肮脏。
不过剧院呢?倒是个讨人喜欢的地方。
笙歌弦乐,晚间演出刚刚开场。

我站在这里先要自我介绍一番:
请允许我先把祖母的眼镜戴上。
我要好好看看,大家都不要走开,
看看你们是不是每人都像一张纸牌,

我可以从你们身上推算出今后未来。
既然大家都沉默便表示人人都同意,
我感激不尽把这份人情铭记在心。
我们大家聚在一起务必群策群力,
占卜测算是为了国家、王室和大家。
好啦,我们来看纸牌上说了些什么!

(他把老祖母的那副眼镜戴上。)

哦,一点不错,你们全都变了样,
个个都成了纸牌,看得人直想发笑,
哎呀,你们真是应该上来瞧一瞧,
自己变成了一副什么模样!
一眼望去怎么有这么多花牌,
国王王后杰克个个冠冕堂皇。
嘿,红桃王后排成整整一长溜,
那边是黑牌,全是梅花和黑桃。
现在我真的已经看得仔细又分明:
我看见一位黑桃王后温柔又端庄,
可是她心里却只惦念着红方块杰克,
此情此景令人陶醉我心荡漾!

这座剧院可真能够赚钱,
客人来自世界各个地方,

不过这不是我们占卜推算的事情，
请问国家当前局势怎样？
让我看看，对啦，《未来》这一页上都写着呢。
不过且慢，我还是等到以后再来读它，
因为我要是讲出去了准会影响报纸销路，
我想要品尝的是盘中最有滋味的佳肴。

那么看看剧院的前景到底妙不妙？
有什么新戏，品位如何，格调见不见佳？
不行，这一来我岂不是要得罪剧院经理？
那么不妨推算一下各人的前途命运，
一点不错，人人都想知道自己的未来。
我们都开动脑筋猜来猜去费尽心机。
我看到了，
可我看到的东西却一句都不能说！

向我打听的人真是不少，
他们问我们之中谁是最幸福的人，
最幸福的人？让我慢慢地寻找吧！
我若说出口他必定会受到骚扰，
这一来就会使得更多的人遭受不幸。
那么请问谁最长寿活得最久？
是那边的这位女士，还是这边的那位先生？
不行，这类事一说出口就更加糟糕。

那么我要不要再占点别的什么，
或是推算一下其他什么事情？
他们一遍又一遍地盯住我苦苦追问，
我连忙一遍又一遍地都回答说不行，
到了后来我自己都不知道究竟要干啥！

我惶惑不安一下子就六神无主，
如今我再来看看你们脑袋里想着什么。
说说你们究竟相信不相信。
可大家说天下哪有这样的好事！
他们相信周围一切唯独不信我的推算，
纵然我已打算把我的全套占卜拱手相送。
他们深知可以振振有词地责问我一番，
面对着最诚实可敬的人群，
我只得闭紧嘴巴一声都不能吭。
我欠下了一大笔人情债啊，
因为我没有把我真正的想法告诉大家。

　　这首诗写得很精彩，朗诵得非常出色，取得了成功。在剧院的观众之中就坐着医院的那一个实习生。他似乎已经把前一天晚上的痛苦经历忘得一干二净，他的脚上依然穿着那双套鞋，因为没有人来认领，而街上又泥泞不堪，这双套鞋对他很有用处。
　　他似乎非常喜欢这首诗。
　　这首诗的主题思想牢牢地占据了他的脑海，他想着要是他有这么一副眼镜,而且正确地使用它,就能够一眼看透人的心灵深处。他觉得比起测算今后几年要发生的事情来,这要有意思得多,因为未来要发生的事情迟早会见分晓,倒是人的心灵深处却高深莫测。

"要是我能够看到他们的内心深处,我就可以知道坐在第一排的那些先生们和女士们的心思了。是呀,那内心深处想必有个出入口的,就像一个店铺那样,我的双眼只消从出入口往里面一扫,就可以窥视到所有的奥秘。比方说我一看那个女士,就可以知道她的心里只不过像一家大时装店,只可惜那家店铺里空空荡荡,一个人影都见不到,不过话又要说回来,也许逢巧正好赶上在清仓大扫除呢。我倒真是认识几家货真价实、诚实可靠的店铺,唉,"他叹了口气,"我认识一家店铺,那店铺真是百货杂陈,琳琅满目,东西非常齐全,唯一美中不足的就是那家店铺里早已有了一个年轻小伙子,那个家伙把守住了店堂,死活不让人进去,真是整个店铺中绝无仅有的蹩脚货。别的一些店铺就大不一样了,在店门口就有人吆喝着:'快请进去,欢迎光临。'是啊,我要是也像一个小小的思想一样能钻进人的内心深处去,那该有多好啊。"

嘿,对于那双套鞋来说这就足够了。实习生一下子就消失了影踪,他从第一排观众的心灵深处开始,进行了一次非同寻常的旅行。他钻进去的第一颗心是一位女士的。他觉得自己仿佛走进了被称为矫形诊疗所的地方。在那里,医生从患者身上切除了结疖啦、瘤子啦,使得患者又能笔直地站立起来。他就置身在这样的一间诊室之中,四周的墙壁上挂满了各色各样畸形的肢体石膏模子。诊疗所为了矫正畸形,所以患者一进来就要做石膏模子。

而在这颗心里头,却是要等到人家走出去之后才做成模子加以保存,况且来者也不是肢体上有什么畸形的患者,她们都是好端端的人,是那位女士的女友们。她们肢体上或者精神上的缺陷全都保存在那里头了。

他马上又钻进了另一个女人的内心里去,可是在他看起来,那里俨然是一座庄严神圣的大教堂。纯洁的白鸽在高大的圣坛上空翱翔,他几乎身不由己地要弯曲双膝长跪不起了,可是下一颗心还等着他去钻,他只得再奋力往前。他的耳边似乎还回荡着管风琴的悠扬的琴声。他觉得自己成了一个新人,一个更好的人,觉得自己可以毫无愧色地走进下一个神圣的殿堂。

然而他钻进去的下一颗心却是间一贫如洗的屋顶阁楼,里面有一个母亲正生着病。可是上帝把温暖的阳光从打开的窗口里照射进来,美丽的玫瑰花在屋顶上放着的小木箱里摇曳着,两只天蓝色的小鸟儿叽叽喳喳地唱出了孩子们的欢乐,而那个生着病的母亲却还在忙着祷告,祈求上帝保佑她的女儿。

接着他好像一头扎进了一家肉铺,他只得手脚并用地匍匐着钻了进去。这里到处都是肉,他碰到的都是肉,除了肉就没有别的东西了。这是一位受人尊敬的、富得不得了的男人的心,这个富翁的大名在《名人录》上准能查得到。

随后他又钻进了那个富翁配偶的内心深处。那里像是一个破烂不堪的鸽棚。她丈夫的肖像画被用来当作风信鸡,而这只风信鸡又和鸽棚的门拴在一起,所以每当棚门一开一关的时候,她的丈夫便会滴溜溜地转动起来。

他接着又来到了一个镜厅,就像我们在玫瑰堡王宫所见到的那间四周都是镜子的大厅一样，不过那里的镜子能够把照进去的形象放大到令人难以置信的程度。在屋子的正中央端坐着那位喜欢自我欣赏却口口声声说在下微不足道的这颗心的主人，他如同一位高僧。他不住地感到惊愕，不明白自己究竟为什么会如此伟大。

在这以后他又钻进了一个狭小的针线盒，里面到处都是尖锐的针。"哼，这么尖酸刻薄，想必是一个没有结过婚的老小姐的心。"他这样想道，可是偏偏不是这么一回事。那颗心是一个年轻有为的军官的，此人戎装上佩戴着许许多多勋章。大家都称赞他情操高尚，心地善良。

那个可怜的实习生困惑不解地从这一排观众的最后一个人的心里钻了出来。他无法将自己的思路整理出个头绪来，他以为自己一定具有过于强烈的想象力，所以才会胡思乱想。

"老天爷啊！"他长叹了一声，"我一定快要发疯了。这里热得叫人受不了，周身的血都涌上了我的脑袋。"这下子他记起了前一天晚上的遭遇来了：他的脑袋被卡在医院铁栅栏的栏杆之间，处境尴尬。"我身上一定有什么地方出了毛病，"他这样想道，"我务必要及早治一治，洗个俄罗斯浴说不定就会好一些。我现在要是躺在蒸汽浴室的最顶上那一层，该有多好！"

脑筋刚这么一转，他就已经躺在蒸汽浴室最顶上一层了，不过他身上还穿着衣服，一件没有少，连靴子和靴子外面的套鞋都不曾脱下来。

滚烫的水珠从天花板上滴滴答答地洒落到他的脸上，"哦，真烫。"他叫了起来，赶紧跳到地上，要去冲个淋浴。与此同时，那个管理浴室的服务员也发出了一声尖叫，因为他看到浴室里面有个浴客全身穿着衣服在洗蒸汽浴。

实习生还算机灵,他悄声对服务员说:

"我这样做只是为了打赌!"

可是他一回到自己的房间里,就赶紧在自己的颈脖上贴了一大张西班牙膏药,在背脊上也贴了一张,为的是要祛除自己身上的疯病。

第二天早晨,他的脖子和脊背一片乌黑,这都是幸福的套鞋恩赐给他的。

## 五 一个录事的变形

我们大家想必还记得那个守夜人,他终于想起来,他把捡来的那双套鞋穿到医院里去,又把套鞋丢在医院里了。于是他去把套鞋取了回来。可是中尉却说不是他的,那条街上也都没有人出面来认领,结果他只好把那双套鞋交到了警察局。

"这双套鞋看上去同我自己的一模一样。"警察局里一位录事对这件无人认领的失物细细看了一遍,顺手把它放在自己的套鞋旁边,"恐怕连一个鞋匠也没有本事把它们分清楚!"

"录事先生。"一个仆役手里拿了几页文件走进来递给他。

录事转过身来同那个人说了几句话。等到公事办完,他又转过身来瞧着那两双套鞋,越看眼越花,弄不清自己的套鞋究竟在左边还是在右边。

"大概那双湿漉漉的是我的吧。"他这样想道。然而他偏偏猜错了,那双湿的恰好是幸运的套鞋。不过话又说回来,难道警察局的录事就不可以出一次差错吗?他穿上了套鞋,把有些文件放在衣服口袋里,又将几份文件夹在腋下,这些都是等着要校核誊清的急件。不过这时候还只是星期天上午,天气又和煦晴朗,他想:"在我回家去抄抄写写之前,何不先顺路到弗雷德里克堡去散一会儿步呢,松动一下筋骨对我只会有好处。"于是他就去了。

这个年轻人老成持重、勤快肯干,比他更强的人恐怕再也找不出来了。我们觉得他实在应该出来散散步,在办公室坐了那么久,活动活动筋骨对他是大有益处的。起初他只是信步闲逛,头脑里什么都不想,因此那双套鞋也就没有机会施展出它的法力。

在大街上他邂逅一个熟人,是一个年轻的诗人,那人告诉他说,自己在第二天就要去消夏旅游了。

"哦,您又要出门旅游啦!"录事说,"您真是一个自由自在的幸运儿,天涯海角任您遨游,想上哪儿就上哪儿,像插翅飞翔一般。而我们这些人却整天忙碌,真像被镣铐拴住了。"

"那是为生计所累,您是拴在面包树上了,"诗人回答说,"你用不着为明天而发愁,老来就有退休金可拿。"

"话虽不错,可还是你日子过得最好,"录事说,"坐下来写写诗那真是人生莫大的享受。世间人人都朝着你说恭维话,而且你想干什么就干什么,可以自己做主。要不然你去坐在法庭里,听听审案子时没完没了地唠叨那些鸡毛蒜皮的琐事,那种滋味才够你受呢。"

诗人摇摇头,录事摇摇头,两人都不以为然,他们就此道别分手了。

"诗人都是些怪人,"录事想道,"我要是有他们那样的秉性和天赋,我也真想试试去当个诗人。不过我肯定不会像有些人那样写出忧愁伤感的诗句来。今天正好是一个令人诗兴大发的春日,空气是那么清新爽快,云朵是那么绮丽多姿,绿叶吐着芳香。唉,我已经有好几年没有如此美妙的感觉了。"

我们都可以觉察得出来,他已经变成一个诗人了,当然这一变化并不明显,连他自己都不知觉。但那种认为诗人与众不同的想法其实是十分愚蠢的,须知在芸芸众生中有不少人比著名的大诗人有更好的悟性,他们能够把在头脑里一闪而过的灵感——也就是一个想法或是一种感受——牢牢地记住,直到把它清楚而明确地记录下来成为文字,而别人则没有这个本事。从普通的庸碌之辈到天才之间总有一大段距离,此时此刻那个录事正经历着这一场大变化。

"哦,多么醉人的芳香啊!"他说,"这不能不使我想起洛娜婶婶家的紫罗兰!是呀,那时候我还是个小孩子呢。老天爷呀,我已经有多长时间没有回想过往事了。那位心地善良的老小姐,她住在证券交易所背后的街上。她总爱在水里插一根枝条或者是绿芽什么的,不管天气多么严寒,她一直这样做,我总是能够闻到一阵阵扑鼻而来的紫罗兰的幽香。那时候,在冬天,我总爱用一枚烫热的铜板贴在结满了冰的窗玻璃上,玻璃上化出了一个个可以往外张望的小圆孔。我看到窗外绝妙的景色:一艘艘船只都冻在冰封的运河上,船上的人走得一个不剩,只剩下一只乌鸦站在船头昂首啼鸣。可是冬去春来天气转暖的时候,运河上又忙碌起来了。在一阵阵响亮的歌声和欢呼声中,船只周围的坚冰被凿破，那些船只用焦油涂得焕然一新，再配上了新的帆桁索具，便起锚开航往国外驶去。我却一年到头总是待在这里，老是坐在警察局里抄抄写写，眼睁睁地看着别人前来领取护照，到外国去旅游。这就是我的命，真苦啊！"录事又长吁短叹起来，可是他忽然站住了脚步。

"天哪，我究竟犯了什么毛病，这些想法我从来不曾有过。这大概是春天的气息害得我有了这种感觉，这是一种既令人头晕目眩又心情舒畅的感觉。"他这样想道，伸手朝衣服口袋里一摸，掏出来那几张文件。

"这些东西会使我想点别的心思。"他想道，于是目光朝第一页上瞄了一瞄。

"献给西格布里兹夫人，五幕悲剧，新作原著。"他念道，"这会是什么呢？可是分明是我自己的笔迹。《堤岸上的阴谋》，又名《轻歌曼舞的赎罪日》，难道我曾经写过这部悲剧？这些稿纸是有人塞在我衣服口袋里的吗……对了，这里还有一封信，是剧院经理写来的，说是这部剧本被拒之门外了，信上的措辞真是连起码的礼貌都不讲究了。"

"嘿，嘿。"录事嘴里嘀咕着，在一条长凳上坐了下来。他头脑里思绪起伏，他的心情烦乱不堪，竟不由自主地伸出手去把最靠近身旁的那朵花揪了下来，那是一朵最普通最常见的小春黄菊。那些植物学家要用好几节课才能讲给我们听的道理，这朵小花在短短的时间里便解释得一清二楚了，它讲述了它的发芽生长的故事，它讲述了阳光的威力。正是阳光把细嫩的花瓣舒展开来，逼得花瓣吐露出芬芳的香气。这使得他联想到生存的斗争，也正是生存的斗争才使得我们的胸中产生出情感。空气和光线是花朵所追求者，但让花朵更倾心的是光线，她总是朝着光线偏过身去。一旦没有了光线，花朵就合拢起花瓣，躺在空气的怀抱里入睡。

"是光线使得我千娇百媚。"花朵说道。

"可是空气却让你呼吸。"诗人的声音在轻轻说道。

在他身边站着一个男孩子，他手里拿着一根木棒在抽打着一条水沟里的泥水，水花溅起来洒落到绿色的枝叶上。录事忽然想到了那水珠里有数以百万计的肉眼看不见的微生物。这些微生物都随着水珠一下子被抛到半空中，若是按照它们的大小来衡量的话，那高度对于它们来说就如同我们被抛到九霄云外一样。录事先生想到这里，禁不住意识到自己情绪上发生的种种变化，他笑了起来，自言自语道：

"我一定是睡熟了，而且做起梦来。这一切真是不可思议！做梦能够做得这样逼真，而且连我自己都意识到这一切都是在做梦。但愿我明天一觉醒来的时候还能够记住这个梦！这会儿我倒是觉得自己的头脑异乎寻常地清醒，对所有的事情都记得一清二楚，可是我敢肯定，明天我醒过来的时候，要是还能记住梦境中的所见所闻，那真是天大的怪事，我过去也曾经有过这类情形。一个人在梦境之中所见到的和听到的那些天下最美妙无比的事情，就好像在阴曹地府发了一笔横财，明明拥有了金银财宝，可是拿到光天化日之下一看，原来只不过是一些石头和枯叶。"

"唉。"他叹起气来，心里感到一阵阵惆怅，抬起头来恰好看到小鸟欢唱着从一根树梢跳到另一根树梢。"它们比我有福气多了。在天空中飞来飞去是一种了不起的技艺，那些天生就能够飞翔的生灵真是太走运啦,是呀,倘若我能够有变形的本领,那么我就想变成一只云雀。"

他这个念头还没有动完,身上外衣的后裾同衣袖忽然连接在一起,变成了两只翅膀,那件外衣变成了羽毛,套鞋变成了鸟爪。他清清楚楚地看见了这一切的变化,心里不禁暗自好笑起来:

"这一下我看得明明白白,我真的在做梦!可是这样荒诞不经的梦我过去还不曾做过。"

他纵身飞到了绿叶繁茂的树梢上,放开喉咙,引吭高歌,可惜唱得不知所云,毫无诗意,因为诗人的天赋早已从他身上消失了。这双套鞋每次只能做一桩事情,就像任何人都只能专心致志地做好一件事情一样。他那时想当诗人,就马上变成了一个诗人。如今他想成为一只小鸟,也就变成了一只小鸟,不过在变形之中早先的特性也随之消失了。

"这真是妙不可言。"他思忖道,"我可以白天坐在警察局里埋头于案牍之中,晚上我却可以梦见自己变成一只云雀,在弗雷德里克堡公园里飞来飞去。这真是可以写成一部绝妙的通俗喜剧呢。"

他想好之后就飞到树枝底下的青草丛里,把脑袋转来转去,朝向四面八方看看动静。然后他伸出嘴去啄那青草细长的茎。按照他眼下的身材来衡量的话,那些青草的茎都高大挺拔,如同一棵棵北非棕榈树的树干。

刹那间,四周天昏地暗,顿时一片漆黑,他觉得仿佛有一样巨大无比的东西铺天盖地而来,把他笼罩住了。那是一顶大圆帽,新住宅区里的一个小男孩把它扣在鸟身上,紧接着有一只手从帽檐下伸进来抓住了录事的双翅和背脊。他叽叽喳喳地高声尖叫起来。在惊恐之中，他高声叫道："你这个恬不知耻的小坏蛋，警察局的录事你也敢抓，快放了我吧……"

可是这些话传到那个小男孩耳朵里后，却变成了叽叽喳喳的鸟叫，于是他敲了敲鸟嘴，就带着鸟儿上街去了。

在街上，他遇见了两个来自上流阶层的学生，这两个纨绔子弟都出身于有教养的家庭，但若是论智力，却是学校里最低下的。他们花了八个先令买下了这只小鸟。这样一来，录事又被带回到哥本哈根城里的哥德大街。

"幸亏我是在做梦，"录事想道，"要不然我的满腔怒火要发泄出来了。起先我当了诗人，这会儿又变成了云雀。那是诗人的气质把我变成了一只小鸟的。真是倒霉透顶，特别是落到了小男孩的手里。我真想知道结果是怎么样。"

小男孩把他带进一间装饰得非常华丽的房子里，一个笑容可掬的胖女人迎着他们走了过来。可是她一点也不喜欢他们把这只野鸟带进屋来，她就是这样把云雀称为"野鸟"的。不过她总算答应他们把那只小鸟放在家里过夜，就放在窗户旁边的那个空鸟笼里。

"兴许它会让波波宝宝高兴一下的。"她说，朝着一只站在漂亮的铜丝鸟笼里的圆环上悠然自得地荡来荡去的鹦鹉做了个笑脸。"再说今天正好是波波宝宝的生日，这只小鸟大概是特意登门来祝贺的。"她又自作聪明地加了这么一句。

波波宝宝没有搭理，连一声都没有吭，自顾自在圆环上荡来荡去。可是一只美丽的金丝雀却婉转啼鸣起来。这只美丽的金丝雀是去年夏天被人从自己温暖的老家抓到这里来的。

"你这个长舌妇,"那位夫人喝道,顺手用一块白手绢罩住了鸟笼。"叽喳乱叫,吵得人不得安生。"

"叽叽,喳喳,"金丝雀叹了一口气说道,"瞧瞧她的脸色,脸上挂满了冰霜,马上就要大发作啦。"叹息之后,金丝雀就不吭气了。

录事先生——也就是那只被胖夫人称为"野鸟"的小鸟——被装进了紧靠着金丝雀的那只空鸟笼里,离波波宝宝也不远。波波宝宝只会讲一句人话,而且讲得模糊不清,听起来怪腔怪调的,显得十分滑稽可笑。它讲的那句人话是:"行啦,让我们做人吧!"

除了这唯一的一句人话之外,波波宝宝的啼叫声也同金丝雀的歌唱一样,叽叽喳喳的声音是人类听不懂的。而录事却能够听得懂它的话,因为录事自己现在也成了一只鸟,所以听得懂自己族类的话了。

"我在碧绿的棕榈树和鲜花盛开的杏树底下飞翔。"金丝雀唱道,"我和我的兄弟姐妹飞过美丽的花朵,飞过像玻璃一样透明的海面,水草在大海里摇晃点头。我见到过许多漂亮的鹦鹉,它们会讲故事,故事讲得又长又多。"

"它们都只是一些野鸟,"那只鹦鹉开腔回答道,"它们没有受过任何教养。'行啦,让我们做人吧!'咦,你们听了这句话为什么不发笑?要知道夫人和别的嘉宾贵客听到我讲这句话总是哈哈大笑的。你们也应该笑出声来才是。要知道不懂得怎样欣赏有趣的事乃是一大缺陷!'行啦,让我们做人吧。'"

"你还记得那些漂亮的姑娘们吗?"金丝雀问道,"她们常常在鲜花盛开的树底下支起帐篷来,在里面跳舞。你还记得那些又香又甜的果子和枝叶草茎清凉爽口的汁水吗？"

"记得，"鹦鹉回答说，"可是我在这里要惬意舒适得多。我吃得饱，而且吃的还是精美的食物。他们对待我也很亲切和气。我知道我有一个精明的头脑，我很会盘算，就这样过日子我已经心满意足，别无所求了。'行啦，让我们做人吧！'你具有人类所谓的诗人的灵魂，而我却有的是扎实的学问和智慧。你具有天才，却并不谨慎精明。你总是爱亮出你那天生的高嗓门大声地叫呀唱呀，吵得人家心烦，他们就用布把鸟笼罩起来。而他们却从来不这样对待我，虽说他们在我身上的花销要多得多。而我就用自己的嘴来讨得他们的欢心。'行啦，让我们做人吧！'"

"哦，我那鲜花盛开的故乡啊，"金丝雀唱道，"我要为你的苍翠碧绿的树木而歌唱。我要为你的宁静的海湾而歌唱，那里树枝亲吻着平静似镜的海面。我也要为我的兄弟姐妹而歌唱，它们光亮的羽毛在仙人掌之间欢乐地飘舞。仙人掌啊，那墨绿色的沙漠中的植物泉水。"

"不要再唱这些忧伤的哭调了，"鹦鹉说，"快唱一些逗人开心发笑的曲子吧。要知道笑声是心智发展到最高阶段的表现。有谁看见过狗或者马在哈哈大笑？没见过吧，因为它们不会笑，但它们都会哭。可是笑嘛，只有人类才会。哈哈，哈哈，"鹦鹉模仿起人类的笑声，还加上了一句它的口头禅，"行啦，让我们做人吧！"

"喂，你这只灰色的丹麦小鸟，"金丝雀说，"你怎么也被人逮住了？你居住的那片树林子一定很冷吧？不过那里却有自由。快走吧！快飞出去吧！他们把你关进来却忘了关好笼子，那上面的窗洞还是打开的，飞吧，快飞走吧！"

录事不由自主地听从了金丝雀的劝告，他飞出了鸟笼。就在这个节骨眼上，只听得通往隔壁房间的房门吱嘎一声响，这家喂养的那只猫跑了进来，绿色的双眼闪亮闪亮，露出了凶光。它朝小鸟扑了过去，小鸟赶紧避开，那只猫便满房间地追逐起来。金丝雀惊恐得在鸟笼里扑扑乱飞。鹦鹉急得拍着翅膀大声高呼："行啦，让我们做人吧！"

录事吓得半死，吱的一声从窗户飞出屋外，飞过了一栋栋房屋和一条条街道。到了后来他实在飞不动了，只得停下来歇口气。

街道对面的那栋房子他觉得很面熟，好像同他自己的家一样，而且还有一扇窗户是开着的。于是他飞了进去，停在桌子上。那里果然就是他的家。

"行啦，让我们做人吧！"他顺口嘟囔了这么一句，倒不是有什么想法，只是学着那只鹦鹉的口头禅。

说变就变，这句话刚一出口，他立即又变成了录事，只不过是身子坐在桌子上。

"我的上帝啊，"他惊呼道，"我怎么爬到桌子上，还睡着了？我还做了一个很不愉快的梦，整件事荒唐透顶，太离谱啦。"

## 六　套鞋做了一桩大好事

第二天大清早，录事还躺在床上酣睡未起，有人却来敲他的房门了，那是他的邻居，一个住在同一层楼上的大学生，他正在攻读神学，一心想当个牧师。大学生走进了他房间。

"把你的套鞋借我用用行吗？"他问道，"花园里泥地十分潮湿，可是阳光却很明媚，我很想到花园里去抽口烟。"

大学生穿上了那双幸运的套鞋，他马上就到花园里去了。那花园里只有一棵李子树和一棵苹果树。园子虽然小得可怜，不过在哥本哈根城里已经很难见到了。

大学生在花园的小径上走来走去。这时候才六点钟，街上传来了邮车的喇叭声。

"啊，出门旅游去吧，"大学生一听喇叭声，不由得怦然心动，"旅游是世上最令人快活的事情了。这是我向望已久的，只有出门远行，才能使我心里那股烦躁不安的情绪平息下来。我要去饱览瑞士的旖旎风光，再去领略意大利的……"

大学生的念头还没有转完，那双套鞋立即施展出法力，也幸亏这样，那个大学生才没有跑到对他自己和对我们大家来说都未免太远的天涯海角去。

此刻他已出门登上了旅途。他已经来到了瑞士，不过是同其余八个乘客紧紧地挤在一辆马车里。他头痛欲裂，颈背僵直，肢体酸麻，两条腿似乎肿胀起来，靴子把他的脚挤压得生疼。他一会儿昏昏欲睡，一会儿又醒了过来。他右边的衣袋里有一份银行的信用证，左边的衣袋里放着护照，而胸袋里放进了几枚法国金路易金币。他每次蒙眬睡过去，总会梦见这三样值钱的东西有一样丢失了，于是便遽然惊醒过来，他双手要做的第一个动作就是画一个三角形：从右边的衣袋摸到左边的衣袋，再往上摸到胸袋，看看这三件东西是不是都还在身上。雨伞、手杖和帽子全都在头顶上的行李兜里不断地摇来晃去，几乎遮挡住他的视线，使他无法痛痛快快地把车窗外面稍纵即逝的秀丽景色看个够。他双眼盯住了沿途车窗外的风光，心里却忆想起了一位我们大家都熟识的诗人歌颂瑞士的诗句，不过这首诗还没有发表过。

  "啊，此间景色竟然如此优美，
  正是我梦寐以求，心驰神往。
  我心爱的勃朗峰啊，
  阿尔卑斯山之巅就在我眼前。
  只消腰缠万贯，出得起钱，
  那么，这里便是人间的福地。"

周围雾霭沉沉，庄严而雄伟，天色渐渐暗淡下来，长在高大山崖上的松树林活像隐现在岩石上的一簇簇石楠花，而它们的顶端却隐没在雾霭之中。这时天空中飘起了雪花，寒风凛冽，刮得叫人经受不住。

"唉，"他唉声叹气地说道，"要是我们现在是在阿尔卑斯山的另一侧那该多好啊。那里正好是暑天，再说我也可以用我的银行信用证去兑取现款，这就省得我整天提心吊胆的，害得我没有心思好好领略一番瑞士的湖光山色。唉，我要是到了山那边该有多好啊。"

他一下子就来到了高山的另一侧，这是意大利的境内，在佛罗伦萨和罗马之间。特拉西梅诺湖在落日映照下如同一泓熔金，湖光潋滟，碧波粼粼；四周远黛近蓝，峰峦起伏，群山环绕，想当初汉尼拔将军曾在这地方摆下战场，一举击败弗拉米尼乌斯①。在这里，翠绿色的葡萄藤蔓攀缘缠绕，成畦成行。大路旁边芳香扑鼻的月桂树下，漂亮可爱、几乎赤裸着身体的男孩子赶着一群漆黑的肥猪姗姗而行。我们若是能把这样的美丽景色画成一幅画，那么大家都会欢呼："美丽的意大利！"

可是那位念神学的大学生也好，和他同车的所有别的旅伴也好，竟没有一个人说得出这句话来。

成千上万只有毒的苍蝇和蚊子嗡嗡地飞进车来。他们摘了常春藤枝条扑打驱赶，可是毫不管用，苍蝇蚊子照样肆无忌惮地叮咬他们，马车里没有一个人的脸上不是红肿出血的，那几匹可怜的马更是惨不忍睹，看上去活像一具具死尸似的。苍蝇成堆成群地在它们身上叮咬，只有在马车夫下车去把苍蝇赶走的片刻工夫，它们才能安生一下。

太阳渐渐沉下去。一阵凉气顿时袭上四周，人们一下子如同掉进了冰窟窿里，这寒气真叫人受不了。可是举目四顾，远近的山岚都沉浸在一片苍翠碧绿之中，那么秀美，是任何笔墨文字所无法形容的，最好还是亲临其境，一睹为快。这样的景色真是山水甲天下而无可比美的！大学生还有他的同车旅伴全都有这样的感受。可是这时候他们饥肠辘辘，肢体僵胀麻木，焦急地盼望能有一个过夜的地方，可是那个地方究竟在哪里，怎么还没有看见？大家的心思都放在缓解饥渴和寻求住处上，哪里顾得上再去

---

① 公元前217年迦太基名将汉尼拔率军远征罗马，在第二次布匿战争中设置埋伏于特拉西梅诺湖北岸的狭窄隘路上，歼灭了罗马执政官弗拉米尼乌斯的军队。

观赏风景。

马车穿过一片橄榄林,大学生觉得仿佛就像在家乡纵横交叉的柳树林里行驶一样。前面有一家孤零零的客栈,十来个残疾乞丐横七竖八地躺卧在客栈门前的路口上。他们之中身体最健全的那一个看上去也像英国作家玛里亚特笔下的那条恶狗。其余的人有的是瞎子,有的是瘸子,只能用双手在地上爬,还有的手臂已经萎缩,手上十指不全,真是什么样的都有。他们蓬头垢面、衣衫褴褛,真是一群贫困的化身,他们一个个伸出残肢,用意大利语叫道:"先生们,可怜可怜我吧!"

客栈的老板娘走上前来迎接客人,她赤着双脚,头发蓬松,身上穿着的裙袍肮脏不堪。客栈里房间的门都是用绳子拴住的,地上铺着破碎的砖头,蝙蝠在天花板底下飞来飞去,屋子里散发出一股令人作呕的霉味。

"还是请老板娘把晚饭摆在马厩里吧!"有个旅客说,"这样我们起码可以知道吸到肚子里去的究竟是一股什么气味。"

他们打开窗户想吸点新鲜空气,可是还没有等新鲜空气吹进来,那些残肢断臂倒先从窗户里伸了进来,随之而来的是那一刻不停的哀号声:"先生们,可怜可怜我吧。"墙上写有不少旅客留言,其中一大半倒是讽刺挖苦"美丽的意大利"的。

晚饭终于端上桌来:汤是清水里加了点胡椒和浓厚哈喇味的油,凉菜是用这种浓厚哈喇味的油拌的生菜叶子,而正菜是已经发臭的鸡蛋和烤鸡冠。酒也有股子说不出来的怪味,大概是兑了水的,所以令人大倒胃口。

整个晚上,大家用箱子顶住房门,睡觉的时候,还要有个人值班看夜。那个神学院的大学生被推举来守夜。唉，房间里又闷又热，憋得连气也透不过来。蚊子嗡嗡地飞来飞去，不断地叮咬，窗外那些穷苦的残疾乞丐在梦中还苦苦哀叫："可怜可怜我吧！"

"唉，旅游纵然有千般好，"大学生叹息说，"可惜终究受到这个肉体的牵累，倘若让这个躯体躺在家里长眠，而让灵魂能够飞来飞去，那该有多好啊！眼下来说，不管我到哪里，总觉得美中不足，缺少些什么，所以我心情总是沉重的。我希望一切起码要比眼前所见的更好一些，是呀，更好一些，最好是完美的。那么什么才是更好的或者是完美的呢？我心里其实十分清楚我想得到的是什么。我想要达到一个幸福的目标，那就是人人快活幸福。"

这句话刚一出口，他已经回到了自己的家里。雪白的落地长窗帘把窗户全都遮盖住，房间中央，地板上放着一口黑色的棺材。他自己就躺在棺材里，一动不动正在长眠。他的愿望已经实现：躯体留在这里，而灵魂到处飞翔。

"在进入坟墓之前，没有人可以认定自己是幸福的。"雅典诗人梭伦曾经这样说过。这句至理名言又一次被证明是颠扑不破的真理。

每一具尸体都是一个永远猜不透的谜，也是一个不朽的斯芬克司狮身人面塑像，而躺在这里的黑色棺材里的斯芬克司在两天前他还活着的时候写过这样的诗句，企图对此作出解答：

> 冷酷无情的死神啊，
> 你的沉寂无声令人恐惧。
> 你的萍踪并非漂泊不定，

两行足迹径直通往教堂墓地。
难道说雅各的天梯已经坍塌，
我只能自叹无缘攀登入天庭。
难道教堂坟地已一片荒芜，
枯草丛中才有我的归宿？

做人最大的苦难只有自己得知，
世间众人往往视而不见。
你在世上饱经着做人的辛酸，
直到最后一刻才解脱了悲哀。
你那孤独的心被重重地压抑，
人间的风霜给了你太多摧残。
这颗心在世上遭受的苦难，
远比堆在棺材上的泥土沉重！

　　房间里影影绰绰，有两个人在走动。这两个人我们都曾有过一面之交，一个是忧伤女神，另一个是幸运女神派来的使女。她们两人都躬身俯向死者。

　　"你看见了吗？"忧伤女神说，"瞧瞧你的套鞋到底给人间带来了什么幸福！"

　　"它们起码给长眠在这里的那个人带来了永恒的幸福。"幸运女神派来的使女说道。

　　"哼，不是那样的，"忧伤女神说，"他是自己要让他的灵魂一走了之，而他的灵魂却还不足以强大到把他拥有的聪明才智全都发挥出来。现在让我来帮他一个忙吧!"

忧伤女神把那双套鞋从大学生的双脚上脱了下来,那死亡的长眠旋即结束。大学生又活过来,他苏醒之后就站起身来。忧伤女神忽然没了踪影,那双套鞋也随她一起不见了。毫无疑问,她把它们当作她的财物带走了。

# 春黄菊

现在你们都听好啦：

在田野上紧靠着大路旁，有一座乡间宅第，是你们大概都曾经见到过的那种。这座宅第门前有一个长满鲜花的小园子，一道刷过油漆的木栅栏蜿蜒环绕。在水沟边绿油油的青草丛中长着一株小小的春黄菊。阳光暖融融地照在它的身上，对它和园子里那些朵大色艳的奇葩名花都一视同仁，所以它倒也时刻都在茁壮成长。有一天早晨，它含苞吐蕊终于开花了，那小小的、晶莹而洁白的花瓣裹着中间一个橘红色的小太阳般的花蕊，显得分外妩媚。它在青草丛中亭亭玉立，并不在乎有没有人看得到它，也没有想过它自己只是一株毫不显眼的可怜的小花。正好相反，它十分快活，将整个身子侧转来朝向暖和的太阳，抬起头来看着它，一面倾听着天空中云雀婉转的啼鸣。

小春黄菊兴致勃勃，好像在过一个盛大的节日似的。这一天正巧是个星期一，小学生们都在学校里，端坐在他们的课桌椅上，规规矩矩地上着学听着课。而小春黄菊的花朵端坐在碧绿的花梗上，从温暖的阳光里，从四周的一切，感受到上帝是多么仁慈。它觉得小云雀的曼声高歌把它在宁静安详之中感受到的快活高兴表达得淋漓尽致。春黄菊以一种崇敬仰慕的心情看着那只幸运的鸟儿。它会飞会唱，而自己却没有这样的本事，可是它并不因此而伤心和妒忌。

"我看得见也听得到。"它想道，"太阳照着我，风儿吻着我，我仍然是那么多才多艺！"

在栅栏的里侧长着那么多名花奇葩，它们一株株神气活现，挺拔直立。说来也奇怪，那些越是缺少芬芳香气的花就越是趾高气扬，摆出一副唯我独尊的架势。牡丹花憋足了劲往外撑开，想要让自己的花朵比玫瑰花大得多，可是鲜花的妍媸美丑却不是以个头大小来断定的，郁金香的颜色最鲜艳亮丽，它自己也知道这一点，于是它就站得笔直，为的是想让人一眼就看到它。它们连正眼都不瞧一下木栅栏外面的小春黄菊，可是小春黄菊却十分留神地凝视着它们。

"她们一个个都那么华贵，那么漂亮，那些可爱的小鸟必定会飞到她们身边去大献殷勤。上帝啊，幸亏我正好靠她们那么近，所以才有幸能够看到这个精彩的场面。"

正当它这样想的时候，那只云雀吱的一声飞了过来，既没有落在牡丹花上，也没有落在郁金香上，而偏偏落在青草丛中的这株春黄菊上，这株可怜的小花又惊又喜，真不知应该怎样才好。

那只小鸟绕着春黄菊翩翩飞舞，并且引吭高歌，唱道："青草青草多么柔软，小花小花多么可爱，黄金做心，白银当衣衫。"

是呀，春黄菊的花蕊黄澄澄、金灿灿的，看上去真像是黄金一样，而花蕊四周的花瓣也白得像银子那样。

小春黄菊真是高兴极了，没有人能够想象得出来它是多么的高兴。那只小鸟还用嘴去亲吻它，又为它一遍一遍地歌唱，然后振翅飞上蓝天。足足过了一刻钟，小春黄菊才回过神来，它半是羞涩半是腼腆，心里却又暗自欣喜，朝花园里那些高贵的名花看了看。方才的欢悦场面和降临到小黄花身上的那种荣誉和幸运，名花当然都看在眼里，它们应该理解这是一件何等欢乐快活的事情。可是郁金香却比任何时候都站得更直，拉长了脸，满面通红，因为它们恼火至极。牡丹花绷起了一副冷脸，幸亏她不会说话，要不然小黄花准要被训得低下脑袋。可怜的小黄花看到它们个个都气呼呼的，不由得心里感到一阵阵难受。

这时候，有一个小姑娘走进了花园，她手里拿着一把明晃晃的刀刃锋利的大刀子。她径直走向郁金香，把那些花一朵一朵地全都割了下来。

"唉，"小春黄菊叹息说，"真是吓人，它们一下子全都被砍光了。"

小姑娘捧着郁金香走了，春黄菊暗自庆幸自己长在花园的外面，又是一株可怜巴巴的小花，所以躲过了这场劫难。太阳落山之后，它卷起花瓣入睡了，整个夜晚它梦见的都是太阳和那只小鸟。

第二天早晨，小花刚睡醒过来，便充满幸福地舒展开所有白色的花瓣，就像朝着太阳和空气伸出自己纤细的手臂一样。它听见了那只小鸟啼鸣的声音，但是腔调是那么凄惨悲伤。是呀，这只云雀心酸不是没有缘故的，它被逮住了，如今可怜巴巴地被关在一扇打开着的窗户旁边的一个鸟笼里。它歌唱着自由，歌唱着幸福，唱出了田野上嫩绿麦浪的美丽，唱出了展翅在蓝色天空中遨游的快乐，而这只小鸟现在却只是悲鸣，因为它成了一只笼中鸟。

小春黄菊非常想帮助它，可是究竟怎样才能帮助呢？真是犯愁，因为它想不出什么办法来。它忘记了周围的一切是多么美好，太阳是多么明媚，它自己的花瓣是多么洁白漂亮。它的脑筋里只有一个念头，那就是想法子帮帮那只被关在笼子里的小鸟，但它却心有余而力不足。

这时候有两个小男孩从花园里走了出来，他们当中有一个手里拿着一把大刀子，同小姑娘用来割郁金香的那把一样明晃晃而刀刃锋利。他们径直走到小春黄菊跟前。小春黄菊猜不透他们究竟有什么打算。

"我们铲一块草皮给云雀铺在笼子里吧。"有个孩子说。他说着就动手铲起一块四四方方的草皮，那株小春黄菊正好在这块草皮的中央。

"还是把那株小黄花拔掉吧。"另一个说道。春黄菊一听就吓得瑟瑟发抖，因为一拔出草地它就会马上枯死，而此时此刻它是多么希望能活下去，能活着站在那块草皮上被送到鸟笼里。

"别拔掉啦，让它留在那里吧，"第一个男孩子说道，"它长在那里也挺好看的。"于是它没有被拔掉，而是随着草皮被送到关在笼中的那只云雀跟前。

那只可怜的小鸟正在为它失去自由而哀歌，它用翅膀扑打鸟笼的铁丝网。小春黄菊不会开口说话，也就无法说出一个安慰的字眼来。一个上午就这样过去了。

"水啊，这里连一滴水都没有。"被关在笼子里的云雀哀鸣道，"我的嗓子眼又干又渴，像有火焰在燃烧。我的身体里一会儿冷，一会儿热，像是一团火，又像是一块冰。空气是那么浑浊，憋闷得喘不过气来。唉，我快要死了，再也见不到温暖的太阳，见不到碧绿的草木和上帝创造的一切美好事物了。"

云雀把它的嘴啄进那块清凉的草皮，为的是想要能够吸到一点潮气。这时它的目光落到春黄菊上。小鸟向它点头致意，亲吻着它说：

"可怜的小花儿呀，你在这里也只会活活地枯萎。他们把你和这一小块草皮拿来给我，却盗走了我在鸟笼外面的整个世界。每一棵小草对我来说都是一棵参天的绿树，你的每一片洁白的花瓣就是一朵芬芳的鲜花。唉，你只会使我怀念起我所失去的一切。"

"我怎样才能安慰它呢？"春黄菊心急如焚地想来想去，可是它却连摇动一片花瓣的力气都没有，不过从柔嫩的花瓣上散发出来的芳香却比往常要浓烈得多。云雀也觉察到了，它虽然快要渴死了，可是在痛苦挣扎中它只用嘴去啄青草的茎梗，碰也不碰一下这朵小花。

一直到天黑还没有人给这只可怜的小鸟送来一滴水喝。它张开美丽的翅膀拼命拍打着。它的悲鸣变成了有气无力的呜咽呻吟，它的头颓然垂向了小花，小鸟的心由于渴求和想望而破碎了。而小花也不能像前一个晚上那样合拢花瓣安然入睡，它已经奄奄一息，带着悲伤和病痛垂倒下去。

第二天早晨，那两个男孩子又来了。他们一见到小鸟死了，不禁号啕大哭起来，落下了许多伤心的泪水。他们把小鸟埋葬掉，为它堆起了一座很气派的坟墓，墓前撒满了五彩缤纷的鲜花花瓣，小鸟的尸体被放进了一只华丽的鲜红色盒子里，他们要为它举行一个像王室那样隆重的葬礼。可怜的小鸟啊，当它还活着放声悲鸣的时候曾被人忘记得一干二净，听凭它关在笼子里苦苦哀求，却连口水都得不到。然而死后却无限风光,还博得了人们的一掬热泪。

可是,长着小春黄菊的那块草皮被扔到了大路旁的尘埃中,没有人会想到这朵小花曾对那只小鸟如此同情,并且极力想给它以安慰。

# 坚定的锡兵

从前有二十五个锡兵，他们都是兄弟，因为他们都是用同一把旧的锡汤匙铸出来的，他们肩上扛着毛瑟枪，双眼直直地看着前方，他们的制服鲜艳亮丽，上半身是大红色的，下半身是深蓝色的。他们在这个世界上听到的第一句话就是："锡兵！"一个小男孩打开盒盖，拍着双手呼喊出了这个字眼。他得到了这些锡兵，因为这天是他的生日。他把他们一个个地排列在桌子上。这些士兵全都一模一样，只有一个与众不同，他只有一条腿，那是因为他是最后一个铸出来的，熔化的锡不够用了。不过他用一条腿照样站立得同别的锡兵用两条腿站得一样稳当。这正是他引人注目的地方。

锡兵们站着的那张桌子上还摆满了别的玩具，可是最显眼的是一座硬纸做的金碧辉煌的宫殿。透过宫殿上的小小的窗子，可以一直看到里面的厅堂。宫殿前面有一些小小的树枝，围绕着一面镜子，看起来像绿荫掩映着一泓清池。几只蜡做的天鹅在池面上游弋，它们都是那么引人入胜，然而最讨人喜欢的是倚立在敞开着的宫殿大门上的一个小姑娘。她是用纸剪出来的，身上穿着一件最可爱的薄如蝉翼的轻纱长裙，双肩上裹着一条细窄的蓝色缎带，就好像是披着一条长围巾一样，在缎带的正中缀着一小片亮晶晶的金箔鸡心,那鸡心足有她的脸庞那么大。那个姑娘是一个小舞女,她张开双臂,一条腿往上踢,那条腿跷到了半空中,以至于独脚的锡兵还以为她和自己一样也只有一条腿。

"她倒可以给我当妻子,"这个锡兵想道,"可惜她太高贵啦。她住在宫殿里,而我却住在一个纸盒里,而且还是二十五个人挤在一起。那纸盒可不是她待的地方,不过我要想法子同她相识结交。"

于是他就在桌上摆着的一个鼻烟壶背后躺下来,尽量把身子躺平伸直,这样正好可以一清二楚地仰视那个小姑娘,她一直跷着一条腿站在那里,丝毫没有失去平衡。

到了天黑之后,别的锡兵都被整整齐齐放回到纸盒里。那一家的人也都上床睡觉了。这时候屋里就热闹起来了,玩具们全都出动,玩起了自己的游戏。他们或是串门拜访,或是开战打仗,或是举行舞会。那些锡兵们也在盒子里不安分起来,他们想要出来同大家一起玩,可是却打不开盒盖。胡桃夹子翻起了筋斗,石笔在石板上蹦蹦跳跳。屋里热闹非凡,连金丝雀也被吵醒过来,开始吱吱喳喳叫个不停,而且出口都句句是诗。只有那个锡兵和那个小舞女留在原地纹丝不动,她仍然跷起一条腿踮着脚尖站着,两臂朝外伸出。只有一条腿的锡兵这时候已经站立起来,他站得笔直,双眼一刻也没有从她的身上挪开过。

时钟敲了十二下,鼻烟壶的壶盖砰的一下弹开,跳出来的却不是鼻烟,而是一个黑色小精灵,原来那个鼻烟壶是一件冷不丁吓人一跳的工艺品。

"喂,锡兵,"小精灵叫道,"把你的目光挪开,不许再看她!"

锡兵佯装没有听到他的吆喝。

"哼，那就等着明天给你颜色看。"小精灵说道。

第二天早晨，孩子们都起来了，这个锡兵被他们挪到窗户边上。不知是小精灵使出的魔法还是风吹的缘故，窗子忽然一下子打开了。锡兵一个倒栽葱就从三层楼摔了下去，那速度快得像飞一样。他在空中把那条腿伸得笔直，头朝下帽盔着地，枪上的刺刀插进了人行道的石缝里。

女佣和那个小男孩忙不迭地赶下楼来寻找他。有好几回他们差一点就踩在他的身上了，可是仍然没有瞅见他。这时候他只消大声叫喊："喂，我在这里！"那么他们准会一眼看到他。可是他觉得自己一身戎装地大声呼救未免太不合时宜，于是他一声不吭。

天上淅淅沥沥地下起雨来了，雨点越来越大，还越来越密，后来变成瓢泼大雨。大雨停了之后，两个男孩子踩着水走过这里。

"瞧，"一个男孩子说，"这里有一个锡兵。他该坐船漂游一番。"

于是他们用纸叠了一只船，把锡兵放到船舱里站好，他便沿着路边的沟渠漂流下去。两个男孩子追随在他身边奔跑，高兴地拍手叫喊。天哪，沟渠里水急浪高，波涛汹涌，因为方才那场大雨把沟渠里灌满了水。小纸船随波逐浪，忽上忽下地颠簸着，锡兵摇晃得头晕眼花，可是他仍然十分坚强，脸上的表情刚毅沉着，脸色一点不变，双眼向前正视，那支枪依然牢牢地扛在肩上。

忽然间，一个漩流打了过来，把小船冲到一条很长的排水阴沟里，于是四周一片漆黑，就像回到了早先住的那只盒子里一样。

"真不晓得我将要去何方？"锡兵想道，"这一定是小侏儒捣的鬼。唉，要是那位小姐也坐在这艘船上那就好啦，纵然漂流到天涯海角，我也无所畏惧。"

湍流里忽然钻出了一只很大的水老鼠,它是这条阴沟里的老住户。

"喂,你有通行证吗?"水老鼠盘问道,"把通行证拿出来看看!"

可是锡兵一动不动,把枪扛得更紧。小船继续往前漂流,水老鼠跟在后面紧追不舍。它张牙舞爪,一副穷凶极恶的模样,朝着阴沟里漂浮着的烂木头和草茎大呼小叫:

"拦住他,快拦住他!他还没有留下买路钱,他也没有通行证。"

可是沟里的水流愈来愈湍急,锡兵已经可以看到阴沟尽头阳光灿烂的天空。就在这时候,他的耳畔响起了一阵阵轰隆隆的巨响,这响声是那么吓人,足以让最勇敢无畏的人也吓得魂不附体。只要想一想,那条排水沟到了这里便倾侧下去,水流全都冲进一条很大的运河里。这对他来说非常危险,就像我们被一股巨大的瀑布冲下去一样。

他离大瀑布的尽头太近了,根本休想止得住不被冲落下去。可怜的锡兵只能尽量挺直了身板,眼皮子眨都不眨一下,表明他一点都不害怕。那只小纸船冲下去后在漩涡里转了三四圈,船里浸满了水,一直浸到船帮,最后终于沉了下去。锡兵起先在齐脖子深的水里站立了片刻,那只小纸船愈沉愈深,连纸都被浸泡得发软了,水终于淹没了锡兵的头顶。

他什么都不想,头脑里只有一个念头,那就是他再也见不到那个娇艳美丽的跳舞女郎了,他的耳边响起这样的歌词:

"永别了,永别了,英勇的武士,

你毫无畏惧地面对着死神！"

现在小纸船已经被水浸泡得稀巴烂，锡兵也沉没在水里，随波逐流，他很快就被一条大鱼吞食到了肚子里。

嘿，鱼肚子里是多么黑呀，比在排水沟里黑得多，也狭窄得多。可是锡兵仍然坚定沉着，扛着枪平躺着身子。

那条大鱼在水里游来划去，又摇头摆尾扑腾着身子，做出种种惊险的动作，但是到了后来，它渐渐平静下来，毫无动静了。

过了半响，忽然一道闪电般的强烈光线照射进来，接着一个尖嗓门高声叫道：

"呀，锡兵！"

原来那条大鱼被捉住了，送到市场上去卖给了一个厨娘。那个厨娘把大鱼带回去，拿进厨房就操起一把大刀把鱼开膛剖肚。

厨娘把锡兵拈了起来，用两只手指夹住了他的腰，把他拿进房间去让大家开开眼，看看从鱼肚子里掏出来的这么一个不同凡响的了不起的人物。可是锡兵却一点也不觉得这有什么值得骄傲的。

他们把他放到了桌上。哦，天下竟会有这样不可思议的巧事。锡兵又回到了他早先待过的那间房间里，他就是从这个房间的窗口摔下去的。那几个男孩子就是原来的那些人。桌上摆的也都是原来的玩具，那座宫殿辉煌依旧，门口仍然站着那个美丽的跳舞女郎，她照样把一条腿跷到半空中，用另外一条腿站得稳稳当当的。看见她，锡兵激动得几乎忍不住要流泪哭泣，可是他很坚强，毕竟还是忍住了。那个小舞女也很坚强，她看着他，他也看着她，他们两人都默然相对，一切尽在不语中。

就在这个时候，一个男孩子伸手把锡兵拿起来扔进了壁炉里。他这样做毫无道理，想必又是鼻烟壶里的那个小精灵捣的鬼。

锡兵在熊熊的烈火中坚定地屹立不动，炽热的火焰在烧灼着他，那烈焰熊熊真是灼热得吓人，但是这究竟是真正的火焰还是爱情的火焰呢，一时间他说不出来。他看到身上华丽的制服已经褪色了，但是这究竟是在旅途上被大雨淋得褪了色呢，还是由于伤心悲哀而褪掉的呢，没有人能够说得出来。他看着那个小舞女，那个小舞女也看着他。他觉得自己在一点点地熔化，可是他仍然刚毅坚定，肩上牢牢地扛着枪。

这时候忽然有人打开了一扇门，一阵穿堂风吹过来，把那个小舞女吹得飘了起来。她忽忽悠悠地像个仙女一般飘然飞进了壁炉里，飞到了锡兵的身边。她的身体立即被点燃，化为一缕轻烟。

锡兵终于被烈焰熔化了，化为一坨小小的锡疙瘩。第二天早晨，女佣来倒炉灰的时候，她发现他化成的那坨小疙瘩竟是一颗心——一颗小小的锡做的心。而那个小舞女什么也没有留下，除了那片亮晶晶的金箔鸡心，不过已经被烧得乌黑了。

# 野天鹅

有一个离这里很远很远的地方,每年冬天当我们这里寒冬来到的时候,燕子就会迁徙,飞到那里去过冬。那个地方有一个国王,他有十一个儿子和一个女儿,那个女儿名叫埃莉莎。

这十一个兄弟都是王子。他们到学校里去上学的时候,人人胸前佩戴着星形勋章,腰间挂着军刀。他们用金刚钻做的石笔在真金做成的石板上练习写字。他们功课都很好,能够把书本从头到尾背得滚瓜烂熟,大家一听就知道他们一定是王子。他们的妹妹埃莉莎常常坐在一张用镜子玻璃做成的小凳子上看一本全是图画的小人书,这本图画书贵得几乎价值半个王国。

唉,这些孩子们都享有富贵荣华和天伦之乐,真是太幸福啦!可惜好景不长。

他们的父亲,也就是全国的国王,后来又娶了一个王后,她是个心肠恶毒的女人。她对待这些可怜的孩子们一点也不好。从继母娶进门的第一天起他们就尝到了苦头。当时整个王宫里都在举行盛大的婚礼喜庆酒宴,那几个孩子也在玩着"陌生客人上门来"的游戏。酒宴筵席上精美的糕点和可口的烤苹果多得吃不完,剩下了一大堆。可是她却不许他们吃一口,只给他们一茶杯沙子,说是叫他们动动脑筋把它当作随便什么好吃的东西。

一个星期以后她便把小埃莉莎打发到乡下交给农夫带养。又过了没有多久,她在国王的耳边说了小王子们的许多坏话,害得国王也不再疼爱这些可怜的孩子啦。

"你们要变成一只只不会说话的野鸟,"恶毒的王后诅咒说,"从王宫里滚出去,飞到外面去自生自灭吧!"她的诅咒果然十分灵验,可是她的法力还没有到家,没有能够把他们变得像她心目中所想的那样丑陋。那些小王子变成了十一只漂亮的野天鹅。他们发出了一声高亢而奇异的啼鸣之后就飞出了王宫的窗子,飞过花园和树林,霎时间飞得无影无踪了。

那时候还是大清早,他们飞到了带养他们妹妹埃莉莎的那户人家的农舍上空,小埃莉莎还正在农舍里熟睡没有起床。他们在屋顶上来回盘旋,把他们的长脖子扭来扭去,把翅膀拍打得扑扑直响,可是却没有人听到或者看见他们。他们无可奈何,终于只得快快地飞走了,高高地飞入云霄,飞过茫茫的大地,来到了紧靠海滩的一座黑黝黝的大森林里。

可怜的小埃莉莎孤零零独自待在农舍的房间里。她玩着一片绿叶,因为她再也没有别的玩具。她在叶子上戳了一个洞,透过洞眼朝着太阳看过去。温暖的阳光照到她的脸庞上,她就会想起哥哥们的热吻。

星移斗转,日子一天天地过去。有时候,风从屋外的玫瑰花丛中吹过,它对玫瑰花悄声问道:"难道还有人比你更美丽?"玫瑰花摇摇头回答道:"有的,那就是埃莉莎。"星期日,老奶奶们坐在门口念自己的赞美诗集的时候,风翻动着书页,对诗集悄声问道:"难道还有人比你更虔诚?"赞美诗集回答道:"有的,那就是埃莉莎。"玫瑰花和赞美诗的回答全都是真话一点也不假。

到了她十五岁那一年，她该回家来了。王后一见她出落得那么美丽，不禁满腹妒火中烧。她对小埃莉莎充满憎恨，本想要立即发落她，把她也变成一只野天鹅，就像她的哥哥们一样。可是她还不敢轻举妄动，因为国王很想见见自己的女儿。

有一天清早，王后走进了浴室。这间浴室是用大理石砌造的，装饰着最美丽的挂毯帷幔，摆放着最柔软的坐垫。她拿来了三只癞蛤蟆，她先吻了一下每只癞蛤蟆，然后对第一只说道：

"等埃莉莎进了浴池，你就跳到她的头上去，她就会变得和你一样痴痴呆呆。"

"你要跳到她的前额上，"她吩咐第二只说道，"她就会变得和你一样面目可憎，她的父亲认不出她来。"

"你去蹲在她的心口上，"她对第三只说道，"她就会变得心眼很坏，往后受苦一辈子。"

王后把三只癞蛤蟆放进浴池里。浴池里原来清澈见底的清水立即泛起了一层绿莹莹的颜色。王后把埃莉莎叫来，脱掉她的衣服，叫她走进浴池里去。埃莉莎刚刚钻进水里，一只癞蛤蟆就跳到她的头发上，另一只跳上了她的前额，还有一只蹲在她的心口上，可是埃莉莎似乎一点儿也没有留神到它们。她站起身来的时候，水面上漂起了三朵鲜红的罂粟花，它们是那三只癞蛤蟆变的，它们倘若自身不是有毒，也没有被那个女巫亲吻过的话，本来是可以变成三朵红玫瑰的，不过它们毕竟还是变成了鲜花，因为它们在她的头上和心口上待过。她是那么善良虔诚，那么纯洁清白，以致任何巫术都无法在她身上施展出法力。

恶毒的王后看到一计不成又生一计。她用核桃汁涂抹埃莉莎的脸,于是埃莉莎的皮肤变成了棕黑色。她又用一种气味难闻呛鼻的油膏涂在埃莉莎的脸上,还把埃莉莎的漂亮长发弄得乱蓬蓬的,这样一来谁也认不出美丽的埃莉莎啦。

正因为如此,她的父亲见到她不禁吓了一跳,口口声声说这不是他的女儿。没有一个人能够认得出她来,除了看门的狗和燕子,可是狗和燕子都是一些可怜巴巴的小动物,在这样的事情上它们说不上话,再说它们也不会说人话。

可怜的埃莉莎哭了起来,她思念着远在天涯海角的十一位哥哥。她失魂落魄地走出了王宫,整整走了一天,走过了田野和荒原,走进了大森林里。她心里茫茫然,不知道要往何处去,可是她那么悲伤,那么思念自己的哥哥们,他们同她自己一样被逐出家门而亡命天涯。她一心想要寻找到他们。

她刚走进森林不久,夜幕就降临了。天一黑她就更一脚深一脚浅找不到路了。于是她便在柔软的苔藓上躺下身来,念完晚祷之后,把头枕在一个树桩上。林间万籁俱寂,空气清爽宜人。四周青草丛中和苔藓上闪烁着幽幽的绿色光芒,有如颗颗火星一般,那是成百上千只萤火虫发出的流光溢彩,她伸出手去稍稍拨动树枝,那萤火虫便像流星一样飘落到她的身边。

整个晚上她都在做梦,梦见她的哥哥们。他们就像小时候那样陪着她游戏玩耍。他们在一起用金刚钻做的石笔在黄金做的石板上写字,还在一起看那本价值半个王国的、好看得不得了的、全是图画的小人书。不过他们不再像以前那样在黄金的石板上写写字母、画画线条,他们写出了亲身经历过和亲眼看见过的最为惊险的事情，而图画书上的所有东西一下子变活了起来，小鸟啾啾地歌唱起来，那些人物都从书上走下来同埃莉莎和她的哥哥们说话聊天，可是她刚翻动书页，那些人物又都跳回到原处，免得把图画书弄乱了套。

当她睡醒过来的时候，太阳早已升得老高了。可是她却看不大见太阳，参天大树枝丫繁茂，树冠遮天蔽日，可是阳光在上面闪耀，像是一片金光灿灿的轻纱在飘浮着。森林中四周一片碧绿，散发出清新的芬芳。小鸟跳来蹦去，几乎落到她的肩上。她听到了流水的潺潺声，几股泉水涓涓流入一个池塘，碧水盈盈，十分喜人，池底上铺着最细最细的沙子，池塘四周虽然长满了灌木丛，可是麋鹿照样到这里来饮水解渴，踩出了一条通道。埃莉莎从这条通道走到池边。池塘里的水清澈见底，水面平静得如同镜子一般，假如风儿没有把那些树木的枝条和灌木丛吹得轻轻摆动的话，她就会以为它们是画在地底上的图画呢。每一片树叶无论是被阳光照亮的，还是躲在阴影深处的，都在水中倒映得一清二楚。

埃莉莎在水面上看到自己的面孔，不禁吓得跳了起来，那张脸又黑又丑，好不叫人害怕。她伸出小手沾水浸湿，来擦拭她的眼睛和前额，她那洁白的皮肤重新闪出了光泽。她脱掉衣服在清凉的池水里浸泡洗澡，当她从水中站起身来，世上再也找不出来比她更美的公主了。

她穿好衣服，把长长的秀发编成辫子，就走到汨汨流淌的泉水边上，两手捧起一掬水来喝。然后她又朝森林的深处走去，自己也不晓得走在什么地方。她牵挂着她的哥哥们，心里默念着仁慈的上帝，相信上帝一定不会遗弃她的，上帝让野苹果长得又大又熟，可以供人果腹，他又慈祥地指引她走到一棵野苹果树前，它的枝丫全被果子压弯了。她在这里美美地饱食一顿，又把被压弯了腰的树枝垫好支撑起来，又朝着森林里最晦暗的深处走去。四周寂静无声，传入耳中的只有她自己的脚步声和干枯的树叶被她踩得发出的窸窸窣窣响声。一只小鸟也看不到，一缕阳光也穿不透那密密麻麻的、又粗又黑的树杈枝丫；参天大树的巨大树干也一根根相互靠得那么近，她放眼望去，好像四面八方都被栅栏团团围住。她以前从不曾尝到过这样孤独的滋味。

夜里那样漆黑，苔藓上再也没有萤火虫发出磷磷的亮光。她伤心地躺下身来睡觉。朦胧之中她觉得头顶上的树枝被拨开到两边去了，仁慈的上帝正用他慈祥的眼光从天上向她看着。小天使们也从上帝的头上腋下俯视着她。

第二天清早，她醒过来，弄不明白自己是做梦呢，还是真的看见了上帝。

她又往前走去，没有走几步就遇见了一个老奶奶。那个老奶奶挎着一篮子苹果，她给埃莉莎吃了几个。埃莉莎问她可曾见到十一位王子骑马穿过森林。

"没有见过，"老奶奶说，"可是我昨天见到了十一只头上戴着金王冠的天鹅从前面不远的小河里游了过去。"

老奶奶带着埃莉莎往前走了一段，来到一个斜斜的山坡，一条小河从山坡下蜿蜒流过，两岸的树木把绿叶繁茂的枝条伸过河面缠结在一起，有些地方它们彼此间差一点而够不到，于是树枝尽量往前挣扎，连树根都从泥土里拔了出来，这样一来悬在河面上的树枝都用它们的一簇簇绿叶缠结在一起。

埃莉莎告别了老奶奶，顺着小河朝前走，走呀，走呀，一直走到那条小河流入大海的出海口旁边的开阔的海滩上。

浩荡无际的大海呈现在这个美丽的少女眼前，可是海面上见不到一张风帆，也看不见一条船只，她怎样才能继续前行呢？她一眼看到海滩上那多得数不清的小卵石，它们被海水冲刷得又光溜又浑圆。玻璃、铁块、砾石，无论什么同小卵石混杂在一起的东西全都被海水冲刷得变成了另外一种形状，那是长年累月打磨出来的，尽管她的双手柔软如绵，而海水却比它们更加柔软。

"海水不知疲倦地滚滚流动，日复一日地持之以恒，"她想，"终于把所有坚硬的东西冲刷打磨得浑圆光滑。我也应该这样不知疲倦地一往直前。大海啊，感谢你的教诲，我的心告诉我说，总有一天你清澈的波涛将会引导我见到我亲爱的哥哥们。"

在泛着泡沫的海藻上摊着十一根白色的天鹅羽毛。她把它们捡起来扎成一束。羽毛上滴下了水珠，究竟是露水还是泪水却没有人能够分得清楚。海滩上只有她孤零零的一个人，可是她一点也没有觉得寂寞，那是因为海在这短短的几个小时里千变万化，比一个最大的湖泊在整整一年里的变化还多得多。要是天空中出现一大片乌云，大海似乎会说："我也会变得晦暗的。"要是天上刮起了大风，海面上就会汹涌翻腾，泛起白色的浪涛。待到大风平息，空中云蒸霞蔚，红光满天，这时候大海看起来就像一片玫瑰的花瓣。大海时而碧波万顷，时而白浪滔天，然而不管大海多么安宁，海面多么平静，在靠近海滩的岸边总会有潮汐浪涛，那一线细细的海浪轻轻地起伏，温柔得仿佛是熟睡婴儿的胸脯在一起一伏。

当太阳快要落下去的时候,埃莉莎看到有十一只头戴金王冠的野天鹅朝向陆地飞来,他们一只跟着一只掠过去,看起来就像是一条长长的白色缎带凌空飘荡。埃莉莎赶紧爬到斜坡上,躲到一簇灌木丛背后去看个究竟。野天鹅一只接一只降落在离她很近的地方,扑扑地扇动雪白的大翅膀。

这时候太阳沉没在海水下面,野天鹅们身上的羽毛也全都脱落下来,变成了十一位英俊的王子,原来他们都是埃莉莎的哥哥。她不禁发出一声惊呼,尽管他们变了很多,可是她一眼就认出了他们。她扑到他们的怀里,还逐个地叫出了他们的名字。他们也认出了自己的小妹妹,看到她如今已出落得那么高大美丽,心里都非常高兴,他们又是欢笑又是抱头痛哭,交谈不久他们全都明白过来,知道了继母对他们每一个人下了什么毒手。

"我们兄弟几个,"最年长的那个哥哥说,"都变成了野天鹅,只要太阳一升起来,我们就要在天上不断地飞来飞去。只有等到太阳落下去之后,我们才能够恢复人形,因此在太阳落山之前我们必须飞到一个可以落脚歇息的地方,因为要是我们变回了人形之后还在天空飞翔,一定会摔下来沉到大海里去。我们并不住在这里,而是住在大海的那一边,那里有一个和这里一样美丽的国度,但是到那里去路途遥远。我们必须飞越大海,这一片茫茫大海之中没有一个岛屿可以过夜,只有一块礁石突出在大海中间,那块礁石也不大,我们只能一个挨一个地挤在上面。当大海掀起波浪时,海水就会汹涌上来,劈头夹脑地把我们淋得透湿。不过我们还是感激上帝给了我们这块礁石,我们才有地方过夜,因为到了晚上我们又变回到原来的人形,要有地方落脚歇息才行。倘若没有这块礁石，我们就再也回不到我们亲爱的祖国了。因为飞渡大海要花费一年之中最长的两天时间。我们一年之中只能回到故乡来一次，每次都住上十一天。在这段时间里，我们飞过这一片大森林，再去看一眼我们父亲居住的、我们自己出生的王宫，再去看一眼我们母亲长眠在那里的那座教堂的高大钟楼。我们觉得这里的一草一木，不管是大树还是灌木丛，都同我们亲如一家，那些野马仍然在平原上奔驰，就像我们小时候见到的那样。烧炭工人们仍然高唱着那些古老的歌谣，就是我们小时候随着它的节拍跳舞的那种歌谣。这里就是我们梦牵魂萦的祖国，在这里我们又找到了你，亲爱的小妹妹。我们在这里还可以再待两天，然后我们就要飞回到那个不是我们家乡的美丽国度里去。可是我们没有渡海的大船，连小船都没有，究竟有什么法子带你一起走呢？"

"我怎样才能破掉巫咒把你们解救出来呢？"他们的小妹妹问道。

兄妹重逢有说不完的话，他们几乎谈了一个整夜，只用不长的时间打了个盹。

天亮以后，埃莉莎被头顶上掠过的野天鹅拍打翅膀的响声惊醒了，她的哥哥们又变成了野天鹅在空中盘旋，圈子愈绕愈大，最后都飞得不见了踪影。可是他们当中最小的那只天鹅却留了下来。他把脑袋枕在他妹妹的膝盖上，她抚摸着他的翅膀，他们两个在一起待了一整天。傍晚时分，别的天鹅也都飞回来了。太阳一落山，他们又恢复了人形。

"明天我们就要飞走了，"一个哥哥说道，"要再过整整一年才能够回来，可是我们不打算把你一个人留在这里。你有勇气跟着我们一起走吗？我们手臂有足够的力气抱着你穿越过大森林，我们的翅膀有足够的力气带着你飞过大海洋。"

"是呀，带着我走吧。"埃莉莎说道。

他们忙碌了整整一夜，用柔韧的柳条枝和灯芯草编结了一张又大又结实的网，埃莉莎正好可以躺在网里。太阳升起来的时候，她的哥哥们又变成了野天鹅。他们用嘴把网叼了起来，带着还躺在网里睡得正香的小妹妹飞上了云端。阳光火辣辣地照到她的脸上，于是有一只天鹅飞在她的头顶上，用他的宽大的翅膀给她挡住阳光。

待到埃莉莎一觉睡醒过来，他们早已飞得离开陆地很远了，她还以为自己在做梦呢！她看见自己被野天鹅叼着高高地飞翔在天空中，这对她来说真是不可思议的奇妙事情。她身边放着一根树枝，枝上结满了硕大成熟的浆果，还有一束汁水很甜的草根。这些都是那个最小的哥哥采集来搁在她身边的。她朝他微笑表示感谢，她知道就是他飞在她的头上用翅膀为她挡住了阳光。

他们飞得那么高入云霄，在他们身体底下海面上最初见到的一艘大海船竟然看起来只像一只在大海波涛里掠过的海鸥。一大块云彩飘到了他们身后，那朵云彩看起来犹如一座巍巍高山，埃莉莎看到了她自己和十一只野天鹅的倒影。那些影子随着云朵在往前移动，看上去大得出奇，而且光怪陆离有如幻境，这幅画面要比埃莉莎所看见过的任何图画都壮观美丽。可是等到太阳升到当顶，云朵离开他们愈来愈远时，这幅奇妙的影子图画也随之消失了。

整整一天，他们像一支脱弦的利箭一样不停地在天空中向前飞去，可是他们却比平日飞得慢多了，因为他们毕竟衔着一个小妹妹。黄昏即将来临，天气又在变坏，眼看着一场暴风雨就要来临。埃莉莎心急如焚地双眼直盯住了正在一点一点往下沉的太阳，可是大海中间的那块礁石却还不见踪影。她发现野天鹅们都在死劲儿地扇动着翅膀。唉，他们飞得不快，是因为受到她牵累的缘故。待到太阳一落下去，他们就要恢复人形，掉进海里活活淹死。于是她在心中向上帝默默祷告祈求保佑，可是那块礁石却并没有映入眼帘。倒是黑沉沉的乌云正在压上来，愈来愈逼近他们，一阵阵狂风强劲地吹来，预示着暴风雨即将来到。浓密的乌云在天上急剧翻滚，有如汹涌的波涛，从铅块一般的乌云中不时迸发出一道又一道耀眼的闪电，而一抹残阳已经接近海岸线了。

埃莉莎心头不由得一阵阵发凉，浑身哆嗦起来。

就在这一刹那，天鹅们忽然都朝下剧烈地俯冲下去，下降得那么快，埃莉莎只觉得天旋地转，头昏得快要晕过去了。她已经认定他们是在掉落下去，然而片刻之后他们又平衡地朝前飞着。这会儿她竟然一眼瞥见那块救命的礁石就在他们的身底下。这时候，太阳已经有一半落入了海浪之中，那块礁石半隐半现，看上去不会比一个从水里探出来的海豹脑袋再大一点。太阳沉没得很快，已经只能发出星星一般的微弱光芒了。当她的双脚踩到坚实的岩石的时候，太阳已经像一张烧成灰烬的纸一样熄灭掉了最后的点点火星。她看到哥哥们手臂挽着手臂把她紧紧地围住在中间，礁岩刚好只能容得下她和她的哥哥们，再多一点的空隙都没有了。海水猛烈地冲刷着这块礁石，迸溅起来的水花像是一阵阵骤雨淋在他们身上。天空中电光闪闪，把天上映得像是燃起了熊熊的大火一般。雷声滚滚，一个接着一个响得震耳欲聋。兄妹们肩并着肩，胳膊挽着胳膊，高唱起赞美诗，这样他们得到了安慰和勇气。

第二天清早，天空变得清新、明亮，四周一片宁静，大海终于平息下来了。太阳冉冉升起，天鹅们又衔着埃莉莎飞入空中，离开了这块礁石。大海仍然掀起一阵阵汹涌澎湃的波涛。他们从高空中望下去，那墨绿色的海面上泛起的白色泡沫就像无数的天鹅。

太阳升得更高了，这时埃莉莎忽然看见一脉峰峦起伏的高山浮悬在半空中，山顶上白雪皑皑，覆盖着严冰。山峦中间矗立着一座有二三里路长的宫殿。长长的柱廊千回百转，一条连着一条。柱廊底下棕榈树成片成行，时令鲜花争妍斗艳，一朵朵鲜花大得有如磨盘。埃莉莎问那里是不是她要去的地方。野天鹅们一齐摇摇头，因为她眼里看到的是莫甘娜仙女的海市蜃楼，他们是不许把凡人领进那座华丽的、变幻莫测的云中宫殿里去的。突然之间，高山崇岭、森林树木连同那座宫殿全都淡化了，化为乌有。随即天际又出现了二十座气派宏伟的教堂，高高的钟楼，尖顶的窗户，全都一模一样。她的耳边似乎响起了管风琴悦耳动听的琴声，其实她耳朵里听到的是大海的浪涛声。等她快要靠近教堂时，那些教堂又都倏然消失了，变成一队大海船劈波斩浪航行在她的身体底下。她又睁大了眼睛往下看，哪里有什么大海船漂泊在海上，原来是弥漫在水面上的雾霭。的确，她眼前的景色瞬息万变，直到最后她总算看见了她要去的那个真正的国度。在那片国土上，有巍峨群山、挺拔的雪松林，也有星罗棋布的城镇，还有华丽的宫殿。离太阳落山还有一段时间，她却已经降落在一个大岩洞的前面。洞口生满了细嫩、翠绿的藤萝，看起来很像铺着一条锦绣的地毯。

"好吧，我们要看看今天晚上你睡在这里会做个什么梦。"最小的那位哥哥领着她走进权当卧室的那个岩洞里。

"但愿我能够梦见我怎么才能破除巫法把你们解救出来。"埃莉莎说道。这个想法一直萦绕在她的心头，所以她一直不停地在虔诚地祈求上帝帮助，就是在梦中也不断地在祷告。她渐渐地觉得自己又腾空飞了起来，飞向云外，飞到莫甘娜仙女的那座如同浮云流霞般变化莫测的海市蜃楼宫殿中去。有一位仙女出来迎接她，那位仙女看上去十分美丽而且光彩照人。可是又十分像曾经在森林里给她吃过浆果，还告诉她那些头戴金王冠的天鹅的行踪的老奶奶。

"你的哥哥们是可以得到解脱的，"那位仙女说，"只要你有天大的勇气和毅力，你有没有呢？海水确实要比你娇嫩的双手还要柔软，然而时日一长它照样能够把坚硬的石头冲刷打磨得改变了形状。不过它却没有你手指那样的疼痛感觉。它没有心灵，所以用不着遭受你必须忍受的恐惧和痛苦。你看见我手里拿着的这些带着毒刺的荨麻吗？在你睡觉的那个岩洞周围就长着许多这样的毒荨麻，在那边教堂墓地里也长着不少。只有这东西才对你有用处。你必须去采摘它们，即使它们把你的双手都刺得起了泡，你也不要停下手来。你再用双脚把它们踩得稀巴烂，再把它们搓出一根根麻丝来。你用麻丝纺成线，织成布，缝成十一件长袖的紧身战袍，把长袖战袍披到那十一只野天鹅身上，附在他们身上的魔力就可以解除。不过你要记住，那就是从你开始动手做这件事情起直到你干完，不管要花费多少年，你都不能开口讲话，你若是开口说话，说出来的第一个字，就会像一柄锋利的匕首刺进你哥哥们的心里，所以他们的死活全都系在你的口舌之上了。你千万要记住这一点。"

那位仙女说完就把荨麻伸过去敲了敲埃莉莎的手，埃莉莎顿时觉得双手像被火燎一般灼痛，埃莉莎痛醒过来。此时天已大亮，靠近她睡觉的地方就放着一簇荨麻，同她在梦中所见一模一样。她双膝跪地，感谢上帝的指点。然后她走出岩洞，立即动手去干她的正经事了。

她伸出娇嫩的双手去摘那种可怕的毒荨麻。荨麻把她的双手和手臂都刺出了许多泡，她觉得像被火燎一般地灼痛难熬。但是只要能够解救她的哥哥们，再大的痛苦她也心甘情愿地忍受得往。她又光着两只脚去把每一株荨麻踩得稀巴烂，又搓出了绿色的麻丝来。

太阳落山后，她的哥哥们回来了，发现她变成了一个不会说话的哑巴，都不由得大吃一惊。起初他们还以为是那个狠心的继母又使出了不知什么名堂的毒招来害他们的小妹妹。待到他们看见她的双手时，他们都明白她是为他们得救而在忍受巨大的痛苦。最小的哥哥先哭了起来，他的热泪滴到的地方疼痛立即消失，连红肿的水泡也不见了。

整个晚上她都忙着干活，因为在她把亲爱的哥哥们解救出来之前，她的心头无法得到安宁。第二天，在天鹅们飞走之后，她又一整天独自坐在那里不停地干活。时间从来没有过得像现在这样快。她做好了一件紧身战袍，又着手做第二件。

这时候群山之间响起了猎手们围猎的号角声，她不禁害怕起来。号角声愈来愈逼近，猎狗又在狺狺狂吠，她吓得躲进了岩洞里，把采摘得来的荨麻捆成一捆，自己赶紧坐了上去。

突然一只猎狗从灌木丛中蹿了过来，接着第二只、第三只。猎狗狂吠着退了回去，立即又转过身跑了回来。一转眼，所有的猎手都站在岩洞前，其中最英俊的是这个国度的国王。他朝着埃莉莎走了过来，他从来不曾见到比她更美貌的姑娘。

"你怎么来到这片荒山野林的，可爱的姑娘？"国王问道。埃莉莎摇了摇头，她不敢应声，因为她若是讲话，就会危及她哥哥们的性命。她把双手藏在围裙底下，不让国王看到她所忍受的痛苦。

"跟我回去吧，"国王说，"你不能再留在这里。如果你的心肠和你的容貌一样美好，我就会让你穿上丝绸和天鹅绒的衣裳，让你的头上戴着金王冠，让你住进我最华丽的宫殿，让你在那里主宰一切。"

说罢，他就把她抱上了马背，她失声痛哭起来，来回绞动着她的双手。可是国王说：

"我是想让你得到幸福，总有一天你会感谢我的！"他让埃莉莎在鞍桥上坐稳，紧紧地抱牢她，骑马驰骋而去，其余的猎手紧跟在他们的背后。

太阳落山的时候，他们来到了那座宏伟壮观的都城，城里有许多尖顶的教堂和圆顶的华厦。国王把她领进王宫，穿过大理石砌成的富丽堂皇的厅堂，厅堂里清泉喷涌，墙壁和天花板上都绘着色彩绚丽的图画。但是她却无心观赏这一切，她只是伤心地痛哭，一言不发，任凭侍女们为她梳妆打扮，给她穿上王室的盛装，在她的秀发里插上珍珠的头簪，为她起泡的双手戴上精美柔薄的手套。

当她打扮整齐、服饰华丽地走出来的时候，宫廷里所有的人都被她的美貌炫得睁不开眼睛，他们个个都向她深深鞠躬。国王选中她作为自己的新娘。只有大主教不以为然，连连摇头，悄声对国王说：这个美丽的林中少女可能是个女巫，她蒙住了所有人的眼睛，迷住了国王的心窍。

可是国王连一句也听不进去。他吩咐奏起音乐，摆上最昂贵的佳肴。最年轻的姑娘们围住她的身边翩翩起舞，领着她走过芳香扑鼻的花园，走进宏伟宽敞的厅堂。可是她的嘴角没有挂起一丝微笑，眼睛里没有发出一点光彩，悲哀和伤心好像是她随身带来的嫁妆。

国王把一间精致的小房间作为她的卧室，房间里装饰着华贵的绿色帷幔，布置得非常像她待过的那个岩洞，地板上撂着一束她用从荨麻里搓出的丝来纺成的线，天花板底下挂着一件她已经缝好的紧身战袍。这些东西全是猎手们当作珍奇玩物从岩洞里搬回来的。

"在这里，你可以在梦中回到你在岩洞里的老家，"国王说，"这些都是你埋头苦干的手上活计，如今你得到了荣华富贵，再来回想昔日的清苦，也不失为一种消遣吧。"

埃莉莎一见到这些牵动在心头的东西，觉得十分亲切，嘴角露出了笑容，面颊上又泛起了喜悦的红晕。她想到哥哥们还能得救，高兴得吻了国王的手，国王便趁势把她紧紧地拥抱在胸前，他命令所有的教堂都敲响钟声，宣布婚礼的喜庆酒宴开始，这位从森林里回来的哑姑娘将成为这个国家的王后。

这时，大主教又在国王耳朵边进了许多谗言，但是国王连一句都听不进去。婚礼照常进行，由大主教亲自为她戴上王冠。那个大主教心里怀着恶意，使劲地把那顶狭小的王冠在她前额上往下压，让她像戴上紧箍咒一样疼痛。可是她的心头上却压着一顶更为沉重的荆棘编成的王冠，那就是为她的哥哥们而担忧伤心，肉体上的痛楚她还是能够忍受得住。她紧闭着双唇一声不吭，她知道只要她忍不住痛楚而叫出声来就会断送哥哥们的性命。不过她的眼光里却情不自禁地流露出对这位相貌英俊而心地善良的国王的深深爱慕。国王为了使她快活而尽了最大的努力。她全身心地爱上了他，情意一天天在加深。唉，她若是能对他推心置腹，把自己遭受的痛苦统统向他倾吐出来，那就好啦！可是她必须缄口不语，只能默不出声地干完她该做的活计。因此到了晚上她就想方设法偷偷地从国王身边溜走，钻进那间布置得像岩洞一样的房间里去干活。她一件又一件地缝好了紧身战袍。可是等到她动手缝制第七件的时候，她发现麻丝已经用完了。

她知道教堂的墓地里长着这种她所急需的毒荨麻，而且必须由她亲手去采摘，可是她怎么才能够到那里去呢？

"唉，同压在我心头上的悲哀相比，手指上的痛楚又算得了什么，"她暗自思忖，"纵然冒着天大的危险，我也要到那里去。上帝是不会不管我的。"

于是，她怀着恐惧的心情，好像在做什么见不得人的坏事似的，在明亮的月光下溜出了王宫花园，又穿过长长的小巷，独自走在寂静的街道上。她来到了教堂的墓地。她看到在一块宽大的墓石上围坐着一群女鬼，这些可怕的鬼魅像是要洗澡那样脱掉了她们身上的破衣烂衫，伸出她们又长又尖的手指刨开一座座新坟，把里面的尸体挖出来狼吞虎咽地吃掉这些人肉。埃莉莎不得不从她们身边经过，她们用邪恶的眼光盯住她，可是她目不斜视，只是默默念着祷告，并且动手采集那些刺人的毒荨麻。然后，她把荨麻捆成一束背回王宫。

只有一个人看见了她，那就是大主教。当别人正在睡觉时，他仍然在暗中监视。如今他猜想的事终于得到了证实：那个王后不是什么好人，而是个女巫，她用妖术迷惑了国王和所有的人。

大主教在做忏悔的密室里把他亲眼所见和心里所担忧的事全都悄悄地告诉了国王。当这些尖刻恶毒的言辞从他的舌尖上吐出来的时候，四周墙壁上的众圣徒雕像都不以为然地摇摇头，似乎在说：根本不是这么一回事，埃莉莎是无辜的。可是大主教却做出了另外一番解释，他以为圣徒是站出来做证，谴责埃莉莎，并且对她的罪恶行径频频摇头。

于是两颗斗大的眼泪沉重地滚下了国王的脸颊，他怀着满腹狐疑回到家里。到了晚上，他佯装睡着了，可是两只眼睛却一点睡意也没有。他亲眼看见埃莉莎偷偷地爬起来从自己身边溜出去。天天晚上都是如此，她起身之后国王就悄悄地盯梢，每次都看到她走进自己恩赐给她的那间小房间里。

国王的神情一天比一天阴沉，埃莉莎也看出来了，可是想不出个所以然来，不过她心里越来越为她的哥哥们感到不安。她的热泪不断地掉落下来，滴在绛紫色的丝绒裙袍上，这些泪珠像金刚钻一样发亮。凡是见到这些雍容华贵的衣饰的姑娘一定羡慕不已，也希望自己能成为一个王后。

这时她手头上的活计差不多快干完了，只剩下一件紧身战袍还没有做，可是麻线已经用完了，连毒荨麻也用得一根不剩。她没有别的法子，只得再到教堂墓地去一次，去最后一次，去亲手采摘一些荨麻回来。她一想起独自一人走那么长的黑路，一想起那些吃死人肉的女鬼，她便不寒而栗，可是她的意志是坚定而不可动摇的，正如同她对上帝的信任一样。

埃莉莎终于去了，可是国王和大主教尾随在她的身后。他们看见她走进教堂墓地的铁栅栏大门后便消失了踪影。他们走进铁栅栏大门，看见在一块宽大的墓石上围坐着许多女鬼，就是埃莉莎上次来的时候见到过的那些女鬼。国王一见到此情此景扭身就走掉了，因为他以为她也在她们中间，而那天晚上她刚才还把头枕在他的胸前。

"把她交给百姓们去公审吧，"国王说，"百姓们会判她的刑，把她放在通红的烈火中活活烧死。"

埃莉莎被赶出了华丽的王宫厅堂，并被抓起来关在一个黑暗潮湿的地牢里。冷风从破碎的窗户里飕飕地灌进来。她身上丝绸和丝绒的华贵衣服已经被扒了下来，人们给她披上了她自己亲手缝制的那些紧身战袍，把那些粗硬有毒的、刺得人火辣辣疼的荨麻扔进来当作她的被褥，她可以把头枕在上面睡觉。可是天底下没有什么比这些东西更能让她喜爱的了。她继续干她的活计。她默默地祈求上帝保佑。从窗户外面传来了人们的笑骂声，街上的男孩子们还高声唱起羞辱她的小曲，没有一个人来对她说一句亲切的话安慰她。

可是就在这个时候，破窗户的铁栅栏外面响起了天鹅的扑翅声。那是她最小的哥哥,他终于找到了自己的妹妹。她快乐得痛哭起来。尽管她知道即将到来的这个夜晚大概就是她一生中最后的一个晚上。可欣慰的是她手上的活计眼看着就要全部完成了,而且她的哥哥们也来到了她的身边。大主教亲自来到地牢,在她生命的最后时刻要和她在一起,因为他答应国王要这么办。可是她摇摇头,用眼神和手势叫他走开。她务必在这一夜做完她的全部活计,否则她所忍受的一切痛苦,淌下的那么多的眼泪,苦熬的那些不眠之夜,全都白费了。大主教走出去的时候骂了许多恶毒的话,可怜的埃莉莎心里知道自己是无辜的,她没有理会,继续加紧干手上的活计。

几只小老鼠在地上跑来跑去,把荨麻束拖到她的脚跟前,这样来为她出一点力。鸫鸟站在铁窗外通宵为她歌唱,唱得那么悦耳动听,为她鼓气提神。

拂晓时,晨光熹微,太阳还有个把钟头才升起,她的十一个哥哥已经来到了王宫门前求见国王,可是他们没有被放进去,他们得到的回答是现在还是半夜三更,国王正在睡觉不便去叫醒他。他们苦苦央求,又是高声喧哗,卫兵们赶过来镇压,甚至国王自己也亲自走出来了。就在这时太阳冉冉升起来了,她的哥哥们突然都不见了,只有十一只野天鹅在王宫上空盘旋。

城门外面人如潮涌,全城的百姓都来了。他们想亲眼看看女巫被烧死的情景。一匹瘦弱的驽马拖着一辆破车,车上坐着埃莉莎。她的身上披着一件粗麻布的死囚长袍,一头秀发蓬松地披在肩头,双颊没有一点血色,两片嘴唇在无声地一张一翕,而她的双手还在搓着绿色的麻线,就是在通向死亡的路上她仍在拼命干,不肯把手上的活计停下来。已经缝好了的十件紧身战袍就摆在她的脚跟前,她手上忙着织第十一件。人群中爆发出一阵阵对她的嘲笑辱骂声。

"看看这个女巫,死到临头嘴里还念念有词。她手上连一本赞美诗都不拿,却一刻不停地搓她那可憎的妖物。大家快一齐动手把这些妖物撕个粉碎!"

他们全都拥过去,要去撕扯那些紧身战袍。就在这千钧一发之际,十一只野天鹅自天而降,飞落到那辆破车上把她团团围住。他们恶狠狠地扇动巨大的翅膀。那些人吓得心惊胆战,纷纷退了回去。

"这是上苍降下来的一个信号,她一定是无辜的。"许多人悄声私语,不过他们不敢大声说出来。

这时刽子手过来抓住她的一只手要把她拖下车来,她急忙把那十一件紧身战袍扔到天鹅们的身上。立刻十一位英俊的王子出现了。那个最小的哥哥还留着一只天鹅翅膀没有变成手臂,因为她来不及织完最后一件紧身战袍的一只袖子。

"现在我终于可以开口讲话了,"她说,"我是无辜的。"

那些亲眼看见此事的百姓都向她深深弯腰鞠躬,好像是在一位圣女的面前一样。可是她突然昏倒在她哥哥们的怀里,因为长时间的担惊受怕、忧郁悲伤和躯体上忍受的痛苦终于折磨得她支撑不住了。

"是的,她是无辜的。"最年长的哥哥说。他讲述了整个事情的来龙去脉。在他讲述的时候,空气中散发出一股沁人心脾的芳香,好像千万朵玫瑰花正在开放。原来要把她放上去活活烧死的那一大堆柴火上的木头全都生了根,长出了嫩枝,形成了一道郁郁葱葱的树篱,在高大挺拔的树篱上长满了玫瑰花,而在所有的鲜花的顶端盛开着一朵晶莹的大白花,像是一颗光芒灿烂的星星。国王亲手把这朵花摘了下来插到埃莉莎的胸前。于是她苏醒过来,心里充满了幸福和快乐。

这时城里所有教堂的钟声一齐敲响,天空中成群的鸟儿飞翔。所有前来看热闹的百姓都参加到婚礼的迎亲队伍中来,他们浩浩荡荡地走向王宫。这样宏大的迎亲队伍是以前的国王从未见到过的。

# 天堂乐园

从前有一个王子,他收藏的精美的书籍多得世上任何人都比不上,凡是我们这个世界上发生的事情他都可以从他的书籍里念得到,而且还可以看到精美的图画。对于每一个民族、每一个国家他的书里都有详尽的记载,可是关于天堂乐园,书里却没有任何描述,连片字只语都没有,而这正是他一心想要知道的。

还在他很小的时候,也就是刚刚要上学的时候,他的老祖母曾经讲给他听过,天堂乐园里的每一朵鲜花都是一块最香甜的糕点,每一丝花蕊都盛着最醇厚的美酒。每一朵鲜花里都记载着历史、地理或者算术诀窍,所以只要把糕点吃下去,就可以记得住历史、地理、算术的知识,糕点吃得愈多,懂得的知识也就愈多。

那时候所有这些话他全都信以为真。可是等他长大,学到更多的知识,变得更加聪明的时候,他开始懂得天堂乐园原来另有一种美妙之处。

"哼,为什么夏娃非要去采摘分辨善恶树上的果实,为什么亚当要偷食禁果!"王子想道,"若是换了我的话,那种事情就不至于发生,人世间也就不会有原罪了。"

那时候他是这么说来着,直到十七岁那年他还是这么说来着,可是天堂乐园始终盘踞在他的脑海里。

有一天他到森林里去散步，他独自一人踽踽而行，这是他最大的乐趣。

黄昏即将来临，天色在晦暗下来，空中乌云密布，眼看着就要下雨。不一会儿，大雨果真骤然而至，整个天空好像在倾盆倾缸地往底下哗哗地倒水，雨水如注如练地冲刷下来。四周顿时变得一片漆黑，有如半夜里的最深的井底一般。他伸手不辨五指，跌跌撞撞地往前走去，一会儿在湿漉漉的青草上滑了一跤，一会儿又被凸出在地面上的滑溜溜的石头绊得摔倒。到处都成了一片汪洋泽国，可怜的王子浑身湿透像只落汤鸡。他不得不爬上挡在面前的滑漉漉、光溜溜的高大岩石，岩石周围厚厚的青苔上还在不停地往外渗水。他已经筋疲力尽，头晕得快要从岩石上滑倒。

忽然，他听到了一阵极其古怪的嗞嗞声，一个巨大的洞穴映入了他的眼帘，洞穴里忽明忽暗，那是因为生了火的缘故。果不其然，洞穴的中央燃烧着一堆烈焰熊熊的篝火，那篝火堆大得足足可以用来烧一只全鹿了，火焰直蹿的篝火堆上还真的烤着一只全鹿哪。那只牡鹿膘厚肉肥，犄角朝两边叉开，它被穿在一个铁叉上，架在两根松树枝之间慢悠悠地转动着。篝火前坐着一个上了年纪的女人，她身材高大，体态魁梧，猛一看像是个穿着裙袍的壮汉，她正在一根连着一根往篝火堆里添加柴火。

"走近一点吧，"她招呼说，"靠着火堆坐下，把你身上的湿衣服烤烤干。"

"这洞里凉风飕飕，真是厉害。"王子说道，他席地坐了下来。

"等我的儿子们回到家后，这洞里的风还要更大呢，"老妇人说，"你走到风穴里来了。我的儿子们是人世间的四种风，你明白吗？"

"那么你的儿子们到哪里去了呢？"王子问道。

"问出这样愚蠢的问题来，还真是不大好回答呢，"老妇人说，"他们各人忙各人的事。说不定这时候他们都正在同天上的云彩一起玩毽球呢。"她用手指了指天空。

"哦，是吗，"王子说，"你说起话来怎么这样粗声大气的，一点也不像我平日见到的那些妇女们讲话那么柔声细气。"

"是嘛，她们大概都悠闲自在，没有什么事情可干。可是我却不得不厉害一点，要不然就管不住这几个宝贝儿子。我总算管得住他们，尽管他们一个个犟头倔脑的。你看见没有，洞穴的墙壁上挂着四个口袋？他们害怕这几个口袋就像你们害怕藏在镜子背后的柳条鞭一样。我可以把那几个孩子揉成一团塞进口袋里去，我告诉你，我素来不同他们多费口舌，要动手就一点不通融。他们只好乖乖地在口袋里面待着，我要是不想放他们出来，他们休想钻得出来。瞧，刚说起他们，就来了一个。"

来的是北风，他走进来的时候带来了一股冰凉刺骨的寒风，卵石大的冰雹敲击在地上噼啪直响，卷起的雪花四处纷飞。他身穿熊皮外套和裤子，头上戴着一顶海豹皮帽，把两只耳朵捂得严严实实，他的胡子上挂满了长长的冰凌，一颗又一颗冰雹从他外套的领子里滚落下来。

"千万不要马上走过去烤火，"王子关照说，"要不然你的双手和脸颊都会冻坏的。"

"冻坏？"北风放声大笑说，"要知道我最爱好的就是冰雪封冻。你是哪里的软骨头，怎么闯进风穴里来了？"

"他是我的客人,"老妇人说,"你若是还不满意这个解说,你就乖乖地钻到口袋里去待着吧!你听明白了没有!"

她的这一招果然灵验,北风讲了他是从哪里来的,在几乎整整一个月的时间里他到哪里去逛荡了。

"我刚刚从北冰洋回来,"他说,"我跟随着俄国捕海象的猎人一起到巴伦支岛一带去转了一趟。他们从北角扬帆归来的时候,我就呆坐在舵把上打盹瞌睡。有时候我惊醒过来,只见海燕围在我的腿旁边来回飞翔。这是一种很滑稽的鸟,它们猛地扇动一下双翅,就身子伸得笔直地全速往前飞出去好长一段路。"

"别那样东拉西扯啦,"风婆婆说,"这么说来你刚刚在巴伦支海打了个来回。"

"那里的风光美极了,地上滑溜得可以给人跳舞,平坦得像盘子。周围有的地方冰雪有点消融,露出了苔藓和嶙峋的尖石。海象和北极熊的残骸到处可见,它们硕大的肢体腐烂了,看起来就像是巨人的胳膊和腿脚。不过霉烂得那副样子叫人以为太阳从来晒不到那里似的。我吹了口气把笼罩在地面上的沉沉雾霭吹开,这样能看清那里的小棚屋。那些房屋都是用海难失事船的破木板搭起来的,棚屋的外侧蒙着海豹皮,贴肉的那一面朝外,于是红红的肉色上泛起了一层绿色的霉斑。屋顶上还趴着一只北极熊,张开大口发出一阵阵咆哮。我飘荡到海滩上去看看那些鸟窝,看到鸟窝里有许多羽毛还没有长得丰满的雏儿张着小嘴在吱吱地乱叫,我朝着它们吹了几口气,让它们的喉咙里呛点冷风进去,成百上千只雏鸟顿时闭紧嘴巴不再吭气。在最靠近水面的海滩边上,成群结队的海象在爬来爬去,活像是一大堆正在蠕动的动物内脏或者是肥肥的大蛆虫，它们的脑袋长得同猪差不多，嘴里露出来长长的獠牙。"

"你讲得太好听了，我的孩子，"那个做母亲的说，"我听你这么一讲，馋得连口水都快淌下来了。"

"后来捕猎开始了，他们把鱼叉戳进海象的胸脯，热血如同泉涌一样喷出来，洒落在四周的冰上。我想我也要松动松动筋骨参加这场游戏了。于是我就张嘴吹气，还让我自己坐的船只，就是那些高大的冰山，浮过去朝着他们的渔船冲撞。那些渔船都发出了尖叫，可是我呼啸起来，叫得比他们更响。他们的船被撞裂了，死海象、箱笼、缆绳、索具漂在冰面上，一片狼藉。我又朝着他们抖抖身子，鹅毛大雪就铺天盖地朝他们洒落下来，他们只得龟缩在破船里，任凭摆布，朝南漂流而去，并且还不得不尝尝冰凉海水的味道。这一来他们吓得再也不敢到巴伦支岛一带来捕猎了。"

"这么说来你干了一桩坏事。"风婆婆埋怨说道。

"我做的是好事，别人会讲的，"他回答说，"可是我的兄弟从西边来了。他是我最喜欢的一个。他身上带着大海的咸腥味，一进来就让人觉得有一股沁人肺腑的凉爽。"

"就是那个名叫赛费尔的小风神吗？"王子问道。

"不错，正是赛费尔来了，"老妇人回答说，"可是他已经老大不小了，想当初他曾经是个漂亮可爱的小男孩，可惜那段日子早已过去啦。"

西风的模样看起来活像个野人似的。他头上戴着一顶宽硬顶帽，以防脑袋受到伤害，手里拿了一根桃花心木的大棒，是从美洲桃花心木森林里砍伐来的那种，又粗又重。

"你从哪里来？"他妈妈问道。

"我从大森林的蛮荒地带来，那里的荆棘、蓬蒿长得又高又密，像是篱笆似的围住了每棵大树。水蛇都躺在潮湿的草地上睡觉，那里好像还没有人类去过。"

"你在那里干了点什么呢？"

"我看到了一条深不可测的河流从悬岩上泻下来，水珠迸溅，如同半空中架起了一道彩虹桥。我看到了野水牛一走进水里，湍流就把它冲走了。一群野鸭同它在一起被急浪冲走，可是野鸭还没有等到奔流涌到瀑布前面就振翅飞起来了，那只倒霉的水牛却被漩涡吞没了。我看得十分真切，觉得太不过瘾了，于是我就掀起了一场暴风，把参天的古树都连根拔起，让它们变成浮木沿着急流漂走。"

"你没做点别的什么正经事吗？"老妇人问道。

"我在热带大平原上滚滚而过，猛烈鞭打那些狂奔的野马，又把椰子树摇晃得东歪西倒。我有许多事情可以讲给你听，不过用不着把所有的事情都一一细说，因为我的本事你心里全都明白。对吗，老妈妈？"他吻了吻他的母亲，可是动作那么粗鲁，险些把老妇人撞得摔跟斗。他真是个野人！

这会儿南风进来了，他头上裹着头巾，身上的贝督因人①穿的那种大氅被洞穴里的风吹得飘起来。

"洞里面冷得叫人受不了，"南风说，"一下子就可以看出北风

---

① 从事游牧的阿拉伯人。

是第一个到的。"

"这里热得可以烤熟一只北极熊了。"北风说道。

"你自己就是一只北极熊。"南风回敬了一句。

"你们两个见了面就斗嘴,莫非都想到口袋里去待着?"老妇人说,"坐到那边石头上去,说给我听听你到哪里去了。"

"妈妈,我去了非洲,"南风说,"同那里的霍屯督人一起到卡菲尔人的土地上去捕捉狮子。那边的草地上青草繁茂,绿得像橄榄一样。那里有角马、羚牛在舞蹈,那里的鸵鸟竟想跟我赛跑,可是它哪能跟我比,我很快就把它甩得老远。我来到了大沙漠,那里一片黄沙,看起来就像是大海的海底。我在那里遇到了一个商队,他们刚刚把最后一匹双峰骆驼杀掉,那是为了解渴,可是每人也只能喝到一点点。头顶上骄阳似火,毫不留情地烤着他们;脚底下滚烫的黄沙火辣辣地燎着他们,遍地黄沙无边无垠。我在沙堆里打了个滚,扬起一股股巨大如柱的沙尘,那沙尘满空飞舞,遮天蔽日,吓得那些单峰驼呆呆地站在那里一动都不敢动。商人们赶紧把他们的土耳其长袍拉起来盖住脑袋,趴在我的面前,如同跪拜他们的真主一样。可是这也没有能够使得他们逃脱被黄沙埋掉的厄运,不消片刻他们的身体上面就堆起了一座金字塔般的沙冈。有朝一日等我再显神威把沙冈刮走之后,那骄阳就会灼烤他们的白骨,后来的旅行者看见了,便可以认定这里以前曾经有人来过。否则他们不会相信有人到过这片荒无人烟的沙漠。"

"这么说来,你出去一趟只干了桩坏事,什么好事也没有做。"风婆婆气鼓鼓地说,"快给我滚到口袋里去!"南风还没有明白过来,他的母亲已经一把将他抓住,把他塞进了口袋。那只口袋在地上滚来滚去，风婆婆一屁股坐到口袋上，那只口袋就乖乖地不再扭动了。

"你的这几个孩子都个个身手矫健哪。"王子说道。

"是呀，一点没错，"风婆婆说，"不过我还管得住他们。瞧，我家的老四来了。"

进来的是东风，他穿着打扮得像个中国人。

"喂，你从哪里来的呀？"风婆婆问，"我还以为你去了一趟天堂乐园呢。"

"我要到明天才到那里去，"东风说，"到明天我已经有整整一百年没有去那里了。这会儿我是从中国回来。我在那里围着瓷塔跳舞，震得塔上挂着的铃铛全都叮叮当当地响个不停。于是大臣们全被拖到街上来挨板子，竹杖连连抽打他们的背，打断了一根又一根。他们从一品大员到九品小吏没有一个不挨这顿打的。他们挨着打还诚惶诚恐地高声呼喊：'谢主隆恩，主上慈父般的恩典令小臣不胜感激。'这些话显然不是出自肺腑之言，因此我仍旧不管三七二十一照样把那些铃铛吹得叮当乱响。"

"你真是个调皮淘气的捣蛋鬼，"老妇人说，"明天你去天堂乐园那很好，对你的品德教养会大有好益。你到了那里后要多喝点智慧泉的泉水，也别忘记给我带一小瓶回来。"

"好的，"东风回答说，"可是为什么你非要把南风哥哥禁闭在口袋里呢？快把他放出来吧。我要他给我讲凤凰涅槃五百年重生一次的故事，因为我每隔一百年到天堂乐园去一次，那里的公主总想要听这只鸟的故事。快把口袋打开吧，你会这样做的，因为你是我最亲爱的妈妈，我会送给你两袋茶叶，是新鲜、碧绿的新茶。"

"好吧,看在送给我茶叶的这份孝心上,我就给你这个乖儿子一个人情,把口袋打开吧。"她随手解开了口袋,南风从口袋里钻了出来,不过一脸狼狈相,因为他让王子这个陌生人看到了自己出乖露丑。

"我这里有一片棕榈叶子可以送给那位公主,"南风说,"这是世上独一无二的那只老凤凰留给我的。它用嘴在叶子上啄出了它一生的经历,也就是它活在世上的那几百年的变迁,这样公主可以自己阅读了。我看到叶子上面画着凤凰鸟自己放了一把火将它的鸟巢点燃烧掉,它自己稳坐在鸟巢里听凭烈火将自己烧成灰烬,就像印度寡妇随夫殉葬所做的那样。鸟巢四周的干树枝被烈焰烧得噼啪直响,冒出了一股股青烟。大火把凤凰鸟烧成了灰烬,可是在烈火浓烟之中冒出来了一只蛋,滚烫的蛋壳上显出光华,它啪的一声爆裂开来,一只年轻的凤凰飞了出来。这只涅槃而又重生的不死鸟乃是世上的巨鸟之王,是天下至尊的凤凰。它在我给你的棕榈叶上啄了个洞,那是它对公主表示的敬意。"

"好吧,让我们先吃饱了肚皮再说。"风婆婆说道。于是大家坐下来饱食一顿烤鹿肉。王子坐在东风的身边,他们俩很快就结成了好朋友。

"请你告诉我,"王子说,"你方才讲的究竟是哪一国的公主呢?天堂乐园又在什么地方?"

"哈哈,"东风说,"如果你想到那里去的话,不如在明天早上跟我飞过去。不过我有言在先:自从亚当和夏娃那个时代以来还没有一个人到那里去过。那些往事你大约都在《圣经》里看到过了。"

"那当然，我看到过了。"王子说道。

"当时他们被逐出来之后，天堂乐园就沉入了大地，但是那里的温暖阳光、清新空气和所有的美景都还在。众仙女的女皇仍居住在那里，住在幸福岛上。死神从来不敢去那块地方，而且那里确实风景如画。明天清早你可以趴在我的背上，我可以带着你一起飞到那里去。我想这个法子是行得通的。好啦，不再多聊，我犯困了。"

于是他们都躺下睡觉。

一宵无话，第二天王子一觉睡醒，发现自己已经高高地在云霄里飞翔。他这一惊非同小可。他规规矩矩地趴在东风的背上一动也不敢动。东风反过手来紧紧地拉着他。他们在空中飞得很高很高，森林和田野、河流和湖泊恍若画在他们身底下的一幅色彩鲜艳明亮的地图。

"早上好，"东风说，"你不妨再多睡一会儿，因为我们身底下的这一大片平原上没有什么引人入胜的景致可看，除非你想数数有多少个教堂，这些教堂就像点在绿色黑板上的一个个白色小粉笔点。"

他把田野和草地全都叫成绿色的黑板。这倒也真是别开生面。

"我太失礼了，临走竟没有同风婆婆和各位兄弟告别。"王子说道。

"你那时还未醒，应该得到原谅的。"东风说道。他们飞得更快了。这可以从树梢上听得出来，当他们掠过树顶时，所有的树叶和枝条都发出了簌簌的响声。在大海和湖泊的水面上也看得出来，因为当他们刮过水面的时候，波涛总是掀得老高老高，一艘艘大海船随着波涛起伏荡漾，像是天鹅游弋在惊涛骇浪之中。

到了晚上，从夜空中俯视身底下的那些大城市真是美不胜收。

地面上万家灯火，时隐时现，仿佛是有人在黑暗中点燃了一张纸，许多火星一会儿在这里闪现，一会儿又到那边去发亮，就像一群孩子在放学之后冲出校门星散开来。王子高兴得鼓起掌来，可是东风却央求他千万不要鼓掌，还是安安生生地抱紧他为好，因为从天上掉下去挂在教堂的尖顶上那可不是闹着玩的。

森林里的隼鹰飞得十分迅速，可是东风比它飞得更快。哥萨克①骑着小巧的骏马轻快地驰骋过草原，可是王子乘着东风把哥萨克远远地抛在后面。

"现在你可以看到喜马拉雅山了，"东风说，"那是亚洲的高山。我们很快就要飞到天堂乐园了。"

他们往南飞行。不久，空气中飘来了鲜花和香料的芬芳气味。硕果累累的无花果和石榴树随处可见。葡萄藤上挂满了一串串璀璨水灵的紫色和蓝色的葡萄。他们两人在这里停下来休息片刻，在柔软的草地上伸伸懒腰。草地上繁花似锦，它们都朝着东风点头致敬，似乎在说："欢迎你回来。"

"我们到了天堂乐园了吗？"王子问道。

"还没有哪，"东风回答说，"不过我们很快就要到了。你看见那道石墙和石墙底下的洞穴了没有？那洞穴的洞口上挂满了葡萄藤，看上去像是挂了一块绿色的门帘。我们就要从那洞口进去。你要把身上的大氅裹得严严实实才行。在这里骄阳似火，晒得你浑身暖烘烘的，可是走进去几步就像掉进冰窟窿里一样冷得要命。小鸟一飞进这个洞穴，就会顿时觉得一只翅膀还在过夏天，另一

---

① 生活在东欧大草原上的游牧社群，以精湛的骑术著称。

只翅膀却已经到了隆冬腊月了。"

"那么说来,这就是通往天堂乐园的必经之路了?"王子问道。

他们走进了洞穴,那里面的确阴森森,凉冰冰,寒气迎面袭来,可是这股寒气很快就感觉不到了,东风把他的翅膀全都伸开,那对翅膀上发出了烈焰一样耀眼的火光。天哪,这是一个多么可怕的洞穴呀!王子看见倒悬在他们头顶上的是千姿百态、不停地滴着水的钟乳石,有些地方狭窄得他们必须伏在地上爬过去。而有些地方又高又宽,像是在露天旷野里一样。这里看起来挺像一座有墓地的小教堂,里面有管风琴,但发不出一点声音,也有旗帜、法器,却已成了化石。

"我们大概先要走过死亡之路,才能进入天堂乐园吧。"王子说道。

东风一句话也不搭理,只是伸出手来指向前面,一股碧蓝、晶莹而美丽的光芒照映着他们。他们头顶上的钟乳石渐渐地变得渺若烟云,到了后来云开雾散,天上亮得像明月下的朗朗晴空。空气清新宜人,有如山麓之间飘荡的轻风,一阵阵深谷玫瑰的幽香沁人心脾。

一条清澈的小河蜿蜒流过,鱼儿在河里蹦跳嬉戏,闪出金光、银光,紫红色的鳗鱼摆动一下身子,就闪烁出蓝莹莹的磷光。河面上漂浮着睡莲。宽大的叶子闪现出七彩霓虹,花朵盛开,颜色金红,绚丽夺目,就像油灯凭借源源不断的灯油长明不熄一样,这些花朵靠着河水的滋养而娇嫩鲜艳。一座坚固的大理石桥横亘在这条小河上,桥梁精雕细刻,华丽得如同用彩带连起来的一串明珠,架在波光潋滟的水面上通向幸福岛,百花争艳、芬芳馥郁的天堂乐园就在桥尽头的岛上。

东风抱起王子过了桥。桥的那边,鲜花绿叶一齐唱起了他孩提时代听到过的那些最好听的歌,歌声美妙得叫人陶醉,是人类所唱不出来的。

这里生长的究竟是棕榈树,还是硕大的水生植物呢?王子从来不曾见到过这样高大、青翠的参天大树。形状千姿百态的爬藤像是彩带一样悬挂在桥干上。绿色和金色的爬藤结成一个个花环,像是古老祈祷书的页边插画或者是花体字母。这里鸟语花香、绿叶婆娑,一切是那么绰约多姿,那么光怪陆离,真叫人看得眼花缭乱。在附近的草坪上,一群孔雀迎着阳光展开它们金光灿烂的尾屏。

嘿,那些孔雀乍一看全是真的,可是王子用手一摸,这才吃惊地发现原来它们并不是真的孔雀,而是一簇簇牛蒡草,那些巨大的孔雀尾屏也都是闪现着五光十色的牛蒡草叶。狮子和老虎驯服、温顺,它们在散发着橄榄花香味的绿色灌木丛中跳来蹦去,看起来不像是猛兽,倒像是动作灵敏的大猫。野斑鸠浑身珠光闪烁,像是一颗颗最美丽的珍珠,它们伸出翅膀拍打着狮子的鬃毛。通常极为胆怯的羚羊站在旁边频频点头,似乎也想要同它们一起嬉戏。

天堂乐园的仙女来了,她的衣裳光华闪烁,明亮得有如一轮红日,脸色安详而温柔,如同一位为自己婴儿的幸福而高兴的慈母。这位仙女年轻貌美,身后跟着一群俏丽的少女,她们头发上都插着一颗闪亮发光的星星。

东风把凤凰鸟留下的、上面啄有它一生故事的棕榈叶子交给了她，她喜出望外，眼里闪出了欢乐的光芒。她挽着王子的手把他领进王宫。那座王宫的墙壁五彩缤纷，有如太阳光照亮的郁金香的花瓣，房顶是一朵倒过来的花朵，若是朝它看得愈久，就会感到它愈是深远。王子走到窗前，从一扇窗户里望出去，一眼就看到了那棵分辨善恶树和那条蛇，树下站着亚当和夏娃。

"咦，他们不是被逐出去了吗？"王子问道。

仙女微笑起来，向他解释道：时光会在每扇窗格玻璃上留下自己的烙印，不过那画面却往往不是人们所惯常见到的画面，之所以不一样，是因为这里的生命川流不息，所以大树的树叶才会摇曳，人生才会来去匆匆，如同镜子里的图画一样隐而又现。王子又从另一扇窗子往外看，看见了雅各的梦①，那梦里所见的梯子笔直竖立，通到天上，天使们扇动着双翅绕着梯子上下飞舞。原来世上发生过的一切事情都在这些窗户上栩栩如生地重现，也只有时光才能烙下这样隽永的画面。

仙女笑容可掬地把他领进一间高大宽敞的厅堂，这里的墙壁都是透明的，看起来仿佛是一幅幅图画，画面上有成千上万的幸福的人，他们的面孔一张比一张美丽，愈在高处，面孔就显得愈小，比画在纸上的玫瑰花蕾还要小，就像一个小黑点，他们都在欢笑，都在歌唱，笑声和歌声汇成了悦耳动听的音乐。厅堂正中一棵大树拔地而起，树枝繁茂而又低垂，枝梢上挂满了金色的苹

---

① 《圣经旧约·创世记》第二十八章："（雅各）在那里躺卧睡了，梦见一个梯子立在地上，梯子的头顶着天，神的使者在梯子上，上去下来，耶和华站在梯子上……"

果，那些苹果有大有小，隐现在碧绿的树叶中，像是一只只柑橘。那棵大树就是分辨善恶树，亚当和夏娃偷食的禁果就是这棵树上结的果实。每片树叶的叶尖上都挂着一滴殷红雪亮的露珠，就好像这棵大树也在为人类始祖所犯下的原罪而痛心疾首，流下了带血的眼泪。

"让我们到那只小船上去吧，"仙女说，"我们可以在碧波荡漾的水面上吸几口清新的空气，这样我们更加心旷神怡。那只小船虽然在水面上颠簸晃动，可是却在原地不动，而世界各地都在我们的眼前飘浮过去。"

眼前的一切真是叫人不可思议，那只小船留在原地不动，而整个海岸却在大搬家！首先过来的是壮观的阿尔卑斯山，山顶上白雪皑皑，山峰之间浮云缭绕，松柏云杉郁郁葱葱，连绵起伏，围猎的号角声凄厉而嘹亮，山谷里牧人们唱着豪放的牧歌。香蕉树低垂的枝丫伸到了小船上来，黑色的天鹅在水面上游弋，河岸上出现了许多罕见的动物和花草，原来是世界上第五大洲新荷兰①来了。远黛近绿的青山群峰隐现在背后，把那里的风光衬托得淋漓尽致，他们的耳边响起了传教士布道的歌声，土著随着隆隆的鼓声和骨头做的号角的响声在呐喊狂舞。不久，高耸入云端的金字塔过来了，圮塌的圆柱和一半埋在黄沙之中的狮身人面像也浮现出来，又飘流过去。随后北极光闪耀在北欧的死火山的上空，亮得像烟火，可是这种烟火是任何人都造不出来的。王子高兴极了，因为他所见到的美景比我们在这里讲到的多出何止上百倍。

---

① 新荷兰系澳大利亚的旧名称。

"我可以永远留在这里吗?"王子问道。

"那要全看你自己了,"仙女说,"如果你不像亚当那样经受不住诱惑而去做违禁的事情,你就可以永远留在这里。"

"我决不会去偷食分辨善恶树上的苹果的,"王子说,"再说这里有上千种像苹果一样好吃的果子。"

"那么你就自己去经受考验吧,"仙女说,"你若是觉得自己还不够坚强的话,可以跟随送你来的东风回家去。他很快就要回去了,要过一百年再来。虽说在这里一百年时间并不算长,你不会觉得长过一百个小时的,可是对诱惑和抗拒原罪来说这段时间也是够长的。每天晚上我离开你的时候,我都会对你说一遍:'随我来吧。'我还会向你招手。可是你千万不要盲动。千万不要跟我去,因为你朝前迈开一步,你的欲望便会增大一分。你走到长着分辨善恶树的那个厅堂里,就会看到我睡在那根散发着芳香的垂枝底下,你朝我俯下身来,我会笑靥相迎。但是你此刻若是把持不住,在我的嘴上亲一下,那么天堂乐园便会在顷刻之间沉到地底下去,对你来说它已经永远失去了。你的身边会刮起大沙漠吹来的寒风,你的头发会被冰凉的雨淋得湿透。忧愁和悲哀将注定要伴随你一辈子。"

"我非留下来不可。"王子说道。

东风吻了他的前额,为他鼓劲说道:"坚强起来,让我们一百年之后在这里相会!再见啦!"东风伸开他巨大的双翅,翅膀熠熠发光,就像秋日收割季节的闪电,或者像隆冬腊月夜空中的北极光。

"再见啦,再见啦。"树木花草一齐歌唱道。

鹳鸟和鹈鹕成群成行地飞起来,像是一条条彩带在空中飘荡,它们把东风一直送到天堂乐园的边沿。

"现在我们跳舞吧,"仙女说,"我们跳完舞的时候,太阳就徐徐下山了,我就会向你招手,你就会听到我在向你呼唤:'跟我来。'可是你千万不要这样做。在这一百年里,我每天晚上都向你这样地重复呼唤,而你要经得住考验,每一次你经受住了考验,你的坚定性就会增强一分。直到后来,你再也不会心猿意马,萌生邪念了。今天晚上是第一次,所以我给你提个醒。"

仙女把他领进一个大厅,厅堂里到处都是晶莹的百合花,每朵花的黄色花蕊都是一架小巧的金竖琴。从竖琴里飘荡出笛子和六弦琴演奏的仙乐,许多美丽的仙人随着悠扬的乐声婆娑起舞,款款扭动着她们的柳腰,身上薄如蝉翼的裙袍也随着旋转而飘舞起来,透过薄纱可以看到她们美丽的身躯。她们轻歌曼舞,歌唱着生的欢乐,唱出了她们不愿让死神光临,但愿天堂乐园中永远春色撩人的心声。

太阳徐徐沉落,余晖将整个空中映得一片金红,绚丽灿烂。面对这样的良辰美景,又有绝色丽人给他斟上泛着泡沫的葡萄美酒,王子不禁喝了一杯又一杯。他觉得一种从未有过的幸福感在自己身体里荡漾开来,他看到了宽敞的大厅后面豁然开阔,那棵分辨善恶树光华四射,亮得他眼花缭乱。从那边传来的美妙歌声令人心驰神往,那声音像是他的母亲,他最亲爱的母亲,在轻轻哼唱:"我的小宝宝,我亲爱的小宝宝。"

就在这时,仙女向他频频招手,含情脉脉地呼唤他:"跟我来,跟我来吧。"

王子情不自禁地朝她走去，竟忘记了自己许下的诺言，而且在第一个晚上就忘了。仙女仍在娇羞地朝他招手，四周的芬芳越来越浓郁，竖琴上奏出的音乐越来越甜美，在生长着分辨善恶树的大厅里，成千张微笑着的面孔一齐在点头，一齐在唱着赞歌，他们唱道：

"人是大地的主宰，应该知道一切奥秘。"

这时他觉得从分辨善恶树上洒下来的不再是一滴滴血泪了，而是一颗颗闪闪发光的红色小星星。

"到我这里来吧，到我这里来吧。"那娇媚而又带着颤抖的声音又在呼唤。

王子不由自主地朝着那声音走过去，每朝前迈出一步，他的脸上就更加发烫，他的血液流得更加急速。

"我非去不可，"王子自言自语说，"这不是什么犯了原罪，为什么不可以到一个美女身边去寻求快乐呢？我只看看熟睡之中的她，这不是什么伤风败俗。只要我不去亲吻她，就不会发生什么事情了，而我是不会那样做的。我很坚强，我有坚定的意志。"

仙女脱掉了身上闪闪发亮的衣裳，撩开树枝，一转眼就隐没到大树背后去了。

"我还没有犯下原罪呢，"王子说，"我不会犯下原罪的。"

于是他伸出手去，把树枝拨向两边，仙女已经躺在树丛里睡熟了，只有天堂乐园里的仙女才能这样美丽，她在睡梦中仍在妩媚地微笑。王子已按捺不住，在他朝她俯伏下去的时候，他看到泪珠在她的眼睫毛上抖动。

"你是在为我而哭泣吗？"王子轻声悄语说道，"快别哭了，你这个最可爱的女人。直到现在我才明白天堂乐园的幸福在哪里了，原来它就奔腾在我自己的血液里，活跃在我自己的脑海里。那展开双翅飞翔在天上的爱神小天使，已经把它的神力灌进了我的身体里，使我领略到了永恒的生的欢乐。我能得到眼前这销魂的一刻此生就足矣，即使要沉沦到永恒的黑夜中去，我也在所不惜。"

于是他亲吻了她双眼上的泪珠，他的嘴唇又贴到了她的双唇上。

就在这一瞬间，响起了一声天崩地裂般的惊雷，那巨大而可怕的响声是从未有人听到过的。四周的一切顿时化为乌有。那位美貌的仙女倏忽不见，百花盛开、奇葩争妍的天堂乐园顷刻沉沦下去，陷得很深很深。王子看到它沉进了漆黑一团的永恒的黑夜之中，像是一颗闪亮的小星星在遥远的深处发出幽幽的光。死一般的寒冷袭上了他的躯体，他紧闭双眼，久久地躺在那里，如同死了一般。

冰凉的雨点洒落到他的脸上，刺骨的寒风吹过他的头顶，他慢慢地从昏厥中苏醒过来。

"我都干了些什么！"他唏嘘长叹说，"想不到我犯下了和亚当一样的原罪，害得天堂乐园沉到深深的地底下去了。"

他睁开了眼睛，可以看到在深邃的天宇中有一颗幽幽发亮的星星，形状很像沉到深处的天堂乐园，那是挂在天际的启明星。

他站起身来，发现自己原来就在靠近风穴的大森林中，风婆婆就坐在他的身边，她虎起了脸，怒气冲冲地将手臂举向空中。

"第一晚就干出了好事，"风婆婆嚷道，"我料到事情必定会这样。你若是我的独生子，就该钻进口袋里去待着。"

"他应该钻进去就不再出来。"死神说道。死神是个身子骨硬朗的老头，手里拿着一把月牙形的长镰刀，长着一对黑色的大翅膀。他又说："他应该躺进棺材里去，这才是他的归宿。不过时辰还未到。我先记着他，让他在人世间再多活一段日子，变成个善良的人来赎罪，然后我再来领走他。在他最意想不到的时候，我把他装进黑色的棺材里，再把棺材顶在我的头上飞往天际的那颗星星上去。那里也有着鲜花盛开的天堂乐园。倘若他已经善良虔诚了，那么他就会被放进去。倘若他的心里还是充满了邪念，那么他躺在里面的那口棺材就会比已经沉沦的天堂乐园还要沉得更深一些。以后每隔一千年我都会来看他一次，看看他是该沉沦得更深一些呢，还是把他送到那颗星星上去，就是挂在天际幽幽发亮的那颗星星。"

# 会飞的衣箱

从前有一个商人钱多得不得了,他可以用银币足足铺满整条大街,剩下来的银币还可以再铺一条长长的小巷。不过他不做这样的傻事,他非常明白怎样把钱财花到刀刃上去,他若是借出去一枚铜板就要收回一枚银币。他一生经商都是如此精明,后来他寿终正寝,不得不撒手人寰。

他的全部财产由他的独生子继承,那个不肖子寻欢作乐,挥霍无度,天天晚上都去参加化装舞会,用大面额的钞票糊风筝,用金币而不是石头到湖边去玩打水漂。他这样糟蹋钱财,没过多久就山穷水尽,手头上拮据得只剩下四枚一先令的铜板和一双旧拖鞋、一件旧睡袍。除此之外,就一无所有了。他的昔日旧友们都不再来找他,也想不起他,因为他没有钱再同他们一起逛街了。不过,他的朋友中有个好心人,送给他一只旧衣箱,并且对他说:"把你的家当收拾进去吧。"他盛情难却,可是他实在没有什么家当可以收拾进去,于是他干脆自己坐了进去。

这只箱子真是奇怪,只要按上箱锁,箱子就会飞起来。商人的儿子坐在箱子里,按上了箱锁,箱子就载着他从烟囱里飞了出去,高高地飞到云端上,越飞越远。箱底每一回发出吱吱嘎嘎的声响就会把他吓个半死,因为万一箱子散了架、漏了底,他就会从半空中翻好几个跟斗摔到地上一命呜呼。幸亏老天爷保佑他，他坐在那只箱子里居然飞到了土耳其，平平安安地降落在这块国土上。他把箱子藏在树林里的枯叶堆里，就大摇大摆地进城去了。他的这身打扮帮了他的大忙，他可以在城里通行无阻，因为大家知道土耳其人就是穿着睡袍、趿着拖鞋在大街上走来走去的。他走着走着，遇到了一个抱着孩子的奶妈，他问道：

"喂，向你打听一下，土耳其奶妈，城边上那座大宫殿里住着什么人？怎么窗子都开得那么高？"

"我们国王的女儿就住在里边，"那个奶妈回答说，"她曾经算过命，算命人预言她将来会为一个情人而坠入不幸，所以任何人都不许走进那里，除非由国王和王后亲自陪着。"

"多谢啦。"商人的儿子说道。于是他转身出城回到那座树林里，坐进那只箱子，径直飞过宫殿屋顶，从窗子里爬进公主的房间。

公主正躺在沙发上睡着了。她是那么娇艳、美丽，看得叫人心动，商人的儿子忍不住亲吻了她一下。公主惊醒过来，见到眼前的这个陌生男子不禁害怕起来。可是他对她说，自己是土耳其的神灵，是从天上飞进来的。这么一说公主就放下心来，心情也就开朗起来。

他们两人并肩坐在一起，他陪她聊天。他赞美她的一双眼睛，说她的那双眼睛美得不得了，好似两个深邃莫测的黑水湖，而思想就如同两个小美人鱼那样在波光粼粼的水面上游来游去。他又赞美她的前额，说她的前额有如一座雪山，山巅上建造了最金碧辉煌的殿堂，而殿堂里面收藏着天下最美丽的图画。他又向她讲起鹳鸟送子的故事，说世上那些最可爱的婴儿全是鹳鸟叼在嘴里送来的。

哦,他讲了那么多好听的故事。后来他向公主求婚,公主一口答应了。

"不过你要在星期六来,"她说,"那天国王和王后要来和我一起喝茶。我要嫁给一个土耳其的神灵,他们一定会引以为自豪的。不过你一定要准备一个真正好听的故事,因为我的父母最爱听故事了。我母亲爱听寓教于乐的故事,而我的父亲喜欢轻松活泼、令人发笑的故事。"

"好的,我不带什么别的彩礼给新娘,只带一个故事。"商人的儿子说道。

于是他们分别了,公主送给他一把弯刀,刀身上嵌满了金币。这些金币对他来说大有用场。

他坐进箱子飞走了。他先到城里买了一件新长袍,然后回到树林里,坐在那里苦思冥想编故事。要赶在星期六之前编出个好故事来,毕竟不是那么容易的事情。

到了星期六,他总算把故事编出来了。

国王、王后和宫廷里所有的大臣们都在公主那里喝茶,他们十分平易近人,亲切地接待了他。

"您给我们讲个故事好吗?"王后说,"讲一个含义深刻、富有启迪的故事。"

"对,不过也要使人听了哈哈大笑的故事。"国王说道。

"行呀,"商人的儿子回答说,"我马上就讲,请大家侧耳细听。"

"从前,有一捆火柴,它们对自己的高贵出身过分自豪。按照家谱排列,它们的老族长就是大森林里那棵最古老的参天针叶松树，每根火柴都是用这棵针叶松上砍下来的枝丫做成的。那捆火柴如今被撂在一个架子上，放在火柴盒和一口旧铁锅之间，火柴洋洋得意地向它们侃起自己青春年少的日子来。

"'嘿，想当初我们还是那棵大树上的嫩枝绿叶的时候，'它们说，'我们是多么茂盛，郁郁葱葱。每天清晨和傍晚我们都喝金刚钻茶，也就是露水珠儿。太阳出来后，我们就可以整天享受暖融融的阳光。所有的小鸟都吱吱喳喳地争着讲故事给我们听。我们知道得一清二楚，我们这个家族是何等有钱有势，因为别的阔叶树只有在夏天才长绿叶子，而我们这个家族却冬夏常青，碧绿苍翠。可惜后来遭到了伐木者的戕害，这真是一场天翻地覆的革命，我们的家族从此分崩离析。我们的老族长被做成了一艘豪华大海船上的主桅杆，只要他愿意，就可以带着那艘船去周游全世界。其余的枝丫都被派了不同的用场。而我们承担的重任就是要把火种传播给世上的芸芸众生，这就是为什么我们这些出身高贵的树木不惜屈尊进了厨房。'

"'可是我却时运不济，'火柴身边的铁锅叹了口气说道，'自从我来到了这个世上，从第一天起我就整天用来煎炒，然后被洗净擦亮，忙个不停。我做的都是苦差事，所以这个厨房里功劳最大的非我莫属。我的唯一乐趣是在开饭之后，浑身被擦得干干净净地躺在这架子上，同我的伙伴们聊聊天，说些有趣的事情。我们大家都被关在屋里，面对四堵高墙，只有水桶偶尔还被拎到院子里去，所以对外面的情况不大知道。我们唯一的消息来源就是菜篮子，因为它天天上市场，所以见闻不少，它一张嘴就讲述政府和百姓之间的冲突不安。前两天有一只旧瓦罐听得心惊胆战，

一骨碌滚下去摔得粉碎。我可以告诉你们,那家伙准是个自由思想家。'

"'行啦,你唠叨起来没完没了的。'火绒匣说道。那匣子里的铁片敲击了一下燧石,燧石便冒出了火花。'让我们在一起过一个开心快活的晚上吧。'

"'好哇,我们来讲讲谁是出身最高贵的吧。'火柴说道。

"'大可不必,我不喜欢自吹自擂,'瓦罐瓮声瓮气地说,'我们还是开个晚会,大家都讲点有趣的故事吧。我先来开个头,讲个大家都曾亲身经历过的现实生活中的故事,这样大家就会觉得亲临其境,从中得到乐趣。我开始讲了:波罗的海在靠丹麦的海岸边……'

"'这个故事开头很精彩,叫人听得过瘾,'盘子们说,'这个故事一定会讨大家喜欢的。'

"'是的,这个故事发生在我年青的时候,那时我借住在一个很安静的家庭里,那家的家具总是擦得锃亮,地板刷得干干净净,窗帘每半个月洗一次。'

"'你的故事讲得真有趣,'扫帚说,'一听就可以听得出来,这是女性在讲故事,所以故事里才会这么干净啊。'

"'说得一点不错。'水桶说道,它高兴得跳了一下,水晃出来溅了一地。

"瓦罐把故事一口气讲完,那故事的结尾如开头一样精彩。

"盘子们听得心花怒放,你推我搡发出了一阵乒乓响。扫帚从垃圾桶里拖出来一根芹菜把它作为花环戴到瓦罐的头上。它明知这样做会得罪别人,可是它仍然这么做了。

"'今天我给她戴上了花环,明天她也会给我戴的。'

"'好啦,我要表演舞蹈了。'火钳说着就跳起舞来。天哪,它跳得有多么起劲,还把一条腿高高地跷到了空中。坐在墙角落里的旧椅子垫看得捧腹大笑起来,却一下子笑破了肚皮。

"'我现在也能戴上花环吗?'火钳问道。于是扫帚又给它找来了一个花环。

"'它们只是一些没有见过世面的普通百姓而已。'火柴们暗自想道。

"现在该轮到茶炊表演唱歌了,可是她说自己在感冒,肚里凉飕飕的,除非肚里的水煮沸开锅,否则她是唱不出声来的。大家都知道她在装模作样,故意推托,分明是不肯唱罢了,因为除了在客厅的餐桌上同嘉宾在一起的时候之外,她向来是不肯轻易开口的。

"窗台上撂着一支旧的鹅毛笔,使女们常常用它来写字。这支鹅毛笔毫无惹人注目之处,只不过曾经在墨水瓶里插得很久很深,可是它却因此而自鸣得意。

"'若是茶炊不肯唱的话,'它说,'那也就算了,不必勉强。窗外挂着的鸟笼里有一只夜莺,它的歌喉嘹亮,可是它还没有学会我们的语言,不过今天晚上我们可以先不必计较。'

"'我以为这太不合适啦。'大煮水壶说道,它是厨房里的歌唱家,又和茶炊是异母兄妹。'在这样一个晚会上,让大家听这么一只外国洋鸟叽哩咕噜地唱谁也听不懂的洋曲子,难道这是爱国心吗?不妨请菜篮子来评评理吧!'

"'我窝了一肚子的火,'菜篮子说,'你们吵得我实在烦死了,谁也想不出来我心里有多么烦恼。我们这样乱哄哄地折腾了一个晚上，难道闹得还不够吗？赶快收拾一下，把厨房里整理得干干净净岂不是更好吗？各人都回到自己原来的位置上去，我来带领大家收拾整理，只消花一点点功夫，这里就会全变样了。'

"'行呀，我们动手大干一番吧。'大家说道。就在这会儿，房门被推开了，进来的是那个女用人。于是大家都安静下来了。它们虽然都不吱声，可是它们哪个都不服气，因为它们个个都觉得自己很行，自己什么都会干，而且都认为自己的出身很高贵。

"'是呀，只要让我自己来做主，'它们各自在思忖，'那么这个晚上一定可以过得非常开心。'

"女用人拿起火柴来划了一下，砰的一声响，火光蹿得老高。

"'现在人人都可以看见了，'火柴想，'我们是第一，我们燃起的火焰是多么明亮，我们的形象是多么辉煌。'可是还没有等它们想完，火柴早已烧光，变成了灰烬。"

"一个多么好听的故事呀，"王后说，"我好像亲临其境，觉得自己就在厨房里看着火柴烧成了灰烬。行呀，您可以娶我们的女儿为妻。"

"一点不错，"国王说，"你星期一就来迎娶我们的女儿吧。"国王已改口不再用"您"来称呼商人的儿子，只对他说"你"，因为马上就要成为一家人了嘛。

于是婚期确定下来了，在婚礼前夜，全城张灯结彩，灯火通明，人们到处将糖果糕点散发给百姓。街上的孩子个个欢呼雀跃，还把手指伸进嘴里去吹口哨，真是一派喜气洋洋的景象。

"是呀，我也应该做点什么事情来让大家开开心。"商人的儿子暗自思忖。于是他去买了各种各样的鞭炮、焰火、钻天火箭等等，凡是能想得到的烟火花炮，他都装进自己的那只衣箱里，带着它们飞上了天。

"砰啪。"他在天上点燃了花鞭炮，他飞得有多高，声音就有多响。

所有的土耳其人起初都吓了一大跳，他们脚上的拖鞋都蹦起来，飞过了他们的头顶。夜空中这样五彩缤纷、光亮闪闪，那是他们从来都不曾见过的。如今他们不再将信将疑，而是真心相信他们的公主将嫁给一个土耳其的神灵。

商人的儿子坐着那只会飞的衣箱飞向树林，他想道：

"我非得再进城去一趟不可，去听听大家究竟是怎么评论来着。"他满肚子高兴，高兴得有点得意忘形，那也是情有可原的。

城里的百姓众口纷纭，说法不一，他问到的每一个人都讲自己亲眼见到的情景，彼此的说法有很大的出入，可是他们都觉得天空里美极了。

"我亲眼见到土耳其神灵的真身了，"有一个人说，"他的双眼像是闪闪发光的星星，他的胡子像是泡沫四溅的水。"

"他身上穿着烈焰熊熊的长袍在空中飞过，"另一个人说，"长袍的衣褶里有许多小天使伸出头来四处张望。"

一点不错，他听到的全都是赞美的好话，第二天他就要去迎娶公主了。

他回到树林里，要坐到那只衣箱里歇息了。可是那只衣箱在哪里呢？他怎么找也找不到，那只衣箱被火烧得精光，原来方才放焰火的时候，有一粒烟花的火星落在衣箱里烧了起来，把衣箱烧成了灰烬。他再也不能飞了，再也不能飞到他的新娘身边去了。

公主整天站在宫殿的屋顶上等待，一直到现在还在等待。可是他呢，他只能浪迹天涯，到处去讲故事，不过再也讲不出像厨房里的火柴那样有趣的故事来了。

# 鹳 鸟

在一座小城尽头的那栋房子里,鹳鸟筑着一个巢。鹳鸟妈妈带着四只雏鸟待在这只鸟巢里。那四只小雏儿一齐伸出了小脑袋嗷嗷待哺,他们的小嘴都是黑色的,还没有变成像他们父母那样的鲜红色。鹳鸟爸爸就站在离他们不远的屋脊上。他只用单腿站立着,另一条腿蜷缩收紧,为的是打足精神站岗放哨,免得太悠闲了而打盹。他站得笔直,像是用木头雕刻出来似的。

"我这副样子看起来一定非常神气,"他想道,"况且我妻子居然有个卫兵站在她的窝巢边上为她站岗守卫,人家不知道我是她的丈夫,还以为我是上司派来的。这多么气派,多有面子哇。"

于是,他一动不动地用一条腿站立得笔直。

下面的街道上有一大群男孩子在玩耍,他们都看到了这一窝鹳鸟。其中胆子最大的那个唱了起来,别的孩子也跟着一齐放声歌唱。他们唱的是一首古老的关于鹳鸟的歌谣,不过各人记忆不同,唱出来的歌词也颇有出入,大意是这样的:

"鹳鸟,鹳鸟,快快飞走,
赶紧回到自己的窝里去瞧瞧:
你的妻子带着孩子待在家,

那一大群雏儿叫她吃不消。

那四只雏儿哪：

第一只要被活活吊死，

第二只要饿死在鸟笼里，

第三只被大火烧死，

第四只屁股朝天摔死！"

"呀呀，那些男孩子在唱些什么，"小鹳鸟们说，"他们唱着我们要被吊死和烧死。"

"别去理睬他们的混账话，"鹳鸟妈妈说，"听都不要去听，这样就伤害不到你们啦。"

可是那些男孩子不断地唱着，还伸出手朝鹳鸟们指指点点。只有一个名叫彼得的男孩子不那样，他说拿动物来恶作剧是一种罪过，他不想这样做。

鹳鸟妈妈好言好语安慰那几只受到了惊吓的雏鸟。"不要去理睬他们，"鹳鸟妈妈说，"瞧那边，你们的爸爸在守卫着，他只用一条腿站着，有多安稳、多沉着呀。"

"可是我们心里直发慌。"小鹳鸟们都把脑袋紧紧地缩在窝里。

第二天那些男孩子又到街上来一起玩耍，他们一见到鹳鸟又唱起了那首歌谣：

"他们这些雏鸟哇，

第一只要被活活吊死，

还有一只被大火烧死……"

"我们会被吊死和烧死吗？"雏鸟们问道。

"当然不会，"鹳鸟妈妈说，"我要教会你们飞到天上去，我带着你们一起练习飞行，等到你们会飞了，我们就可以一起飞到草地上去寻找青蛙。那些青蛙会趴在水里朝着我们行大礼，还呱呱地大声欢呼。我们就张开嘴来一口把它们吞到肚里吃掉，那是真正的美味。"

"那么后来呢？"小鹳鸟们问道。

"后来嘛，"鹳鸟妈妈回答说，"所有在各地的鹳鸟都要集合起来举行秋季飞行大演习，那时每只鹳鸟都必须飞得又高又远。这是非常要紧的一关，到了那时候还不会好好飞行的鹳鸟就会被头领用嘴啄死，所以你们一定要赶在大演习之前把飞行学会。"

"这么说来我们还是难逃一死，就像那些孩子唱的那样。听，他们又在唱啦！"

"只许听我的，不要听他们嚼舌根，"鹳鸟妈妈说，"在大演习结束之后，我们就要远途飞行，迁徙到离这里很远很远的地方去，要飞越高山峻岭，飞过无际的大森林，一口气飞到温暖的南方去。我们要飞往埃及，在那里我们可以见到三角形的石头房屋，它们的尖顶高入云霄，这些石头房屋名叫金字塔，它们年代久远，任何一只鹳鸟都想象不出来它们是多么古老。那个国度里有条大河，河水泛滥后两岸留下一片淤泥，我们可在淤泥里走来走去，把青蛙吃个痛快。"

"噢……"四只小鹳鸟一齐欢呼起来。

"是呀，那里真是个叫人过快活日子的地方。整天价什么事情都用不着做，只消张嘴就吃，还净有好东西吃。我们在那边过舒服日子的时候,这里可就要倒霉喽,树上落得连一片绿叶都不剩,天上冻得连云朵都结成了冰,变成一片片白色小碎片落到地面上。"鹳鸟妈妈说的是天上下雪,可是她只能这么说,要不然就解释不清楚。

"那些调皮捣蛋的男孩子是不是也冻得结成了冰,变成小碎片落下来?"小鹳鸟们问道。

"不,他们不会变成碎片从天上落下来,"鹳鸟妈妈说,"不过他们会冻得受不了,只好躲在黑黝黝、阴沉沉的房间里不敢再出来到街上玩耍,整天闷得慌。而你们那时候却在阳光明媚、桃红柳绿的外国大地上飞来飞去了。"

光阴如梭,日子一天天过去,小鹳鸟长大起来,他们已经敢于站在鸟巢边沿上朝着远处东张西望了。鹳鸟爸爸每天都带着青蛙呀、小蛇呀,凡是他能抓到的适合鹳鸟脾胃的美食来给他们吃。鹳鸟爸爸还做出各种各样发噱的姿势来逗乐,他仰起脖子把长长的嘴往后伸过去躲进了尾巴上的羽毛里,嘴里还发出啪嗒啪嗒的声音,好像一副响板似的。然后他就讲故事给他们听,讲的都是沼泽地的故事。

"听好啦,现在你们都要学飞了。"鹳鸟妈妈有一天吩咐道。

四只小鹳鸟只好都从鸟巢里跳出来蹦到了屋顶上。唉,一开头他们都战战兢兢,一摆三摇地颠来晃去,不得不赶快伸展出翅膀使身体保持住平衡,可是仍然险些儿摔了下去。

"你们只顾看着我好啦,"鹳鸟妈妈说,"这样你们就会把头抬起来不朝底下看。然后你们把脚爪放开,一、二、一、二!这不就飞起来了吗?学会了这套本事,你们就可以自己飞出去觅食,在这个世界上生存下来了。"

说完之后,她就离开他们,飞了一小段路来向他们示范。那几只小鹳鸟朝上蹦了又跳,可是还没有等飞起来就已经摔了个跟斗,因为他们的身体依然那么重,那对羽毛未丰满的小翅膀还支撑不住。

"我不想学飞啦。"有一只小鹳鸟说道,他仍然蹦回到鸟巢里去。"飞不飞到温暖的地方去我一点也不在乎。"

"那么等到冬天来临,你莫非想待在这里活活冻死吗?"鹳鸟妈妈说,"还是等着那些男孩子们爬上来掏鸟窝,把你逮去活活吊死、烧死、饿死?好吧,我这就去叫他们上来。"

"哦,不要,不要。"那只小鹳鸟说,他马上乖乖地跳到屋顶上,和大家一起学飞了。

到了第三天,他们都能像模像样地飞那么一小段路了。他们觉得自己什么本事都学到手了,甚至可以翅膀纹丝不动地在空中翱翔盘旋了,于是他们就这样做了,可是他们毕竟初学乍练,功夫还没有到家,嗖的一下从空中直掉下去,他们赶紧拍打翅膀,总算没有摔到地上。

这时候那些男孩子又到街上来了,他们唱起了那首歌谣:

"鹳鸟,鹳鸟,快快飞走!"

"我们飞下去把他们的眼珠子全啄出来,好吗?"小鹳鸟们说道。

"不许那样做,不行,"鹳鸟妈妈说,"只许照我的话去做,我们现在有更要紧的事情要做。来吧，继续飞，一二三，现在向右边飞。一二三，现在朝左边飞。绕着烟囱飞一圈！好，飞得蛮不错。你们最后一次扇动翅膀的时候姿势优美，动作轻松正确，所以你们明天可以跟着我飞到沼泽地去了。有好几个体面的鹳鸟家庭都要带着孩子飞到那里去。我想让他们都看到我的孩子是飞得最出色的。你们要昂首挺胸，这样才显得出精神抖擞。"

"可是我们难道就不能报复一下那些坏孩子吗？"小鹳鸟们问道。

"不可以，他们爱怎样叫嚷，就随他们去好啦。现在你们要往高处飞，飞得越高越好，要飞到云彩上面去。有了这一身本事，在他们冻得受不了，既没有绿叶子看，又没有苹果吃的时候，你们已经飞到金字塔的国度里享福去了。"

"我们非要报复一下不可。"小鹳鸟们在一起练习飞行的时候相互这样关照说。

在街上玩耍的那群男孩子当中，最淘气顽皮的要数那个领着唱谩骂歌谣的男孩子了。他虽然只是一个长得并不高的小孩子，看样子不过六岁光景，可是在那只小鹳鸟的眼里他起码有上百岁的年纪了，因为他的个头比鹳鸟爸爸和鹳鸟妈妈要高大得多。再说他们都只不过是鹳鸟，怎么能指望他们知道孩子和大人究竟有多大年纪呢！他们的整个报复要一股脑儿发泄到这个男孩子身上，因为他领头唱的那首歌谣一直在不停地唱着。小鹳鸟们愈听气就愈不打一处来。他们长得愈大，心里也就愈气愤，更加难以咽得下这口气。到了后来鹳鸟妈妈终于不得不答应让他们出这口气，可是一定要等到他们离开这个地方的最后那一天才可以这样做。

"我们要先看看你们在演习长途飞行中的表现再说。要是你们飞得一塌糊涂的话，头领就会用长嘴啄进你们的胸口。这样的话，那些孩子们岂不是都说着了，虽说死法上有点出入。让我们走着瞧吧。"

"行呀，你等着瞧吧。"小鹳鸟回答说。他们拼命地练习飞行本事，成绩一天比一天好，如今他们飞得姿势优美，动作轻巧，飞行对他们来说成了一种乐趣。

秋天终于来到了，鹳鸟们开始集合，准备在我们过冬的时候长途飞行，迁徙到温暖的地方去。在迁徙之前有一场大演习，先操练一下飞过城市和森林，看看它们能够飞得多远。这是一场艰苦的长途跋涉，每只鹳鸟都明白，若是跟不上队伍，那可不是闹着玩的。

小鹳鸟们在演习里飞得非常出色，他们得到了奖品，许多好吃的青蛙和小蛇。这是最高荣誉的奖品，因为青蛙和小蛇都是鹳鸟最爱吃的美食。他们果真一下子就把青蛙和小蛇吃了个精光。

"现在让我们去报复吧。"小鹳鸟们群情激昂地说。

"好吧，那是一定的，"鹳鸟妈妈大声说，"我已经想了好长时间，想出了许多主意来报复，我从中选了一个最好的主意。我知道在一个池塘旁边，躺满了人类的初生婴儿，等着我们鹳鸟去把他们叼起来，送到他们的爸爸妈妈那里去。那些可爱的婴儿睡得正香，做着日后他们再也不会做的甜蜜的梦。天下所有的父母都想要有这样一个婴儿，所有的孩子都想要有这样一个弟弟或妹妹。现在我们要飞到那个池塘旁边去，给那些不曾唱歌骂我们的孩子每人送个弟弟或妹妹去，而那些唱过谩骂歌的孩子一个都不给。"

"那个领头唱谩骂歌谣的男孩子,"小鹳鸟们问道,"他最可恶,我们怎么来对付他呢?"

"那个池塘旁边有个夭折了的初生婴儿,是做梦做得太久而死去的。我们叼着这个婴儿去送给他,他一看到就会哭起来,因为我们给他送去了一个小弟弟,可是已经夭折了。我相信你们是不会忘掉那个好孩子的,那个曾经说过捉弄动物是罪过的好孩子。我们要给他送去一对双胞胎,一个弟弟和一个妹妹。那个好孩子名字叫彼得,你们以后也都叫彼得吧。"

于是大家都遵照了她的吩咐,所有的鹳鸟都名叫彼得。直到今天,鹳鸟还都用着这个名字呢。

# 铜 猪

在佛罗伦萨①这座城市里的大公爵广场附近有一条狭窄的小街,我想,这条小街名叫波塔·罗莎街。街上卖瓜果蔬菜的集市前面蹲着一尊雕塑得精美绝伦、艺术超群的铜猪。一股甘霖般的清泉从那只猪的嘴巴里不停地往外喷涌。那只猪由于年代久远而浑身墨绿,唯独猪的鼻子锃光瓦亮、耀眼生辉,仿佛擦过似的。事实上也是如此,那成百上千的孩子和穷苦人把自己的嘴凑到那只猪的嘴上去喝水的时候,总免不了要用双手捏住猪的鼻子。一个半裸着身体的可爱的小男孩,张着鲜嫩的小嘴,凑上去喝水,搂抱着这只造型奇特的铜猪,这情景真是一幅绝妙的图画。

每一个到佛罗伦萨来的人都很容易找到这个地方,他只消问问街边碰到的第一个乞丐,就可以找到这只铜猪。

这是一个冬日的傍晚,远山白雪皑皑,夜空中月华似水,清辉皎洁。意大利的月光之夜,明亮得像北欧寒冬晦暗的白昼一样,甚至还更亮堂些,因为这里空气清新,天空显得明亮,这就使人精神抖擞,而北欧阴霾寒冷的天空却像铅顶一般朝我们头顶上压下来,似乎要一下子就把我们压到地底下去,压在凉冰冰、

---

① 意大利的一座城市。

湿漉漉的烂泥之中，而有朝一日我们的棺材上就会压满了这样的烂泥。

在大公爵宅邸的花园里有一间松木棚屋，屋檐下，成百上千朵玫瑰花在盛开着——那里冬天鲜花也照样开着，并不凋谢。那里坐着一个衣衫褴褛的小男孩，他已经呆坐在那里整整一天了。他简直就是整个意大利的写照：模样长得那么俊俏，脸上的笑靥是那么可笑，可惜生活没有着落，生来就是苦命。他饥肠辘辘，口中干渴，可是哪里有人施舍给他一个铜板。天色已黑下来了，花园眼看就要关门，看门人把他赶了出来。他站在阿尔诺河的桥上，像做梦似的徘徊了很久，怔怔地看着倒映在河面上的点点繁星，在自己和那座气派雄伟壮丽的大理石大桥之间，在粼粼水波上跳动闪烁。

他顺着那条路走到了铜猪跟前，俯伏下身子半跪着；伸出双臂抱住了铜猪的颈脖，把他的小嘴凑到锃光瓦亮的猪鼻子底下，大口大口地喝着那甘甜、清爽的水。靠近他身边的地面上丢着几片生菜叶子和两三个板栗，这就成了他用来果腹的晚餐。街上什么人也没有，只有他孤零零的一个人。他便爬到铜猪背上，朝前伏下身子，把小脑袋枕在铜猪头上，就这样不知不觉地睡熟了。

到了半夜，铜猪忽然站了起来，小男孩清楚地听到铜猪对他说："小孩，小孩，你抓紧抓牢，我要奔跑了。"它说着就放开四蹄奔跑起来。这真是一场别开生面的骑猪奔跑，因为铜猪背上还驮着那个小男孩。他们先跑到了大公爵广场，那位老公爵的坐骑自然咽不下这口气，背着雕像的铜马高声嘶鸣了一阵。那栋古色古香的市政厅大楼上的彩色市徽射出光来，有如一幅璀璨夺目的图画。市政厅前，米开朗琪罗①的大卫塑像正在挥舞着他的掷石器。四周的塑像都奇异地活了过来，那一组组人物雕塑全都有了动静，珀耳修斯②和饱受蹂躏的萨宾人③非但一个个变成了活人，而且发出了撕心裂胆的垂死尖叫声，仿佛在这个美丽而孤寂的集市广场上刚刚进行了一场殊死搏斗。

在乌菲兹宫④前，铜猪在门前的拱形廊沿下站停了脚步，昔日，这里是贵族们聚集到一起欢度狂欢节的地方。

"抓牢点，"铜猪说，"要抓得紧紧的，我们现在要上台阶了！"

小男孩一声不吱，他一半是惊吓，一半是高兴。

他们走进一条那个小男孩曾经来过的长画廊。画廊的墙上挂满了画，到处都摆着全身像或是半身像，它们被明亮的月光映照得恰到好处，如同白天的光线一样柔和。不过在侧室的门打开后，那景象真叫人赞叹不已，里面陈列的全是瑰丽至极的精品，小男孩记得在白天看到它们时的华丽景象，可是在夜里月光下看起来一切更显得绚丽夺目。

这里立着一尊裸体的女人塑像，她美得不能再美，只有大自然和伟大的艺术家才能用大理石雕刻出来这样的人像。她微微晃

---

① 米开朗琪罗（1475—1564），意大利文艺复兴时期的雕塑家、画家和建筑家，享有极高的声誉，《大卫》是他的代表作，作于1501—1504年。

② 珀耳修斯是希腊神话中杀死蛇发女妖美杜莎的勇士，这尊塑像是意大利雕塑家切利尼（1500—1571）的作品。

③ 萨宾人是古代意大利的一个民族，公元前3世纪被罗马征服。抢夺萨宾妇女这组雕塑是意大利雕塑家乔凡尼·达·波洛尼亚的作品。

④ 乌菲兹宫建于1560年，为佛罗伦萨艺术博物馆。

动肢体，海豚在她的脚下跳跃，她双眼中闪耀着永恒的光芒。世人把她称为"美第奇的维纳斯"①。她的两边还站立着一些栩栩如生的大理石塑像，都是风流倜傥的美男子。有一个正在磨剑，他被称为磨剑人。另一组雕像是角斗士，他们磨剑霍霍，在为赢得美之女神的宠爱而摔跤格斗。

小男孩看眼前的壮观盛况看得眼花缭乱，墙壁上射出瑰丽的色彩，所有的雕塑都充满了生命的活力。眼前又出现了两幅精美非凡的维纳斯画像，如同均匀对称的重影一般，那是人世间的维纳斯，体态是那么丰腴浑圆、曲线玲珑，只有提香②才慧眼独具，画出她的神韵风采。在她旁边是两幅女人的裸体全身画像，美丽的肢体娇媚地舒展在色调柔和的睡垫上，胸脯饱满高耸，头部摆向一侧，那满头卷发散落在浑圆光润的肩头，一双黑色眼睛显示出撩人的火焰般的激情，然而这两幅画却没有越雷池一步，像其他的图画一样毫不猥亵。美的女神、角斗士和磨剑者都各就其位各司其职，因为圣母、耶稣和圣约翰头上的光轮所散发出来的荣耀之光把他们罩住了，这些圣洁的图画已不再是图画了，它们本身也变得神圣了。

一个厅堂又一个厅堂，个个都灿烂辉煌，个个都绚丽夺目，小男孩全都看到了，每个厅堂都看了个够，真是大开眼界大饱眼福。铜猪亦步亦趋地迈开四蹄，从一幅又一幅图画前面走过去，

---

① 维纳斯是罗马神话中爱和美的女神，美第奇是意大利的著名大家族，15世纪起统治了佛罗伦萨，并曾收藏过维纳斯塑像。

② 提香（约1487—1576），意大利文艺复兴时期著名画家，威尼斯画派的代表人物。

而每一幅更比另外一幅精彩。可是只有一幅画牢牢地印在他的脑海之中，那画面上有许多幸福的孩子，小男孩觉得似乎在什么时候在大白天曾经见到过他们，还对他们点头问候了。

许多人往往在这幅画面前粗粗浏览一下就走过去了，然而它却是一幅内涵深邃、十分富有诗意的珍品瑰宝。画面上描绘的是基督降临阴曹地府，但四周围着他的却不是那些受难者，而是异教徒。这幅画出自佛罗伦萨画家安吉洛·布朗齐诺①的手笔。画得最美的是孩子们的神色表情。有两个小孩已经相互拥抱在一起，另一个伸出手来指向站在自己下面的一个孩子，又把另一只手指着上面，仿佛在说："我要上天去啦！"而那些上了年岁的大人却一副茫茫然犹豫不定的样子，有的抱着希望，有的在主耶稣面前低下头。

小男孩凝视这幅画的时间最久，要比看另外的画看得更聚精会神，铜猪也屏息站在旁边。忽然间一声清晰可闻的低声长叹在厅堂里回荡。这一声轻轻的叹息究竟是从画面上发出来的，还是从铜猪胸中发出来的呢？小男孩对那些微笑的小孩伸出双手，而就在这时候铜猪已背着他穿过敞开的前厅走了出去。

"谢谢你，祝福你，可爱的铜猪。"小男孩说道，他拍了拍铜猪的脑袋。铜猪驮着他噜噜噜地蹦下了台阶。

"谢谢你，也祝福你，"铜猪说道，"我为你出了力，你也帮了我的忙，因为我只有驮着一个天真无邪的孩子，我才能有力气奔跑。你不是亲眼看见了吗，我甚至可以走到圣母像的神圣灵光面

---

① 布朗齐诺（1503—1572），意大利文艺复兴时期著名画家。

前去。我驮着你哪儿都能去，就是不能进教堂里去。不过和你在一起我还是可以站在教堂外面从敞开的大门往里看。你可别从我背上爬下来，要是你那样做了，我就会立即趴下死去。就像你白天在波塔·罗莎街上见到我的那副模样。"

"我会和你在一起的，我有福的铜猪。"小男孩说道。于是他们奔驰如飞，穿过佛罗伦萨的大街小巷，来到了圣克罗兹教堂前的广场上。

教堂的大门打开了，祭坛上的长明灯散发出明亮的光芒，从教堂的门里映照到孤寂的广场上。

广场左侧的一块墓碑上闪出一股奇异的光，成千上万的流动飞舞的星星在它周围形成了一圈光环，墓碑上赫然可见一枚盾形的纹徽，在这枚家族纹徽的深蓝盾面上，一架红色的梯子如同火焰一般闪亮，那是伽利略①的墓。这墓朴实无华，可是那红色梯子却是含义深长的纹章图案，这梯子就好像代表着艺术本身，因为艺术就是一架烈焰熊熊的通往天堂的天梯。人类心灵的先知就是通过这架梯子腾空而起，升到天堂上去的，如同昔日的先知以利亚②一样。

教堂的右侧甬道旁边，刻满花纹的石棺上的每一尊塑像似乎都被赋予了生命。这里站立着米开朗琪罗、头上戴着桂冠的但

---

① 伽利略（1564—1642），意大利杰出的物理学家、天文学家，他的科学实验研究被罗马教廷谴责为异端邪说并对他横加迫害。

② 以利亚是公元前9世纪的以色列先知。《圣经旧约·列王纪下》第二章耶和华派遣旋风接以利亚升天。

丁①、阿尔菲耶里②、马基雅维利③，这些伟大的人物都是生于斯长于斯，并且最后长眠于此地的。他们都是意大利的骄傲。④这是一座巍巍壮观的教堂，尽管它没有大理石砌成的佛罗伦萨大教堂那样宏伟巨大，却远比它美丽。

夜风中，大理石塑像身上的衣服似乎在猎猎飘拂，这些伟人们似乎把头抬得更高了。在教堂的祭坛上，赞美诗的歌声和管风琴的音乐声萦绕回荡，祭坛上光彩四溢，一片辉煌，身着白色祭袍的男孩子们摇晃着金色的手提香炉，浓郁的香烟从教堂一直飘散到广场上。

那小男孩朝着亮光伸出了双手，就在这时候，铜猪驮着他重新奔跑起来，它撒开四蹄奔跑得那么飞快，小男孩不得不紧紧抱住了它。风声在他耳边嗖嗖地呼啸着，他仿佛听到教堂关上大门时铰链发出的吱嘎吱嘎声。就在这一刹那，他好像失去了知觉。后来他觉得寒气袭人，打了个冷战，便睁开了眼睛。

---

① 但丁（1265—1321），意大利杰出的诗人、文学巨匠，著有《神曲》等著名作品，生于佛罗伦萨，但他的灵柩并未埋葬在故乡，那里仅有一墓碑。

② 阿尔菲耶里（1749—1803），意大利剧作家、诗人，作品大多以古代传说为题材。

③ 马基雅维利（1469—1527），意大利政治家、历史学家，马基雅维利式人物或学说已成为善用阴谋权术不择手段地击败政治对手的代名词。

④ 在伽利略墓的正对面是米开朗琪罗的墓，墓碑上刻有他的胸像和代表他是雕塑家、画家和建筑家的身份的三个形象。紧挨其侧的是但丁的墓（不过他的棺柩已埋葬在拉文纳），墓碑上刻着意大利之神用手指着但丁的塑像，而诗神在旁边为人类蒙受这一大损失而哭泣。几步开外是阿尔菲耶里的墓，墓碑上刻着月桂花环、竖琴和面具，在这些点缀饰物之中意大利之神正扶着他的灵柩而哭泣。马基雅维利的墓是这些伟大人物的墓的最后一个。——原注

这时已是早晨了,小男孩发现他趴在铜猪背上,半个身子已经滑落下来,而铜猪依然站在波塔·罗莎街上的那块老地方,纹丝不动。

小男孩这时想起了妈妈,可是一想到那个被他叫作妈妈的女人,他的心头便充满了恐惧和害怕。那个女人昨天差遣他出来乞讨要钱,可是他连一个子儿也没有讨到手。他顾不得又饥又饿又渴,再次抱住铜猪的脖子,亲吻了一下猪鼻子,同它点头告别,然后走进一条狭窄的长巷里去。那条巷狭窄得几乎容不下一头背上驮着东西的小毛驴通过。有一扇铁皮包着的大门半开半掩着,他就从这扇门里溜了进去,疾步登上一座砖砌的楼梯,两边的墙壁肮脏不堪,一条滑腻腻的绳索充当着楼梯的扶手。他走过一条露天的走廊,廊沿上挂了一些晾晒着的破衣烂衫。这里又有一座楼梯通到下面的院子里。院子里有一口水井,井沿上系着几根粗铁丝分别连到这幢楼房的各层楼面上。铁丝上挂着一排水桶,辘轳时不时地发出吱嘎吱嘎的响声,那水桶便汲满了水提上去。水桶在空中往上提的时候不停地摇晃,泼出来的水溅得院子里满地都湿淋淋的。这里还有座砖砌的楼梯通向楼上,有两个俄国水手正好从这道破旧的窄楼梯上脚步踉跄地走下来,险些儿把这个可怜的小男孩撞倒。那两个水手头天晚上在这里寻欢作乐了一个通宵,这时候才离去。一个徐娘半老的女人紧跟了出来,她身体结实健壮,长着一头浓密的黑发。

"你讨到了多少钱拿回家来?"她问小男孩。

"千万别发火,"小男孩央求道,"我什么也没有讨到,一个子儿也没有带回来。"

小男孩紧紧地拉住了妈妈的裙裾,好像要吻它似的。

他们走进了一个很小的房间,房间里别无长物,用不着多费笔墨去形容。只有一样东西还值得一提,那就是摆着一个带把手的瓦钵,钵里拢着炭火,那土钵名叫"玛丽托"①。她把钵子抱在怀里,暖自己的手指。随后她用手肘推了小男孩一下。

"快把钱交出来,你一定讨到钱了。"她说道。

小男孩忍不住哭起来。那个女人又狠狠地踢了他几脚,小男孩放声尖嚎。

"不许哭,闭上嘴巴,要不然我把你的脑袋砸扁喽,看你还哭。"她说着就把手里的那个土钵火罐高高地举了起来,小男孩吓得没命地惊叫起来趴倒在地上。

这时候一个邻居女人推门走了进来,她也抱着一个"玛丽托"。

"菲丽契塔,"她说道,"你又把孩子怎么啦。"

"这孩子是我的,"菲丽契塔说,"只要我愿意,我把他杀了也可以。还有你也一块儿宰掉拉倒,吉恩尼娅!"

她说着就挥舞起土钵,另一个女人见势不妙也赶紧举起土钵来抵挡。两只土钵碰击在一起,但听得砰的一声都砸了个粉碎,炭火和烟灰撒落得房间里满地都是。小男孩趁了这个当儿夺门逃走,跑过了院子冲出屋外。这个可怜的孩子没命地狂奔,跑得上气不接下气,到了后来他实在喘不过气来,只好在圣克罗兹教堂前站住了脚步,这座教堂昨天晚上曾经对他敞开了大门。他走了进去,里面一切都是那么光明耀眼,灿烂辉煌。

---

① "玛丽托"在意大利语中原义是"我的丈夫"。

小男孩在右边第一座石墓前跪倒下来,那是米开朗琪罗的墓。他忍不住放声痛哭起来。教堂前人来人往,他们刚才在教堂里念完了弥撒,没有人留神这个小男孩,只有一位上了年纪的老头停下望了他一眼,然后也像别的人一样走掉了。

饥饿和口渴折磨着小男孩,他觉得浑身无力、昏昏沉沉。他挣扎着爬到墙壁和大理石墓碑之间的一个角落里,倒下去就睡着了。黄昏时分有人在轻轻地推他,他惊醒了,站起来一看,那位慈眉善目的老头就站立在他的面前。

"你莫非病了吗?你的家在哪里?你怎么一整天都待在这里呢?"除了这几个问题之外,老人还问了许多别的问题,小男孩逐个都回答了。老人就带着他来到附近长巷的一幢小屋里,那是一家手套作坊。他们走进来的时候,一个老奶奶正忙碌着缝制手套。一只来自博洛尼亚的卷毛狗,这只小狗浑身雪白的卷毛已被剃得很贴肉,以至连粉红色的肌肤都清晰可见。小狗原先在桌上蹦来跳去,一见小男孩进来便噌地蹿到了他的跟前。

"啊,天真无邪的童心总是息息相通的。"那个老奶奶拍着小男孩的手说道。小男孩在这家好心人的家里吃饱喝足了。他们告诉他说他可以在那里借宿过夜,到了第二天朱塞佩老爹会去找他的母亲讲理说情的。他们让他睡在一张粗劣的小木床上,不过这对于小男孩来说已经享受到了王室般的优厚待遇了,因为他通常是在硬邦邦的石板地上睡觉的。他睡得非常香甜,还梦见许多美丽的图画和那头铜猪。

第二天清晨,朱塞佩老爹早早地就出去了,小男孩对此一点也不高兴,因为他知道老爹出去的目的是要把他送回到他妈妈那儿去。他一想到要回去就哭起来，抱住了那只欢蹦乱跳的小狗，一再亲吻它，那个老奶奶不断朝他们两个点头赞许。

朱塞佩老爹带回来的究竟是什么信息呢？反正他同自己的妻子谈了很久。然后那个老奶奶点头会意，拍拍小男孩的脑袋。

"他是一个很好的孩子嘛，"她说，"他将成为一个同你那样心灵手巧的做手套的工匠。他的手指又柔软又细长，看来圣母早就打算要让他当个手套匠人。"

小男孩就在这家人家待了下来，那个女人亲手教他缝制手套。他吃得好，睡得香，心情也开朗欢乐起来。他开始逗弄起"贝莉西玛"来，贝莉西玛是那只卷毛小狗的名字，也就是"美人儿"的意思。可是那个老奶奶一见到他逗弄那只小狗便发火，还伸出指头威胁着要揍他。这些动作吓得小男孩很不自在。他心情沉重地坐在他的小房间里发怔。那间房间是晾晒皮革的地方，临街窗户上装着铁栅栏。他毫无睡意，因为脑海中一直浮现出来那只铜猪的形象。忽然之间他听得窗外传来一阵啪嗒啪嗒的脚步声响。那一定是铜猪来了。他赶紧跳起身来走到窗户跟前，却什么也没有见到，那脚步声早已远去了。

"你快去帮那位先生拎颜料箱子吧。"第二天清早，那个老奶奶对小男孩说道。那时他们的邻居——一个年轻的画家，正从他们的门口走过，手里拎着一只大颜料箱子，还有一大卷画布和画架，显得十分吃力。

小男孩接过了颜料箱子，跟在画家身后走着。他们来到了那条长长的画廊，登上台阶，小男孩清楚地记得那天晚上铜猪驮着他来过。他认出了那些塑像和图画，那尊美丽的大理石维纳斯塑像,以及画在图画里的栩栩如生的维纳斯像,他又看到了圣母、耶稣还有圣约翰。

他们在布朗齐诺的那幅画前停下。在画面上,基督耶稣正步入地狱,而他周围的孩子都在微笑,幸福地期待着进入天堂。可怜的小男孩也容光焕发,眉开眼笑,因为他的天堂就在这里。

"现在你回家去吧。"那个画家对他说道,因为那个画家早已把画架支好,小男孩在那里站了老半天了。

"我可以看你画画吗?"小男孩问道,"我可以看你是怎样把那幅画画到这块白帆布上面去的吗?"

"现在我还不能马上临摹哪!"画家说道。他拿出一支炭笔来先打轮廓,动作娴熟、迅速,那只手飞快地来回移动着,一面目不转睛地双眼盯住了那幅伟大的名画。虽说他只粗粗地勾勒了几笔,可是基督的形象已经在画布上赫然呈现出来了,同那幅彩色画像一样。

"你还是回家去吧。"画家再次催促道。小男孩无可奈何,只得闷声不响地走回去。他坐到桌前,学着缝制手套。

可是他整天都在想那些挂满图画的厅堂,由于心不在焉,手上的那根针总是扎进他的手指。他也没有心思去逗弄那只卷毛小狗贝莉西玛了。

到了傍晚,天色已经黑下来,可是临街的大门还开着,小男孩便悄悄地溜了出去。屋外满天星斗,璀璨明亮,夜色很美,却冰凉冻人。他走过大街小巷,街上阒无一人。他很快就来到了铜猪跟前,弯下身去吻它锃光瓦亮的猪鼻子,然后骑到了它的背上去。

"你这只幸福的铜猪,"他说,"我是多么想念你啊,今天晚上我们非得去逛逛不可。"

可是铜猪却无动于衷地闷声不吭，趴在那里纹丝不动，只有那清新甘洌的泉水照样从猪嘴里哗哗地往外流淌。小男孩依旧像骑士一样趴在铜猪的背上，这时他忽然觉得有谁在扯他的衣服。他侧过脸低下头去一看，原来是贝莉西玛。那只毛被剪得光光的小狗在汪汪乱叫，似乎在说：

"我也来啦，你坐那上面干吗？"那条小狗是跟在他身后溜出屋子的，一路紧跟着他，可是他竟没有发觉。

小男孩一见到这条小狗也在这里，惊吓得非同小可，哪怕嘴里喷着火焰的恶龙出现在眼前也不会如此胆战心惊。小狗贝莉西玛在寒冬是不许上街的，因为它身上的毛被剃光了。到了冬天它出门的时候，要穿上一件专门为它做的小羊皮筒子，皮筒子用红缎带系牢在颈脖上，肚皮那里还有一根缎带系牢。在脖子上还要打起蝴蝶结，挂上小铃铛，那个老奶奶说这是给小狗穿上暖和的衣裳。当小狗在冬天穿上这一身暖和的衣裳跟着女主人上街溜达时，它很像一只小羊羔。

而这会儿贝莉西玛偏偏没有穿上暖和的衣裳，光着身子就跑出来了，这怎么了得。小男孩头脑里那些奇妙的幻想顿时化为乌有，他亲吻了铜猪一下，把贝莉西玛抱到怀里。那条小狗已经冻得浑身簌簌发抖，于是小男孩便拼命往家里跑，能跑多快就跑多快。

"你干吗要奔跑，怀里面揣着什么东西？"迎面来了两个巡夜的警察，他们朝着他高声喊道，小狗也朝着他们狂吠。

"哼，你从哪里偷来了这么漂亮的一只小狗？"他们问道，说着就把那条狗夺了过去。

"啊,把狗还给我吧。"小男孩哀求道。

"这条狗若不是你偷来的话,你可以回去告诉家里的人,叫他们到警署守夜的地方来领好啦。"他们说罢带着贝莉西玛扭身就走掉了。

这真是闯下了大祸!他真不晓得该怎么办才好,是一头跳进阿尔诺河去寻死呢,还是赶紧跑回去把事情说个明白。

"他们一定会打死我的,"小男孩想道,"不过我宁愿被活活打死,我愿意清清白白地死去,这样我就可以去见到耶稣和圣母了。"

于是他就抱着必定会被活活打死的念头拔脚飞奔回去。

大门已经锁上,他伸手去碰门环,可是又够不着。于是他不管三七二十一捡起了一块石头把门砸得震天价响。

"谁在敲门?"屋里有人应声问道。

"是我呀,"小男孩说道,"贝莉西玛走丢啦!快开门,杀了我偿命吧!"

屋里顿起恐慌,那两个老人惊吓得不知所措,尤其是那个老奶奶,因为贝莉西玛是她的宝贝。她抬头看看墙上,小狗穿着上街的那个小羊皮筒子果然还挂在原处。

"贝莉西玛给抓到警署去了,"她失声惊叫起来,"你这个无恶不作的捣蛋鬼,你是怎么逗弄得她离家出走的!她非冻死不可!这么高贵、可爱的小宝贝落到了粗鲁的警察手里!"

朱塞佩老爹马上就出去了。那个老奶奶大呼小喊,小男孩呜咽啼哭,这房间里乱成了一团。住在这幢房屋里的所有男女老小都来了,那个画家也在其中,他把小男孩拉到自己身边抱在双膝中间,询问这桩事情的来龙去脉。从小男孩断断续续毫不连贯的叙述里，那个画家听到了铜猪驮着小男孩去逛画廊的原委始末，虽说听得不大明白，不过也弄懂了大致梗概，画家安慰了小男孩几句，又向那个老奶奶说情，讲了不少好话。那个老奶奶怒气未消，不肯罢休。直到朱塞佩老爹总算把贝莉西玛从警察手里认领出来，并且平平安安地带了回来，这一场风波才烟消云散，那个老奶奶才余怒尽消，喜上眉梢，大家都为之高兴，画家拍拍小男孩，怜悯地安慰了几句，还送给他几张画。

那些真是绝妙的图画，寥寥数笔便把东西画得活龙活现。特别是那铜猪，脑袋画得惟妙惟肖，而又十分滑稽好笑，铜猪背后的房屋在画面上亦隐约可见。

"学会用炭笔和颜料绘画那该有多好哇，这样一来他就可以把整个世界都像变戏法一样摆在他面前来了。"小男孩想道。

第二天，当他独自一人待着的时候，他拿起了铅笔，在一张画的背面临摹起那幅铜猪。他真的画出来了，虽说线条歪歪斜斜，也还扭来弯去的，有一条腿画得太粗，还有一条腿又画得太细，可是铜猪的模样毕竟画出来了。这就使得他欣喜若狂了。他发现，他画画的时候，那支铅笔怎么也不听使唤。第二天，他在第一只铜猪身边又画出了第二只，这第二只看上去要好上几百倍。至于第三只，已经画得像模像样了。谁看上一眼，就说得出画的是什么东西。

缝制手套的生意毫不景气，经营得十分惨淡，迟迟接不到新的订货。而画铜猪的亲身经历让小男孩学会弄懂了这个道理，就是任何画面都可以在白纸上再现出来，而佛罗伦萨这个城市有如一大本画册，只消翻一下就找得出美丽的画面来。

在三位一体广场上有一根细高的立柱,在立柱顶上是公正女神的塑像,她的双眼被布条蒙住,一只手里拿着一个天平。不消片刻工夫,那个缝制手套的小男孩便把公平女神的塑像搬到了自己的画册上。他的画册一天比一天厚起来,不过画的东西全都是没有生气的静物。有一天,贝莉西玛跳到了他的跟前。

"站住不许动,"他说,"你画到我的画册上会显得更可爱。"可是贝莉西玛哪肯安安生生地站着不动。小男孩便使用绳子把小狗捆起来,连脑袋带脖子统统绑住,小狗又是挣扎,又是狂吠,它愈蹦跳,那根绳索就勒得愈紧,深深地嵌到小狗的颈脖中去。就在这时,那个老奶奶走进房间里来。

"你这个无法无天的小坏蛋,你想要勒死它吗?哦,可怜的小宝贝!"老奶奶只来得及吼出了这么一句。她把小男孩推到一边,用脚踢他,还把他撵出了家门,不许他再踏进这幢房屋一步。那个老奶奶骂他是忘恩负义、毒如蛇蝎、无恶不作的坏孩子。老奶奶抱起已经被绳子勒得奄奄一息,总算还没有丧命的小狗,伤心得落下了眼泪。

正在这个当儿,那个画家闻声赶来,上了楼梯。从此这个故事峰回路转,来了一个大转折。

1834年佛罗伦萨美术学院举办了一次画展。有两幅图画并排陈列着,吸引了大批的观众。那幅略小一点的图画上,画的是一个快活的男孩子,正坐在那里画画,一只身上的毛剃得精光的白色卷毛小狗充当了他的模特儿。那只小狗不肯乖乖地站住不动,所以它的脑袋和脖子全被一根绳子绑起来。

这幅画生气盎然而又真实可信,符合情理,有人说画这幅画的是一位年轻的佛罗伦萨当地画家,他从小流浪街头,有个缝制手套的老工匠收留了他。这个孩子立志要学画,他把女主人的宠物小狗绑起来充当他的模特儿。就在他要被撵走的时候,有位画家挺身而出领养了他,并且发现了他的天才。这位画家本人也已出名,成了大师。

做手套的小学徒竟然成了大画家,眼前这幅画便是一个最好的证明。而它旁边那幅较大的画更能够显出他的才华。这幅画的画面上只有一个人物,一个眉清目秀、衣衫褴褛的小男孩当街睡熟了,他趴在波塔·罗莎街上的那头铜猪背上,那个地方是所有观众无人不知无人不晓的。小男孩可怜兮兮地把他的小脑袋枕在猪头上,睡得十分香甜。圣母像前长明灯发出耀眼的光芒,辉映在小男孩的苍白而圣洁的脸上。这真是一幅美得不能再美的画。

这幅美丽的图画镶在一个金色的大画框里,画框的一角挂着一个月桂花的花圈,花圈的青枝绿叶间隐现着一条黑色缎带,黑带上挂着长长的致哀的黑纱。

这位年纪轻轻的画家在前几天溘然去世了。

## 结拜之交

不久之前我们一起出门去旅游了一趟,走得并不远,所以我们想要再做一次路程更远的长途旅行。那么去哪里好呢?去斯巴达、迈锡尼,还是德尔斐?①足足有上百个旅游胜地,这些名字一听就叫人心驰神往,激起了旅游的欲望。最令人向往的旅行莫过于骑马上山,在万仞峻岭之间曲折逶迤的山间小径上按辔徐行,在蓬蒿和灌木丛中踩出道路向前奋进。虽说只是单兵独马的区区一个旅游者,行进起来倒也颇有声势,俨若整整一个商队。旅游者自己骑着马同雇来充当向导的当地老乡走在最前面,紧随在他们身后的是驮着衣箱、帐篷和饮食给养的驮马,走在最后压阵保护他们的是两个士兵。这一支队伍浩浩荡荡迤逦而行,走了一整天乏味而令人疲倦的山路,到了晚上并没有哪一家床铺舒适被褥整洁的客店在等候着前去光顾下榻。旅游者在这一片荒山野林之中能享受到的最佳的栖身之所就是他的帐篷,那个雇来充当向导的当地老乡炊烟袅袅地烧起了"比拉弗"②来作为充饥的晚餐。夜里成千上万只蚊蚋营营嗡嗡地包围攻打着这座帐篷,真是令人无

---

① 这三个地方都是希腊的名胜古迹。
② "比拉弗"是用鸡肉、大米和咖喱拌在一起煮成的一种食物。——原注

法入眠的苦撑难熬的夜晚。可是第二天又要蹚水泅渡山洪暴发后的湍湍急流，非要在马背上坐得稳稳当当才不会被山洪冲走。

旅途是那么艰辛苦难，究竟所为何来，可以得到什么样的酬劳呢？那回报的酬劳是最大的，最丰厚的。正是在这样的荒山野林之中大自然才返璞归真，使它巍巍壮观的本来面目一览无遗。这里的一草一木都是历史性的，以前人迹罕至的，因而从双眼到思绪都受用不尽。诗人们将这些景致吟诵成诗篇，画家们把这里的风光绘成色彩绚丽的图画。可是那个地方的现实所散发出来的气息沁入人的心田而且将永远地在他们的心灵中生根发芽，这是任何一个诗人或画家所无力将它重现出来的。

山上有孤独的牧羊人，他向这个过路的陌生人讲了一个亲身经历的故事，就这么一件简简单单的事情也讲述得朴实无华，可是就足以比任何一个游记作家更能令人开阔眼界，真正领略这个古希腊人曾经居住过的国度的风土民情。

且听他从头讲来，山上的牧羊人给我们讲了一种风俗，淳厚质朴而又奇特古怪的风俗：

## 结拜之交

我们居住的那幢简陋的泥舍虽说是用土坯砌起来的，可是门框还是镶嵌着刻着凹槽的大理石立柱，那大理石料就出产在那幢房子一带。房子的屋顶几乎斜到了地面，屋顶上铺的树枝枝条经过多年的日晒雨淋，早已糟朽得成了黑糊糊的一片，不过想当初这幢泥舍刚盖起来的时候，还特意从深山老林里砍来了枝梢上还盛开着鲜花的橄榄枝和月桂树枝用来铺设屋顶。我们的房屋四周几乎没有什么空旷的地方，那嶙峋陡峭的悬崖像是一堵堵墙壁一般在房屋周围形成了一条狭窄的峡谷。岩墙石壁上寸草不长，到处是光秃秃黑沉沉的濯濯童山，巉岩顶上飘浮着朵朵白云，看起来就像一线蓝天上有些生灵在你追我逐似的。我从来没有在这里听见过鸟儿歌唱，也不曾在这里看到过男人们吹着风笛翩跹舞蹈。不过这地方自古以来就被奉作神圣所在，连它的地名本身就叫人肃然起敬，因为它叫作"德尔斐"①，四周群山怀抱，近青远黛，云烟霭霭，高山巅峰白雪覆盖一片皑皑。在苍茫暮色落日熔金余晖中映成姹紫嫣红而闪耀得时间最久的就是群山之中最高的巅峰，帕尔纳索斯山②。我们房屋旁边的那条小溪就是从那座山峰上流下来的，所以它也曾一度被奉为神圣的。每当有毛驴蹚水过河，它的四蹄会把河面踩得浑浊不堪，不过河流汹涌湍急，过了片刻河面又会清澈如初。

那每一处神圣的地方都是荒凉孤寂、深邃邈远得叫人莫测高深，这个形象留在我的记忆之中是何等清晰呵。

在那幢泥舍地面正中的火塘里燃烧着熊熊的火焰。当火塘里余烬未熄，尚有火星蔓延的炽热炭灰堆得很高的时候，我们就把面团塞到灰堆里去烤面包。我们泥舍外面的积雪愈来愈厚，几乎要把小泥舍埋到雪堆里去，可是我的母亲看样子依然兴高采烈，

---

① 德尔斐系希腊中部的古城，因有阿波罗太阳神庙而出名并被奉为圣地。
② 帕尔纳索斯山在希腊中部，是希腊神话中阿波罗太阳神和文艺女神缪斯的灵地，亦被奉为圣地。

她伸出双手捧住我的脑袋亲吻我的前额，唱起平时绝不哼一声的那些歌谣，因为我们的统治者土耳其人①不准唱这些歌。她是这样唱的：

"在奥林匹斯山②顶上，在低矮的杉树林里，躺着一头老牡鹿。它的双眼噙满了泪水，如同朝霞一样泛现出五光十色，一会儿红彤彤，一会儿绿莹莹，有时候成了浅蓝色。这时候有一只小雄獐走到它的面前。

"'你为什么如此伤心痛哭，以致流出红的、绿的还有浅蓝色的眼泪？'小雄獐问道。

"老牡鹿回答道：'土耳其人来到了我们的村庄，他们带着追逐猎物的恶狗，那一大群都凶狠得要命。'

"'我要奋不顾身把他们赶出海岛，赶到大海里去。'小雄獐说道。

"可是还没有到傍晚，小雄獐就被杀死了。还没有到夜里，那头被追逐得走投无路的老牡鹿也被杀死了。"

我母亲这样歌唱的时候，她的双眼濡湿了，长长的眼睫毛上挂满了泪珠。但是她不想让人瞅见，就转过身去，翻动我们埋在火堆里的黑面包。于是我就捏紧了拳头放声歌唱："我们要把土耳其人统统杀死。"

可是我母亲却重复唱着原来的歌词："我要奋不顾身把他们赶出海岛，赶到大海里去。可是还没有到傍晚，小雄獐就被杀死了。

---

① 从15世纪到19世纪希腊被土耳其人占领。
② 奥林匹斯山在希腊东北部，据希腊神话是众神之家。

还没有到夜里,那头被追逐得走投无路的老牡鹿也被杀死了。"

我们母子俩孤零零地在那幢小泥舍里熬过了多少个日日夜夜,后来我父亲终于回来了。我知道他会给我带来勒班陀湾①的贝壳,或者是一把刀刃闪着寒光的腰刀。可是这一回他却给我们带回来了一个孩子,一个光着身子只裹着一块毛皮的小女婴,我父亲把小女婴藏在自己的老羊皮袄底下才带了回来。我母亲把她放到双膝上,打开裹在她身上的那块皮毛,她周身上下光溜溜的什么都没有,只在黑黑的头发上系着三枚银币。父亲告诉我们说,她的生身父母已惨遭土耳其人杀害,他又讲了许多土耳其人犯下的暴行,那一整夜我全都在梦见他讲的那些事情。我父亲也受了伤,母亲为他包扎好了受伤的胳膊,伤口很深,洒在老羊皮袄上面的鲜血也凝成了硬邦邦的一摊干血渍。

小女婴要做我的妹妹了,她长得非常漂亮,那样地光彩照人,她的那双眼睛比我母亲的还要温柔可爱。她名字叫阿娜斯塔西娅。她理应当成为我的妹妹,因为她的父亲同我的父亲是有过结拜之交的契友,是按照至今还在沿用的那种古老的风俗义结金兰的。他们两人在年轻的时候就结拜为兄弟,还特意请来了这一带最美丽、最贤惠的姑娘来主持结拜的仪式。对于这种古老的风俗我时常听说,早已经耳熟能详了。

那个姑娘如今是我的妹妹了。她坐在我的双膝上,我给她摘来鲜花,拣来小鸟的羽毛,我们在一起喝着帕尔纳索斯山上流下来的泉水,我们在一起头靠着头并躺在那幢小泥舍月桂树枝铺顶

---

① 勒班陀湾是希腊西部的一个海湾。

的屋脊底下,在母亲唱着的红色、绿色和蓝色的眼泪的歌声中度过了一年又一年的漫漫寒冬长夜。不过当时我还不曾明白过来,那些眼泪点点滴滴都反映出了我自己的亲人同胞的千般心酸万般悲哀。

有一天来了三个法兰克人①,他们的服饰打扮同我们全不一样,他们随身带着床和帐篷都放在马背上驮着。有二十多个荷枪带刀的全副武装的土耳其人一路护送着他们,因为这三个人是帕夏②的朋友,他们带着帕夏的信来的。他们到这里来只是为了看看我们的高山崇岭,攀登一下白雪覆盖白云缭绕的帕尔纳索斯山,还来看看我们那幢小泥舍附近的那些陡峭壁立的黑色巉岩。小泥舍里住不下那么多人,况且他们也受不了那积聚在屋顶天棚底下来回翻腾而不大肯从狭小的门洞里钻出去的滚滚浓烟。他们就在我们的小泥舍外面那块狭窄的空地上搭起了帐篷。他们吃的是烤羊肉和禽肉,喝的是烈性甜酒,不过那些烈酒土耳其人是涓滴不沾的。

他们临走时,我跟在他们身边送了他们很长一段路,我的小妹妹阿娜斯塔西娅身上裹着那块山羊皮背在我的背上。有个法兰克先生把我叫过去站在巉岩前面,要把我和她画下来,那幅画画得栩栩如生十分逼真,并且把我和她画得浑成一体乍看起来竟像一个人似的。其实我们兄妹俩也确实像是一个人。只不过我从来不曾想到过而已,因为她不是睡在我的双膝上,就是背在我的背上,连我做梦梦到的也全是她。

---

① 法兰克人是日耳曼人的一支。
② 土耳其其地方军事行政首脑官员的称呼。

两天之后，又有一股人马来到我们的小泥舍，他们也是荷枪带刀全副武装的。我母亲说他们是阿尔巴尼亚人，是一帮凶猛剽悍的劫匪。他们只停留了很短一会儿，其中有一个人把我妹妹阿娜斯塔西娅抱在他的双膝上。等到他们走了之后，她头发上原来系着的三枚银币只剩下两枚了。他们用小纸条卷着烟草来抽。我记得他们为走哪条路而犯起踌躇犹豫不决。

"我若是朝天啐口水，那就会洒湿我的面孔，"那个年纪最大的人说道，"我若是朝下吐唾沫，那就会溅湿我的胡须。反正两者必居其一。"

他们终于选定了一条路，于是他们动身上路，我父亲也跟随着他们一起走了。过了半晌，只听得远处传来噼啪噼啪的枪声。枪声响过之后大群当兵的蜂拥闯进我们的小泥舍，把我母亲、我自己还有阿娜斯塔西娅全抓了起来。他们口口声声说我们包庇窝藏过强盗，我父亲还为他们带路跟强盗混在一起，所以非把我们抓去不可。我亲眼看到了那些劫匪的尸体，也看到了我父亲的尸体。我痛哭了一场，后来就睡着了。待到我醒过来的时候，我们已经被关进了监狱。不过那牢房不见得比我们的小泥舍差到哪里去，我们吃的是葱头，还有从涂着焦油的木桶里倒出来的有点馊味的酒，在家里我们吃的饭食也强不了多少。

我们究竟在监狱里关了多少时日我已弄不清楚了，反正过了许多日日夜夜，等到我们放出来的时候已经是我们神圣的复活节了。出狱之后，我把阿娜斯塔西娅背在背上，我母亲病体恹恹，只能一步一挨地慢慢走。我们朝向海边走了很长的路程，总算走到了勒班陀湾。

在那里，我们走进了一座教堂，里面墙上挂着许多画在金光灿灿的底色上的圣像画，画面上都是漂亮美丽的天使，显得光彩照人。可是在我看来，我们的小阿娜斯塔西娅起码和她们一样美丽漂亮。教堂中央的地面上摆着一口棺材，里面堆满了玫瑰花。

"那就是主耶稣，他化为鲜花的形状。"我母亲告诉我说。

牧师向大家宣布说："基督复活了。"

所有的人都欢呼雀跃，相互拥抱亲吻。人人手上都举着一支点亮着的小蜡烛，我也得到了一支，连小阿娜斯塔西娅也得到了一支。风笛铿锵悦耳地吹奏起来，男人们手拉着手跳着欢快的舞蹈从教堂里出来。教堂外面妇女们正忙着在烧烤复活节吃的羊羔。我们一家也被邀请去享用这场盛宴。有一个比我年岁稍大一点的男孩子过来搂住我的脖子，连连吻我，说道："祝贺基督复活！"我们两人，阿弗塔尼德斯，就这样第一次邂逅了。

我母亲会编织渔网，在这个海湾里接到了不少活计，可以维持生活。于是我们就在海边安顿下来住了很久。美丽的大海呵，它的味道又咸又涩像是眼泪。它的颜色令人想到了那头老牡鹿的泪水，一会儿泛出红色，一会儿绿色，后来又变得蓝湛湛的。

阿弗塔尼德斯会撑船掌舵，我和我的小阿娜斯塔西娅就坐在船上畅游大海。小船在海面上飞快行驶，就像一朵云彩飘荡过天空。当太阳徐徐沉没之际，群山尽染一片苍茫黛青，一峰突兀高过另外一峰，而帕尔纳索斯山却雄踞于群峰之巅睥视着所有的峰峦峻岭。它那白雪皑皑的主峰在落日霞光之中如同熔金烙铁一般地闪耀着，彤彤红光似火如焰，似乎这光芒是从山里往外照射出来的一样，因为在太阳沉没之后很久，山顶依然在清澈碧蓝的天空中闪烁着光芒。白色的海鸥不时展翅飞擦过光洁如镜的海面。这里一切都是那么恬静宁谧,恍若黑色巉岩林立的德尔斐。我仰面平躺在小船的舱板上,阿娜斯塔西娅趴在我的胸口上。满天星斗一片灿烂,闪烁得比教堂里的灯光还要明亮,这些星星就是我在德尔斐老家的小泥舍屋前经常看见的,到了后来我觉得还是在自己的老家里哪。这时忽然波浪汹涌涛声喧哗,小船猛然摇晃起来。我大声惊叫起来,因为阿娜斯塔西娅扑通一声落入了水里。不过阿弗塔尼德斯手脚真是敏捷机灵,他马上就跳进水里,把她捧了起来又交还给我。我们两人把她的衣服脱下来把水拧干才给她穿上。我们一直待到她身上的湿衣服全晾干了才回家去,因为我们不想让我母亲知道我们曾受了多大惊吓,我们的小妹妹遇到了多大的生命危险,她的这条性命是阿弗塔尼德斯捡回来的。

夏天来到,酷暑难当。骄阳似火把地面上的一切都烤得滚热发烫,连树上的绿叶都晒得枯黄发蔫了。我想起了在我老家山里有多么凉快,流过屋前的溪水有多么甘冽清新。我母亲也同我一样思乡心切。我们终于忍不住乡愁之苦,有一天晚上慢慢地朝向老家走去。沿路是多么安静宁谧,多么寂寥无声呵!我们穿过高高的麝香草丛,虽然太阳把草丛的叶子都晒得枯萎发蔫了,可是却依然是那样芳香四飘沁人心脾。一路上我们没有碰到一个牧人,也没有路过一幢房舍,四周是那么寂静,到处是一片荒芜凄凉。只有天上偶有流星曳光划过夜空,这才显出地上虽无人烟天上却有动静哩。我不知道那是明朗的蓝色天空自己在发光呢还是星星在闪耀,反正我们能够看得清楚群山环抱的峰峦轮廓。母亲拢起了一堆篝火,烤熟了几个她带回来的葱头。吃完之后,我和小妹妹就睡在麝香草丛里，我们并不害怕嘴里喷着烈火的凶恶的斯德米拉基①，也不害怕豺狼和野狗，因为我母亲就坐在我们身边，我想这就足够了。

我们终于回到了老家，原先的那幢小泥舍已倒塌成一堆废墟。我们不得不盖一幢新的。有两个女人给我母亲当帮手，不消几天工夫用土打坯筑成的屋墙已经砌起来了，又用月桂树枝铺了个新的屋顶。我母亲又用皮革和树皮编结了不少放瓶瓶罐罐的筐篋，这样我们就安顿下来了。我替牧师们②当羊倌照看牲口群。阿娜斯塔西娅和几只小乌龟就是我玩耍的伙伴。

有一天亲爱的阿弗塔尼德斯来看我们了，他说他太想念牵挂我们了，他留下来同我们一起度过了整整两天。

一个月之后，他又来了。他告诉我们说他要出门一趟，先到帕特雷后去科孚海峡③，所以特意来向我们告个别，他还带了一条大鱼来孝敬我母亲。他肚里知道的东西真不少，可以高谈阔论说上一大堆事情，非但讲了勒班陀湾一带渔夫的日常琐事，还讲了不少国王和英雄们的故事。这些大人物当初曾统治过希腊，就像如今的土耳其一样。

我曾见过玫瑰枝头上结出了一个个很小的骨朵儿，那骨朵儿日长夜大，不消几个星期满枝的蓓蕾倏然绽开，含苞吐蕊开

---

① 希腊人的迷信说法，宰羊时未将羊肚取出埋掉，或者将内脏乱扔在地上便会变成妖怪斯德米拉基作祟害人荼毒生灵。

② 能够识字的农民往往被奉为牧师，享有最神圣的先生的尊称，别的农民遇见他都要俯伏行礼吻他站立的地面。——原注

③ 帕特雷是希腊西部海港城市，科孚海峡在希腊西北部。

出了一朵朵鲜艳欲滴的花朵,于是我这才想起来自己怎么就不曾留意到这玫瑰已长得多么高大,有多么美丽,那么鲜红可爱。我和阿娜斯塔西娅也是一样。不知不觉之间她已经长成了一个亭亭玉立的大姑娘,出落得俏丽美貌明艳动人,而我自己也长成了一个强壮矫健的小伙子。我母亲和阿娜斯塔西娅床上铺垫着的狼皮都是从死在我枪口下的狼身上剥下来的。真是岁月悠悠时光易逝哪。

有一天傍晚,阿弗塔尼德斯不期然地来了,他细高挑儿像根芦苇一样挺拔,结实强壮,浑身的肌肤都是古铜色。他亲吻了我们大家。他讲那么多的亲身经历给我们听,讲到了大海,还讲到了马耳他岛上的要塞堡垒和埃及的举世无双的金字塔。他讲得那么妙不可言,我们都听得如痴似醉。他的故事是那么奇异,简直就像牧师们的传奇。我怀着崇敬的心情注视着他。

"你知道的东西真多,"我说道,"你讲得有多奇妙呵!"

"要说最奇妙不过的事情还是有一回你讲给我听的哩,"他说道,"那桩事情从你讲给我听了以来就一直牵挂在我心上,我从来不曾断过这个念头,就是结拜之交那种古朴而淳厚的风俗,我亦想仿效先贤步他们的后尘哪。兄弟,你我何不效学你父亲和阿娜斯塔西娅的父亲做过的那样,到教堂去结拜成兄弟呢!你的妹妹阿娜斯塔西娅是个最美丽最纯洁的姑娘,让她来主持你我结拜的仪式吧,世上再找不出别的人有我们希腊人这种朴实淳厚的古老风俗了。"

阿娜斯塔西娅满脸飞红,红得像一朵盛开的玫瑰,我母亲亲吻了阿弗塔尼德斯。

大约离我们的小泥舍一小时路程的地方土壤松软而肥沃，在稀稀拉拉的几棵绿树树荫底下散落着一片片耕田和菜园，那里有一座教堂，教堂的祭坛前悬挂着一盏白银的长明灯。

我穿上了最好的衣裳，那就是我们的民族服装"福斯坦纳拉"装①，短袖束腰、打着裥褶的白色裙式外套，裙裾般的下摆垂过臀部，红色的短马甲紧紧裹住了我的身躯，头上戴了一顶圆筒形非兹便帽②缀着银白的穗缨，腰带上挂着弯刀插着手枪。阿弗塔尼德斯穿着一身笔挺的深蓝色希腊水手服，胸前佩戴着一块镂刻着圣母像的银牌，脖子上戴的那条围巾华丽昂贵，只有钱袋鼓鼓的绅士们才买得起。人人都可以看得出来我们两人必定是去出席隆重场合的。

我们走进了那座僻处一隅的教堂里，夕阳余晖从教堂大门里照射进来，把点燃着的白银长明灯和画在金色底板上的彩色圣像照映得流光溢彩一片辉煌灿烂。我们俩跪倒在圣坛前的台阶上，阿娜斯塔西娅站立在我们俩的前面。她亭亭玉立，一袭白色纱裙在她的躯体上飘逸，更衬托出她苗条的身材。一串用古币和新钱串缀起来的项链像是一条完整而宽大的衣领一样盘住了她雪白的颈脖和丰满的胸脯。她那乌黑如云的秀发往头顶绾上去，梳成一个大髻，髻儿上一顶点缀着古庙里找来的银币金币的冠冕状头饰在闪烁发亮，希腊姑娘恐怕再也找不出来比这更美丽的头饰了。她光彩照人明艳夺目，一双美目如同两颗亮晶晶的星星在顾盼闪

---

① 系希腊人和阿尔巴尼亚人的民族服饰。
② 希腊和土耳其一带的民间礼帽。

烁。我们三个人一齐默默地诵念了祷告。然后，她对我们问道：

"你们愿意结拜为同生共死的契友吗？"

"我们愿意。"我们两人异口同声回答道。

她又问道：

"你们愿意不论发生什么事情都能记住我的兄弟就是我身体的一部分，记住我的秘密就是他的秘密，我的幸福就是他的幸福吗？记住不但要使自己的心灵拥有自我牺牲、忍耐和所有这些美德，也要以同样的美德来对待他吗？"

我们两人又回答道：

"我们愿意。"

在我们做出了这样的庄严承诺之后，她就把我们俩的手握住在一起，亲吻了我们的面颊。我们三人又默默地祷告起来。这时牧师从圣坛的后侧走了出来，踏上圣坛为我们三个人祝福。圣坛后侧又传来了其余神职人员齐声高唱的赞美诗歌声。于是结拜成为生死之交的仪式便到此结束。我们从地上站起来的时候，我瞅见我母亲正站在教堂大门旁边忘情地哭泣。

德尔斐溪流边的那幢小泥舍里的灯光如今看起来有多么明亮欢快呵。在阿弗塔尼德斯离开我们的前一天傍晚，他同我一起坐在巉岩遍布的坡地上娓娓话别，我们两人说话不多，都陷入了沉思遐想。他用手搂住了我的腰，我用手钩住了他的颈脖。我们谈到了希腊所面临的种种苦难，我们谈到了这个国家可以倚仗的人物。我们两人肝胆相照，每人心灵里的每一个想法都是真心赤诚地倾吐出来。我猛地抓住了他的手说道：

"还有一桩事情你必须要知道，在我们结拜以前，这件事只有上帝和我知道。那就是我的心灵里充满了爱。这种爱要比对我母亲的爱更为强烈……"

"那么你爱的是谁呢？"阿弗塔尼德斯问道，他的脸和颈脖都涨得通红。

"我爱阿娜斯塔西娅。"我说道。

霎时之间，他的手在我手中颤抖起来，他的脸色一下子苍白得有如死人一般。我一见便恍然大悟了，我相信自己的那只手也不由自主地颤抖起来。我朝他弯过身去，吻了一下他的前额，推心置腹地悄声说道：

"我从来不曾对她亲口吐露过心思，说不定她并不爱我。兄弟，你只消想一想，我整天都看到她，她就在我身边长大成人，已经融入了我的灵魂之中。"

"她应该是属于你的，"他说道，"你的。我不能够欺骗你，也不愿意欺骗你。我也爱着她，不过明天我就要离去远行。让我们在一年之后再见面吧，那时候你们俩大概已经结婚了，难道不是这样吗？我身边积蓄了一些钱，这都给你。你必须收下这笔钱，你非收下不可。"

我们两人沿着山路往回走，一路上谁也没有作声。待到我们走进小泥舍站在我母亲的房门跟前的时候，夜已经很深了。

我们两人踏进房间，阿娜斯塔西娅举着灯走到我们身边，我母亲不在屋里。她双眼看着阿弗塔尼德斯，脸上泛起了一种奇异的表情，是一种深深的惆怅和伤感。

"明天你就要离开我们了，"她说道，"我心里非常难过。"

"我心里也很难过。"他说道，他的声音之中带着一种勉强扼制住的悲哀，听起来就如同我自己胸头起伏不断的痛楚一样地深沉。我难过得说不出话来，可是他却一把握住了她的手说道：

"我的兄弟爱上了你，你也爱他，难道不是吗？他从不张口提出来，恰好就表明了他对你的爱情。"

阿娜斯塔西娅浑身颤抖起来，一下子失声嚎啕大哭起来。

这时候我的眼里只有她一个人，心里想到的也只有她一个人，我伸出双臂抱住了她的腰，说道：

"是的，我爱你。"

她把她的嘴唇贴到了我的嘴上，她的双手抱住了我的颈脖。这一失手那盏灯就跌落到了地上，我们四周顿时一片漆黑，大概黑暗得如同我那亲爱的兄弟，可怜的阿弗塔尼德斯的心一样。

天亮之前，他动身离去，他同我们每人都亲吻道别，他把他所有的钱都交给我母亲说是留给我们用。阿娜斯塔西娅成了我的未婚妻，过了几天她就成了我的妻子。

# 荷马<sup>①</sup>墓上的一朵玫瑰花

在所有的东方歌曲中都歌唱夜莺对玫瑰花的爱情,在星光灿烂的夜空下,这位长着翅膀的歌手引吭高唱,为那芬芳的玫瑰花献上一首小夜曲。

离士麦那[②]不远的地方,在参天的梧桐树下,商旅的驮货骆驼正缓缓行进。那些骆驼趾高气扬地仰起长脖子,脚步沉重地踩在这块神圣的土地上。就是在这个地方,我见到了一排像是树篱一样的玫瑰花丛。斑鸠在高高的枝梢上掠过,阳光滑过它的翅膀时,翎毛闪现出珍珠般的光泽。

在玫瑰树篱中有一朵鲜花,艳压群芳,美得出众。夜莺对她情有独钟,啼鸣不已,用清脆悦耳的歌声来向她颂吐自己仰慕爱恋的衷肠。可是这朵玫瑰花却默默无言,它的花瓣上连一滴像是同情的眼泪那样的露珠都没有。她把枝梢垂向几块大石头。

"人世间最伟大的歌手长眠在这里,"玫瑰花说,"我要让他的墓上飘逸着我的芳香。狂风可以吹得我落英缤纷,可是我会让我

---

① 荷马(约公元前9世纪—前8世纪),古希腊的伟大行吟诗人,系双目失明的盲人,相传古希腊的伟大史诗《伊利亚特》和《奥德赛》都是他的作品。

② 士麦那系土耳其西部的一个古城,现已改名为伊兹密尔。相传荷马的坟墓就在这一带地方。

的花瓣都撒落到他的墓上。这位唱出伊利亚特之歌的诗人已经化为这片土地上的泥土，而我就是从这片土地上出生的。我是荷马墓上的一株玫瑰，身份是那么神圣，岂能纡尊降贵只为一只可怜的夜莺而开花。"

于是夜莺不停地歌唱，啼血殉情而亡。

一个商贾赶着驮满货物的骆驼，带着他的黑奴从这里走过，他的小儿子发现了那只死去的夜莺，于是他把这只小歌手埋在伟大的荷马的墓里。这时那朵玫瑰也在狂风中颤抖。

天黑下来了，这朵玫瑰把花瓣收拢，她睡着了，做起梦来，这就是她的梦境：

> 在一个阳光明媚的晴空丽日，一群外国人来到了这里，他们都是法兰克人，其中还有一个来自北欧的歌手，那地方是浓雾和北极光的故乡。他摘下了这朵玫瑰花，把她夹在一本书里，带到了世界上的另外一个洲去，带到他的祖国去。这朵玫瑰花紧紧地夹在一大叠纸张之间，终于悲伤得枯萎干瘪了。每当歌手在家里翻开这本书的时候，他总会说："这是荷马墓上的一朵玫瑰。"

这朵玫瑰花做完了梦，慢慢苏醒过来，她在寒冷的晨风中簌簌发抖，一大颗眼泪般的露水从她的花瓣上滴落下来，洒在荷马的墓上。

太阳冉冉升起，白天酷热难当，这朵玫瑰花开得比任何时候都娇艳。她依然在本乡本土，在炎热的亚洲。

这时候传来了橐橐的脚步声，一群外国人走了过来，那些人正是这朵玫瑰花在梦中见过的法兰克人，他们当中有一个来自北欧的诗人。他摘下了这朵玫瑰花，在她的娇嫩、鲜艳得像嘴唇一样的花瓣上亲吻了一下，就把它带回到浓雾和北极光的故乡。

这朵枯萎干瘪了的花如今像一具木乃伊似的躺在那个诗人的藏书《伊利亚特》的书页之间，就像她曾经梦见过的一样。她会听到他打开这本书并且啧啧有声地说道："这是荷马墓上的一朵玫瑰花。"

## 奥勒·洛克奥依

全世界没有人能像奥勒·洛克奥依那样知道那么多故事，他讲的故事真是好听。

屋外，天色徐徐黑下来，孩子们只得乖乖儿地待在屋里，坐在饭桌旁边或者自己的小凳子上。这时候奥勒·洛克奥依就来了。他一点儿不出声地走上了楼梯，因为他的脚上只穿了一双长筒袜子，走起路来就不会发出响声了。他又一点不发出响声地拉开房门，朝孩子们的眼皮里喷一点甜牛奶，那么细的奶水叫人一点都察觉不到，可是喷了一点点就叫人眼皮子重重地抬不起来，迷迷糊糊地睁不开眼睛，这样也就看不见他了。他又悄悄地走到孩子们的身后，朝着他们的脖子轻轻吹气，于是孩子们脑袋重重地抬不起来，可是一点也不觉得疼，因为奥勒·洛克奥依对待孩子们没有什么坏心眼。他只想让他们安静下来，最好是把他们送到床上去，因为孩子们只有睡到床上才会安静下来，他才能安安生生地讲故事给他们听。

孩子们睡熟以后，奥勒·洛克奥依就坐到床前。他身上的穿着很讲究，外套是用丝绸做的，可是那颜色就不好说了，因为那件外套会随着他身体的扭动而闪出五光十色，一会儿是绿色，一会儿是红色，一会儿又是蓝色，他的两个腋下各夹着一把伞，一把上面画着许多图画,他就撑开这把画满图画的伞,支在那些很乖的孩子的头顶上,于是他们整夜能够梦见好听的故事。另一把伞上光秃秃的,什么图画都没有,他撑开那把伞,支在淘气的孩子的头顶上,于是他们便呆头呆脑地一觉睡到大天亮,连梦都不曾做一个就醒过来了。

现在让我们听听奥勒·洛克奥依在整整一个星期里讲的故事,他每天晚上到一个名叫亚玛尔的小男孩身边,对他讲故事。一共有七个故事,因为一星期有七天嘛。

## 星期一

"现在听好了,"晚上奥勒·洛克奥依把亚玛尔弄到床上后这样对他说道,"我先把房间打扫收拾一下。"

他说完这话,房间里原先长在花盆里的鲜花都变成了大树,长长的树枝一直长上去碰到了天花板,又折向四面墙壁蔓生,于是整个房间看上去就像绿荫掩映之中的一座凉亭。所有的树枝上都开满了鲜花,每朵花都比玫瑰花好看,那香味好闻极了,要是有人去咬一口尝尝的话,那滋味比果酱还甜。树上结的果实个个都像金子似的黄灿灿,熟得像塞满葡萄干的蛋糕裂开了口子,那味道真好,再也找不出更好吃的东西啦。

就在这时,从亚玛尔放课本的桌子抽屉里传出一声声鬼哭狼嚎般的惊声尖叫。

"这是怎么一回事呀?"奥勒·洛克奥依问道。他走到桌前,拉开抽屉一看，原来是一块小石板在抽搐，因为在石板上演算的那道算术题里硬挤进来一个算错了的数目，害得这道题的所有数字都你推我搡，闹得不可开交，险些儿把石板都挤碎了。那根用细绳子拴在石板上的粉笔，像一只小狗一样又跳又蹦，想要帮忙把那道算术题里算错的数目赶出去，可是它毫无办法，因为它挣脱不开那根细绳的束缚。

亚玛尔的习字本也在大哭小吵，那声音真是刺耳。在习字本每一页的边上都写着大写字母，每个大写字母旁边都有一个小写字母，大写字母都顺着次序从上往下排成一行，小写字母也是这样排着。这些就是供人摹写的字帖范本。在这些大小写字体的旁边还有一行字母，它们个个都自以为同那些范本一模一样，因为这些字都是亚玛尔照着范本临摹写下来的。可是它们七歪八扭地趴在格子线上，一个个全都要摔出去似的，而它们本来应该在线上站得笔直。

"看见了吗，你们应该这样站才有模有样，"范本字母谆谆教诲说，"你们看好，要朝外斜出一点，再用力扭过身去。"

"唉，我们倒也愿意写成这样，"亚玛尔写的字母说，"可是我们浑身软弱无力，使不上劲哪。"

"那么我用橡皮来把你们擦掉。"奥勒·洛克奥依说。

"哎哟，那可不行。"它们惊叫起来，忽然一下子全都站得笔直，看起来个个精神抖擞。

"唉，我们这会儿只好不讲故事了，"奥勒·洛克奥依说，"我要先让这些字母操练操练。一、二！一、二！"他真的带着它们操练起来，直到它们一个个都站得笔直，看起来同范本字母差不多。

可是等奥勒·洛克奥依一走,那些字母又像以前一样七歪八扭了。

## 星期二

亚玛尔一上床,奥勒·洛克奥依马上掏出具有魔力的小喷壶,朝房间里的家具上喷了一遍,于是所有的家具立刻全都会张嘴说话了。

它们叽叽喳喳地交谈起来,所有的家具都在喋喋不休地夸耀自己,唯独那只痰盂没有挤进来凑热闹。它一声不吭地站在墙角落里生闷气,心里在琢磨,怎么这些家伙虚荣心那么厉害,一个个只是滔滔不绝地自吹自擂,时时刻刻只替自己着想,压根儿想不起来这只恭顺地站在墙角落里让人把痰吐到里面的痰盂。

在五斗柜上面的墙上挂着一幅镶在金色框架里的大油画,这是一幅风景画。画上古树参天,芳草如茵,草地上鲜花烂漫,一条小溪水清如碧,穿过森林,绕过宫殿和华厦,然后流向远方的大海。

奥勒·洛克奥依用他的具有魔力的小喷壶朝那幅图画上喷了一遍,于是画面上的小鸟便吱吱喳喳地唱起歌来,树上的枝条摇曳,天上的云朵飘动,云朵投在地面上的阴影也跟着一起往前移动。

奥勒·洛克奥依把小亚玛尔抱起来走到那幅画的画框跟前,亚玛尔把他的双脚伸进画框,双脚竟然踩在高高的草丛里,他就在那里站住了。阳光透过树枝之间的缝隙照到了他的身上。他跑到水边,坐进一只靠在河边上的小船,那条船的船身漆成红白两色,船帆闪着银白色的光。六只天鹅飞来,它们的脖子上戴着金环,前额上有一颗亮晶晶的蓝星,它们拉着这只小船穿过苍翠的森林,森林里的参天大树在娓娓讲述强盗和女巫的故事,而鲜花却在讲述那些讨人喜欢的小精灵和从蝴蝶那里听来的故事。

小船徐徐往前驶去,一群群最好看的鱼儿跟在小船后面游弋,身上的鱼鳞有如片片黄金、白银在闪光。有时它们忽然跃出水面,又落到河里,溅得浪花四起。在空中,那些红面孔和蓝面孔的大大小小的鸟儿排成长长的两行,跟随在小船后面飞着。蚊子在嗡嗡地飞上飞下追逐着小船,金龟子在瓮声瓮气地哼哼唧唧。它们都想跟着亚玛尔一起走,都有自己的故事要讲给他听。

这真是一趟惬意的水上航行。有时浓荫覆盖,四周就会暗淡下来,有时森林就像一个在阳光下鲜花遍开的美丽的大花园,浓荫里掩映着一栋栋装着明亮的玻璃窗户的大理石宫殿。许多公主站在宫殿的阳台上,她们都是亚玛尔认识的熟人,那一张张脸蛋都是时常同亚玛尔在一起玩耍的小女孩的脸蛋。她们个个都朝他伸出手来,手里拿着令人馋涎欲滴的糖猪,要比任何卖糕点的女人做的更美。亚玛尔走过的时候,伸出手去捏住了一只糖猪的边沿,那个公主却偏偏捏得紧紧的不肯松手,于是他们俩就把糖猪掰成了两半,公主只捏住了一小半,而亚玛尔得到了一大半。每个宫殿门前都站着王子在站岗守卫,这些小王子们肩上背着黄金的军刀,还把葡萄干和玩具锡兵撒得满天飞,就像在下大雨一样,那种气派叫人一眼就看出他们是真正的王子。

不一会儿,亚玛尔就乘着那只小船驶过了森林,很快又驶出了那间宽敞的厅堂,驶过了城里的闹市,来到了他的保姆住的地方。他小时候那个保姆一直抱着他,对他非常疼爱,保姆向亚玛尔频频点头挥手,还哼起了她特意为亚玛尔编的那首好听的儿歌:

> 我时常惦记着你,
> 可爱的小宝贝,我的亚玛尔。
> 我亲吻着你的小嘴,
> 你的前额和红润的脸蛋。
> 我听到你咿咿呀呀讲话,
> 可惜我要向你说声再见。
> 愿上帝保佑你茁壮地成长,
> 你是从天国来到人间的天使。

所有的鸟儿都齐声唱起了这首儿歌,所有的鲜花都在它们的茎梗上翩跹起舞,连古老的大树也都点头赞许,仿佛奥勒·洛克奥依也在讲故事给它们听。

## 星期三

屋外滴滴答答,下着好大的雨啊!雨声连亚玛尔在他睡梦中都听到了。奥勒·洛克奥依打开窗子一看，只见窗台都快要没到水里去啦，窗外面一片汪洋，几乎成了真正的大海。有一艘华丽非凡的大海船竟然紧靠着房屋停泊。

"你愿意跟我一起出海航行吗，小亚玛尔？"奥勒·洛克奥依问道，"这样你今天晚上到外国去游览一趟，明天早上又可以回到自己的家里来。"

亚玛尔一听，马上把星期天才穿的漂亮衣裳穿到身上，站到那艘华丽的大船的船舱里。瞬间，大雨立即停住，天空马上晴朗起来。他们乘船驶过大街小巷，绕过教堂，驶进了浩瀚无际、波涛汹涌的大海。他们航行得那么远，以至于见不到一片陆地。他们看到有一大群鹳鸟也离开了那边的家园，跟随他们往前飞到温暖的地方。它们一只跟着一只排成一行在天空中飞着，飞得那么远，飞得那么久，以至于有一只鹳鸟已经累得扇不动翅膀，身体不断往下沉，它渐渐地落到后面，同别的鹳鸟拉开了一大截距离，到了后来它虽然还是奋力拍打翅膀，却再也飞不动了，身体一股劲儿地往下沉，它飞得愈来愈低，愈来愈低，它的两脚碰到了船桅上的缆绳，它便一下子顺着风帆滑落下来，啪的一声跌倒在甲板上。

船上的小水手一把抓住了它，把它关进家禽笼子里，同鸡呀、鸭呀、火鸡呀关在一起。那只鹳鸟怯生生地站在它们中间，茫茫然不知所措。

"瞧瞧它那副傻样。"母鸡们说道。

那只雄火鸡昂首挺胸，把身子突得鼓鼓的，神气活现地盘问它是什么东西。鸭子们一边往后退回去，一边你推我搡地挤在一起,"嘎嘎,嘎嘎"地大声叫嚷。

鹳鸟向它们讲起了暖和的非洲,讲起了那里的金字塔,还讲到了那些能在大沙漠中像野马一样飞奔的鸵鸟。它讲的这些东西鸭子连一句也听不懂,于是它们又挤在一起你推我搡地叫道:

"咱们是不是都觉得它是个大傻瓜?"

"没错,它准是个大傻瓜。"鸭子伸长脖子抖抖翎毛说道。

于是鹳鸟只好闭上嘴巴不再吭声,闷声不响地想念它的非洲。

"你那两条又细又长的腿倒挺好看的,"雄火鸡说,"它们要卖多少钱哪?"

"嘎嘎,嘎嘎。"鸭子们一齐咧开嘴大笑起来。可是鹳鸟仍然闷声不响,只当没有听见而不去理睬。

"喂,你可以跟着大伙儿一起笑嘛。"雄火鸡对它说,"因为方才的那句话讲得实在太风趣啦。要不然就是你太肤浅、太没有见识了,所以根本就听不懂我在说些什么,那么说来我们只好孤芳自赏啦。"雄火鸡发出一阵喔喔的啼叫声,鸭子们也一齐起哄,"嘎嘎,嘎嘎"地叫个不停。它们自得其乐,可是吵得叫人受不了。

可是小亚玛尔走到家禽笼前,把笼门打开,招呼了鹳鸟一声,鹳鸟便立即跳了出来,跳到甲板上,站在他的面前。现在鹳鸟已经充分休息,缓过劲来,它先不住地点头对亚玛尔表示感谢,然后就伸开双翅飞上天空,朝温暖的地方飞去。这时母鸡在咕咕叫,鸭子在嘎嘎叫,雄火鸡气得把脑袋涨得通红。

"哼,我们明天就把你们煮了熬汤喝。"小亚玛尔气呼呼地说道。他一下子就醒过来了,仍旧躺在自己的小床上。奥勒·洛克奥依带他出海航行，那真是妙不可言。

# 星期四

"你知道我带来了什么吗？"奥勒·洛克奥依说，"你用不着害怕，你看，就是这只小老鼠。"他举举手里托着的那只挺讨人喜欢的小老鼠走到亚玛尔面前。"她是特意来邀请你去参加婚礼的。有两只小老鼠今天晚上要成亲，他们就住在你母亲的食物储藏室的地板底下，那里倒是个很惬意的洞府。"

"可是我怎样才能钻进地板底下的老鼠洞里去呢？"亚玛尔问道。

"我自有法子，"奥勒·洛克奥依说，"我会把你变得很小。"他举起他那只有魔力的小喷壶朝亚玛尔喷了一下，亚玛尔马上就一点一点地小下去，直到只有指头那样小。

"如今你可以借玩具锡兵的衣服穿啦，我觉得你穿他的衣服正合身，再说在社交场合里全身戎装看起来不是很神气吗？"

"对，一点不错。"亚玛尔说道。一转眼他已经穿上了制服，像个最神气的玩具锡兵一样。

"请您坐到您妈妈的顶针里好吗？"那只小老鼠说，"那样我就可以荣幸地拉着您去啦。"

"天哪，那就烦劳这位小姐啦。"亚玛尔说，于是他就坐进顶针里面，由那只老鼠拉着去参加婚礼。

他们先驶进地板底下，在一条长长的甬道里前进，那条甬道低矮,刚刚能够让那辆顶针车通过。朽木上发出来的磷光把整条甬道照得通亮。

"这里的气味很好闻,是吗?"那只给顶针车驾辕的小老鼠说道,"整条甬道都用烟熏咸猪肉皮擦过的,所以才有这样好闻的香味,再也找不出更好闻的气味啦。"

他们很快就来到婚礼的大厅,大厅右首是女宾席,站满了老鼠女士,她们都在吱吱吱说个没完、喳喳喳笑个不停,好像是在相互说笑逗趣似的。左首男宾席上,老鼠男士们很有风度地不时伸出前爪去捋捋嘴边的髭须。新婚夫妇站在大厅当中的一块空心干奶酪皮上亲热地接吻,他们已经订过婚,这会儿是他们的婚礼喜庆大典。

祝贺的嘉宾们纷至沓来,大厅里拥挤不堪,到了后来鼠满为患,几乎挤得快要到踩死几只的地步。新婚夫妇又站得正好把门口挡住,客人们既进不去也出不来。整个大厅也像那条长长的甬道一样,是用烟熏咸猪肉皮擦过的。喜庆酒宴吃的佳肴也是烟熏咸猪肉皮。甜食端上来了,那是一颗鲜豌豆,老鼠家族的一只小老鼠已经在豌豆的皮上啃出了新婚夫妇的名字,也就是说他们名字的头一个字母,这真是难得品尝的稀罕美食。

所有的老鼠都赞口不绝,说这次婚礼庆典真是喜气洋洋,大家欢乐尽兴而归。

婚礼过后,亚玛尔又乘坐着老鼠拉的顶针车回家了。他真的出席了一场非常出色的社交活动,不过他非要缩到手指头那么小,小到能穿得下玩具锡兵的军装制服才行。

## 星期五

"简直难以相信,会有那么多上了年岁的老人愿意同我待在一起,"奥勒·洛克奥依说,"那些曾经做过见不得人的事情的家伙对我说:'亲爱的小奥勒,我们整夜无法闭上眼睛,只好通宵达旦地睁着眼睛躺着,眼看着我们做过的那些坏事情一件件都像恶狠狠的小妖精一样坐到床沿上,用滚烫的热水来浇我们。请你来把它们撵走,让我们能安安生生睡个好觉。'他们个个都愁眉苦脸,长吁短叹,还说:'我们情愿出钱请你来,晚安,奥勒。钱就放在窗台上,你自己拿去好了。'可是我对他们说:'我向来干什么事情都不是为了钱。'"

"那么今天晚上我们干什么呢?"亚玛尔问道。

"哦,我不知道你是否愿意今晚再去参加一个婚礼,"奥勒·洛克奥依回答说,"不过这场婚礼同我们昨天看到的那种热闹场面完全不一样。你妹妹的那个大玩具娃娃,就是那个看上去挺像个男子汉的,他的名字叫赫尔曼。他要和玩具娃娃伯莎结婚了。今天正赶上是伯莎的生日,所以会有许多礼物送来。"

"对,我知道这件事,"亚玛尔说,"每当玩具娃娃们想要添置新衣服的时候,我妹妹就会让他们过生日或者举行婚礼。这样的事已经有过一百次喽。"

"那么今晚这场婚礼就算是第一百零一次吧。第一百零一次往往是空前绝后的那一次,所以自会不同凡响,值得一看。"

亚玛尔朝桌上瞅了一眼,桌子上摆着用硬纸板做的玩具房子,每扇窗户都灯火通明。房屋大门前所有的玩具锡兵都站成队列持枪敬礼。那对新婚夫妇在房里席地而坐,把头靠在一张桌子腿上,一副若有所思的样子,今天真是有理由值得遐想,大喜的日子嘛。

奥勒·洛克奥依穿上了老祖母的黑色裙袍,为他们俩主持了婚礼。婚礼仪式刚结束,房间里所有的家具都齐声唱起了喜庆的颂歌,这首歌是由铅笔作词配乐的,曲调采用的是军乐队的明快而强烈的打击乐节奏。歌声唱道:

"我们的歌声好像劲风吹,
吹到了屋里新婚夫妇面前。
他们俩拘束、矜持、痴呆呆,
一动不动活像两根木头签。
他们俩装聋作哑不吭声,
原来是用缝手套的皮子做成的。
恭喜、恭喜呀,木头签子,
恭喜、恭喜呀,手套皮子,
哪怕刮风下雨天公不作美,
我们仍热烈祝贺,齐声高唱。"

然后新婚夫妇就收下贺喜的礼品,不过凡是送来的贺礼是吃的东西,他们就一概不收,因为爱情就是他们最好的食粮,他们有了爱情就已经足够了。

"我们是到乡下去住段日子,还是到国外去旅行?"新郎问道。

于是燕子和老母鸡都来帮忙出主意，燕子是时常出远门旅行的，而老母鸡来自乡下的农庄，而且在那儿孵出了五窝小鸡。

燕子给他们讲那些温暖的远方的湖光山色，那里的葡萄一串串沉甸甸地挂在葡萄藤上。那里的空气温和宜人，那里的峰峦变幻着色彩，那种绮丽的风光是这里见不到的。

"可是他们哪有我们的甘蓝菜，"老母鸡不服气地说，"有一年夏天，我带着我的小鸡住在乡下，那里有个大沙坑，我们可以在里面踱来踱去，用脚爪刨刨沙子。我们还可以走进一个种甘蓝菜的菜园子。哦，那么大一片碧绿的甘蓝菜，真是好吃。我再也想不出来还有什么更好的地方可去啦。"

"可是甘蓝菜哪个地方全一样，"燕子说，"再说这里的天气老是那么糟糕。"

"不错，可是我们对这种天气习以为常了。"母鸡说道。

"这里天寒地冻，真是冷得要命。"燕子说道。

"越是天寒地冻，甘蓝菜就越是好吃，"母鸡说，"再说我们这里也不是没有天热的日子，记得四年前的一个夏季天热了整整五个星期，热得都叫人喘不过气来。我们这里也没有毒蛇，更没有豺狼。谁要是不承认我们这地方是世上最美好的地方，那么他一定是个坏蛋，他就压根儿不配住在我们这个地方。"

母鸡咕咕地抽噎了半响，又说："我也出门旅行过。有一回我被关在鸡笼里放到马车上，一口气赶了十二里路，颠得真是难受，出门旅行真是活受罪。"

"那倒是一点不错，"玩具娃娃伯莎说，"鸡妈妈真是个明白事理的聪明人。我也不喜欢到高山上去旅行，整天爬上又爬下。不行，不行,我们还是搬到乡下去住,在大沙坑和菜园子里散散步吧。"

这对新婚夫妇就这样商定了。

## 星期六

"先讲个故事给我听,好吗?"奥勒·洛克奥依刚要把亚玛尔弄睡着了,小亚玛尔就这样说道。

"今天晚上我们没有时间讲故事啦。"奥勒·洛克奥依说道,把他最美丽的一顶伞撑开支在亚玛尔的头上。"瞧这些中国人!"

那顶伞看起来就像一只好大的中国碗,伞面上画着蓝莹莹的树木和石拱桥,桥上站着几个小小的中国人,他们都在连连点头。"今天我们要把全世界都清扫一遍。"奥勒·洛克奥依说,"你要知道明天是一个圣洁的日子,星期天是神圣的安息日,一切都要干干净净。我要到教堂钟楼上去看看,那些小精灵们是不是把教堂的大楼都擦得锃光瓦亮,好叫钟声敲起来清脆悦耳。我还要到田野上去跑一趟,看看风儿是不是把青草和树叶上的尘土都吹走了。最费劲的活是我必须把天上的星星一颗颗摘下来擦洗干净。在我把它们兜在我的围裙里之前,我先要给它们每一颗都编一个号,还要把摘掉了星星的那个空当也编上同样的号,这样在擦洗之后它们才能对号入座回到原来的位置上去,要不然星星的大小不一,空当的窟窿眼也不一样,搞错了位置星星就镶嵌不进去,便会从天上跌下来成了流星。所以千万不能弄错,要不然它们就会一个接着一个掉下来,我们会看到好多好多的流星。"

"听着，洛克奥依先生，"亚玛尔卧室墙上挂着的一幅古老的画像开口说话了，"您是不是知道，我是亚玛尔的曾祖父。我很感谢您，您总是费心地给这个孩子讲故事。不过您也千万不要把他的想法搞得乱了套。星星是没法从天上摘下来擦洗的，它们同地球一样，都是宇宙中的天体，这就是它们的本来面目。"

"谢谢您提醒，老曾祖父，"奥勒·洛克奥依说，"您想必是这一家子的祖宗了，不过你也休想倚老卖老。要知道我比你年纪大得多，辈分高得多。我是一个古老的异教徒，希腊人和罗马人都将我尊奉为睡梦之神①。我出入于那些最显赫、高贵的体面人家，而且今后还要去。不管是面对大人物，还是面对小人物，我都有分寸，用不着别人来教我该怎么做。我走啦，你要讲什么，就随意说吧。"

"哎哟，如今这世道连话也不让人讲了。"古老的画像抱怨说。

这一下亚玛尔就惊醒过来了。

## 星期日

"晚上好。"奥勒·洛克奥依打招呼，亚玛尔点头会意，他一下子奔过去把墙壁上那幅古老的画像翻过去，让那位曾祖父面对着墙壁，省得再来干扰。

"现在讲个故事给我听吧，"亚玛尔说，"讲一个住在豆荚里的

---

① 希腊神话传说中，睡神许普诺斯在各地生有上千个儿子，都是睡梦之神。

五颗绿豌豆的故事吧!讲一个公鸡爪子向母鸡爪子献殷勤的故事吧!再不讲那个故事:一根用来织补的大粗针,却自以为是细得不能再细的绣花针。"

"可是好听的故事听多了也会腻味的,"奥勒·洛克奥依说,"我想让你看点什么,我让你看看我的弟弟,他的名字也叫奥勒·洛克奥依,可是他到别人家里去了一回就再也不去了。他来的时候,一进门就让人骑到他的马上,然后就讲故事给他听。他只会讲两个故事,一个故事太美啦,美得世上谁也想不出来;可是另一个故事却又悲惨之至,令人形容都形容不出来。"

奥勒·洛克奥依把亚玛尔抱到窗前,指指窗外说:

"朝那儿瞧,你就可以看见我的兄弟,另一个奥勒·洛克奥依啦。他还有个名字叫死神,大家通常都这么称呼他。你看到了吧,他长得一点都不凶,哪像图画书上画的那么吓人,有的还把他画成了一具骷髅。他根本不是那样的。你看,他的上衣缀有银线的刺绣,他身上穿的是最漂亮的轻骑兵制服,黑色的大斗篷在马背上随风飘荡。你瞧,他正策马飞奔过来。"

亚玛尔看到,那一个奥勒·洛克奥依纵马飞驰过来,一路上把一些老人和年轻人都拉到马上和他同行。有的人坐到他的前面,有的人坐到他的后面去。不过他总要先问一声:

"你的成绩报告单上是怎么写的?"

"都很好。"他们回答得含糊其辞。

"不行,让我亲自看过才算数。"他说道。

他们只好乖乖地把成绩报告单拿出来给他看。那些得到"优"和"良"的都可以坐到他的前面,听那个最好听的故事;那些得到"中"或者是"差"的只能坐在他的背后，听那个最悲惨的故事。他们都听得浑身发抖，吓得大哭起来，他们想要跳下马来逃走，可是那也不行，因为他们一坐到马背上，就像生了根一样不能动弹了。

"这么说来，死神才是最可爱的奥勒·洛克奥依。"亚玛尔说，"我一点都不怕他。"

"你也用不着怕他，"奥勒·洛克奥依说，"只要有一份好的成绩报告单，就不用怕他了。"

"唔，这个故事讲得不错，能给人以启发，"那幅曾祖父的古老画像喃喃地说，"看起来我说他几句还是挺管用的。"于是他心里十分得意。

这些就是奥勒·洛克奥依讲的故事。要想听到更多、更好听的故事，那么等到今天晚上他自己来讲给你听吧。

# 玫瑰花小精灵

花园的中央长着一丛玫瑰,都已经含芳吐蕊,开出了花朵。这些花中有一朵最美丽,花里住着一个小精灵。他的个头实在太小啦,没有一个人能够看得见他。他在那朵玫瑰花的每一片花瓣背面都有一个卧室。他身材匀称,好看得就像婴儿那样,肩上的一双翅膀一直垂到脚后跟。哦,他的房间里才香呢,那些墙壁是多么明亮和美丽啊!他们全是粉红色的玫瑰花瓣。

他整天逍遥自在,享受着温暖的阳光带来的乐趣。他从这一朵花飞到那一朵花上,又在飞舞的蝴蝶的翅膀上跳舞。他又在椴树的树叶上踱步,每走一步都要数一下,想要计算一共要走多少步,才能走完一片椴树叶子上的所有大道和小路。其实那些大道和小路只不过是我们所说的叶脉,可是对他来说就是一些走不完的路。他走呀,走呀,可是还没有等到他走完,太阳就下山了,因为他开始得太晚了。

天色黑下来,也寒冷起来,夜露凝霜,晚风冰凉。现在最好的办法是赶快回到家里去。他使出浑身力气,死劲地飞跑起来,可是等到他奔到玫瑰花丛前一看,每朵花的花瓣都已经合拢闭紧了,连一朵张开着的花瓣都没有,他进不去了。小精灵这下子可真吓坏啦,他从来没有在外面露宿过,总是躺在温暖的玫瑰花瓣背后的卧室里甜甜地睡上一觉。唉，这下子岂不是要了他的命。

他知道在花园的另外一侧有一个凉亭，四周长满了美丽的杜鹃花，那些花朵看上去像彩色的犄角一样。他急中生智，一想可以钻进那些花朵里去借宿一夜，一直睡到天亮。

于是他就飞到那里去了。嘘，别出声，因为凉亭里还有两个人呢，一个是英俊潇洒的年轻男子，一个是美丽的少女，他们并肩坐在一起谈情说爱。他们海誓山盟，相约要终身相爱，永不分离，那份情意要比最好的孩子对自己父母的爱还要深厚得多。

"可是我们眼前不得不离别，"那个青年男子说，"只怪你哥哥对我们太狠心，为了拆散我们，就打发我跋山涉水，出远门去办事。再见，我的新娘，你等着我回来娶你吧。"

他们抱头热吻，那个少女痛哭流涕，她送给他一朵玫瑰花，在递给他之前少女先吻了一下，她把双唇紧贴在花朵上，吻得那么深情，那么热烈，那朵玫瑰花禁不住绽开了。小精灵一见便赶紧钻了进去，把头靠在芳香四溢的花瓣上，虽然隔了这么一堵柔嫩的墙壁，他在花里仍旧可以听得清清楚楚他们俩在说"再见""再见吧"。他感觉得出来那朵玫瑰花被放到了青年男子的胸口上。

哎哟，那个年轻人的心跳得多么厉害呀，怦呀怦呀一股劲儿地猛跳，心跳得那么剧烈可害得小精灵一点也睡不着。

那朵玫瑰花贴在胸前的时间并不长，青年男子又把它取出来拿在手里。他穿过黑暗的森林的时候，一边走，一边吻着花。他使劲地把嘴唇紧贴在花瓣上，小精灵险些儿压得没命了。小精灵透过花瓣都可以感觉到那青年男子的嘴唇是多么滚烫，那朵玫瑰花就像被正午的太阳晒热了一样盛开起来。

这时又走来了另一个男人,他满脸凶相,杀气腾腾。此人就是那个美丽少女的哥哥。他手里举着一把锋利的大刀,趁那个青年男子在亲吻玫瑰花的当儿,一刀把年轻男子刺死。那个恶人还把年轻男子的头砍了下来,又把头颅和尸首一起埋在椴树下的松软泥土里。

"哼,现在他总算一命呜呼,永不生还了,"那个心狠手辣的坏哥哥这样想道,"他永远不会回来了,很快就会被忘掉的。反正他要出远门,跋山涉水到外地去办事。在这样的长途奔波之中什么风险都会发生,很容易丢掉性命。他就是这样遇难丧生的。他是回不来啦,我妹妹也绝不敢向我问起他的。"

他想着想着,抬起脚来把一些干枯的树叶拢到埋了尸首的松土上。然后就趁着夜晚月黑天暗,疾步返回家去。他自己以为是孤身一人回去的。那个恶人在挖土埋尸首的时候,有一片卷曲的椴树枯叶飘落下来沾在他的头发上,而小精灵恰好坐在那片椴树叶子上。恶人后来把帽子戴上,那帽子里面一片漆黑,小精灵吓得浑身打起哆嗦来,而他心里却因方才这场凶狠的暴行怒火中烧。

天亮前,那个恶人回到了家里。他脱下帽子走进妹妹的卧室。那个美丽的少女正在睡觉,美得像娇艳的鲜花一样。她正在做梦,梦见她热恋着的情人正在跋山涉水,穿越森林,渡过一重重难关。那个狠毒的坏哥哥弯下腰来,朝着她阴险地咯咯一笑。这笑声狰狞可怕,只有恶魔才能发得出来。在他弯下腰去的时候,他头发上沾的那片枯叶子掉落到了床单上,不过他没有发觉。他转身走回到自己的卧室去睡一会儿,因为他通宵未眠了。

这时小精灵就悄悄地从那片枯叶中溜了出来,钻进那个还在沉睡的少女的耳朵里，让她在梦中听到小精灵对她一五一十地讲述那场可怕的凶杀，小精灵还讲给她听，她哥哥杀死她的情人和埋掉尸首的地方，告诉她说那地方就在鲜花盛开的椴树底下。小精灵还说道：

"为了让你不要误以为我对你讲的这一切仅仅是做了个梦，所以你会在你的床上看到一片枯叶子。"

那个少女惊醒过来，朝床上一看果然有一片枯叶子。唉，她淌下了多少痛苦的眼泪啊！可是又没有人可以倾听她的悲哀。

那间卧室里的窗子整天都敞开着，小精灵可以毫不费力地回到玫瑰花或者任何其他花朵中去。可是他不忍心离开那个悲痛欲绝的少女。窗台上有一盆月季花，小精灵就飞到一朵月季花上坐着，陪伴和看守这个可怜的少女。她的那个坏哥哥在她房间里走进走出了好几次，显得十分得意和快活，一点儿也看不出穷凶极恶的样子。不过她已有戒备，不敢把自己心头的极大悲痛在他面前吐露出一字半句。

一到夜里，她就悄悄溜出屋去，走进树林，走到那棵椴树底下，把枯叶子从松土上扒开，往松土里挖下去，很快就找到了那具尸首。啊，他果真惨遭杀害了。于是她痛哭了起来，哭得那么伤心。她向天父祈祷，但求她也跟着一起死去。

那位少女很想把整个尸体都带回去，可是她实在搬不动。于是她捧起那个双目紧闭、毫无血色的头颅，亲吻了那冰凉的嘴唇，又把他头发上的泥土掸干净。

"我要把它留在身边。"少女说道。她又铲了点土把尸体埋好，又在松土上铺了枯叶。她把头颅带了回来，还在他遇害被杀的地方折了一根茉莉花树的树枝，也一起带了回来。

她一回到家，就找了一个最大的花盆，她把那个头颅放在盆里，盖上泥土，再把茉莉花枝栽到盆里。

"再见吧，再见吧！"小精灵喃喃地向那个少女告别说，他再也不忍心把这悲惨的情景看下去了，所以他就飞回到花园里，飞到自己的那丛玫瑰上去。那朵玫瑰花已经谢掉了，只剩下几瓣枯萎的花瓣残留在绿色的叶子上。

"唉，美好善良的东西都是那么来去匆匆！"小精灵叹息说道。

后来他又找到另外一株玫瑰，在那里安了家，他又可以在那芳香柔嫩的花瓣背后栖身居住。

每天早晨，小精灵都要飞到那个可怜的少女的卧室窗台上。她总是站在那只花盆面前哭泣，伤心的泪水落到了茉莉花枝上。她一天天消瘦下去，那株茉莉却一天比一天更翠绿，长出一根又一根新枝嫩芽，结出一个又一个小花苞。她总是不断地亲吻那株茉莉。

可是那个歹毒的坏哥哥却狠狠地责骂她，一股劲儿地诘问她为什么变得如此痴呆，成天对着那个花盆哭泣。他哪里会知道就在这个盆里埋着个人头，那双多么明亮的眼睛却已永远合上，那双鲜红的嘴唇已化为尘土。

这一天，玫瑰小精灵飞到那里去的时候，却只看到那个可怜的少女把头低垂在花盆上，她就这样昏昏沉沉地睡在那里。小精灵走进她的眼皮子里，告诉她那边凉亭里晚上有多么热闹，玫瑰花有多么芬芳馥郁，还讲给她听小精灵们的爱情。她睡得那么香甜还做起梦来，在她做着好梦的时候，生命离开了她的躯体。她安安详详地死去，升入了天堂，在天国中和她热恋的情人相会团聚。

茉莉花枝上开出了大朵大朵的白花，那花朵形状就像一串串小铃铛，散发出一种奇特的清香，它们无法哭泣，只能这样来寄托对逝者的哀思。

可是那个歹毒的坏哥哥一眼看中了这盆妩媚、高雅的茉莉花，就把它拿到自己的卧室里，放在自己的床头，因为这盆花看起来是那么赏心悦目，闻起来又那么沁人心脾。

玫瑰小精灵也跟了进去，他从一朵花飞到另一朵花。每朵花里都住着一个小小的灵魂，他就是去找他们的，一五一十地告诉他们那个青年男子遇害被杀，他的头颅就埋在这个花盆的泥土里。他还把那个狠毒的哥哥和那个可怜的妹妹的事也讲了出来。

"我们早已知道啦，"每个茉莉花的灵魂都这么说，"我们早已知道这件事情啦。难道我们不正是从遇害者的眼睛和嘴唇里抽芽生根，茁壮成长起来的吗？我们知道这件事！我们知道这件事！"

每一朵茉莉花都用一种奇异的方式点点头。

玫瑰小精灵弄不明白为什么他们会这样无动于衷。于是他飞到正在花上采蜜的蜜蜂那去，向蜜蜂们讲述了那个狠毒的哥哥犯下的罪行。蜜蜂们把这件事情禀告了给他们的蜂王。蜂王下令，叫他们第二天一早把那个杀人凶犯刺死。

可是就在当天晚上，也就是那个可怜的妹妹死了之后的第一个晚上，当那个坏哥哥躺在那盆芬芳的茉莉花旁的床上睡觉的时候，每朵花都开了，花的灵魂一齐从花瓣里钻了出来，他们无影无踪地飞了过来，手里紧握着沾满毒汁的长矛。他们先飞进他的耳朵，向他讲了许多噩梦，然后又飞到他的嘴唇上，用他们手中涂满毒汁的长矛猛刺他的舌头。

"我们终于为死者报了仇。"他们感叹地说，又飞回到那盆茉莉花上的一串串白色花朵上去。

到了清晨，窗户刚一打开，玫瑰小精灵就带领着蜂王和她手下的整个蜂群飞进来要刺死那个坏哥哥。

可是那个坏哥哥已经死了，一些人围在那张床旁边站着寻找死因。他们都说道：

"那盆茉莉花香气十足，把他活活熏死啦！"

直到此时，玫瑰小精灵方始恍然大悟：原来是那盆茉莉花报了仇。他把茉莉花的壮举告诉了蜂王。于是蜂王率领了那群蜜蜂一齐蜂拥过来，围住了那盆茉莉花嗡嗡地飞来飞去，怎么赶也赶不走。有个人过来捧起花盆要把它搬走。一只蜜蜂赶上去在他手上刺了一下，那人一失手就把花盆摔到了地上跌得粉碎。

这时人们看到从花盆里滚出一个白色头颅来。他们这才知道，躺在床上死掉的那个人原来是个杀人凶犯。

蜂王率领着蜂群在空中嗡嗡飞着，歌颂茉莉花的报仇壮举，也歌颂玫瑰小精灵，他们唱道："在每一片花瓣的背后都住着一个小精灵，他们惩恶扬善主持了公道。"

# 小猪倌儿

从前有一个很穷的王子,他有一个王国,不过那个王国非常小,虽说很小,毕竟也还供得起他结婚娶亲,而他也十分想结婚娶亲。

他真是胆大包天,居然敢问皇帝的女儿:"你肯嫁给我吗?"他这样大胆妄为,是因为他名气很大,只要他提出求婚,几十个公主都会欣然同意。那么这个皇帝的女儿肯不肯这样做呢?

我们听下去就会知道啦。

在王子父亲的坟墓前长着一丛玫瑰花,那是最美丽的玫瑰了,要五年才开一次花,而且每次只开一朵花。可是这朵玫瑰散发出的香气,只要闻一下,一切烦恼和忧愁都会忘掉。他还有一只夜莺,唱起歌来婉转动人,仿佛天下所有好听的曲调都会被它唱出来。王子要把这两样东西献给皇帝的女儿作为求婚的礼物,因此那丛玫瑰和那只夜莺被装进两只大银盒里。

皇帝传旨把它们抬进大厅。那位公主正在同宫女们在那里玩"有个陌生人来了"的游戏,因为除了玩游戏她们也没有别的事情可干。公主见到两大盒礼物高兴得拍起手来。

"但愿是一只小猫咪。"公主说道。可是她打开盒子一看,里面却是那丛美丽的玫瑰花。

"哦，这朵花做得那么精美。"宫女们都异口同声地说。

"何止精美，"皇帝说，"而且像真的一样！"

公主伸手去摸了摸那丛花，一脸愠色，几乎要哭出来了。

"哎哟，爸爸，"她惊叫起来，"它不是做出来的，而是真花。"

"哎哟，"所有的宫女一齐惊叫起来，"原来是真花啊。"

"让我们先看看另外一只盒子里装的是什么东西，然后再发脾气也不迟。"皇帝说道。于是那只夜莺被拿了出来。它引吭高歌，歌声婉转，悦耳动听，没有人可以挑出一点毛病。

"SUPERBE！ CHARMANT！棒极啦！真好呀！"宫女们称赞说。她们满口法语，不过一个比一个说得糟糕。

"这只鸟的叫声使我想起了已经升天的先皇后爱听的八音匣，"有一位年老的骑士说，"不但音调上有异曲同工之妙，连唱腔也是一模一样。"

"是呀。"皇帝像个小孩子那样哭出来了。

"哼，我不相信它是一只真鸟。"公主说道。

"不会有错，它确实是一只真鸟。"那几个送夜莺来的人说道。

"好吧，那就把这只鸟放飞吧！"公主说道。她一口回绝，不许那个王子前来相亲。

可是那个王子却没有被吓住，他抓了一把泥土把脸抹成棕褐色，又把帽檐拉得低低的遮住了半边脸，就跑来敲皇宫的大门。

"皇帝陛下，您好，"王子说，"我可以到皇宫里来当差吗？"

"哎呀，想来当差的人太多了，"皇帝说，"不过让我想一想。对啦，我还缺个人手来照管猪圈，皇宫里养着好几头猪呢。"

就这样王子当上了皇宫里的小猪倌儿。他住进猪圈旁的一间破房子里，他既然当了猪倌儿，就只能住在这地方。白天他一刻不停地忙碌。到了晚上，他用手工做出一口很精巧的小锅子，锅的四周挂了许多小铃铛，只要锅里的水烧开了，那些小铃铛就会发出叮叮当当的响声，奏出那首古老的歌谣：

"哎哟哟，我可爱的奥古斯丁，

统统完蛋啦，完蛋啦，

什么都完蛋啦……"

那口锅子还有一个神奇之处，那就是：只要把手指朝锅子里冒出来的热气一伸，就马上可以闻到全城烟囱里的炊烟，闻得出各家各户烹饪菜肴的香味，每家在烧什么一下子就知道了。这比起那丛天生的真玫瑰花来真是要好玩多啦。

过了几天，那位公主在所有宫女的陪伴下出来散步，她听到那首曲子便停下了，因为她也会在琴上弹这首曲子，而且《哎哟哟，我可爱的奥古斯丁》也是她唯一会弹的曲子，而且只会用一根手指来弹。

"这不就是我会弹的那首曲子吗？"公主说，"看来这个猪倌儿还有点教养。听着，快进去问问他，那个乐器他要卖多少钱？"

一个宫女只好进屋去打听，不过她进屋之前先脱下自己脚上的漂亮鞋子，换上一双木头拖鞋。

"喂，你那口锅要卖多少钱？"那个宫女问道。

"我只要公主给我十个吻就行，"小猪倌儿说，"这样我才肯卖。"

"哦，上帝庇佑我们吧。"宫女说道。

"非要这价钱才卖,少一个都不行。"小猪倌儿一口咬定说。

那个宫女走了出来,公主赶紧问道:"喂,他怎么说来着?"

"我真说不出口,"宫女说,"太难听啦!"

"那你就凑在我耳朵边悄悄地说。"公主说道。于是宫女就凑在她耳朵边讲给她听。

"他太放肆啦。"公主说,一扭身就走开了,可是走了没有几步路,那些小铃铛又清脆地响起来了,它们在唱道:

"哎哟哟,我可爱的奥古斯丁,

统统完蛋啦,完蛋啦,

什么都完蛋啦……"

"听着,"公主忍不住说道,"快去问问他,是不是可以由我的宫女代替我亲吻他十下。"

"不行,谢谢,"小猪倌儿寸步不让地说,"一定要公主自己吻我十下才行,要不然我宁可留着这口小锅。"

"真是可恶,"公主说,"唉,你们为我挡着点,别让人看见了。"

于是宫女们在她身后排成一长排,把她们的裙袍撩起来挡着。小猪倌儿终于得到了公主的十个吻,而公主得到了那口神奇的小锅。

那真是太有趣了,好玩得不得了。那天晚上和第二天整整一天,那口小锅里的水总是在沸腾。全城没有哪家烟囱里冒出来的炊烟是公主和宫女们闻不到的,城里家家户户在做什么饭,烧什么菜,她们全都了如指掌,从宫廷侍从、大臣到鞋匠,他们的家里在煮些什么她们都知道得一清二楚。宫女们高兴得连连鼓掌,手舞足蹈。

"谁家晚饭就着甜羹啃煎饼，谁家晚饭喝麦片粥吃肉排，我们全都知道。"

"真是最有趣不过啦。"宫廷女侍从长说。

"是的，不过大家要守口如瓶，不许声张出去，因为我毕竟是皇帝的女儿嘛。"公主吩咐说。

"上帝会保佑我们的。"大家异口同声地说。

那个小猪倌儿其实就是贫穷的王子，只不过公主她们都以为他是个实实在在的养猪人，而不晓得他的真实身份。他不想闲着无事让一天白白过去，总想做点东西。他又用手工做出了一个拨浪鼓，只要用手捻着它转起来，它就会奏出华尔兹圆舞曲、霍帕兹快步舞曲、波尔卡舞曲等从古至今所有好听的舞曲。

"那真是 SUPERBE，太妙啦。"公主走过那里时听见了就这样说道，"我从来不曾听到过比这更美妙动听的曲子啦。快去问问他，那乐器要卖多少钱，不过我只肯出钱，不愿再吻他了。"

"他要公主给他一百个吻。"那个前去向小猪倌儿打听价钱的宫女回来说。

"我相信他一定是鬼迷心窍啦。"公主说，她气得一扭身就走了。刚走没几步，她又停了。"唉，只当是为了促进艺术事业的发展吧！"她又自言自语地说，"可是我毕竟是皇帝的女儿呀，快去告诉他，他可以像昨天一样得到我的十个吻，其余的吻都由我的宫女们来给。"

"可是我们不愿吻他。"宫女们都这么说。

"瞎说，"公主说，"既然我都吻他，你们也可以。你们要记住，是我供你们吃住，还发给你们工钱的。"

那个宫女只好又进屋去问小猪倌儿。

"必须由公主亲自给我一百个吻,"小猪倌儿一口咬定说,"要不然就拉倒。"

"统统都站到我的身边来。"公主吩咐说,宫女们就排成一圈替公主挡着点儿。

"猪圈旁边围着一堆人,不知道在看什么热闹。"皇帝说道,他刚好走到阳台上看见了那一大堆人。他揉揉眼睛,戴上眼镜。"大概是那些宫女们瞎胡闹,我要去查看查看。"皇帝一边说,一边把鞋后跟拉起来,因为他趿着软底拖鞋。

老天爷呀,他走得飞快,眨眼工夫他就来到了院子里,放轻了脚步走过去。那些宫女们正忙着数接吻的次数,因为买卖要公平,不能让他占便宜多吻一下,也不叫他吃亏少吻一下。所以她们根本没有注意皇帝已走到她们身边。皇帝站到她们背后踮起脚尖朝里面看。

"真是岂有此理!"他叫了起来,他看到公主和小猪倌儿在接吻。他脱下拖鞋就朝他们两人的脑袋上打去,这时小猪倌儿才吻到第八十六下。

"滚出去!"皇帝怒吼起来,他气得半死。公主和小猪倌儿都被赶出了他的王国。

公主站在荒野里伤心地哭泣,小猪倌儿却大加苛责。这时候天气骤变,大雨倾盆而下。

"唉,我真是个苦命的人!"公主说,"早知有今日,何不当初就应允了那个王子的求婚。我真是太不幸啦!"

小猪倌儿走到一棵大树背后,擦掉了脸上涂抹着的泥土和棕褐颜色，脱掉了身上穿的脏衣服，换上了华丽的王子服。他的相貌是那么英俊，以至于公主不得不向他行了屈膝礼。

"如今我已看得一清二楚，所以十分鄙视你的为人，"那个王子说，"你不肯下嫁给一个诚实正直的王子。你不懂得珍惜天然的玫瑰和夜莺，可是为了一件玩意儿，你就肯贬低身价去同一个小猪倌儿亲吻。现在你就只好自作自受啦。"

王子说完之后就径直回到他的王国，还紧闭城门把公主关在城外。这下公主只好站在城外唱道：

> "哎哟哟，我可爱的奥古斯丁，
> 统统完蛋啦，完蛋啦，
> 什么都完蛋啦！"

# 荞　麦

每当雷电交加的暴风雨过后，人们走过荞麦地的时候，往往可以见到地头一片焦黑，好像一场大火把这块田地烧得烟熏火燎灰头土脸似的。农夫们说道："天上打闪电，荞麦地遭殃。"可是到底是怎么回事呢？

我来讲一讲麻雀是怎么告诉我的吧，而麻雀的这番话又是从荞麦地附近的一棵老柳树那里听来的。那棵老柳树如今还站在那里，身子骨还算硬朗，不过年岁太大未免老态龙钟，浑身皱纹密布，在树干半当中裂出了一道很大的缝隙，裂口里荆棘、杂草丛生。树干如同驼背一样朝前倾斜弯曲，长长的枝条垂到地面如同一头碧绿的长发一样。

老柳树周围一带全都是粮田，种了各色各样的麦子，不但种了裸麦和大麦，还种了燕麦。那些燕麦模样儿长得真俏，成熟的麦浪就像一群群黄灿灿的金丝鸟栖在麦秆上。麦穗都长得那么饱满，沉甸甸地低垂着脑袋，愈是长得饱满的，头就沉得愈低，显得分外谦虚自恭。

在那里还有一块荞麦地，那块地就在老柳树的跟前。荞麦可是一点也不像别的麦子那样，它根本就不低头哈腰，而是高昂着脑袋傲然挺立。

"我的麦穗比别的麦子都饱满得多，"荞麦说，"再说我模样儿又长得那么俏，我开出的花同苹果花一样美丽。看看我，看看我的花儿，就会感到愉快。喂，老柳树，你见过比我们更美丽的东西吗？"

老柳树频频点头，似乎在说："见过的，我当然见过。"

可是荞麦却自高自大地说道："这老东西笨到家了，肚里一包草都长到外面来了。"

这时天色大变，一场暴风雨来了。田野上所有的花朵都收拢了花瓣，或者赶紧弯下了它们娇嫩的脑袋。可是荞麦却依然趾高气扬迎风傲立。

"快像我们一样把你的脑袋低下来！"别的花儿都呼喊道。

"我哪里用得着低头！"荞麦说道。

"快像我们一样把你的脑袋低下来！"所有的麦子一齐呼喊说道，"暴风雨的天使飞过来了，他那双长长的翅膀从云端一直拖到地面。你还来不及开口哀求他发发慈悲，他就已经把你拦腰折成两截。"

"哼，我就偏偏不低头。"荞麦犟头倔脑地说道。

"把你麦秆上的花儿统统闭起来，把你的叶子都垂下来，"老柳树规劝说，"当云层里发出隆隆巨响的时候，千万不要抬头往天上看。在闪电的亮光里虽说可以把上帝的天空看得非常清楚，可是那闪电的光芒会把眼睛刺瞎的，所以连那些人类都不敢偷看上一眼。我们这些长在泥土里的草木作物要是敢于这样做的话，那会招惹来怎样的灾祸呢？况且我们要比人类还差得远！"

"比人类差得远？"荞麦不服气地说，"我偏偏现在就抬头看看上帝的天国！"它自负自傲地抬高了头朝天上望去。这时候雷声轰隆，电光闪闪，整个大地好像在燃烧。

暴风雨过后，天空又晴朗如初。所有的花儿和麦子都被雨水冲刷得光洁、清爽，在干净、新鲜的空气里亭亭玉立。唯独荞麦却枯枝荒草一样地趴在田野上，它被闪电烧灼得焦头烂额浑身炭黑。

老柳树在微风中徐徐摇曳着它的枝条，它那碧绿的柳叶上落下了大滴大滴的水珠，就好像在哭泣一样。

麻雀飞过，问道："你为什么要哭泣，老柳树？这里风和日丽阳光明媚，这里天高云淡彩霞飘荡。这里闻得到花儿草木的芬芳清香，你为什么还要哭泣呢，老柳树？"

于是老柳树就告诉了它们荞麦是如何自高自大，目空一切，最后受到了惩罚，犯下了罪过就逃不脱报应。有天晚上我要麻雀讲个故事，它们就讲了这么个故事给我听。

# 天　使

"凡是有好孩子夭折的时候，上帝的天使总会自天而降来到人间，他把死去的好孩子抱到怀里，张开他那雪白的大翅膀，飞过那孩子生前喜欢去的地方，从那里摘一大把花。他把摘来的鲜花带到上帝那里，好让那些花儿在天堂里开得比在人间更鲜艳美丽。仁慈的上帝把花儿全都紧贴在自己的心上，可是他总要吻一下他最喜爱的那一朵，于是那朵花就有了声音，能和大家一起合唱福音的颂歌了。"

这番话是一个天使抱着刚刚夭折的孩子飞上天堂时说的，那个孩子就像在做梦一样地倾听着。他们飞过那个小孩家门口附近孩子生前时常去玩耍的地方，飞过开满鲜花的花园。

"我们究竟摘哪些花带到天堂里去种上呢？"天使问道。

在他们不远的地方有一丛纤细而可爱的玫瑰，可是花茎却被哪只可恶的手折断了，含苞欲放的蓓蕾已经蔫头耷脑地垂在枝梢全都枯萎凋谢了。

"可怜的玫瑰，"孩子说，"带上它吧，让它在上帝面前重新开花吧。"

天使拔起了那丛玫瑰，为了这个缘故还吻了那个孩子一下，小男孩半睁半闭着眼睛。他们还采摘了一些别的很好看的鲜花，却也摘了一些毫不惹人起眼的金盏花和三色堇。

"现在我们采好花了。"那个孩子说道,天使却只点了点头并没有向天上飞去。

这时候还是夜里,四周一片寂静,他们在这个大城市里徘徊盘旋,他们飞过大街小巷,后来飞进一条窄窄的长巷,长巷的路面上到处撒落着一堆堆的干草、灰土和垃圾,因为这一天有户人家搬家,碎盘子、灰泥块、破布和旧帽子狼藉一地,还有别的许多破烂不堪的旧东西也随手乱扔得四处都有。

在这一大堆乱七八糟的破烂当中,天使一眼瞅见了一个破花盆的碎片和一团从花盆里跌落出来的泥土,那团泥土并没有摔得粉碎,因为种在盆里的绣线菊的根把泥土都缠在一起了。那株花已经枯萎,没有什么用处所以被当作垃圾扔掉了。

"我们把这株花也带上吧,"天使说道,"在我们一路飞过去的时候,我再告诉你缘故。"

他们一路往前飞去,天使给他讲了这个故事:

在我们身体底下的那条狭窄的长巷里,有一栋房子的低矮地下室里住着一个贫病交困的小男孩。他从小就一直缠绵在病榻上,即便在身体最硬朗强健的日子里也只能撑着拐杖在房间里来回踱一两圈。夏天有几天阳光可以照进地下室,在朝阳那面的地板上停留半个来钟头。每逢这样的日子,那个可怜的病孩子就坐到阳光照到的地板上晒晒温暖的阳光,还把小手举到脸前,对着阳光看看殷红的血在自己纤细瘦弱的手指里流动。这时候有人就会说道:

"哦,今天他出来走动啦!"

春天来到后,树林里长出了绿枝,他一点都不知道,直到邻居家的小男孩给他送来了当年第一枝枝青叶绿的山毛榉树枝。他把山毛榉的新枝放到自己的头上,梦想着自己这时候是站在山毛榉树林里,那里阳光明媚,鸟儿在欢唱。

早春的一天,邻居家的小男孩又给他带来了几株野绣线菊,其中有一株还带着根。于是这株花被栽到了一个花盆里,放在靠近他床头的窗台上。栽种这株花的那双手带来了好运气,那株花居然活过来了,抽出了新芽,年年都开花。这盆花成了病孩子最美的小花园,成了他在这个世上最宝贵的财富。他精心地给它浇水,无微不至地关怀着它,让它晒到从低矮的窗户里照射进来的阳光,从第一缕阳光一直晒到阳光在窗户上完全消失掉。哪怕他在梦里,也见到那盆花在茁壮成长,因为这株花就是为他开的,为他散发出芬芳的香气,让他的眼睛观赏愉悦。甚至当他蒙主宠召,在弥留之际,还把头扭过来看着那盆花。

如今他到上帝身边已经有一年多了,而那盆花摆在窗子旁边遭人遗忘也有一年多了。它如今已经枯萎,所以在搬家的时候就被扔到街上的垃圾堆里。这株可怜的、枯萎的花如今就在我们拿着的花束里,因为它带给人的欢乐远远超过了王后的花园里的那些雍容华贵的名花奇葩。

"可是这一切你是怎么知道的呢?"被天使抱着上天去的那个孩子问道。

"我知道这一切,"天使说,"因为我自己就是那个撑着拐杖才能走路的小病孩。这是我的花,我当然认识。"

那个小孩把眼睛睁得大大的,盯住天使那张容光焕发、神采欢乐的面孔看个不停。就在这时他们已经来到了上帝的天堂，那里充满了欢乐和幸福。上帝把那个夭折的孩子抱起来贴住自己的心口，那孩子顿时就长出了像天使一样的翅膀，他和天使手牵着手在天堂里飞翔。

上帝又把那束花拿起来，把所有的花全都贴在自己的心口上，可是却吻了一下那株可怜的、已经枯萎了的野绣线菊，那株花顿时有了声音，跟随着围在上帝身边的所有天使们齐声歌唱起来。他们有的离上帝很近，有的却稍远一些，有的在更远些围成了几个大圆圈，还有的却在遥远的无垠之中。不管是近是远，所有的人都一样快乐幸福。不管是大孩子、小孩子，不管是那个夭折的好孩子，还是在搬家那天被扔在狭窄长巷垃圾堆里已经枯萎了的那株野绣线菊花，都放声欢歌，唱出美妙的天堂之歌。

# 夜 莺

你们都知道,在中国这个国度里,皇帝是中国人,他周围的所有人也全是中国人。这件事情发生在许多许多年以前,正是这个缘故才值得一听,免得天长日久,被人遗忘了就再也听不着了。

这个皇帝的皇宫是全世界最金碧辉煌的,全是用最富丽堂皇的彩釉瓷砖和琉璃瓦砌成的,那瓷砖和琉璃瓦的价钱可昂贵啦,不过却又薄又脆,一碰就碎,所以要摸摸它非要小心才行。皇宫御花园里见得到天下最珍稀的名花奇葩,那些名贵的花朵茎梗上都系着小银铃铛,会发出叮当叮当的清脆响声,这样只要走过它们身边,就不会看不到它们了。是呀,皇宫御花园里每个景物都是精心布置得美轮美奂、令人叫绝的。这座花园一望无际,占地之大连园丁们自己也弄不清楚尽头在什么地方。要是一个人在花园里不停地往前走,就会走进一座枝叶繁盛、连绵蜿蜒的大森林,森林里古树参天,浓荫匝地,一泓绿水依偎在森林边沿。那个大湖万顷碧波,深不见底。大海船可以径直驶到那些大树伸出在湖面上的枝丫的绿荫底下。

在一棵大树的枝头栖息着一只夜莺,它婉转啼鸣,歌唱得那么悦耳动听,连忙碌不停的穷渔夫在夜间到湖上去收渔网的时候,也会侧耳细听得忘掉干手上的活计,一动不动地站在那里,嘴里喃喃地说:"天哪,那鸟儿叫得多好听啊!"可是他毕竟要忙于干活,不得不把那只鸟忘掉。第二天夜里,那只鸟又叫起来了,渔夫走到那里又会说道:"天哪,那鸟儿叫得多好听啊!"

世界各国的人来到这位皇帝的京城,他们莫不推崇、赞赏这座大都城、金碧辉煌的皇宫和御花园,可是他们一听到夜莺的歌唱,便莫不交口称赞说:"这才是最美的。"

那些旅行者回到自己的国度里去之后都谈了自己的观感。有学问的人还写了许多本书来描写这座大都城、金碧辉煌的皇宫和御花园,可是他们哪个都不会把夜莺忘掉,而且对它评价最高。那些会吟诗的学者还写了许多最美丽的诗篇,赞颂这只栖息在深湖旁边树林中的夜莺。

这些书籍传遍了全世界,有几本也传到了皇帝的手里。皇帝坐在金宝座上读了又读,一面读,一面不时地点头,因为他看到那些关于他的都城、金碧辉煌的皇宫和御花园的描写感到很高兴。

"最美妙的莫过于那只夜莺的歌唱!"书上这句话写得清清楚楚。

"这是怎么回事?"皇帝说,"夜莺!我怎么一点都不知道!难道在我的帝国里有这样的一只鸟吗?而且它居然就在我的花园里,可我从来都没有听说过,我念了这本书才知道这件事。"

于是皇帝把他的侍臣叫到了跟前,这是一位高贵的人,凡是比他官小的人敢于冒失地跟他讲话或者问他一件事,他只会简单地说一声:"呸!"而这个字眼本身并没有什么意思。

"据说这里有一只非同凡响的鸟儿,它的名字叫夜莺,"皇帝说,"人家都说它是我的伟大帝国里最珍贵的东西,为什么从来没有人在我面前提起过它呢?"

"我从来没有听到过这个名字,"那个侍臣说,"从来没有人把它进贡到宫里来。"

"我要它今天晚上就进宫来,"皇帝说,"让它来为我歌唱。全世界都知道了我有什么宝贝,而我自己却一无所知。"

"我以前从不曾听说过这个名字,"那个侍臣诚惶诚恐地说,"我马上就去找它,非把它找到不可。"

可是到哪里去找它呢?那个侍臣在皇宫里到处搜寻,楼上楼下全都找了,上上下下跑遍了所有的楼梯,又走遍了每一个厅堂和每一条走廊,可是他遇到的每一个人都像他一样不曾听说过夜莺这个名字。到了后来侍臣实在没办法,只好回到皇帝那儿,说这一定是写书的人胡编出来的神话。他说:

"陛下切莫相信书上所写的东西。这些东西往往是杜撰出来的,即所谓虚构的。"

"可是我念的那本书,"皇帝说,"是日本国至高至尊的天皇呈献的,因而它不会是胡编乱造的。我要听夜莺歌唱,它必须在今天晚上送进宫来。它会得到最隆重的圣眷恩宠。如果它不来,用过晚膳之后皇宫里所有的人都要挨板子。"

"遵命!"那个侍臣说道。他又慌慌张张地上上下下跑遍了所有的楼梯,走遍了所有的厅堂和走廊,皇宫里一半的侍臣都跟着他一起寻找,因为他们都不情愿挨板子。他们逢人就打听这只全世界都知道,唯独宫廷里毫无所知的奇妙的鸟儿夜莺。

最后他们在厨房里问到了一个穷苦的小女孩。小女孩说:

"哦,老天呵!那只夜莺!我知道得再清楚不过啦。它唱得多么好啊!每天晚上我把饭桌上的残羹剩饭收拾起来,带回家去,给我正在生病的可怜的母亲。她就住在大湖边上,在我回家的路上走得很吃力的时候,就坐在树林里休息一会儿,这时我会听到那只夜莺在歌唱。我听着连眼泪都掉下来了,它的歌声温柔,我觉得好像我母亲在亲吻我似的。"

"小帮厨的,"那个侍臣说,"你若是能带我们到那只夜莺那里去的话,我可以在厨房里给你安排一个固定的差事,让你伺候皇帝用膳。不过皇帝已经下旨,务必要在今晚就把夜莺送进宫去。"

于是他们一起走进森林,走到那只夜莺常常栖息的那棵大树底下。宫廷的一多半侍臣都跟着去了。他们正在走的时候,一头母牛朝着他们哞哞直叫。

"哦,"一个宫廷随从说,"总算找到它了!这头畜生个子不大,声音可特别,这声音我肯定早先听见过的。"

"弄错啦,那是母牛在哞哞叫,"帮厨的小女孩说,"我们还要走一大段路才能到那个地方。"

沼泽里的青蛙发出了呱呱叫声。

"倒也动听!"中国宫廷的大法师说,"我听到它啦!其声铿锵悦耳,有若寺庙中的大磬小钟。"

"错啦,那是青蛙在呱呱叫,"帮厨的小女孩说道,"不过我想很快我们就可以听到它歌唱啦。"

这时候夜莺开始唱起来。

"这才是呢!"那个小女孩说,"听呀,听呀!它就在那边。"小女孩指了指一只栖在树枝上的灰色小鸟说道。

"果然好听!"那个侍臣说,"不过我真想不到它是这副模样,它看上去真是其貌不扬，这一定是因为它见到有那么多达官贵人在这儿，吓得失去了光彩。"

"小夜莺，"帮厨的小女孩高声叫，"我们最仁慈的皇上很想让你唱歌给他听。"

"非常乐意效劳。"夜莺说道，接着就唱出动听的歌来。

"这声音洪亮清脆得像是玻璃钟的声音，"那个侍臣说，"别看它小嗓子细喉咙的，可唱得有多好听呀。说来也稀奇，我们怎么以前都没有听到过它的叫声？它进宫去一定会大获成功。"

"我还要为皇帝再唱一首歌吗？"夜莺说道，它以为皇帝就站在它跟前。

"尊贵的小夜莺，"那个侍臣说，"我万分荣幸地邀请您今晚去出席一个宫廷盛会，您可以用迷人的歌声去赢得仁慈的皇上的宠爱。"

"我的歌声只有在碧绿的田野上听起来才是最好听的。"夜莺说道。不过它听说皇帝要它去，它还是乐意前去了。

皇宫里打扫得干干净净，到处布置得焕然一新！彩釉砌成的墙壁和琉璃砖铺就的地面金碧辉煌，在上千盏金灯照映之下，光彩熠熠，交相辉映。走廊上摆满了名花奇葩，花朵的茎梗上都系着小银铃铛，只要有人来回走过或者是有穿堂风吹来，银铃便会发出一阵阵清脆的叮当声，连人们说话都听不见了。

在大厅正中皇帝坐的地方，人们竖起了一根黄金的细栖杆，夜莺就栖立在那根细杆上。宫廷里的人都来了，连那个帮厨的小女孩也得到恩准可以站立在门口，因为如今她已经有了宫廷厨娘的头衔。人人都穿上最华贵的礼服，盛装打扮得分外漂亮。他们的眼光一齐盯住了这只灰色的小鸟。皇帝朝夜莺点了点头。

夜莺舒展歌喉婉转啼鸣。它唱得实在太动人了，一曲方终但见皇帝双眼里噙着晶莹的泪花。夜莺又唱下去，它的歌声愈唱愈甜美，打动了皇帝的心弦，皇帝眼里的泪水顺着脸颊淌了下来。

皇帝听得心花怒放，他传下圣旨，要把自己的那双金拖鞋挂在夜莺的脖子上。夜莺谢绝了，说能为皇帝歌唱已是它的殊荣了。

"我已经看见皇帝眼里的泪水了，"夜莺说，"这就是给我的最高的奖赏。皇帝的眼泪具有特殊的力量，对我来说，这是最高的荣誉。"

夜莺又歌唱起来，唱得更加悦耳动听。

"这是我见过的最简单不过的逗人爱的办法。"周围的贵妇人都这么说道。于是她们在同人说话之前就先在嘴里含上点水，好让说话时候带着咯咯的颤音，这样一来她们就个个都自以为是夜莺了。

皇宫里的听差小厮和宫娥使女也笑逐颜开，说他们也听得舒畅，老实说要讨得这帮人的欢心是很不简单的，因为他们是最不容易得到满足的人。总之，夜莺获得了极大的成功。

夜莺如今留在皇宫里了，它待在自己的鸟笼里，还享有白天走出鸟笼两次、夜里出来一次的自由。夜莺每次外出必须由十二名仆人前呼后拥地伺候，每人手里都牵着一根拴在它腿上的细线。这样的飞法实在是毫无乐趣。

整个都城里的人都在谈论这只了不起的鸟儿。当两个人相遇的时候，一个人说一个"夜"字，另个人就接着说"莺"字，于是两人就干咳一声，彼此会意。有十一个商贩的孩子都起了"夜莺"这个名字，虽说他们谁也不会歌唱。

有一天，一个大盒子呈献到皇帝面前，盒子上写着"夜莺"两个大字。

"这又是一本写我们这只著名的鸟儿的新书。"皇帝说道。

可是打开盒子一看，盒子里面并没有书，只有一件小小的工艺品。那是装在锦盒里的一只人造夜莺，模样儿同那只真的夜莺一样，只不过它浑身镶满了金刚钻、红宝石和蓝宝石。这只人造的夜莺只要上足了发条，便会唱出一首那只真夜莺所唱的歌，同时它的尾巴还会上下动，尾巴上用黄金白银做成的翎毛熠熠闪光。它的脖子上系着一条缎带，缎带上写着：

"日本国皇帝的夜莺比中国皇帝的稍逊一筹。"

"真是精美极了。"宫廷里的人都异口同声地赞美说道。那个前来进献的使臣也获得了"皇室首席人造夜莺使者"的头衔。

"如今这两只鸟可以在一起歌唱了，那是再好不过的二重唱。"有人说道。

于是那两只鸟就在一起歌唱了，可是这办法却行不通，因为那只真的夜莺唱得随心所欲，而那只人造夜莺却只会唱华尔兹舞曲的老调子。

"这不能怪它，"宫廷乐师说，"它唱得一板一眼，节拍准确，而且是属于我的这一门派的风格。"

于是它只好独唱了。它获得了同真夜莺一样的成功，可是它更胜一等，因为它看起来是那么赏心悦目，浑身珠光宝气，光华闪闪，就像是镶满宝石的手镯或是镶满金刚钻的胸针一样。

那只人造的夜莺把同一首曲子唱了三十三遍，而且毫无倦意，大家都乐意继续听下去，皇帝却说该让真夜莺唱唱了。可是那只真夜莺到哪里去了呢？谁也没有注意它早已从打开的窗户里飞出去了，飞回到自己苍翠碧绿的森林里去了。

"那只鸟儿究竟在捣什么鬼？"皇帝问道。

宫廷里所有的人都异口同声地咒骂那只真夜莺，骂它是一只忘恩负义的东西。

"幸亏我们现在有了那只最好的鸟。"他们说道。

那只人造夜莺又不得不歌唱了，唱的仍是同一首曲调，不过已经是第三十四遍了。虽然如此，他们还是记不住它，说是实在太难了。宫廷乐师把这只鸟儿捧上了天，信誓旦旦地说它比那只真夜莺好得多，它不仅浑身珠光宝气，雍容华贵，而且内在素质也极佳。

"尊贵的皇帝陛下圣明，诸位女士们、先生们，你们要知道，你们永远也猜不到那只真夜莺要唱点什么。可是这只人造夜莺却凡事都按既定之规，而且是一成不变的。我们对它肚里的一切全都知道得一清二楚。我们甚至可以把它的身体打开，让人看得明白，那些华尔兹曲调是怎么唱出来的，怎么会一个音调之后又跟上来另一个音调……"

"这正是我所想的。"大家都这么说。

宫廷乐师得到恩准在下一个星期日把这只鸟儿带出宫外到民间去展示一番。皇帝降旨说，老百姓们也应该听听它的歌。老百姓们果然听得如痴似醉，就像喝了醇香的茶那样，因为喝茶是中国的时尚。所有的老百姓还按照他们的习俗喊了一声"啊"，同时举起食指连连点头，但是那个听到过真夜莺歌唱的渔夫却说道：

"它的声音倒也挺好听，也很逼真，可惜总是有点欠缺，至于欠缺什么我说不上来。"

那只真夜莺被逐出了这个帝国。

如今这只人造的鸟儿摆放到了紧靠皇帝卧榻的一个丝绸垫子上，垫子四周堆满了金银珠宝，全都是它得到的恩典赏赐。它平步青云，飞黄腾达起来，已经得到了"皇家首席歌唱大师"头衔的殊荣，其官阶位列于左边首位。因为皇帝素来将人心所在尊奉为至高无上，既然人心长在身体的左边，那么当然要以左为上喽，就是贵为皇帝，他的心脏也是长在左边的。

宫廷乐师为这只人造夜莺写了一部二十五卷的书，这部书篇幅冗长、晦涩难懂，而且是用难得不能再难的中国字写的。可是人人都一口咬定，他们都已拜读过这部巨著，非但读过，而且还看得懂书里写的什么，因为他们生怕自己成了蠢材而挨板子。

就这样整整一年过去了。皇帝、整个宫廷的人和中国的所有百姓都能够背得下来那只人工夜莺唱的每一个音调。也正是由于这个缘故，人人都非常疼爱它。他们都能够跟着它一起唱，而且他们也真的这样做了。长街深巷里的玩童男孩嘴里唱着"叽叽叽、咯咯咯"，皇帝本人也引吭高歌"叽叽叽、咯咯咯"。真是热闹有趣之至。

不过有一天晚上，正当人造夜莺唱得最起劲最卖力而皇帝高卧在御榻上听得最入神的时候，猛然间夜莺肚子里发出"啪"的一声，有什么东西断裂了，接着一阵稀里哗啦的嘈杂，所有大小齿轮一律停摆，音乐顿时停止了。

皇帝马上跳下御榻，命令把他的御医召进宫。可是御医却束手无策。于是又召来了钟表匠。那个匠人费了好多口舌问这问那，又细细琢磨比画，总算勉强把那只鸟修好了，可是钟表匠人说必须尽量少让它唱，因为它肚里的敲击键磨损得十分厉害，又没有新的可以替换，再说就算换，也无法保证音色纯正。这真是天大的不幸！如今这只人造夜莺每年只能唱一次，而且不准超过这个限度。宫廷乐师又出来讲话，这次倒没有长篇大论，只是简单地说道：虽少犹妙，仍是绝唱也。既然他都这么说了，那么这只鸟儿应该仍旧和早先唱得一样绝妙。

光阴荏苒，转眼已是五年过去。一桩天大的悲哀降临到了这个国度，深受中国百姓爱戴的皇帝一病不起，接位的新皇帝已选好。老百姓们在街上拉住了那个侍臣询问他们的老皇帝的病情。

"呸。"那个侍臣只说了这么一声，摇摇头。

皇帝躺在他宽大而华贵的御榻上，周身冰凉、脸色铁青，整个宫殿的人都以为他死了，于是所有的廷臣都赶紧跑去觐见新皇帝。皇帝寝宫里的贴身侍从都跑出来议论这件事，宫娥侍女也聚在一起喝咖啡。在大厅和过道里都铺上布，这一来有人走动也听不见脚步声。因此四周一片沉寂，毫无声息。可是皇帝还没有咽气驾崩，他脸色苍白，身体僵直地躺在他那张华贵的御榻上，床的四周丝绒帷幔高挂，沉甸甸的金穗子低垂。高处有一扇窗子打开着，月光从窗子里照进来，照到皇帝的身上，也照到了那只人造夜莺的身上。

可怜的皇帝只觉得有一样笨重的东西沉甸甸地压在胸口上，压得他连气都喘不过来。他睁开眼睛一看，原来是死神坐在自己的胸口上，还戴着他的金皇冠，一只手握着他的金宝剑，另一只手里拿着他的色彩华丽的三角形令旗。许多奇形怪状的脑袋从床幔褶缝中钻出来,有的狰狞丑恶,有的略为温和,它们都象征着皇帝做过的善事或者恶行,它们一个个地逼视着皇帝,死神坐在皇帝的心口上主持这场最后的审判。

"你记得那件事吗?"它们紧追不放地审问,"你记得那件事吗?"皇帝头上止不住直冒冷汗。

"这么多事我都不知道,"皇帝说,"奏乐、奏乐!快把中国大鼓敲响起来。"皇帝气咻咻地叫道,"它们讲的这些事情我一句都不想听。"

然而它们却不加理睬,还是一股劲儿地追问下去。死神一股劲儿地点头,就像凡是中国人朝他们说话,他们都会连连点头一样。

"奏乐,快点奏乐!"皇帝呼叫起来,"你这只有福气的小金鸟啊,我曾经赐给你那么多金银财宝,我甚至把我的金拖鞋也挂在你的脖子上。唱呀,快唱呀!"

可是那只鸟却闷声不响地站在那里,没有人来给它上发条,所以它连一点声音都发不出来。死神仍瞪着它那双空洞洞的大眼睛逼视着皇帝。房间里一片寂静,可怕的寂静。

忽然,从窗口传来甜润、清脆的歌声,这是那只真的夜莺,它栖在窗外的树枝上,它听说皇帝不幸得了重病躺在床上,所以特地来为他唱歌,带给他安慰和希望。当它唱得欢快时,那些幽灵的脑袋渐渐变淡了,皇帝虚弱的身体里血也越流越酣畅,连死神也屏息凝神听起来。

"唱下去,小夜莺,接着唱下去吧!"死神说。

"那么你肯把那柄金剑和华贵的令旗送给我吗？你肯把皇冠脱下来送给我吗？"夜莺问道。

死神为了听夜莺唱一首曲子，把宝物都交了出来。夜莺放声歌唱，唱到了教堂的墓地上盛开了雪白的玫瑰花，接骨木随风散出阵阵清香，未亡人的点点泪珠洒落在青翠的嫩草上。死神听呀听呀，愈听就愈牵挂他的花园，于是就化为一股白蒙蒙的冰凉寒雾，从窗口飘逸出去了。

"谢谢，谢谢，"皇帝连声说，"你这只上苍下凡的极乐鸟，我已把你认出来啦！你就是那只被我驱逐出我的帝国的那只夜莺！然而你却不计前嫌，用你那甜美的歌声把厉鬼从我的病榻上撵走，把死神从我的心窝上赶走。我该怎样赏赐你才能感谢救命之恩呢！"

"你已经给过我赏赐了，"夜莺说，"我第一次为你歌唱的时候，你流下了泪水，我永远也不会忘记。这些泪珠就是滋润歌者心田的最珍贵的珠宝。现在你好好地睡吧，一觉睡醒，你就会康复。现在我为你唱支歌催眠吧。"

夜莺轻声唱起来，皇帝沉沉睡去，这一觉真是安稳解乏呀。

阳光从窗户里照射进来。皇帝一觉醒来，精神焕发，精力充沛。他身边的侍从一个都没有回来，因为他们都以为他死了。可是夜莺却依然站在窗外的树梢上不停地歌唱。

"你留下来永远陪在我的身边吧！"皇帝说，"你想什么时候唱，就什么时候唱。至于那只人工仿造出来的假鸟我要把它砸个粉碎。"

"不行，不可以那样做，"夜莺回答说，"它已经尽力了，让它仍旧留在宫中吧。我无法在皇宫里筑巢住下来，不过我想来的时候，就会栖停在窗外的树枝上为你歌唱，使你高兴，也让你深思。

我要歌唱一切欢乐，也要唱尽人间的所有不幸。我要歌唱隐藏在你身边的善与恶。我这只会歌唱的小鸟将飞遍全国，飞到穷苦的渔夫家去，飞到清贫的农夫家去，总之飞到远离你和你的宫廷的地方去。要知道，我爱你的心更甚于你头上戴的皇冠，尽管皇冠也有它神圣的一面。我会来的，我会来为你歌唱，不过你要答应我一件事。"

"什么事情我都答应。"皇帝说道。他自己动手穿上皇袍，又把他的那柄沉重的金剑紧贴在心口上起誓。

"我只求你一件事，"夜莺说，"请你千万不要告诉任何人，说你身边有一只小鸟随时都把民间的疾苦告诉你。"

夜莺说完便飞走了。

侍臣们陆续进来瞧瞧他们死去的皇帝，可是他们都愣住了，皇帝却朝着他们说道："你们早呀！"

# 情 人

陀螺和皮球还有别的玩具一起躺在抽屉里。陀螺对皮球说道："既然我们一起躺在同一个抽屉里，让我们结成一对情人好吗？"

那只用上等山羊鞣皮缝制而成的皮球神气活现地摆出一副自己是名媛淑女的架子，根本不理不睬。

第二天，那个小男孩，也就是拥有这些玩具的主人，跑来把陀螺涂成红黄两种颜色，还在拦腰中间敲上一枚铜钉，这下陀螺转动起来便色彩变幻十分好看。

"看看我，"陀螺说，"你还有什么话可说的呢？让我们结成一对情人不是很好吗？难道我们不很匹配吗？你蹦蹦跳跳，我旋转舞蹈。没有人会比我们更幸福了。"

"是吗，你真是那么想的吗？"皮球说，"你大概不知道我的父母是一对摩洛哥上等山羊皮缝制的皮拖鞋。再说我肚子里还有一个软木芯子。"

"那倒不假，可是我也不是等闲之辈哪，"陀螺说，"我是用桃花心木做成的，而且是市长亲手把我做出来的。他有一台车床，在车床上制造东西是他生活中的一大乐趣。"

"是吗，我能相信这话吗？"皮球问道。

"如果我撒谎，就让他们再也不来抽着我转。"陀螺说道。

"你真能自吹自擂,"皮球说,"不过我还是不能答应,因为我打算同一只燕子订婚了。每次我弹跳到半空中的时候,那只燕子就从鸟窝里探出头来问道:'你愿意吗?你愿意吗?'我在心里早已说过我愿意,也就是说我们快要订婚了。不过我答应你,我永远也不会把你忘掉的。"

"唉,那也算是对我的莫大宽慰吧!"陀螺说,在这以后它们再也不讲话了。

后来有一天皮球被拿出去,陀螺看见皮球蹦得那么高,就像一只小鸟飞往空中,飞呀,飞呀,飞得几乎连眼睛都看不见了。皮球每次落下来碰到地面的时候,总要再蹦跳上去,而且一次比一次高,大概她想要往高处蹦,也许是因为肚子里有个软木芯子的缘故吧。可是她蹦到第九次的时候,蹦了上去就再也没有落下来。男孩子找呀找呀,但是皮球一下子不知去向了。

"我知道皮球到哪里去了,"陀螺叹了一口气说,"她跑到燕子的窝里去了,跟燕子结婚了。"

陀螺越是这样想,就越是想念皮球,正是因为他得不到她的爱情,所以他越发对她一往情深。她看不上他,投进了另外一个情人的怀抱,这对他来说是一桩不可思议的怪事。

陀螺仍然不停地被抽打着,一圈又一圈地旋转着,一边发出鸣鸣的叫声。不过他一直没有忘记皮球,他愈想念她,就愈觉得她美丽无比。许多年一晃就过去了,陀螺的这段恋情也就成了旧恋。

陀螺已不再年轻了,可是有一天,他忽然浑身被涂成了金色,这一下他变得漂亮非凡,成了一个金光闪闪的金陀螺。它旋转了一圈又一圈,同时发出很响的鸣鸣声,那真是赏心悦目,值得一看。可是有一天，他也一下子蹦了起来，蹦得太高，于是他不知去向了。

大家到处找他，找呀，找呀，连地下室都找过了，可是哪儿也找不到他。那么他究竟到哪里去了呢？原来他蹦到垃圾箱里去了，那里面堆着各种各样的垃圾：菜梗啦，尘土啦，还有被雨水从屋檐的水落管里冲下来的东西啦。

"现在可好啦，我找到了一个最好的归宿，"他说道，"涂在我身上的金色很快就会褪净。这里都是卑微的下等人，我将会置身在他们当中。"

就在这个时候，他看到了一个很稀罕的东西，那东西圆滚滚的，活像一只老苹果。不过那不是一只苹果，而是一只很旧的皮球。这只皮球大概已经在水沟里躺了好几年，所以皮球里吸满了水，变得沉甸甸的。

"哦，谢天谢地，总算来了个可以同我相般配的。"皮球说道，又把金陀螺细细地打量了一番。

"你要知道我是用上等山羊皮缝制成的，是由一个年轻的小姐亲手缝的，我的肚子里还塞着一个软木芯子。人家看到我眼下这副邋遢相怎么也不会想到我当初的俊俏模样。我还同一只燕子订了婚。只怪我蹦得太高，一骨碌从屋檐下的水落管里滚到了这里。我在这里待了五年多，全身浸得湿透。相信我吧，对于一个年轻姑娘来说，这段时间是太长了！"

陀螺一句话都没有说，他想起了昔日的旧恋人。他越听她讲就越明白，她就是那只皮球。

这时候有个女用人来清理垃圾箱。

"天哪,"女用人叫了起来,"金陀螺原来在这里。"

陀螺又重新回到那幢房子里,依然受到莫大的疼爱和重用。可是那只皮球早已不被人提起。陀螺闭口不提自己的旧恋情,因为那早已过去了。即使是自己最心爱的,如果泡在水落管子和垃圾堆里一泡就是五年多,浸得浑身湿透,也不会有人认出她来了!

# 丑小鸭

　　夏天来了，乡间田野上景色是那么优美。小麦已经黄澄澄，燕麦依然绿油油。牧场碧绿的草地上已经堆起了一垛垛干草堆。鹳鸟迈开红颜色的长腿在田野上踱来踱去，嘴里叽里咕噜地说着埃及话，这门语言是从他妈妈那里学来的。麦地和牧场四周都是大片的森林，森林里有不少深水池塘。乡间田野的景色真是太美啦！在一处太阳光照得着的地方，有一座庄园，庄园四周环绕着一条水很深的沟渠。从庄园到沟渠之间密密麻麻地长满了牛蒡草，那些牛蒡草长得可高啦，在最大的那几棵的茎叶底下，小孩子们可以笔直站着用不着弯腰。这地方荒凉得像是在密林深处一样。就在这里有一只鸭子筑起了自己的窝。她正在孵小鸭，她几乎不耐烦起来，因为很长时间以来没有哪只鸭子登门来探望她。别的鸭子都宁愿在沟渠里泅水，谁也不肯爬上岸来，蹲在牛蒡草的大叶子底下陪她聊聊天扯扯家常。

　　到了后来，那些鸭蛋的蛋壳总算一个又一个地裂了开来。每个蛋壳上都啄出洞来，蛋黄全都变成了活生生的小鸭，他们从洞里伸出了脑袋，欢快地叫道："叽叽，叽叽。"

　　"嘎嘎。"鸭妈妈叫了起来，于是小鸭子们学着鸭妈妈的腔调也都嘎嘎地叫了起来。他们探头探脑地朝着牛蒡草的大叶子周围东张西望。鸭妈妈由着他们，让他们看个够，因为看绿色对眼睛很有益处。

"世界是多么大呀！"小鸭子们齐声说道，他们眼前的天地比他们在蛋壳里见到的真是大得没法说了。

"你们以为这就是整个世界了吗？"鸭妈妈问，"地方可大着哪，一直伸到园子的那一头，伸过牧师家的田地里还要往前去！不过我自己还从来没有到那边去过。你们全都出来了吗？"她一边说一边站起身来，"真是的，还没有全部出来哪！最大的那只蛋还没有裂口哪，还不知道要等多久才裂口，我可是不耐烦了。"鸭妈妈嘴里这么说，身子可又蹲了下去。

"喂，孵蛋孵得怎么样啦？"一只来看她的老鸭问道。

"还有一只蛋孵了那么长时间还没有孵出来，"那只孵蛋的母鸭说道，"孵多久也不肯裂开来。可是看看别的那些小鸭吧！难道他们不是你曾经见到过的最漂亮的小鸭子吗？你看他们多么像他们的爸爸。但那个家伙坏透了，连一回都没有来看过我。"

"让我瞧瞧那个不肯裂开的蛋，"老鸭说道，"我觉得他是一只火鸡蛋，不会有错的。有一回我也上过这样的当，吃足了苦头。我为那些孵出来的小家伙操碎了心。他们居然害怕水。我想尽了法子还是没有把他们赶下水去。告诉你，我嘎嘎地叫个不停，又是好言好语相劝，可是一点不管用。我来看看这只蛋，错不了，准是一只火鸡蛋。听我的话，甭管他，你自顾自带着孩子们下水教他们游泳吧！"

"我想还是再孵一段时间看看，"鸭妈妈说道，"反正我已经孵了那么久，再孵几天也算不了什么。"

"那就只好随你的便啦。"老鸭说着就走开了。

那只大蛋终于还是裂开来了。"叽叽,叽叽。"那只小鸭叫了几声,他从蛋壳里蹦了出来,个头很大,模样却非常丑。鸭妈妈瞅着他吓了一大跳,说道:

"他的个头怎么那么大,同别的小鸭子一点也不像。没准还真是只小火鸡哪!不过待会儿就会见分晓。他非下水不可!就是踢我也要把他踢下水去。"

第二天天气晴朗,明媚的阳光把牛蒡草的叶子烤得暖融融的。鸭妈妈带领着她的那些小鸭子到水边去。她自己先扑通一声跳了下去。

"嘎嘎,嘎嘎!"她招呼孩子们下水。小鸭子们纷纷跳到了水里。水一下子淹没了他们的脑袋,可是他们又立即冒出了水面,两条腿自由自在地在水下划动,游得轻松极了。丑小鸭也在水里和别的小鸭一起游得很欢畅。

"哎哟,他不是一只小火鸡,"鸭妈妈说道,"他的两条腿划水划得多么轻巧,他的身体挺得笔直笔直!他是我的孩子。要是细细地看,他长得一点也不算丑。嘎嘎,嘎嘎!孩子们,跟我来,我带你们去见见世面,到庄园的养鸭场去同我们的本家亲眷见见面。不过一定要紧跟着我,免得被踩着,还有千万要当心那只猫。"

他们摇摇摆摆地走进了养鸭场,那里一片喧闹,正吵翻了天。两个鸭子家庭为了争夺一个鳗鱼头而吵得不亦乐乎,结果鳗鱼头反倒让猫钻空子一口叼走了。

"看见了吗?孩子们,世界就是这副样子。"鸭妈妈嘴喙上淌下了口水,因为她对鳗鱼头也馋得要命。

"现在叉开双脚走过去!你们见了那位鸭婆婆要低头鞠躬齐声问好。她是所有鸭子当中出身最高贵的,有西班牙的血统,所以她的身体才那样肥胖,你们看到没有,她的一只脚上缚着红布条!那是很了不起的,是鸭子一族所能得到的最高荣誉的标志,含义是非同小可的,表明大家都不情愿失去她。缚了这条红布,不管是人类还是牲畜一眼就可以认出她来。走呀,不要并拢你们的双脚,一只有教养的小鸭走起路来应该是叉开双脚摇摇摆摆的,就像你们的爸爸妈妈,就是这个样子的。现在低头鞠躬,齐声问好,嘎嘎,嘎嘎!"

小鸭子们都按照妈妈的吩咐行礼问候,可是别的鸭子过来斜眼看着他们,嘲笑道:

"瞧,又来了这么一大群,好像嫌我们这里争吃食的还不够多!嗤,嗤,他们当中还有一个丑八怪,我们把他从这里撵出去!"

话音还没有落,就有一只鸭子飞过来啄丑小鸭的脖子。

"不要啄他,"鸭妈妈说,"他没有招惹哪一个呀!"

"话是没有错,可是他个子那么大,模样又那么丑,"那只怀有恶意的鸭子说,"所以不许他在这里,必须把他赶走。"

"别的小鸭子倒都很漂亮,"腿上绑着红布条的鸭婆婆说道,"就只有那一只真太丑啦!我看倒不如再把他重新孵一遍。"

"那是做不到的呀,尊贵的鸭婆婆,"鸭妈妈说道,"他的模样虽然长得丑,可是他的心地很善良,泅水也泅得同其他小鸭子一样好,甚至还要好一些。我想他长大后会变得漂亮的,也许个头看来不会像现在这样大,他在蛋壳里待的时间太长,所以长得有点变样了。"她用嘴喙抚摩丑小鸭的脖颈,把他的翎毛抹平。她又说道："再说他是只公的，模样哪怕丑一点也不要紧。我想他会蛮有力气的，会有出息的。"

"别的小鸭子倒都挺可爱，"鸭婆婆说道，"好吧，你们在这里住下来吧。要是能找到个鳗鱼头，就送来孝敬我吧！"

于是他们就在养鸭场里安顿下来。

可是那只最后破壳而出的、长相很丑而又很可怜的小鸭却不断地受到欺侮，又是挨鸡和鸭的追啄，又是被推来搡去。随便哪一个都来取笑他，非但鸭子连鸡也这样说他：

"他的个头太大啦！"

那只生下来脚上就长着距的雄火鸡自以为是个皇帝，骄横得像是一艘风帆兜满了风的顺风船一样。他径直扑过来拼命地啄丑小鸭，一直把丑小鸭的头皮啄得通红。那只可怜的丑小鸭不知道该往哪里站，也不知道该往哪里躲。他心里充满了悲哀，因为他的模样太难看了，成了养鸭场里受到大家嘲笑的目标。

第一天就这样过去了，往后的日子一天比一天糟糕。这只可怜的小鸭子被大家赶来赶去没法安生，这还不算，连他的哥哥姐姐们也生他的气，不给他好脸色看，说道："但愿猫来把你叼走就好啦，你这个丑八怪！"鸭妈妈也说道："要是你躲得远远的就好了。"非但鸡鸭啄他，连给他们喂食的女仆也用脚踢他。

于是，他只得逃走了，他扑翅飞过篱笆，把灌木丛里的小鸟都吓得飞走了。

"小鸟们害怕我，是因为我长得那么丑。"他想道，忍不住闭上了眼睛，继续一个劲儿地往前飞跑。一直跑到了一片野鸭们居住的沼泽地。他在那里过了整整一夜，他累极了，也伤心极了。

第二天清早，野鸭们飞了起来，他们看见了这个新来的不速之客。

"喂，你是个什么东西？"他们问道。丑小鸭朝着四周转着圈鞠躬，尽量做到礼貌周全，但是却避而不答他们的问题。

"唔，你长得太丑啦，"野鸭们说道，"不过只要你不打算同我们家庭攀亲结婚，我们倒是不大在乎的。"

可怜的丑小鸭，他哪里想到过攀亲结婚，只要能让他在灯芯草丛里栖息，再喝上几口沼泽里的水，他就心满意足了。

他在那里才栖身了两天，这里就来了两只大雁，或者更准确一点说来了两只雄雁，他们都才从蛋壳里孵出来不久，所以都很莽撞冒失。

"听着，伙伴，"他们说道，"你丑得出奇，我们反而喜欢上你了。你愿意当一只候鸟，跟着我们一道飞吗？那边还有一个池塘，附近有几只长得很俊俏的雌雁，全都还没有婚嫁。她们都会喊出嘎嘎的叫声。你可以去碰碰运气，说不定丑有丑福哪！"

"啪，啪！"空中响起两下枪声，那两只大雁应声丧命，跌下来掉到了灯芯草丛中，水面被他们的鲜血染红了。

"啪，啪！"枪声又响起来了，成群的大雁从灯芯草丛中飞了起来，却又有几只跌落下来。原来这是一场大围猎，猎手们都藏身在沼泽的四周，还有几个猎手干脆趴在伸出到芦苇丛上面的树枝上。枪声彼伏此起，接连不断，一股股蓝色的青烟像云朵般地从黑魆魆的树木之间冉冉升起，久久地弥漫在沼泽的水面上。

几条猎狗蹿了过来，扑哧、扑哧地踩着烂泥横冲直撞，把灯芯草和芦苇丛全都践踏得倒在烂泥里。可怜的丑小鸭惊吓得不知怎么才好，他赶紧扭过头来把脑袋藏在翅膀底下。这时候有一条可怕的大猎狗冲到他的身边站住了，一条鲜红的舌头耷拉在狗嘴外面，狗眼里闪露着凶光，他伸出鼻子朝丑小鸭身上嗅了嗅，又露出了他的锋利的尖牙齿。可是他却没有去碰丑小鸭一下，又扑哧、扑哧地往前跑了过去。

"唉，"丑小鸭叹了口气说，"我长得那么丑，连狗都不肯咬我。"

这时灯芯草丛中又响起了枪声，子弹嗖嗖地飞过他的头顶，他赶紧趴在地上一动都不敢动。直到天色快要暗的时候，四周才平静下来。就是到了这个时候，可怜的小家伙仍旧不敢动，他又静静地趴了几个钟头，然后小心翼翼地伸出头来朝四周张望一下，于是他没命地跑着离开这片沼泽地。他摇摇摆摆地跑过田野，跑过牧场草地，尽量跑得远远的。天空中刮起了大风，他每走一步都要费好大的劲。

快到天黑的时候，他走到了一栋破烂不堪的小农舍前。这栋房子看起来随时都会倒塌，只不过它拿不定主意究竟要朝哪边塌下去，所以它还硬撑着。大风在小鸭子身边呼呼地吹，他不得不趴下来把屁股紧贴到地面上，才没有被大风刮倒。大风越刮越厉害，小鸭子觉得自己快要坚持不住了。他忽然看到农舍的门没有关严实，还露着一道缝，那是因为门上的合页掉了一个，所以才关不紧。他看看那道缝隙，大小正好可以容他钻过去，于是他就从门缝中钻进了屋里。

小农舍里住着一个老奶奶，她养着一只猫和一只母鸡，她把猫叫作宝贝疙瘩。那个宝贝疙瘩本事可大啦，他会喵喵叫，他会把背拱起来，身上还会冒出火花来，不过那是要逆着摸他的毛才能擦出火星。那只母鸡腿很短,所以得了个"矮脚咕咕"的外号。她很能生蛋,老奶奶像疼自己的孩子那样心疼她。

第二天清晨,那家人家发现了那只闯进来的小鸭子,猫就喵喵地叫个不停,母鸡也咕咕地嚷个不休。

"究竟发生了什么事情?"老奶奶朝四周查看了一遍。可是她的眼神不大好,把小鸭子看成了一只迷路的肥鸭。

"这真是意外的收获,"她说道,"但愿那不是一只雄鸭,那样我就可以收鸭蛋了。我们来试试看。"

于是小鸭子被收留了下来,可是试了三个星期连一只蛋都没有生下来。在这栋农舍里,好像猫是男主人,母鸡是女主人。他们张口闭口只说"我们和世界",因为他们以为自己就是半个世界,而且是那最好的半个。而小鸭子觉得各人可以有不同的看法,这一下母鸡就容忍不了啦。

"你会生蛋吗?"母鸡问道。

"不会。"丑小鸭回答说。

"那么,你就闭上你的嘴巴!"

"你会把背拱起来吗?你会喵喵叫,你会擦出火花来吗?"猫问道。

"我一样都不会。"丑小鸭回答说。

"那么你在同明白事理的聪明人讲话时就不要有自己的看法!"猫说道。

小鸭子只好独自蹲在房间的角落里,心里闷得慌。他牵挂起了新鲜空气和阳光,他渴望得耐不住了,非要去泗水游泳不可。到了后来,他终于忍不住把自己的想法告诉了母鸡。

"多么古怪的念头！"母鸡说道，"你大概是没有事情做、闷得发慌才胡思乱想的。你快去下蛋，再咕咕叫几声，就不会再有这样稀奇古怪的念头了。"

"可是在水里游泳那是多么开心哪，"丑小鸭说道，"扎个猛子潜到水底，让水淹过脑袋，那有多快活呀！"

"哼，那叫什么开心、快活！"母鸡说，"你一定是发疯了。我们去问问猫吧，他是我的熟人当中最聪明的一个，听听他是不是乐意泡在水里或者潜到水底下去。至于我自己嘛，你压根儿用不着问。你还可以去问问我们的主人，那个老奶奶，世界上再没有比她更聪明的人啦！你以为她会喜欢浸在水里，还要让水淹没自己的脑袋吗？"

"你们不了解我！"丑小鸭说道。

"我们不了解你？那么有谁了解你呢？难道你以为自己比猫，或者比老奶奶更聪明吗？我自己就更用不着提了。不要自以为是，孩子！你能在这里过日子就该知足满意才对。你有暖和的房子住着，你有那么好的伙伴在身边可以向他们学习到许多本事，难道不是吗？可是你却是个不争气的闯祸坯，我对你说这些不中听的话是为你好，那样你才会明白过来怎样才是真正的朋友。所以你要赶快生下个蛋来，还要学会喵喵叫，再不然就学会擦出火花来。"

"我想出去走走，见识见识广阔的世界。"丑小鸭说道。

"哼，随你的便。"母鸡说道。

于是丑小鸭就离开了那栋农舍，他很快就找到了池塘，在那里又是游泳又是潜水，玩得很高兴。但是别人都躲开他，因为他长得太丑。

秋天转眼就来了，森林里的树叶变成了黄色和棕红色。后来大风又把它们吹落下来，于是它们就在地上到处转着圈跳起舞来。天气十分寒冷，云层垂得低低的，那是被冰雹和雪花的分量压得沉甸甸的。乌鸦站在篱笆上，"呀呀……"地呼喊着，那也只是因为冷得受不了啦！是呀，周围的一切都让人冷得打哆嗦，可怜的丑小鸭日子更难过了。

有一天傍晚，正当绚丽的夕阳快要沉落到云层背后去的时候，从灌木丛中飞出来一大群漂亮得不得了的大鸟。丑小鸭从来不曾看见过那样可爱的鸟。他们是天鹅，浑身蓬松的羽毛雪白闪亮得耀眼，细长的脖颈优美地弯曲着。他们一声声地引吭高歌，奇妙地鸣啭，伸展着修长的翅膀飞向天空。他们要离开寒冷的地方迁徙到暖和的地方去，要到不结冰的湖泊里去。他们在空中越飞越高。这时候，丑小鸭的心情奇怪地焦急起来，他像一只轮子那样在水里一圈圈地打转，把头颈使劲地伸得长长的，拼命盯住了这些大鸟。他的嘴里也发出了那种高亢奇妙的鸣叫，连他自己听了都有点害怕。

哦，他怎么能忘得了这些漂亮的大鸟，这些幸运的大鸟！当他再也看不见这些鸟的时候，他扎了一个猛子，潜到水底，可是立即又浮了起来，他自己也不知道在干什么，好像掉了魂似的。他不知道这些鸟叫什么名字，也不知道他们飞向何处去，可是他却一下子就喜欢上他们了。他从来不曾喜欢过别的禽鸟，却偏偏喜欢上他们，对他们一点都没有妒忌心。他怎么能够心存奢望，竟想要变得和他们一样漂亮可爱呢？只要鸭子们不要嫌弃他，能容忍他生活在他们中间,他就心满意足了,这个可怜的丑家伙!

冬天来了,天气是那么寒冷,丑小鸭不得不在水里不停地游来游去,免得水面完全封冻住。可是他游动的那一片水面每到晚上都会缩小一圈。到了后来水面全都封冻起来,丑小鸭不得不用双脚去踩碎冰层,可是后来他筋疲力尽了,趴在冰上动不了啦,于是他很快就被冻僵在冰上了。

第二天清早,一个农夫走过这里,看见了他。农夫走过去用自己的木屐把冰层捣碎,把丑小鸭抱回家交给了他的妻子。丑小鸭在屋里身子才暖和过来,又恢复了知觉。

农夫的孩子们想要同他一起玩,可是丑小鸭以为他们要伤害他,害怕得东躲西逃,一下子扑到了牛奶盘子上,把牛奶溅得满屋子到处都是。农夫的妻子发起火来,又是挥舞起两个拳头,又是尖声叫嚷,这一下更吓得他心慌意乱。他先飞到一个装黄油的木盆上,后来又飞进了面粉桶里,然后又赶忙飞了出来。哎哟,瞧瞧,他成了一副什么模样。农夫的妻子大呼小叫,拿起一把火钳追在他后面要打他。孩子们又是尖叫又是大笑,一个个奔过来要抓住他,却摔成了一团。幸好屋子的门是开着的,他一下子就溜了出去,跑到灌木丛里,趴在刚下过一场雪的雪地上,再也没有力气动弹了。

倘若我把可怜的丑小鸭在那个严寒的冬天里所经历的种种灾难和不幸全都说个遍,那未免过于悲惨了。但是冬天终于过去了。有一天清早,太阳暖融融地照在他身上,那时候他正趴在一片沼泽的芦苇丛中。他听见百灵鸟在歌唱,四周已经是春意盎然了。

他一下子展开了自己的翅膀,那对翅膀比早先结实坚硬多了,扑动起来非常有力,足以把他的身体托到天空中去。在他自己还没有明白过来是怎么回事时,他已经飞上了天空,已经飞进了一个大花园。

花园里苹果花正盛开着,丁香长长的绿色枝条低垂到弯弯曲曲的溪流上,枝头的花朵散发出芬芳。啊,这里真是太美啦!到处春光明媚,到处洋溢着初春的清新气息。忽然间,在前面茂密的树丛掩映之中的小溪上游来了三只美丽的天鹅。他们轻盈地在溪流的水面上漂浮着,一边梳理着自己的羽毛。丑小鸭认出了这几只美丽的大鸟,心里涌起了一种难以名状的悲哀。

"我要飞过去,飞到这些有王者风范的大鸟身边。他们会把我啄死的,因为凭我这副丑模样居然敢靠近他们。不过反正都是一样,被他们啄死要比挨鸭子咬,挨鸡啄,挨养鸭场的女仆脚踢,和在冬天挨饿,要强得多。"

于是他飞到水面上,向这几只美丽的天鹅游过去。那几只天鹅看见了他,马上拍打着翅膀朝他迎了过来。

"尽管啄死我好啦!"可怜的小家伙把脑袋俯向水面,等待着死亡的到来。可是他在清澈的溪水中看见了什么!他看见了自己的倒影,那不再是一只笨拙的、灰不溜秋的、难看得叫人讨厌的丑小鸭,而是一只天鹅。

在养鸭场里出世那倒无所谓,只要生出来的时候是只天鹅蛋就行啦!

他受了那么多的苦难,遭到那么多的不幸,如今他觉得非常快活。因为他更能领悟出自己苦尽甜来的幸福和喜悦。

那几只大天鹅游过来,围绕在他的身边,用嘴喙替他梳理羽毛。

这时候有几个孩子走进了花园，他们把面包和饼干扔到水面上。

那个最小的孩子高喊起来：

"瞧，又来了一只新的。"

别的孩子也高兴地欢呼起来：

"是呀，又来了一只新的！"

他们又是拍手，又是转着圈跳舞。他们跑过去拉他们的爸爸妈妈也来看，又把更多的面包和饼干扔进水里。他们都说道：

"那只新来的最美丽，那么年轻，那么漂亮！"

那些老天鹅也朝着他点头致意。这时候他觉得不好意思起来，把头藏到了翅膀底下，因为他不知道怎么办才好。他太幸福了，可是却一点也不骄傲，因为善良的好心是永远不会骄傲的。他想到过去是怎样受尽欺侮，受尽嘲笑，而现在听见大家都说他是所有最漂亮的那种鸟当中最漂亮的一只鸟。丁香的绿枝条在水中摇曳，阳光照得暖融融的，十分舒服。于是，他抖抖自己的羽毛，仰起细长的脖子，发出高亢的鸣啭，这是从内心发出来的快乐欢呼：

"当我还是一只丑小鸭的时候，我做梦也不曾想到过会有这样的幸福！"

# 枞　树

在森林的深处长着一棵可爱的小枞树苗，它生长的那块地方地势非常好，整天都可以晒到阳光，空气也很畅通，周围还有不少大伙伴，有松柏冷杉，也有像它一样的枞树。可是枞树苗却并不快活，它一心要赶快长大，长得和周围那些大树一样高大。它毫不在乎温暖的阳光和新鲜的空气对它的疼爱，它毫不理会农家男孩子们到田野上采摘草莓时的聊天闲谈。那些孩子们时常捧着满满一罐草莓，或者用草茎扎成一把的野莓子，在小树旁坐下来憩息，说："哦，这是一棵多么可爱的小枞树呀！"小枞树就最不爱听这句话。

一年过去了，枞树苗长高了一截。又一年过去了，小枞树又长高了一截。只要看看枞树树干上有多少圈年轮，就可以知道它长了多少个年头。

"唉，我要是能长得和其他的大树一样高就好啦！"枞树苗叹了一口气说，"那样我就可以把我的树枝朝向四面八方伸出去老远老远，我的树冠可以眺望到周围的广阔天地。鸟儿会飞到我的枝丫上来筑窝，我也可以随着微风轻拂，神态高贵地点点头，就像那些大树一样有气派。"

它对阳光和小鸟全都无动于衷，对每天清晨和傍晚从它头顶上飘过去的红彤彤的彩霞也一点都不偏爱。

严冬来临,田野上一片银装素裹,森林里到处白雪皑皑。有时候,一只野兔跑过来,一蹦一跳就从小枞树的头顶上越了过去。哼,那真是太丢面子,叫人恼火!好在两个冬天过后,到了第三个冬天来临的时候,枞树已经长得那么高,野兔蹦不过它的树顶,只得从它的身边绕了过去。唉,快长大吧,快长大吧!长个子和长年纪是世间唯一能令人开心的事情啦,这棵小枞树就是这么想来着。

到了秋天总会有些伐木者来把一些长得最高大的树砍倒,每年都来大砍猛伐一通,年年都会发生这样的事情。那棵年幼的小枞树如今已长得高大挺拔了。它看到那些伐木者动手砍树,就会吓得浑身簌簌发抖。那些参天的大树轰隆一声倒在地上,所有的树枝被砍得精光,看起来活像赤裸着细长的身子,光秃秃的已经叫人认不出来它们昔日枝繁叶茂的样子。它们被装上了车,由马拉着拖曳出了森林。

"它们到底上哪里去了呢?它们会变成什么样子呢?"年幼的小枞树很想弄个明白。

春天里,燕子和鹳鸟都飞回来了,年轻的枞树就问它们说:"你们知道它们被带到哪里去了吗?你们有没有碰见过它们?"

燕子什么也不知道,鹳鸟却摆出一副若有所思的样子,思忖了半晌说道:

"不错,我想我曾碰见过。我从埃及飞过来的时候,遇到过几艘崭新的大海船,船上都装着挺拔粗大的桅杆。那些桅杆散发出一股枞树的清香,我敢说这些桅杆就是原来的大树。我曾向它们打过好几次招呼，它们昂首挺胸站得笔直，真有气派。"

"唉，我但愿能长到那么大，也能像它们一样地漂洋过海就好啦，"年幼的枞树说道，"大海究竟是什么东西呢？大海看起来是什么样子的呢？"

"解说起来太难啦，不是三言两语能讲得清楚的。"鹳鸟说道，它知趣地转身就飞走了。

"为你的青春而欣喜吧，"阳光说，"为你的茁壮成长而欣喜吧，为你身体里的蓬勃青春活力而欣喜吧！"

微风轻吻着这棵年幼的小枞树，露水用自己的泪珠滋润着它的躯干，然而年幼的枞树却一点也不懂得感恩戴德，毫不在乎它们的疼爱。

圣诞节快临近了，许多年轻的枞树被砍倒了，它们大多数不像这棵枞树那样一心想到外面去闯世界，也没有它长得那么高，连年轮都没有它那么多。这些年轻的枞树全都是森林里形状最美丽的，它们身上的枝丫一根都没有被砍掉，统统完整地保存了下来。它们也被装上车由马拉出了森林。

"它们会被拉到什么地方去呢？"这棵年幼的小枞树纳闷说，"它们全没有我长得高，有一棵的年纪要比我小得多哪！而且它们身上的树枝一根都没有被砍掉，全都保存得好好的。它们究竟会被拉到哪里去呢？"

"我们知道，我们知道，"麻雀们叽叽喳喳地说，"在那边的城里面，我们从房屋的窗户偷看进去，我们看到它们就在那儿。它们真是华丽非凡，光彩夺目，简直无法想象。我们从窗玻璃上朝里张望，只见它摆在温暖的房间中央，周身挂满了各式各样最漂亮最讨人喜欢的东西,有金色的苹果,有蜂蜜蛋糕,有好多玩具,还点缀了几百支明晃晃的蜡烛。"

"后来呢?"年幼的小枞树性急地问道,兴奋得所有的树枝全都摇曳哆嗦起来。"后来呢?又怎么样啦?"

"喔,我们没有看见更多的了,"麻雀们说,"那真是辉煌无比。"

"但愿我有一天也能走上这条辉煌的大道,"年轻的小枞树听得心花怒放,"这又比漂洋过海要好出不知多少。我已经被渴望折磨得难挨难熬了。圣诞节要到什么时候才来呢?我现在已经长得像去年被运出去的那些枞树一样高大,一样枝叶繁茂了。哦,我要是也被装上了车那就好了,我要是也摆在一间温暖的房间里,周身打扮得华丽非凡、光彩夺目那就好了。那么后来呢?接下来一定还会有更精彩、更美好的事情,要不然就不会把一棵树装饰得那样富丽堂皇,一定还有更伟大、更辉煌的事情在后面等着哪,不过究竟会是什么事情呢?哦,我心急如焚,渴望难忍,我自己都不明白我到底出了什么毛病。"

"还是欢乐地享受我们吧,"空气和阳光都这样说,"为你活力充沛的青春年华而欣喜,在这片自由而清新的天地里欢乐地生活下去吧!"

可是年轻的小枞树却不愿听,它不断地长呀长呀,冬去春来,夏暮秋至,它总是挺拔地站立在那里,身上的树叶越来越繁茂,而且随着季节的不同而变化,或是青翠欲滴,或是墨绿如黛。凡是看到它的人都会啧啧称赞说:

"这棵树真漂亮!"

那年的圣诞节来临了,它是第一棵被砍伐的。斧子深深砍进了树干，把树心砍断，年轻的枞树呻吟了一声便折断了，躺倒在地上，只觉得浑身疼痛，软弱无力，早先那些对幸福的憧憬统统忘记了。它不得不离开它的老家，离开它破土而出、茁壮成长的本乡本土，它禁不住伤心起来。它知道它再也见不到那些亲爱的老伙伴，再也见不到四周的灌木丛和野花，说不定连那些飞来飞去的小鸟都见不到了。它被装上车拉走了，一路上颠得浑身像散了架似的，直到同其余的几棵树一起被卸在一个院落的时候，这棵枞树才回过神儿来。它听见一个男人的声音说道：

"我们少不了这一棵，它是最漂亮的！"

两个制服穿得笔挺的仆人走上前来，把这棵枞树抬进了屋里的一间华丽而宽敞的大厅里。厅堂四周墙壁上挂满了人物肖像画，在瓷砖砌成的大壁炉旁边摆设着中国瓷器大花瓶，那些花瓶都盖着蹲着一只狮子的瓶盖。厅堂里有摇椅，也有绸缎面的沙发，大桌子上堆满了小人书，还有许许多多价值上万块钱的玩具，起码孩子们说要值这么多钱。

这棵枞树被竖在一只盛满了沙子的方形大木盆里，不过那只方形大木盆是看不出来的，因为四周都用绿色的布幔围住了。大木盆摆在一块织花的大地毯上。

哦，这棵枞树浑身直打哆嗦，不知道会有什么事情发生。几个小姐动手布置装饰这棵树，男仆们在旁边帮忙。枞树枝上挂起了用彩纸剪成的一个个小纸网兜，每个纸网兜里都放满了糖果。树枝上还挂起了涂成金色的苹果和核桃，这些苹果和核桃乍看起来就好像树枝上生长出来的一样。几百支红的、蓝的和白的小蜡烛牢牢地扎在树枝上。还有许多如同真人一样神态可掬的小玩具娃娃在绿枝中摇晃。枞树的树梢上装饰着一颗金箔做的大星星，小枞树从来没有见过这样的景象，真是美丽非凡，天下再也找不出比自己更华丽的枞树啦！

"等到今天晚上，"他们所有人都说，"这棵树要点得通明雪亮。"

"哦，原来快到晚上啦，"小枞树想道，"到了天黑之后这些蜡烛马上会被点亮。那么点亮之后又会发生什么事情呢？森林里的那些大树会赶来观看我的辉煌景象吗？那些麻雀们是不是已经飞到了这个窗户上正在往里面张望呢？我在这里会不会更快地长大，一年四季都打扮得这样富丽堂皇？"

枞树的心机还真不少，可惜它愈是这样渴望，愈是这样穷于心计，它的周身树皮就愈抽搐，疼痛得不得了，这种疼痛对于一棵树来说就像我们人类得了头痛病一样受不了。

后来蜡烛总算点燃了，那是多么辉煌，多么美丽啊！枞树兴奋得浑身哆嗦起来，所有的树枝一齐摇晃，结果有一支蜡烛晃得把一根树枝点燃起来。

"天哪，上帝保佑我们！"小姐们惊呼起来，赶快手忙脚乱地把火苗扑灭。

这下子枞树再也不敢浑身乱抖了。哎哟，真是吓死人啦！小枞树真害怕自己身上富丽堂皇的装饰品被烧掉，那自己不是黯然失色了吗？虽然这一片光华亮得它昏头昏脑，可是它也必须忍受。

又过了半晌，两扇大门都敞开来，一大群孩子乱哄哄地蜂拥而入，横冲直撞，险些儿把枞树撞倒。大人跟随在他们后面斯斯文文地走了进来。孩子们惊得一声不响了，可是不消片刻一阵阵欢乐的叫喊声在大厅里响起来，他们绕着小枞树跳起舞来，树上挂着的礼物一件又一件被拿走了。

"他们接下去要干什么?"枞树想道,"会有什么事情发生呢?"

后来那些小蜡烛快烧尽了,快要把树枝点着了,于是蜡烛都被弄灭了。孩子们得到允许,可以把树上的装饰品全拿走,孩子们一下子全都跑到枞树身边动手抢起来。他们毫不留情地把树枝拉得发出噼啪声,若不是树顶的那颗金星被拴牢在天花板上的话,恐怕小枞树早就被推得倒下来。

孩子们拿着他们漂亮的玩具在围着小枞树跳舞,谁也不再对小枞树瞅上一眼。只有照管孩子的老保姆来回逡巡,细细查看有没有个把无花果、苹果被漏拿,还留在小枞树的枝条上。

"讲个故事吧,讲个故事吧!"孩子们叫喊着,把一个矮胖子拉到小枞树跟前,他在枞树下坐了下来。

"这样我们就像坐在树林里的绿荫底下了,"那个胖子说,"这棵枞树也可以分享我们的乐趣听到这个故事。我只讲一个故事,是讲《伊维德-阿维德》呢,还是讲那个骨碌碌从台阶上滚下去,后来又登上宝座娶到了一位公主的笨汉的故事呢?你们究竟爱听哪一个?"

"讲《伊维德-阿维德》吧!"有些孩子叫喊道。

"讲笨汉的故事吧!"另一些孩子也叫喊起来。一时之间大呼小喊乱成一团。只有小枞树闷声不响地站在那里看热闹。

"我到底该不该去凑凑热闹呢?可是这与我不相干,我有劲使不上!"小枞树想道。其实枞树已经为今晚的热闹出过力啦。

那个矮胖子终于讲了从台阶上骨碌碌滚下去,后来又登上宝座娶到公主的笨汉的故事,孩子们拍着手又叫喊起来:"接着讲,接着讲！"他们还想听《伊维德-阿维德》，可是矮胖子只肯讲一个，讲了笨汉的故事后就不讲了。小枞树听得津津有味，陷入了沉思，森林里的鸟儿从来没有讲过这样好听的故事。"那个笨汉子骨碌碌从台阶上滚了下去却娶到了一位公主。"

"世上真是无奇不有，什么事情都会发生。"小枞树感慨地想道，它相信那个矮胖子讲的都是真人真事，因为他是那么和蔼可亲的人。

"是呀，世上的事情有谁能知道呢？说不定明天我也骨碌碌从台阶上滚了下去，结果娶到了一位公主。"小枞树心里充满了欣喜，等待着第二天再被打扮得富丽堂皇，浑身披金戴银，挂满玩具，插上蜡烛，还垂着一串串水果。

"明天我就不会浑身打哆嗦啦，"小枞树想道，"我要尽情地享受一下荣华富贵。明天我又能听到笨汉的故事，也许这一回是听《伊维德-阿维德》的故事。"于是小枞树一动不动地站在那里浮想联翩。

第二天早上，男女仆人进来收拾屋子。

"他们又要动手打扮我啦。"小枞树想道。可是他们却把小枞树拖出了大厅，又沿着楼梯拖上去一直拖到了阁楼上，他们把它撂在一个照不到半点阳光的黑暗角落里。

"这是怎么回事呀，"小枞树百思不解，"在这里我怎么能大显身手呢？在这里我能听到什么呢？"

小枞树把身子倚靠在墙角落里，又苦思冥想起来，它站在那里想呀想呀，想来想去想不通，好在它有的是时间，一天一天过去了，一夜一夜过去了，却没有人到阁楼上来。后来终于有人到阁楼上来了，那人把几只大盒子扔在墙角里，那棵小枞树被挡得一点都看不见了，它似乎已被人忘记了。

"现在外面仍然是冬天，"小枞树想，"土地都冻得硬邦邦，地面上都积满了白雪。人们无法在这个时候把我种到地里去，所以我不得不在这里待到明年春天。那些人真是待我再好不过啦，他们为我想得有多么周到。待在这里就待在这里吧，要是这里不那么黑暗，不那么寂寞，冷清得叫人害怕那就好啦！这里连一只小兔子都见不到，可是森林里这会儿可热闹啦，到处都堆满了积雪，野兔们居然从我的头顶上跳过去，不过那时候我讨厌它们这么做。这里真是死寂得让人受不了。"

"吱吱，吱吱。"忽然间有一只小老鼠探头探脑地钻了出来，后面又跟出来了一只小老鼠，它们爬到小枞树跟前，先嗅嗅它的气味，然后一纵身爬到它的树枝上，在枝条之间穿来绕去。

"可惜冷得要命，"那两只小老鼠说，"要不然待在这里也很享清福。难道这话不对吗，枞树老头？"

"我一点儿也不老，"小枞树说，"比我老的那真是太多啦！"

"你是从哪里来的？"老鼠问道，"你知道些什么呢？"

老鼠好奇得要命，它们说："给我们讲讲外面世界上的最美好的地方吧！你到食品储藏室去过没有？那个房间里干奶酪全都放在架子上，腌火腿挂在天花板底下。我们还可以在牛脂做成的蜡烛上跳舞呢。反正我们进去的时候都瘦瘦的，等到出来的时候却成了胖子。"

"我对那地方一无所知，"小枞树说，"我对森林知道得很清楚。那里阳光灿烂，鸟儿放声歌唱。"小枞树把它小时候的经历都讲给两只小老鼠听。那两只小老鼠从来就不曾听说过这些事情，所以听得津津有味，它们说：

"啊，你见识的东西真多，你的日子过得一定很快活。"

"我过得快活？！"小枞树叫了起来。它又想到了自己给老鼠们讲到的亲身经历，便改口说道："是呀，一点不错，那些日子还真是快活。"小枞树又讲了圣诞前夜被打扮得富丽堂皇，浑身挂满了糕点、插着蜡烛的辉煌景象。

"哦，"两只小老鼠说道，"你这辈子真太幸福啦，枞树老头！"

"我一点儿也不老嘛，"小枞树说，"我是这个冬天从森林里出来的，正是青春年少哪，只可惜待在这里没法往上长大。"

"你讲的故事多好听呀。"两只小老鼠说道。第二天夜里它们又带来了另外四只小老鼠一起来听小枞树讲故事。小枞树讲得越多，对往昔的回忆就越多，它想道：

"那些日子多么快活呀，不过好日子还在后头，一定会来的。那个笨汉一个跟斗骨碌碌滚到了台阶下，可是他没有完蛋，还娶到了一位公主。说不定我也会娶到一位公主的。"小枞树想起了森林里亭亭玉立的一棵小白桦树，在小枞树看来，那棵小白桦就是一位真正的美丽的公主。

"那个笨汉究竟是谁呢？"那些小老鼠追问道。于是小枞树就把这个故事从头到尾讲了一遍，每个字它都还记得清清楚楚。那些小老鼠听得兴奋不已，纵身跳到小枞树的树顶上去。第二天夜里来了更多的老鼠，星期天晚上还来了两只大得出奇的硕鼠。那两只大老鼠口口声声说这个故事没啥意思，那些小老鼠们也听厌了。

"你只会讲这么一个故事吗？"大老鼠问道。

"我只会讲这一个,"小枞树回答说,"这个故事还是在我一生当中最幸福的那个晚上听来的,可惜当时我并不知道我是多么幸福。"

"这是一个蹩脚透顶的故事,你难道就不会讲点好听的故事,讲讲那些咸火腿肉啦、牛脂蜡烛啦什么的?难道你不会讲食品储藏室的故事吗?"

"我不会!"小枞树说道。

"那就不用多讲了,谢谢你啦。"大老鼠说道,头也不回地跑回到它们自己的住处去了。

小老鼠们也都溜走了,而且再也不来听它讲故事了。小枞树这才明白过来,叹了口气说道:

"那些活泼的小老鼠围坐在我身边,兴高采烈地听我讲故事,那真叫人开心,可惜这样的快活事情也一去不复返啦。不过这下子我记牢了,等到我再被人抬出去的时候,我要好好地享受其中的乐趣。"

那么后来怎么样呢?

有一天早上终于来了几个人,他们动手把阁楼收拾一番。那几只大盒子被扛走了,小枞树被拖了出来。他们粗暴地把小枞树往地上一扔,有个仆人把小枞树拉到阳光照耀的台阶上。

"生活又要重新开始了。"小枞树想道,它感觉到了新鲜的空气和清晨的阳光。这时小枞树已经被拖到了庭院里,这一切都那么突如其来,害得小枞树竟忘掉瞅一眼自己成了什么模样,因为四周要看的东西实在太多了。庭院毗连着一个花园,花园里已是鲜花盛开,一派欣欣向荣的景象了。低矮的围栅上玫瑰花在吐露清新的芬芳，枞树的绿枝丛中全都开满了朵朵鲜花。燕子掠空低飞，欢唱道：

"叽叽，叽叽，我的丈夫回来啦！"不过它们说的不是这棵小枞树。

"我该好好地生活啦。"小枞树欢欣鼓舞地想道，把它的枝叶全都舒展伸开。老天爷呀，这一撑开不打紧，但见所有的枝叶全都已枯萎干瘪得一片焦黄了。如今小枞树被扔在庭院的一个角落里，横躺在一片野草和荆棘丛中。只有那颗金纸剪出来的星星仍旧粘在树顶上，被阳光照耀得闪闪发亮。

在庭院里，两个可爱的男孩子在玩着游戏，他们曾在圣诞前夜围绕着这棵小枞树欢乐地跳舞，他们那时候挺喜爱这棵树的。其中的一个跑过去把那颗星星摘了下来。

"瞧，这棵难看的老圣诞树上还粘着这玩意儿呢！"他说道，一边用脚猛踩小枞树的树枝，干枯的树枝在他的靴子底下被踩得噼啪断裂。

小枞树看看花园里那些娇艳的鲜花，又看看自己干枯的模样，真是自惭形秽，恨不得仍旧待在阁楼的那个黑暗角落里。它回想起了自己在森林里风华正茂的时光，又想起了那欢乐的圣诞前夜的荣耀辉煌，还想起了那几只津津有味地倾听它讲笨汉的故事的小老鼠。

"唉，完啦，一切都过去啦。"可怜的小枞树哀叹道，"在我能够开开心心地生活的时候我却没有快活，现在一切都太迟了，完啦，完啦！"

男仆走过来把小枞树劈成一小截一小截的，再把它们捆成一大束堆放在那里。后来小枞树劈成的这些柴禾被塞到一口大锅底下，熊熊地燃烧起来，蹿起了明亮的火焰。小枞树发出了深沉的叹息，每次叹息都像短促的枪响，在那里玩耍的孩子们都跑过来观看火焰燃烧，一边望着火焰，一边嘴里还喊道："噼啪，噼啪，烧呀，烧呀。"

可是每一声噼啪都是小枞树悔恨的长叹，小枞树回想着森林里的夏天和繁星闪烁的夜空，它回想着圣诞前夜和笨汉的故事，这是它一生之中听到过的，也能够讲得出来的唯一的一个故事。小枞树终于烧完了。

孩子们仍然在庭院里玩耍，那个最小的男孩子胸前还挂着小枞树一生之中最幸福的晚上曾经装饰在树顶上的那颗星星。

如今小枞树已经烧完了，这一个故事也讲完了，所有的故事都讲完了。

# 雪女王
一个由七个故事串起来的童话

## 第一个故事　镜子和碎片

请仔细听这个故事的开场白！这个故事要一直讲到结尾的时候我们才能明白过来，原来他是个坏心眼的家伙，是个坏透了的恶人，是个真正的"恶魔"。

有一天，他心里乐滋滋的，因为他做成了一面镜子，这面镜子有一种特别奇怪的魔力，就是每一样真善美的东西照出来的时候就会缩小得几乎看不见，而每一样假恶丑的东西在这面镜子里照出来都一清二楚，而且比原来更加难看。最美丽的风景照出来像是一堆煮烂了的菠菜泥，最善良的好人在这面镜子里看起来都成了丑八怪，要么是双脚踩在脑袋上的倒栽葱却不见了肚皮，要么是面孔的形状变得七扭八歪，叫人压根儿认不出来。哪怕一颗小小的雀斑也会看起来鼻子嘴巴上一片都是。

"看着真叫人开心。"那个"恶魔"说道。如果哪个人头脑里有了一片虔诚的好念头，那么他在镜子里会被照成龇牙咧嘴狂笑的怪模样，惹得那个"恶魔"看着自己精巧手艺做出来的这件稀罕物暗自得意起来。那些上过坏人学校（他办了一所坏人学校）的人到处宣扬说有个奇迹显灵啦，他们说如今人们破天荒地可以用这面镜子照出全世界和全人类的真实面目啦。他们捧着这面镜子走遍了四面八方，到了后来没有哪一个地方、没有哪一个人不曾被他们照得面目全非。他们还想飞到天上去，飞进天堂里去，把天使们和"我们的上帝"取笑一番。他们捧着那面镜子飞得愈来愈高，那面镜子就龇牙咧嘴狂笑得愈厉害，他们也愈来愈捧不住镜子了。他们愈飞愈高，快要飞近上帝和天使了。这时镜子狂笑得剧烈颤抖起来，他们一脱手，镜子就一下子从他们手里飞出来跌落到了地面上，摔成了上亿个、几十亿个甚至更多的碎片。这面镜子摔得粉碎，可是却比以前带来了更多的不幸，因为有些碎片还没有沙粒大，可以在全世界到处飘，只要它们飞进人的眼睛里去，它们就粘牢在眼珠子上，于是这些眼珠看到的每件东西都改变了模样，或者只着眼于事物坏的一面，因为每一粒碎片都具有那整面镜子的魔力。有些人的心里掉进了碎片，那就更糟糕啦，因为那颗心就变成了一坨冰块。有些碎片大得可以用来做成窗玻璃，可是透过这样的窗玻璃去看人，连自己的朋友都认不出来了。有些碎片做成了眼镜，可是戴了那样的眼镜就无法公平正直地看待事物。

这些事情逗得那个坏人很开心，他连肚子都笑疼了。直到现在那些碎片还在到处飘来飘去。现在让我们把这个故事接着听下去。

## 第二个故事　一个小男孩和一个小女孩

在大城市里，房子和人多得要命，哪里来那么多空地可以让所有的人都能够有一个小小的花园呢？所以多半人家只能满足于在花盆里栽几朵花。有两个穷人家的孩子，他们倒有一块比花盆稍大一点的小花园。他们两人不是亲生的兄妹，可是却亲热得像亲兄妹一样。他们的父母是住在对门的邻居，两家都住在屋顶阁楼上。那两幢房子的屋檐快要连接在一起了，屋檐之间有一道水槽通过，水槽上面就是他们两家各自的小窗户。只要一步跨过水槽就可以从自己的窗户到对面的窗户去。

两家的父母都在窗外摆了一个大木箱，里面种着他们自己吃的蔬菜；还有一小丛玫瑰花，每个木箱里各一丛，都长得十分茁壮。他们两家的父母忽然想出了一个主意，把木箱横放在水槽上，这样木箱的两端就从这边的窗户顶到那边的窗户，乍一看就像两道开满鲜花的长堤。豌豆的藤蔓低垂在木箱的四周，玫瑰的长枝条攀附在窗框上又缠到了一起，那两个窗户就像是两座用鲜花和绿叶点缀起来的凯旋门。

那两只大木箱都很高，两个孩子都知道他们是不可以爬上去的，不过他们常常得到允许走到窗外去，在大木箱背后的屋顶上游戏，或者坐在玫瑰丛底下的小木凳上玩耍，他们在那里玩得很开心。

到了冬天，他们就没有这样的乐趣了。窗户上结起了厚厚的冰，有些日子里，整个窗户都结满了冰。在这样的日子里，他们就把铜钱烤得滚烫，再把它放到结着厚冰的窗玻璃上去，玻璃上融出了一个很好看的眺望孔，圆圆的，在每扇窗户的眺望孔背后都露出了一只温暖可爱的眼睛，这就是那个小男孩和小女孩的眼睛。他的名字叫凯依，小女孩名叫杰尔达。在夏天里他们只要纵身一跳就可以到对面去，可是到了冬天，他们只能先走下好多级楼梯，再往上爬好多级楼梯，还要从满天纷飞的大雪中穿过去。

"满天的大雪就像一群群白色的蜜蜂在飞舞。"凯依的老祖母说。

"那么它们是不是也有一只蜂女王呢？"小男孩问道，他知道真正的蜜蜂那里有一只蜂女王。

"有的，它们有女王，"老祖母回答道，"她总是在'蜂群'最拥挤处飞来飞去。她是它们当中最大的一个，从不肯安安生生留在地面上，她要飞到天空中去，回到乌云那里去。她常常在冬天半夜三更飞过城里的大街小巷，还朝着窗户里面张望，这样，窗玻璃上就冻上一层形状稀奇古怪的厚冰，看起来像是花朵一样。"

"是呀，我见过。"两个孩子一齐说道，他们相信这是真的。

"雪女王会走进这里来吗？"小姑娘问道。

"让她进来好了，"小男孩说道，"我把她放到滚烫的火炉上，她一会儿就融化掉啦。"

老祖母抚摸着他的头发，讲起另外的故事来。

到了晚上，小凯依回到自己家里，衣服脱了一半就爬到窗户旁边的那张椅子上去，从窗玻璃的小圆孔里朝外张望。窗外，一片片雪花从空中飘落下来，有一片最大的飘落在一只种花的木箱的边沿上。那片雪花变得越来越大，后来就变成了一个少女，身上披着最精细的雪白的薄纱裙，那是由几万片闪烁着星光的雪花凝结成的。她长得非常美丽娇嫩，不过是个冰人，浑身都是光闪闪的冰，她却又是个活人，她的一双眼睛忽闪忽闪地发出亮光，就像天上两颗明亮的星星在眨眼，不过她的眼神里却没有和平也没有安宁。她朝着窗户点点头，还招了招手。这下小男孩吓坏了，赶紧从椅子上跳了下来。就在这会儿，窗户外面好像有一只大鸟飞过。

第二天结起了白皑皑、亮晶晶的霜。后来冰雪都融化开来，春天来到了，太阳光芒四射，大地上长出一片绿色的嫩芽，燕子飞来又飞去，忙着衔泥筑巢，窗户又打开来了。那两个孩子又高高地坐在屋顶上的他们的小花园里。

这一年夏天，玫瑰开得有多美啊！小女孩刚学了一首讲到玫瑰的赞美诗，她就把这首赞美诗唱给小男孩听，他也跟着歌唱起来：

玫瑰花盛开在深谷里，
在那里我们见到了圣婴耶稣。

唱完后，那两个孩子手拉着手去亲吻那些玫瑰花，又抬头看看光芒四射的太阳，还朝着它说话，好像圣婴基督就在里面。那些夏天的日子是多么美好啊，在室外玩耍又多么开心啊，那一丛丛的玫瑰是多么新鲜，它们好像永远也开不败似的。

有一天凯依和杰尔达并排坐着看一本讲飞禽走兽的图画书，就在教堂钟声敲十二点的时候，凯依说：

"哎哟，什么东西刺了一下我的心！什么东西吹进了我的眼睛里！"

小女孩伸出手臂搂住他的脖子。他使劲眨眨眼睛，可是眼睛里没有吹进什么东西。

"我想它又吹落掉啦。"小男孩说,其实那粒东西没有落掉,还粘在眼珠子上,就是那面镜子破裂时迸溅出来的碎屑。我们大家都记得那是一面魔镜,那些可恶的玻璃会把所有伟大的和美好的事物都照成渺小的和丑恶的,可是又把丑恶的东西照得更加丑恶,哪怕只有一点点毛病就会弄得人人都知道。可怜的小凯依,有一粒碎屑刺进了他的心里,他的那颗心马上就会变成一坨冰,他已经不觉得刺痛了,可是碎屑还是留在心上了。

"你哭什么?"他问道,"你哭起来模样真难看。我觉得一点事儿都没有啦!"

"哦,"他忽然呼喊起来,"那株玫瑰已经招虫子咬啦!这株玫瑰七扭八歪的。它们全都那么难看,就像种着它们的木箱一样难看。"

他先抬脚去踢木箱,然后又伸手拔掉了两株玫瑰。

"凯依,你这是在干什么?"小女孩叫喊起来。

他一眼看到小女孩吓得要命,就又伸出手去拔掉了另一株玫瑰。

然后他一纵身跳进了自己家的那扇窗户,就这样离开了善良的小杰尔达。

后来她送图画书来的时候,他却说那是给吃奶的婴儿看的。当老祖母讲故事的时候,他总是要说"但是"来打断她的话。待到他觉得腻烦不再插嘴的时候,他就跟在老祖母身背后去学她走路和行动的样子,戴上一副眼镜,学她讲话的腔调,学得那么逼真,大家都被惹得哈哈大笑。他很快就学会了那条街上每个人的讲话腔调和走路的姿势,他们的怪模怪样,还有难看的动作全叫他给模仿得惟妙惟肖。大家都说道:"那孩子的头脑真机灵!"可是他们哪里知道，那是深深地刺进他心里去，并且粘在他的眼睛上的玻璃碎屑闹的鬼。所以他连全心全意爱他的小杰尔达也戏弄起来了。

现在他玩的游戏也跟以前不一样了，都是要动一番脑筋的。入冬以后有一天下起了大雪，他拿来了一面很大的取火镜①，又把他的蓝色外衣的下摆拉起来让雪花飘落到上面。

"杰尔达，快朝镜子里瞧。"他说道。雪花都变得很大，看起来像是一朵朵美丽的鲜花，或者是有十个尖角的星星，真是都很好看。

"你看，它们多么美妙，"凯依说道，"比真的花好玩多啦！它们一点毛病都没有，只要没有融化掉，形状都是一模一样的。"

过了一会儿，凯依手上戴着大手套肩上背着雪橇走过来，朝着杰尔达的耳朵里大声嚷嚷道："我得到许可到那个大广场上去，同别的孩子一起滑雪橇。"说完他头也不回地就走了。

在广场上那些胆子大的孩子们把他们的雪橇拴在农夫的车辆背后，拖着滑了很长一段路。这真是开心得要命。正当他们玩得非常高兴的时候，来了一辆大雪橇，它全身都漆成了雪白的颜色，雪橇上坐着的那个人身上裹着一件厚厚的白颜色裘皮大衣，头上戴着一顶白颜色裘皮帽子。大雪橇绕着广场转了两圈，凯依赶紧把自己的小雪橇拴到了大雪橇上，就这样被它拖着朝前滑。那辆大雪橇愈滑愈快，马上滑进了另一条街。坐在大雪橇上的那个人

---

① 即凸透镜，晴天放在太阳底下，让阳光聚焦到一点上就可以引火。凸透镜也有放大的功能。

转过脸来，亲热地朝着凯依点点头，好像他们老早就认识一样。每一回凯依想要解开自己的小雪橇的时候，那个人总是回过头来朝他点点头，凯依只好规规矩矩地坐着一动不动。那辆大雪橇笔直地驶出了城门。这时候雪下得非常大，小男孩伸出手去连五个指头都看不见，可是雪橇还是像飞一样地往前滑去。凯依连忙去解绳子，想甩掉那辆大雪橇，可是却一点用处也没有，他的小雪橇已经牢牢地冻住在大雪橇上，像风一样飞快地被拖着走。他拼命大喊大叫，可是没有人能听得见他的呼喊。在漫天大雪之中雪橇片刻不停地飞驰过去，有时候还蹦跳起来，好像是越过了沟渠和篱笆一样。他害怕得要命，他一心想向上帝祈祷，可是脑子里除了乘法口诀之外什么都记不起来了。

雪越下越大了，到了后来雪花大得像一只只雪白的大母鸡。这时候，大雪橇朝旁边蹦跳一下，停了下来。坐在大雪橇上的那个人站起身来。原来那件裘皮大衣和帽子都是雪做的，原来那个人是一个贵妇人，个子十分高大，站得笔直，浑身白皑皑。她就是雪女王。

"我们滑了很长一段路哪！"她说，"冻坏了吧？快钻进我的裘皮大衣里来！"她把他抱到大雪橇上坐在自己身边，给他披上那件裘皮大衣，可是他只觉得像是跌进了雪堆里一样。

"你还冷吗？"她问道。她亲了亲他的前额。哎哟，这个吻冰凉的，不，比冰还要冷，一直凉透了他的心，虽然他的半个心早已变成了一坨冰块。他觉得自己快要冷死了，不过一会儿工夫他又觉得暖和过来，周围不再那么寒冷了。

"我的雪橇，别把我的雪橇忘了。"这是他想得起来的第一件事情。他的雪橇原来绑在一只很大的白母鸡身上,那只母鸡背着他的雪橇跟随在他们的后面。雪女王又亲了凯依一次,这一吻使得他把杰尔达、老祖母和家里其他的亲人全都忘光啦。

"不能再多亲你几次啦!"她说,"再吻下去你就会冻死的。"

凯依看着她,她是那么美丽,他想不出来有哪一张脸比她的脸更聪明、更可爱了。她这会儿看起来一点不像是个冰雪人儿,一点不像上一回她站在窗外朝他招手的样子。在他的眼里她是完美的。他一点也不觉得害怕,他告诉她说他已经学会了心算,能够算得出分数,他还知道这个国家的大小和"有多少人住在这里"。她听他讲话时总是笑眯眯的,可是他却讲不出来了,他觉得自己知道得太少了。

他抬起头来看着一望无际的天空,雪女王已经带着他飞了起来,飞呀,飞呀,在那黑沉沉的天空中飞翔。狂风在呼啸,在怒号,好像唱着古老的歌谣。他们飞过了森林和湖泊,飞过了大海和陆地。在他们的身底下,冰冷的寒风在呼啸,狼群在嗥叫,到处是白茫茫的冰天雪地,"哑哑"乱叫的黑压压的一群乌鸦恰好从他们头顶上飞过。一轮又大又清新的月亮高高地挂在天边,发出明亮的月光,凯依久久地望着月亮熬过了漫长的冬夜,天亮的时候他在雪女王的脚下睡熟了。

## 第三个故事 会魔法的老奶奶的花园

那么,凯依走了以后,小杰尔达是怎么过日子的呢?凯依到底上哪里去了呢？后一个问题谁也不知道，没有人能说得出什么名堂来。那些孩子们只说得出他们看见他把自己的小雪橇拴到了一辆大雪橇上，就穿过另一条街滑出城门去了。可是没有人知道他去了哪里。许多人都掉了眼泪，小杰尔达伤心得痛哭了好久，她说她知道他一定死掉了，他是跌进从学校旁边流过的那条河里淹死的。

哦，那些黑暗而漫长的冬天的日子真难熬呀！

到了春天，温暖的阳光又回来了。

"凯依死了，再也回不来了。"小杰尔达说道。

"我不相信。"太阳说。

"凯依死了，回不来了。"她对燕子说。

"我不相信。"它们齐声回答说。到了后来连小杰尔达也不相信了。

"我要穿上我的那双新的红鞋子，"一天清早她说道，"这双鞋子凯依从来没有见过。我要到河边去打听打听。"

那时天还很早，她亲了亲还在熟睡的老祖母就穿上红鞋子，自己一个人走出城门来到了河边。

"真的是你把我的小哥哥带走了吗？"她问河水，"你要是肯把他还给我，我就把这双新的红鞋子送给你。"

她觉得河里的波浪怪里怪气地点了点头。于是她就脱下那双比什么都宝贝的红鞋子，把两只鞋都扔进了河里。可是那两只鞋都落在靠近河岸的水里，被波浪轻轻一冲又送回到她的跟前，好像河水不情愿收下她最心爱的宝贝，因为河水并没有把小凯依冲走。可是她却以为她没有把鞋子扔得足够远，所以就爬到一只停泊在芦苇丛中的小船上，一直走到船尾去把那双鞋子重新扔进河里。偏巧这只小船没有系牢，她这么来回一摇晃，小船就从岸边漂离出去。她一见小船漂离了河岸，就急忙回过身来想要下船，却已经来不及了，还没有等她回到船的这一头，那只小船早已离开河岸一英尺多远，而且漂得越来越快。

小杰尔达吓坏了，她怕得哭了起来，可是听到她哭声的只有灰麻雀，可是灰麻雀又不能把她背回到岸上。它们沿着河岸一路跟随过来，叽叽喳喳地唱起歌来安慰她，它们唱道："我们在这里，我们在这里！"小船顺着波浪往前漂去，小杰尔达坐在船上一动也不敢动，双脚上只剩下了袜子，她的两只小红鞋就漂在她的后面，可是它们离开小船愈来愈远，因为小船漂得愈来愈快了。

河岸两边风景很好看，美丽的鲜花盛开，古树又高又大，青草遍地的斜坡上牛羊在吃草，可是到处见不到一个人影。

"说不定河水要把我带到小凯依那里去哪。"杰尔达这样想道。

她这么一想心里就舒坦多了。她站起身来，一连好几个钟头都眼望着两岸碧绿的田野。后来她漂到了一个大樱桃园，那里有一座小房子，房子上有奇形怪状的红窗子和蓝窗子，屋顶上铺着干草。房子大门外站着两个木头兵，有船只经过的时候它们就举起手来敬礼。

杰尔达朝着它们呼喊，因为她以为它们是大活人，可是木头兵当然不会吱声回答。这时候河水把小船冲向岸边，她很快漂到木头兵的身边。

杰尔达叫喊得更响。从房子里走出来一位很老很老的奶奶，老奶奶拄着拐杖,头上戴着一顶很大的遮阳帽,帽子边上画着各种美丽的花朵。

"你这个可怜的女孩,"老奶奶说道,"你怎么会到这条水流那么急的大河里来的?怎么会顺着波浪漂到了这么远的地方?"老奶奶蹚进水里,用弯头拐杖把小船钩牢拖到岸上,再把小杰尔达抱了出来。

杰尔达非常高兴,总算又踩在干燥的陆地上,不过对这个陌生的老奶奶有点害怕。

"来吧,告诉我你是谁,怎么会到这里来的。"老奶奶说道。

杰尔达把事情的经过都告诉了她,老奶奶一边听,一边摇着头,嘴里说着"哼,哼!"。杰尔达把一切都讲完之后,就问老奶奶有没有见到凯依。老奶奶说他没有来过,可是一定会来的。她劝杰尔达不要难过,先来尝尝她的樱桃,再看看她的鲜花,那些鲜花比哪一本图画书上画的都要好看,因为每一朵花都会从头到尾讲一个故事。她拉着小杰尔达的手一起走进小屋子里。老奶奶关上了门。

小房子的窗子开得很高,窗玻璃是红、蓝、黄三种颜色的。太阳光一照进来房子里就五颜六色,奇光异彩。桌上放着最鲜美的樱桃,杰尔达愿意吃多少就吃多少。她很爱吃,就吃了好多。她吃樱桃的时候,老奶奶拿起一把金梳子替她梳头发,那一头长长的金灿灿的鬈发垂在她的非常可爱的小圆脸上,那张善良的圆脸看起来就像一朵玫瑰花那样美丽。

"我早就巴不得有这样一个可爱的小姑娘了,"老奶奶说道,"你看,我们两个人待在一起有多快活!"她又给小杰尔达梳头发,梳呀,梳呀,愈梳杰尔达就愈记不起来那个陪着她玩的小哥哥凯依了,因为老奶奶会魔法,不过她不是一个坏心眼的巫婆,她施展法术只是为了给自己玩玩。如今她想把小杰尔达留住,所以她走进花园里,用她的那柄弯头的拐杖伸向所有的玫瑰。哦,那些玫瑰花开得有多美呀,可是它们这一下全都沉到黑魆魆的地底下去啦。谁也看不出来它们原先长在什么地方。那个老奶奶生怕杰尔达一见到玫瑰花就会想起她自己家里的那丛玫瑰,就会记起小凯依,就会离开这里。

在这以后她才把杰尔达领到花园里来。哦,这里多么香多么美啊!所有能够想得出来的花卉,一年之中在不同季节里开花的鲜花,全都在这里盛开着。哪本图画书上都画不出那么鲜艳的、那么美丽的鲜花。杰尔达高兴得跳呀,蹦呀,一直玩到太阳落到那棵高高的樱桃树背后才回来。给她睡的那张床非常漂亮,床上还有大红丝绸面子的被子和枕头,被子里和枕芯里装的都是蓝色的紫罗兰花。她睡得很香,快活地做起好梦来,就像一个王后在新婚那天一样。

第二天她又可以在温暖的阳光下同那些鲜花在一起玩了,这样过了许多天。杰尔达认得出每一种花,虽说那里有许许多多种花,杰尔达心里总觉得少掉了一种,可究竟少掉了哪一种她却说不出来。有一天,她坐在那里盯着老奶奶的那顶遮阳帽出神,那顶帽子上画着各色各样的鲜花,而最美丽的就是一朵玫瑰花。原来老奶奶把别的玫瑰花沉到地底下去的时候,偏偏忘记把这朵玫瑰也沉掉,不过人嘛,难免有想不周全的时候。

"什么!"杰尔达说道,"这里看不到玫瑰!"她跑到花圃里去细细寻找，一行一行地寻找过来又寻找过去，却就是找不见一株玫瑰。她坐到地上大哭起来，她的两行热泪一个劲儿地往下滴，泪水正好都洒落在有一株玫瑰沉下去的地方，把那里的泥土浸湿了。那株玫瑰马上就冒出了地面，绽开出鲜艳的花朵。杰尔达拥抱这株玫瑰，亲吻着玫瑰花朵，记起了自己家里的那丛玫瑰，也就想起了小凯依。

"哎哟，我耽搁了那么多天，"小姑娘说道，"我不是来寻找凯依的吗！你们知道他在哪里吗？"她问玫瑰花道，"你们相信他死了，再也回不来了吗？"

"他没有死，"玫瑰花说道，"我们刚到过地底下，死掉的人都躺在地底下，可是凯依不在那里。"

"谢谢你们。"小杰尔达说道。她走到别的花朵前面，看着它们的小花萼问道："你们知道小凯依在什么地方吗？"

每一朵鲜花都站在太阳底下梦想出自己的童话故事，小杰尔达听到了许许多多这样的故事，却没有一种花知道凯依的下落。

那么金百合花讲的是什么故事呢？它讲道：

"你听见过敲鼓的声音吗？咚，咚。鼓声总是两下：咚，咚。你去听听女人的哀号悲恸吧！你去听听牧师的召唤吧！印度女人身穿大红长裙袍站立在殉葬的柴堆上，火舌冉冉升起，舔着她的身体，还有她那死去了的丈夫的遗体。印度女人想的不是涅槃，而是心里牵挂着周围人群中的一个活人，他的眼光比火焰还要炽热，他的眼睛里喷出的那团火焰却熊熊燃烧在她的心里，柴堆上的火焰马上就要把她的躯壳烧成灰烬，可是那火焰难道能够把她心里熊熊燃烧着的那团火焰也烧成灰烬吗？"

"你在讲什么？我一句也听不懂。"小杰尔达说道。

"这就是我的童话。"金百合花说道。

那么牵牛花讲了些什么呢？它讲道：

"在山间小道旁边耸立着一座古老的骑士城堡，常春藤沿着古老的红墙往上长，叶子一片又一片地长满了阳台的周围。一位美丽的少女站在阳台上，她把身子探出栏杆外面，往下面的小路上看。枝头盛开的玫瑰花没有哪朵比她更娇艳。随风飘舞的苹果花没有哪朵比她更婀娜。她往外张望时，身上漂亮的丝绸裙袍就会发出窸窸窣窣的响声，好像在说：'他还没有来吧？'"

"你是在讲小凯依吗？"小杰尔达问道。

"我只是在讲我的童话，我的梦想。"牵牛花回答道。

那么雪莲花讲了什么故事呢？它讲道：

"在两棵树中间挂起了绳子，绳子上又绑了一块长木板，这就成了一架秋千。有两个可爱的小姑娘坐在上面荡秋千，她们的裙袍像雪一样洁白，帽子边上飘着长长的绿缎带。有一个比她们大一点的小哥哥站在秋千上，他的胳膊挽住了秋千绳，一只手里拿了个小碗，另一只手里拿着一根细管子，他在吹肥皂泡。秋千荡起来的时候，肥皂泡就会向上飞，颜色千变万化好看极了。最后的那个肥皂泡挂在细管子上随风飘荡。秋千荡来荡去，那个肥皂泡变成了细长条。有一条小黑狗身体轻得就像这个细长的肥皂泡，它用后腿站立起来想要到秋千上去。秋千荡来荡去，小黑狗站立不住了，只得四脚都落地。它生气了，汪汪地吠了起来，肥皂泡就爆得粉碎了。一块荡来又荡去的秋千板，一个爆得粉碎的肥皂泡，这就是我的歌谣。"

"你讲的故事很好听，可是你却讲得那么伤心，再说，你一句都没有提到凯依。"

那么风信子讲了什么故事呢？它讲道：

"有三个姐妹，她们个个长得美丽动人而白净娇嫩，有一个身穿大红裙袍，另一个穿蓝的，还有一个浑身雪白。在明亮的月光下，她们手拉着手在风平浪静的湖边跳着舞。她们不是小妖精，她们都是人。湖边上飘来一股股芬芳的香气，她们顺着香气走进森林里去漫游，森林深处香气愈来愈浓。后来有三口棺材，里面躺着那三个美丽的姑娘，从森林深处漂到了湖面上。萤火虫绕着她们飞来飞去，那一点一点的亮光好像是一圈圈摇曳不定的烛光。那几个跳舞的姑娘是在熟睡还是已经死去了？花的香味说她们是三具尸体，晚钟为死者长鸣。"

"你让我听得心里好难过，"小杰尔达说道，"你身上的香气那么浓，叫我想起了那三个死去的姑娘。唉，小凯依真的死去了吗？玫瑰花去过地底下，它们说他没有死。"

"叮当，"风信子身上的铃铛发出了响声，"我们不是在为小凯依敲丧钟，我们不认识他。我们只是在唱我们会唱的唯一的一首歌。"

杰尔达走到毛茛花①身边，它们在碧绿发青的叶子中间像一球球黄油似的油光光、亮晶晶。

------

① 毛茛花，它的花朵和叶子上泛着油光。

"你真是一颗明亮的小太阳,"杰尔达说道,"请你告诉我,倘若你知道的话,在哪里能找到陪我玩的那个小哥哥?"

毛茛花脸上油光发亮,它又瞅了杰尔达一眼,可是毛茛花唱的什么歌呢?它歌唱的也不是凯依。

"春天来到的第一个大晴天里,我们上帝的阳光把一个小院子照得暖融融的。阳光顺着邻居家的白墙照下来,照在墙根上刚刚绽放第一朵黄色的迎春花上,在温暖的阳光里那朵黄花像金子一样发光。老祖母坐在屋外的椅子上,正在等着那个在有钱人家当女佣的外孙女抽空回来看看她,那个穷苦而美丽的女孩子回来了,她亲吻了老祖母。那充满亲情的吻里有金子,是心灵的金子,亲人的嘴上有金子,家里的土地上也有金子,连这清晨的时刻里也有金子。好啦,这就是我的小故事。"毛茛花说道。

"我那可怜的老祖母,"杰尔达叹口气说道,"她一定在牵挂着我,为我悲伤难过,就像上回她为凯依伤心一样。不过我很快就会回家去的,还会带着凯依一起回去。我向那些鲜花去打听是没有一点用的,它们只会唱自己的歌,我可是一点音讯都探听不到。"

她把小裙子撩起来扎住,这样可以跑得快一点,可是在她跳过水仙花的时候,腿上却被那株花敲了一下。她停下来,看着那些高高的黄花问道:"说不定你们知道点什么吧?"她朝水仙花弯下腰去问道。

那么水仙花又讲了个什么故事呢?它讲道:

"我看得见我自己,我看得见我自己,"水仙花说道,"哦,我的香味有多么好闻!在屋顶阁楼里,站着一个小舞女,半裸着身子,她有时踮起一只脚,有时两只脚都落地。她伸出腿来登上全世界的舞台。她只不过是视觉上的一个幻影。她把茶壶里的水倒在她手里拿着的一块布上，那是她的紧身围腰。'爱清洁是个好习惯。'她常常这样说道。有个衣钩上挂着一件雪白的裙子，就是用茶壶里倒出来的水洗干净了再放在屋顶上晾干的。她穿上这条裙子，再在脖子上围上一条橙黄色纱围巾，她的裙子就更白得耀眼啦。把脚高高地往上踢，她神气活现地单腿站立着，就好像花茎上的鲜花。我能够看得见自己，我能够看得见自己。"

"我没有心思管闲事哪，"杰尔达说道，"你本来就用不着对我讲这些。"

她跑到花园的尽头，园门上着锁，可是她用力拧了一下生了锈的门锁，锁就自己掉下来了，门也可以打开了。小杰尔达光着两只脚又跑进了广阔的天地。她回头朝身后看了三回，没有人在背后追上来。到了后来她实在跑不动了，就坐在一块大石头上。她抬头朝四周望去，夏天早已过去，如今是深秋季节了，不过，在那座美丽的花园里却一点都感觉不到，那里仍旧阳光明媚，盛开着一年四季所有的花卉。

"天哪，我白费了多少日子，"小杰尔达说道，"秋天都来到了，我不能再闲逛下去！"她站起身来朝前走去。

可是她的那两只小小的脚已经又酸痛又疲劳，四周又那么寒冷，那么荒凉。长长的柳叶早已枯黄，冰凉的露水滴滴答答地滴落下来。

那些大树上的叶子一片又一片地落到地上，只剩下黑刺李的枝头上还挂着一些果实，可是那些果实却酸得叫人牙疼。唉，这广阔的世界变得灰蒙蒙的，叫人闷得慌。

## 第四个故事　王子和公主

杰尔达只好休息一会儿再走。在她坐的那个地方的对面，有一只大乌鸦在雪地里蹦来跳去，它在那里看了小杰尔达很长时间，然后转过头来叫道："呱，呱，你好，你好……"要想让它口齿再清楚一点那是做不到的，不过它已经对这个小姑娘表示了好意。乌鸦问她为什么孤单单一个人出来在这个广阔的世界里闯荡。"孤单"这个字眼的意思，小杰尔达现在已经弄明白了，它的滋味小杰尔达也已经尝到了。

于是她就把她的生活和经历过的事情全都告诉了大乌鸦，还问它见到过凯依没有。

乌鸦沉思一会儿之后，点点头说道："说不定就是……说不定就是……"

"什么！你相信自己见到过！"小姑娘叫喊起来，她使劲地亲吻拥抱乌鸦，差点儿没有把它憋死。

"轻点儿，轻点儿，别太高兴，别太高兴，"乌鸦说道，"我相信我知道是怎么回事啦！我相信那个人就是小凯依！不过，他如今有了公主就把你忘掉啦！"

"他和一位公主住在一起，是吗？"杰尔达问道。

"是的，你听我说，"乌鸦说道，"可是学你们人类讲的话太难啦，我讲不大好，要是你懂乌鸦语的话，我就可以讲得更明白点。"

"可惜不懂，我没有学过，"杰尔达说道，"我的老祖母会，她听得懂也能够讲。要是我学会了那该多好哇。"

"不要紧，"乌鸦说道，"虽然我讲得不好，不过我会尽自己的努力的。"于是，乌鸦讲了它所知道的一切。

"在这个王国里，就是我们现在坐着的这个地方，有一位公主。她聪明得不得了。她一直看全世界所有的报纸，虽然她那么聪明，看了之后她还是照样全忘掉。不久之前，她刚刚坐上了王位，有人说那宝座上坐起来真不舒服。有一天她忽然唱起了一首歌：

"'我为什么还不结婚？'

"'听着，这首歌可是说真格的。'她说。于是她要结婚了。她想要一个善于对答如流的人来当丈夫，要不然身边站着一个模样挺好看的傻小子那该有多别扭哇。她把王官里所有的侍从女官都找来一起商量。她们听到她的打算都很高兴。'我很喜欢这个想法，'她们都这么说，'不久前我们也有了这个想法。'"

"你可以相信，我告诉你的每句话都是千真万确的，"乌鸦说道，"因为我有一个脾气温柔的未婚妻，它可以在王宫里随意到处走动，所有这些事情都是它告诉我的。"

它的未婚妻当然也是一只乌鸦啦，因为乌鸦要配对成双，总是会去找一只乌鸦的。

"各家报纸马上就把这件事情登出来，报纸四周还镶着一圈心形的花边，每颗心之间嵌着公主名字的开头字母。报纸上写道：每一个长相好看的小伙子都可以自由地到宫里来同公主说话，哪个口才流利、大家都觉得是最健谈的小伙子，就会被公主挑中当她的丈夫。"

"是呀，是呀，"乌鸦说道，"事情就是这样，你可以相信我，就像我蹲在这里那样一点错不了。年轻小伙子成群结队地赶来，王宫前面人山人海，还有不少人奔着过来。可是第一天过去了，第二天过去了，却没有人被挑中。这些小伙子在王宫外面的大街小巷里倒是挺能说会道的，可是一走进王宫的大门，看到了穿着制服浑身银光闪闪的卫兵，走上台阶的时候看到两旁列队站着服装华丽、浑身金光灿灿的侍从，又看到了那些灯火辉煌的大厅，他们一个个都发怵变傻了。等到他们站在公主坐着的宝座面前的时候早已什么都说不出来了，只会把公主说的最后一句话重新再讲一遍。公主却一听心里就烦。反正进到王宫里去的那些小伙子就像把鼻烟吞到肚里去一样地迷迷糊糊。等到一出王宫，他们又能说会道了。那些人排起了长队等着进王宫，从城门口一直排到王宫门前。"

"我还进城去看了热闹，"乌鸦说道，"那些人肚子又饿，嘴里又渴，可是在王宫里他们哪里找得到什么吃的喝的，连一杯热水都喝不上。有几个最聪明的家伙带了面包和黄油去，可是他们不肯分给周围的人吃。他们是这样想的：让别人看上去就是一副肚皮饿得不得了的样子，公主就不会选中他们了。"

"不过凯依，小凯依呢？"杰尔达问道，"他是什么时候到那里的？他是不是也在人山人海当中？"

"别急，别急！我们马上就要讲到他了。那是到了第三天，来了一个小不点儿，他没有骑马也不乘车。一点都不怕地大步走到王宫前。他的双眼就像你的一样明亮，他那一头长发很漂亮，就是身上的衣服太破旧了一点。"

"那就是凯依，"杰尔达欢乐地呼叫起来，"哦，我总算找到他了。"她高兴得拍起手来。

"他的背上背着一个背包。"

"不，那是他的小雪橇，"杰尔达说道，"他是乘雪橇才走丢的。"

"就算是吧，"乌鸦说道，"我看得不大真切，不过听我的那个未婚妻说，他走进王宫大门，看见身穿银光闪闪制服的卫兵，沿着两旁站立着穿金光灿灿服装的侍从，他一点也没有吓慌了神儿，反而朝着他们点点头说：'你们老在台阶上站着真是没意思，我可是要进去啦。'大厅里灯火通明，各部部长们和大臣阁下手里都举着金酒杯，脚上都脱掉了靴子，走来走去连一点响声都没有。那个场面才叫庄严哪！可是他却穿着靴子，那双要命的靴子还叽叽嘎嘎发出很大的响声，他心里一点也不怯场。"

"那肯定就是凯依了，"杰尔达说道，"我知道他刚有一双新靴子，我在老祖母屋里就听见过那双靴子发出的叽叽嘎嘎的响声。"

"是呀，那双靴子叽叽嘎嘎的，吵得烦人，"乌鸦说道，"他倒一点没有不好意思，照样高高兴兴走到公主面前。她坐在一颗大珍珠上，那颗珍珠足足有纺纱车上的摇轮那么大。她的身边有那么多人伺候：有一群侍从女官，她们又带着侍女，还有侍女的侍女。还有一群骑士，他们也人人带着跟班，还有跟班的跟班，跟班的跟班还带着一个小听差。那些人都围着公主站成一圈，愈是站得靠近门的就愈是神气活现。跟班的跟班的那个小听差总是趿着拖鞋站在门口，那副神气活现的架势真是叫人看不下去。"

"真是叫人恶心，"小杰尔达说道，"那么凯依到底给公主选中了没有哇？"

"我若不是一只乌鸦的话,公主选中的早就该是我啦,再说我已经订过婚了。因为他的口才同我一样好,那是在我用乌鸦语说话的时候。这是我那个脾气温柔的未婚妻告诉我的。他胆子很大又很讨人喜欢,他说他到这里来不是为了求婚,只是想要听到公主讲的聪明话,因为他觉得公主聪慧过人。公主一下子就看中了他。"

"是呀,没错的,一定是凯依,"杰尔达说道,"他是那么聪明,连分数都能心算。哦,你肯把我领进王宫里去吗?"

"唉,说话倒很容易,"乌鸦回答道,"可是怎么做得到呢?我先和我那个脾气温柔的未婚妻去商量一下,它会给我们出好主意的。不过我要把丑话说在头里,像你这样的小姑娘是不会得到许可进入王宫的。"

"会的,我会的,"杰尔达说道,"凯依一听说我来了,马上就会来接我进去的。"

"你坐在这块石头上等我回来。"乌鸦说道,它把头一扭就飞走了。

一直到了天黑以后,乌鸦才飞回来。"呱呱,"乌鸦叫道,"我的未婚妻要我向你多问几声好。这里有个小面包给你吃,是它从王宫的厨房里叼来的,那里面包多得要命,你肚子饿了吧!你要走进王宫里去,那是办不到的,再说你还赤着两只脚。那些穿银色制服的卫兵和穿金色服装的侍从都不会放你进门的。不过不要哭,你还是能够溜进去的。我的未婚妻知道有一条小小的后楼梯,可以通到卧室去。它还知道在哪里可以叼得到钥匙。"

他们走进了王宫的花园,踏上一条很宽的林荫大道。树叶一片又一片地飘落下来,王宫里的灯火一盏又一盏地熄灭了。乌鸦带着小杰尔达来到一扇后门前,那扇后门半开半掩。

哦,小杰尔达又是害怕又是渴望,她的那颗心怦怦直跳,好像她是去做什么坏事一样。她只不过要弄清楚小凯依究竟在不在那里。是的,那一定就是他,她记得清清楚楚:他的那双明亮的眼睛,他的一头长长的头发。她眼前好像看到了他在微笑,就像他们在家里坐在玫瑰下面那样。他看到她来一定会高兴得要命,要听她讲讲她走了多么长的路,这都是为了他。还要让他知道在他走丢了以后,家里每个人都是那么悲伤难过。哦,这次见面真是令人既开心又伤心。

他们走上楼梯,在一张柜子上点着一盏小灯,在地板的中央站着脾气温柔的乌鸦,它把脑袋转来转去看着杰尔达。小姑娘照着老祖母教她的那样向脾气温柔的乌鸦行了屈膝礼。

"我的未婚夫对您满口说好,我的小姐,"脾气温柔的乌鸦说道,"您的遭遇,也可以说是故事,挺惹人心酸的。您拿着这盏灯好吗?我走在你们前头,我们顺着这条路笔直走,不会碰上什么人的。"

"我觉得我们身后有人在追上来。"杰尔达说道。这时候有什么东西像是墙上的影子那样在她身边嗖地一闪而过。原来那是马的鬃毛飘舞,四条细腿跑得像飞一样的奔马,绅士淑女们骑在马背上,猎人们跟随在马背后。

"那些只是一个梦,"乌鸦说,"它们来把高贵的绅士淑女们的思想领出去打猎,那样更好,您可以趁着他们在床上熟睡不醒的时候仔仔细细地把他们看清楚。不过,但愿您要是有一天得到了荣耀和显赫的地位,可千万不要忘记了我们。"

"用不着说这样的话嘛。"森林的乌鸦说道。

他们走进第一间大厅,大厅的墙壁上装饰着玫瑰红的锦缎,墙壁四周点缀着人造的花卉。在这里,那些梦又嗖的一下从她的身边闪过,不过它们闪得太快,杰尔达来不及看清那些绅士淑女的模样。大厅一个比一个富丽堂皇,所以才会使人犯怵发慌。后来他们走进了卧室。

这里的天花板形状像是一棵巨大的棕榈树,树叶都是玻璃的,是用贵重的水晶玻璃做成的。地板的中央竖着一根做成花梗形状的黄金柱子,柱子上吊着两张百合花形状的床,一张是雪白的,里面躺着公主。另一张是大红的,杰尔达就到那张床上去找小凯依。她撩起了床外面大红花瓣一样的床帏,看见了一段皮肤黑黝黝的细脖子。

啊,一定就是凯依!她大声地叫喊他的名字,把那盏小灯挪到他的面前。这时候那些梦全都骑在奔马的马背上冲进了卧室里。

那床上睡着的那个人从梦中醒了过来,他把头转过来……却不是小凯依!

王子又年轻又英俊,只是脖子有点像小凯依。公主从白色百合花的床帏朝外面张望,问是怎么回事。小杰尔达放声大哭起来,还把事情的经过和乌鸦怎样帮助她全都讲给了公主听。

"你是个挺可怜的小姑娘。"王子和公主说道。他们称赞了两只乌鸦,说他们一点不生它们的气,可是这种事情以后不许再多做了。不过这一回它们还是应该得到奖赏的。

"你们愿意在王宫外面自由地飞翔呢,"公主问道,"还是愿意留在王宫里出任宫廷乌鸦,在王宫的厨房里叼食剩饭剩菜来吃饱肚皮?"

两只乌鸦都行屈膝礼,恳求给它们固定的职位,因为它们想到了自己的老年。"到了老年不愁吃喝,日子该过得多宽心呀!"它们这么说道。

王子从床上下来,把床位给杰尔达睡,他是尽到了最大的心意。

她把两只小手合拢在一起,想道:"不管怎样,人呀,动物呀,都是那么好心。"她的眼皮子垂了下来,她一下子就睡熟了,睡得很香,这时候所有的梦又闪进来了,飞到她的睡眠里。它们这一回都像是上帝的天使,拉着一个小雪橇,雪橇上坐着凯依在向她点头。可是这全是梦,所以她一觉睡醒过来那些梦又都不见了。

第二天,她从头到脚都换上了丝绸的和丝绒的衣服。他们邀请她在王宫里多住一段时间,过上几天好日子。可是她只要求得到一辆小小的车和一匹马,还有一双小靴子,这样她就可以到广阔的世界里去寻找凯依了。

她得到了靴子,还有一个暖手的裘皮手筒,身上穿得整洁漂亮。她准备动身的时候,门口停着一辆纯金的新马车,王子和公主的纹章像星星一样在车身上闪闪发光。赶马车的车夫、仆役、开道先行的马队,是呀,怎么能没有开道的马队呢?他们人人都戴着黄金的帽子骑在马背上。王子和公主亲自把她扶上了马车,并且祝福她一路平安。

森林里的乌鸦已经结了婚,它蹲在杰尔达身边。它一直送了她三英里路。另一只乌鸦没有跟着来,只站在门口拍着翅膀告别,因为自从有了固定职位之后,它吃得太多了,头疼得不得了。那辆马车里装满了甜脆饼干,座位上放着水果和圣诞节吃的果仁姜饼。

"再见啦,再见啦!"王子和公主叫喊道。小杰尔达哭起来了,乌鸦也哭起来了。就这样他们走完了头三英里路。乌鸦也要向她告别了。这是最难受的分别。它飞到一棵树上,不停地拍着翅膀,一直到它看不见那辆像明亮的太阳那样金光灿灿的马车。

## 第五个故事 小女强盗

他们一行人要穿过黑沉沉的森林,可是那辆马车却像一把火炬那样一路照亮过去。炫目的亮光照耀得森林里的强盗们连眼睛都睁不开了。他们忍不住要动手了。

"那是金的,那是金的。"他们叫嚷着冲了上来,把马匹都勒住,把那些小骑师、车夫和仆人全都杀死,还把小杰尔达拖出了马车。

"她白白胖胖的,长得很好看,是吃果仁吃得那么胖的。"老女强盗说道。她长着一脸长长的浓毛,连睫毛都长得垂下来盖住了眼睛。"就像一只白嫩的小羊羔,吃起来味道一定很好!"她说着就抽出了一把尖刀,明晃晃的,真是吓人。

"哎哟!"老女人话还没有说完就尖叫起来,因为她被背在背上的女儿在耳朵上狠狠地咬了一口。她这个女儿又任性又刁蛮,这一口咬得老女强盗疼得钻心,而那个小女强盗却很开心。

"你这个讨厌的小淘气!"妈妈说。这样一来她就来不及把杰尔达杀掉了。

"她得陪我玩,"小女强盗说,"她的裘皮手筒和漂亮衣服都得给我,还要在我床上陪着我睡。"她又狠狠地咬了一口,老女强盗痛得蹦到半空高,又转来转去跳个不停,逗得强盗们个个哈哈大笑,说:"瞧,她背着小崽子在跳舞哪!"

"我要坐到车里去!"小女强盗说道。

她想怎样做就怎样做,因为她给宠坏了,脾气犟得很。

她和杰尔达坐上了马车,从树桩和荆棘上驶过去,一直来到森林的深处。小女强盗年岁同杰尔达差不多大,不过身体更结实一些,双肩更宽一些。她的皮肤黝黑,两只眼睛也很黑,看样子心里很烦闷。她搂着杰尔达的腰说道:"只要我不生你的气,他们就不会杀你。我说你是一位公主吧?"

"不是。"小杰尔达说道,她把她碰到的事情都告诉小女强盗,还说她有多么喜欢小凯依。

小女强盗一本正经地看着她,又朝她点了点头说:"我不许他们杀你,就算我真的生你气了,那也该我自己动手。"她替杰尔达擦干了眼泪,又把自己的双手伸进那只漂亮的裘皮手筒里去,手筒又柔软又暖和。

马车停住了,他们已经到了强盗山寨的院子里。寨墙从上到下都布满了裂缝。渡鸦和乌鸦从窟窿和裂缝里飞进飞出。又高又大的巴儿狗跳得老高,哪一只看上去都能把一个活人吞到肚子里去。它们一声都不叫,因为这里禁止狗叫。

那间宽敞的大厅十分破旧,已被烟熏得到处黑糊糊的。大厅中央的石板地上烧着一堆火,冒出来的黑烟升到了房顶上,却再也找不到出路,弄得大厅里烟雾腾腾。有一口大锅里煮着汤,野兔和家兔穿在铁扦上在火上烤着。

"今天晚上你跟我和我的所有小动物一起睡在这里。"小女强盗说。她们吃完之后,她就把杰尔达领到铺着干草和毯子的墙角落里。在她们头顶上的板条和横木上栖息着十来只鸽子,它们好像都已经睡熟了,可是那两个小姑娘一走过来,鸽子们都动了起来。

"这些鸽子全是我的。"小女强盗说,一伸手就把身边的那只抓起来,捏着鸽子的两只爪子不停地摇晃它,直到它张开翅膀乱拍。

"亲亲它!"她叫道,把鸽子打到了杰尔达的脸上。

"那里关的都是森林里不安分的坏东西,"她接着说道,指了指房顶上很高的地方用木条挡住的一个墙壁洞,"那是两只森林里的坏东西,要是不把洞封严实,它们两个就会马上飞走。这里站着的是我最亲爱的老伙伴。"她说着就拉住两只角,把一头驯鹿拖了过来,驯鹿的脖颈上系着一个锃亮的铜圈,原来驯鹿是被拴住的。

"它也得拴牢了才行。要不然它蹦几下就跑得不见踪影了。每天晚上我都用刀子,在它脖子上搔痒痒,它很害怕我这么做。"小女强盗从墙壁的裂缝中抽出一把长刀来,在驯鹿的脖颈上蹭来蹭去,那头可怜的牲畜吓得四脚乱蹦乱跳,可是小女强盗却开心得咯咯地笑了起来。她拉着杰尔达一起朝地铺上躺了下去。

"你睡觉的时候也带着刀子?"杰尔达问道,很害怕地看着那柄长刀。

"我睡觉时总是把刀子放在身边,"小女强盗说道,"谁也说不准会发生什么事情。不过,你还是把方才讲的小凯依的事情,还有你怎么会出门跑到广阔的世界里来,再讲一遍给我听听吧。"

杰尔达又从头把事情的整个经过讲了一遍。别的鸽子都已经睡熟了，只有那两只森林里的坏东西——斑尾野鸽，不安生地在上面那个洞里发出咕咕的叫声。小女强盗一只胳膊搂着杰尔达的头颈，另一只手里拿着长刀。她一睡下去就睡熟了，还打起呼噜来。可是杰尔达却怎么也睡不着，她的两只眼睛一直睁得大大的，她不知道该活下去还是死掉算啦。强盗们围着火堆坐着，又是唱歌又是喝酒。那个老女强盗在地上滚来滚去。这样的场面给一个小姑娘看真是太令人作呕啦。

这时候，那两只斑尾野鸽却开口讲话了："咕，咕！我们看见过小凯依，他的小雪橇驮在一只白鸡的背上，他自己坐在雪女王的大雪橇上，在森林的上空掠过。我们全家都躺在窝里，雪女王朝着我们的孩子吹了一口冷气，我们的孩子就全冻死了，只剩下了我们两个，咕，咕。"

"你们在上面说了些什么？雪女王往哪儿去啦，你们知道吗？"

"她大概是朝着拉普兰①去了吧。那边寒冷得很，到处冰天雪地！你可以问问拴在那边的驯鹿。"

"那里一年到头都是冰天雪地，可是风景美丽极了，"驯鹿说道，"我们可以在亮晶晶的大冰川峡谷地自由自在地奔跑。雪女王过夏天的帐篷就搭在那儿，她住的宫殿却在北极，在一座名叫斯匹次卑尔根②的岛上。"

"哦，小凯依，小凯依！"杰尔达又是叹气又是叫喊。

"你好好躺着不许乱动，"小女强盗说道，"要不然我一刀捅破

---

① 是北欧紧靠北极圈的高寒地带，终年积雪，气温很低。居民为拉普族人。
② 挪威北部的群岛，在巴伦支海和格陵兰海之间。

你的肚皮。"

第二天早晨，杰尔达把斑尾野鸽讲的话全都告诉了小女强盗。小女强盗一本正经地听着，点点头，说道："这不碍事，这不碍事。"她又问驯鹿道："喂，你知道那个拉普兰在什么地方吗？"

"没有人比我知道得更清楚啦，"驯鹿说道，它的两只眼睛眨巴眨巴地闪出了光芒，"我在那里出生长大，我在那边一望无际的大雪原上放开四腿奔跑。"

"听着，"小女强盗对杰尔达说道，"你要知道，我们这里的男人全都出去了，只有我妈妈还留在这里，她不会走开的。到了中午她要把那一大瓶酒喝个精光，然后就到楼上去打个瞌睡。到了那时候我就可以帮你忙了。"

说完，她从地铺上跳起身来，跑过去一把搂住了她妈妈的脖子，用手捋着她脸上的长长的浓毛，说道："我可爱的山羊妈妈，早上好！"她妈妈伸出手来拧她的鼻子，把她的鼻子拧得又青又紫的，这就算是母爱了。

到了中午，她妈妈把那一大瓶酒喝光后就去打瞌睡了。小女强盗走到驯鹿跟前说道：

"我本来真想用我的刀子再在你脖颈上多搔几回痒痒，因为你的模样很滑稽，可是算啦，我要解开你的绳子放你出去，让你跑回到拉普兰，不过，你必须放开四条腿跑得飞快，要把这个小姑娘驮在你的背上送到雪女王的宫殿里去，在那里找到她的小哥哥。你早就听见了她说的一切，因为她讲话声音很响，那时候你在偷听。"

驯鹿高兴得跳了起来。小女强盗把杰尔达抱到驯鹿的背上，小心地把她绑牢，还拿了个小垫子给她坐。

"这就不碍事了,"她说道,"这双毛皮靴子给你穿着去,一路上很冷。可是裘皮手筒我要留下来用,它太漂亮了。不过你也冻不着,我把我妈妈的无指大厚手套给你,你可以把它们戴到胳膊肘上。来,让我来给你把它们戴上。瞧,现在你的两只手倒像是我那个丑妈妈的了。"

杰尔达高兴得流下了眼泪。

"我不喜欢看到你哭鼻子,"小女强盗说道,"现在你应该看起来高兴快活才对。再给你两个面包和一块火腿,这样你一路上就不会饿肚子啦。"她把两样东西都绑在驯鹿背上,再把门打开,又把那些大狗关在屋里。然后她用刀子把绳子割断,对驯鹿说道:

"去吧,快跑吧!你可是要照顾好这个小姑娘。"

杰尔达向小女强盗挥舞一只戴着无指大手套的手来向她告别,说道:"再见啦!"驯鹿撒腿飞奔起来,它跳过树桩和灌木丛,穿过森林,跑过沼泽和平原,它使出了浑身的力气在飞跑。狼群在嗥叫,渡鸦在乱叫。"嘭,嘭!"老天爷像是快要打喷嚏啦,把脸蛋憋得通红。

"瞧,那是我的老熟人北极光,"驯鹿说道,"它们的光芒有多么亮呀!"驯鹿跑得愈来愈快,日日夜夜都在飞奔着。面包吃完了,火腿吃完了,他们也来到了拉普兰。

## 第六个故事　拉普兰女人和芬兰女人

他们在一栋低矮的小房子前停住了脚步。那栋房子的模样真是可怜,屋檐一直伸到了靠近地面,房门低矮,住在里面的人只能爬进爬出。那户人家只有一个拉普族的老奶奶在家里,别人都不在家。老奶奶正用鲸油灯照着亮在煎鱼。驯鹿把事情的整个经过都讲给老奶奶听,先讲自己的,再讲杰尔达的,因为它觉得自己的事情比杰尔达的要紧得多。杰尔达已经冻得快僵了,连话都说不出来。

"唉,你们这两个小可怜,"拉普兰老奶奶说道,"你们还有很长一段路要跑。还要跑一百多英里路才能到芬马克高原①。雪女王住在那边的荒野里,每天晚上都燃放蓝色的焰火。我在一片鳕鱼干上写了几个字,因为我这里没有纸,你们把这封短信捎去,交给那边的芬兰女人,她知道的事情比我多,她会告诉你们的。"

杰尔达身体暖和过来,她喝了水,吃了饭,拉普兰老奶奶在一片鳕鱼干上写了几个字交给杰尔达,叫她放在身边藏好,然后又把她绑在驯鹿的背上,驯鹿又飞跑起来。"嘭,嘭!"天空中又发出这样的声音,整个夜晚天上都闪耀着明亮可爱的蓝色北极光。他们来到了芬马克,敲响了那个芬兰女人住的小房子的烟囱,因为那栋小房子连门都没有。

房子里非常闷热,芬兰女人身上几乎没有穿衣服,个子很小,也很肮脏。她马上把小杰尔达的衣服解开,脱掉她的手套和靴子,要不然她会热得难受。然后在驯鹿头上放了块冰,又把写在鳕鱼干上的字念了一下,她念过三遍后全都能背下来,于是就

---

① 芬马克高原是瑞典、挪威、芬兰最北面的地区,位于北极圈内,气候高寒,终年冰雪封冻,盛产毛皮,居民大多为拉普族人。

把鱼干扔在汤锅里，因为鱼干是很好吃的，再说她从来不舍得把食物倒掉。

驯鹿讲了自己的遭遇，再讲了小杰尔达的遭遇后，芬兰女人眨眨她那双聪明的眼睛，却没有吱声。

"你是那样聪明，"驯鹿说道，"我知道，你有本事把全世界刮的风都拴在一根缝衣线上。船老大解得开线上的第一个结，他就会得到顺风。他要是解开了第二个，那么会刮起挺厉害的大风。如果他解开了第三、第四个结，大风暴就会来到，刮得森林里的大树都连根拔起。你肯给这个小姑娘喝点什么神奇的东西，使她有十二个男人的力气，好去战胜雪女王吗？"

"十二个男人的力气，"芬兰女人说，"好吧，那可足够了。"她走到床架旁边，取出一卷皮子来，她把皮子打开，上面写着许多稀奇古怪的字母。芬兰女人朗读起来，一直读到她的前额上滴下汗水来。

驯鹿又在为小杰尔达苦苦恳求，请她出力帮助。杰尔达睁大了眼睛看着芬兰女人，眼神里充满了哀求，泪珠在眼眶里打转。芬兰女人又眨起眼睛来，她把驯鹿拉到一个角落里，把一块新的冰块放到它的前额上，对它咬耳朵说道：

"小凯依真的在雪女王那里，这一点是没错的。他觉得那里的一切都合乎他的心愿和口味，觉得那里是世界上最美好的地方。毛病就出在魔镜的一片碎片刺进了他的心里，一颗玻璃碎屑落进了他的眼睛里。要是不先把这些镜片渣屑取出来，他就再也当不成人了，只好一直受雪女王的控制。"

"难道你不肯给小杰尔达一些力量，使得她能够把这一切都破除掉吗?"

"她自己身上有那么大的力量,我再给不了她更多的力量了。你难道看不出来她身上有股子多么伟大的力量吗?难道你看不出来,不管是人还是牲畜都那么情愿地为她出力相助?她光着脚都走遍了天涯海角,所以她用不着从我们身上得到力量。她是一个那么可爱、纯洁的小姑娘,那股力量就在她的心里,在她自己的心里。她自己要是到不了雪女王那里,把那些镜片碎屑从小凯依的身上取出来,那么我们谁也帮不了她的忙!从这里再过去两英里路就是雪女王的花园。你可以把小姑娘驮到那里,在雪地上长满红莓果的灌木丛旁把她放下来,你在那里不要多耽搁,不要聊天聊个没完,一把她送到,你就回到这里来!"

芬兰女人把小杰尔达抱到驯鹿背上,驯鹿就撒腿飞跑起来。

"呀,我没有穿上我的靴子,我连我的无指大手套也没有戴!"小杰尔达叫喊起来。

她马上就吃够了寒冷的苦头,可是驯鹿却不敢停下脚步,它一直朝前奔呀奔呀,一口气跑到了长满红莓果的灌木丛边,把杰尔达放下来,亲吻了一下她的小嘴,大滴亮晶晶的泪珠淌过了它的脸颊,然后它赶紧扭头往回飞奔。只剩下可怜的杰尔达,没有穿鞋,也没有戴手套,一个人站在冰雪封冻、寒冷刺骨的芬马克荒原上。

她用足了力气往前奔跑。一场鹅毛大雪忽然朝她扑了过来。这场雪却不是天上落下来的,因为天空很晴朗,还闪亮着北极光。那场雪是贴着地面,迎着她直扑过来的,越是扑到她身边雪花就越大。杰尔达记得那一回透过取火镜看到的雪花,那一片片雪花又大又好看,形状是多么精致!可是这里的雪花却是另一种样子,大得不得了，每一片都张牙舞爪挺吓人，它们都是活生生的，是雪女王派来打前哨的。

它们的形状也是稀奇古怪的，有的看上去像是难看的大刺猬，有的像身子蜷成一团却伸长了脑袋的蛇，也有的像胖胖的小熊，背上的毛都竖立了起来，一根根都闪闪发亮。它们全都是活着的雪花。

小杰尔达念起了祷告词，祈求上帝保佑。天气实在冷极了，她看见自己嘴巴里呼出来的热气像一股股蒸汽似的凝聚成了团，越凝越紧，后来就凝结成了一个个透明的小天使。他们一碰到地面就越来越大，个个都头上戴着头盔，手里持着长矛和盾牌。人数越来越多，等到她祈祷完的时候，已经有一个军团的天使围在她的身边。他们伸出长矛把那些模样吓人的雪花全都刺得粉碎，小杰尔达很平安地、没有遇到多少麻烦就往前走去。小天使不停地拍打她的手和脚，她觉得不那么冷了，于是她就迈开脚步朝向雪女王的宫殿走去。

不过，我们还是来看看小凯伊在做什么吧。他真的没有想过小杰尔达，更想不到她就站立在雪女王王宫外面。

## 第七个故事　雪女王宫中发生的事情和童话的结局

那座宫殿的墙是积雪砌成的，门窗都是刺骨的寒风。宫殿里有一百多个厅堂，全都是用雪花堆起来的，最大的那个厅堂方圆足有好几英里路，强烈的北极光把它照得通亮。这些厅堂都那么大，那么空荡荡，那么明亮，却寒冷刺骨。这里从来没有欢乐，甚至连小狗熊的舞会都没有，要不然的话，暴风雪就是舞会上的音乐，北极熊可以用后腿站起来翩翩起舞，姿势是那么优美动人。这里从来不玩扑克牌游戏，听不见噘着嘴发出的啧啧声响，或者是懊恼得敲击大腿的声音。这里也没有雪白的银狐小姐们聚在一起喝咖啡闲聊家常。雪女王宫殿里的厅堂个个都大得一望无际，却空荡荡、冰冰凉，北极光发光的位置一直是那样有规律地变动，所以能够算出它什么时候在最高位置，什么时候在最低位置。就在那个空荡荡、大得一望无际的雪花堆起来的大厅中央，有一个冰湖，湖里冻着的冰裂成了成千上万的冰块，每一块冰的形状和大小都完全一样，它们本身就成了一件完美的艺术品。雪女王在家的时候，就坐在冰湖的湖心，她说自己是坐在"智力的魔镜"上，这是世界上最好的、独一无二的镜子。

小凯依早已冻得浑身都成了青紫色，几乎黑色，可是他自己却一点都感觉不出来，因为雪女王已经把寒冷的感觉从他身上吻掉了。他的心已经差不多变成了一坨冰疙瘩。他把一些又尖又扁的冰块拖过来挪过去，拼搭出各式各样的图形，就像我们用七巧板拼搭出各种形状的东西来一样。我们把这种玩法叫作"中国游戏"。凯依就这样来来回回地挪动冰块来拼出形状，那是最稀奇古怪的图形，那就是"拼冰块智力游戏"，在他的眼里，这些图形是非常了不起的，是最要紧的。这都是因为他眼睛里还粘着那块镜子的碎屑才有了这样的念头。他已经拼出了不同的图形。他把不同的图形挪动到一起，想拼成一个单词来，这个单词就是"永恒"。雪女王曾经对他说过：

"你要是能为我拼出这个单词来，你就会成为你自己的主人，我就会把整个世界都送给你,还要给你一双新的溜冰鞋。"可是他却拼不出来。

"现在我要赶紧到那些暖和的国度去跑一趟,"雪女王说,"我要到那里去看看那两口黑乎乎的大锅子,它们就是叫作埃特纳和维苏威的两座活火山①的喷火口。我要使它们变得一片雪白!这个季节是该下一场大雪了,下了雪,柠檬和葡萄都会长得更好的。"

说完之后,雪女王就飞走了。只剩下凯依孤零零地一个人坐在那方圆好几英里的、空荡荡的冰雪大厅里,他放眼望去,见到的只有冰块。他忍不住动脑筋想起来,想呀,想呀,想得他身体里发出吱吱嘎嘎的响声,他一动不动,直僵僵地坐在那里。人家乍一见还以为他已经冻死了呢。

就在这时候,小杰尔达从那寒风刺骨的大门走进了宫殿里。刺骨的寒风直朝她刮过来,于是她又念起了晚祷的祷告词,狂风就立刻平息下去,好像睡熟了一样。她一直往前走,踏进了空荡荡的冰雪大厅,一眼就看见了凯依,她马上认出他来,扑过去伸出双臂抱住了他的脖子,抱得很紧很紧,喊道:

"凯依,亲爱的小凯依!我总算找到你了!"

可是小凯依一动不动地坐在那里,身体直僵僵、冰冰凉的。小杰尔达忍不住大哭起来,她的热泪滴滴答答落到了他的胸口上,又涌进到他的心里,那块冰坨子被她的热泪融化开了,热泪也冲走了刺在心上的那块镜片碎屑。于是他睁开双眼来看着她。她唱

---

① 这两座活火山都位于意大利。埃特纳火山在西西里岛上;维苏威火山在那不勒斯海滨附近,公元 79 年喷火爆发时古城庞贝全城被埋葬。

起了赞美诗:

> 玫瑰花盛开在深谷里,
> 在那里我们见到了圣婴耶稣。

凯依一听就放声大哭起来,他流出了眼泪,粘在眼珠子上的那片玻璃碎屑也从眼睛里淌出来。他终于认出她来了,高声欢叫起来:"杰尔达,亲爱的小杰尔达!这么长的日子你一直待在哪里呢?我这是在什么地方呀?"他朝四周看看,说:"这里可真冷呀!这么大的地方,到处空荡荡的。"

他紧紧地抱住了杰尔达。她开心得咯咯笑了起来,又流下了快活的泪水。他们是那么高兴,连四周的那些冰块也高兴得围着他们两个跳呀,蹦呀,直到跳累了才躺下来,它们躺成了一排,恰好拼出了雪女王要凯依拼写的那个单词:永恒。雪女王曾亲口答应过:只要他真的拼出来,他就可以成为自己的主人,她会把全世界都送给他,还要再给他一双新的溜冰鞋。

杰尔达亲吻了他的脸蛋,双颊上立刻像鲜花绽开那样变得红润起来。她亲吻了他的双眼,那双眼睛就明亮得像她的眼睛一样。她亲吻了他的双手和双脚,他立即恢复过来,手脚都可以轻快地活动了。就算雪女王在这时候回到家来,那也不要紧了,因为那一行亮晶晶的冰块拼成的单词就是他得到自由的证书。

他们两个手拉着手走出了那座大得不得了的冰雪宫殿。一路上,他们谈起了老祖母,讲到了屋顶上那两丛盛开的玫瑰。他们走到哪里,哪里寒风就停歇下来,太阳就出来了。他们走到那片长满红莓果的灌木丛旁边，驯鹿早已站在那里等着他们。它带来了一只年轻的母鹿，母鹿的乳房胀得鼓鼓囊囊的，它把热腾腾的鹿奶给两个孩子喝，还亲吻了他们的小嘴。然后，它们就驮着凯依和杰尔达先来到了芬兰女人那里。他们在那幢非常闷热的小房子里把身子暖和过来，问清了回家去的路途，接着又来到拉普兰老奶奶那里。拉普兰老奶奶早已给他们缝制好了新衣服，还为他们准备好了各自用的雪橇。

驯鹿和母鹿在他们的身边蹦着跳着，跟随着他们奔跑，一直把他们送到拉普兰的边界。这里最早的绿色嫩芽已经在枝头上绽开了。他们在这里同两只驯鹿分手，向拉普兰老奶奶告别。

"再见啦！"他们大家齐声说道。森林里也已经有了嫩枝绿叶，刚出生的小鸟在树上叽叽喳喳地叫个不停。从森林里忽然飞驰出一匹骏马，杰尔达一眼就认出来这正是拉金马车的那匹马。马背上骑着一个小姑娘，头上戴着一顶亮晶晶的大红帽子，身前挂着一把手枪。原来这个小姑娘就是小女强盗，她在家里待腻烦了，就想先到北方来玩玩，如果这里不称她的心意，她再到别的地方去。她一下子就认出了杰尔达，杰尔达也认出了她。这次见面真有意想不到的惊喜。

"你这个爱好到处闲逛的家伙，"她对凯依说道，"我真不知道有人为了你走到世界的尽头，到底值不值得！"

可是杰尔达拍拍她的脸蛋，向她打听王子和公主。

"他们到外国去啦！"小女强盗说道。

"那么乌鸦呢？"小杰尔达问道。

"唉，乌鸦死啦，"她回答道，"它那个脾气温柔的妻子成了寡妇，在一只爪子上挂着黑纱，到处去诉说自己的不幸和悲哀，那也只是嘴上说说而已。快告诉我，你究竟一口气跑到了哪里，在什么地方把他找回来的？"

杰尔达和凯依两个人都一五一十地讲了一遍。

"哦，啧啧啧！哇，了不起！"小女强盗听得嘴里不断地叫喊出声来。她拉着他们两个人的手答应他们说，如果有一天她经过他们的那个城市，她一定去探望。说完之后，她又骑马飞驰，奔向广阔的世界。

凯依和杰尔达手拉手地走呀，走呀。他们回到家的时候已经是美丽的春天了，到处一片碧绿，各色鲜花盛开着。教堂的钟敲响了，他们一下子就认出了教堂那又尖又高的钟楼。他们认出了自己居住的那个大城市。他们进了城，一直来到老祖母家门前；他们沿着楼梯上去，走进了房间里。

房间里和以前一模一样，东西都摆在原来的地方。那只陈旧的老座钟还在"嘀嗒，嘀嗒"地走着，指针照样在指示时间。可是等他们自己一踏进房间门后，这才发现原来自己已长大成人了。屋檐上的玫瑰盛开着，花枝从敞开的窗户里伸进房来。凯依和杰尔达各自在小凳子上坐了下来，他们手拉着手，像是做了一场可怕的噩梦那样，要把雪女王那座冰冰凉、空荡荡的宫殿统统都忘记个干净。

老祖母坐在上帝的明媚阳光下，高声朗读《圣经》：你若不像小孩子，就断不能进上帝的天国。[①]

---

[①] 《圣经新约·马可福音》第十章："耶稣对门徒说：'让小孩子到我这里来，不要禁止他们。因为在神国的，正是这样的人。我实在告诉你们：凡要承受神国的，若不像小孩子，断不能进去。'"

凯依和杰尔达相互看着对方的眼睛。他们一下子懂得了这首古老的赞美诗:

　　玫瑰花盛开在深谷里,

　　在那里我们见到了圣婴耶稣。

他们两个人坐在那里,已经是大人了,可是他们还是孩子,心也还是孩子的心。这时夏天已经来到,暖和美好的夏天。

# 接骨木妈妈

从前有个小男孩,他生病患了感冒,那是因为他跑到外面去的时候把脚踩湿了。谁也弄不明白在这么一个干燥的大晴天里他究竟在哪里把一双脚踩得这么湿漉漉的。他的妈妈给他脱掉衣服,扶他在床上躺了下来,然后吩咐把茶炊拿进房间里来,用接骨木花熬一杯茶给他喝,那样就会使他身子暖和过来。这时候一位挺能逗乐打趣的老人走进门来,他住在这栋房屋的顶层上,孤零零独自一人生活,既没有妻子也没有孩子,可是他却非常爱孩子,所有的孩子他都喜欢,他会讲许多童话故事,听他讲故事那真是一大乐趣。

"好啦,快把茶喝下去,"妈妈说,"说不定你还能听到一个故事哪!"

"是呀,但愿我能讲出什么新的故事来,"老人笑容满面地点点头说,"不过这孩子在什么地方踩湿了他的双脚呢?"

"是呀,在什么地方踩湿的呢?"妈妈回答说,"谁也弄不明白。"

"你讲个故事给我听好吗?"男孩子央求说。

"好的,不过你尽量准确地告诉我你上学去的那条小街上水沟到底有多深。我想要先知道一下。"

"准确地说只到我的高筒靴一半那么高，"男孩子回答说，"可是那也要我跳到最深的窟窿里去才有那么深。"

"你看，你的脚就是在那里踩湿的，"老人说，"我该给你正正经经地讲个故事啦，可惜我肚里的故事全都已经讲光了。"

"那么你就随便编一个好啦，"男孩子说，"我妈妈说过，你眼里见到什么就能变成一个童话，你手上摸到什么就能讲出一个故事。"

"话倒不错，不过那样敷衍的故事听得人不过瘾。真正好听的故事是自己找上门来的，它敲敲我的脑门说道：'我来啦！'"

"那么会有一个童话马上就来敲你的脑门吗？"小男孩问道。

妈妈听得笑了起来，她往茶炊里添了点接骨木花，又倒进水去，也应声说道："讲吧，讲吧！"

"好吧，如果童话自己找上门来的话，我就讲。不过童话这家伙爱摆架子，只有等他高兴的时候才会找上门来。咦，等一下，"老人忽然叫了起来，"快看，有一个来了，就在那只茶炊里。"

小男孩朝着茶炊看过去，只见茶炊的盖子升了起来，还越升越高，接骨木花一朵又一朵盛开出来，又洁白又鲜嫩，长长的枝条也从茶炊的壶嘴里伸了出来。它越长越粗，越长越大，枝丫伸向四面八方，长成了一棵最美丽的接骨木树，这棵大树的树枝一直伸到床头上，把床幔朝两边撩开。

哦，树上的花开得多么茂盛，香气多么芬芳呀！树荫中间坐着一个慈眉善目的老奶奶，她身上穿着一件非常别致的衣服，衣服颜色碧绿，绿得就像接骨木树的树叶一样，衣服上缀满了大朵大朵的接骨木花。乍一眼望去还真叫人分不清楚究竟是衣服呢，还是真的绿叶白花。

"这位老奶奶叫什么名字？"小男孩问道。

"古时候，罗马人和希腊人把她叫作'德里亚德'，也就是'树神'的意思，"老人说，"不过我们听不懂这个名字。所以这里的居民们给她起了一个更好听的名字，叫她'接骨木妈妈'。现在你就把注意力集中在她的身上吧，耳朵要细听她的故事，眼睛要盯着这棵树看。

"在新住宅区那边长着一棵接骨木树，它生长在一个穷人家的简陋小院的墙角落里，长得倒枝繁叶茂，十分高大。有一天下午在明媚的阳光里，一个老头儿和一个老奶奶坐在这棵树底下，他们两人年纪都很大很大，老头儿很老很老啦，老奶奶也很老很老啦。他们已经是曾祖父母，很快就要庆祝他们的金婚纪念了，不过他们两个都记不起来他们结婚的日子了。那边树上的接骨木妈妈也端坐在树荫里，看上去就和这里的那一位一样笑容可掬。'我倒记得很清楚你们俩的金婚纪念是在哪一天。'她说道，可惜那两个老人却听不见她讲的话，自顾自地在畅谈昔日往事。那个老头儿是个水手，他说道：

"'你可记得，我们小时候就在现在我们坐着的这个院子里玩，我们那时还是两个孩子，在院子里跑来奔去，还把小树枝插在泥土里做成一个花园。'

"'记得，'老奶奶说道，'我记得很清楚我们给那些树枝浇水，这些树枝里面就有一株接骨木树的枝条。后来这株接骨木生了根，抽出了枝条长成了大树。如今我们老两口就坐在这棵树底下。'

"'一点不错，'老水手说，'在那边角落里有一个大水桶，我时常在那个木桶里放木船玩，那些木船都是我自己一刀一刀刻出

来的,在水里漂得可稳当啦。后来我真的出海去航行了。'

"'哪里呀,我们先上了学,学到了许多知识,'她说,'后来我们领受了坚信礼。那天我们都激动得流了泪,到了下午,又按照老规矩手拉手地爬上了高高的园塔,眺望哥本哈根和大海外面的茫茫世界。后来我们就一直走到弗雷德里克堡,在那里我们看见国王和王后乘着他们豪华的游艇在运河上航行。'

"'我出海航行同他们航行可不是一码事。一出海就是好多年,而每次都航行到天涯海角。'

"'是呀,害得我时常为你哭泣,'她说,'我想你大概是死了,一去就再见不到踪影,说不定早已淹死在海水里了。有好多个晚上,我都起来看看风向标是不是转了。风向标倒一直在转,可是你却一直不回来。我记得很清楚,有一天下起了瓢泼大雨,收垃圾的工人来到我帮佣当使女的那家人家门口来收垃圾了,我拿着垃圾桶下来,到了门口便呆住不动了,看着那可怕的天气直发怔。这时候邮差忽然来了,他送给我一封信,原来是你写来的。哎哟,那封信走过了多少地方啊!我拆开信来念着念着就又哭又笑,真是太高兴了。信上说,你正待在一个天气炎热的国家,那里盛产咖啡,这个国家风景非常美丽,你在信上写得那么多,我一口气从头念到尾,天上还在下着瓢泼大雨,我站在那里一动不动把垃圾桶摆在我的身边。冷不丁有个人蹿过来伸开双臂抱住了我的腰……'

"'哎呀,你伸手就扇了他一记响亮的耳光。'

"'你要明白当时我不晓得那人就是你啊!你本人和你写来的信竟然同时到了。你那时的模样看起来真是英俊潇洒极了。你上衣的胸袋里还垂着一条金黄色的长手帕,头上戴着一顶颜色鲜亮

的帽子。你那天真是漂亮，现在你仍然相貌堂堂。不过那天的天气真是糟糕，满街都是积水。'

"'后来我们就结婚了，'老头儿说，'你还记得我们第一个孩子出生时的情景吗？那是个男孩，随后又生了玛丽亚、尼尔斯、彼得和汉斯·克里斯蒂安。'

"'是呀，他们都长大成人了，都很聪明能干，很有出息，很受人器重。'

"'孩子们有了自己的孩子，他们的孩子又都有了自己的孩子，'老头儿说，'我们连曾孙都有了，他们个个都挺可爱。我要是没有记错的话，我们俩的金婚纪念日就是在这个季节。'

"'一点没错，今天就是你们两位的金婚纪念日嘛。'接骨木妈妈把脑袋伸到两个老人当中这样说道。那两个老人还以为是邻居家的女人在朝他们点头。他们俩你看看我，我看看你，又伸出手来紧握在一起。

"过了一会儿，他们的儿女带着孙子辈和曾孙辈都来了，好一大群哪。他们的孩子们都记得今天是他们二老的金婚纪念日，大清早就赶来祝贺，只是两个老人尽管记住了许多年前的往事，却偏偏把纪念日忘记了。

"那天接骨木树散发着浓郁的芳香，到了傍晚，夕阳把两个老人的脸映得红彤彤的，他们更显得精神矍铄。最小的孙子围在他们身边跳起舞来，兴高采烈地说，今天晚上有好吃的啦，可以吃到热土豆啦。接骨木妈妈也在树荫里频频点头，跟着他们一起祝福两位老人。"

"不过这不是一个童话故事呀。"小男孩听完后说道。

"是呀，你听懂了，"老人说，"不过我们还是先问问接骨木妈妈吧！"

"它不是什么童话故事，"接骨木妈妈说，"可是童话就是从它这里来的。最怪诞不经的故事都是从生活的真实中来的，要不然我的那些美丽的树枝就无法从茶壶的壶嘴里长出来了。"

接骨木妈妈把小男孩从床上抱起来，搂在自己的怀里，开满鲜花的接骨木树枝把他们俩掩蔽在树荫里，有如坐在浓密的绿荫遮盖下的凉亭里一般。忽然，那座凉亭带着他们俩飞到了空中，从天空中望出去那景色真是美极了。接骨木妈妈转眼就变成了一个非常俏丽的小姑娘，看起来同小男孩年纪差不多，她身上仍旧穿着那件绿底白花的衣裳，胸前佩戴着一朵真的接骨木花，金色的长卷发上箍着一个接骨木花环。她的那双大眼睛是那么碧蓝、清澈，她的那副俏模样令人百看不厌。她同小男孩相互亲吻，他们俩年龄相似，他们也同样快活。

他们俩手牵着手走出了那个树荫凉亭，站在家里那个鲜花盛开的美丽的花园里。男孩子爸爸的手杖用绳子拴在鲜嫩的草坪上的一根木桩上，对小孩子来说这根手杖是有生命的，他们俩刚骑到手杖上去，那擦得锃亮的手杖头就变成了一个马头，黑色的长鬃毛在飘舞，四条强壮的马腿也从马肚子底下长了出来，这是一匹威武的骏马。他们俩骑着这匹骏马在草坪上转了许多圈。啊，马儿跑得真快！

"现在我们要骑着马儿到几里路以外的地方去，"小男孩说，"我们要骑马上去年到过的那个大庄园里去！"他们又绕着草坪转了许多圈。那个小女孩，也就是我们都知道的接骨木妈妈，一直在叫喊着。

"现在我们已经来到了乡下,你看见农夫的房子了吗?那栋房子有一个好大的烤面包炉。它把面向大路那一堵墙撑得朝外凸出来,鼓鼓囊囊的,活像是孵了个大蛋似的。那栋农舍的屋顶上有接骨木树的树荫为它遮阳挡晒。农舍的院子里,公鸡趾高气昂地踱来踱去,给母鸡们扒土觅食,瞧瞧它们有多神气!

"现在我们走近教堂了,它矗立在高高的山坡上,四周有高大的橡树树荫遮掩,可惜其中有一棵树已经半枯了。

"现在我们来到了铁匠铺,炉火熊熊地在燃烧,光着上半身的粗壮汉子正在挥舞着大锤打铁,火星飞溅。马儿,马儿,快快跑,我们要跑到那座大庄园里去!"

虽然他们仍在围绕着草坪打转,而且还是骑在一根手杖上,可是坐在小姑娘背后的小男孩却亲眼看到了她所描述出来的每一个地方。

他们俩又跑到旁边的小路上去玩,把泥土刨出一个个小坑来做个小花园。接骨木妈妈,也就是那个小姑娘,从自己的长卷发上摘下了花朵来种上,就像方才讲到的那老两口小时候所做的一样。他们也像那老两口小时候那样手牵着手一起走,不过没有去爬圆塔或者到弗雷德里克堡去。

他们没有那样做,而是小姑娘搂住了小男孩的腰,飞遍了整个丹麦。春残夏末,秋暮冬至,小男孩的眼睛里和心里都留下了成千上万的景物印象,那个小姑娘总是不断地对他唱道:"这些你都不会忘记。"

在整个飞行旅途中他老是闻到一股接骨木树的清香,那香味芬芳甜美，沁人心脾。他也闻到了玫瑰和鲜嫩的山毛榉的香气，可是接骨木的芳香更加浓烈，因为小姑娘胸口上就佩戴着一大朵接骨木花，而在飞行中他总是把头靠在那里。

"这里的春天真美丽。"小姑娘说道。他们俩站在山毛榉树林的绿荫里，树木上刚刚抽出新枝，长出嫩叶。他们的脚下麝香草散发出清香，嫩绿色的青草丛中点缀着朵朵粉红色的银莲花，显得分外鲜艳美丽。"哦，丹麦的山毛榉树林里永远是芬芳的春天。"

"这里的夏天真美丽。"小姑娘说道。他们两人这会儿又骑上那匹骏马放蹄驰骋，绕过了骑士时代的那些古老城堡，城堡赭红色的高墙和锯齿状的雉堞倒映在护城河里，像一幅图画。天鹅在水里游弋，不时抬起头来瞅瞅林荫深处的古道幽径。田野上麦浪摇曳起伏，好像是波涛滚滚的大海。田野旁边的水沟里长着红黄杂色的野花，篱笆上爬满了蛇麻和牵牛花。到了晚上，一轮明月冉冉升起，又大又圆，田野里的干草垛散发出令人陶醉的草香。"啊，真是叫人终生难忘啊！"小姑娘说道。

"这里的秋天真美丽。"小姑娘说道。在秋天，天空显得分外高，分外蓝，树林里显得色彩缤纷，除了红色和绿色还多出了金黄色。猎犬忙于围猎，东奔西跑，撵得大群大群的野雁赶紧振翅掠过埋葬着昔日叱咤风云的武士的坟茔，它们尖声长鸣飞到空中，茂密的黑莓藤蔓已经在这些古墓的碑碣上缠绕纠结得几乎令人看不到这些墓碑。大海的深蓝色水面上漂浮着点点白帆。在谷仓里，老奶奶、大姑娘和小孩子正忙着剥掉蛇麻果的外壳，再把果仁扔进一个大桶里去。年轻人唱着歌谣，老奶奶给孩子们讲着小红帽和小精灵的童话故事。再也找不出比这里更快活的地方啦！

"这里的冬天真美丽。"小姑娘说道。所有的树木都银装素裹，冰雪把它们打扮成了皎洁雪白的珊瑚树。积雪在脚底下踩得吱嘎吱嘎作响，就好像脚上总是穿着新靴子一样。一颗又一颗流星划过夜空陨落下来。在各家各户的房子里，圣诞树上的蜡烛点亮了，人们相互赠送礼物，大家欢笑歌唱真是热闹。在乡下，农舍里响起了悠扬的小提琴声，孩子们玩起了抢苹果的游戏，就连最穷苦的孩子都说道："冬天真可爱啊！"

一点不错，真是可爱！小姑娘让小男孩大开眼界，见到了世上所有的美好景色。在这段时日里，天空中总是飘溢着接骨木的芳香，总是飘扬着红底白十字的丹麦国旗，居住在新住宅区的那个年迈的老水手昔日就是在这面旗帜下漂洋过海走遍世界的。

小男孩长大起来，长成了一个年轻小伙子，他也迈出家门出海去闯荡广阔的世界，他去遍了天涯海角，还远到过那个盛产咖啡的国度。在他出门临别时，小姑娘把胸前佩戴的一朵接骨木花送给他作为留念。他把这朵花珍藏起来，夹在他的赞美诗集里。他在异国他乡时总要打开这本书来祈祷，而且总会翻到夹着这朵花的那一页。他越看这朵花，这朵花就越变得新鲜艳丽，他似乎又闻到了丹麦家乡森林里的那股清香。他似乎清楚地看到那个小姑娘从那朵花的花瓣里走出来，睁着那双湛蓝的大眼睛轻声地对他说："这里春夏秋冬一年四季都是那么美丽！"他的脑海里顿时浮现出成百上千幅美丽的画面。

岁月悠悠，许多年一晃而过，小男孩如今已变成了一个老头儿。他和他年老的妻子一起手拉着手坐在一棵接骨树下，就像当年他的曾祖父母坐在新住宅区的那棵树下一样。他们也像他们长辈过去谈的一样，谈到了金婚纪念日。那个长着蓝湛湛的大眼睛、头发上戴着接骨木花环的小姑娘坐在树枝上，从绿荫深处朝着他们点头说道：

"今天就是你们俩的金婚纪念日！"

她说完，就从她的花环上摘下两朵花，亲吻了一下，就把它们插到那老两口的头发上。那两朵花先放出闪闪银光，再发出灿灿金光，最后各自变成了一顶黄金王冠。老两口坐在散发着芳香的接骨木树底下，一个像国王，另一个如王后，这棵树同早先在新住宅区的那棵接骨木树长得一模一样。老头儿把他还是个小男孩的时候听人讲的接骨木妈妈的故事讲给他年老的妻子听。他们俩都觉得这个故事里有许多东西和他们的生活相似，而这些同他们人生经历相似的地方正是他们觉得最为可爱之处。

"一点不错，人生就是这样，"小姑娘坐在树上说，"有人叫我接骨木妈妈，也有人把我叫作'德里亚德'，其实我的真名字叫作'回忆'，我坐在人生之树上日长夜大，我能够回忆起过去的韶光年华，我能够讲得出一桩桩昔日往事。不过让我看看，你是不是还保存着我送给你留念的那朵花。"

老头儿翻开他的赞美诗集，那朵接骨木花仍然好好儿地夹在里面。还是那么新鲜娇艳，就好像夹在书里的是一朵鲜花。"回忆"女神点了点头，那两个头戴黄金王冠的老人家端坐在树荫下，沐浴在红彤彤的夕阳之中，他们俩安详地闭上了眼睛……

这个故事讲到这里就讲完了。

小男孩躺在自己的床上怔呆呆地发着愣。他弄不明白自己究竟是做了一场梦呢，还是听了一个童话故事。那个茶炊还摆在桌上,可是壶嘴里并没有长出接骨木树来。就在他发愣的时候,那个讲童话故事的老人站起身来走出房门,他走了。

"多美啊,"小男孩说,"妈妈,我方才到温暖的国度里去了。"

"是啊,这我相信,"妈妈说,"一口气喝下两大杯热的接骨木茶以后,必定会到温暖的国度里去周游一趟的。"

她给小男孩把被子盖好,免得他再受凉。她说道:"方才我和那个老人在议论这到底是一个童话还是一个故事的时候,你睡着了,美美地睡了一个好觉。"

"接骨木妈妈在哪儿呢?"小男孩问道。

"她还在茶炊里。"妈妈说,"她会待在那里的。"

# 织补针

从前有一根织补针,她自以为身材长得那么纤细玲珑,必定是一枚绣花针。

"小心着把我捏紧点,"当手指把她拿起来的时候她会这样告诫说,"千万不要把我滑落下去。要是我掉落到了地上,那就休想再把我找得回来,因为我是那么细小。"

"嘿,那么粗还说自己太细小。"手指头哂笑说,一把捏住了她的腰。

"你们看见了吗?我身背后跟着一长串哪。"织补针说道。她身后真的跟了一长串,那是穿上了一根长线,可是线头上却没有打结。

手指头把她朝厨娘的拖鞋上戳进去,那拖鞋的皮面子裂了一道口子,必须缝起来。

"这可是一件笨重的粗活,"织补针说,"我哪能钻得透皮子哪,我会折断的,我会折断的。"

她这么说着,果然咔嚓一声响就断掉了。

"瞧瞧我是怎么说来着,"织补针说,"我太细了,干不了粗活。"

这根针如今没法再缝缝补补,照手指头的看法是她已经毫无用处了,虽然手指头还把她捏得紧紧的。厨娘在她的身上滴了一点儿蜡,把她别在自己的围裙上。

"瞧,这下子我成了一枚胸针,"织补针说,"我知道我会飞黄腾达,一个有出息的人总归会显达荣耀起来的。"

她暗暗地笑了起来,因为从来没有人在外表上看得出一根织补针在哈哈大笑的。她趾高气扬地别在厨娘的围裙上,宛如坐在华贵的马车上傲视着四周。

"我能有此荣幸请问一句:您是黄金的吗?"织补针朝着紧挨在她身边的邻居问道,那是一枚安全别针。"您倒长得很好看,还有那样稀奇古怪的脑袋,可是未免还嫌少了点,您千万得想法子让它长粗一点,因为不是每根针的针头上都能够蘸上蜡的。"织补针说道,她神气活现地挺了挺身子,这一挺不打紧,她就从围裙上滑落下来,跌进了厨娘正要泼掉的脏水里。

"现在我要出门旅行去了,"织补针说,"但愿我不要迷路走失了才好。"

可是她却偏偏迷路走失了。

"茫茫世界太广阔了,而我又是那么细小。"织补针说道,她这时已坐在污水沟的石板上了。"不过我神志清楚,头脑敏捷,一定能找得出点开心的事情来的。"

这样织补针既保持了她那副自鸣得意的气派,又没有失去她自得其乐的好心情。

各式各样的东西从她的头顶上漂流过去,木质碎片、干草、破残的报纸等等,不一而足。

"瞧瞧它们顺水漂流的那副样子,"织补针说,"它们不知道自己身子底下躺着什么人,居然从我的头顶上漂流过去。我在这里,我干脆待在这里不走啦！瞧瞧，这会儿漂来的是木头碎片，它的脑袋瓜里除了它自己，也就是说除木头之外就啥也没有了。瞧瞧，又漂浮过来一根干草，它那么随波逐流把身子扭过来旋过去的。喂，你别一门心思只想着自己，要不然会撞到大石头上去的。又漂过去了一张报纸，那上面写的什么东西早就被人忘得一干二净了，可是它还把身体铺得那么开。我有耐心会静静地坐在这里，我知道自己的身份，我才不和那些东西合群为伍哪！"

终于有一天，一样光华闪闪、美丽非凡的东西来到她的身边，她以为那是一颗金刚钻，后来才弄清楚原来只是玻璃瓶的碎片渣子。织补针倒愿意同他攀谈，因为他周身闪闪发光，不过在自我介绍的时候，织补针说自己是一枚胸针。

"您谅必是一颗金刚钻？"织补针问道。

"嗯，就是这类东西吧！"玻璃碎片支吾着说。于是他们各自都以为对方是身价高的贵重物品。他们海阔天空地交谈起来，谈论了这个世界，还谈到世上到处都那么狂妄自大，自我吹嘘。

"我曾经住在一位小姐的针线盒里，"织补针告诉说，"这位小姐是个厨娘，她每只手上的五个指头真是太骄傲自大了，我还没有见过比它们更狂妄自傲的家伙。它们接近我只是为了把我捏住了从针线盒里拿出去或者放回去。"

"它们身上也闪闪发亮吗？"玻璃瓶碎片问道。

"闪闪发亮？"织补针说，"没有，它们只会骄傲自大。它们兄弟五个生下来就是'指头'家族的人，喜欢抱团捏在一起，虽然它们长短参差不齐。站在首位的叫作大拇指，它又矮又胖，跟别的指头站不到一块儿去，它的背上只有一个节，所以只能够鞠躬而不能弯腰到底。不过它自夸说，若是它被从手上砍掉的话，那个人就没有资格去当兵了。排行第二的是食指，外号叫作'舔罐的'，它老爱往甜酸酱里钻，又爱对着太阳和月亮指指点点，写字的时候它把笔夹得紧紧的。中间的那个中指外号叫'高个子'，因为它要低下头来才能看得见它的兄弟们。排行第四的是无名指，外号叫'金环'，因为，戒指就戴在它的腰里。最小的是第五只，人称'爱玩的小皮尔'，它游手好闲什么都不干却最为傲气。它们个个都只会自吹自擂，连一点本事都没有，这才害得我滑落下来跌进了水沟里。"

"现在我们只好待在这里闪闪发亮吧。"玻璃瓶碎片自怨自艾地说道。

就在这时候，污水沟里涌进来了一股大水，大水漫过了沟沿把玻璃瓶碎片也冲走了。

"瞧瞧，它也随波逐流自谋出路去啦，"织补针叹息说，"可是我还要待在这里蹉跎时光哪！我太精致细巧了，不过这也正是值得我骄傲自豪的地方，而我的骄傲自豪是令人感到十分光荣的。"

于是她挺直了腰杆，坐在那里浮想联翩。

"我几乎可以相信是一缕阳光把我生出来的。我是那么细小，虽然阳光一直在水下寻找我，可是却总也找不到。唉，我实在太细小了，以至于自己的生身母亲都找不到我。要是我没有把针头折断，还有眼睛的话，我是会大哭一场的。我多亏没有哭，因为哭相是那么难看。"

有一天，街上的几个顽童跑到污水沟边上来掏东西，在污水沟里总能找到一些东西，旧钉子啦，旧铜板啦，还有一些别的东西，虽然泥垢油腻肮脏得很，可是他们觉得挺好玩的。

"哎哟，"一个孩子呼叫起来，因为他给织补针刺了一下，"原来是这个玩意儿。"

"我不是什么玩意儿，是一位小姐。"织补针深感委屈地说道，可是没有人听得见她的话。

她身上的蜡早已剥落干净，浑身变成漆黑，黑颜色让人看起来更为苗条，所以她以为自己比早先更纤细精巧了。

"那边漂过来了一个鸡蛋壳。"一个孩子说道。于是他们就把织补针戳在蛋壳上。

"蛋壳是白色的，而我自己是黑色的，"织补针说，"颜色上倒挺衬托的，人家一下子就可以看得见我。最好我不要晕船，要不然我摔下去又要折断了。"

她既没有晕船也没有摔下去。

"我有一副钢筋铁骨不会晕船的，我要牢牢记住，在这一点上我要比人类高明得多。好啦，我不怕晕船啦，看来越是纤细瘦小的就越有耐力。"

啪的一声响，那个蛋壳爆裂了，一辆载货的马车刚好从蛋壳身上碾过去。

"唉呀，我到底还是晕船了，我要折断了，我要折断了。"织补针惊呼道。

可是她并没有折断，虽然马车从她身上辗了过去，她还是平躺在那里。那么就让她一直安安生生地躺在那里吧。

## 钟 声

傍晚时分,在大城市的狭窄街巷的尽头处,太阳徐徐沉没下去,晚霞把挤在烟囱之间的那一点点天空涂成了金黄、通红的颜色,这时候就会听得到此起彼伏的铿锵声音,听起来倒像教堂的钟声,不过这声音瞬间即逝,淹没在车水马龙和嘈杂喧闹的市声之中。于是人们会说道:"晚祷钟声响了,太阳下山了。"

那些正在走出城去的人可以见到更为绚丽灿烂的满天晚霞,因为城外的房屋不那么稠密,它们之间总要相距一段路,房前屋后又有院落和小块的田地彼此隔开,所以视界就开阔得多。那钟的声音听起来也更洪亮、更真切得多,仿佛是从寂静而又芳馥的林荫深处的一座教堂里传出来。人们怀着虔敬的心情,纷纷朝着那个方向望过去。

过了很长一段时间,人们彼此相告说道:"难道森林深处果真有一座教堂吗?那钟声听起来是如此奇妙,悦耳动听。我们不妨到那里去更靠近一点看看那口大钟。"于是有钱的人乘坐马车,没钱的人徒步行走,都动身前去。可是那段路对他们来说简直长得出奇,当他们终于来到森林边上的一片柳树林底下的时候,他们朝着那长长的随风摇曳的绿色柳枝望过去,都自以为真的来到了绿树成荫的大森林里。城里卖糕点的小贩闻风而来在那里支起了自己的帐篷。随后又来了一个卖糕点的，他在帐篷门前还挂起了一个做成大钟形状的糕点，为了防雨起见，糕点大钟上还涂了一层煤焦油，做得惟妙惟肖，可惜只缺少了钟舌。

人们回到家里之后，他们都说这次远足真是浪漫，比去参加茶会要有意思得多。有三个人口口声声说他们朝着森林深处走去，一直走到绿荫尽头，可是那奇异的钟声却不绝如缕，一直萦绕在他们的耳际。待到他们走到了森林尽头之处，他们又觉得这钟声听起来好像是从城里那边传过来的。其中有一个人还写了一首谣曲来歌唱这种钟声，说道悠扬的钟声就像一位母亲在给自己伶俐可爱的孩子唱歌一样，再也没有别的曲调比这种钟声更悦耳动听的了。

这个国度的皇帝也得到禀报知晓了此事，便传谕允诺，如果有人能找出这声音的真正来源之处，此人就可以被册封"世界敲钟大师"的头衔，即使找出来的并不是一只钟，也照样会得到头衔。

既然有这么一条体面的谋生之道，许多人便纷纷出城到森林里去寻找。只有一个人回来说出了点门道，其实哪个人都不曾走进森林深处，那个人也没有这样做。可是他却振振有词地说道，这种钟声来自一棵空心大树里的一只非常大的猫头鹰，这只硕大无朋聪明睿智的猫头鹰不停地用头撞击树干，不过这声音究竟是从猫头鹰的脑袋上发出来的呢，还是从空心树干里发出来的，他还无法说得准。

不管怎样，他还是被册封为"世界敲钟大师"，每年都要写一篇关于猫头鹰的短论文，可是也就仅此而已，人们知道的再没有更多的了。

后来有一天，那是一个领受坚信礼的日子。牧师做了发自肺腑、催人泪下的布道，坚信礼的领受者们都深受感动，对他们来说这一天确实是非常重要的日子，他们由孩子变成大人，稚嫩的童心正升华成为更有智慧的灵魂。

在明媚的阳光照耀下，坚信礼的领受者们走出城外，从森林那边传过来的钟声也分外响亮，那钟声是从人们但闻其声却无缘一睹其风貌的地方发出来的。他们当即表示都有兴趣去寻找那只神秘的大钟，只有三个人除外。有一个是急着回家去试穿参加舞会的裙袍，正是为了这套特意定做的裙袍和参加这个舞会的资格她才赶着在这次领受坚信礼，要不然她就用不着匆匆忙忙来凑热闹了。第二个是穷苦人家的子弟，他身上穿的那套行头和脚上穿的靴子都是从房东的独生子那里借来来领受坚信礼的，必须在约定的时间之前毫不耽搁地归还原主。第三个也是个男孩子，不过他说他从来不曾在没有父母陪伴下自己独自到陌生地方去过，他素来是个乖孩子，今后还要听话懂规矩，虽然已经领受了坚信礼，所以希望大家不要取笑他。他虽然这样要求，可是大家照样拿他来取笑一番。

除了这三个没有参加，其余人都出发前去了。阳光照耀下一片灿烂，鸟儿在欢快地歌唱，坚信礼领受者们也齐声歌唱，他们个个手牵着手，因为他们都尚未步入社会，没有地位上的悬殊差距，况且在那一天个个都只是坚信上帝的初领圣体者。

走了没有多久，那两个最年幼的就累得走不动了。他们两个只好转身回到城里去。有两个小姑娘找了个地方坐下来扎花环，她们也不情愿再往前走了。其余人走到了卖糕点小贩摆摊的那个柳林里，他们说道：

"瞧瞧，我们已经走到这边尽头了，可是连个大钟的影子都没有见到。那口大钟其实并不存在，只是人们想象出来的。"

就在这时候，森林的深处传来一阵阵钟声，那钟声清脆悦耳而又庄严肃穆，于是有四五个孩子拿定主意再往森林深处走一程。森林里浓荫蔽日，枝繁叶茂，往前走真是举步艰难呀。野百合花和银莲花长得都太高了，花朵盛开的牵牛花和黑莓果的藤蔓从一棵树上缠绕纠结到另一棵树上，仿佛是长长的花饰彩带一样。夜莺在引吭高歌，太阳光洒下光怪陆离的光斑，这一切都令人心旷神怡，可是这样的林间幽径却不是适合姑娘们走的道路，她们的裙子都被钩破撕裂了。到处都还有巨大的岩石挡路，石头上长满了颜色斑斓的苔藓，岩石底下冒出一股股清泉，发出"咕咚、咕咚"的奇怪声响。

"这声音听起来不像是钟声呀。"一个领受坚信礼的孩子说道，他趴在地上侧耳细听起来。"我们非要把它弄清楚不可。"那个孩子留了下来，其余人继续往前走。

他们终于来到了一座用树皮和树枝搭成的陋屋前面，一棵长满了野苹果的大树伸出它的枝丫歪斜到屋顶上，好像愿意为它阻风挡雨保护它。陋屋的屋顶上盛开着玫瑰花，大树长长的树枝在陋屋的山墙那里拐了过来，正好把三角形的山墙遮掩住，恰恰就在这堵墙上挂了一个小钟。难道大家一直听到的钟声就是这只小钟所发出来的吗？

没错，就是它的钟声，所有的人都异口同声地说道，却只有一个人不同意。他说，这只钟实在太小，所以它的声音不见得能传得那么远，让城里的人都能听得见，再说音色也不一样，这口小钟发不出来那样震撼人心的铿锵声音。那个说出这番话来的人是一个王子，别的孩子都不禁说道："国王的儿子毕竟要比常人聪明得多。"

于是他们就让他一个人往前走。他一路往前走去，越走就越尝到大森林里那种与世隔绝、万籁俱寂的滋味。起初，他还能依稀地听见小钟那里传过来的别的孩子嬉笑的声音。在风向顺的时候，他似乎还能隐隐约约听见一阵阵唱歌的声音，那是从卖糕点的小摊那里传过来的，他们大概一边喝茶一边放声歌唱。可是那一阵阵钟声却不断地萦绕在耳际，那么洪亮深沉回肠荡气，有时听起来像是管风琴奏出的圣乐，这乐声来自左边，是从心房那边发出来的。

忽然间树丛里传来了簌簌响声，一个小男孩出现在王子的面前。这个小男孩脚上穿着一双磨损不堪的旧木屐鞋，身上的衣衫也褴褛破旧，而且又短又窄，连胳膊肘儿都露在外面大半截。他们两人一看都相互认识，原来这个小男孩就是无法参加这次远足的那个坚信礼领受者，因为他急着要回家去把外套和靴子归还给房东的儿子。他已经把外套和靴子都还掉了，又穿着旧木屐和破衣烂衫赶来了，他说那钟声实在太动人心弦，所以他非要赶来寻找一下它的来源不可。

"那么我们可以结伴同行了。"王子说。可是那个刚领受坚信礼的穷孩子却显得十分窘迫，他拉了拉实在太短的衣袖说道，他怕自己走不了那么快，再说他觉得应该到右边去找，因为那边的风景庄严而美丽。

"这么说来我们就碰不在一起了。"王子说,他朝着那个穷孩子点点头。那个穷孩子走进了森林里最阴暗、最茂密的深处。荆棘扯破了他身上的破烂衣衫,又在他的脸上和手上划出了一道道鲜血淋漓的口子。

王子也同样被划伤擦破了好多处,可是他走的那条路却有阳光照耀着,我们现在要跟着他往前走,因为他是个敏捷、果敢的小伙子。

"那口钟我非要找到不可,"王子说,"哪怕要走到天涯尽头我也在所不惜。"

模样长得十分难看的猴子坐在树枝上,咧开了嘴巴露出了满嘴的牙齿在狞笑。"朝他扔东西,"它们叫嚷道,"扔东西砸他,他是个王子。"

王子毫不畏惧地朝着森林深处走去,越走越深。森林里生长着各种奇花异草,野百合花在星星般的白色花瓣里吐出了红红的花蕊,天蓝色的郁金香有如火花一般随风摇曳。野苹果树上结的苹果像是一个个晶莹的大肥皂泡,想想看吧,这样的树在阳光照耀下会是怎样婀娜多姿。四周都是芳草如茵的田野,牡鹿和母鹿在草丛里嬉戏,这里生长着挺拔的橡树和山毛榉,那些树的树干上只要树皮一有裂口,长长的青草就会从裂缝里钻出来。森林深处还有湖面平静似镜的湖泊,天鹅在水面上来回游弋,有时还扑打着翅膀。

王子不时停下脚步侧耳细听,有时他觉得那钟声是从这些深水湖泊之中的一个里发出来的,从水面上漂到他的耳朵里来。可是他很快发觉不是从湖泊里来的,那钟声来自森林里更深更远的地方。

太阳徐徐下山,满天晚霞红得似火焰一样,森林里一片寂静,万籁无声。他双膝跪倒,唱起了晚祷的赞美诗。他祈祷说:

"如今太阳下山夜晚即将来临,等到黑夜一来,我就再也找不到我所寻找的东西了。不过在太阳沉没到地面底下之前,我或许还能够见一面那圆圆的太阳。我要爬到那边岩石的顶上去看,这样我就能站到和最高的大树一样高的地方往下瞧了。"

王子双手紧抓住藤蔓和树根,一步一步地攀登上那湿漉漉的岩石。水蛇在岩石上蜿蜒蠕动,癞蛤蟆朝他呱呱乱叫。可是在太阳完全沉没下去之前,他终于爬到了岩石顶上。

哦,在他眼前展现的是多么蔚为壮观的场面啊!那是一望无际、碧波浩渺的大海!惊涛拍打着海岸,那海水一直涌到他站立的岩石底下。在水天交汇之处,太阳像是一座光芒四射的神圣祭坛,悬挂在大海的边沿上。世间万物在这里都融为一体,云蒸霞蔚,放眼望去但见一片辉煌。森林在歌唱,大海在歌唱,他的心也在歌唱,整个大自然像是一座神圣的大教堂。在这座大教堂里,树木和浮云是它的梁柱,鲜花和芳草是锦绣满地的丝绒地毯,天空是它的拱顶。太阳下山了,教堂圆顶上的红似火焰的颜色也就消退干净。可是数百万颗星星被点燃了,就像数百万颗钻石一样在夜空中闪烁。

王子伸出双臂,伸向天空,伸向大树,也伸向森林。就在这时,那个刚领受过坚信礼、身穿破烂衣衫、脚蹬旧木屐鞋的穷孩子也从右边的林间小径上走了过来。那个穷孩子顺着他自己所选定的道路往前走,结果在同一个时间也来到这里。他们还是碰头见面了,他们互相迎了过来,紧紧握住彼此的手。就在这充满诗意的大自然的大教堂里,那只看不见的神圣的钟在他们的头顶上敲响了,祝福的精灵们围绕着他们两人翩翩起舞,齐声唱起了欢乐的《哈利路亚》颂歌。

# 祖 母

祖母年纪已经很大，老得满脸都是皱纹，头上也白发苍苍。可是她的一双眼睛却炯炯有神，像是天上的两颗星星，一点不错，兴许比星星还要美丽得多。她的眼神里有那么一股温柔慈祥的光芒，所以看到那双眼睛就会使你觉得浑身舒畅。她非常会讲故事，能讲出最好听的故事来。她有一件裙袍，裙袍上织有大朵大朵的花，裙袍是用厚厚的丝绸做的，所以走起路来会发出窸窸窣窣的声响。

祖母知道的事情真多，因为爸爸妈妈出生之前她早已在人世间生活了很长时间，这一点是确凿无疑的。祖母有一本带着大银锁扣的赞美诗集，她时常翻阅这本诗集，书页中夹着一朵玫瑰花，这早已被压平了，也已经干瘪了。这朵花一点也不像祖母插在玻璃花瓶里的那样好看，可是祖母一见到这朵花总是露出最慈爱的笑容，甚至她的眼睛里还涌出了泪水。为什么祖母会这样看待那朵夹在一本旧书里的干枯了的花呢，你明白其中的道理吗？每一回祖母的眼泪洒落到那朵花上的时候，枯萎干瘪的玫瑰顿时色彩鲜艳、丰腴饱满起来，满屋子都飘逸着它的芳香。房屋的四堵墙壁像是朦胧的轻雾一般隐没掉了。周围一片碧绿，那是一个景色优美的大森林，和煦的阳光从绿荫的缝隙里照耀下来。祖母——

那时候还非常年轻,是个美貌的姑娘,满头金色秀发,脸庞红润滚圆,漂亮可爱得哪一朵玫瑰花都比不上她,没有哪一朵玫瑰花像她那么娇嫩鲜艳。可是眼睛,她的那双温柔而慈祥的眼睛却和祖母现在的一模一样。在她的身边坐着一个年轻小伙子,身材魁梧高大,伟岸健壮,眉目清秀,相貌英俊。他送给她这朵玫瑰花。于是她羞涩地微笑起来。那样的笑容后来再也不曾出现在祖母的脸上。她如今还在微笑,可是那只是在回想往昔的时候。那个昔日的英俊小伙子如今已去世,留下了多少怀念思绪,留下了多少音容笑貌,还有那朵夹在赞美诗集里的玫瑰花。而她自己,也变成了一位年迈的祖母,坐在那里同那朵夹在书里的干瘪花朵相伴相守。

如今祖母也已经去世了。那一天,她坐在摇椅上讲了一个很长很长又很好听的故事。"现在故事讲完了,"她说,"我也很累了,让我睡一会儿吧!"她把身子往后一仰,躺下去就睡着了,呼吸得很安详均匀,可是她的呼吸越来越轻,后来就一点儿动静都没有了,她的脸上洋溢着幸福和安宁,宛若被阳光照耀得容光焕发。大家说她已经去世了。

她被装进黑色的棺材里,全身用亚麻裹尸布裹得严严实实。她依然十分美丽,双眼紧闭,可是满脸的皱纹也看不见了。她躺在那里嘴角上挂着微笑,满头的银发白得令人肃然起敬,长者虽已逝世,可是却一点不叫人害怕,她依然是可亲可敬的好祖母。那本赞美诗集就枕在她的头底下,这是按照她生前遗嘱所做的,那朵玫瑰花依然夹在那本书里。他们就这样把祖母埋葬了。

在紧挨教堂围墙的那座坟墓前,他们种了一株玫瑰树,树上开满了鲜花,夜莺在花朵上飞来飞去,放声歌唱。教堂里的管风琴奏出了死者头底下枕着的那本书里最美丽的赞美诗。月光皎皎,照映着她的坟墓,可是她已仙逝并不待在坟墓里。随便哪个小孩子都可以一点不用害怕地到教堂墓地的墙根下去摘一朵玫瑰花。死者要比我们生者更善解人意得多,死者知道倘若有显灵之类的奇怪事情发生,保准会使得我们觉得害怕。死者比我们生者更体恤别人,所以她不肯现身显灵。棺材上面覆盖着泥土,棺材里面也都化为了泥土,那本赞美诗集也都化成了泥土,那朵玫瑰花连同它所包含的昔日往事也都化成了泥土。

但是在泥土上又会长出新的玫瑰花,夜莺又会飞来飞去地放声歌唱,管风琴依然会奏出悠扬的乐声。人们还会怀念那位有着一双温柔善良而朝气蓬勃的眼睛的祖母。那双眼睛永远不会死去的。我们将会亲眼看到她,再次看到亲爱的祖母,年轻美丽就像她初次亲吻那朵如今已在坟墓里化为泥土的鲜艳红玫瑰花时那样。

# 精灵的山丘

在一棵古树的裂缝里,有几条蜥蜴灵活地爬来爬去,它们之间语言相通,可以彼此交谈,因为它们讲的都是蜥蜴话。

"唉,精灵们住的那边老山里大呼小喊吵死人啦,"一条蜥蜴抱怨说,"折腾得我整整两宵都没有能合眼,就像躺在那里害牙疼一样,反正我一害牙疼就睡不着觉。"

"那边准是出了什么事情了,"另一条蜥蜴说,"他们用四根红颜色的柱子把整个山丘都支撑起来,直到今天清早雄鸡打鸣儿的时候。这样山丘里就可以很好地透气通风了。那些精灵姑娘们学会了一种新的舞蹈,用脚踢踏踏起舞。那边一定出了什么事情。"

"是呀,我向一条我认识的蚯蚓问起过,"第三条蜥蜴说,"那条蚯蚓刚刚从那个山丘过来,他日日夜夜都在那座山丘上翻地挖土,他听到的事情可真不少。这条可怜的家伙虽然看不见东西,但是他会把身子扭来扭去在泥土里东钻西钻。听他说那边山上他们正在等候贵宾驾临,是一些来自异乡客地的陌生人。到底是什么样的大人物,那条蚯蚓不肯吐露风声,再不然就是连他自己也不知道。磷火精灵们全都奉命前去举着火把迎宾,也就是大家所说的火炬大游行。山上的金银器皿全都擦得锃亮,摆在月光下闪闪发光,反正这些东西他们山上有的是。"

"那些外地来的贵宾们究竟是些什么人呢？"蜥蜴们全都问来问去，"那边山上究竟发生了什么事情呢？那么大呼小喊，那么喧嚣嘈杂！"

就在这个时候，精灵的山丘顶上突然裂开，钻出来了一个精灵老侍女，她只有前胸却没有后背，脚步轻快地往前走去。这个老侍女乃是山上精灵老国王的管家，也是王室的远亲，所以她的前额上佩戴着一枚鸡心形的琥珀，她迈开双腿，脚步轻快地匆匆往前走，随着噔噔的脚步声，不一会儿她就来到了沼泽地，她在那里找到了夜鸦①。

"您被邀请到精灵的山丘上去做客，就在今天夜里，"她说，"不过麻烦您帮个大忙，先去邀请客人前来。这就劳驾您跑一趟了，因为您不像我那样有一大堆家里的事情要操办。我们今晚有身价显赫的贵客临门，那是一些说话有分量的魔法师要来，所以精灵老国王非要摆摆门面炫耀一番。"

"那么要邀请什么人前来呢？"夜鸦问道。

"世上不论是谁都可以前来参加这个盛大的舞会，连人类都可以来参加，只要那些人睡着了能讲梦话或者是会做一点点我们干的那种事情就行啦。至于说首次出席盛宴的客人，都要经过仔细挑选，我们只让那些身份最尊贵的嘉宾有此殊荣。我同精灵老国王曾经有过争论，因为我主张凡是鬼魂幽灵都一律不能来参加，

---

① 夜间出没的乌鸦，系北欧古代传说中的一种由死人鬼魂变成的鸟。相传古代祭司把鬼罚入地下并在那个地点插入木桩，到了半夜地下发出"放我出去"的呼喊声。木桩拔掉后，鬼魂就会化为左翅有一个洞的乌鸦，这种鸟昼伏夜行被称为夜鸦。

而海里的人鱼和他们的女儿们是非请不可的首要嘉宾，他们大概不会喜欢在干燥的陆地上待着，不过他们可以坐在潮湿的石头上或者找到什么更好的地方，所以我想这一回他们不会谢绝不来。所有长着尾巴的一流老魔法师，还有河里的人鱼和林间的守护精灵我们全都要请。还有我们不要漏掉了'墓猪''报丧马'① 和教堂墓地里的精灵。虽说他们都是教会的神职人员，同我们不是一路人，不过那是他们的职司差事而已，其实他们同我们多半沾亲带故有点家族渊源，况且平时也经常前来拜访我们。"

"好哇。"夜鸦说道，立即飞到各处去发出邀请。

这时候精灵姑娘们已经在精灵的山丘上翩翩起舞。她们跳舞的时候身上都披着月光和雾珠织成的长披巾，在喜欢这类打扮的人眼里看来她们真是太美啦。在精灵的山丘顶上，大厅已经清洗过，布置得焕然一新。地板用月亮光刷洗，墙壁也用巫师的油膏擦拭过，所以地板和墙壁都像被亮光照透的郁金香花瓣一样熠熠生辉。厨房里挂满了叉在烤叉上炙烤的青蛙、裹着蛇皮的小孩手指，还有用毒蘑菇的菌丝、潮湿的老鼠鼻子和毒芹菜拌的凉菜。沼泽女巫酿造的啤酒，墓窖里硝石浸泡出来的烧酒，全都醇厚味甘。这些丰盛的食物和饮料足够宾客们开怀畅饮。饭后的甜食是锈铁钉和教堂窗子的碎玻璃片。

精灵老国王用一截石笔把他的黄金王冠擦得金光灿灿，那一

---

① 丹麦的迷信说法：造教堂时把一匹活马或一头活猪埋在地下，死马的鬼魂会在深夜用三条腿跑到有垂死之人的家里去报丧。这样的马被称为"报丧马"，猪被称为"墓猪"。

截石笔是学校里优等学生用过的,精灵老国王花费了好大的周折才把这一截石笔弄到手的。老国王的卧室里挂着帐幔,那帐幔是用草蛇的唾液粘在一起织成的。精灵山上真是兴师动众,闹得乱成一团。

"现在务必把马鬃毛和猪鬃毛点燃,把这个地方好好地用烟熏一下,我想应该干的分内之事就算大功告成了。"精灵老侍女说道。

"亲爱的爸爸,"那个最小的女儿问,"你能让我知道一下前来做客的贵宾究竟是谁吗?"

"好吧,"精灵老国王说,"那么我就讲给你听。我的两个女儿快要出嫁了,家境富有的是那个挪威老魔法师,他居住在多弗尔山,他在那座古老的山头上已兴建起好几座宫殿,都是用清一色花岗岩巨石砌成的。他还拥有一座金矿,天下再也休想找得出成色更好的金矿。这一回他带着两个儿子来要给他们两人各挑选一个妻子。那个老魔法师是个道道地地的挪威忠厚长者,为人直爽开朗。我同他是多年旧交,我们还一起喝酒为盟,结成兄弟。那一年他到这里来是迎娶他的妻子,如今他的妻子早已去世了,他妻子是莫恩岛白垩山国王的女儿,那次娶亲他没有花费什么钱财像是白捡了个妻子一样。哦,我是多么挂念这个挪威老魔法师呀。据说他的儿子是傲慢粗鲁的莽小子,不过说不定是人家冤枉了他们。他们长大之后自会懂事学好的。我看你们会把他们调教好的。"

"他们什么时候来到呢?"有一个女儿问道。

"这要看风向和天气如何了,"老国王说,"他们出门总想节省点盘缠,会趁着有便船的时候前来。我要他们经由瑞典绕道过来,可是那个老家伙不肯听从这个想法。他已经跟不上时代潮流啦,我对此很不以为然。"

正在说话的时候，有两个磷火精灵跳跳蹦蹦地跑了进来。有一个比另一个蹦得更快，所以还是那一个抢先到了。

"他们来啦，他们来啦。"那个磷火叫喊道。

"把王冠递给我，"老国王说，"让我站到月光底下去。"

他的那几个女儿全都整了整长披巾，行起深深的屈膝礼，身体几乎弯到了地上。

那个来自多弗尔山的老魔法师来到了他们的面前。他头上戴了一顶用冰凌和磨光的松果做成的王冠，身上紧裹着熊皮大衣，脚上还穿着滑雪靴子。他的两个儿子都光着脖子，连围巾都不围，裤子上也没有束背带，因为他们都是身强力壮的年轻小伙子。

"这就是一座山丘？"小的那个儿子问道，一边用手指了指精灵的山丘，"在挪威我们把它叫作山洞！"

"傻孩子，"老魔法师说道，"山洞是往下凹进去的！难道你们头上没长眼睛吗？"

他们两个都说，最使他们弄不明白的是怎么这里的语言他们毫不费事就能听得懂。

"别摆架子啦，"老魔法师说，"要不然人家就会认为你们缺少教养。"

他们说着就走进了精灵的山丘。那里面的场面可真大：大厅里高朋满座，精心挑选邀请来的嘉宾已经济济一堂。而且都是一瞬间来的，人们还会以为他们都是被一阵风刮来的呢。所有的客人都受到了殷勤的招待。人鱼们被安排坐在餐桌旁的大水盆里，他们说舒服得就像在自己家里一样。他们个个都礼貌周全，吃相文雅，唯独挪威来的老魔法师的两个宝贝儿子却是另一副模样。他们把双脚跷起来搁在餐桌上，还以为这样肆无忌惮才是行为得体。

"把脚从盘子上挪开。"老魔法师喝道。他们两人乖乖儿地遵命照办了，可是他们却没有立即安分下来，而是从衣袋里掏出松果来搔他们身边坐着的姑娘们，还把自己脚上的靴子脱了下来，为的是坐得更舒服一点，却叫那个姑娘给他们拎着靴子。

可是他们的父亲，那个来自多弗尔山的老魔法师一点也没有他们的狂妄样子。他温文尔雅地侃侃而谈，绘形绘色地讲述着挪威的高山崇岭是如何巍巍壮观；他讲述着那些瀑布如同飞雪自天而下，发出像风琴那样的轰隆鸣响；他讲述着当河里的精灵弹奏起金色竖琴时，那些鲑鱼怎样溯流逆水往上跳跃；他也讲述了在冰雪皓洁的冬夜里，雪橇铃儿叮当地驶过，男孩子们高举着明晃晃的火把跟随着雪橇在平滑的冰上奔跑，那结了冰的湖面是那么清澈透明以至于可以看得见他们脚底下的冰层下面鱼儿吓得东窜西躲。他讲得那么栩栩如生，使得听他讲的人，觉得自己身临其境，亲眼看到了他向你描述的一切。他讲述得那么有声有色，以至于他们觉得耳边仿佛听到了锯木厂的声音，眼前看到了年轻小伙子和姑娘们在欢声歌唱和纵情跳哈林格舞①。忽然之间"噗"的一声，老魔法师在那个老侍女脸上吻了一下，吻得很响，是那种舅舅亲吻外甥女的吻，虽说他们之间毫无家族关系。

精灵姑娘们翩跹起舞，她们的舞姿是最简单不过的，就是不停地跺脚。接下来她们又表演花样舞蹈，或者称之为"随心所欲

---

① 挪威哈林郡一带的民间舞蹈。

的舞蹈"。天哪，但见她们任意伸腿踢脚，谁也弄不明白这个舞蹈从哪里开始又到哪里结束。谁也分不清楚哪些是胳膊，哪些是大腿，因为手臂舞动和脚步旋转影影绰绰，就像锯木时飞出来的一团团刨花那样。她们旋转得飞快，害得报丧马只觉得天旋地转，直想呕吐，不得不离席而去。

"哎哟，"老魔法师说，"这踢脚舞倒是别开生面，十分有趣。不过除了伸腿踢脚、飞快旋转地跳跳舞之外，她们还有什么别的本事吗？"

"你马上就会看到她们的本事啦。"老国王说，他把他最小的女儿叫了出来。那个姑娘身材苗条、体态轻盈，有如月光一样妩媚动人，她在姐妹们中间是最出色的一个。她把一片白色的薄片含进嘴里，倏忽便不见了踪影，这就是她的本事。

可是老魔法师说他不喜欢自己的妻子会有这样摇身一变就无影无踪的本事，他也相信他的儿子们都不会喜欢这样的本事。

另一个姑娘能变出一个同她自己一模一样的姑娘来跟在她自己身后，就好像如影随形一般，因为精灵们本来是没有影子的。

第三个姑娘却有另外一套拿手好戏，她在沼泽女巫的酿酒作坊里干过活，学会了把萤火虫塞进桤木树桩里酿出酒来的本事。

"她倒是个好样儿的家庭主妇。"老魔法师说道，一边眨眨眼睛，因为他不太喜欢饮酒过量。

接着第四个姑娘走上前来，她有一架硕大的金色竖琴。她拨动第一根琴弦，于是所有听到琴声的人全都抬起了左腿，因为精灵们走起路来总是先抬左腿的。当她拨动第二根琴弦的时候，大家全都会按照她的吩咐去做。

"这是一个很危险的女人。"老魔法师说道。这时候他的两个儿子都已跑出了山丘,他们对这一套都厌烦得够呛。

"下一个女儿会做什么呢?"老魔法师问道。

"我学会了喜欢挪威人,"她说,"除非嫁到挪威去,否则我决不出嫁。"

可是姐妹们当中那个最小的妹妹却悄悄地告诉老魔法师:

"那只是因为她听到了一首挪威歌谣,歌词唱到世界末日来到之时一切都将毁灭,而挪威国土上的悬崖峭壁仍然坚如磐石,巍然屹立。她很怕死,所以一心要嫁到那边去。"

"哈哈,"老魔法师笑道,"怪不得一门心思要溜到那边去哪。可是最后的那一个,也就是第七个会点什么本事呢?"

"第七个之前还有第六个哪。"老国王说道,可是那第六个却死活不肯走上前来。

"我只会讲真话,"她说道,"谁也不会在乎我,我就忙于为自己缝制寿衣吧。"

于是第七个也就是最后一个走了过来。她又有什么看家本领呢?哦,是呀,她会讲故事,她想讲多少就能够讲出多少来。

"这是我手上的五根手指,"老魔法师说道,"你就给我的每根指头讲个故事吧。"

于是精灵姑娘把他的手腕拉了过去,老魔法师一边听一边笑个不停,笑得咳嗽不已,连气都快喘不过来。她讲呀讲呀,刚要给无名指讲故事的时候,只见那个排行第四的指头上戴着一枚金戒指,就好像那根指头早就晓得老魔法师有心打算订婚似的。老魔法师便说道:

"你把那个东西捏住了,这枚戒指是给你的,我要娶你为妻子。"

精灵姑娘说道:"可是无名指和小拇指的童话故事还没有来得及讲呢。"

"那就等到冬天我们再讲这两个故事吧!"老魔法师说,"那时候我们还要听松树和桦树的故事,还要听林间精灵送礼物的故事,还要听叮叮当当作响的冰霜的故事,你可以尽兴地讲,因为那边没有人会像你那样把故事讲得那么好听。我们俩可以在石屋里舒舒服服地坐着,围在松树枝烧得暖烘烘的篝火旁烤火取暖,还用古时候挪威国王们留下来的镶金兽角杯喝蜜水,那河里的精灵送给了我两个这样的兽角杯。当我们这样在家里坐着的时候,山间的精灵会来登门拜访,他会讲给你听高山牧场上的挤奶姑娘们唱的每一首歌。那日子过得有多么惬意快活呀!还有那些鲑鱼在瀑布里逆流跳跃,它们朝着岸边石壁上撞过去,不过却怎么也撞不过去。是呀,你可以相信在古老而可爱的挪威居住下来,那真是人生的一大乐事。不过,那两个小伙子跑到哪里去了呢?"

不错,他的两个儿子跑到哪里去了呢?原来他们两个在田野里到处乱跑,把磷火精灵们高举着前来参加火炬游行的火把也全都吹灭了。

"又在胡闹撒野了吧,"老魔法师说,"听着,我给你们找了个妈妈。现在你们从那一大群姨妈里给自己挑一个妻子吧!"

可是那两个小伙子说,他们宁可同大家谈天说地,喝酒结拜,也没有兴趣结婚。于是他们就找别人谈天说地喝酒结拜去了。他们喝呀,喝呀,还把酒杯倒扣在手指上,让人家看着他们确实已经干了杯。他们喝得酩酊大醉,就脱掉了身上的衣服,躺在桌子上呼呼大睡，一点都不觉得难为情。

老魔法师却在屋里同他的年轻的新娘一圈又一圈地跳着舞，他还同她交换了靴子，因为这样做要比互换戒指更为优雅、时髦。

"现在公鸡打鸣儿了，"那个操持家务的精灵老侍女说，"我们赶快把窗户全都关好，免得太阳光把我们烤焦在里面。"

于是那座山丘砰的一声合上了。

在山丘外面，蜥蜴在古树的树缝里爬来爬去，有一条对另一条说道：

"哦，我是多么喜欢那个挪威老魔法师呀！"

"可是我更喜欢他的那两个孩子。"蚯蚓说道，不过反正这条可怜的蚯蚓什么也看不见。

# 红鞋子

从前有一个小姑娘,长得十分美丽,非常讨人喜欢。可是她很贫穷,夏天总是光着脚走路,到了冬天才穿一双大木屐鞋,把一双小脚背磨得又红又肿。

村子里住着一个年迈的鞋匠母亲,她坐在那里用一些旧的红布零头儿尽她所能做了一双小布鞋。这双鞋虽说粗针大线,笨头笨脑,可是用心却很慈爱,因为那是做给那个小姑娘穿的,那个小姑娘名叫卡琳。

卡琳正好在她妈妈下葬的那一天得到了这双红鞋子,她这才平生第一次穿上了鞋。说实话,在这样哀痛的时候穿这双鞋子真是不适宜。可是她没有别的鞋子可穿,只好在赤脚上穿上这双鞋子,跟在她妈妈的薄皮棺材后送葬。

忽然间驰来了一辆老式大马车,车里坐着一个身材高大的老夫人。这个老夫人看着小姑娘,觉得她太可怜,于是就对牧师说道:"听着,你把这个小姑娘给我吧,我会很好地对待她的。"

卡琳相信这全是因为这双鞋子的缘故,可是老夫人却说这双鞋子太难看了,于是这双鞋子就被烧掉了。卡琳被打扮得干干净净,穿上了光鲜整洁的衣服,她还学会了读书认字和缝纫手艺。人人都说她长得很讨人喜欢,镜子却对她说:"你何止讨人喜爱,你长得非常美丽。"

这时候王后正好在全国各地周游，她带着她的小女儿，也就是公主。城里所有的人像潮水般地涌到王后行宫外面去致敬问候，卡琳也去了。小公主穿着美丽的白色裙子，站在一扇窗户面前，让大家瞻仰她的风采。她身后没有长长的裙裾拖地，头上也没有戴金王冠，却穿着一双红鞋子，这双红鞋子是用上好的摩洛哥山羊皮缝制的，华贵、漂亮，与鞋匠母亲给卡琳做的那双红鞋子比真有天壤之别了。世上确实再也没有什么东西能和这双红鞋子相比美的。

卡琳长大到可以领受坚信礼的年纪了，她得到了新衣服，还要得到新的鞋子。城里那个阔气的鞋匠在他的店铺里为她小小的双脚量了尺寸。店铺里一溜儿大玻璃橱，里面陈列着各式各样漂亮的皮鞋和锃亮的靴子，真是琳琅满目，美不胜收。可是老夫人却老眼昏花，所以享受不到这一乐趣。橱窗里陈列着的鞋子中有一双红色的，很像那公主穿的，这双皮鞋真是美极了。鞋匠也说，这双鞋原本是给一位公爵的女儿做的，可惜不太合她的脚。

"大概是漆皮做的吧，"老夫人说，"还闪闪发光哪。"

"是呀，闪闪发光的。"卡琳说道。这双鞋很合脚，于是她就买了下来。老夫人眼力不济，一点没有看清楚那双鞋是红色的，因为她决计不会允许卡琳穿着红鞋子去领受坚信礼的。可是卡琳就是这样穿着去了。

教堂里所有的人都瞅着她的脚上，她从教堂门廊走到唱诗班的高坛面前，她觉得人人的眼光都盯在她的这双鞋上，连墓碑上的画像，那些穿着黑色长袍、戴着白色高硬领的牧师和牧师夫人的画像，也都用眼光盯住她的双脚。在坚信礼领受仪式上，主持仪式的牧师把手放在她的头顶上宣讲圣谕，从神圣的洗礼讲到和上帝订的契约，并且告诉她，如今她已是个成年的基督教徒了，可是她心里想的却只是这双红鞋子。管风琴奏响了，琴声庄严肃穆、圣洁非凡，唱诗班的孩子们那童稚的声音同领唱者的苍老声音掺和在一起，越发动人心弦，令人回肠荡气，可是卡琳心里还只是想着这双红鞋子。

到了下午，老夫人才从别人那里听说了卡琳穿的是一双红鞋子。她说这太不像话了，以后卡琳上教堂去一定得穿黑鞋子，哪怕是旧的。

接下来的星期日要举行圣餐礼仪式，她看看黑鞋子，又看看红鞋子。她再次看看红鞋子，心里实在舍不得，便把它们穿上了。那天阳光明媚，天气很好，卡琳跟随着老夫人沿着麦田埂上的小径走去，一路上尘土飞扬。

教堂门口站着一个挂着拐棍、满脸胡须的老伤兵，他卷曲的长髯颜色十分奇怪，说它是白的倒不如说是红的，因为那长须本来是红颜色的，虽然花白了，却还是白少红多。他躬身弯腰朝向地面，嘴里还问老夫人，他是不是可以给她擦擦鞋，卡琳也把她的小脚伸了出来。

"瞧瞧，多么漂亮的跳舞鞋呀，"老伤兵说，"你跳舞的时候正好十分合脚。"他还用手摸了摸鞋后跟。

老夫人给了老伤兵一先令铜板，就带着卡琳走进教堂里去了。

教堂里所有的人都盯着看卡琳的红鞋子，所有的画像也眼睛盯住了这双鞋。卡琳跪在圣坛前把金色的圣餐杯放到嘴边的时候，她心里也只想着这双鞋。她觉得这双鞋好像在圣餐杯里游来游去。她甚至忘记唱赞美诗,忘记念祈求天主保佑的祷文。

做完礼拜后,人们步出教堂,老夫人上了自己的马车。卡琳抬起脚来刚要上车的时候,紧靠在她们身边站着的那个老伤兵说道:

"瞧瞧,多么漂亮的跳舞鞋呀!"

卡琳心痒难抓,觉得非要跳舞不可,她一开始跳,双脚再也停不下来,就好像那双鞋有一股魔力驱使她的双脚跳个不停。她跳着跳着就绕过了教堂的墙角,可是她身不由己欲罢不能。马车夫只得奔过去追上她,把她抱进了马车,可是那一双脚还在不停地跳着,结果那个善良的老夫人还被她重重地踢了几脚,后来他们只得把她的鞋子脱掉,她的双脚才安生下来。

一回到家里,那双红鞋子就被撂进了柜子里,可是卡琳还是忍不住要对这双鞋子瞅上一眼。

不久老夫人就病倒了,大家都说,她大概会一病不起,所以要有人精心服侍和照料她才行,而卡琳是最合适的贴心人。恰巧就在这个时候,城里举行一个盛大的舞会,卡琳也得到了邀请。她看看老夫人,反正老夫人已活不下去了。她又看看那双红鞋子,觉得跳舞又不是什么罪过,于是她就穿上了那双红鞋子,其实她心里早就想穿了,然后她就到舞会上去跳舞。

可是她要往右边跳的时候,那双鞋子却偏偏跳向左边。她要朝着房间里面跳的时候,那双鞋子却偏偏往房间外面走。她跳出了房间又跳下台阶,跳着舞穿过大街出了城门,她不停地跳,也没法停下来不跳,跳呀,跳呀,一直跳进了黑沉沉的大森林里。

忽然间,树梢之间露出了亮光,她以为是月亮,可是那却是

一张脸,原来是那个长着红胡须的老伤兵,他坐在树枝上,点头称赞说道:

"瞧瞧,多么漂亮的跳舞鞋呀。"

这下子她吓坏了,想把红鞋子扔掉,可是怎么脱也脱不下来。她把袜子扯掉,可是那双红鞋子仍然牢牢地穿在她的脚上。她只得不停地跳着,跳过田野和草地,不管是下雨还是出太阳,不管是白天还是黑夜,她都要不停地跳,在黑夜里跳舞那真是可怕!

她跳进了空旷开阔的教堂墓地,长眠在那里的死人是不跳舞的,他们自有比跳舞更胜一筹的事情要做。她想在长满苦蕨草的穷人坟上坐下来,可是她却仍旧安静不下来,没有能够喘口气歇歇脚。在她朝着敞开着的教堂大门口跳过去的时候,她看见了一个天使。那个天使身穿雪白的长袍,背后有一对翅膀,那对翅膀从他的肩头一直垂到地面。天使的脸色沉重而严峻,手里拿着一把寒光闪闪的利剑。

"你非跳下去不可!"天使说,"你就穿着这双红鞋子不停地跳着舞,一直要跳到你脸色发青,浑身冰凉,跳到你皮肤皱缩成为一具枯骨。你非要跳下去不可,你要挨家挨户地往下跳,遇到里面住着傲慢而又虚荣心十足的孩子的地方,你要使劲地敲门,好让他们听到是你来了,对你害怕得很。你必须跳下去,跳下去……"

"求求你饶恕我吧。"卡琳喊道,可是她没有听到天使是怎样回答她的,因为那双红鞋子拖着她跳出了大门,跳过田野,穿过大街小巷。她就这样跳呀,跳呀,不停地跳着。

有一天清晨,她跳着经过一个她非常熟悉的门口,屋里传出唱赞美诗的歌声。一口盖上撒满了鲜花的棺材抬出来,到了这时候她才知道老夫人已经病逝。她明白过来她被所有的人遗弃了，她正在遭受上帝的天使的谴责惩罚。

她仍旧在跳着舞，她不得不跳呀。在漆黑的夜晚她也照样跳着舞，那双红鞋子拖着她跳过荆棘，跳过野蔷薇丛，她的身上划出了一道道鲜血淋漓的口子。她跳过沼泽荒原，跳到一座孤零零的小屋子面前。她知道这里住着一个刽子手。她伸出手指敲敲窗子说：

"出来，出来，我无法进屋里去，因为我一直跳舞跳个不停哪。"

刽子手说："看起来你还不知道我是谁。我专门把坏人的脑袋砍下来，这会儿我看到我的斧头又在蠢蠢欲动了。"

"千万别把我的脑袋砍下来，"卡琳说，"那样一来我就无法忏悔赎罪了，不过你把我穿着红鞋子的双脚砍掉吧。"

于是她忏悔了她所有的罪过，刽子手把穿着红鞋子的双脚砍了下来，那双红鞋子就带着双脚跳着舞越过田野，跳进森林深处去了。

他为卡琳做了一双木腿和一副拐杖，教会她唱一首罪人们都歌唱的赞美诗。她吻了吻握过斧头的那双手，就穿过沼泽荒原回去了。

"现在我已经吃够那双红鞋子的苦头啦！"她说，"我必须上教堂去让大家看到我！"于是她加快脚步走向教堂的大门。但是她刚走到教堂那里，却只见那双红鞋子在她的面前跳着舞。她心里害怕极了，扭身就走掉了。

整整一个星期她都非常伤心难过，不断哭泣，流下好多痛苦的眼泪。到了星期天，她说道：

"我已经吃足苦头,也尽力忏悔了,我相信我已经可以同他们一起上教堂啦,因为我和他们中的许多人一样好,可以昂起头来坐在那里了。"

她鼓足勇气往前走去,可是还没有走进教堂的院子,就又看到那双红鞋子在她面前跳着舞,她心里一害怕,又扭身转回去了,不过她在心中一直默默地忏悔她的罪孽。

后来她到牧师家里去,请求收留她当个女用人,她一定会干活勤快,努力做好一切事情。她绝口不提工钱酬报,但求能有个栖身之处,和善良的人们在一起就可以了。牧师的妻子很可怜她,就留下了她来帮佣。她做事非常勤快,也肯用心思把一切都想得十分周到。在晚上,她安安静静地认真细听牧师高声朗读《圣经》。这家里的小孩子都喜欢她,可是每当他们谈起衣着打扮,说是要穿得像王后一样美丽的时候,她总是连连摇头。

下一个星期日,他们全家都上教堂去做礼拜,他们问她是不是愿意和他们一起去。她眼里充满了泪水,伤心地看着她的拐杖,于是他们都去聆听圣训去了,家里只剩下她一个人。她回到自己的房间里去,那个房间小得只能摆一张床和一把椅子。她拿起她的赞美诗集坐了下来,满怀虔诚地读着这本书,阵阵清风把教堂的管风琴声传到了她的耳朵里,她抬起头,泪水满面地呼喊道:

"哦,上帝呵,救救我吧!"

阳光明媚,她的面前蓦然出现了一个身穿雪白长袍的天使,就是那天夜晚她在教堂门口见到的那一个。不过此刻他手里拿的不再是那把寒光闪闪的利剑,而是一根开满玫瑰花的美丽绿色枝条。他举起这根绿色的枝条去捅捅房顶,那房间的天花板就冉冉升起，越升越高，凡是他捅到的地方总会有一颗金星在闪耀。他用绿色的枝条去敲敲墙壁，那些墙壁便闪开。她看见了正在奏乐的管风琴，她看见了那些挂着的牧师和牧师夫人们的古老画像，教堂里人们坐在雕花椅子上高声齐唱着赞美诗。这是因为教堂本身就来到了这间窄小的房间里，来到了这个可怜的姑娘面前。再不然就是她自己已经到了教堂里面。她坐在凳子上，同牧师全家人坐在一起。当他们唱完赞美诗抬起头来看到她的时候，他们都点头说道：

"你来到这里，你做对了，卡琳！"

"我终于得到了宽恕。"她说道。

管风琴声悠扬起伏，唱诗班的童声柔软甜美，温暖、明亮的阳光从教堂的窗户里照射进来，倾泻到卡琳坐着的凳子上。她的心里充满了阳光、宁静和欢乐，满得终于爆裂开来。她的灵魂随着一缕阳光飞上天堂，飞向上帝。在那里再也没有人问起过那双红鞋子。

# 跳高能手

从前有一回,跳蚤、蚱蜢和玩具跳鹅①要比试一下,看看它们当中哪个跳得最高。它们特意邀请全世界的人都来观看,不论哪一个,只要想来看看这一壮举的,都可以前来一饱眼福。这三位跳高能手聚集在王宫大厅里准备出场。

"好吧,我将把我的女儿许配给跳得最高的那一个,"国王说,"因为既然是跳高比赛,不设点奖品,那就太不成样子啦!"

第一个出场的是跳蚤,它风度翩翩,仪表优雅,朝周围的人鞠躬致敬,那是因为它身上的血管里还流着年轻小姐的血,它向来都习惯于吮吸人类的血,而这一点是非常重要的。

接下来出场的是蚱蜢。它确实显得粗壮得多,不过体形还算不错。它穿着一套天生的草绿色制服。据说它出身于埃及的一个古老的家族②,在这里也很受人器重。它是刚刚从田野里捉来的,如今养在一座用纸牌搭成的屋子里。那栋房屋共有三层,全是由

---

① 用鹅的胸骨和绳子制成的玩具,将叉骨上的绳子绷紧再松开,可将小蜡块弹得很高。

② 《圣经旧约·出埃及记》第十章,上帝用东风把蝗虫刮到埃及造成蝗灾,以此逼迫法老允许摩西带领希伯来人离开埃及。传说蝗虫和蚱蜢是出自同一个家族。

有人像的纸牌搭成的,画有人像的那一面全都朝房屋里面的一侧。房屋有门有窗,都是在红桃王后那张牌上剪出来的。

"我唱得十分洪亮动听,"它说,"那十六只本地的蟋蟀从小就开始唱,可是到现在还没能住上纸牌房子。要是它们听见我放开喉咙高歌一曲,准会妒忌得要命,气得比现在还要瘦小。"

跳蚤和蚱蜢这两个高手都十分得意地自报家门,因为它们认定自己才有资格娶一位公主。

跳鹅一声不吭,但是人们说它善用心计,脑筋动得更多一些。王宫的看门狗过来用鼻子嗅了嗅,从气味里就闻出这只跳鹅出身于上等的家族。那位因从不张嘴议论而一连荣获三枚勋章的老参议大臣说,他敢肯定这只跳鹅有预测未来的天赋,人们只消看看它的背脊就可以知道当年冬天是严寒还是不会太冷①,这一点人们是无法从编写年鉴的人的背脊上看出来的。

"好啦,我不再说什么了,"老国王说,"我素来做事毫不张扬,心里是很有数的。"

跳高比赛开始了。跳蚤跳得高极了,高到谁都看不见它跳,结果大家都说它根本就没有跳过,这真是太不光明正大了。

蚱蜢只跳到跳蚤一半那么高,不过却跳到了国王的脸上,老国王斥责说,这简直无礼至极。

跳鹅在那里半晌没有动静,它是在苦思冥想,可是大家却以为它大概不会跳。

---

① 据北欧的民间风俗,鹅的胸骨是白色,则冬天不会太冷,若是黄色,则会非常冷。

"莫非它出了什么毛病？"王宫看门狗说，又走过去嗅了嗅。

但见那只跳鹅嗖的一下纵身蹦起，轻盈地落到公主的膝上去了，她坐在一个矮矮的金凳上。

老国王宣布说："能跳到我女儿身上的就是跳得最高的那一个，因为终点就是设在那里。不过要悟出这个窍门倒需要有点头脑才行。跳鹅已经显出它是有头脑的。"

于是跳鹅得到了公主。

"反正是我跳得最高，"跳蚤说，"可是这已经无所谓啦。让那个公主去嫁给那个带着木签和石蜡块的鹅骨头架子好啦。反正跳得最高的那个还是我。如今这个世界上要有一个高大的身体才好叫人看得见。"

后来跳蚤投身到外国军队里去了，据说在那里被杀死了。

蚱蜢坐在外面的水沟里，想呀，想呀，却怎么也弄不明白这个世界上的事。它也叫喊道："应该有个好身体！应该有个好身体！"

蚱蜢不停地唱着自己的悲歌，我们从它的悲歌中听到了这个故事，这个故事说不定没有一句话是真的，虽然它已经被写成书印了出来。

# 牧羊女和烟囱清扫夫


你曾经看见过真正古色古香的旧木柜吗？那种柜子由于年代久远木质已经发黑了，柜子周身雕刻着花纹和簇草图案。有一户人家的客厅里就放着这样的一个木柜，是曾祖母遗留下来的。这个柜子从柜顶到底座全都雕刻着玫瑰花和郁金香，那些簇草的花纹卷成奇特的形状，在簇草之间还露出个小鹿的脑袋来，鹿头上的犄角已经分成了许多叉角。柜门的正中央雕刻着一个人的全身像。他的模样真是惹人发噱，他朝着你龇牙咧嘴，可是却没有人会说这是笑容满面。他长着一双山羊腿，额头上有小小的犄角，下巴上还留着一把长胡子。屋里的孩子们总是叫他"总司令兼军士、小兵兼上将公羊腿"，这真是个十分难念的名字，再说荣获这样头衔的人恐怕也是绝无仅有的。可是把他雕刻在柜子上倒也要花费不少功夫，不管怎么说反正他已经雕刻在柜门上了。他总是目不转睛地盯住镜子底下的那张桌子，因为桌子上放着一个非常精美的瓷器牧羊女，她的鞋子涂成金色，裙衫上很好看地缀了一朵玫瑰花，头上戴着金色的帽子，手里拿着牧羊的曲柄杖。她真是美丽可爱！紧靠在她的身边，站着一个小小的烟囱清扫夫，黑得像一块焦炭，但也是瓷做的。他和其他的瓷人一样干净整洁，他之所以是烟囱清扫夫，只不过是被做成这副模样而已。倘若烧瓷器的工人当初有另外的念头的话，他本来也许会做成一个王子。

他姿态优美地站在那里，手上扶着一把梯子，他长得很俊俏，脸蛋白里泛红，像个姑娘一样。其实这是一个美中不足的瑕疵，按理说他本应该脸蛋乌黑、满面污垢才对。他同牧羊女并排站在一起靠得很近。那是人家把他们俩这样摆设的，既然这样摆设在一起，他们俩就订了婚。他们俩真是天造地设十分匹配的一对，都是风华正茂的年轻人，而且都是同样的瓷土做成的，还同样地脆而易碎。

紧靠着他们俩身边还站着另外一个人像，足足有他们的三倍那么大，那是一位中国老人，也是一件瓷器。他会点头，并且说他是牧羊女的祖父，可是却拿不出证据来证明。他一口咬定自己有权要管住她，因此那个"总司令兼军士、小兵兼上将公羊腿"向牧羊女提出求婚的时候，他就点点头慨然允婚了。

"你可以找个丈夫了，"中国老人说，"这个男人我相信是桃花心木做的。他会使你成为'总司令兼军士、小兵兼上将公羊腿'夫人。他拥有满满一柜子的银器，还有偷偷暗藏起来的许多金银财宝。"

"我可不情愿钻到那个漆黑一团的柜子里去，"小牧羊女说，"我听说他在柜子里已经有十一个瓷人妻子了。"

"那么你就做第十二个好啦，"中国老人说，"今天晚上你听到那座古色古香的旧柜子里发出噼啪响声的时候，你就要出嫁结婚了，这就像我是个中国人那样千真万确。"说完之后，他点了点头就睡着了。

小牧羊女痛哭起来，她眼巴巴地望着她的心上人，那个瓷做的烟囱清扫夫。

"我非求你救救我不可,"牧羊女说,"快带着我一起逃到外面广阔的天地里去吧,这里我们是没法再待啦。"

"你要我干什么,我就一定会做到的,"小烟囱清扫夫说道,"只有当真逃到了外面的广阔天地里我才放得下心快活起来。"

烟囱清扫夫好言好语地安慰她,教会她怎样把她的那双小小的脚踩在刻着花纹的桌子边沿上,再顺着桌子腿上的镏金簇草装饰物爬下去,他还举起他的小梯子来帮她爬下去。他们两个终于从桌子上爬到了地板上。他们俩朝着那座古色古香的旧柜子望过去,只听见那柜子里发出一阵嘈杂的声响,柜子上面雕刻出来的所有的鹿头一齐朝前伸了出来,把它们额上的犄角翘得高高的,来回扭动着它们的颈脖。"总司令兼军士、小兵兼上将公羊腿"蹦得老高,朝着中国老人吼叫道:

"他们俩逃走啦,他们俩逃走啦。"他们两人吃了一惊,慌不择路,连忙跳进了窗台上的一个抽屉里。

抽屉里面放着三四张纸牌,却不是整副纸牌上的,还放着用纸牌搭起来的一座小而精致的玩偶戏台,这样的戏台搭起来很快,却也很容易一下子就倒掉。纸牌里所有王后,无论是红方块的、红桃的、还是梅花的、黑桃的,都手里拿着郁金香花瓣做的扇子坐在第一排看戏,所有的杰克都站在她们身后伺候着。他们这么笔直一站就显出来上面和下面两端各有一个脑袋,就像我们在玩纸牌时通常见到的那样。台上正演着一出戏剧,讲的是一对有情人终于难成眷属的故事。小牧羊女看着就哭泣起来,因为这和她自己的故事如出一辙。

"我受不了啦,"小牧羊女叫喊起来,"我们必须离开这个抽屉。"

他们俩又爬到了地板上,可是抬起头来朝桌子上一看,只见那个中国老人已经睡醒过来,正在摇晃着全身,因为他的下半身是一整坨。

"中国老人来啦!"小牧羊女大声惊呼起来,她猝然摔倒在地,把瓷膝盖也砸在地板上。她已经吓慌了神,怕得不知怎么办才好。

"我有主意啦,"烟囱清扫夫说,"我们可以爬进墙角上那个贮放干花瓣的大坛子里去躲起来。我们可以躺在玫瑰花瓣和薰衣草上。他要是走过来的话,我们就朝他的眼睛里撒盐。"

"这个主意不顶用,"牧羊女说,"因为我知道中国老人和那个干花坛子曾经订过婚,至今藕断丝连情意还在。不行,除了逃到外面的广阔天地里去之外,我们是无路可走了。"

"你果真有足够的勇气跟随着我到茫茫的世界去闯荡吗?"烟囱清扫夫问,"你可曾想明白世界是多么辽阔无际,一旦我们走出去了,就再也回不来了。"

"我想好了。"她说道。

烟囱清扫夫瞪大眼盯住她看了半响,说道:"我打算要走的路是从烟囱里爬出去,难道你当真有勇气敢跟着我爬进壁炉炉门,爬过炉膛和烟道吗?那样我们就可以从烟囱里往上爬。要知道我是干打扫烟囱活计的,惯于爬到高处去,爬得那么高,谁都自叹不如。在烟囱的最顶上有一个大洞孔,我们从这个洞孔里爬出去,就可以到外面广阔的天地里去了。"

他带领着她爬进了壁炉的炉门。

"这里面真黑呀。"她说道,不过她还是紧跟着他爬过了炉膛,爬过了烟道,那里面一点亮光也没有,漆黑一片。

"好啦,我们已经爬到烟囱底下,"他说道,"瞧呀,瞧呀,顶上有一颗明亮的星星在闪耀。"

天上果然有一颗真正的星星在朝着他们眨眼,把亮光照射到他们身上,像是要为他们引路似的。他们朝上爬呀,爬呀,这条路十分吓人,高不可测,又陡峭笔直。他却爬得既轻巧又敏捷,他搀扶着她,教她怎样把她的小瓷脚踩在最适合落脚的地方。后来他们终于爬到了烟囱顶上,他们在那里坐下来歇脚,因为他们太累了,这是不用说的。

头顶上是一片星光灿烂的夜空,脚底下是万家灯火的全城屋顶,他们放眼眺望,但见那外边的天地广阔得无边无际。可怜的小牧羊女茫然不知所措了,她从来不曾想到过外面的世界会有这么大。她把自己的小脑袋倚靠在烟囱清扫夫身上哭泣起来,泪水把她身上的金色冲得一片斑驳。

"这真是太大了,"她说道,"我吃不消了。世界实在太大了,倒不如我还是回到屋里去,回到镜子下面的那张小桌子上去好了。要是我回不到那里去,我怎么也不会快活的。我已经跟着你到外面的广阔天地里来闯荡过了,要是你还爱我的话,你就陪着我,送我回去吧!"

烟囱清扫夫苦口婆心地劝了一番,他讲到了中国老人,也讲到了那个"总司令兼军士、小兵兼上将公羊腿"。可是她哭泣得那么伤心,还不断地亲吻他,小烟囱清扫夫只得顺从了她的心思,虽说他觉得这样做是愚不可及的。

他们又吃尽辛苦从烟囱里爬回来，爬过了烟道和炉膛，这些地方都是令人难熬的地方，他们站在漆黑的炉膛里，贴在炉门背后侧耳细听，想知道一下屋里究竟有什么动静。房间里毫无声息，十分寂静，他们这才从炉门门缝里探头出去窥视。哦，天哪，中国老人直僵僵地躺在地板上，那是他想追赶他们的时候从桌子上滚落下来摔在地板上，他摔得断成了三截，整个后背那一大块从身躯上脱落了，而他的头颅却滚到了房间的一个墙角落里。那个"总司令兼军士、小兵兼上将公羊腿"却仍旧待在原来的地方，看样子却是心事重重。

"真是太可怕了，"小牧羊女说，"老祖父摔碎了，这全怪我们不好，我也没法再活下去了。"她说着使劲地绞着她的两只小手。

"他可以补好的，"烟囱清扫夫说，"他还可以补得一点看不出来，仍旧是个中国老人，所以千万不要太担忧。他们会把他的后背粘回去，再用钉子把他的脑袋钉牢，他又会完好得像新的一样。到那时，他又会在我们的耳朵旁絮叨个没完，叫我们腻烦得难受了。"

"你真的是这么想的吗？"小牧羊女说。于是他们又爬回到桌子上，站在他们的老地方。

"你看我们白折腾了一通，走了那么多冤枉路，"扫烟囱的小伙子说道，"我们本来是用不着有这些烦恼的。"

"但愿老祖父能补好，"牧羊女说，"真不知道这花钱多吗？"

那个老人终于被补好了，那家人把他的后背粘回原处，又在他的颈脖上钉了枚新的钉子，补好之后一切都完好如初，只不过他再也不能点头了。

"自从你摔成碎块以来,你变得骄横傲慢极了,"那个"总司令兼军士、小兵兼上将公羊腿"对中国老人说,"可是我却看不出来你凭什么要摆出这副架子。你说,我到底是能娶得到她呢,还是娶不到她?"

烟囱清扫夫和小牧羊女一齐焦急不安地看着中国老人,生怕他会点头,可是他再也不会点头了,而只是絮絮叨叨地对那些陌生人说,他的颈脖上钉了一颗很坚固的钉子。

那对小瓷人终于有情人成了眷属,他们很感激老祖父颈脖上的钉子。他们俩相亲相爱地厮守在一起,直到全都破碎了也不曾变心。

# 丹麦人霍尔格

丹麦有一座古老的城堡，名叫克隆堡，坐落在松德海峡①边上，每天有成百艘大海船驶过海峡，有英国的、俄国的和普鲁士的。它们都"嘭、嘭、嘭"地鸣炮向这座古堡致敬，古堡的大炮也"嘭、嘭、嘭"地报以回答，隆隆的炮声好像是在互道问候说"你好"和"多谢"。到了冬天没有船只经过这里，因为海峡的水面上结起了冰层，封冻成一片，冰层一直延伸到瑞典海岸，这片冰层并不崎岖，平坦得像是陆地上的道路一样，道路的一头飘扬着丹麦国旗，另一端飘扬着瑞典国旗。丹麦人和瑞典人也互道问候说"你好"和"多谢"，不过不是用大炮，而是用亲切友好的握手，他们都要品尝对方的白面包和卷饼，因为外国的食品总是最合胃口的。

在这一切之中最了不起的还是古老的克隆堡，因为丹麦人霍尔格②就坐在城堡底下谁也不会去的地窖黑暗深处。他身披钢铁

---

① 松德海峡位于丹麦和瑞典之间，系波罗的海通往北海的交通要道。克隆堡是扼守这一海峡的军事要塞，兴建于15世纪。

② 丹麦人霍尔格是丹麦口头文学流传下来的传奇式英雄人物，是多神教中的与神祇战斗的勇士，后来又成了丹麦的象征和民族英雄，丹麦文学中有不少作品以他为题材。据说在克隆堡的地窖里有他的塑像，为丹麦保护神。

的铠甲，把脑袋倚靠在粗壮的胳膊上，他那长长的美髯垂到了面前的大理石桌子上，并且与桌面连成了一体。他在沉睡，在做梦，可是在睡梦中他可以看得见丹麦大地上所发生的一切事情。每年圣诞前夜，上帝的天使总要降临到他这里，对他说他所梦见的事情桩桩都兑现了。他们叫他安安心心地睡他的觉，因为丹麦还没有遇到什么真正的危险，不过要真是处在患难之中，那么丹麦人霍尔格就会马上站立起来，捋捋自己的美髯，他面前的那张桌子顿时裂成碎片，于是他挺身上阵，奋勇厮杀，呐喊的声音震天动地，世上全都能听得见。

丹麦人霍尔格的所有生平轶事是一个老祖父讲给他的小孙子听的，小男孩也知道他祖父讲的全都是真的。老人在讲故事的时候，他一边讲，一边刻着一个很大的木头雕像，那木头雕像刻的就是丹麦人霍尔格，是用来安装在一艘大海船的船头上的，因为老祖父是个木雕匠人，干的活计就是按照船只的名字雕刻出船头人像来，而船头人像是每一艘出海的船只非安装不可的。他已经把丹麦人霍尔格的人像雕刻成形了，霍尔格挺胸凸肚站立得笔直，胡须垂在胸前，一只手里擎着宽刃利剑，另一只手撑住了丹麦国徽。

老祖父讲过许许多多的丹麦男女杰出人物的故事，因此到了后来小男孩似乎觉得自己知道的要同丹麦人霍尔格一样多了，而丹麦人霍尔格却还只能在梦中知道这些事情。小男孩睡在床上的时候，就想着这些，还想得很多很多，以至于他把下巴紧紧贴住了床沿，仿佛觉得自己下巴上也长出了胡须，而且长长的胡须同床沿连成一体了。

老祖父仍然坐在那里忙碌个不停，他还在干活，在雕刻这座雕像的最后那一块，也就是丹麦的国徽①，后来他终于大功告成了。他看着这尊木刻雕像，心里想到了他曾经从书本上念到的、听人讲过的，还有他自己在今天晚上讲给小孩子听的那所有一切。他点了点头，把眼镜摘下来擦干净了再戴好，说道：

"是呀，在我这一辈子里，看起来丹麦人霍尔格是不会再显圣出现了，可是床上躺着的小男孩说不定还会见得到他，而且在存亡危急的紧要关头同他并肩战斗呢。"

老祖父又点点头，细细地端详着丹麦人霍尔格，他越看心里就越明白自己雕刻出了一件非常出色的珍品。他觉得这尊雕像似乎焕发出了生机，有了色彩，那身上披着的铠甲乌光锃亮，闪出了钢铁的光泽，那个丹麦国徽上的几颗心越来越鲜红，头戴金色王冠的狮子在猛扑跳跃。

"这真是世界上最好不过的国徽了，"老人说，"狮子威猛无比，心地却十分善良，充满了仁爱！"

他看着国徽上最顶上的那头狮子，想起了那位把老大的英格兰拉到了丹麦国王宝座之下的克努特大帝②。他看着国徽上的第二头狮子，心里想起了那位统一全丹麦并且征服了文德人国土的瓦尔德玛尔国王③。他看着国徽上的第三头狮子，想起了那一位把丹麦、瑞典和挪威组成联邦的玛格丽特女王④。当他凝目注视着国徽

---

① 丹麦国徽为盾形，顶上有王冠，王冠底下为三头狮子和九颗红心。
② 克努特大帝，丹麦海盗时代的著名国王（约995—1035），曾为丹麦和英格兰的共主。
③ 瓦尔德玛尔一世（1131—1182），丹麦海盗时代的著名国王。
④ 玛格丽特一世（1353—1412），丹麦女王，曾与瑞典、挪威结成卡尔玛联盟，为丹麦的鼎盛时期。

上那几颗红心的时候，这些红心一颗颗闪现出比先前更加明亮的光芒来，倏忽之间变成了跳跃蹿动的火焰，他自己的心也跟随着那一颗颗红心的火焰而闪现出了对往昔的回忆。

第一道火焰把他带进了一间窄小而阴暗的牢房，牢房里关着一个囚犯，是个天生丽质的绝代佳人，她名叫埃莉奥诺拉·乌尔费尔德[①]，是克里斯蒂安四世的女儿。火焰忽然飘落到她的胸前，形状像是缀在她胸脯上的一朵盛开的玫瑰花。她是所有丹麦女人之中气质最高贵、情操最美好的一个。

"是呀，她真是丹麦国徽上的一颗心。"老祖父说道。

他的思绪跟随着第二道火焰冉冉升起，飘落到了外面的大海上。海面上炮声隆隆，火光闪闪，许多舰船笼罩在滚滚浓烟之中动弹不得。那道火焰倏然化为一条勋章的绶带，挂到了维茨费尔特[②]的胸前，维茨费尔特为了挽救整个丹麦舰队而不惜把自己的战船炸毁，而自己也炸得粉身碎骨，以身殉国。

第三道火焰把老祖父引到了格陵兰岛上的简陋的棚屋前，汉斯·埃洛德[③]牧师站在那里，用他仁慈的言行布道传教。火焰化为他胸口上的一颗星星，也成了丹麦国徽上的一颗心。

---

[①] 埃莉奥诺拉·乌尔费尔德（1621—1689），这位公主曾被控与其夫乌尔费尔德首相合谋叛国而被囚禁长达二十二年，被释放后出版了回忆录《苦难的回忆》（1869年印刷出版）。

[②] 伊瓦·维茨费尔特（1665—1710）曾于1710年大北方战争期间与瑞典交战时在克格湾炸沉"丹麦国旗号"战船而挽救了整个丹麦舰队。

[③] 汉斯·埃洛德（1686—1758），传教士，曾赴格兰陵传教并在岛上度过了十五年之久。

老祖父的思绪走到了摇曳跳动的火焰的前头去了，因为他知道火焰将要把他引向何处去。腓德烈六世①站在贫苦农妇的草屋里，用粉笔在房梁上签署了他传谕下臣的名字。于是这道火焰在他的胸口上跳动，在他的心里跳动。就在这座农舍里他的心成了丹麦国徽上的一颗心。老祖父不禁擦了擦了自己的眼睛，因为他熟悉这位披着满头银色长卷发，有着一双湛蓝而诚恳的眼睛的腓德烈国王，并且在他的统治下生活过。他双手交叠、两眼茫然地朝着前面看去。这时候，老祖父的儿媳妇走了过来，说天色已经很晚了，他应该放下手里的活计休息休息，再说晚饭也已经摆上桌了。

"您雕刻得真棒，这可是个绝活，爷爷，"她说，"就是这个丹麦人霍尔格和我们这个古老的国徽，我觉得这张面孔好像在什么地方曾经看见过似的。"

"不会的，你不会见到过，"老祖父说，"可是我见到过这张面孔，我尽自己最大的努力把这尊木雕刻得同自己记忆中的一模一样。那天是4月2日②，英国舰队停泊在里登，我们都知道这一天是我们显示古老的丹麦人的本色的时候到了。那时我就在'丹麦号'战舰上，是在斯汀·比尔③指挥的舰队里。我身边有个汉子，他一边开枪战斗，一边用快活的声音唱起了古老的歌谣，射来的子弹都嗖嗖地避开他，就好像是子弹看见他反倒对他害怕了那样，也好像他不是个人似的。直到现在我还很清楚地记得他的面孔长

---

① 腓德烈六世（1768—1839），丹麦国王，曾下谕废除农奴制，一生关心农民疾苦，因而受到丹麦农民的爱戴。

② 1801年4月2日，英国与丹麦在里登海战，以丹麦失败告终。

③ 斯汀·比尔（1751—1833），丹麦海军将领，参与过里登海战。

相，可他究竟从哪里来的，后来又到哪里去了，我不清楚，也没有人知道。我时常在想，他大概就是那个老丹麦人霍尔格自己现身出来了，他是从克隆堡泅水过来的，在最危急的关头赶来想帮我们，这就是我的想法，如今刻成了他的雕像。"

这个木雕像把巨大的影子投到了墙壁上，影子甚至还投到了天花板上，仿佛那个丹麦人霍尔格的真人就站在他们身背后一样，因为那个影子在摇晃移动，不过这也许是油灯火苗跳动的缘故。儿媳妇吻了老祖父一下，把他搀扶到桌旁的大扶手椅上。她和她的丈夫也坐下来一起吃晚饭，她的丈夫嘛，你们全都明白就是老祖父的儿子和床上躺着的小男孩的父亲。老祖父讲起了丹麦国徽上的狮子和心，讲到了威力和仁慈。他十分清晰地解释说，除了刀剑所具有的威力之外还有另外一种威力，他指了指放在书架上的那些古书，其中有一部霍尔堡的喜剧全集[①]，这些剧本是人们喜闻乐见经常阅读的书籍，它们写得那么妙趣横生，以至于人们会觉得剧本中写到的那些古人都很熟悉。

"瞧，霍尔堡也知道怎样去砍杀，"老祖父说道，"他用尽毕生之力去砍杀人们的愚昧和偏见。"

老祖父朝着镜子点了点头，那边挂着绘有园塔[②]的日历，说道："第谷·布拉赫[③]是另一个善于使用利剑的高手，不过他不是用利剑来戕害生灵的，而是杀出一条通向天上星星的光明大道来。

---

① 路德维格·霍尔堡（1684—1754），丹麦著名戏剧家，创作有三十二部喜剧。
② 园塔即丹麦天文台。
③ 第谷·布拉赫（1546—1601），丹麦著名天文学家。

还有这一位贝特尔·多瓦尔生[1],他的父亲也是干我们这一行的。这位老木雕匠人的儿子我们都见到过,他满头白发,肩膀宽阔,如今他已名扬天下,全世界都知道他。贝特尔·多瓦尔生善于大刀阔斧砍杀冲刺,而我只不过会点雕虫小技而已。可是丹麦人霍尔格是以各种不同的面貌出现于世的,这样全世界都可以知道丹麦的力量。让我们为贝特尔·多瓦尔生干一杯吧!"

可是躺在床上的那个小男孩却十分清晰地见到了坐落在松德海峡边上的古老城堡克隆堡,也见到了那位端坐在古堡地窖深处的真正的丹麦人霍尔格。霍尔格的长须垂到了面前的大理石桌子上,同桌子连成了一体,他梦见了世上的一切。丹麦人霍尔格也梦见了老木雕匠人坐着忙碌雕刻活计的这栋简陋贫寒的小屋,他听到这小屋里所讲到的一切,他在梦中点头说道:

"是呀,你们丹麦人民牢牢地记住我吧!只要把我记在你们的心头,在患难危急的时刻我自会来的!"

在克隆堡的城堡外面,天空晴朗,阳光明媚,微风把邻国狩猎号角声吹了过来。一艘艘船只驶过海峡,"嘭嘭"地鸣炮致意,克隆堡也"嘭嘭"地鸣炮答谢。这些炮声不论多么响亮,丹麦人霍尔格也醒不过来,因为这些炮声都是在说"你好""多谢"而已。只有遇到了另外一类的开炮他才会醒过来,而在紧要的关头他是一定会醒过来的,因为丹麦人霍尔格具有无穷的毅力。

---

[1] 贝特尔·多瓦尔生(1770—1844),丹麦著名雕塑家,哥本哈根市中心设有多瓦尔生艺术博物馆陈列他的作品。

# 卖火柴的小女孩

除夕夜，下着鹅毛大雪，天已经黑了，天寒地冻，冷得叫人受不了。这是一年当中的最后一个夜晚。

就在这样的严寒之中，在这样的昏暗之中，大街上走着一个贫穷的小女孩，她头上没有裹头巾，两只脚也赤裸着。是呀，光着脚，其实从家里出来的时候原来穿着一双便鞋。可是那双鞋太不管用啦！那双很大很大的软底便鞋早先是她妈妈一直在穿的。那双鞋大得一点儿都不跟脚，结果在穿过大街时给踩丢了。她刚走到大街中央，迎面飞驶过来两辆马车，小女孩慌了神儿，闪身躲开去，可是脚上的鞋却掉啦。一只怎么找也找不着了，另一只鞋被一个男孩子捡起来，拎着跑啦，说是等他有了孩子的时候可以用它当摇篮。

小女孩只好光着两只小小的脚在大街上走着，隆冬的严寒把它们冻得红里发青。她身上束着的旧围裙里兜着不少白磷头的火柴，手里还举着一小捆。整整一天下来，没有一个人买过她的火柴，也没有一个人给她一个铜板。她身上又冷、肚里又饿，瑟瑟发抖地一步挨着一步踽踽行走在大街上，这个可怜的小人儿！纷纷扬扬的大片雪花飘落在她那一头金黄色的长发上，金黄头发一直垂到她脖颈后，鬈曲得那么好看，可是她哪儿有什么心思顾得上去想自己的头发。大街两旁每个窗口都灯火通明，烤鹅好闻的味道满街飘香①。今晚是除夕之夜。哦，是呀，她心里想的是这个。

大街上有两栋并排紧靠的房屋，一栋比另一栋更临街突出，小女孩在这两幢房屋之间的墙角落里坐了下来，蜷缩成一团，两条瘦小的腿缩紧在身体底下，可是她更加冷得受不住。她不敢回家，因为她连一根火柴都没有卖出去，连一个铜板都没有挣到手，她的爸爸会揍她的。再说家里也冷得要命，家里早已四壁萧然，只不过头上有个屋顶而已。而寒风仍旧飕飕地从屋顶灌进来，虽然那些最大的窟窿已经用干草和破布堵住了。她的两只小手已经冻得麻木了。哎呀，一根小小的白磷头火柴会很管用的，只要她敢从那捆火柴中抽出一根，用力在墙上一划，点个火来暖和暖和自己的手指头。

她抽出一根火柴来朝墙上一划。"哧"的一声，火柴头上喷溅出了刺眼的火花。那明亮的火光有多么美妙呀。她双手捧着它的时候，它多么像一支小蜡烛呀，它烧呀烧呀，一团明亮的火焰在跳动，带来了一丝丝的暖意。小女孩仿佛看到：自己坐在一个好大好大的铸铁火炉跟前，火炉的炉脚和顶盖都是黄铜做的，擦得锃光瓦亮、耀眼生辉。炉膛里，熊熊的火焰烧得有多么旺呀，散发出多么惬意的温暖。小女孩不禁伸出她的双脚来烤烤火取点儿暖。就在这当儿，火光陡然熄灭了，火炉也不见了。她坐在墙角落里，手上拿着一截快要烧尽的火柴梗。

她又在墙上划了一根，白磷火柴头上蹿出火焰，它的火光投

---

① 烤鹅肉是丹麦圣诞节和除夕晚餐中的一个主菜。

到墙壁上的地方变得像薄纱一样透明,她能够一眼看到里面的房间。桌子上铺着雪白的台布,还摆放着精致的细瓷皿。一只肚子里填满了李子脯和苹果的烤鹅热腾腾、香喷喷,叫人垂涎欲滴。更叫人惊讶的是,这只烤鹅从盘子里蹦了出来,背上插着刀叉,摇摇摆摆地从地板上朝着那穷苦的小女孩走过来。这时候,火柴陡然熄灭了,她的眼前只有那潮湿冰凉的厚厚的墙。

她又划了一根火柴。这一回她坐在最最美丽的圣诞树下,这棵圣诞树要比前几天圣诞节的时候她在那个有钱的商人家的玻璃门里看见的还要大得多,树上的装饰点缀也更富丽堂皇。绿色的树枝上点着成百上千支蜡烛,许多五颜六色的彩色画挂在树上朝着她瞧,那些鲜艳的图画曾经挂在商店橱窗里。小女孩朝上伸出双手想去够到它们。就在这时候,火柴熄灭了。那许许多多的圣诞蜡烛袅袅娜娜地往空中升上去,越升越高,越升越高。她看着看着,烛光都变成了明亮的星星。它们当中有颗陨落下来,在天上划出了一道长长的光芒。

"有个人死掉啦[①]!"小女孩说道。因为老祖母对她说过,天上掉下来一颗星星,地上就有一个灵魂升入天堂去见上帝。老祖母是世上唯一疼爱她的人,可惜早已不在人间。

她又在墙上划了根火柴。火光照亮了她的四周,在火光之中站着老祖母,形象那么清晰,容光那么焕发,神情那么慈祥。

"奶奶,"小女孩叫喊起来,"哦,你把我带走吧!我知道火

---

[①] 这是北欧人的一种迷信,世界上有一个人,天上便有一颗星。一颗星的陨落象征一个人的死亡。

柴烧完了你就会不见的,就会像那暖融融的火炉、香喷喷的烤鹅,还有那高大好看的圣诞树一样悄悄地消失。"

她把剩下的火柴全都划亮点燃,因为她要把老祖母留住。火柴燃烧起来。发出的亮光胜过了白天的中午。老祖母从来没有像现在这样美丽,像现在这样高大。她把小女孩抱到了怀里,她们祖孙俩被笼罩在欢乐和光亮里,她们飞升起来,飞得越来越高,越来越高,飞向一个没有寒冷、没有饥饿也没有痛苦的地方,她们和上帝在一起。

第二天清晨依然寒气袭人,小女孩倚坐在那两栋房子的墙角落里,双颊红彤彤的,嘴角上却挂着微笑。她死了,是在旧年的最后一个夜晚冻死的。新年的太阳升起来照到的只是一具小小的尸体。小女孩坐在那里,身子已经冻得僵硬了,手里依然拿着火柴,一束快要烧尽的火柴梗。

"她是想暖和暖和身子。"有人说道。可是却没有人会想到她曾经看见了那么多美丽的东西。也没有人会想到,她跟着老祖母是在怎样的光辉照耀之下走进新年的快乐中去的。

## 城堡围墙上见到的画面

秋天，我们站在城堡围墙上眺望大海。放眼望去，海面上船只往来如梭，又见到落日残阳之中高耸出海面的瑞典海岸。我们身后城堡围墙倾圮倒塌，四周古树参天，郁郁葱葱，金黄色的树叶从树枝上飘然掉落。墙脚底下几栋阴森可怕的陋屋面前围有粗木栅栏，越发显得面目可憎。粗木栅栏和陋屋之间的过道上看守的卫兵来回走动，那过道既狭窄又阴暗，然而在他们背后的墙上那一个个竖着铁格栅的窗洞里面想必更加阴暗悲惨，因为这里是监狱，关着最为罪大恶极的囚犯。

落日的脉脉余晖照进了四壁光秃秃的牢房，因为阳光是不论善恶普照众生的。那个脸色阴沉的囚犯目光呆滞地瞅了瞅这一缕透着凉气的阳光。

一只小鸟飞到了铁窗的格栅上，小鸟也不论善恶，既对好人也对坏人歌唱，它只是叽叽喳喳短短地叫了几声，不过它却停在铁格栅旁边，拍扇着翅膀，用嘴啄，从翅膀上剔下来一根羽毛，又抖抖浑身的羽毛，它颈脖和胸前的翎毛都竖立了起来，发出了轻微的索索声。那个戴镣铐的坏人看着它，脸上也泛起了一丝温和的表情，心里也有了改恶从善的念头，他自己也弄不明白这个打算是怎么萌生出来的，不过这个在他的心头上发出光芒的善良想法必定是同透过铁窗格栅照进牢房来的阳光、小鸟的叫声、牢房墙脚下显示春意盎然的紫罗兰花的香气,以及牢房外面所有生机勃勃的景象有着关系。

这时候狩猎的士兵们吹响了号角,号声轻快而又嘹亮,小鸟从铁窗格栅上飞走了,阳光徐徐消失,牢房里一片暗淡。那个囚犯的心头也暗淡起来,但是阳光毕竟把他的心头照亮了,小鸟啾啾的叫声也渗进了他的心田。

使劲地吹吧,狩猎的士兵们!让好听的号角声不停地响彻云霄吧!傍晚是温柔的,海面如镜,一片平静。

# 在瓦托弗养老院窗前

环绕哥本哈根的绿草丛生的围堤旁边，有一座很大的院落，红色的房屋上开着许多窗户，窗台上摆放着凤仙花和檀香树，可是从外表上一眼就可以看得出这里是够寒碜的，而里面住着的人也确实都是清贫的穷人，原来这里就是收容孤寡老人的瓦托弗养老院。

看吧，窗前站着一个老姑娘，正在摘掉凤仙花上的枯叶子，她双眼遥望着窗外那绿草丛生的围堤，一群嘻嘻哈哈的孩子正在围堤上嬉戏玩耍。那么她在想些什么呢？大概有一幅人生戏剧的画卷正在她的脑海里徐徐展开吧！

这些穷人家的苦孩子，他们玩耍得多么开心快活，他们的小脸蛋红扑扑，眼神里无忧无虑，可是他们的脚上都没有袜子，连鞋子都没有，他们都是光着双脚在绿油油的围堤上嬉耍追逐。

这道围堤有这样的一段传说：说是在许多许多年以前，那一段围堤的堤面总是不断地塌陷下沉，有一个天真无邪又贪图玩耍的男孩子被人用甜食和玩具引诱到了这个没有封顶的墓穴里，当小男孩在边吃边玩耍的时候，人们就赶紧铲土把墓穴封死。从此以后这一段围堤的堤岸就变得坚固牢靠，不再塌陷下沉了，堤岸上很快又长出了嫩绿的青草。

那些正在围堤上玩耍的孩子们一点都不晓得那个传说，要不然他们就会听得见那个孩子从地底下传出来的哭声，而青草上的点点露珠看起来就像是滚烫的热泪。他们也不知道那个丹麦国王的历史故事，说是当年敌人攻打到了围堤的外面，有位丹麦国王飞骑疾驰来到这里，他立下誓言：宁死也要保住家园。于是男女老少都奋起抗击，他们用滚烫的开水浇向身披白色衣服想混在冰雪之中爬上围堤来偷袭的敌人。

这些穷苦的小孩子都在兴高采烈地玩耍着。你们玩吧，痛痛快快地玩个够吧。趁着你们都还是孩子的时候赶快地玩个够吧！

喂，你这个小姑娘快玩吧！要知道韶光年华不会等待，长大成人的岁月很快就会到来，领受坚信礼的少年们手挽着手排成队列徐步朝圣坛走去。那时候你会身披雪白的裙衫，这件裙衫是你母亲用一针一线花费了多少功夫才缝制出来的，然而因家境贫寒，只能用一件很大的旧裙袍改做。你还要披上一条红色的披巾，那条披巾披在你的身上也未免显得太长，一直拖到脚底下，别人一眼就看得出来你身上所有的衣物都嫌太大了，大得没有一处合身的。可是你心里却只想到了穿着漂漂亮亮的衣服与仁慈的上帝共在，你还想到了要穿着这身漂亮的裙衫到围堤上去走一走，那才令人尽兴哪。

岁月流逝，你经受过了不少苦难，度过了许多暗淡的日子，可是你那年轻的心里不知不觉有了一个朋友。你们两人终于见面了。早春时节，在所有的教堂钟声齐鸣的大祈祷日里，你们俩一起到围堤上来散步。在这个季节里紫罗兰还没有开花，不过罗森堡王宫外面有一株树上却抽出了嫩绿的新芽。你们俩在那里站停了脚步。树木总是要抽枝发芽的,周而复始,年年如此,可是人生聚合却未必能够如此尽如人意。乌云骤然遮蔽了天空,海面上堆起层层黑云,只有那些在北海上行舟的人,才能知道它的威力。

可怜的姑娘啊,你即将当上新娘了,可是那新房却成了停放新郎棺材的灵堂。于是你心如死灰,成了个终身不嫁的老姑娘,在这座养老院的窗前,从凤仙花背后,看着这些玩耍嬉戏的孩子们,不堪回首往事。

这就是老姑娘眼前所展示出来的那一幅人生戏剧的画卷。在明媚的阳光下,围堤上的那群脸蛋红扑扑、没有鞋袜穿的孩子们正在使劲地嬉戏玩耍,无忧无虑得如同天空中飞着的鸟儿。

# 老街灯

你听过那盏老街灯的故事吗？这个故事不大有趣，不过也不妨听上一回吧！

那是一盏脾气温和的老街灯。许多许多年以来，它一直尽心尽力地服务，如今要被废弃不用了。今天晚上是它最后一夜坐在灯杆上照亮这条街道了。它的心情很像一个年岁太大的老芭蕾舞演员：现在是她在剧院里最后一晚登台，她明白从明天起就要默默无闻地待在顶层阁楼里了。这盏老街灯对第二天白天的到来极其不安，它知道它将第一次在市政厅出现，被市政厅里三十六位管事的先生们当面鉴定，看到底有没有用了。然后他们就会做出决定，或是送到哪一座桥梁上去继续照明，或是送到城外乡下去为哪一座工厂照亮，不过也说不定会被马上送进熔铁炉里去熔化掉。这样一来就可能被做成任何一样东西，不过，它不知道，它是不是还会记得自己曾经是一盏街灯，这个问题困惑着它，使它惶恐不已。

不管情况怎样，它必定要和守夜人夫妻分开了。它向来把他们看成是自己的家人。它为这条街照明的第一个晚上，那时候他还是个身强力壮的年轻小伙子，也刚刚当守夜人。守夜人的妻子那时候十分自负，只有在晚上走路经过的时候她才会朝街灯瞅上一眼，在白天是从来不正眼看它一下的。近年来，他们三个，也就是守夜人、他的妻子和街灯都上了年纪，这样的状况才有了变化。守夜人的妻子也来照料它，把它擦得锃亮，还给它添煤油。他们这对老夫妻是非常诚实的，他们从来不揩街灯的一滴油。

这是老街灯在这条街上的最后一夜了，明天一早它就要到市政厅去了。这两件事街灯一想起来就难过，怪不得它的火苗燃烧得那么有气无力。不过在这段时间里别的想法也涌上了心头。在这一生之中，它曾经见到过多少事情啊，它曾经为多少路人照明啊！说不定它见到的世面同市政厅里那三十六位管事的先生一样多。可是所有这些想法它一个也没有说出来，因为它是一盏脾气温和的老街灯，它不想触怒任何一个人，尤其不愿触怒它的顶头上司。它记得的事情也有好多好多，它的火苗摇曳不定，有时候会跳跃闪动几下，灯光也骤然明亮了不少，似乎在表白自己的感觉："是呀，人们会记得我的。"

"有一个英俊的小伙子，"街灯想道，"那是多少年以前的事情啦，我记得他手里拿了一封书信走过来，那信纸是粉红色的，还带着金边，信纸上的字迹娟秀，不消说准是出自一个小姐的手里。他把那封书信从头到尾念了两遍，又亲吻了它，然后抬起头来仰望着我，那双眼睛仿佛在说：'我是世上最幸福的人啦！'是呀，只有他和我才知道他那位最亲爱的心上人在第一封情书里写了些什么。……我还记起了另外一双眼睛！……真是奇怪，我的思路怎么会从一桩事情上一下子就跳跃到另外一桩事情上。在这条街道上有过一次万人空巷的大出殡，有位年轻美貌的女子躺在华贵的棺材里，她的灵柩摆放在铺垫着丝绒的马车上，四周堆满了鲜花和花圈，出殡队伍高举着许多明晃晃的火炬，我这盏街灯的光芒全都淹没在这片火光之中了。送葬的人多极了，连人行道上都挤满了人。待到火炬都看不见了，我朝四周看了一眼，在我的灯杆下还站着一个人在伤心哭泣。他抬起头来仰望着我，那双眼睛叫我永远也忘不了。"

诸如此类的回想不断地在这盏老街灯的思绪中闪过，它由一桩事情联想起另外一桩，因为这是它最后一夜在这条街上照明了。这和放哨的士兵换岗是大不相同的，下岗的哨兵起码可以知道谁来接他的班，还可以同那个来接班的哨兵交代几句话，可是街灯却无从知道是什么样的东西来接替它，要不然的话它还可以向那个接替者露点口风，讲讲这里的雨水和雾气，说说月光能照到人行道上多远的地方，还有风多半会从什么方向吹来，等等。

在街边水沟的渠坎上，有三样东西跑来对街灯自我推荐，它们都想要角逐街灯这个要职，因为它们都以为这盏灯有权把位置退让给它所挑选的接班人。它们当中第一个是鲱鱼头，它可以在黑暗中发光，它说，如果把它安放在路灯杆上，那就可以节省不少灯油。第二个是一块烂木头，它也可以在黑暗中发光，它自称发出的磷光起码要比那个干鱼头亮得多，况且它又是大森林中那棵最名贵的大树留下来的最后一截。第三样东西是一只萤火虫，至于它是怎么会来到这里的，老街灯却百思不得其解了。不管怎么说，萤火虫已经在这里了，而且也能发光。可是烂木头和鲱鱼头发誓说，萤火虫不是一年四季都发光的，只有在某个季节才发光，因此绝不能让它和它们两个来竞争。

老街灯说，它们哪个都发不出足够的光，来完成一个街灯的任务。可是它们都不相信它的话。后来它们弄明白了,原来街灯并没有权力把他的职位交出去,于是它们都很高兴,觉得街灯已经老糊涂了,根本没有能力来挑选接班人。

正在这时,有一阵风呼呼地从街道拐角吹过来,它钻进了老街灯的通风罩子里。

"这是怎么回事,"这阵风说,"我才刚听说你明天一早就要离开啦,是吗?今晚是我在这里见到你的最后一夜了?那么我一定要送给你一样礼物,我把你的脑袋好好地吹一吹吧,这样你就可以清楚地记得你过去的所见所闻,而且只要有人在你身边说点什么或者念点什么,你都会清楚地记住,而且你还会如同亲眼目睹一样。"

"那真是一份厚礼啊,"老街灯说,"太感谢你啦,但愿我不要被熔化掉。"

"看来还不会那样吧,"风儿说,"我还要把你的记忆力再吹上几下。要是你能多收到几份这样的礼物,那么你的晚年就可以过得很愉快了。"

"只要我不被熔化就行,"老街灯说,"但是,万一我被熔化掉,你还能保证我有记忆吗?"

"要想开一点嘛,老街灯。"风儿说。

这时候月亮从云层中露出脸来。

"喂,你送点什么临别赠礼呢?"风儿问月亮。

"我什么也不送,"月亮说,"现在正逢下弦月。再说街灯常常要借我的光,从来不曾借光给我。"

月亮说着就又躲到云层后面去了,省得人们再来向它强求硬讨什么东西。

这时从通风罩上落下一滴水珠,掉到了老街灯身上。那滴水珠好像是从屋檐上落下来的,是乌云送给老街灯的礼物,而且还说这也许是一件最好的礼物。

"我会渗进你的身体里去,"水珠说,"使你获得一套本领,如果你愿意的话,你能在一夜之间让全身锈掉,化成一堆尘土。"

可是老街灯觉得这是一件很坏的礼物,风儿也是这么想的。

"难道再没有更好的礼物吗?难道再没有更好的礼物吗?"风儿呼呼地尽力往高空中吹去。这时候一颗亮得出奇的星星落下来,在星星的身后拖着一条又长又宽的光带。

"看哪,那是什么?"鲱鱼头叫喊起来,"那不是一颗星星落下来了吗?我想它是掉进街灯里去了。如果那样高高在上的家伙都来谋求这个职位,那么我们最好都回家去睡大觉吧!"说完,鲱鱼头就走掉了,其余两个也跟着离去了。

"这是一件最好的礼物,"老街灯说,忽然一下子发出特别强烈的光芒,"我一直非常喜爱闪烁发光的星星,它们散发出那么柔和、美丽的光,那是我从来也发不出来的,尽管我希望能够做到而且也尽力去做了。它们居然注意到我这盏寒碜的老街灯,送来了一颗星星给我作为礼物,它给了我一种才能,使我所清楚记得和看见的事情也能被我所喜欢的人看见和记得。这才是真正的快乐,因为不能和别人分享的快乐那只是一半的快乐。"

"你高尚的情操真是令人肃然起敬,"风儿说,"不过你不知道,为了达到目的,一支蜡烛是必需的,如果不在你的灯盏里点上一支蜡烛的话,那么任何人都无法看清你的心胸啦。星星们想不到这一点，它们以为凡是发光的东西身体里都点着一支蜡烛。不过我现在困了，我要去躺下了。"说着风儿便消失了。

第二天，对啦，我们不妨把第二天白天跳过去，这样就到了第二天晚上。老街灯已经躺在一把扶手靠背椅上，这是在什么地方呢？原来是在那个老守夜人的家里。老守夜人向市政厅的三十六位管事先生们提出申请，要求由他来保存这盏古老的街灯，以作为他长期忠诚服务的纪念品。那些管事先生们对他的要求大笑了一通，他们把老街灯送给了他。现在老街灯就躺在一个温暖的火炉旁的扶手椅上，它似乎骤然变大了，因为它几乎把椅子都塞满了。那老两口儿坐在那里吃晚饭，同时亲切地瞅上它一眼，恨不得把它也拉上饭桌一起吃饭。

他们住的地方其实是一个地下室，比地面还低两码多，要来到这儿，先要走过铺着石板的过道，不过这里很暖和，因为门上挂着布门帘。房间里显得很整洁，大床四周围着帐幔，小小的窗户上也挂着窗帘。窗台上摆着两只形状奇异的花盆，那是一个名叫克里斯蒂安的水手从东印度或西印度带回来的，是两只陶土大象，可是大象却都没有背，而在本来应该是象背的地方填上泥土，栽花种草。一只象背里种了香喷喷的青葱，这大概算是老人们的菜园子，另一只象背里是鲜花盛开的天竺葵，这大概是老人们的花园了。墙壁上挂着一幅很大的《维也纳和会》彩色石印画，所有的国王和皇帝全都画在上面了。墙上还挂着一只波恩霍尔姆[①]挂钟，那沉甸甸的钟摆在嘀嗒嘀嗒地摆来摆去，这只挂钟总是走得

---

① 波恩霍尔姆是丹麦的一个小岛，以制钟著称。

太快,不过老两口儿说,走很快总比走得慢好得多。他们吃着晚饭,老街灯就像方才已经说过的那样躺在火炉旁的扶手椅上。

对于老街灯来说,这就好像整个世界颠了个倒,可是老守夜人看着它,讲起了他们曾相处在一起的岁月;讲到他们共同度过的雾夜、雨夜和晴朗而又短促的夏夜;还讲到在那鹅毛大雪铺天盖地而来的冬夜里,他多想回到这间温暖的地下室。于是老街灯的记忆一下子全都恢复过来,那些往事全都清晰地出现在面前。风儿真是太好了,吹得它心明眼亮!

那对老夫妻非常勤奋,连一分钟也闲不住。到了星期天下午,他们就会拿出几本书来,通常是他们俩都十分喜爱的游记。老头儿大声地朗读关于非洲的风光、无边无际的大森林和成群的野象的故事。而老妇人一边听,一边朝那两只做成花盆的陶土大象瞅上一眼。

"我几乎可以想象得出这一切。"老妇人说。

老街灯多么希望能有一支点燃的蜡烛插在自己的灯盏里,那样一来老妇人就可以清清楚楚地看到它的身体里面,与它共享它所见到的那些风光:浓荫蔽日、树枝交错的参天大树,骑在马上的裸体黑人,举起大脚把蓬蒿和灌木践得东倒西歪的成群大象。

"唉,如果没有蜡烛,我有这样奇异的才能也没用,"老街灯叹了一口气,"他们只有煤油和牛油蜡烛,而没有真正的蜡烛,那不顶事啊。"

有一天老夫妻俩倒是拿了整整一捆蜡烛头到地下室来,最长的那几根用来照明,那些短的老妇人在做针线活计时用来给她的缝衣线打蜡。蜡烛倒是有了,可是他们却没有在老街灯里插上一根。

"我有一身奇异的本领也没用，"老街灯说，"我的身体里什么东西都有，可是我却无法和他们分享！他们不知道，我可以在洁白的墙壁上变出美丽的挂毯、茂密的森林。他们想看见什么，我就能为他们变出什么，可惜他们却不知道！"

老街灯被擦得锃亮，待在房间的一个角落里，总是十分显眼。来的人都说它是毫无用处的废物，可是那对老夫妇却毫不在乎，他们仍旧喜欢这盏老街灯。

有一天守夜人的生日到了，老妇人走到这盏老街灯跟前，微笑着说：

"我要为他点燃这盏街灯！"

老街灯的铁皮罩咯吱响了一下，它想："这下子总算要把我点亮了。"

可是老夫妻俩只灌进点灯用的煤油，而没有放蜡烛。老街灯点了整整一夜，它终于明白星星送给它的礼物虽然是所有的礼物之中最好的一件，然而只能算是一件"秘密"了。后来它做了一个梦，它梦见在两个老人死去之后，它被送进熔炉里熔掉。这一惊真是非同小可，就像那天要到市政厅去接受三十六位管事先生判决一样。幸好它还有另一套绝技，那就是只要它愿意的话，它有能力使自己生锈，不消多少时间就会化为一堆尘土。可是它不愿这样做，于是它被送进熔炉里去了。

老街灯被铸成了一只式样很美观的烛台。形状像个抱着花束的天使，蜡烛就插在花束的中间，这个烛台放在一张绿色桌面的写字桌上。这间屋子非常舒适，到处摆满了书籍，墙上挂着美丽的图画，这是一位诗人的家。他所想象和写作出来的景物全会在房间四周的墙壁上映现出来，于是这房间一会儿变成黑沉沉的大森林，一会儿又变成了阳光普照的绿色原野，有时是神气活现地昂首蹦跳的鹳鸟，有时是在浪花飞溅的海上航行的大船。

"我的奇异的才能终于得到了施展，"老街灯一下从梦中醒了过来，"我几乎想要熔化了，不行！只要这老两口儿还健在，我就不能这样做。他们因为我是一个街灯才疼爱我，把我当作他们的心肝宝贝，他们把我擦得干干净净，给我添足了灯油，我的日子过得就像那幅彩色画上的帝王一样好。"

从那时候起，它心里越来越平静，这盏心地善良的老街灯辛苦了一辈子也应该安享晚年了。

# 邻居们

本来以为养鸭池里发生了什么天大的麻烦,结果却啥事都没有。所有的鸭子都安静地在水面上嬉戏,有的还把头钻进水里身体倒竖起来,鸭子嘛就有这个本事。

忽然间,它们倏地一下泅到了岸边,马上就上了岸,在潮湿的泥地上留下了它们的脚印。它们嘎嘎地叫起来,在老远的地方就可以听得见这种叫声。

本来平静如镜的水面被它们搅得一塌糊涂。方才水面真是像一面明亮的镜子,可以清楚地看到岸上的每一棵树和树旁边的灌木丛,可以看得见农夫那古老陈旧房舍的山墙上的洞窟和燕子窝。尤其是那高大的玫瑰树,枝盛叶茂,繁花似锦,花枝遮掩住了房墙,低垂到了水面上。所有这一切都像是一幅图画映现在水面上,不过一切都是颠倒的,因为是在水中的倒影。但是这会儿水面给搅乱了套,这些倒影在你挤我、我压你,不但互相摩擦,而且掺和到一起去了。好端端的画面就此变得模糊不清了。鸭子身上掉下来的两根羽毛一起一伏地在水面上漂浮。忽然它们打起旋来,似乎有风吹过来了。不过水面上一点风信都没有,于是那两根羽毛打了几个旋又一动不动地漂着。水面渐渐恢复了安静,又平得像一面镜子一样,又可以看清楚农舍山墙上的燕子窝,玫瑰树又映在水面上。每朵玫瑰都是那么美丽，可是它们自己却不知道，因为没有人告诉过它们。阳光照进了娇嫩的花瓣里，花瓣散发出芬芳的香气，每一朵玫瑰花都是如此，就像我们想起了生活中最幸福的时刻一样。

"生活是多么美好呀！"每朵玫瑰花都说，"我只有一个心愿，那就是希望能亲吻一下太阳，因为阳光是那么明媚和温暖。哦，还有水面上的那些玫瑰，我们也想亲吻它们，因为它们简直和我们一模一样。我们也想亲吻一下鸟窝里的那些可爱的雏鸟，是的，我们头顶上就有几只。它们把脑袋伸出了鸟窝，稚声稚气地叽叽喳喳叫个不停。它们的身上光溜溜的，一根毛也没有，跟它们的父母都不一样。它们都是好邻居，不管是我们头顶上的还是水面上的。啊，能这样生活有多么美好！"

上面和下面的雏鸟？是呀，下面的那些是上面的那些映在水里的倒影。它们都是麻雀。父亲和母亲也都是麻雀。它们占据了燕子去年留下的窝巢，住进里面就成了它们的家。

"那边在水上游来游去的是鸭子的孩子吗？"小麻雀看见了在水面上漂浮的鸭毛便问道。

"问事情之前先动动脑筋，"麻雀妈妈说道，"你们难道没有看见那不过是几根羽毛，不足为奇。就同我身上穿的还有你们身上穿的一样，那是衣服，不过我们的衣服要华美得多。要是我们能把它叼上来就好了，放在窝里能够暖和一些。我倒很想知道为什么那些鸭子这样慌慌张张，必定是水里有什么东西吓着它们了。当然不会是我，虽然我对你们大声嚷嚷，叽叽喳喳地叫得声音很响。那些呆头呆脑的玫瑰花应该知道，可惜它们对什么事情都一窍不通，只会你瞅我，我瞅你，彼此看来看去，要不就你闻闻我，我闻闻你，彼此闻来闻去。我对这样的邻居真是腻烦透啦。"

"瞧上面的那些小鸟，"玫瑰花说，"那些雏鸟叽叽喳喳地想要放开嗓门高声歌唱，不过眼下还不会唱，很快就会唱的。那该是多么令人愉快呀！有这样热闹的邻居真叫人开心。"

忽然，有两匹马飞奔而来，到这里来喝水，有一匹马上骑着一个农家男孩。他几乎把身上的衣服都脱光了，只戴着一顶宽边大檐的黑色草帽。这个男孩学着小鸟的鸣叫，在吹着口哨。他骑在马背上蹚水而过，一直汹到水塘里水最深的地方。在经过玫瑰树的时候，他顺手摘了一朵玫瑰花插在自己的草帽上。他觉得这么一打扮显得更漂亮了，于是又催马前进。其余的玫瑰花眼睁睁地看着自己的姐妹离开了它们，便相互打听："它会到什么地方去呢？"可是它们当中没有一个知道。

"我倒很想出去，到外面的世界上去闯荡一番，"有一朵玫瑰花对另外一朵说道，"不过在这里生活也不错，住在家里，到处是一片绿油油的。白天太阳晒得挺暖和，晚上夜空亮光闪烁更加美丽。我还可以透过夜幕上的无数小洞洞朝外面张望到很远的地方。"

其实，它们说的小洞洞就是星星，不过它们弄不明白，玫瑰花知道的就只有那么一点点。

"有我们来住，这座房子就会热闹起来，"麻雀妈妈说，"人们常说'燕子窝里飞出好运来'，所以他们看到我们搬到燕子窝里来住都挺高兴。可是我们的那些邻居真够呛！玫瑰树这样趴在墙上会使墙壁受潮发霉。我敢说它十之八九要被铲掉挪走的。那样的话，这块地上就可以种上谷物。玫瑰花只能给人看看，闻闻香味，最多是插在帽子上，除此之外，就一点用处都没有了。我从我母亲嘴里才知道：玫瑰年年凋谢，农夫们的妻子把花朵收集保存起来，撒上盐腌制好了，就给取了个法国名字，那陌生的名字我可叫不上来。然后它就被放到火上去熏制，这样就有一股香味了。你们看，这就是它一生的经过，它活着只是为了给人的眼睛看和鼻子闻的。现在你们明白了吗？"

黄昏时分，空气更加温暖和煦，天上的晚霞彩云都被夕阳照得通红，蚊蚋在空中飞舞。有一只夜莺飞来为玫瑰花引吭高歌，它歌唱说世界需要美就像需要阳光一样，美是永生不灭的。玫瑰花都以为夜莺在歌唱自己，这当然也难怪它们，因为它们听不懂，不知道这首曲子是献给它们的，所以它们没有领这个情，好好地享受一番。不过它们对夜莺的歌唱还是感到兴高采烈。它们还感到惊异，猜想那些小麻雀是不是也会长成夜莺。

"我听懂了那只鸟在唱些什么，"小麻雀们都这么说道，"可是有一个字不明白：'美'是个啥东西呀？"

"那是件没有用处的东西，"麻雀妈妈说道，"那只是一种肤浅的外表而已。在那边的大庄园里，鸽子们都有自己的棚屋住，它们每天都可以吃到撒在它们面前的豌豆和粮食，我曾经去过那里，还同鸽子们一起啄食过。到你们长大了，你们也可以和它们一起去啄食，因为物以类聚、人以群分，只要告诉我你同什么人交朋友，我就会知道你是什么人啦。在那个大庄园里，养着两只大鸟，脖子是绿颜色的，头顶上有一个冠，尾巴可以翘起来撑开就像是个大轮子一样。那尾巴的翎毛色彩缤纷,真是让人看得眼花缭乱,把眼睛都刺痛了。那种大鸟叫作孔雀,它们就是美。可是只要把它们的翎毛拔掉一些,它们就同别的鸟没有什么两样。倘若它们不是长得那么高大的话,我本来还可以啄它们的。"

"我要去啄它们。"那只最小的麻雀说,它连身上的羽毛还没有长出来呢。

那栋陈旧的农舍里住着一对年轻夫妻,他们彼此相亲相爱。他们都很健壮,也非常勤快。家里布置得井井有条十分整洁。星期日清早,年轻的妻子出去采摘一束最美丽的玫瑰花,把它们插在一个盛满清水的玻璃杯里,摆在碗碟柜上。

"这样我一眼就看出来今天是星期日了。"男的说道,亲吻了他那娇小玲珑的妻子。

他们俩一起坐下来翻开赞美诗集,两人手拉着手。阳光从窗户里照射进来,照在新鲜娇嫩的玫瑰花上,也照在这一对年轻人的身上。

"这副样子真是叫人腻烦。"麻雀妈妈从鸟窝里朝着那间房间里看了一眼就飞开去了。

第二个星期日,它又不得不飞开去,因为每个星期日都会有新鲜的玫瑰花插在玻璃杯里,而玫瑰又老是开得那样娇艳美丽。

幼小的麻雀这时已经长出毛来了。它们很想跟着妈妈一起飞,可是麻雀妈妈却吩咐说:

"你们好好在家待着!"

于是小麻雀们都乖乖地在窝里待着,麻雀妈妈独自飞走了。

这一回它却遭到了厄运,事情是怎么发生的连它自己也弄不清楚。反正在它明白过来之前，它已经身陷罗网了。原来有几个男孩子用马尾巴的鬃毛在树枝之间拴起了套索，张网待捕。马鬃毛把它的双脚缠得紧紧的，它觉得两只脚快要被割断了。它又疼又怕，心里吓得要命。

男孩子们奔过来，逮住了这只落入罗网的小鸟，他们冷酷地死命捏紧了它。

"哎呀，只不过是一只麻雀而已。"他们失望地说，可是却并没有放开手让它飞掉。他们把它带回家去。每当它叽喳叫一声，他们就敲一下它的嘴。

农舍里住着一个老头儿。他会做肥皂，会做刮胡子用的肥皂，也会做洗濯用的肥皂，会做一块块的肥皂，也会做一个个圆球似的肥皂。他是一个快活的老流浪汉。他看到男孩子们逮着的麻雀，还听男孩子们说他们一点也不喜欢这灰不溜秋的麻雀，这时，他说道：

"不碍事，让我们一起动手来把它打扮得美丽起来，好不好？"

麻雀妈妈一听这话，浑身簌簌地颤抖起来。

老头儿打开盒子取出最鲜艳的五颜六色的颜料，还取出了一些闪闪发亮的金纸片。男孩子们跑进跑出，找来了一个鸡蛋。老头儿取出蛋清，把那只小鸟浑身上下都抹遍，然后把那些金纸片都粘了上去。于是麻雀妈妈身上金光灿灿，可是它却压根儿没有心思去想自己有多华丽，只是自顾自浑身筛糠般地发抖。那个会做肥皂的老流浪汉又从他的旧衣服上扯下一块红布，把它剪成鸡冠形状，再把这顶冠戴到了麻雀妈妈头上。

"现在你们可以看到天空中飞来了一只金鸟。"他说道，一松手就把麻雀妈妈放掉了。

麻雀妈妈已经被吓得半死不活,赶紧拍拍翅膀飞走了,飞到天空中去,明媚的阳光照在了它的身上。

哦,天哪,它浑身金灿辉煌,闪闪发光。所有的麻雀,甚至还有一只见多识广的老乌鸦看见眼前的情景都吓了一大跳。它们赶忙躲开去,却又悄悄地跟在麻雀妈妈身后飞,它们都想弄明白,这只稀奇古怪的鸟究竟是一只什么鸟。

"喂,你是从哪里来的?你是从哪里来的?"那只乌鸦喝问道。

"等一等,等一等!"那些麻雀喊道。

可是麻雀妈妈哪里敢等一等,她吓得要命,心惊胆战地往家里飞去,它实在飞不动了,有几回险些要跌落到地上。可是跟在它身后的鸟却越聚越多,一路上总是不断有鸟儿跟过来,大的小的都有,有的飞得紧贴在它身边,还用嘴使劲地啄它。

"看看这个怪物呀,看看这个怪物呀!"那些鸟儿们一齐鼓噪着。

"看看这个怪物呀,看看这个怪物呀!"幼小的麻雀喊起来,这时候麻雀妈妈总算飞到了家,飞到了自己的鸟窝。

"这一定是一只小孔雀,你看它浑身五颜六色亮光闪闪,刺人眼睛。妈妈曾经说过:'吱吱,这就是美丽!'"

于是小麻雀们使出浑身力气用小嘴朝那只怪鸟啄了起来,挡住它不让它钻进鸟窝里来。麻雀妈妈惊呆了,它已经精疲力竭,再也叫不出"吱吱"声来,更来不及说"我是你们的妈妈"了。其他的鸟趁机都围上来用嘴啄它。麻雀妈妈身上的羽毛都被啄光了,浑身血迹斑斑,跌落到玫瑰花丛中。

"唉,你这个可怜的家伙,"玫瑰花说,"快别吱声,让我们把你藏起来。"

麻雀妈妈又伸了伸翅膀,然后把翅膀紧紧地收拢了。它直僵僵地躺在那里,死在娇艳美丽的邻居玫瑰花的身边。

"吱吱,吱吱,"鸟窝里的小麻雀说,"妈妈出去那么久,究竟上哪儿去啦?怎么会耽搁那么长时间,总不见得它存心捉弄我们,好叫我们出去自己觅食求生吧?它留下来这栋屋子作为遗产给了我们,可是等我们各自成家的时候,该归哪个所有呢?"

"等我娶了媳妇有孩子的时候,你们不许再在这里住下去了。"最小的那只说道。

"我娶的妻子和生的子女会比你的多。"另外一只说道。

"不过我是最年长的大姐。"第三只说道。

它们都激动不已,由争吵到打起架来,用翅膀扑打,用嘴咬。吧嗒,吧嗒,一只接着一只从鸟窝里摔了出去。它们躺倒在地上还余怒未消。它们把头偏向一边,直翻白眼,全都一副气呼呼的样子。

幼小的麻雀终于会飞了,能在空中飞一小段路了。后来它们练哪,练哪,都会在天空里随意地飞来飞去了。它们商定了一个暗号,以后不管在哪个地方相遇,凭这个暗号,就会认出彼此是一家子。这个暗号就是先叫一声"吱吱",再用左脚在地上刨三下。

那只在鸟窝里住下来的小麻雀如今可神气啦,因为它是房主嘛!可惜它当房主却没有能够当得太长久。有天晚上,农舍的窗户里蹿出了火光。火焰吞噬了屋顶,干草堆上冒起了耀眼的大火。整栋农舍都烧光了，连那只小麻雀也在大火中丧生了。只有那一对新婚的年轻夫妇总算侥幸地逃脱了厄运，保住了性命。

第二天清晨太阳升起的时候，一切又都是那么清新爽快，像是安静地睡了一夜大梦初醒一样。蓝天白云底下，那栋被大火烧掉的农舍只剩下了几根烧得焦黑的梁木，歪歪斜斜地倚靠在无人照料的烟囱旁边。农舍烧得精光，废墟上仍在冒着袅袅青烟。但是那株玫瑰却安然无恙地站立在那里，照样鲜嫩娇艳，照样繁花似锦。每根枝丫、每朵鲜花都倒映在平静的水面上。

"那栋着火烧掉的农舍前面的玫瑰花该有多美啊，"一个过路的男人说，"我再也想不出来能有比这个景象更美的画面啦。我一定把它画下来。"

那个男人说着就从衣服口袋里掏出一个白纸小本来，又拿出一支铅笔来。他是个画家，画下了冒着袅袅青烟的农舍废墟，几根烧焦的梁木歪歪斜斜地倚靠在烟囱旁边，烟囱已开始坍塌。可是在这些背景的最前面，傲然站立着那株娇嫩鲜艳的玫瑰，枝上鲜花怒放。这个奇特的景象真令人赏心悦目，实在太美啦。也正因为这个缘故，这幅画才画得出来。

晌午过后，两只在这里出生的麻雀飞过农舍废墟。

"那栋房子到哪里去啦？"它们问道，"那个鸟窝到哪里去啦？吱吱，哎呀，都烧光了。连我们的那个横行霸道的弟弟也一起烧死啦。它强占了鸟窝却落得个丧身火窟的下场。"

"那株玫瑰倒一点没事，逃脱了厄运。它倒满树红艳艳地站在旁边幸灾乐祸，一点不为邻居遭受劫难而难过。"

"哼，我才不和它们说话哪。这里乱糟糟的，起码在我眼里看起来是这样。"

于是两只麻雀就飞走了。

到了秋天,有一天阳光明媚,暖和得叫人还以为是在夏天呢。那边的大庄园里,一些黑白杂色的斑鸽在干燥整洁的院子里绕着宽大的台阶跳来跳去,它们的翎毛在太阳光下显得油光发亮。年老的鸽子妈妈对雏鸽吆喝道:

"一群一群地站好!一群一群地站好!那样看起来才更顺眼一点。"

"那些在我们中间跑来跑去的灰不溜秋的小家伙是什么东西?"一只眼睛红黑泛绿的老鸽子问道。"小灰家伙,小灰家伙!"它喊道。

"那是麻雀,会耍小心眼的机灵鬼!我们向来以慷慨大方而出名,所以我们就对它们包涵宽容,听凭它们来同我们一道啄食谷物。它们和我们互不搭理,互不讲话,不过它们老朝着我们刨刨脚表示敬意。"

是的,它们老是刨刨脚,不过它们在刨脚的时候嘴里还在"吱吱"地叫,于是它们之间就相互认出来了,是在那栋已烧毁的农舍里出生的三只麻雀。

"在这儿可以放开肚皮大吃一顿。"麻雀说道。

鸽子们一只跟着一只大摇大摆地遛弯儿,神气活现地把它们的胸脯突得鼓了起来,好像是有满肚皮的气发泄不出来似的。

"你看看那只腆着大肚子的鸽子,"一只麻雀对另一只麻雀说,"你再看看那只母鸽子,它叼豌豆的那副狼吞虎咽的馋相!它吃得太多啦,还挑三拣四尽拣好吃的吃。嘴里还'咕咕,咕咕'地嘟嚷个不停。它头上的冠已经秃得不像样了,真是难看死啦,这些丑恶的坏家伙!'咕咕,咕咕'。"

它们的眼神里闪出了轻蔑厌恶的光芒,又说道:"你看看那只模样挺可爱、脾气却大得要命的鸽子,咕咕地叫个不停,说什么'一群群地站好,小灰家伙!一群群地站好,小灰家伙!咕咕,咕咕'。"

它们的嘴就这样叽叽喳喳地叫个不停,而且还会这样叽叽喳喳到成百上千年。

麻雀们肚子吃得饱饱的,它们美滋滋地叽叽喳喳着,甚至还一群群地站到鸽子的行列中。不过这种生活不大适合它们的心意。既然它们已经饱得肚皮发胀了,又何必再同那些鸽子们混在一起?它们离开了鸽子,一边数落着那些鸽子的种种毛病,一边从花园的栏杆底下钻了过去。它们发现房门是打开着的,那只饱得发撑的麻雀自告奋勇地跳上了门槛。

"吱吱,"它说,"我敢冒这个险。"

"吱吱,"另一只说道,"我也敢,而且我还敢蹦得更远。"说着它便蹦进了屋里。

第三只一眼看清了屋里没有人,于是便飞了进来,它飞到屋里更远的地方。它喊道:

"要么就不进来,要进来就干脆在屋里转转。这里面就是人类居住的那种窝,真太滑稽可笑啦!咦,那是什么,那是什么?"

一株挺拔的玫瑰赫然立在麻雀们的眼前,树上鲜花绽放,清澈的水面上树影倒映。几根烧焦了的梁木倚靠在倾斜的烟囱旁边。

"那是什么?它怎么会到大庄园的房间里来呢?"

三只麻雀都向这些玫瑰花和那座烟囱飞去,却不料一下子就撞到了光滑平整的墙壁上。原来这只是一幅挂在墙上的油画,一幅画得十分精美的大幅油画,是那位画家按照速写稿所画出来的。

"吱吱,"麻雀们说,"那是件没有用处的东西,只能让人看看,吱吱!这就是美丽!你们明白吗?反正我是一点也不明白。"

麻雀们飞走了,因为这时候有人走进屋来。

日子一天天、一年年地过去。鸽子们老是"咕咕、咕咕"地嘟囔个不休。它们还无休无止地发泄着满肚皮的怨气,这些令人厌恶的家伙!麻雀们历经磨难总算熬过了冬天的严寒,到了夏天又快快活活地过日子了。它们有的订了婚,有的结了婚,反正就这么回事,随你怎么说都行。它们有了自己的孩子,而且都觉得自己养出来的雏鸟是最漂亮、最聪明的。它们各自忙碌着,有的在这边飞来飞去,有的在那边飞来飞去。当它们偶尔相遇时,它们便叫声"吱吱",再用左脚刨地三下,这样就彼此相认了。那只年岁最大的一直没有出嫁,仍然是个老小姐,既没有自己的窝,也没有孩子。它想去见识见识大城市,于是就飞到了哥本哈根。

在王宫附近,有一幢色彩绚丽的华厦,运河从这幢华厦旁边蜿蜒流过,运河里的船只运输繁忙,运来了葡萄和瓷器。华厦的窗户都是下窄上宽的。麻雀们要是从窗户往里张望,会觉得每个房间看起来就像一朵郁金香一样,有着鲜艳的色彩和斑驳的阴影。郁金香的中央站立着一些白颜色的人,有的是大理石做的,有的是石膏做的,不过,在麻雀眼里看来反正都是一样的。屋顶的正前方有一辆铜战车,拉车的是几匹奔腾的骏马,驾车的是胜利女神，她也是青铜铸成的。那是雕塑大师多瓦尔生①博物馆。

"多么光彩照人啊！多么光彩照人啊！"麻雀老小姐说，"这大概就是美。吱吱，不过它比孔雀要大得多。"它还记得小时候，妈妈给它讲的什么是美丽之中最美的东西。它一直飞到院子里，那里也是蔚为壮观、气象万千。墙壁上画着棕榈树和松柏树枝。院子的中央有一大丛玫瑰鲜花绽开。一根开满花朵的枝丫斜伸到一座坟墓上。

麻雀老小姐飞到坟墓那边，因为那里恰好有几只麻雀。它"吱吱"叫了一声，又用左脚刨地三下。它经常用这种方式来行礼打招呼。多年来不知用了多少回，可是谁也没有搭理它，因为它们一家子分开之后并不是天天都能邂逅的。它只是习以为常地用这种方式来跟人打招呼。可是今天它却没有碰壁。有两只老麻雀和一只小的麻雀也照样叫了一声"吱吱"，还用左脚刨地三下。

"啊，早安，早安。"原来这两只老的就是跟它在同一个鸟窝里出生的，那只小的则是它们家的后代。

"想不到我们竟会在这里见面，"它们说道，"这个地方是挺了不起的，可是却找不到多少可以吃饱肚皮的东西。这就是美，吱吱。"

有许多人从摆放着那些壮丽辉煌的大理石人像的侧室走了出来。

他们走向曾经雕塑出那些宏伟大理石雕像的那位大师长眠的坟墓。所有走过来的人都神采奕奕，他们站在墓前向多瓦尔生表

---

① 贝特尔·多瓦尔生（1770—1844），丹麦雕塑家，以新古典主义作品闻名于世，擅长雕塑希腊神话故事中的人物。

示敬意，有人还把凋落在地上的玫瑰花瓣捡起来，把它们细心地加以保存。他们都是远道而来，有些来自大英帝国，有些来自德国和法国。那位最美丽的贵夫人摘了一朵玫瑰花，把它缀在自己的胸口。

麻雀们都以为这里是玫瑰所占据的地盘，连整个这幢房子都是为玫瑰而盖造的。它们觉得这真是太过分了。不过既然所有的人对玫瑰都那么一往情深，它们也不甘落后。

"吱吱。"它们叫了一声，用自己的尾巴扫了一下地面，一面悄悄地瞥了那株玫瑰一眼。它们没有瞥多久，就认出来这株玫瑰是它们的老邻居。

真是如此，这株玫瑰树果然是它们的老邻居。那位曾经把烧毁的农舍前的玫瑰画成速写的画家后来得到许可把那玫瑰挖出来，把它送给了建筑师。因为在任何别的地方再也找不出比它更美的玫瑰了，建筑师又把这玫瑰种在多瓦尔生的墓前。它在那里鲜花怒放，成为美的象征。它芬芳的鲜红花瓣往往被人收藏起来带往远方的国家作为留念。

"你们在城里倒被委以重任啦，是吗？"麻雀问道。

玫瑰朝着它们点头致意，它也认出这些灰不溜秋的老邻居来，很高兴又看到了它们。它说道：

"能生活着，能开花，能见到老朋友，每天都能看到高高兴兴的面孔。每天过日子都像是过节一样，那是多么幸福呀！"

"吱吱，"麻雀说，"一点不错，它真是我们的老邻居。我们还记得它当初住在池塘旁边的模样。吱吱，它是今非昔比荣耀得很哪。真是的，有的人睡了一大觉就时来运转飞黄腾达啦。这么一大堆红彤彤的杂七杂八的花丛有什么可爱的地方呢？在我看起来它一点都不起眼，况且我还看到那边有一片枯叶子。"

麻雀过去啄它，直到那片枯叶落了下来。玫瑰的花朵显得越发清新了，枝头上叶子碧绿，花朵在多瓦尔生墓前、在阳光下盛开怒放，它们的美同那个不朽的名字连在了一起。

# 小图克

一点不错,他就是小图克,其实他本来的名字并不叫图克,那是在他咿呀学语口齿还不大清楚的时候,把自己叫成了图克,而他本来的名字叫卡尔,是男子汉的意思。你们晓得了这一点,那就行了。

小图克一个人留在家里的时候,要照料好比自己小得多的妹妹古斯塔芙,同时还要做好自己的功课,这两件事是很难兼顾的。可怜的小男孩把妹妹抱在双膝上,把他会唱的歌全都唱了一遍给她听,同时又要双眼紧盯住摊开在自己面前的地理课本,他必须在明天早晨以前把西兰岛①教区的所有城镇的地名和有关它们的所有情况全都背得滚瓜烂熟。

他的母亲出去了很久,终于回家来了。她把小古斯塔芙抱了过去。小图克赶快跑到窗户旁边去念书,他那么拼命地念,念得眼珠子快要夺眶而出了,因为天色已经很暗,而且在越来越黑下去,可是他的母亲又拮据得连蜡烛都买不起。

"那个年老的洗衣妇马上就要走到这边小巷的街口了,"母亲朝窗外瞅了一眼说,"这个老人家都快站不住了,还不得不提着

---

① 西兰岛在丹麦东部,哥本哈根市即在该岛上。

桶到井边去汲水。小图克,做个乖孩子,快跑过去帮帮那个老人家吧!"

小图克马上就奔跑出去帮那个老妇人。等他回到家里的时候,天色已经全黑了,蜡烛是根本连提都不用提的。他只好上床睡觉,他睡的是一张陈旧的硬木板床,他躺在床上,回想着他的地理课本上关于西兰岛教区的课文,还有老师讲过的一切。他本来应该把课本再念上一遍,可是这却做不到,因为没有亮光。他只得把地理课本塞在自己的枕头底下,他曾听人说过,这个法子可以帮助他记牢功课,不过是不是顶用那就难说了。

他躺在那里一遍又一遍地背诵着,回想着,忽然之间仿佛觉得有人在轻轻地吻着他的双眼和嘴巴。他好像看见那个老洗衣妇用慈祥的眼睛在看着他,他想要睡着,可是却怎么也睡不着。老洗衣妇说道:"要是明天你背不下来,那就太可惜了。你帮过我的忙,现在我来帮你的忙吧,上帝会保佑我们大家的。"话音刚落,那本地理课本就在小图克的脑袋底下蠕动起来。

"咯咯、咯咯。"来了一只老母鸡,是从克格城①来的。"我是一只克格城来的老母鸡。"它说道,接着就讲起了小城有多少居民,讲到在那里曾经打过的那一仗,虽说这一仗现在看来实在是不值一提的。

"吧嗒,砰嘭。"又有什么东西在滚落下来,这次来的是一只木头做的小鸟,那是普雷斯特打靶场用来打飞靶的木头鹦鹉。木

---

① 克格是西兰岛东岸的一个小城,距哥本哈根30余公里。过去,丹麦人喜欢用双手捧住孩子的头,把他举起来,说:"让他看看克格的老母鸡。"

头鹦鹉说,普雷斯特①那个小城的居民只不过跟它身上的钉子一样多而已,不过它有引以为荣的地方:"多瓦尔生②就住在我家那条街的拐角上。砰嘭,我滚落到床上,可以舒舒服服地躺下来啦。"

可是小图克却躺不下去了,他忽然飞身骑上了一匹骏马,那匹骏马放开四蹄,疾驰如飞,有一位身着华丽服饰、头戴锃亮的头盔、头盔上大簇羽毛在风中飘动的骑士抱着他,让他坐在自己面前的马鞍上。他们策马驰骋,穿过大森林,来到了古城沃丁堡③。

这座古城非常大,到处生机盎然。王宫城堡四周矗立着巍峨的塔楼。王宫所有的窗户都是烛光通明,人声鼎沸,欢歌笑语,瓦尔德玛尔国王正在同衣着漂亮的贵妇们翩翩起舞。可是明天早晨太阳出来的时候,这样的情景就见不到了,整个城池和国王的宫殿,还有那一座座高耸的塔楼都已经沉沦得几乎荡然无存了,只有在昔日王宫所在的堤岸上还残留着一座孤塔。那个城市如今只有很小一块地方,而且破旧贫穷。小学生们可以从夹在自己腋下的课本上看到:"该城现有两千居民。"不过这个数字并不真实,因为没有那么多。

这时候小图克又躺回到他的床上去了,他觉得自己好像是在做梦,却又不是在做梦,但是有人站在床沿边上。

"小图克,小图克。"有人在叫他,那是一个水手,个子很矮,

---

① 普雷斯特,西兰岛南端一个小城。

② 贝特尔·多瓦尔生在丹麦时常住在普雷斯特城外的尼瑟庄园,并在那里创作出了不少雕塑作品。

③ 沃丁堡在瓦尔德玛尔国王统治时期(约12世纪中叶至14世纪中叶),曾是都城和重镇,后来衰落凋败成一个小城市。

像是个士官生,却又不是一个士官生。他说:

"我代表科尔塞尔市[①]向你致以衷心的问候。科尔塞尔市是一个欣欣向荣的城市,它拥有自己的汽船和邮车。以往人们都说它是一个贫困的地方,不过那早已是过去的事情了。"

"我位于海边,"科尔塞尔说,"我有四通八达的道路,还有供人游乐休闲的树林子。我这里出过一位诗人,他充满了情趣,并不是每个诗人都像他这样有情趣的。我曾打算派出大海船去周游全世界,结果没有能够如愿,虽然我几乎快要做到了。我的气味很香,因为在城门前种植着大片的玫瑰花。"

就在这时候小图克的眼前陡然红红绿绿,色彩缤纷,看得他眼花缭乱。待到彩色消褪之后,他眼前出现了这样的景色:碧波荡漾的岬湾边上,一片林木葱郁,陡峭山坡倚水而立。绿荫浓密的山坡顶上屹立着一座古老的教堂,那座教堂庄严肃穆,壮丽辉煌,两座高入云霄的尖顶钟楼分列在教堂两侧。陡坡上一股股泉水奔涌而下,水珠飞溅,溪流湍急,泉声淙淙。泉边上坐着一位年迈的国王,他的长发上戴着一顶黄金的王冠。他就是那位出名的"喜欢端坐在泉水旁边"的赫罗尔国王[②]。他常坐的泉边那个地方就是如今人们称为罗斯基勒[③]的城市。所有的丹麦国王和王后都成双成对手挽着手走过罗斯基勒山坡,走进那座巍巍壮观的教堂里,他们头上都戴着王冠。教堂里琴声悠扬,山坡上泉水淙淙流

---

① 科尔塞尔位于日德兰半岛东侧大贝尔特海峡,丹麦著名诗人巴格森(1764—1826)的出生地。

② 赫罗尔国王是丹麦传说中的人物。

③ 罗斯基勒是距哥本哈根不远的古都,有38个丹麦国王和王后埋葬于此地。

过。小图克看到了所有这一切，听到了这一切。

"千万不要忘记讲罗斯基勒的各等级议会[①]。"赫罗尔国王叮嘱了一句。

倏忽之间，眼前的一切全都消失不见了。是呀，它们究竟到哪里去了呢，这就好像在翻书一样，翻过了一页又一页。现在站在他眼前的是一个老妇人，一个刈草为生的农妇，她来自索勒岛，那里到处都长着草，连城里的集市广场上也长满了青草。她身穿一件带着兜帽的灰布罩衫，从脑袋到肩膀都裹在这件垂到后背下的罩衫里。罩衫湿漉漉地滴着水，想必那里刚下过雨。

"一点不错，是在滴着水哪！"老妇人说道。她知道得真不少，她能如数家珍般地讲出霍尔堡喜剧之中那些逗趣发噱的剧作，也讲到了瓦尔德玛尔和阿布萨隆。她正讲得起劲，突然她的身体缩成一团，还不停地摇头晃脑，看样子像是要纵身往上蹿起蹦跳一样。

"呱呱。"她叫了一声变成了一只青蛙。

"呱呱。"她又叫了一声重新变成了老妇人。"要按照天气的好坏来改变自己的装束嘛，"她说，"那边在滴水哪，那边潮湿得很！我的那个城市像一个瓶子，必须从瓶口的软木塞那里游进去，再从原路才能游出来。我的那个瓶子在过去盛产鲇鱼，如今有许多活泼可爱、脸色红润的孩子待在瓶底里，他们在那里埋头学习，学希腊文和希伯来文。"

"呱呱。"老妇人又叫了一声，那声音听起来像青蛙叫声，也

---

① 各等级议会或称国务咨询会议，后来逐渐演变成议会。

有点像笨重的靴子踩在烂泥坑里的声音。那声音总是一成不变，单调而乏味，烦得小图克一下子就睡着了，这一大觉使得他大为受用。

在熟睡之中，他真的做了一个梦，或者说是在迷迷糊糊即将入睡时见到的。他的那个长着蓝眼睛和一头金色卷发的小妹妹古斯塔芙忽然变成了一个美丽的大姑娘，她没有长翅膀，却能够在空中飞翔，于是他们兄妹俩就遨游天空，飞过了西兰岛，飞过了郁郁葱葱的大森林和碧波万顷的大海。

"你听见公鸡打鸣儿了吗，小图克？喔喔喔！母鸡已经飞起来了，是从克格城飞过来的。你会拥有一个养鸡场，那么那么大。你再也不愁吃，不愁穿，不挨饿，不受穷了。你将成为一个富有和幸福的人，就像大家讲的那样，你有钱去休闲打靶，去打木头鹦鹉。你的农庄很气派，像瓦尔德玛尔国王的塔楼那样，门前有许多真正的大理石雕花圆柱，就像在普雷斯特山坡上见到的那样，你明白我指的是山坡上哪一栋建筑物，可是我不便把它说出口来。你将名扬天下，全世界都知道你，就像从科尔塞尔市驶出去周游世界的大海船一样，"那个姑娘一边飞，一边说，"至于罗斯基勒城嘛，对啦，赫罗尔国王叮嘱说：'千万不要忘记讲罗斯基勒的各等级议会。'你会背得出来的，还会背得十分流利，小图克。不过你会回到这里来的，来长眠于此，到那时候你会睡得十分香甜……"

"就像我躺在索勒岛上一样好睡。"小图克说，他一下子就醒过来了。这已经是第二天清早，天光大亮了。可是他究竟做了什么梦却一点也想不起来了，不过他也不应该想起来，因为人是不可以知道未来要发生什么事情的。

他翻身跳下床来，连忙又把课本念了一遍，把他的功课全都记得滚瓜烂熟。这时那个老洗衣妇从门口探头进来对他说道：

"谢谢你昨天帮了我大忙，你这个乖孩子，上帝一定会保佑你美梦成真。"

小图克一点也不晓得他梦见了什么。不过不要紧，上帝知道得一清二楚。

# 影　子

在炎热的国度里，那可真是骄阳逞威，把人的皮肤都晒成了棕红色，如同桃花心木一般。在最炎热的国度里，他们就被晒成了黑人。有一个寒冷国家的学者偏偏千里迢迢地来到了这个炎热的国度里。他本来以为可以像在本国那样到处逛逛，可是很快就改变主意。他同所有明智的人一样，把自己关在屋里，整天都把窗户和大门关得紧紧的，就好像屋里的人都在睡觉，或者就像家里没有人一样。他居住的那条街道十分狭窄，房屋都造得使似火的阳光从早到晚都照在那里，这真叫人吃不消。这个从寒冷国度来的学者是个才华横溢的有为青年，可是他也束手无策，只好像坐在一个烧得通红的火炉里似的忍受灼肤之苦。太阳晒得他筋疲力尽，人也消瘦下去了，瘦得连他的影子也缩了起来，比在老家的时候要小得多。可是就连这一点点影子太阳也不肯放过，在白天看不见影子，只有到了晚上那影子才会恢复过来。

看自己影子真是一件有趣的事。把蜡烛拿到屋里，那影子就会映到墙壁上，甚至一直升到天花板上，它能伸多长就伸多长，只有这样，它才能恢复元气。这个学者也走到阳台上去，舒展身子，活动活动筋骨。这时候星星出现在晴朗的夜空，他觉得自己又有了生气。街上所有的阳台上都有人在纳凉，在炎热的国度里，房屋的每个窗户外面都有一个阳台，因为大家都要呼吸点空气，即使晒成像桃花心木那样的棕红色也习以为常了。街上顿时热闹起来了，楼上楼下、屋里屋外，人声嘈杂。鞋匠啦，裁缝啦，大家都搬到大街上来干活，他们连桌椅都搬了出来，还点上了蜡烛。于是上千支蜡烛点亮了起来。有人在聊天，有人在唱歌。街上行人如织，马车辚辚驶过，驴子碎步疾行，颈上的铃铛发出叮当声。送葬的队伍在赞美诗的歌声中行进。街上的顽童们在玩射女巫的游戏。教堂的钟声在空中回荡。街道上一派热闹的景象。

整条街上只有一栋房子里是沉寂的，就是那个外国学者住所对面的那栋房子。然而那栋房子里必定有人居住，因为在阳台上种着花，那些鲜花在炎热的阳光下开得如火如荼，倘若不天天浇水的话，它们恐怕早就枯死了。因此必定有人给它们浇水，也就是说这栋房子里有人住着。到了晚上，阳台的门半开着，不过里面黑洞洞的，至少临街的房间黑灯瞎火的，什么也看不见。从房子的深处传出音乐声。这音乐声在那个外国学者听起来真是美妙，不过也许是他自以为如此，因为他觉得炎热国度里所有的一切都美妙无比，只要没有烈日当空的话。街对面那栋房子究竟租给了什么人，那个外国学者的房东也说不清楚，因为那栋房子里的人没有出现过。至于那音乐，房东觉得太单调。

"就像有个人坐在那里老是练习弹一首曲子，"房东说，"他怎么弹都弹不好。他似乎发狠说：'我非要把它弹好不可。'但是他弹来弹去怎么也弹不好。"

有一天夜晚，那个外国学者醒来了，他是开着阳台门睡的，窗帘随着晚风在轻轻飘拂。他似乎觉得街对面的阳台上发出一道奇异的光，阳台上种的那些鲜花也闪出亮光，像色彩绚丽的火焰。鲜花之中立着一个美丽而苗条的姑娘。那光芒似乎就是从她身上发出来的，亮得他几乎睁不开眼睛，不过那也许是他刚从熟睡中惊醒过来眼睛瞪得太大的缘故。他马上跳下床，蹑手蹑脚地走到窗帘背后。可是那个少女倏忽失去了踪影，那奇异的光芒也随之消失，鲜花也不再闪闪发亮，像往常一样立在那里。那扇阳台门依然半开半合；从房间深处传出悦耳动听的音乐声。这真叫人一听到它，就沉浸到甜美的幻想中，如同中了魔法一样地着迷。到底那个房间里住的是什么人呢？那个房间入口又在哪里呢？因为那间房间是临街的，楼下的街面全是店铺，那是不会让人随意进进出出的。

有一天傍晚，那个外国学者坐在自己的阳台上乘凉，他身后的房间里点着一支蜡烛，这样一来他的影子就自然映到了街对面房子的墙壁上去了，而他的身影恰好映到了街对面那个阳台的鲜花丛中。那个外国学者挪动身子，他的影子也随着移动，因为影子总是随着身子的嘛。

"我相信，我的影子是街对面能见得到的唯一会活动的东西啦，"外国学者说，"瞧，我的影子待在花丛里多么自在。那扇阳台门是半开着的，这影子应该机灵点，干脆溜进去看一看，然后出来告诉我它看见了什么！这样的话，你影子就立了个大功劳啦。"

"你愿意钻个空子溜进去吗？"外国学者开玩笑地说，朝影子点点头。影子也朝着他点点头。"好吧，那就去吧，不过千万不要一去就不回来了。"

外国学者站起身来，他那落在街对面阳台上的身影也随着站了起来。外国学者转过身来，那影子也跟着转了身。这时要是有人在仔细看的话，那么就会清清楚楚地看出来：那个外国学者走进自己的房间，把长窗帘放了下来；他的影子却径直走进了街对面阳台上那扇半开着的房门。

第二天清晨，外国学者出去喝咖啡，看报纸。当他走到阳光底下的时候，他愣住了。

"这是怎么回事？"他不解地问，"我身背后怎么没有影子啦？莫非我的身影昨天晚上真是一去就没有回来？这真是咄咄怪事！"

这件事使得他大为烦恼，并不只是因为把自己的影子弄丢了，也是因为他知道在寒冷的本国里有一则家喻户晓的故事，讲的恰好是一个没有影子的人。如果这个学者回到故乡去讲自己的这个亲身经历，大家都会说他只是在模仿那个故事而已。他不愿意人家这样来议论他，所以他就干脆不提这桩倒霉的事，他这样做倒真是挺有头脑的。

到了晚上，他又走出房间来到了阳台上。他确凿无疑地点燃了蜡烛并且把蜡烛放到自己的身背后，因为他知道影子总是要追随自己的主人，会在对面的墙上显现出来。可是他这一招却并没有灵验，没有把影子引出来。于是他一会儿把身子缩小，一会儿又把身子伸直，可是任凭他怎么折腾，影子就是不出现，它竟然一去不复返了！他连声叫喊："喂，喂。"那也无济于事。

这真是叫人窝火的烦恼事！不过在炎热的国度里，所有的东西都生长得非常之快，在出了这桩倒霉事情的一个星期之后，他忽然看到在他走到阳光底下的时候，从他的脚底下又长出了一个新的影子。这真使他欣慰快活不已，这么说来影子的根还是留在自己的身上了。三个星期之后，当他动身返回北国故里的时候，这个新长出来的影子已经长得挺像模像样了。在旅途上，这个影子越长越大，它变得那么大，其实只消一半也就够了。

这位博学多闻的学者终于回到了家里，他埋头写作，研究在这个世界上什么是真，什么是善，什么是美。他笔耕不辍，日复一日，日子就这样一天天地过去，一年年地过去，一晃许多年过去了。

有一天晚上，他正坐在自己的房间里，忽然听到门上有轻轻的叩门声。

"请进。"他说道，可是没有人进来，于是他就走过去把房门打开，看见面前站着一个瘦得出奇的人。不过那人穿着十分讲究，他必定是个体面的绅士。

"请问我所幸会的是哪一位？"这个学者问道。

"果然不出我的所料，"那个衣着讲究的绅士说，"您认不出我来啦！我已经长出了身体和四肢，长出了真实的血肉，可以穿上衣服。您大概想不到我会有这么好的景况。难道您真的认不出来我就是您的旧影子了吗？是呀，您根本没有想到我会回来。自从我上一回离开您以来，我的日子混得非常好，无论从哪方面说，我现在是发了财成了富翁。我想要为自己赎身，摆脱奴役了。我有财力办得到的。"

他一边说着，一边用手指把挂在怀表表链上的一串随身带的吉祥物和印章拨弄得发出叮当响声，那些与怀表挂在一起的小饰物件件都是价值昂贵非凡的。他又举起手来摸摸戴在脖子上的那根粗大的赤金项链。哦，天哪，他每个指头上都戴着闪闪发光的钻戒，这些钻戒上镶嵌的全是真钻石！

"哦，我被弄得糊涂了，"学者说，"到底是怎么回事呢？"

"这件事情的确异乎寻常，"那个影子说，"可是您也不是寻常人物啊。而我呢，您是知道的，自从我出世以来就一直跟着您的脚步走。在那一天您发现我已经成熟了，可以独自去闯荡世界了，我才去走自己的路了。现在我已经飞黄腾达，我的景况到了再好不过的地步。可是我有一种难以抑制的渴望，就是要在您离开人世之前见您一面。您总是要死的，难道不是吗！再说我也非常想来看看这个国度，因为人总是热爱自己的祖国的。我知道您已经有了一个新的影子，要我付给它或者付给您什么补偿吗？请您只管吩咐好了。"

"天哪，难道真的是你吗？"学者说，"这真是一桩绝无仅有的天下奇闻。我从来不曾想到过我自己过去的旧身影居然会变成了一个人再回到我身边来！"

"请您只管吩咐我要支付多少补偿，"那个旧影子说，"因为我不情愿欠了债而不还。"

"你怎么能这样说呢，"学者说，"哪里谈得上欠债！你是自由的，同任何人一样！我为你交了好运得到幸福而感到高兴。请坐下，老朋友，讲给我听听这些日子你是怎么过来的。在那炎热国度我们曾住过的那条街道上，你在它对面人家的房子里究竟看见了什么？"

"好的，我可以原原本本地讲给您听。"影子说道，他坐下身来。"不过您必须答应我，在这个城里您不管在哪里见到我，您都不可对任何人讲我曾经当过您的影子！我正打算要订婚，养家活口那是不在话下的。"

"请你放心,"学者说,"我决不会告诉任何人你到底是谁的。我举手起誓,我作出允诺,男子汉说话一言为定。"

"影子说话也是一言为定的。"那个身影也不得不这样应承说道。

说来也真是不可思议,这个身影如今成了一个活生生的真人。他身穿一整套黑色礼服,都是最讲究的上等服饰,脚上是雪亮的漆皮皮靴,头上戴着一顶大礼帽,那礼帽特意压得扁平,只剩下了帽顶和帽檐,显得十分潇洒。此外他身上还有小挂饰、颈脖上的粗大金项链,还有钻石戒指,等等,这些贵重物品我们早已知道了。一点不错,影子真是穿着打扮得极其讲究,也正因为如此,才使他看起来像一个完整的人。

"现在我来讲给您听。"影子说道,他伸出穿着雪亮的漆皮皮靴的腿,使出浑身力气,狠狠地踩在学者的新身影的胳膊上,而新身影却像一条卷毛狗那样乖乖地躺在他的脚底下。旧身影这样做,无非是出于骄傲自大,再不然就是生怕那个新的身影会黏上他的身来。不过那个平躺在地板上的新身影却闷声不响,安安静静地洗耳恭听,因为它想知道,怎样才能有朝一日挣脱出去变成一个自由身,可以赢得和自己的主人平起平坐的地位。

"您可晓得那条街对面的那栋房子里住的是谁吗?"影子问道,"那是世上所有人当中最了不起的一个,是诗神。我在那里只待了三个星期,可是好像在那里待了三千年。我把从古到今所有的诗篇统统都读遍了。我说的是真话,我已经看到了所有的诗篇,而且全都读过了。"

"诗神!"学者喊出声来,"不错,她时常隐居在大城市里。不错,就是诗神,我曾经瞅过她一眼,可惜当时我睡眼惺忪,看得不大真切。她站在街对面的阳台上浑身闪闪发光，如同北极光一样。快讲下去，快讲下去，你到了街对面的阳台上，你从那扇门里走了进去，接着你见到了……"

"我走进了前厢房，"影子说道，"您一直坐在那边探头探脑地朝这边前厢房看着，可是前厢房里晦暗昏黑，连一支蜡烛都没有点。不过那一长溜房间和厅堂的房门倒是都打开着，里面点着灯，我倘若径直走到那个姑娘跟前去的话，那强烈的光非把我这个影子照死不可。所以我十分谨慎，一举一动都慢悠悠的，反正我耗得起这点时间。"

"那么你看见了什么呢？"学者问道。

"我什么都看见了，我会讲给您听的。不过嘛，……这倒不是由于我骄傲自大，但是作为一个自由人，又有渊博的知识，更不用说我有良好的社会地位和优裕的景况……如果您肯把我称为'您'的话，我会听起来顺耳得多。"

"哎哟，请原谅，"学者说，"这是习惯成自然，老毛病啦。您说得完全正确，我一定牢牢记住！不过先请告诉我您所见到的一切。"

"一切，"影子说，"因为我看到了一切，知道了一切。"

"里面的那些厅堂是什么样子的呢？"学者问道，"是不是像空气新鲜的森林？是不是像神圣的教堂？置身在这些厅堂之中是不是有如站在高山之巅，仰望繁星密布的朗朗夜空？"

"那里面什么都有，"影子说，"我已经说得很明白，其实我没有踏进里屋一步，我仍在前厢房里待在那片晦暗昏黑之中。不过我待在那里倒待得正是地方，我看到了一切，我知道了一切。我到过诗神的殿堂，尽管只待在那里的前厢房。"

"可是您究竟看到了什么呢？是不是所有的古代神祇都在那些厅堂里走动？那些古代的英雄是不是还在那里战斗？那些可爱的孩子们是不是还在那里玩耍游戏，讲述自己做的美梦？"

"我告诉您我到过那里，您就应该明白，我必定会看到那里能够看到的一切。您倘若也到过那里去，那么您就不会再是个人啦。可是我到那里去了一趟，却从一个影子变成了一个真人。同时我还弄明白了我与生俱来的内在天性，我同诗神的血缘关系。真的，我以往跟着您的时候，从来不曾想过这些。可是您是知道的，在日出和日落时分我总是会大得出奇，而在月光底下，我甚至会比您还要清晰。只不过那时候我对自己的天性一无所知。而待在那间前厢房里的时候，我豁然顿悟了。于是我变成了人！我开始有形有体了，而这时候您已经离开了那个炎热的国度。我既然变成了一个有形有体的真人，那样赤身裸体走来走去自然会使得我羞耻的。我需要靴子、衣服和一个人所应有的各种饰品。于是我只好自己去寻找出路。我可以把我想出的办法这个秘密告诉给您听，因为您谅必不会把它写进您的著作中去。我跑到卖糕点的女人的裙袍底下躲藏了起来。那个卖糕点的女人做梦也没有想到竟然有那么一个大活人躲在她的裙袍底下。到了晚上，我才敢出来，在月光底下，在街道上疾步奔跑。我把我的身体伸直贴到墙壁上，那墙壁把我的背弄得痒痒的，舒服极啦。我来来回回，上上下下跑个不停，从房屋最高的窗户里望进去，从厅堂里看过去，还从屋顶上往下俯视张望。我从任何别人都无法窥看的地方窥看出去，于是我看到了任何别人都看不见的事物，或者说是任何一个人都不应该看到的事物。归根到底一句话，这个世界其实是龌龊透顶的。要不是如今世上大家都把做个人当成光彩事，我才不情愿当个人哪。我从女人、男人，从父母、可爱的孩子身上看到了那些最令人无法相信的丑事，"影子说道，"我看到了哪个人都不应该晓得可是人人又都急于知道的事情，比方说邻居之间的钩心斗角，尔虞我诈，要是我在报纸上写出来，那大家会争相阅读的。可是我却只写给当事人自己看。因此我每到一个城市，就会在那里引起一阵恐慌，他们非常害怕我，却又讨好我。教授们让我当上教授，裁缝给我送来了新衣服。我想要啥就会得到啥，造币厂总监为我铸造钱币，妇女们赞美说我长得英俊潇洒。……于是我就变成了现在这样的人啦！现在我要告别了，这是我的名片。我住在向阳的那一边，下雨天我总是待在家里。"说完他就走了。

"真是奇怪得离谱了。"学者说道。

日月如梭，光阴荏苒，转瞬之间又是几年过去了。那个影子又来拜访。

"日子过得怎么样？"影子问道。

"唉，"学者说，"我著书讴歌真、善、美，可是大家都不关心，也不在乎。我感到失望、惆怅，要知道这都是我绞尽脑汁写出来的呀！"

"我倒从来不做这些费力不讨好的事情，"影子说，"所以我就长胖了，这样在大家眼里就是一副福相，人人应该变得如此才好。您何苦孜孜以求地想弄明白这个世界，您会把身子弄垮的。您应该出去旅行一下，到了夏天我要出门去旅行一次，您愿意陪我一起去吗？我真想找一个旅伴，您肯不肯当我的影子跟着我去旅行呢？要是有您陪在我身边，那将使我十分高兴，您旅行所需的一切费用全由我来支付。"

"大概要跑不少地方吧？"学者问道。

"这就要看怎么说了，"影子回答说，"出门去旅行对您会大有好处。您若是肯当我的影子的话，那么您在旅途上的所有费用都包在我的身上。"

"那太过意不去啦。"学者说道。

"如今的世道就是这样嘛，"影子说，"今后也还是这个样子。"于是影子便走了。

学者的日子越来越过不下去了，伤心的事情和祸患接踵而至，缠得他无法脱身。他所讴歌的真、善、美对于大多数人来说正是奶牛眼里的玫瑰花一样。后来他就病倒了。

"您瘦得那么厉害，真像个影子一样。"大家都这么对他说。他一听就会浑身哆嗦起来，因为他自己也是这么想的。

"您必须去浴疗场疗养，"前来探视他的影子说，"别无其他良策。看在我们老交情的分上，我带您去吧，我来支付旅行的一切费用，您在路上要记旅游札记，还要陪我说笑消遣。我也正好要到浴疗场去疗养，因为我长不出胡子来，大概是身体虚弱有病的缘故。做人不能没有胡子，我一定要让胡子长出来。您还是理智一些，接受我的提议吧，我们是作为志同道合的好朋友一起出去旅行的。"

他们两人终于一起去旅行了。不过那个影子成了主人，而主人反倒成了影子。他们或是一起坐马车，或是一道骑马，也有时候一齐步行。他们两人按照日光的照射来变换位置，时而双双并肩，时而一前一后。那个影子知道得一清二楚，总是能使自己处

在主人的位置上。学者却对此漫不在意,他是一个心地善良的好人,既温文尔雅,又仗义友善。有一天他对影子说道:

"既然我们已经成了现在这样的莫逆旅伴,而且我们又是从小一起长大的,我们不妨结拜为兄弟,以后彼此你我相称,岂非更加亲近一些?"

"您说得正合我意。"影子说道,要知道如今他才是真正的主人。"您说得十分坦率,想法也非常友善。我亦不妨推心置腹直言相告。您是一位大有学问的人,谅必知道人的本性有多么千奇百怪。同样都是人,可是有的人就碰不得灰色的纸张,要是触摸了一下就会恶心难受。另外一些人只要听到用铁钉在玻璃上划过所发出来的噪音,就会四肢发麻,浑身哆嗦。我听到人家用'你'来称呼我的时候,我也会有这样浑身难受的感觉,就好像又回到了过去对您俯首听命、被您踩倒在地上的那般服奴役的时光。您要明白,这是一种感觉,而不是骄傲心情在作祟。因此我不能答应您用'你'来称呼我,不过我倒愿意用'你'来称呼您本人。这样您的心愿就实现了一半。"

于是,影子就用"你"来称呼他昔日的主人。

"这未免太过分了,"学者想道,"我必须毕恭毕敬地称呼他为'您',而他却'你呀''你呀'地将我呼来喝去。"不过他还是忍住了,咽下了这口气。

他们来到了浴疗场,那里有许多外国人,其中有一位美丽的外国公主。她也生着病,那就是目光过于锐利,一下子就把什么事情都看透了,这也真叫人烦恼不安。

这位公主一眼就看出来了,刚来的这个绅士同其余的人大不一样。她想道："人家都说他到这里来是接受治疗，设法让自己长出胡子来。可是我却看出他真正的毛病：他投不出一个影子来。"

她变得非常好奇，一心想把这桩事情弄个明白不可，于是她在散步的时候就去同这个异邦人士周旋交谈。她贵为国王的女儿，当然不必拘礼客套，便开门见山地对那个影子说道：

"我看您的病根在于只有身形而没有身影。"

"公主殿下的病情已大有好转，马上就要恢复健康啦，"那个影子说，"我听说您的病是您目光过于犀利所引起的，但是现在看来这个病已经没有了。您其实已经痊愈。我恰好有一个非同寻常的身影，您难道没有看到老跟我在一起的那个人吗？别的人都有一个普通的身影，可是我不喜欢落于俗套。不要那种过于普通的身影。有人把连自己都舍不得穿的上好衣料用来给自己的用人做制服。我就是这样，我要把我的影子打扮成一个人。是啊，您看到了吗，我甚至还给了我的影子一个影子。这都是很花钱的，不过我喜欢我的东西与众不同。"

"什么？"公主想道，"难道我的病真的好了吗？这个浴疗场必定是世上现有的最出色的浴疗场了。我们时代里的水有一种神奇的功效，灵验得很哪！不过我还是要在这里待下去不想离开，因为这里能够使我快活。那个外国绅士倒挺讨我喜欢的，但愿他的胡须一直都长不出来，因为胡子一长出来他就要走了。"

那天晚上在宽大的舞厅里，公主同影子翩翩起舞。她体态十分轻盈，却料不到他更加轻盈，像他这样的舞伴她过去还从未碰到过。她告诉他，她来自哪个国度。他去过那个国度，对那里十分熟悉，不过当时她不在。他曾经从那个国度的王宫窗户里上上下下都看遍了，所以公主提到的问题他全能对答如流，而且还隐隐约约地暗示了一些她所不知道的事情，这使得她大为吃惊，觉得他简直就是全世界最聪明的人。她对他知识那么渊博不免肃然起敬，等到他们俩再在一起跳舞的时候，她已经爱上他了。影子马上就发觉了这一点，因为她的那双眼睛似乎要把他里里外外全都看透。后来他们俩又在一起跳了一个舞，她差一点就要把自己的爱恋之情向他倾吐出来，可是她毕竟持重谨慎，她想到了她的国度和王位，想到了有一天她要统治的那些臣民。

"他是个聪明绝顶的人，"她暗自思忖道，"这很好。他跳舞跳得非常出色，这也很好。但不知他的学问是不是很深，这是至关紧要的。我还必须测试他一番。"

于是她向他提出了一些连她自己都回答不上来的最最困难的问题。那个影子却怪模怪样地做了个鬼脸。

"您回答不出来了吧。"公主说道。

"这些知识在我还是个小孩子的时候就早已知道啦。"影子说道，"而且我相信连站在那边的我的影子都可以回答得出来。"

"您的影子也能回答出来！"公主惊诧地说道，"那可真是天下奇事了。"

"我不敢把话说绝了，"影子说道，"不过我相信他答得出来，因为他已经跟随了我那么多年，耳濡目染了那么多年。倘若公主殿下恩准的话，恕我冒昧地提醒您留神：他自以为是个人，而且孤芳自赏，只有把他当人对待，他的心情才会好，这样他就能正确地做出回答。"

"我很乐意这样做。"公主说道。

于是她走到站在门边的那位学者跟前,和他谈起太阳和月亮、人的外表和内心,他果然回答得聪明睿智,谈吐十分得体。

"连他的影子都这样绝顶聪明,那么他本人该是个何等的人物就可想而知了。"公主思忖道,"要是我挑选他作为我的丈夫,这必将造福于我的国家和人民。我拿定主意了。"

于是公主同影子俩人很快就说定谈妥了这门婚事,不过秘而不宣,在她回到自己的王国之前不让任何人知道这门婚事。

"谁也不许知道,甚至连我的影子也不许!"影子斩钉截铁地说道,其实他这样做是别有打算。

他们俩就一起回到了公主统治的那个王国,回到了她的家里。

"听着,我的好朋友,"影子对那位学者说,"现在我眼看就要飞黄腾达,有权有势,任何人都比不上。我也愿意给你特殊的照顾,你可以一直陪着我住在王宫里,跟着我一起来坐王室的马车,年薪十万银币。不过你必须要让所有的人都把你叫作影子,人人都要这么称呼你。你不可以吐露半句说你曾经是一个人。一年一度,我沐浴着阳光坐在阳台上接受臣民觐见的时候,你必须躺在我的脚下,就像一个影子应该做的那样。我可以告诉你,我马上就要同公主结婚了,婚礼就在今天晚上举行。"

"不行,这简直太荒唐了,"学者说道,"我不干,也不情愿干!这是对整个王国也是对公主的欺骗!我要把所有的真相都讲出来。我要讲给他们听:我才是人,而你只不过是个影子,一个披着人的外衣的影子!"

"没有人会相信你的,"影子说道,"还是识相点吧,要不然我就要叫卫兵了。"

"我这就当面找公主去说。"学者说道。

"不过我会抢先赶到的,"影子说,"那时候你就要被关进监狱。"

事情果然如此:影子抢在前头赶到了,而卫兵们都服从影子的命令行事,因为他们知道公主马上就要同他结婚了。

"你怎么浑身在打哆嗦,"当影子进入王宫里走到公主面前的时候公主说,"难道出了什么事吗?今天你不能生病,晚上我们就要举行婚礼了。"

"我碰到了一个人所能够经历的最可怕的事情,"影子说,"只要想想,我的那个影子居然发疯了。只要想想,这么一个可怜的影子脑袋里容不下太多东西,装的东西太多就发起疯来。他一口咬定他自己才是一个人,硬说我只是他的影子,你想想看他居然这么说。"

"那真是吓人,"公主叫了起来,"难道还不把他关起来?"

"已经关起来了,我担心他恐怕是再也好不了啦!"

"可怜的影子,"公主叹息说,"他真是不幸。把他从这种痛苦的遭遇之中解脱出来那倒是做了一桩真正的好事。我仔细想想倒不如把他悄悄地处置掉,这是十分必要的。"

"这真严酷得叫人受不了,"影子说,"他毕竟是个忠诚的奴仆。"于是他长吁短叹起来。

"你真是一个品德高尚的人。"公主说道。

当天晚上,全城灯火通明,礼炮隆隆。士兵们都举枪致敬,婚礼隆重至极。公主和影子一齐走到王宫的阳台上被臣民瞻仰,并且接受他们的欢呼。

可是那个学者却一点都没有听到这样热闹的响声,因为他已经被处决了。

# 老房子

大街的拐角上有一幢很老很老的房子，它大约有三百年了，这可以从那幢老房子的房梁上看得到，因为房梁上镌刻着建造的年份、日期，年份、日期的四周还刻着郁金香和啤酒花卷须的花纹，下面还用旧体字母一行行工工整整刻着一首诗。每扇窗子上端的房梁上都刻着一张龇牙咧嘴、哈哈大笑的面孔。上面的那一层楼要比底下的突出了一大截。在屋檐底下有一道铅皮水槽，那檐槽尽头处是一个龙头，屋顶上的雨水本应该沿着檐槽流到龙头那里再从龙嘴里吐下来，可是如今却从龙的肚子上流了下来，因为檐槽中间有了一个洞。

大街这一边别的房子都那么新，那么整洁，那么宽敞，窗子很大，墙壁十分光滑、平整。人们一眼就可以看得出它们和那幢老房子是不可同日而语的。它们大概同这幢老房子素不往来，它们大概在暗自思忖：

"那个浑身破烂的家伙究竟还要在这条街上赖着不走多久，老是待在那里真是碍事得很，它楼上的外墙突出得那么老远，把我们这边全给挡住了，从我们的窗户里望出去就休想看得见街那边的情形。它的台阶宽得像王宫门前的台阶，却又陡得像是教堂里通往钟楼的天梯。那扇铁栅栏门看上去模样活像是古老墓地的大门,还安装着黄铜的铜球。真是滑稽可笑。"

大街对面那一边也都是更新更整洁的房子,它们的想法同大街这一边的房子一模一样。不过这些房子中间有一幢的窗口上坐着一个小男孩。他有着红彤彤的嫩脸蛋和一双清澈明亮的眼睛。他似乎对那幢老房子情有独钟,不管在阳光下还是月光下他都爱看着那幢老房子。他会坐在那里,怔怔地望着那幢房子石灰已经剥落殆尽的墙壁,出神地想象着过去的情景,稀奇古怪的画面便会在他的脑海里展现出来:那些楼梯、突在外面的楼层和三角形的尖削外墙,都使他在想象这条大街当年应该是一幅什么样的景象。他的眼前仿佛见到了手持钺戟的士兵,还有满街到处是做成恶龙或是蝮蛇形状的檐槽。这幢老房子确实是大有看头。

这幢老房子里住着一个老人,他身穿一条齐膝盖的紧身皮裤,一件缀着黄铜大纽扣的上装,头上戴着假发,人们一眼就可以看出来那是货真价实的上好假发。每天早晨有一个老用人来收拾房间和料理杂事,除此之外那个老人就孤独一人待在那幢房子里。有时候他走到一个窗口前朝外面探头张望。这时候那个小男孩就赶紧朝他点头致意,老人也会向他点头作答。一来二去他们老少两人成了熟人,结为朋友,尽管他们两人并没有彼此说过一句话,然而那无关紧要。

小男孩听他父母说:"街对面的那个老人日子倒过得不错,就嫌太孤单寂寞了。"到了下一个星期天早晨,小男孩拿出一样东西来,用纸包好,走下楼去站在门口等着。当那个为老人收拾房间和料理杂事的老用人走过的时候,小男孩对他说道:

"喂,请你帮我把这样东西交给住在对面的那位老先生,好吗？我有两个锡兵，这是其中的一个，我知道他很寂寞，所以就想送给他。"

老用人听罢露出欣喜的神情，点头收下，把那个锡兵拿进老房子里去了。不久之后，老人捎来口信，问小男孩有没有兴趣过去串串门，他的爸爸妈妈都同意，于是小男孩便踏进那幢老房子了。

铁栅栏门上那些黄铜球一个个锃光瓦亮，比平时神气得多，使人以为是为了他登门拜访而特意擦过的一样。大门上雕刻着许多站在郁金香花丛中的小号手，他们一个个用足力气在吹号，把小脸蛋憋得鼓鼓的。"嗒嘀嘀，嗒嘀嘀，小男孩来啦！嗒嘀嘀，嗒嘀嘀，小男孩来啦！"于是大门立即打开了。

整条走廊里都挂满了古老的肖像画：骑士们身披铠甲，夫人们丝质裙袍裹身。一路走过去，甲胄的铿锵和绸缎的窸窣声响仿佛不绝于耳畔。再往前就是一道楼梯，先要朝上走一大截，然后拐过弯去又往下走几级，这就来到了一个阳台上。这个阳台真是破烂不堪，到处豁开着巨大的窟窿和长长的裂缝，从里面长出青草和藤蔓叶子。除了阳台，天井里和墙壁上也到处都长满了杂草藤蔓，乍看起来一片绿色，还真叫人以为这是个花园，然而这只不过是个阳台而已。这里摆放着许多古老的旧花盆，这些花盆上都有着脸蛋的形状和一双驴子的长耳朵。花盆里面的花随意蔓长，有一个花盆里长满了石竹花，茂密得已经长到盆沿外面来了，绿色的枝条上，嫩芽骨朵儿一个挨着一个，似乎在清晰地说道："空气爱抚着我，阳光亲吻着我，它们答应让我星期天再开出一朵小花，到了星期天再开出一朵小花。"

他们走进一间房间，房间的墙壁上覆盖着印有金色花朵的猪皮。

"涂上去的金色难免褪落，
　猪皮却存在到地老天荒。"

墙壁这么说道。

屋里放着几张扶手椅，靠背非常高，周身全是精雕细刻的花纹，两侧有很大的扶手。

"请坐，请坐，"扶手椅们齐声说道，"哎呀，我浑身吱嘎作响，大概也像那个老橱柜一样得了风湿病。唉，我的背上在酸痛。"

小男孩终于走进了临街那间窗户朝外突出的房间，那位老人正襟危坐在房里等着他。

"谢谢你送给我锡兵，我的小朋友，"老人说道，"也谢谢你到这里来看我。"

"谢谢，谢谢。"所有的家具都说道，不过听起来却像是吱嘎吱嘎的响声。

所有的家具都急于要一睹小男孩的风采，可是屋里的家具太多了，免不了你挡住了我，而我又挡住他。

房间里正面墙壁上居中挂着一幅素描画，画的是一个美貌女子，她是那么年轻，那么快活，可是身上的服饰打扮却是老掉牙的式样，头发上敷着粉，裙袍肥大而且浆得梆硬。她既不说"谢谢"，也不说"吱嘎"，只是用她的那双温柔的眼睛看着小男孩。于是小男孩立即询问老人道：

"你是从哪里得到她的？"

"从街对面的那家旧货店老板手上买来的，"老人回答道，"那里挂着许多画像，可惜没有人认识他们，也不在乎他们，因为画像上的人物早就全都入土为安了。可是许多年以前，我认识了这位小姐，她早已不在了，离开人世有五十多年啦。"

那幅素描画画框底下的玻璃里，压着一束花，那束花早已干枯了，看样子也有五十来年那么老了。旁边有一座大钟，钟摆来回摆动着，指针也在慢慢移动着。这个房间里所有的东西都显得那么陈旧，可是谁也不在意。

"我家里的人都说，"小男孩说道，"你非常孤独寂寞。"

"噢，"老人说，"对过去的回忆会时常在我脑海中浮现出来，把我带进昔日往事中去。如今你又来看我，我的日子过得很好。"

说着老人从书架上拿下了一本里面有许多图画的书，书里画着一长串造型奇特各异的马车，这些马车在眼下是再也见不到了。还有三教九流各色人等的游行队伍在前进。走在最前头的是身上穿着打扮有如纸牌中梅花杰克那样的士兵。市民们都挥舞着自己行业的旗帜。裁缝行会的旗帜上画着一把由两头狮子抬着的大剪刀；鞋匠行会的旗帜上却没有画靴子，而是一只双头鹰，因为鞋匠的活计必须要能够说"这是一双"才行。哦，原来这是一本画册。

老人走到另一间房间去，那里放着蜜饯、苹果和各色干果，这幢老房子里倒真挺舒服惬意。

"我再也熬不下去啦，"站在橱柜上的小锡兵说道，"这里太寂寞太沉闷了，过惯了家庭生活的人忍受不了待在这个鬼地方的。我再也忍受不住了，这里的白天是那么长，而夜晚更是漫无尽头。

这里可不像在你家里那样，你的父母亲有说有笑，谈得起劲，你和那些可爱的孩子们嬉笑游戏，真是热闹有趣！唉，这个老人是多么孤独寂寞呀！你以为会有人来亲吻他吗？你以为会有人用温柔的眼睛看看他吗？你以为他会有人送给他一棵圣诞树吗？他什么都得不到，只有等着进坟墓。唉，我真的忍受不下去啦！"

"你用不着那么伤心难过，"小男孩说道，"我觉得这里很舒服，还有对过去的回忆会带着所有美好的昔日往事来看望那位老人。"

"话倒不错，可是我又看不见它们，再说我也不认识它们，"小锡兵说道，"我真的再也熬不下去了。"

"你务必要忍得住。"小男孩说道。

这时候老人走过来了，满脸高兴笑吟吟的，拿来了最好吃的蜜饯、苹果和各式各样的干果，小男孩就不再想小锡兵的事情了。

小男孩开心快活地回到家里。日子一天又一天、一个星期又一个星期地过去。这边朝着老房子不断地点头致意，老房子那边也不断地点头还礼。有一天那个小男孩又过去了。

大门上雕刻着的小号手吹起了号角："嗒嘀嘀，嗒嘀嘀！"屋里走廊挂着的画像上的那些骑士们身上的铠甲和长剑发出铿锵的响声。墙壁上覆盖着的猪皮也窸窸窣窣地似乎在讲话。古老陈旧的扶手椅仍然吱嘎作声，宛如背上害了风湿病。一切依旧，同第一次来没有任何不同，因为在这幢老房子里，每一天、每一小时都跟另外一天、另外一个小时一模一样。

"我实在忍受不了啦，"小锡兵说道，"我哭得流下了锡的眼泪，我快要闷死了！还是让我去打仗吧，宁可丢胳膊断腿也行，不管怎么样，那总归有点变化嘛，我真的再也忍不下去了！现在我明白过来，你说的过去的回忆会带着美好的昔日往事前来看望他这句话是什么意思了。原来我的回忆也来看望我，你信不信，回忆弄得我心里更烦，哪有什么乐趣可言，后来我烦得几乎要从橱柜上蹦跳下来。我站在这里可以把街对面屋里你们每一个人都看得清清楚楚，就像你现在亲身站在我的面前一样。那是一个星期天的早晨，你大概还记得，你们这些孩子们都站在桌子前，唱起你们每天早晨都要唱的赞美诗。你们个个都双手合拢，神情庄重，你们的父母也同样地庄严肃穆，这时候房门被打开了，你们的小妹妹玛丽亚闯了进来，她还不到两岁，一听到音乐和有人唱歌，她就跳起舞来，不管是什么音乐歌曲。她一进来就跳起舞来，虽说这时候她不应该跳的。她跳着跳着，可是怎么也同音乐合不上拍，因为赞美诗的节拍慢得很。她先用一条腿站着，然后又把另一条腿翘起来，还使劲把小脑袋朝前弯，想要从腿底下钻出来，可是却又够不着。你们仍旧个个一本正经，不过这时候要绷住脸真是不容易。我忍不住笑了起来，一骨碌就从桌子上滚落下来，在脑门上砸了一个大包，这个肿块到现在还消不下去，这也是咎由自取，因为在那时候我本来就不应该笑。这桩事情，还有我见过的每桩事情，全都不断地涌现到我的脑海里来。这一定就是对过去的回忆，还带来了美好的昔日往事了。快告诉我，你们星期日还唱歌吗？快告诉我，小玛丽亚她好吗？还有我的那个伙伴，另外的那一个小锡兵又怎么样了？唉，他真是幸福！我再也忍受不了啦。"

"我已经把你送人了，"小男孩说道，"所以你好歹都必须待在这里，你难道还不明白吗？"

这时老人拿了个匣子走进来，匣子里装着许多值得一看的稀罕物品，有胭脂香粉盒，有香水瓶，还有很大的带有金边的老旧扑克牌，这样的纸牌如今已经见不到了。老人又打开了几个匣子给小男孩看。后来钢琴也打开来了，钢琴盖里面还画有风景画。老人弹起了钢琴，琴声听起来嘶哑而走调，不过老人还是弹了一首歌曲。

"唉，这首歌是她会唱的。"老人说道，双眼看着从旧货店老板手上买回来的那幅仕女肖像画，又点了点头。他的眼睛里闪现出明亮的光芒。

"我要去打仗，我要去打仗！"小锡兵憋足了劲头叫喊起来，它用力过猛，一下子就跌落到了地板上。

可是小锡兵究竟滚到哪里去了呢？老人到处寻找，小男孩也一起寻找，四处都找遍了，就是不见小锡兵的踪影。地板上横七竖八的裂缝实在太多了，还有不少大大小小的洞，小锡兵滚了进去，就像躺在打开着的墓穴里一样。

那一天就这样过去了，小男孩回到了家里。一个星期又一个星期就这样过去了，一晃眼许多个星期过去了。转眼间隆冬严寒来了，窗户上结起了厚厚一层冰。小男孩只能坐在窗前用嘴巴哈出热气，把窗上的冰层融化出一个可以朝外窥望的小洞洞来朝那边的老房子看看。那边厚厚的积雪把铁栅栏门上镂刻着的字母和花纹全都覆盖得严严实实，把台阶也掩埋住了，就好像那房子里没有人在家一样。不过老房子里也确实没有人了，那个老人已经去世了。

傍晚时分，来了一辆马车停在老房子的门前，有人把他的棺木抬进马车里,他要被送到城外的墓地里去入土为安。马车缓缓地驶走了,车后没有人跟随着前去送葬,大家都知道老人的亲友早都不在人世了。小男孩在马车驶过时,伸出手指向老人的棺材送去了一个飞吻。

过了几天,老房子被拍卖掉了。小男孩从窗户里望出去,但见人们正在从老房子里往外搬东西。古老的骑士和淑女们的画像、有着长耳朵的旧花盆,还有旧椅子、旧橱柜统统都搬了出来,有的往这边抬,有的往那边扛。那幅从旧货店老板手上买来的女人画像又回到那个老板手里。这幅画后来就一直挂在旧货店里,因为再也没有人认识她了,而且也没有人在乎这幅老掉牙的旧画像。

到了春天,老房子终于被拆掉了,大家都说它只不过是一堆破烂的垃圾而已。于是从大街上就可以一眼看到覆盖着猪皮的房间墙壁,那些猪皮后来也被撕了下来运走了。阳台上那些藤蔓绿叶疯长得从摇摇欲坠的房梁上挂了下来,后来也被统统铲掉了。

"这真帮了个大忙。"左邻右舍的房子都这样说道。

后来在那边盖起了一幢漂亮的房子,窗户很大,墙壁雪白,而且平整光洁。在这幢房子前面原先老房子所在的那片土地上,开辟出了一个小花园,种上了各色树木花草,野葡萄藤沿着邻居家的外墙往上爬。花园的前面有一道铁门,旁边有大铁栅栏围绕,看上去十分气派。人们走过的时候,总免不了要朝里面张望一眼。几十只麻雀成群地栖歇在野葡萄藤上,它们叽叽喳喳地相互聊个没完没了,不过它们议论的不是那幢老房子,因为它们早已不记得那幢老房子了,因为时光已经过去了那么多年。时光过去了那么多年,昔日的那个小男孩如今已长大成人,长成了一个非常勤奋能干的人,他的父母为他而感到满心欢喜。他刚刚结婚,带着他那娇小年轻的新婚妻子搬进了花园这边的那幢新房子里来住。

这时候,他正站在她的身边,她在观赏一棵她觉得非常好看的野花。她用自己的纤纤素手把这棵野花栽种到土里,又用手指把泥土捂结实。

"哦,天哪,什么东西扎了我一下。"她赶紧把手缩了回来,在松软的泥土里有一样带着尖刺的东西。

"那是……哦,真想不到……原来是那个锡兵。它在木板和尘土堆里翻来滚去了不知道有多少回,后来就掉落在这里的泥土之中,沉睡了许多年。"

年轻的妻子先是用一片绿叶,然后用她的手绢把小锡兵擦拭得干干净净。那块手绢飘逸出一股好闻的香味,小锡兵好像是从一场大梦中苏醒了过来。

"让我看看它。"年轻的男人说道。他仔细地看了看,笑着说道:"我看不大像早先的那一个,不过它却使我想起了一段小锡兵的昔日往事,那是我还是一个小男孩的时候有过的小锡兵。"

于是他向他的妻子讲起了那幢老房子,讲到了那位老人,也讲到了他觉得那位老人太孤独而送去的那个小锡兵。他讲得那么有声有色,那么栩栩如生,以至于年轻的妻子为那幢老房子、为那位老人而落下了眼泪。

"这么说来它好像就是那一个锡兵了,"她说道,"我要把它保存在我的身边,这样就永远记住了你告诉我的这一切。可是你必须要指给我看那位老人的坟墓。"

"我却不知道他的坟墓在哪里,"年轻男人说道,"谁都不知道他埋葬在什么地方。他所有的亲友都早已不在人世，而我当时还是一个小男孩。"

"他该是多么孤独寂寞呀。"妻子叹息说道。

"非常孤独寂寞，"小锡兵说道，"不过没有被人忘掉，那是多么令人欣慰呀！"

"是呀，多么令人欣慰呀！"在小锡兵身边有个声音附和叫喊道。可是除了小锡兵之外没有人看见是谁在叫喊。原来那是一片猪皮，上面的金色已经褪尽，看起来就同潮湿的泥土一样。可是它却有话要一吐为快，于是猪皮就歌唱道：

"涂上去的金色难免褪掉，
　猪皮却存在到地老天荒！"

可是小锡兵却一点不相信它的话。